KB079404

이방인

Stranger's

2

딘R. 쿤츠 / 정태원 옮김

志成文化社

머리말

딘 R. 쿤츠는 유년 시절을 부친으로부터 폭력적인 학대를 받으면서 불우하게 보냈다. 그런 환경속에서 쿤츠는 문학과 영화에 심취하게 되었고 마침내 작가가 되겠다고 결심하였다. 그는 1970년에 발표한 작품의 머리말에서 이렇게 적고 있다.

'나는 대학 졸업장을 받고 세계 정복에 나섰다. 그러나 세계는 예상보다 크고 복잡해 나는 그 세계의 작은 한 구석만을 정복하기로 했다. 나는 여러가지 직업을 체험했다. 그러나 변함 없는 사실은 언제나 나는 빈털털이라는 것이었다.'

이 가난한 젊은이가 4년후에는 14권의 저서를 발표한 작가가 되었다. 그리고 80년대 이후로 재미있는 '이야기를 쓰는 작가'로 인정받아 대형 출판사로부터 원고 청탁을 받았다. 25세에 이르러 쿤츠의 꿈이 이루어진 것이다.

거기서 자신을 갖고 발표한 것이 본서인 『이방인 stranger's』 이다. 스티븐 킹은 이 책을 가리켜 '지금까지 쿤츠가 쓴 최고의 소설'이라고 극찬했다.

추리, SF, 공포소설의 장르를 고루 갖추고 있는 『이방인 stranger's』 은 떨리는 긴박감으로해서 한번 읽기 시작하면 끝까지 책에서 눈을 뗄 수 없도록 만든다.

차 례

제2부

발견의 나날들

제 **4** 장

12월 26일 부터 1월 11일까지의 이야기

8

1월 11일 토요일

코네티컷 뉴해븐 카운티

시계처럼 규칙적인 일이었다. 잭 트위스트의 강도 행위는 언제나 시계추가 돌아가듯 규칙적이고 정확했다. 무장 차량을 턴 것도 예외는 아니었다.

구름이 지붕처럼 밤 하늘을 완전히 에워싸고 있었다. 별도 없었고, 달도 뜨지 않았으며, 눈도 내리지 않았다. 하지만 차갑고 습한 바람이 남서쪽에서 휘몰아쳤다.

가드매스터 무장 트럭은 텅 빈 들을 지나 요란스런 소리를 내면서 지나가 잭이 지켜 보고 있던 야산을 향해 복동쪽에서 다가오고 있었다. 트럭의 헤드라이트는 누더기 조각처럼 흩어져 있는 겨울 안개를 뚫고 빛을 비추었다. 눈덮인 들판에서 군 도로 차선은 검정색 새틴 리본처럼 보였다.

모자가 달린 흰색 스키복을 입고서 잭은 야산을 가로지르는 도로의 남쪽에서 눈에 반쯤 파묻힌 채 누워 있었다. 그 도로의 맞은편 야산 기슭에서는, 일행의 두 번째 멤버인 채드 제프가 흰색 옷으로 위장하고서 바람에 밀려와 쌓여 있는 눈더미 속을 기어 다니고 있었다.

일행 중 세 번째 멤버인 브랜치 폴라드는 헤클러 앤드 코호사에서 만든 HK91 돌격용 중형 소총을 들고서 야산 중턱에 자리잡고 있었다.

트럭은 2백 야드 밖에 와 있었다. 도로 전체에 깔려 있는 안개가 헤드라이트의 광선을 굴절시키면서 불빛 하나 비추지 않는 들판 속으로 흘러가고 있었다.

갑자기 언덕 중턱에서 HK91 소총의 총구가 위로 번쩍 들어 올려졌다. 윙윙거리는 엔진 소리보다 더 커다랗게 탕하는 총성이 들렸다.

아마 지금까지 만들어진 것 중에서 가장 훌륭한 전투용 소총일지도 모르는 HK91은 총알을 연달아 수백 발이라도 일제 사격할 수 있는 특징을 가지고 있었다. 또 HK91은 1천 마일 떨어진 곳에서도 대단히 정확하고 효과적이어서 건너편에 있는 사람을 죽일 수도 있을 만큼 충분한 힘을 가지고 있는데다, 나무나 콘크리트 벽을 뚫는 것이 7.62 나토 연발권총에 견줄 만한 것이었다.

하지만 오늘 밤 그들은 아무도 죽일 생각이 없었다. 폴라드는 적외선 망원경으로 겨냥을 해서 원하는 지점에 첫 발을 쏘아 가드매스터 운송 트럭의 오른쪽 첫 번째 타이어를 맞췄다.

트럭은 심하게 흔들리며 길에서 벗어났다. 빙판을 만나는 바람에 트럭이 미끄러지기 시작했다.

그러나, 그 무장 운송 차량은 아직도 완전히 처치되지 않은 상태였고, 트럭이 미끄러지고 있는 사이 잭은 재빨리 위쪽으로 달려갔다. 그는 도랑을 뛰어넘어서 탱크처럼 거대한 윤곽을 드러내고 있는 그 차의 앞쪽 도로로 돌진해 갔다. 급기야 트럭이 도랑에 처박혀서 꼼짝할 수 없게 되자, 운전사는 다시 마음을 진정시키고 핸들을 급히 틀어서 잭으로부터 30피트 떨어져 있는 곳에 차를 세웠다.

그는 가드매스터에 탄 사람들 중의 하나가 무전기에 대고 흥분한 듯 뭔가 지껄이는 모습을 목격했다. 그들이 도움을 청하는 호출도 모두 부질없는 짓이었다. 폴라드가 야산에서 총을 발사한 순간, 계속 도로 북쪽의 눈더미 속에 잠복해 있던 채드 제프는 밧데리로 충전되는 송신기의 스위치를 켜고 신경에 거슬릴 만치 날카로운 공전음을 내서 차량의 라디오 주파수를 교란시켜 버렸던 것이다.

위로 불어 오르는 바람이 잭을 지나 유령처럼 보이는 안개들을 흐뜨려 놓는 가운데, 그는 도로 한복판에 서 있었다. 그는 환한 헤드라이트 불빛 속에서 혼자 허허벌판에 벌거벗고 있는 것 같은 기분을 느끼면서 트럭의 그릴에 최류탄 소총을 겨냥할 만한 시간을 벌고 있었다. 그 총은 영국제로, 테러리스트를 소탕하는 구조대용으로 고안된 것이 었다. 발사하는 순간 구역질이 나서 꼼짝도 할 수 없게 만드는 가스를 내는 최루탄을 발사해서 안에 있는 사람들이 창가로 기어 나올 때, 사수가 창문을 겨냥하도록 되어 있었다. 하지만 주요 인물을 붙잡자마자, 테러리스트들은 대개 창문에 판자를 대 놓기 마련이었다. 잭이 마이애미의 암시장에서 무기 거래상으로부터 구한 영국제 신형 총은 총구의 직경이 2인치짜리였고, 판자를 대 놓은 창문을 뚫고 구멍을 내거나 대개 어떤 종류의 목재문이라도 부술 수 있는 철제 외피를 가진 고속의 최루 가스 포탄을 발사한다. 잭이 총을 발사하자, 포탄은 트럭의 그릴을 지나 엔진 부분으로 뚫고 들어갔다. 유독성의 노란 증기가 환기 장치를 통해서 운전석으로 흘러 들어가기 시작했다.

운전석은 철제 문과 방탄 유리로 되어 있어, 경호원들은 위험한 상황에서도 안전한 위치에 계속 남아 있도록 훈련을 받아 왔었다. 그러나 그들이 히터를 끄고서 조그만 환기창을 닫았을 때는 이미 시기가 늦어 버려서 운전석에 벌써 가스가 가득 찼고, 그들은 차츰 질식되어 가고 있었다. 그들은 잠겨져 있던 문을 열고 숨을 헐떡이고 콜록콜록 기침을 해대면서 차가운 겨울 밤 공기 속으로 뛰쳐나왔다.

눈앞을 안 보이게 하고 숨을 막히게 하는 가스에도 불구하고, 운전수는 연발 권총을 꺼내 들었다. 그는 구역질이 나서 털썩 무릎을 꿇고 웩웩거리면서 목표물을 찾으려고 눈물에 흠뻑 젖은 눈을 끔벅거렸다.

하지만 잭은 사내의 손에 들려 있던 총을 발로 차서 떨어뜨리고 외투자락을 덥석 쥐고는 트럭 앞으로 그를 끌고 가서 범퍼 위의 보조 지주에 수갑을 채워 놓았다.

브랜치 폴라드는 트럭이 도저히 움직일 수 없도록 총을 발사하고 나서 전력 질주를 해 야산 아래로 내려왔다. 그리고 나서 앞쪽 범퍼의 다른 쪽 끝에 있는 또 다른 지주에 나머지 경호원의 수갑을 채웠다.

경호원 두 명은 겁에 질려 눈을 깜박거리며 가스로 인해 시야가 흐려진 눈을 맑게 해서 자신들을 습격한 자들의 얼굴을 쳐다보려고 애를 써보았지만, 잭과 폴라드와 제프는 모두 스키 마스크를 쓰고 있어서 아무 소용도 없는 짓이었다.

잭과 폴라드는 그들에게 단단하게 수갑을 채워 놓고 트럭 뒤로 달려가 그렇게 한적한 도로에서 다른 차량들에 의해 발견될 염려는 없겠지만 재빨리 트럭을 치웠다. 그들이 그 곳에서 철수할 때까지 그 곳을 지나가는 차들은 전혀 없을 것이다. 가드매스터가 평지로 들어선 순간, 강도를 계획한 일행 중 나머지 두 멤버인 하트와 도드는 〈도로 공사중〉이라는 표지판을 달고서 다시 칠을 한 도난 화물 트럭들로 도로의 양끝을 모두 봉쇄해 버렸었다. 그들이 타고 온 포장 도로 위에 세워 둔 차체 위와 트럭 지붕 위에서 반짝거리는 표지판을 인상적인 배경으로 깔고서, 도드와 하트는 탱커 트럭의 사고에 관한 이야기를 장황하게 늘어 놓아 그 곳을 지나가려는 사람들을 모두 되돌려 보내도록 계획되어 있었다.

시계처럼 정확하게 맞춰진 작전이었다.

잭과 폴라드가 트럭 뒤편으로 갔을 무렵, 채드와 제프는 벌써 거기에 와 있었다. 제프는 자석을 이용해 밧데리로 충전되는 전등을 트럭에 붙여 놓고 거기서 나오는 환한 불빛을 이용해 화물칸의 문짝에 달린 잠금 장치를 감싸고 있는 보호용 덮개 나사를 풀고 있었다.

폭약을 가져오기는 했지만, 가드매스터처럼 단단한 구조의 차 뚜껑을 몽땅 날려 버리는 데 폭약을 쓰는 경우에는, 잠금 핀이 녹아서 꿀단지가 훨씬 더 단단하게 봉해져 버리는 결과를 초래할 수도 있는 위험이 있었다. 그들은 폭약을 최후의 수단으로 남겨 둔 채 자물쇠를 뚫고서 안으로 들어가려고 애를 썼다.

훨씬 더 구형의 무장 차량들은 단 한 개의 열쇠나 몇 쌍의 열쇠만 가지고 조작되는 자물쇠를 가진 것도 있고, 혹은 다이얼을 맞춰서 돌려야 하는 것도 있기는 했지만, 이것은 최첨단 기술을 집약해서 만든 최신 장치를 단 신형 차량이었다. 이 자물쇠는 푸쉬 버튼식 전화기 다이얼 정도의 치수와 외형을 갖춘 10개의 디지털 숫자 버튼으로, 암호 번호를 눌러서 잠갔다 열었다 하는 식의 것이었다. 자물쇠를 조작하려면 경호대는 문을 닫고서 세 자리 숫자의 암호 중간 번호를 그대로 누르기만 하면 되는 것이었다. 그러나 자물쇠를 열려면 정확한 순서대로 세 자리 숫자를 모두 눌러 줘야 하는데다, 그 암호는 매일 바뀌고, 트럭에 타고 있는 두 사람 가운데서도 운전사만 그 암호를 알고 있을 뿐이었다.

10개의 숫자를 가지고 세 자리를 만들 수 있는 수열은 무려 1천 가지나 된다. 각 조합의 숫자 버튼을 누르고 나서 그것이 제대로 맞는 건지 아닌지를 기다리는 데는 4내지 5초의 시간이 걸리므로, 그들이 모든 조합의 숫자들을 시험해 보려면 무려 한 시간하고도 15분의 시간이 더 걸리게 되는 셈이었다. 그 시간까지 기다린다는 것은 너무나 위험한 짓이었다.

채드 제프는 자물쇠에서 보호용 덮개를 떼냈다. 10개의 숫자에 해당되는 단추는 그대로 남아 있지만, 이제는 단추 사이와 그 뒤에서 기계가 움직이는 모습을 조금이나마 볼 수 있게 되었다.

제프가 어깨에 매고 있는 가죽 끈에는 밧데리로 충전되는 소형 컴퓨터가 부착되어 있어서, 전자 자물쇠와 경보 장치의 회로 소자를 판단하고 조정할 수 있게 되어 있었다. 그것은 보안 장치 교란 및 포위 감식 장치에 대한 약어로 슬릭스(SLICKS)라고 하는 것이었다. 군용이나 보안에 관한 직무 허가를 받은 정보 요원 전용으로 고안된 슬릭스는, 민간인들은 사용할 수 없도록 되어 있었다. 그 무기를 불법으로 휴대하는 것만으로도 보안과 방위에 관한 법률을 위반한 범법 행위였다. 잭은 슬릭스를 구하기 위해 멕시코 시티로 가서 그 장치를 제조한 회사 내부에 연줄을 갖고 있는 암시장의 무기 판매상에게 2만 5천 달러를 지불했다.

제프는 어깨에 매고 있던 컴퓨터를 풀고서 자신 뿐만 아니라 잭과 폴라드에게도 보이도록 어두운 4인치짜리 정사각형 비디오 모니터를 들고 있었다. 접었다 폈다할 수 있는 탐사침 세 개가 슬릭스에 끼워져 있었고, 잭은 그 위치에서 첫 번째 탐사침을 잡아당겼다. 그것은 2피트 길이의 연결선을 가진 구리로, 끝을 단 철제 온도계처럼 보였다. 잭은 일부분이 노출된 전자 자물쇠의 내부 장치를 자세히 살피면서 '1'이라는 숫자가 적혀 있는 단추 밑의 접촉 지점에 가느다란 탐사침을 갖다 대고는 다시 두 개의 단추 사이에 조심스럽게 탐사침을 집어 넣었다. 모니터의 화면은 계속 불이 켜지지 않은 상태였다. 그는 이번에는 탐사침을 2번과 3번 단추로 가져갔다. 역시 아무런 반응도 없었다. 하지만 탐사침을 4번 단추에 갖다 대자, 연두색 글씨로 〈전류 통합〉이라는 표시가 모니터에 나타나면서 접촉 지점의 전류를 측정해서 자동적으로 기록해 주는 숫자들도 함께 표시되었다.

이것은 세 자리 숫자로 된 자물쇠의 암호 중에서 가운데 숫자가 바로 '4'라는 뜻이었다. 운전사는 예정된 길을 지나오면서 마지막으로 들른 지점에서 현금과 수표 가방을 화물칸에 싣고 나서 자물쇠를 작동시키려고 4를 누른 것이었다. 그 단추의 접촉점은 암호 전체를 눌러서 문이 열릴 때까지는 그대로 잠겨 있을 것이다.

뭔지도 모르는 세 가지 숫자를 가지고 만들 수 있는 조합은 무려 1천 가지나 된다. 그러나 이제는 맨처음과 마지막 숫자만 알면 되므로, 탐색 작업은 1백 가지의 조합으로 범위가 줄어든 셈이었다.

윙윙거리는 바람 소리를 무시한 채로 잭은 슬릭스에서 또 다른 기구를 꺼냈다. 그것도 2피트 길이의 코드였지만, 강모가 하나 달린 것이 마치 수채화 붓처럼 보였다. 그 털은 빛을 발하고 있었으며, 뻣뻣하면서도 부드럽게 휘어지는 것이 6파운드짜리 낚싯줄보다 훨씬 두꺼웠다. 잭은 자물쇠의 키보드 1번 단추 밑에 난 틈으로 그 털을 집어 넣고서 컴퓨터의 비디오 모니터를 흘낏 쳐다보았다. 아무런 반응도 없었다. 그는 강모 탐사침을 이 번호 저 번호로 움직였다. 모니터 화면이 깜박거리다가 회로판의 부분 도표가 화면에 나타났다.

그가 기계 장치 안으로 밀어 넣은 그 털은 실제로는 끝에 광학 레이저의 필라멘트가 달려 있었고, 슈퍼에서 상품의 바 코드를 읽는 유사한 장치보다 훨씬 더 정교하게 만들어진 것이었다. 슬릭스는 바 코드를 해독하려고 프로그램 되어진 것이 아니라, 회로 모형을 인식해서 모니터 화면에 그 모델을 나타내도록 프로그램되어 있었다. 강모 탐사침이 원하는 회로나 부분에 정확히 맞춰질 때까지 화면에 아무것도 나타나지 않도록 되어 있지만, 정확하게 그 부분을 찾아내면 탐사침이 해독하고 있는 우리 눈에 보이지 않는 부분의 모형을 정확하게 재생하도록 되어 있었다.

잭은 컴퓨터가 국부적인 시각을 통해서 전체 회로의 모형을 짜 맞출 수 있을 때까지 세 번 정도 탐사침을 옮기면서 각기 다른 세 지점에서 자물쇠 속으로 탐사침을 밀어 넣어야 했다. 소형 비디오 화면에 환한 초록색 선과 기호로 도표가 환하게 표시되었다. 컴퓨터는 3초간 잠시 생각을 해 보고 나서 도표에서 탭을 회로 소자에 쉽게 연결할 수 있는 지점들을 표시하는 조그만 부품들 주위에 박스를 쳐 놓았다. 그리고 나서 도표 위에 10개의 숫자로 된 키보드의 영상을 이중으로 인화했다. 그것은 자물쇠 기계 구조 가운데 잭이 볼 수 있는 부분과 그 두 군데의 약한 지점들이 서로 관계가 있는 곳임을 나타내는 것이었다.

"4번 단추 아래에 탭이 들어가는 좋은 지점이 하나 있어."

잭이 말했다.

"내가 송곳으로 뚫어 줄까?"

폴라드가 물었다.

"아니, 됐어."

잭은 다시 광학 탐사침을 그 틈으로 가지고 가서, 그 소재가 뭔지는 알 수 없지만 슬릭스를 고안한 사람이 "탭 막대"라고 부르는, 끝에 작은 구멍이 많이 난 그물망이 달린 가느다란 기구를 세 번째로 꺼내 들었다. 그는 4번 단추 밑의 자물쇠 안의 조그만 틈으로 탐사침을 집어 넣고서는, 컴퓨터가 삑 하는 신호음을 내면서 소형 비디오 화면에 〈교란〉이라는 표시가 나타날 때까지 그것을 천천히 상하좌우로 움직였다.

잭은 탭 막대를 그 자리에 고정시키고 있고, 채드 제프가 슬릭스를 위로 쳐들고 있는 동안, 폴라드는 컴퓨터의 조그만 프로그램판을 써서 재빨리 지시 사항을 타이핑했다. 〈교란〉 표시가 사라지고서 화면에는 〈장치 조절 완료〉라는 다른 글자가 나타났다. 이제 컴퓨터는 암호로 작동되는 자물쇠의 기계 장치들을 진행시키고 이동하게 만드는 철제 볼트를 열거나 닫도록 유도하는 마이크로 칩에 곧장 명령을 전달할 수 있게 된 것이었다.

폴라드는 단추를 두 개 더 두드렸고, 슬릭스는 마이크로 칩에 연속되는 세 개의 숫자를 전달하기 시작했다. 조합 하나를 만드는 데 걸리는 시간은 백 분지 6초의 시간이 걸리고, 이미 나온 대로 4를 가운데 숫자로 해서 모든 암호가 만들어지게 되는 것이었다. 슬릭스는 겨우 5초 만에 정확한 암호를 찾아냈다. 암호의 번호는 545.

동시에 네 번 쿵쿵거리는 소리가 들리더니 잠금 장치의 나사가 하나로 줄어들었다.

잭은 탭 막대를 제자리에 돌려 놓고 컴퓨터의 스위치를 껐다. 트럭의 오른쪽 앞 타이어에 소총을 발사하고 나서 겨우 4분밖에 지나지 않은 때의 일이었다.

시계처럼 정확하게 맞아 떨어진 작전이었다.

제프는 어깨에 다시 슬릭스를 맸고, 폴라드는 무장 차량의 뒷문을 열었다. 돈은 모두 다 그들의 것이었다.

제프는 기쁨에 넘쳐서 웃음을 터뜨렸다. 폴라드는 환희에 차서 함성을 지르며 트럭으로 뛰어올라가 두둑한 포대 자루를 꺼내기 시작했다.

하지만 잭은 여전히 마음속이 허전하고 써늘하게 느껴졌다.

갑자기 눈발이 조금씩 날리기 시작했다.

몇 주 전부터 비롯된 잭의 마음속의 설명할 수 없는 변화는 이제 막다른 골목에 다다라 있었다. 그는 이제 더 이상 사회에 앙갚음을 하는 데 관심이 없었다. 그는 마치 바람결에 휘날리는 눈발처럼 자신이 아무런 삶의 목표도 없이 이 세상을 떠돌아 다니는 것 같은 기분이 들었다.

네바다 엘코 카운티

페이 블록은 사람들에게 방해를 받지 않으려고 〈빈방 없음〉이라는 표지판의 스위치를 켰다.

그들은 모텔 사무실 위층에 있는 내실로 자리를 옮겨서 활기 찬 분위기의 주방 식탁에 둘러앉았다. 바깥의 어두운 밤 경치가 보이지 않도록 블라인드를 내려놓은 채로, 블록 부부는 커피를 천천히 마시면서 돔이 하는 얘기들을 주문에 걸린 듯이 듣고 있었다.

그들 부부가 못 미더워하는 부분이 단 한 가지 있다면, 돔이 리노에 있는 제베디어 로우맥의 집에서 종이 달들이 춤을 추듯 돌아다녔다는 황당무계한 이야기를 할 때였다. 하지만 그는 자기가 말을 하면서도 닭살이 돋는 것처럼 잔인할 정도로 자신을 깜짝 놀라게 한 그 사건들을 세세한 사항까지 전부 설명해 주었다. 게다가 그는 자기 자신의 두려움과 놀라움이 페이와 어니에게도 그대로 전달되었다는 것을 알 수 있었다.

그들은 돔이 비행기편으로 포틀랜드로 오기 바로 이틀 전에 익명의 수신인으로부터 우송된 두 장의 폴라로이드 사진에 의해 대단히 깊은 인상을 받은 듯했다. 그들은 책상에 앉아 기계적인 느낌을 주는 무기력한 인상의 사제의 사진을 자세히 살펴보더니 사진을 찍은 장소가 틀림없이 그 모텔의 객실이라는 것이라고 확인해 주었다. 팔에 정맥 주사를 꽂은 채로 침대에 누워 있는 금발 여자의 사진은 그 방의 다른 부분은 아무것도 보이지 않도록 얼굴 부분만 클로즈업 된 사진이기는 했지만, 그들은 사진 한쪽 귀퉁이에 얼핏 보이는 꽃무늬 침대 시트를 알아볼 수 있었던 것이었다. 그것은 바로 열 달 전까지만 해도 몇몇 객실에서 썼던 것이었다.

돔도 놀란 사실이지만, 그들에게도 유사한 사진이 우송되었었다. 어니는 그들이 밀워키로 가기 닷새 전인 12월 10일, 무늬 없는 흰색 봉투에 그 사진이 동봉되어 우송된 사실을 기억해 냈다. 페이가 아래층 사무실에 있는 책상의 가운데 서랍에서 그 봉투를 꺼내 와서 주방 식탁 위에 사진을 내려놓고 무슨 음모라도 꾸미듯 모두 등을 잔뜩 구부린 채로 그 사진을 자세히 살펴보았다. 그것은 성인 남녀와 어린아이, 그렇게 세 사람이 함께 쏟아지는 햇살 속에 9호실 방문 앞에 서서 찍은 스냅 사진이었다. 세 사람 모두 티셔츠와 반바지 차림에다 샌들을 신고 있었다.

"이 사람들을 알아보시겠습니까?"

돔이 물었다.

"아뇨."

페이가 말했다.

"하지만 난 틀림없이 이 사람들을 기억할 수 있을 것만 같은 느낌이 든단 말이오."

어니가 말했다.

"눈부신 햇살이 쏟아지고……여름 옷을 입고 있는 걸 보면…… 틀림없이 이 사진이 재작년 여름에 찍힌 거라고 결론을 내려도 무방할 것 같군요. 7월 6일 금요일과 그 다음 주 화요일 사이의 바로 그 주 말입니다. 무슨 일인지는 잘 모르겠지만, 이 세 사람이 그때 있었던 일과 관계가 있는 게 분명합니다. 어쩌면 우리처럼 무고한 희생자일지도 모르죠. 게다가 우리에게 이 사진들을 보낸 익명의 발신인은 우리가 그들에 대해서 잘 생각해 보고 그 일을 기억해 내기를 바라고 있는 것이 분명합니다."

돔이 말했다.

"이 사진들을 보낸 사람이 누구든지간에 우리의 기억을 지워 버린 사람들 중의 하나라고 칩시다. 그렇다면 그 사람이 왜 우리의 기억 속에서 잊혀지도록 만든 그런 엄청난 사건이 일어난 다음에 이렇게 우리들의 기억을 다시 들쑤셔 놓고 싶어하는 거죠?"

어니가 물었다.

"어쩌면 그 사람이 그 일이, 그러니까 우리에게 저지른 짓이 결코 옳지 않은 일이라고 생각하고 있기 때문일지도 모르죠. 어쩌면 그 사람도 그렇게 하지 않으면 안 되는 입장이었기 때문에 마지못해 그저 따라서 한 것인지도 몰라요. 그래서 어쩌면 그 이후로도 계속 그 일이 그의 양심을 괴롭히고 있을지도 모르는 거죠. 그 사람이 누구든지간에 그는 자신이 아는 사실을 직접 밝히기를 무척 두려워하고 있는 것 같습니다. 그래서 그 일을 직접 하지 못하고, 은밀히 해야만 했던 거죠."

갑자기 페이가 식탁에서 자리를 박차고 일어섰다.

"우리가 다섯 주 동안 다른 데 가 있던 사이에 우편물들이 많이 쌓여 있을 거예요. 어쩌면 그 안에 뭔가가 더 있을지도 모르겠군요."

페이가 아래층으로 내려가는 발자국 소리가 집 안에 울려 퍼지는 사이, 어니가 돔에게 말했다.

"샌디라고 그릴에서 일하는 우리집 웨이트리스가 우편물들을 분류해서 모아 놓거나, 세금 청구서가 날아오면 세금을 내는 일을 맡아서 하곤 하죠. 하지만 나머지 우편물들은 그대로 종이 포대에 놓아 두거든요. 우리가 오늘 아침에서야 집에 돌아오는 바람에 가게 문을 여느라 너무 정신없이 바쁘게 지내다 보니 우체부가 무얼 놓고 갔는지도 미처 볼 새가 없었거든요."

얼마지 않아 페이는 무늬 없는 흰색 봉투 두 장을 들고 주방으로 돌아왔다. 상당히 흥분된 마음으로 그들은 첫 번째 봉투를 열어 보았다. 거기에는 팔에 정맥 주사를 꽂은 채 침대에 똑바로 누워 있는 남자의 폴라로이드 사진이 들어 있었다. 남자의 나이는 대략 50대 정도로 보였다. 그는 검정색 머리카락에 대머리가 벗겨져 있었다. 정상적인 상태였더라면 그는 아마 W. C. 필즈를 닮은 쾌활한 인상이었을 것이다. 하지만 그의 시선은 카메라 쪽을 멍하니 바라보고 있었고, 얼굴에는 기운이 하나도 없어 보였다. 로보트처럼 보이는 멍한 시선…….

"어머나, 이 사람 캘빈이에요!"

페이가 말했다.

"맞아, 캘 샤클. 이 친구 시카고와 샌프란시스코 사이를 오가면서 짐을 실어 나르던 장거리 화물 트럭을 모는 운전수잖아."

어니가 말했다.

"이 사람은 거의 매번 이곳을 지날 때마다 우리 그릴을 들르곤 했죠. 어떤 때는 녹초가 돼서 하룻밤 묵고 가기도 했구요. 캘빈은 정말 좋은 사람이에요."

페이가 다시 말했다.

"이 사람은 어느 운수 회사 소속이죠?"

돔이 물었다.

"그 사람은 독립해서 자기 트럭을 몰아요."

어니가 대답했다.

"그 사람이랑 혹시 연락할 수 있을까요?"

"글쎄요……. 모텔에 묵을 때면 늘 숙박부에 기재를 하니까 그 사람 주소가 있을 거예요…… 내가 알기로는 시카고 근방 어디라고 하는 것 같던데."

어니가 대꾸했다.

"그럼, 그건 나중에 살펴보기로 하고 우선 다른 봉투를 열어 보도록 하죠."

페이가 봉투를 열자, 봉투에서는 다른 폴라로이드 사진이 또 한 장 나왔다. 그 사진 역시 한 쪽 팔에 정맥 주사를 꽂고 있는 채 트랭퀼러티 모텔의 객실 침대에 누워 있는 남자의 사진이었다. 다른 사람들이나 마찬가지로 아무런 표정도 없고, 넋이 나간 듯한 눈동자를 지닌 그의 얼굴을 보면서 돔은 죽은 자가 다시 살아나서 돌아다니는 내용의 공포 영화 한 장면이 연상되었다.

하지만 이번에는 세 사람 모두 침대에 누워 있는 남자를 금세 알아볼 수 있었다. 그 사람은 바로 돔이었다.

네바다 라스베가스

잠자리에 들 시간이 다가오는데, 말시는 모아 둔 달들로 가득 찬 방의 구석에 놓인 조그만 책상에 계속 앉아 있었다.

졸저는 그 모습을 지켜 보면서 문간에 서 있었다. 아이는 여전히 자신이 관찰당하고 있다는 사실을 까맣게 모르는 채 그 일에 온통 정신이 팔려 있었다.

달로 가득 찬 앨범 옆에는 크레용 상자가 놓여 있었다. 말시는 책상 바닥에 잔뜩 등을 구부린 채로 정성스럽게 달에 색을 칠하고 있었다. 이것은 새로운 사태의 발전이었고, 졸저는 대체 그것이 어떤 의미를 가진 행동인지 의아했다.

말시가 잡지에서 달 사진을 오려 내서 모아 두기 시작한 후 바로 그 주 내에 그 앨범을 하나 가득 채웠다. 아이는 사진을 모으려고 몇 가지

자료들을 가지고 있었고, 덕분에 달에 관한 것을 모아 두는 전시실에 덧붙일 수 있을 만한 수백 장의 사진들을 모았다. 그녀는 동전이나 단지 뚜껑, 화병, 술잔, 깡통, 골무 따위의 다채로운 재료의 형태를 이용해서 서판이나 마분지, 종이 가방, 봉투, 포장지 위에 여러 가지 크기의 달을 그렸다. 아이가 그 앨범을 가지고 하루 종일 시간을 보낸 것은 아니었지만, 매일 그 전날보다 차츰 더 많은 시간을 할애하기 시작했다.

말시를 치료하고 있는 정신과 담당 의사인 테드 코벌리 박사는 아이가 의사에 대해서 느끼고 있는, 이성을 잃을 정도의 공포심이 덜어지지 않는 데서 비롯된 불안감 탓이라고 믿고 있었다. 그렇다면 아이는 지금 달에 대한 집착을 통해서 그런 불안감을 표현하고 있는 셈인 것이다. 졸저는 말시가 달에 대해서 특별히 두려움 같은 것을 갖고 있지 않은 듯한 점을 지적했고, 코벌리 박사는 그에 대해 "글쎄요. 말시의 불안감은 다른 형태의 공포증으로 표출될 필요가 없는 것입니다. 그것은 정작 다른 식으로 나타날 수도 있죠……. 말하자면 그런 강박 관념이라든가……."라고 답변했다. 졸저는 딸애의 별난 불안감이 대체 어디서부터 비롯된 것인지 도저히 이해할 수가 없었다.

"그것에 대한 해석을 구하는 것이 바로 치료죠. 너무 걱정하지 마십시오, 모나텔라 양."

박사가 말했다.

하지만 졸저는 진심으로 걱정이 되었다.

앨런이 바로 전날 자살했기 때문에 그녀는 더욱 걱정이 됐다. 졸저는 아직 말시에게 아빠가 죽었다는 사실을 알리지 않았다. 페퍼 캐러필드의 아파트를 나서자마자, 그녀는 코벌리 박사에게 전화를 걸어서 그 문제에 대한 자문을 구했다. 그는 앨런도 달에 관한 꿈을 꾸었으며 자체적으로 달에 관해 강렬한 호기심을 가지고 있었다는 것을 알고는 무척 놀라는 눈치였다. 그 사람은 틀림없이 깊게 생각할 시간을 가졌을 것이다. 잠시 후 코벌리는 월요일까지는 말시에게 좋지 않은 소식은 알리지 않는 편이 좋겠다고 생각했다.

"약속한 대로 말시와 함께 오도록 하십시오. 우리 둘이 함께 얘기를 해 주죠."

졸저는 말시가 자기 아빠가 죽었다는 소식을 듣고서 망연자실해 할까 봐 걱정이 되었다.

졸저는 침실 문간에 서서 말시가 부지런히 크레용으로 달을 칠하는 모습을 지켜 보면서 딸애가 얼마나 상처받기 쉬운 아이인가를 곰곰이 생각하니 가슴이 뭉클해졌다. 말시는 국민학교 2학년에 다니는 일곱 살짜리 아이였지만, 걸상이 너무 커서 실내화가 발끝만 겨우 바닥에 닿을 정도로 작았다. 아무리 근육질의 건장한 남자일지라도 사람 목숨은 하나밖에 달리지 않은 보잘것없는 것이고, 어떻게 생각해 보면 하루하루 건강하게 살아서 존재한다는 사실만도 기묘한 일인 셈이다. 그러나 말시처럼 조그만 아이에게는 목숨을 부지하고 산다는 것이 완전한 기적처럼 보였다. 졸저는 얼마나 어이없을 정도로 쉽사리 자신의 딸을 빼앗길 수 있는가를 깨달았고, 그녀의 가슴은 딸아이에 대한 사랑으로 가슴이 벅차 올라 미어지는 것 같았다.

급기야 "아가, 이제 잠옷으로 갈아입고 이빨을 닦아야지."라고 말할 무렵에는 목소리가 떨려서 제대로 말을 할 수도 없을 지경이었다.

아이는 마치 자신이 지금 어디에 있는지도, 졸저가 누구인지도 제대로 모르는 것처럼 당황한 것 같았다. 그리고 나서 그 애는 다시 한번 시선을 바로하고서 얼음장이라도 녹일 듯이 따뜻한 미소를 졸저에게 보내 주었다.

"엄마! 나 지금 달에 색칠을 하고 있었어."

"자, 이젠 잘 준비해야지."

졸저가 말했다.

"조금만 더 하구요. 네?"

아이는 긴장이 풀린 것 같았다. 하지만 어찌나 단단히 크레용을 잡고 있었던지 아이의 손가락은 마디가 다 하얘질 정도였다.

"몇 개만 더 칠하구요."

졸저는 끔찍스러운 그놈의 앨범을 다 찢어 버리고 싶었다. 하지만 코벌리 박사는 아이한테 달에 관해서 이러쿵저러쿵 떠들거나, 아이에게 달을 모으지 못하도록 금하는 것은 아이의 강박 관념만 더하게 할 뿐이라고 경고한 바가 있었다. 졸저는 그의 말이 정말 옳은 것인지 자신은 없었지만, 앨범을 당장 찢어 버리고 싶은 충동을 억지로 참았다.

"내일도 칠할 시간은 얼마든지 있잖아."

졸저의 말에 말시는 마지못해 앨범을 덮고서 크레용을 치우고 이빨을 닦으러 욕실로 갔다.

아이의 책상 옆에 혼자 서 있던 졸저에게 피곤함이 엄습해 왔다. 오늘 종일 교대 근무를 선 것 외에도 그녀는 앨런의 시신을 염할 장의사를 예약하고, 조화를 주문하고, 월요일에 장례를 치를 묘지에 관한 세부 사항들을 모두 결정했다. 게다가 사이가 좋지 않아서 연락이 끊긴 상태였던 앨런의 어머니에게 전화를 걸어서 앨런의 소식을 전했었다. 그녀는 지칠 대로 지쳐서 곧 쓰러질 것만 같았다. 피곤에 지친 상태로 그녀는 앨범을 펼쳤다.

빨강. 아이는 자신이 그린 것이든, 신문이나 잡지에서 오린 것이든지 간에 달을 모두 빨강색으로 칠해 놓았다. 아이가 색칠을 해 놓은 달은 벌써 쉰 개도 넘었다. 아이가 어떠한 강박 관념에 휩싸여 한 일이라는 사실은, 아이가 색칠한 달 전부가 한 치도 윤곽을 벗어나 삐쳐 나오지 않도록 엄청나게 조심해서 그렸다는 것만으로도 한눈에 알 수 있었다. 크레용은 아주 두껍게 겹칠이 되어 있었고, 어떤 그림은 선홍색으로 너무 겹겹이 칠해서 종이가 축축하게 젖은 채 광택을 발하고 있는 것처럼 보였다.

빨강만 써서 칠했다는 점이 졸저에게는 몹시 신경에 거슬렸다. 그것은 말시가 어떤 두려움이 몰려드는 조짐을 거의 감지하고 있는 것처럼 보였다. 마치 피에 대한 영감을 느끼기라도 한 것처럼.

네바다 엘코 카운티

페이 블록은 아래층으로 내려가 서류 캐비닛에서 재작년 여름에 썼던 모텔 숙박부를 꺼냈다. 그녀는 다시 위층으로 돌아오자마자 주방 식탁에 앉아 있던 돔 앞에 숙박부를 내려놓고는 7월 6일 금요일과 7일인 토요일에 묵었던 투숙객들의 명부를 펼쳐 보였다.

"그 즈음일 거예요. 어니랑 제가 기억하기로는 그래요. 그때 금요일에는 유독성 비가 억수같이 퍼부었기 때문에 그날 밤 주간 고속 도로를 봉쇄했었거든요. 트럭 한 대 분의 유해한 화학 물질이 셍크필드까지 확산되었었죠. 여기서 남서쪽으로 약 18마일에 군사 기지가 있거든요. 우리는 화요일까지 모텔 문을 닫아야 했어요. 그 상황을 통제할 수 있을 때까지만요."

"셍크필드는 주변 지역과 따로 고립된 채 생화학 무기를 실험하는 기지죠. 그래서 그 트럭에 든 쓰레기는 몹시 나쁜 것이었죠."

어니가 말했다.

페이는 마치 정성들여 암기한 구절을 그대로 암송하듯 다시 생기 없는 목소리로 말을 이었다.

"그들은 도로를 봉쇄하고 우리에게 위험 지역에서 사람들을 피신시키라고 지시를 내렸어요. 우리 모텔에 묵고 있던 투숙객들은 각자 승용차를 타고 이곳을 떠났죠."

그녀의 얼굴은 여전히 무표정했다.

"네드와 샌디 사버는 베오웨이위 근처에 있는 자기네 트레일러로 올라가도록 허가를 받았죠. 그 곳은 검역 지역 외곽이었거든요."

놀랍기도 하고 한편으로는 당황한 채로 돔이 말했다.

"그럴 리가 없어요. 전 피신했다거나 하는 일은 전혀 기억이 나지 않거든요. 저는 분명히 여기 있었다구요. 저는 단편 시리즈에 배경으로 쓰일 만한 곳을 찾으면서 책을 읽었던 게 생각나요……. 하지만 기억들이 하도 가물가물해서 실제로 그런 일들이 있었는지는 정확히 알 수 없지만요. 게다가 그걸 증명할 만한 아무것도 없으니까요. 어쨌든 전 분명히 여기 있었어요. 다른 곳이 아닌 바로 여기요. 게다가 전 뭔가 해괴한 일을 당했다구요."

그는 자신이 찍힌 폴라로이드 스냅 사진을 가리켰다.

"여기 바로 그 증거가 있지 않습니까?"

페이는 말을 하는 사이 아까보다도 더 경직된 듯한 말투로 변해 갔다. 돔은 그녀의 눈빛에서 뭔가 이상한 점을 발견했다. 그녀의 눈빛은 약간 흐리멍텅해 보였다.

"공습 경보가 해제될 때까지 어니와 저는 여기서 북동쪽으로 10마일쯤 떨어져 있는 산악 지역에 조그만 농장을 가지고 있는 친구들과 함께 지냈어요. 엘로이와 낸시 제이미슨이라는 부부하구요. 유출된 폐기물을 깨끗이 치우기란 어려운 일이었죠. 군에서 그 일을 하는 데는 사흘이 더 걸렸어요. 군에서는 화요일 아침까지 우리를 돌아오지 못하게 했죠."

"무슨 일이죠, 페이?"

돔이 물었다.

그녀는 눈을 깜박거렸다.

"네? 지금 무슨 말씀이시죠?"

"마치 당신의 말은……그렇게 말하도록 프로그램 되어진 기계처럼 들리는군요."

돔의 말에 그녀는 무척 당황한 것 같았다.

"무슨 말씀을 하시고 계신 거죠?"

어니는 얼굴을 찡그리면서 "페이, 당신 목소리가……점점 무덤덤하게 들리는구려."라고 말했다.

"전 그저 그때 일어났던 일을 설명하고 있을 뿐이에요."

그녀는 몸을 앞으로 수그리고서 숙박부에서 금요일 당시에 기재한 내용이 나와 있는 페이지를 한 손가락으로 짚었다.

"보세요. 우리는 그날 밤 주간 고속 도로를 봉쇄할 때까지 11개의 객실에 손님을 받았었어요. 하지만 그날 밤 모텔에 묵는 사람이 아무도 없어서 돈을 하나도 받지 못했죠. 다른 곳으로 모두 피신을 했으니까요."

"숙박부에서 일곱 번째에 당신 이름이 적혀 있군요."

어니가 말했다.

돔은 자신의 서명과 그 당시 이사를 한 유타 주 마운틴뷰우의 집 주소를 자세히 살펴보았다. 그는 그 모텔에 들른 기억은 나지만, 피신하라는 지시에 따라 그날 밤 다시 차를 몰고 모텔을 나선 것은 맹세코 기억이 나지 않았다.

"두 분은 실제로 탱커 트럭이 사고를 일으킨 것을 목격하셨나요?"

어니는 고개를 내저었다.

"아뇨, 그 트럭은 여기서 2마일이나 떨어진 곳에서 전복됐는걸요."

그도 아까 페이가 그랬던 것처럼 기계적으로 암기한 것 같은 냄새를 두드러지게 풍기는 단조로운 어조로 말했다.

"솅크필드에서 온 군 전문가들이 화학 물질이 바람에 날려 퍼지는 바람에 검역할 지역이 엄청나게 넓다고 걱정을 했었어요."

어니의 목소리에서 무의식중에 엿보이는 가식성에 소름이 쭉 끼치면서, 돔은 페이를 쳐다보았다. 그는 페이 역시 자신의 남편이 부자연스러운 어조로 말하고 있다는 사실을 눈치채고 있다는 걸 알고 있었다.

"조금 전에 바로 당신의 말소리가 저렇게 들렸어요, 페이."

"두 분께서 똑같은 대본에 의해 프로그램 되신 것 같군요."

그 말에 페이는 얼굴을 찡그렸다.

"댁에서는 여전히 그 유출 사고가 일어나지 않았다는 말씀이신가요?"

"분명히 그런 일이 있었다니까요, 그럼요."

어니가 돔에게 말했다.

"잠시 동안 우리는 그 사고에 관해 엘코 센티넬탈에 난 기사들을 스크랩해서 한 다발이나 모았는 걸요. 하지만 나중에 전부 내다 버렸을 거예요. 어쨌든 이 지역 부근에 사는 사람들은 아직도, 만일 대피 지시가 내려지기도 전에 강풍이 불어 닥쳐서 우리가 극비 물질에 오염됐더라면 어떤 일이 일어났을까 하는 생각을 하곤 하죠. 아니, 이건 절대로 페이와 내가 망상에 빠진 게 아니라구요."

"엘로이와 낸시 제이미슨 부부에게 물어 보시면 되지 않겠어요? 그들도 그날 밤 우리를 찾아왔다가 여기 함께 있었거든요. 우리가 대피 지시를 받았을 때, 그들 부부가 우리더러 자기네 있는 곳으로 와서 그 지시가 해제될 때까지 묵으라고 권했는걸요."

페이가 말했다.

돔은 냉소적인 미소를 지었다.

"저는 그분들이 그 사건에 대해 다시 상기시켜 주신다고 해도 별로 믿기지 않을 것 같군요. 만일 그분들이 정말로 여기 계셨다면, 그분들도 우리들 가운데 나머지 사람들이 목격한 것을 보았을 테고, 그러면 그것은 그분들의 마음속에서 깨끗이 지워졌을 테니까요. 그분들은 자기네 집으로 돌아간 사실만 기억하고 있을 겁니다. 그렇게 기억하도록 지시를 받았으니까요. 실제로 어쩌면 그분들은 바로 여기 계셨을지도 모르죠. 우리들 중 나머지 사람들처럼 세뇌를 받으면서 말예요."

"제 머리가 빙빙 도는 것 같아요. 이건 갈수록 태산이군요."

페이가 말했다.

"하지만 유독성 물질 유출 사고랑 대피 경보는 분명히 일어났었어요. 신문에도 났었다니까요."

어니가 강력히 주장했다.

돔은 머릿가죽이 다 근지러워질 만한 골치 아픈 해석들에 대해서 생각했다.

"그날 밤 이 모텔에 있던 사람들 모두가 셍크필드를 향해 가던 어떤 생화학 무기에 실제로 오염되었다면 어쩌죠? 게다가 군대와 정부 당국이 언론의 비난을 피하고, 수백 만 달러의 보상비를 아끼고, 극비 정보가 새어 나가지 못하도록 그 사건을 은폐시켰다면 말예요? 어쩌면 그들은 실제로 우리가 이곳을 빠져 나가지 못했는데 고속 도로를 봉쇄하고 모든 사람들이 안전하게 대피했다고 발표했는지도 모릅니다. 그 다음에는 이 모텔을 병원으로 이용해서 할 수 있는 한 최선을 다해서 우리를 오염에서 해독시키고 나서 조작된 기억들로 우리를 다시 프로그램 시켰는지도 몰라요. 그래서 우리는 자신에게 어떤 일이 일어났는지 절대 모르도록 말입니다."

그들은 잠시 충격을 받은 듯 아무 말없이 서로를 쳐다보았다. 그것은 그 각본이 똑 떨어지도록 맞게 들려서가 아니라 하도 얼토당토않게 들렸기 때문이었다. 그들이 갖고 있던 정신적인 문제와 폴라로이드 사진 속에 나오는 링거를 꽂고 있는 사람들에 대해서 알도록 만드는 것이 바로 그들이 얻어낸 첫 번째 시나리오였다.

그제서야 어니와 페이는 돔의 이론에 반박할 만한 거리를 찾기 시작했다. 어니가 먼저 돔의 말에 반박을 하고 나섰다.

"그렇다면 논리적으로 따져 볼 때, 그들이 한 일은 유독성 물질 유출 사고와 대피에 관해서 잡지에 난 특집 기사와 우리가 기억하고 있는 일들이 밀접하게 관련되게끔 만든 셈이잖아요. 그들은 정확하게 제이미슨 부부나 네드와 샌디 부부와 마찬가지로 나와 페이를 다룬 거잖소. 그렇다면 왜 댁에게도 똑같은 일을 저지르지 않은 거죠? 왜 그들이 대피 사건과는 아무런 관계도 없는 당신에게 다른 기억으로 프로그램을 시켰냐는 말입니까? 그건 너무나 위험하고 불안한 일이잖아요. 그러니까 내 말은 우리들이 기억하고 있는 사실이 서로 근본적으로 다르다는 건, 댁 쪽이든 우리 쪽이든 아니면 양쪽 모두든간에 결론적으로 세뇌를 당했다는 증거 아니겠소?"

"그건 잘 모르겠어요. 그건 풀리지 않는 또 하나의 수수께끼니까요."

돔이 말했다.

"게다가 당신의 이론에는 또 다른 결함이 있어요. 만일 우리가 생화학 무기에 오염됐었다면, 겨우 사흘만에 우리를 풀어 주지는 않았을 것 아닙니까? 그들은 유행병처럼 전염이 될까 봐 두려워했었는데……."

어니가 말했다.

"좋아요. 그렇다면 그건 바이러스나 박테리아가 아니라 화학제였을 겁니다. 그들이 물로 깨끗이 씻어 버리거나, 우리 조직 밖으로 흘려 보낼 수 있는 것 말입니다."

돔이 반박했다.

"그것도 역시 말이 안 되는 얘기죠. 그들이 솅크필드에서 시험하는 것들은 모두 치명적인 것들이었으니까요. 독가스나 신경 가스, 아니면 끔찍하게 무서운 물질말예요. 만일 그런 가스에 휩싸였다면, 우리는 그 자리에서 즉사했거나, 뇌에 손상을 입거나 마비를 일으켰을 거예요."

페이가 말했다.

"어쩌면 서서히 작용하는 약품이었을지도 모르죠. 오염된 날로부터 2, 3년, 아니 어쩌면 5년이 지나서야 비로소 효과를 나타내기 시작해서 종양이나 백혈병이나 기타 증상을 나타내는 것 말입니다."

그런 충격적인 생각에 미치자 그들은 아까나 마찬가지로 말을 잃었다. 그들은 주방에 걸어 놓은 시계가 똑딱거리는 소리와 신음 소리처럼 윙윙거리며 창가를 때리는 바람 소리를 귀기울여 들으면서 심지어 그런 것들로부터도 유해한 물질이 솟아나는 것이 아닌가 의심했다.

마침내 어니가 입을 열었다.

"어쩌면 우리가 오염이 돼서 우리 모두 내장이 서서히 썩어 가고 있을지도 모르겠지만, 난 그렇게 생각하지 않아요. 어쨌든 그들이 솅크필드에서 시험하는 것은 가상 무기 아니겠소? 그렇다면 적들을 몇 년 동안 죽이지도 못하는 그런 무기를 뭣하러 사용하느냐는 말이오?"

"결론적으로 따지자면 그런 무기는 아무 쓸데도 없는 거죠."

돔도 그 사실을 인정했다.

"게다가 우리가 화학적으로 오염됐다는 사실이 리노에 있는 로우맥이라는 사람 집에서 당신이 겪었다는 그 해괴한 경험을 어떻게 설명해 줄 수 있죠?"

어니가 물었다.

"잘 모르겠습니다. 하지만 우리는 실제로 그런 유출 사고가 있었든 없었든간에 그들이 유독성 물질이 유출된 것을 핑계로 전 지역의 교통을 완전히 통제했었다는 사실을 알게 됐으니까, 우리가 세뇌를 당했다는 제

이론은 매우 신빙성이 있는 셈이죠. 그것보다 누군가가 어떤 식으로 해서 의도적으로 우리들을 한데 모아 두고 우리가 목격한 사실을 잊게 만들 만큼 오랜 시간 동안 우리 모두를 잡아 둘 수 있었는지는 설명할 수가 없군요. 하지만 검역을 하는 동안, 그들은 필요한 최소한의 시간을 벌 수가 있었을 테고, 계속 눈가림을 할 수 있었을 겁니다. 그렇다면……최소한 이제 우리는 우리가 누구랑 상대해야 할지는 알게 된 셈이죠. 어쩌면 정부와 대치해서 저지른 충돌 행위인지 독자적으로 한 행동인지는 모르겠지만, 여기서 일어난 일을 감추려고 애쓴 것은 군 당국이었을지도 모릅니다. 그들은 하지 말았어야 했는데 뭔가 일을 저지른 거죠. 저는 두 분에 대해서는 잘 모릅니다만, 무자비할지도 모르는 거대한 적과 대항해서 싸운다는 생각을 하면 너무나 겁이 납니다."

돔이 말했다.

"나처럼 늙은 해병은 군대를 우습게 여기는 버릇이 있죠. 하지만 댁에서도 잘 아시다시피 군이 악마는 아니랍니다. 우리는 함부로 우리 자신이 사악한 우익 도당의 희생자라고 결론지어서는 안 됩니다. 머리를 돌게 만드는 재료 따위는 수백 만 종류의 과대 망상증에 사로잡힌 소설가들이나 할리우드 영화에서 심심찮게 소재로 다뤄지고 있지만, 현실 세계에서의 악은 훨씬 더 교묘해서 정체를 알아보기가 더 어려운 법이지요. 만일 우리에게 일어난 사건의 배후에 군과 정부 관리들이 관련되어 있다면, 그들이 반드시 비도덕적인 동기를 갖고 있다고 볼 수만은 없을 겁니다. 어쩌면 그들은 그런 상황에서 다른 선택의 여지가 없이 자신들이 할 수 있는 일 가운데 가장 현명한 일을 했다고 생각할지도 몰라요."

어니가 말했다.

"하지만 그것이 현명한 일이건 아니건간에 우리는 이 상황을 철저하게 조사해야만 해요. 만일 그렇게 하지 않는다면, 어니의 야간 공포증은 틀림없이 더 악화될 거예요. 그리고 댁의 몽유병 증세도 더 심각해질거구요, 돔. 그리고 그 다음에는……."

페이가 말했다.

그들 모두 "그 다음에는" 어떻게 될 것인지 잘 알고 있었다. "그 다음에는" 젭 로우맥이 평화를 찾기 위한 수단으로 그렇게 했듯이 자신의 입 안에 권총을 처박고서 방아쇠를 당기게 될 것이다.

돔은 자기 앞에 놓여 있는 모텔 숙박부를 내려다보았다. 자신의 이름이 적혀 있는 곳에서 네 칸 위에 다른 이름 하나를 발견하고는 감전된 듯 화들짝 놀라고 말았다. 진저 바이스 박사. 그녀의 주소는 보스턴으로 되어 있었다.

"진저. 달 포스터 위에 적혀 있던 네 번째 이름이었어요."

돔이 말했다.

게다가 블록 부부와 친한 사이자 폴라로이드 사진 중의 한 장에 로보트처럼 무표정한 얼굴로 나와 있던 시카고에서 온 트럭 운전수 칼 사클도 바이스 박사의 바로 앞에 모텔에 들었었다. 그날 맨 처음으로 모텔에 든 투숙객은 라스베가스에서 온 앨런 리코프 부부와 그 딸이었다. 돔은 틀림없이 9호실 문 앞에서 사진을 찍은 가족이 바로 그들이라고 장담했다. 젭 로우맥의 이름은 숙박부에 없었으므로, 그는 아마 그날 밤 불행하게도 간이 식당에 들렀거나 리노와 엘코 사이를 오가는 도중이었던 것 같았다. 나머지 이름 중의 하나는 다른 사진에 나온 젊은 사제의 이름일지도 모른다. 하지만 만일 그렇다면 그는 자신의 직함을 함께 적지 않고 사인을 한 모양이었다.

"우리는 이 사람들과 함께 얘기를 나눠야 해요. 우선 내일 당장 이 사람들에게 전화를 걸어서 그 해 7월에 일어났던 일들에 관해서 기억하고 있는 사실들을 알아봐야 합니다."

돔이 흥분해서 말했다.

일리노이 시카고

자신의 결심에 머리카락 하나 들어갈 틈도 주지 않고, 그렇다고 해서 모호하게 얼버무리는 속임수 따위를 쓰지도 않고서 브렌던은 기적이 일어날 것으로 기대해, 몬시뇨르 재니가 따라붙지 않는다는 조건으로 혼자서 월요일에 네바다로 떠날 수 있도록 비카직 신부의 허락을 간신히 얻어냈다.

10시 10분쯤 그는 불을 끄고 어두운 방에서 침대에 누워 창가를 바라보았다. 보일 듯 말 듯한 희미한 불빛이 창틀을 덮고 있는 서리를 통해서 은은하게 반짝이고 있었다. 창을 통해서 내려다보이는 뜰에도 그 시각에는 불이 전부 꺼져 있는 상태이므로, 브렌던은 자신이 보고 있는 것이 유리에 들러붙은 얇은 성에층에 달빛이 굴절되어 간접적으로 반사된 빛이라는 것을 잘 알고 있었다. 이른 저녁 시간이면 달이 하늘을 가로질러 움직이는 경로가 서재의 창을 통해 보이기 때문에 틀림없이 우회적으로 비춰 들어오는 달빛이었고, 서재는 수도원 맞은편에 있었다. 천지 개벽이 일어나서 달이 전에 지나다니던 경로를 갑자기 90도 방향으로 바꾸어 가지 않는 한 지금 달은 뜰 위에 떠 있을 수가 없었다. 그는 참을성을 가지고 자리에 그대로 누운 채 잠을 청해 보았지만, 서리에 반사되어 간접적으로 비치는 달빛이 만드는 미묘한 무늬들에 점점 호기심이 생겨났다. 그 빛은 하나의 얼음 결정이 서로 접속되어 있는 모든 지점에서 산란되었고, 하나의 광선은 수백 개의 광선으로 부서지고, 또다시 그 빛줄기는 수백 개의 광선을 만들어 내고…….

"달…… 달……."

그는 스스로의 목소리에 놀라서 속삭이듯 중얼거렸다.

브렌던은 차츰 무시무시한 무슨 일인가가 벌어지고 있다는 걸 알아차리기 시작했다.

맨 처음에 그는 그저 성에와 달빛이 조화롭게 어우러져 만들어 내는 빛에 매료되어 있었다. 하지만 이내 그 환상은 점점 강렬한 매력으로 발전되어 갔다. 그는 진주 같은 빛을 발하는 창에서 눈을 뗄 수가 없었다. 자신이 무엇을 하려고 하는지 제대로 알기도 전에 벌써 담요 밑에서 한쪽 팔을 스르르 빼내서, 그가 누워 있는 곳에서 10피트나 떨어져 있어서 닿을 수도 없는 창을 향해 손을 뻗었다. 손가락을 활짝 펴고 있는 자기

손의 시커먼 윤곽이 그 너머로 은은한 빛을 발하고 있는 유리창의 창틀을 배경으로 뚜렷이 경계를 나타냈다. 그가 쓸데없이 헛수고를 하고 있는 것은 결국 그 실체가 뭔가를 열망하고 있기 때문이었다. 브렌던은 그 빛 속으로 들어가기를 간절히 바랐다. 그 빛은 성에 속에서 살아 있는 빛이 아니라, 그의 꿈에 나타난 뭔가 다른 느낌의 금색 빛이었다.

"달."

그는 자신이 한 말에 다시 한번 놀라면서 속삭이듯 중얼거렸다.

심장의 박동이 가빠지면서, 그는 몸을 떨기 시작했다.

갑자기 설탕처럼 보이던 성에가 유리창 위에서 설명할 수 없는 변화를 일으켰다. 브렌던이 바라보고 있는 사이, 얇은 성에가 창틀 모서리에서부터 차츰 녹아 흐르더니 중앙으로 모아졌다. 몇 초가 지나서 해빙이 완전히 끝나자 지름이 약 10인치 정도 되는 완벽한 원형의 얼음 덩어리만 남아서, 만일 그렇지 않았으면 깨끗하고 보송보송한 시커먼 정사각형이었을 유리 한가운데에서 으시시하게 빛을 발하고 있었다.

달.

브렌던은 그것이 어디서, 왜, 누구로부터 온 것인지는 몰라도 분명히 하나의 신호라는 것을 잘 알고 있었다.

크리스마스날 밤 브릿지포트에 있는 본가에서 묵었을 때, 브렌던은 분명히 달이 나오는 꿈을 꾸다가 겁에 질려 지르게 된 고함 소리 때문에 부모님을 깨운 적이 한 번 있었다. 하지만 그는 그 꿈에 대한 내용을 아무것도 기억할 수가 없었다. 그 후부터 그가 아는 한 여지껏 한 번도 달에 관한 꿈을 꾼 적이 없었지만, 웬지 눈부신 금빛으로 가득 차 있던 신비한 그 장소에 신경이 쓰였다. 거기서 그는 거짓말처럼 믿어지지 않는 어떤 계시를 향해 자신이 부름을 받고 있는 것처럼 느껴졌다.

그는 여전히 창 위의 반짝이는 성에 쪽으로 한 손을 뻗고 있었다. 그러는 사이 희미한 빛을 발하던 서리가, 마치 얼음 결정 내부에서 어떤 특별한 화학 반응이 일어나기라도 하는 것처럼 차츰 밝아지기 시작했다. 달의 영상은 우유처럼 희끄무레한 색조에서 더 뚜렷한 빛을 발하는 흰

눈처럼 변하더니 점점 더 그 빛이 밝아져 가다가 굽기야는 유리 위에서 은빛을 번뜩이는 원형으로 변해 버렸다.

심장이 격렬하게 쿵덕거렸다. 뭔가 깜짝 놀랄 만한 일이 곧 벌어질 것 같은 순간에 자신이 동요하고 있는 것이라고 확신하면서, 브렌던은 계속 창을 향해 손을 뻗고 있었다. 그는 성에에 비친 달빛의 빛줄기가 갑자기 변하자 숨을 가쁘게 몰아쉬면서 침대에서 떨어졌다. 그것은 마치 스포트라이트의 빛줄기처럼 아주 눈부시게 환한 빛이었다. 그렇게 강렬하고 눈부신 빛이 어떻게 그런 보통 성에와 유리에서 생겨날 수 있는지를 보려고 눈살을 찌푸리는 사이, 그 빛은 연한 빨강색으로 변하더니 더 짙은 빨강색에서 다시 선홍색으로 변해 버렸다. 그의 주변에는 담요가 헝클어진 채 번쩍거리는 철처럼 빛나고 있었고, 손가락을 쭉 펼친 채로 창을 향해 뻗고 있던 손은 피로 흠뻑 물든 것처럼 보였다.

그는 기시감(旣視感)에 완전히 사로잡힌 채, 자신이 정말로 선홍색 달 아래에 서서 핏빛 같은 달빛을 온몸에 받고 있다고 전적으로 확신하고 있었다.

그는 그런 이상한 빛이 자신의 꿈에서 보았던 신비한 금색 빛과 어떤 관계가 있는지를 알고 싶었다. 자신이 계속 그 빛 속에서 기다리고 있는, 정체를 알 수 없는 무언가에 의해 부름을 받고 있다고 느끼면서도 문득 두려운 기분이 들었다. 선홍색 빛줄기가 점점 강렬해지고, 방 전체는 열기가 없는 적색 불과 적색 그림자가 뒤섞인 하나의 커다란 가마로 변해 갔다. 그의 두려움은 점점 공포심으로 바뀌었다. 그 힘은 너무나 엄청난 것이어서 온몸이 떨리고 식은땀이 주르륵 흘렀다.

그는 손을 뒤로 움츠렸다. 선홍색 빛은 빠른 속도로 은빛으로 희미해져 갔다. 그리고 그 은빛도 차츰 연해지더니 굽기야는 유리창에 낀 성에의 원 무늬가, 1월의 달이 만들어 낸 그림자만 남아 빛을 발하게 되었다.

다시 한번 방안에 어둠이 찾아들자, 브렌던은 자리에 일어나 앉아 허겁지겁 전등을 켰다. 사람이나 동물을 잡아먹는 귀신에 대한 환상으로 겁에 질린 아이처럼 그는 땀에 축축이 젖은 채로 어둠으로 인한 공포에 사로잡혀 온몸을 떨면서 창가로 다가갔다.

그는 그 빛이 한낱 꿈이었는지 단순한 환각이었는지 궁금했다. 한편으로 그는 그것이 그저 그런 것이었으면 하고 바라기도 했다. 하지만 성에로 된 달 모양은 아직도 거기에 남아 있었고, 그것은 자신이 본 것이 한낱 망상이 아니라 실제로 존재하는 것이라는 엄연한 증거였다.

그는 망설이면서 유리창을 만져 보았다. 특별한 것은 아무것도 느껴지지 않았다. 그저 창 밖에서 강하게 와서 부딪치는 겨울의 모진 추위만 느껴질 뿐이었다.

발작과 함께 그는 자신의 손바닥에 고리 무늬가 부풀어오르는 느낌이 들었다. 그는 손바닥을 뒤집고서 성흔이 사라지는 모습을 지켜 보았다.

그는 다시 침대로 돌아왔다. 한참 동안 그는 불을 켜 놓은 채 침대 머리맡에 기대 앉아서, 어둠 속에서 누워 잘 수 있는 용기가 되살아나기를 기다렸다.

네바다 엘코 카운티

어니는 12월 14일 토요일, 그러니까 그가 욕조 옆에 서서 어떤 묘한 충동으로 인해서 창문을 열고 피해 망상에 젖어 잔뜩 겁을 집어먹은 채 고통을 겪었을 당시, 자신이 생각하고 느꼈던 것을 상세하게 회상해 보려고 애썼다. 작가인 돔 콜베이시스는 세면대 옆에 서 있었고, 페이는 문간에서 그들의 모습을 지켜 보고 있었다.

천장에 달린 조명 기구와 거울 위쪽에 달린 전등에서 반사된 불빛이 타일로 된 바닥에 온기를 더해 주면서 크롬으로 만든 수도꼭지와 샤워대에 반짝이는 빛을 던져 주었고, 플라스틱으로 만든 샤워 커튼에는 환하기는 하지만 광택 없는 빛을 던져 주면서 차츰 어니가 찾아 헤매던 기억들을 밝혀 주었다.

"빛! 난 빛을 찾아서 이 안으로 들어왔어요. 그 당시 어둠에 대한 공포증은 최고에 달해 있었고, 난 그걸 페이에게 숨기려고 했었거든요. 아무리 해도 잠이 오질 않길래 난 침대에서 몰래 빠져 나와 문을 닫고 나서 그저…… 그저 빛 속에 흠뻑 빠져 있었죠."

그는 자신의 시선이 어떻게 해서 욕조 위에 난 창 쪽으로 끌려갔는지, 그리고 어떻게 해서 도망쳐야 한다는 불안감과 긴박한 요구를 극복했는지를 설명했다.

"그건 좀 설명하기 어려운 얘기예요. 하지만 불현듯 제정신이 아닌 것 같은 황당무계한 생각들이 내 머릿속을 온통 휘저어 놓았어요. 난 잔뜩 겁을 먹었었죠. 그때는 이것이 도망칠 수 있는 유일한 기회니까 그 기회를 잡아서 저 창을 통해서 이곳을 빠져나가……저기 언덕 위의 목장으로 가서 도움을 청해야겠다는 생각이 들었거든요."

"무엇에 대한 도움을 받으신다는 거죠? 왜 당신은 도움이 필요했던 거죠? 왜 자기 집에서 도망칠 필요를 느끼신 겁니까?"

돔이 추궁하자 어니는 얼굴을 찡그렸다.

"나도 전혀 알 수 없는 얘기요."

그는 그날 밤 자신이 느꼈던 감정을 기억해 냈다. 그 감정은 꿈을 꾸듯 몽롱하면서도 으스스하고 긴박감 같은 것이 묘하게 뒤섞인 것이었다. 그는 손으로 창을 가리켰다.

"난 실제로 빗장을 벗겼어요. 그리고 창을 열었죠. 물론 내가 밖에 있는 누군가를 보지 않았더라면 밖으로 기어나갔을지도 모르죠. 하지만 다용도실 지붕 위에 누군가가 있었어요."

"누가요?"

돔이 물었다.

"바보 같은 얘기로 들리겠지만, 그건 분명히 오토바이 복장을 한 남자였어요. 흰색 보호용 헬멧을 쓰고 있었죠. 얼굴에는 시커먼 바이저를 쓰고 있구요. 그 남자는 창을 통해서 한 손을 뻗었어요. 마치 나를 덥석 붙잡기라도 하려는 것처럼 말이죠. 그래서 난 뒷걸음질쳤고 그러다 욕조에 걸려서 넘어진 겁니다."

"바로 그때 제가 달려나왔어요."

페이가 말했다.

"난 자리에서 털고 일어나 다시 창가로 가서 지붕을 내다봤죠. 그러나 거기에는 아무도 없었어요. 그저 그건…… 지나친 과대 망상이었죠."

어니가 말했다.

"공포증이 심한 경우 환자가 거의 계속적으로 불안감에 시달리다 보면, 때때로 피해 망상증이 일어나기도 하죠."

페이가 말했다.

돔은 마치 울퉁불퉁하고 불투명한 유리의 뿌연 자질(資質)에서 뭔가 중대한 비밀을 찾아내기라도 하겠다는 듯이 욕조 위의 불투명한 유리창을 유심히 바라보았다. 마침내 그가 입을 열었다.

"엄밀하게 따져서 그것은 피해 망상증이 아니었어요. 어니, 저는 당신이 본 것이 뭐랄까……기억 섬광이라고 부르는 것이 아닐까 하는 예감이 드는군요. 재작년 여름의 기억 속에서 사라져 버린 날들의 기억들로부터 말예요. 잠시 동안 12월 14일로 돌아가 보면, 당신은 표면으로 떠오르려던 기억들을 다시 억누른 겁니다. 실제로 당신의 집에 죄수처럼 갇혔을 때, 그래서 여기서 정말로 도망치려고 애썼을 때로 기억이 언뜻 재현되었던 거죠."

"그렇다면 내가 다용도실 지붕에 있던 그 남자에게 붙들렸었단 말인가요? 하지만 그는 거기서 오토바이 헬멧을 쓰고서 무얼 하고 있었던 거죠? 이상하지 않나요?"

"생화학적인 유독 물질이 유출된 사고를 처리하도록 보내진 남자라면 오염 정화복에다 진공 마스크를 쓰고 있었을 수도 있죠."

"오염 정화라……. 하지만 그들이 실제로 그런 차림으로 여기 있었다면, 틀림없이 유출 사고가 있었던 게 분명하지 않소."

어니가 말했다.

"아마 그럴지도 모르죠. 아직 어떤 결론을 내리기는 이르지만요."

돔이 말했다.

"하지만 제 말 좀 들어 보세요. 만일 우리 모두가 그런 경험을 했다면,

당신이 생각하고 있듯이 우리 집에만 그런 일이 일어났다면 말예요. 어떻게 당신과 어니, 그리고 로우맥이라는 그 남자만 기억의 반동을 겪을 수가 있죠? 어째서 난 악몽을 꾸거나, 정신적인 문제를 갖고 있지도 않냐는 말예요?"

페이가 물었다.

작가의 시선은 다시 창 쪽으로 옮겨졌다.

"저도 모르겠어요. 하지만 그런 경험이 우리들에게 남겨 준 잠재 의식적인 불안감을 덜 수 있는 희망이 있다면 말이죠, 그래서 우리가 정상적으로 살아갈 수 있는 희망이 있다면 해답을 찾아야 할 질문들 중의 한 가지겠죠."

코네티컷에서 뉴욕까지

무장 차량에서 돈을 강탈한 후, 잭과 그의 동료들은 9마일 밖으로 차를 몰고 가서 위조한 신분증을 빌려서 아까 차를 세워 두고 갔던 네 칸짜리 임대 차고에다 〈도로 공사〉 소속 차량으로 위장한 트럭 두 대를 주차시켰다. 차고는 지역 개발법을 완화해서 주택 지역과 함께 공업용 시설들이 뒤섞여 있어도 무방하도록 허용한, 골목 양편이 쓰레기들로 뒤덮여 있는 기다란 거리 한편에 위치하고 있었다. 그 지역은 한마디로 건물의 벗겨진 페인트칠과 검댕, 깨진 가로등, 손님이 없어서 텅 빈 점포들, 마구 풀어 놓아서 제멋대로 어슬렁거리며 다니는 잡종 개들이 특징인 곳이라고 할 수 있었다.

그들은 기름기가 질질 흐르는 차고 바닥에 부대 자루에 든 것들을 다 쏟아 현금을 허겁지겁 세어 보았다. 그들은 재빨리 대략 35만 달러씩 각자 몫을 나눠 가졌다. 모두 현금이라 그 돈을 쓴다 해도 전혀 자금의 출처를 추적할 수 없도록 되어 있었다.

그러나 잭은 아무런 승리감이나 스릴도 느껴지지 않았다. 아무것도 느낄 수가 없었다.

갱단은 민들레 홀씨가 바람에 날리듯이 순식간에 각자의 갈 길로 흩어졌다. 그것은 시계처럼 정확하게 짜여진 일이었다.

잭이 맨허턴에 있는 집을 향해 출발할 무렵, 고속 도로가 질퍽거리거나 교통이 방해받을 정도는 아니었지만 짧은 기간 동안 돌풍과 함께 눈발이 후두둑 쏟아졌었다.

코네티컷에서 차를 타고 오는 동안, 그는 묘한 분위기 속에서 예상치도 못한 변화를 겪었다. 시간이 매분 흐르고 일 마일 일 마일 달릴수록, 그의 마음속에 깃든 어둠은 마침내 감정에 의해 채색되기 시작했다. 그의 권태감은 참을 수 없을 만큼 커져서 스스로도 놀랄 지경이 되었다. 그는 새롭게 솟아오르는 슬픔이나 고독 따위에 그다지 놀라지는 않았다. 제니가 죽은 지 이제 겨우 17일밖에 지나지 않았다. 하지만 계속 그의 마음을 단단히 사로잡고 있는 감정은 바로 죄책감이었다. 차의 트렁크 안에 들어 있는 돈이 마치 정당하지 못한 방법으로 자신의 손에 들어온 최초의 물건인 것처럼 그의 양심을 무겁게 짓누르기 시작했다.

지난 8년 동안 지나칠 정도로 세심하게 계획을 짜고 의기 양양하게 절도 행위를 감행하면서 정신없이 바쁘게 지내는 사이, 무장 차량을 턴 것보다 훨씬 더 커다란 사건도 몇 건씩 성공하면서 그는 죄책감으로 떨어본 적은 한 번도 없었다. 지금까지 단 한 번도. 그는 자꾸만 그 생각을 떨쳐 버리려고 애썼다. 하지만 그 생각은 좀처럼 그의 뇌리 속에서 떨쳐지지가 않았다.

갑작스럽게 생긴 것처럼 보이지만, 사실 그러한 죄책감은 실제로 오랫동안 누적되어 왔던 것이었다. 지난 몇 달 동안 불만감이 차츰 자라가던 것도 바로 그 부분이었다. 자신이 하고 있는 일에 대한 환멸감이 눈에 띄게 드러나기 시작한 것은 지난 10월 보석상을 털었을 때부터였으며, 그는 그때부터 그러한 변화들이 시작되었다고 생각했다. 그러나 이제 그는 억지로라도 자신에 대한 분석을 해 보면서 오래 전부터 자신이 하고 있는 일에서 완벽한 쾌락을 찾을 수가 없게 되었다는 것을 알아냈다. 그는 기억을 과거로 되돌리면서 자신에게 완벽한 충족감을 안겨 주었던 가장 최근의 사건을 찾아보았다. 그러다가 그것이 재작년 여름 샌프란시스코 북부의 마린 군에서 있었던 맥캘리스터 강도 사건이었다는 사실을 생각해 내고는 깜짝 놀라고 말았다.

대개 그는 제니와 가까운 곳에 있을 수 있도록 동부에서만 일을 했었다. 하지만 지금 막 성공리에 일을 끝낸 가드매스터 강도 사건을 함께 공모했던 브랜치 폴라드가 잠시 동안 캘리포니아로 거처를 옮긴 적이 있어서, 폴라드가 태평양 연안에 사는 동안 그는 털이 깎일 차례를 기다리고 있는 온순한 양처럼 만만하기 이를 데 없는 에이브릴 맥캘리스터를 봉으로 점찍어 두었다. 2억 달러 상당의 재산을 가지고 있는 사업가인 맥캘리스터는 마린 군에서 8에이커나 되는 부동산을 지니고 살았다. 그는 집 주위에 단단한 돌벽을 높이 쌓고 복잡한 컴퓨터 보안 장치를 해 놓았으며 경비견으로 하여금 집을 지키게 하고 있었다. 여섯 군데 정도 되는 정보통으로부터 수집한 자료를 토대로, 브랜치는 맥캘리스터가 시중에 내다 팔았을 때 크게 값이 나갈 만한 품목인 진귀한 우표와 동전을 모으는 수집가라는 사실을 확인했다. 게다가 그 사업가는 1년에 세 번씩 라스베가스를 찾는 도박사이며, 보통 라스베가스에 한번 갈 때마다 2천 5백만 달러의 돈을 탕진하고 돌아오기도 하지만, 때로는 크게 이겨서 한몫 단단히 잡아 오는 경우도 있다는 사실도 알아냈다. 그는 세금을 물지 않으려고 내기에 딴 돈을 늘 전액 현금으로 받았으며, 그 돈의 일부는 그의 저택에 보관하고 있는 것이 분명했다. 브랜치는 작전을 짜는 데 있어서 잭의 예리한 지능과 전자 장치에 관한 전문적인 기술이 필요했다. 그리고 때마침 잭은 기분 전환도 하고 뭔가 장소를 바꿔서 일을 하고 싶어했으므로 그들은 또 다른 친구의 도움을 얻어서 그 일을 밀어붙이기로 했다.

상당한 고심 끝에 계획을 짠 다음, 그들은 그의 영내로 들어가 무사히 집으로 침입했다. 그들은 금고 다이얼의 일련 번호를 알아내는 일을 식은 죽 먹기처럼 해낼 수 있는 전자 청음 장치를 준비했다. 하지만 그들은 실패할 경우에 대비해서 금고 털이 연장 한 세트와 플라스틱 폭약도 함께 가져갔다. 문제는 에이브릴 맥킬리스터가 단순히 금고만 갖고 있는 것이 아니라는 사실이었다. 그는 빌어먹을 놈의 금고실을 가지고 있었다. 그 사업가는 자신의 금고실이 너무나 단단해서 절대로 침입할 수 없다고 안심하고 있는 탓인지 미닫이나 휘장 따위로 금고실을 감추려고 애쓰지도 않았다. 그 곳은 엄청나게 널찍한 오락실의 한쪽 벽에 만들어져 있었으며, 일류 은행 안의 금고만큼이나 커다랗고 묵직한 스테인리스 스틸로 문짝을 만들어 놓았다. 잭이 가져온 청음 장치는 두께가 20인치나 되는 스테인리스 스틸을 뚫고서 다이얼이 돌아가는 소리를 들을 수 있을 만큼 감지 기능이 뛰어난 것은 아니었다. 플라스틱 폭약으로 웬만한 두께의 금고 문짝쯤은 뜯어 낼 수 있었지만, 그 금고실은 어떤 폭약에도 까딱하지 않도록 고안된 것이었다. 금고 털이 연장 세트는 그 금고에 비하면 어린애 장난감에 불과한 것이었다.

그들은 우표나 동전 따위는 하나도 건지지 못한 채 순은 제품과 레이먼드 챈들러와 대쉬엘 해멧 초판을 완벽하게 갖춘 소장집, 맥캘리스터 부인이 부주의하게 금고실 밖에 빠뜨리고 간 보석 몇 점과 손에 얼른 한 웅큼 집히는 물건들을 비롯해서, 내다 팔아 봤자 겨우 6만 달러의 값어치밖에 안 나가는 것들만 잔뜩 가지고 나와서 각기 세 등분해서 나눠 가졌다. 물론 장물들이 결코 값이 적게 나가는 물건들은 아니었지만, 그들이 당초 예상했던 것보다 훨씬 못 미치는 실적인데다가 그들이 계획을 짜느라고 들인 시간과 경비, 그리고 목숨을 걸고 모험을 했던 노력에 비하면 너무나 형편없는 것들이었다.

그렇게 별 볼일 없이 깨진 채 도망쳤는데도 불구하고, 잭은 그 일에서 짜릿한 흥분을 느꼈다. 일단 그들이 맥캘리스터의 저택을 무사히 빠져나오고 나서, 잭과 브랜치는 위급한 상황에서도 유머를 잃지 않고 그 일에 대한 이야기를 했다. 심지어는 유쾌하게 농담을 주고받으며 웃기도 했다. 그들은 캘리포니아의 태양 아래서 이틀 동안 아무 생각 없이 푹 쉬었다. 그때 갑작스럽게 무슨 변덕이 났는지 모르지만, 잭은 자신의 몫으로 받은 2만 달러를 가지고서 강도짓을 하는 것이 더 나은지, 주사위나 블랙잭 게임을 하는 편이 더 나은지를 시험해 보려고 리노로 갔었다. 해러 호텔에 투숙하고 나서 24시간 뒤에 그 호텔을 나설 때, 그는 놀랍게도 2만 달러를 10만 7천 4백 55달러로 늘려 놓았다. 재수 없던 돈이 묘하게 전화위복이 돼서 엄청난 행운을 가져다 준 것이 그에게는 매력적으로 느껴졌다. 그는 휴가를 더 연장하기로 작정하고 차를 한 대 빌려서 뉴욕으로 다시 차머리를 돌렸다. 그는 그 군(郡)을 지나는 동안 내내 근사한 기분으로 한시라도 빨리 제니가 보고 싶어 견딜 수가 없었다.

그로부터 18개월도 더 지난 지금 코네티컷에서 맨허턴으로 다시 돌아가는 길목에서, 잭은 묘하게도 맥캘리스터 저택에서의 대실패가 자신에게 순수한 만족감을 안겨 주었던 마지막 사건이었다는 사실을 깨달았다. 그 순간부터 그는 도덕적인 스펙트럼, 즉 도덕성을 초월한 막다른 골목에서부터 시작된 기나긴 여정을 통해서 마침내 다시 한번 죄책감을 느낄 수 있게 된 것이었다.

하지만 왜일까? 무엇이 그의 내부에서 그런 변화에 불을 붙인 것일까? 무엇이 계속해서 그것을 강화시킨 것일까? 그는 해답을 알 수가 없었다.

그가 알고 있는 사실은, 자신과 사랑하는 아내에게 닥쳤던 부당한 행위에 대한 보상 심리와 단순한 사명감은 더 이상 없다는 것이었다. 그는 강도짓을 하는 로맨티스트가 아니었다. 그는 그저 강도일 뿐이었다. 8년 동안 자기 자신을 속여 온 것이었다. 그제서야 그는 자신이 정말로 무엇인지 깨달았으며, 갑작스런 통찰력은 그를 파괴시킬 만큼 지독한 것이었다.

그는 그저 단순히 목적 의식 없이 살아가는 인간이 된 것 뿐만이 아니었다. 설상가상으로 그는 그것을 깨닫지 못한 채 지난 8년 동안 인생의 목표를 상실한 채 살아왔던 것이다.

그는 아파트로 곧장 돌아가기가 싫어서 딱히 어디라고 정한 곳도 없이 여기저기 차를 몰아 맨허턴 거리를 정처 없이 쏘다녔다.

그는 금세 자신이 성 패트릭 성당으로 올라가는 5번가를 달리고 있다는 사실을 발견했다. 그는 충동적으로 차도와 보도 사이의 가장자리 쪽으로 핸들을 꺾어서 커다란 성당의 정문 앞에 불법 주차를 했다. 그는 차에서 내려 뒤로 돌아가서 트렁크 문을 열고 플라스틱 가방에서 밴드로 묶어 놓은 20달러짜리 지폐 뭉치 6개를 꺼냈다.

트렁크에 30만 달러도 훨씬 넘는 훔친 돈과 슬릭스와 같이 불법으로 구한 장치와 총들이 들어 있는데도 그렇게 눈에 확 띄는 장소에 불법 주차를 하고 차를 떠난다는 것은 대단히 위험한 짓이었다. 만일 교통 경찰이 그에게 딱지를 발급하려고 걸음을 멈췄다가 뭔가 의심스러운 점을 발견하고 그 차를 수색해 보자고 요구하기라도 한다면, 잭은 그걸로 끝장인 것이었다. 하지만 그는 더 이상 그런 문제에 신경 쓰지 않았다. 그는 아직도 걸어 다니고 있기는 하지만 죽은 사람이나 마찬가지였다. 마치 제니가 여전히 숨을 쉬고 있기는 하지만 죽은 송장이나 다름없었던 것처럼……

카톨릭 신자는 아니었지만, 그는 성 패트릭 성당의 동으로 만든 조각 장식이 되어 있는 문을 열고 본당의 회중석으로 들어갔다. 거기에는 손가락에 꼽힐 만한 수의 사람들이 신도석 앞에 무릎을 꿇고 앉아 기도를 하거나 묵주를 꼭 쥔 채 기도문을 암송하고 있었으며 한 노인이 그 시각에도 봉헌 촛불을 밝히고 있었다. 잭은 잠시 서서 중앙 제단 위를 덮고 있는 우아한 금란(金襴)을 올려다보았다. 그리고 나서 헌금함으로 가서 방한 재킷 안에 든 20달러짜리 지폐 뭉치를 꺼냈다. 그리고 돈을 묶고 있던 밴드를 뜯어서 마치 쓰레기통에 쓰레기를 쑤셔 넣듯 돈을 함에 밀어 넣었다.

다시 밖으로 나와서 화강암으로 만든 계단을 내려가다가, 그는 갑자기 자리에 멈춰 어둠이 내려 앉은 도시의 풍경을 바라보면서 눈을 깜박였다. 5번가는 뭔가 달라 보였다. 가로등 불빛과 주요 도로를 따라 달리는 차들의 불빛을 가르며 커다란 함박눈송이 몇 개가 나선 모양으로 유유히 떨어져 내리는 사이, 잭은 그 도시가 다시 광채와 화려함과 신비의 조각들을 되찾았다는 사실을 차츰 깨달았다. 그것은 그가 중앙 아메리카에

가기 전까지 늘 마음속으로 느끼고 있었던 것이었지만, 아주 오랫동안 잊고 지냈던 것이기도 했다. 그것은 아주 오래 전에 느꼈던 것보다 훨씬 더 뚜렷해 보였고, 공기도 덜 오염되고 훨씬 상쾌하게 느껴졌다.

그는 깜짝 놀라 주위를 열심히 돌아보면서 그 도시가 지난 몇 분 동안 갑자기 격변을 일으킨 것이 아니라는 사실을 서서히 깨닫게 되었다. 그곳은 어제도, 한 시간 전에도 그 자리에 있었던 바로 그 도시 그대로였다. 하지만 중앙 아메리카에서 다시 귀국했을 때, 그는 고국을 떠났을 때와 전혀 다른 인간이 되어 있었다. 그리고 귀국한 이후, 그는 그 대도시의 좋은 점이나 자신이 증오하는 그 사회가 해 놓은 다른 좋은 일 따위는 전혀 볼 수가 없었다. 뉴욕의 삭막함과 타락한 면들의 대부분이, 자신의 무너지고 폐인처럼 타락한 내부의 전망을 그대로 반영한 그림자였던 것이다.

잭은 자신의 승용차로 돌아가서 서쪽의 6번가를 거쳐 북쪽으로 달렸다. 그는 센트럴 파크로 가서 우회전을 했으며 다시 한번 더 우회전을 해서 남쪽을 향해 달렸다. 어디로 갈지도 모르는 채 달리다 보니 그는 5번가에 있는 장로교의 교회 앞에 다다라 있었다. 다시 한번 그는 불법으로 차를 세우고 트렁크에서 돈을 꺼내서 교회로 들어갔다.

성 패트릭 성당에서와 같은 헌금함은 없었지만, 잭은 그날 밤 교회 문을 닫고 있던 젊은 전도사를 발견했다. 잭은 여기저기 주머니를 뒤져서 고무줄로 둘둘 말은 10달러짜리와 20달러짜리 지폐 뭉치를 꺼내서, 아틀랜틱 시티의 카지노에서 운 좋게도 번 돈이라고 둘러대면서 깜짝 놀라는 전도사에게 그 돈을 건네주었다.

두 군데의 교회에 들러서 그는 3만 달러의 돈을 나눠 주었다. 하지만 그것은 코네티컷에서 가져 온 돈의 10분의 1도 안 되는 액수였고, 그런 식으로 돈을 나눠 준다 해도 죄책감은 좀체로 덜어지지 않았다. 사실 그가 새로 발견한 수치심은 시간이 갈수록 점점 더 강해졌다. 트렁크에 든 돈가방은 그에게는 마치 애드가 앨런 포우의 이야기에 나오는, 마룻바닥 밑에 매장한 고자질쟁이의 심장 고동 소리처럼 자신의 죄를 폭로하고 있는 것만 같았다. 그리고 그는 손발을 토막낸 피해자의 죄상을 폭로하는 심장 박동 소리를 없애기 위해서 전전 긍긍했던 포우의 소설 속에 나오는 화자처럼 그것을 없애 버리려고 전전 긍긍하고 있는 것이었다.

아직도 33만 달러는 그대로 남아 있었다. 뉴욕에 사는 시민들 몇몇에게 조금 있으면 보름 정도 늦게 찾아든 크리스마스가 시작될 참이었다.

네바다 엘코 카운티

재작년 여름 돔은 20호실에 묵었었다. 그는 그 방이 모텔의 L자형 동쪽 익벽에 있는 맨 마지막 객실이었기 때문에 그 곳을 잘 기억하고 있었다.

어니 블록의 호기심은 약간 공포증보다도 훨씬 더 강하게 흥미를 자극하는 것이어서, 그는 페이와 돔을 데리고 20호실에 가 보기로 작정했다. 그 곳에 가면 돔이 눈에 익은 벽이나 가구들을 보고서 기억을 되살릴 수도 있으리라는 희망에서였다. 어니는 페이와 돔의 부축을 받으면서 걸었다. 건물 사이를 잇는 지붕 달린 통로를 따라 가는 동안 겨울 바람이 어찌나 쌀쌀하게 불던지, 돔은 양털을 댄 재킷을 입기 잘했다고 생각했다. 차가운 한기보다는 캄캄한 어둠을 더욱 염려하면서, 어니는 그 방으로 가는 동안 내내 눈을 질끈 감고 있었다.

페이가 먼저 안으로 들어가 재빨리 전등 스위치를 켜고 커튼을 내렸다. 돔은 어니를 데리고 그녀 뒤를 따라 들어갔고, 어니는 페이가 문을 닫고 나서야 겨우 눈을 떴다.

방으로 들어오자마자 돔은 내심 모든 게 이해가 가는 것 같았다. 그는 중특대형 침대로 걸어가서 침대를 내려다보았다. 그는 거기서 링거를 꽂은 채로 꼼짝 못하고 누워 있었던 일을 기억하려고 애썼다.

"물론 침대 시트가 똑같지는 않을 거예요."

페이가 말했다.

폴라로이드 사진에는 꽃무늬 침대보의 귀퉁이가 얼핏 보였지만, 현재 사용하고 있는 것은 밤색과 파랑색이 섞인 줄무늬 담요였다.

"하지만 침대랑 나머지 가구들은 전부 똑같은 거예요."

어니가 말했다.

푹신하게 헝겊을 덧댄 침대 머리판은 까끌까끌한 밤색 직물로 덮여 있었는데 약간 울퉁불퉁하고 닳아 있었다. 침대 곁에 놓인 테이블은 얇은 호도나무 베니어 합판으로 만든 서랍이 두 개 달린 민무늬 궤짝이었다. 스탠드 바닥은 커다란 내풍 등유 램프처럼 생긴 것으로, 검정색 철제 몸통부 양쪽에 달린 호박색 유리창에는 그을음이 끼어 있었으며 스탠드를 감싸는 천의 색깔은 밑에 달린 유리와 같은 호박색 계통이었다. 램프에는 각각 두 개의 전구가 달려 있었다. 스탠드 틀 아래에서 주 전구가 빛의 대부분을 공급하고, 밑받침 안에 든 촛불 불꽃처럼 생긴 보조 전구가 희미하지만 진짜 불꽃처럼 퍼덕거리는 효과를 내도록 되어 있었다. 보조 전구는 단순히 장식 효과를 내는 데 불과한 것이었으나 오히려 그것 때문에 더욱 내풍 램프로 착각하게 만들어져 있었다.

돔은 현재 자신이 서 있는 장소의 모든 세세한 부분들을 기억하고 있었다. 그리고 그는 수많은 유령들이 방 여기저기를 훨훨 날아다니며 성가시게 그의 눈앞에서만 알짱거리면서 말초 신경을 건드리는 것 같은 생각이 들었다. 그 유령들은 실제로 악령 따위라기보다는 나쁜 기억들이었고, 그것들은 그 방이 아니라 그의 마음속 어두운 구석에 들러붙어 있는 것이었다.

"뭔가 기억이 나시오? 다시 그 일이 생각나시나요?"

어니가 물었다.

"욕실을 좀 보고 싶은데요."

돔이 말했다.

그 곳은 욕조도 없이 샤워대만 달려 있을 뿐 아주 조그맣고 겨우 그 구실만 할 수 있게끔 만들어져 있었다. 바닥은 얼룩덜룩한 타일이 깔려 있었으며 탄탄해 보이는 포미카 세면대가 달려 있었다.

돔은 세면대에 관심이 갔다. 그는 틀림없이 그것이 계속 되풀이되는 자신의 악몽에 나타났던 것이라고 생각했다. 하지만 그가 세면대 도기를 들여다보았을 때, 그는 자동 스토퍼를 보고서 깜짝 놀라지 않을 수 없었다. 게다가 우묵한 용기의 테두리에서 1인치 아래로는 물이 넘쳐흐르는 것을 막기 위해서 구멍을 세 개나 낸 배수구가 있었다. 그것은 그의 꿈에 나타났던 6개의 길쭉한 마름모꼴의 배수구보다는 훨씬 더 현대적인 감각의 디자인이었다.

"이건 똑같은 것이 아니로군요. 그 세면대는 더 낡은 것이었어요. 사슬에 매여 있는 고무 마개가 찬물 수도꼭지에 매달려 있는 것이었거든요."

돔이 말했다.

"우리는 늘 모텔을 더 좋게 수리하고 있죠."

어니가 문간에서 말했다.

"그 세면대는 8, 9개월 전쯤에 갈아 버렸어요. 전의 것하고 같은 색깔이기는 하지만, 그때 저 포미카로 바꾼 거죠."

페이가 말했다.

돔은 자신이 그 세면대에 손을 대기만 하면 기억 속에서 지워진 그 날들에 대한 생각이 최소한 몇 가지는 다시 생각날 거라고 확신하고 있었던 터라 무척 실망스러웠다. 어쨌든 악몽 속에서 자신이 엄청나게 겁을 먹고 놀랐던 걸로 미루어 보건대, 뭔가 특별히 놀랄 만한 사건이 바로 그곳에서 일어났을 것이다. 따라서 그 세면대는 암흑처럼 깜깜한 잠재 의식 속에서 맴도는, 무리하게 억압된 기억들에 대해 피뢰침 역할을 해 줄 수 있을 것 같았다. 갑자기 불꽃처럼 빛을 발하면서 기억들이 다시 떠오르게 하기 위해서, 그는 새로 바꾼 세면대에 손을 얹어 보았지만 그저 도기의 차가운 감촉만 느껴질 뿐이었다.

"뭔가 기억나시는 거라도 없어요?"

어니가 다시 물었다.

"아뇨, 아무 기억도 안 납니다. 하지만 좋지 않은 느낌이 드는군요. 시간만 괜찮다면, 이 방이 장애물들을 깨부술 수 있을 것 같은데요. 오늘 밤 여기서 자면서 계속 시도해 보고 싶습니다, 괜찮으시다면요."

돔이 말했다.

"저희는 괜찮아요. 이 방은 댁이 쓰시던 방이니까요."

페이가 대답했다.

"웬지 여기 자면서 지금까지 제가 꾸었던 것보다 훨씬 지독한 악몽을 꿀 것 같은 예감이 드는군요."

돔이 말했다.

캘리포니아 라구나 비치

파커 페인은 생존하는 미국의 예술가들 가운데서 가장 존경받는 인물 중의 하나였다. 주요 박물관에서도 그의 작품들을 힘들여서 소장하고 있는데다 미합중국 대통령과 다른 권력자들을 위해서 여러 점의 작품들을 창작하도록 위촉을 받고 있기는 했지만 그다지 연륜이 깊거나 고상을 떠는 사람은 아니라, 자신이 도미니크 콜베이시스 대신 착수한 음모를 통해서 짜릿한 스릴감을 느끼고 있었다. 예술가로서 성공하려면 성숙함, 즉 어른스러운 지각과 감수성, 그리고 몸과 마음을 바쳐서 뭔가를 해 보겠다는 장인 정신이 필요한 반면 어린아이의 호기심과 궁금증, 순수함과 흥미로운 것에 대한 감각을 계속 유지하고 있어야 한다. 파커는 대다수의 예술가들보다 그런 것들을 철저하게 간직하고 있는 편이어서 왕성한 모험심을 가지고 돔의 계획에 있어서 자신의 역할을 잘 완수하고 있었다.

매일 돔에게 우송되는 우편물들을 가지러 가면서, 그는 자신이 누군가의 감시를 받고 있을지도 모른다는 의심은 눈꼽만치도 하지 않은 채 단지 자기 일만을 열심히 하고 있는 척했다. 하지만 실제로는 은밀하게 그런 감시자들을 찾으려고 부지런히 애썼다. 그것이 스파이든, 경찰이든, 그 밖의 무엇이든지간에……. 그러나 그의 기대와는 달리 그는 한번도 누군가가 자신을 관찰하고 있는 것을 본 적이 없었고, 미행당하는 것도 전혀 감지할 수 없었다.

게다가 그는 매일밤 집을 나서서 돔과 미리 정한 전화 약속을 기다리기 위해서 매일 다른 공중 전화를 사용하려고 차를 몰고 수마일 밖으로 나갔다가 자신만 아는 길로 해서 돌아오는 도중에도 미행하는 사람이 혹시 있을지도 모르니까 수시로 갑작스럽게 길을 바꿔서 가기도 해 보았지만, 미행을 당하고 있지 않은 것이 분명했다.

토요일 밤 9시가 조금 못 돼서 그는 평소에 그랬던 것처럼 길을 빙 돌아서 유니온 76번 역 옆에 있는 공중 전화 부스에 도착했다. 억수같이 퍼붓는 빗물이 공중 전화 부스의 플렉시 유리벽 아래로 흘러내려 시야를 가리는 바람에, 파커는 유리창 너머에 있는 세상의 감시의 눈초리로부터 몸을 숨길 수 있었다.

그는 트렌치 코트에다 카키색 방수모를 쓰고 있었는데 모자테에서 사방으로 빗물이 떨어져 내리고 있었다. 그는 자신이 존 르 카레의 이야기 속에 나오는 주인공처럼 느껴졌다. 그는 그 이야기를 무척이나 좋아했다.

9시 정각에 전화 벨이 울렸다. 돔이었다.

"난 예정대로 트랭퀼러티 모텔에 있네. 지금 전화 거는 곳이 바로 거기야, 파커."

돔은 할 이야기가 무척 많았다. 아찔하게 정신을 잃었던 트랭퀼러티 식당에서의 경험이며, 어니 블록의 야간 공포증……. 그리고 그는 블록 부부가 해괴한 폴라로이드 스냅 사진을 받았다는 이야기도 전해 주었다.

무엇보다 중요한 사항은 만사에 신중을 기하는 일이었다. 만일 트랭퀼러티 모텔이 정말로 기억 속에서 지워진 재작년 여름에 일어났던 어떤 사건들이 벌어진 현장이라면, 블록 부부가 경영하는 모텔의 전화들에는 도청 장치가 되어 있을지도 몰랐다. 만일 전화 내용을 도청하는 사람들이 그 사진들에 대한 이야기를 듣는다면, 그들은 자신들 가운데 배반자가 있다는 사실을 알게 될 것이고, 틀림없이 그 장본인을 찾아내고 말 것이다. 그렇게 되면 앞으로 더 이상 쪽지나 사진은 받아 볼 수가 없게 되는 것이었다.

"나도 몇 가지 소식이 있어. 자네 편집인인 위콤 여사가 자동 응답기에 메시지를 남겨 놓았더군. 〈바빌론의 황혼〉이 다시 재판에 들어갔대. 현재 서점에 10만 부가 깔려 있대."

파커가 말했다.

"이런! 그 책을 까맣게 잊고 있었군! 나흘 전에 로우맥네 집에 갔다온 이후로, 이런 정신나간 것 같은 상황 말고는 다른 건 생각할 여유가 없었어."

"위콤 여사가 함께 얘기하고 싶은 좋은 소식들이 더 많이 있다고 하더군. 그러니까 사정 봐서 될 수 있는 한 빨리 그녀에게 전화를 하는 게 좋겠어."

"그렇게 하지. 그 동안…… 다른 재미있는 그림은 없었나?"

돔은 폴라로이드 사진을 더 받지 못했는지를 우회적으로 물어 보았다.

"아니, 깜짝 놀랄 만한 메모도 없었다네."

지나가는 차들의 헤드라이트 불빛이 공중 전화 부스를 휙 지나가자, 투명한 유리벽 위를 타고 흐르는 빗물의 얇은 층이 물결처럼 아른거리면서 빛을 발했다.

"하지만 자네를 깜짝 놀라게 만들 만한 것이 우편물 안에 들어 있었어. 자네는 로우맥네 집에서 달 사진 포스터 위에 적힌 이름 가운데서 세 명의 신원을 확인했잖나. 그렇다면 그 네 번째 인물이 누구인지 듣고 싶지 않나?"

파커가 말했다.

"진저라는 사람 말인가? 자네한테 말해 준다는 걸 깜빡 잊고 있었군. 내 생각으로는 숙박부에 나와 있는 이름 같아. 보스턴에 사는 진저 바이스 박사. 내일 전화를 해 볼 생각이야."

"내가 자네를 깜짝 놀라게 해 주려고 했는데 자네가 먼저 선수를 치는군. 하지만 바이스 박사로부터 오늘 편지가 도착했다는 말을 들으면 자네도 무척 놀랄걸. 그 여자가 12월 26일 랜덤 하우스로 편지를 보냈는

데, 사무실에 그대로 두었던 모양이야. 어쨌든 그 여자는 사면 초가인 모양이야. 그리고 그때 자네 책을 붙잡고 있다가 자네 사진을 얼핏 보고서 전에 자네를 어딘가에서 만난 적이 있는 것 같은 느낌을 가지게 된 거지. 뭔지는 모르겠지만 자신에게 일어났던 일에 자네도 일부 관련되어 있다는 느낌 말일세."

"그 여자 편지 자네가 가지고 있나?"

돔은 흥분해서 물었다.

파커는 편지를 손에 든 채로 기다리고 있던 참이었다. 그는 공중 전화 부스 너머로 내다보이는 밤 경치를 수시로 살피면서 편지를 읽어 내려갔다.

"당장 그 여자한테 전화를 해 봐야겠군. 아침까지 기다리고 있을 수가 없어. 내일 밤 다시 말해 줄게. 9시에."

파커가 편지를 다 읽고 나자 돔이 말했다.

"자네가 모텔에서 전화를 걸면, 거기에 도청 장치가 되어 있을지도 모르니까 내가 공중 전화를 걸러 일부러 밖에 나와도 소용이 없잖나."

"자네 말이 맞아. 내가 집에서 전화를 하지. 조심하게."

돔이 말했다.

"자네도 조심하게나."

여러 가지 감정이 뒤섞인 채로 파커는 수화기를 내려놓았다. 그는 매일 밤 그렇게 일부러 밖으로 빠져 나와 공중 전화를 걸어야 하는 일도 이젠 끝이구나 하는 생각을 하면 한편으로는 마음이 홀가분하기도 했지만, 다른 한편으로는 재미있는 음모를 놓치게 됐다는 허전한 기분이 느껴지기도 했다.

그는 공중 전화 부스를 벗어나 빗속으로 걸어 나왔다. 그리고 아무도 자신을 쏘지 않자 거의 실망감마저 느낄 지경이었다.

매사추세츠 보스턴

파블로 잭슨은 그날 아침 매장되었지만, 그는 그날 오후에서 저녁 내내 진저 바이스와 함께 있었다. 유령처럼 그의 기억들이 그녀를 따라다니면서, 그녀의 마음속에서 이방 저방 돌아다녔다. 금세라도 그가 웃으면서 다시 돌아오는 것만 같았다.

베이워치 저택의 객실에 계속 파묻혀서 그녀는 책을 읽어 보려고 했지만 도저히 정신을 집중할 수가 없었다. 늙은 마술사에 대한 기억에 몰두하고 있지 않을 때도 그녀는 앞으로 자신은 어떻게 될 것인가 하는 걱정 때문에 온 신경이 쏠려 있었다.

12시 15분쯤 침대에 들어가 스탠드의 스위치를 끄려고 막 손을 뻗었을 때, 해너비 부인이 그녀에게로 와서 도미니크 콜베이시스라는 사람에게서 전화가 왔는데, 주인 부부가 거처하는 내실 옆에 붙은 복도 아래에 있는 조지의 서재에서 전화를 받으라고 전해 주었다. 진저는 흥분되기도 하고 전율을 느낄 만큼 당황해서 파자마 위에 얼른 가운을 걸쳐 입었다.

서재는 벽을 어두운 색조의 참나무 널로 댄 따뜻하고 다소 그늘진 방이었다. 바닥에 깔려 있는 중국산 양탄자는 베이지와 암녹색이었으며, 책상 위에 있는 스테인드 글라스 스탠드는 티파니 상점의 수제품이거나, 그렇지 않다면 대단히 훌륭하게 본따 만든 복제품이었다.

박사의 눈이 부숙부숙한 것을 보면, 그 전화가 오는 바람에 잠을 깬 것이 분명했다. 그는 거의 매일 아침 일찍 수술을 시작하는 편이라서 밤 9시 반만 되면 보통 잠자리에 들곤 했다.

"죄송합니다."

진저가 박사에게 말했다.

"그럴 필요 없네. 우리가 기다리고 있던 전화가 바로 이 전화 아닐까?"

조지가 말했다.

"어쩌면 그럴지도 모르겠어요."

그녀는 마지못해 희망을 불러일으켜 보려고 애쓰면서 대답했다.

"우리가 자리를 비켜 줄게요."

리타가 말했다.

"아뇨, 제발 여기 같이 계셔 주세요."

진저는 그렇게 말하고는 책상 앞으로 가서 자리에 앉아 책상 위에 그대로 내려놓았던 수화기를 집어 들었다.

"여보세요? 콜베이시스 씬가요?"

"바이스 박사십니까?"

그의 목소리는 강하지만 선율이 아름답게 들렸다.

"제게 편지를 하신 것은 댁에서 하신 일 가운데서 정말 제일 좋은 방법이었습니다. 전 절대로 당신이 정신 병자라고는 생각하지 않습니다. 박사, 당신은 혼자가 아닙니다. 우리들 대부분이 지금 해괴한 문제들을 겪고 있으니까요."

진저는 뭔가 대답을 해 보려고 했지만, 목소리가 잠겨서 말을 할 수가 없었다. 그녀는 잠시 목청을 가다듬었다.

"저……죄송해요. 전……전……보통 때는 별로 울지 않거든요."

"굳이 말하려고 애쓰지 마세요. 준비가 되거든 그때 말씀하셔도 됩니다. 우선 제가 겪고 있는 문제에 대해서 말씀 드리죠. 전 몽유병을 갖고 있어요. 게다가 저는 꿈을 꿉니다. 달에 관한 꿈을요."

콜베이시스가 말했다.

반은 오싹한 공포심과 반은 환희감에 찬 짜릿한 흥분이 진저의 온몸을 전율하게 만들었다.

"달이오!"

그녀도 맞장구를 쳤다.

"전 한 번도 무슨 꿈이었는지 생각난 적은 없었지만, 제가 뭐라고 비명을 지르면서 잠에서 깼던 것이 바로 틀림없이 달과 관련이 있는 것 같았어요."

그는 리노에 사는 로우맥이라는 남자가 달에 관한 강박 관념으로 시달리다 못해 자살까지 이른 얘기를 그녀에게 전해 주었다.

진저는 자신이 어떤 깊고 넓은 심연 속으로 빠져 드는 것 같은 기분이 들었다. 그것은 뭔가 뚜렷이 정체를 알 수는 없지만 일종의 두려움 같은 것이었다.

"우리는 세뇌를 당한 겁니다. 우리가 겪고 있는 모든 문제들은 억압된 기억들이 표면에 떠오르려고 하기 때문에 나타난 결과죠."

잠시 동안 대화가 끊기면서 뒤통수를 한 대 얻어맞은 듯한 침묵이 흘렀다. 그리고 나서 작가가 먼저 입을 열었다.

"이건 어디까지나 제 이론일 뿐입니다만, 확실히 신빙성이 있다고 생각하지 않으십니까?"

"그래요. 당신에게 편지를 쓰고 나서 전 최면술을 이용한 기억 역행 치료를 받았었죠. 그래서 우리가 조직적으로 기억력을 억제당했다는 것에 대한 증거를 찾아냈어요."

"재작년 여름에 무슨 일인가가 우리에게 일어났었습니다."

돔이 말했다.

"그래요! 재작년 여름. 네바다 트랭퀼러티 모텔이었어요."

"제가 지금 전화를 거는 곳이 바로 그 곳입니다."

"지금 거기 계시다구요?"

그녀가 화들짝 놀라면서 되물었다.

"예. 괜찮으시다면 댁께서도 여기로 오셔야 할 것 같습니다만……전화상으로 말하기에는 너무나 위험한 일이라서……대단히 엄청난 사건들이 일어났었죠."

"그 사람들이 대체 누구죠? 그들은 무얼 숨기고 있는 거냐구요?"

그녀는 좌절한 듯이 물었다.

"우리가 함께 모여서 일을 한다면 찾아내기가 훨씬 더 쉬워질 겁니다."

"내일 당장 가겠어요. 그렇게 빨리 비행기 티켓을 예약할 수 있다면요."

리타는 진저가 장거리 여행을 할 수 없는 상태라는 것을 역설하기 시작했다. 티파니 상점의 스탠드에서 비치는 색색깔의 불빛 아래로 보이는 조지의 찌푸린 얼굴에 패인 주름살이 더욱 깊게 느껴졌다.

"제가 나중에 언제 어떻게 도착할 건지 알려 드리죠."

진저가 콜베이시스에게 말했다.

진저가 전화를 끊고 나자, 조지는 즉시 "진저, 자네 상태로는 그런 먼 길을 갈 수가 없다는 것 잘 알잖나?" 하고 말했다.

"만일 비행기 안에서 한참 동안 정신을 잃고서 발작을 일으키기라도 하면 어떻게 해요?"

리타도 거들었다.

"괜찮을 거예요."

"진저, 지난 주 월요일에는 세 번이나 의식을 잃었었잖아요. 그것도 연달아서."

진저는 한숨을 내쉬면서 초록색 가죽 의자에 털썩 주저앉았다.

"박사님과 사모님께서 제게 얼마나 잘해 주셨는지는 저도 잘 알아요. 아무리 노력한다 해도 전 절대로 두 분의 은혜에 보답할 수 없을 거예요. 두 분을 사랑해요. 진심으로요. 하지만 두 분하고 다섯 주 동안 함께 지내면서, 전 한 사람의 성인이라기보다는 다 큰 아기처럼 제 힘으로는 아무것도 제대로 해내지 못하는 무기력한 인간일 뿐이었어요. 하지만 전 언제까지나 그런 식으로는 살아갈 수가 없어요. 전 네바다에 가야만 해요. 달리 선택의 여지가 없잖아요. 전 가야만 해요."

뉴욕 주 뉴욕 시

장로교 교회에서 5번가 아래로 두 블록 더 내려가, 잭은 다시 한번 성 토마스 성공회 교회 앞에 차를 세웠다. 교회 본당 회중석에서 그는 홀린 듯이 제단 뒤편의 던빌 기념비의 거대한 벽면을 쳐다보았다. 그는 벽을 따라 쭉 늘어서 있는, 그림자 진 벽감 속의 조각들의 묘하리만치 불길한 시선들과 마주쳤다. 성인들과 사도들, 성모 마리아와 예수의 조각들. 그리고 그는 종교의 제일 중요한 목적은 사람들이 원래 마땅히 벌을 받아야 할 것을 용서해 줌으로써 죄를 속죄해 주는 것이라는 것을 깨달았다. 인간이라는 종족은 자신의 잠재적인 가능성에 따라서는 살 수 없는 존재처럼 보였다. 게다가 어떤 사람들은 예수건, 여호와건, 모하메드이건, 마르크스건, 기타 어떤 다른 존재이건간에, 절대자가 사람들 자신도 모르는 사이에 호의를 베풀어서 사람들을 굽어살펴 주시고 계신다는 사실을 믿지 않는다면, 죄책감으로 인해서 미쳐 버리게 될 것이다. 하지만 잭은 성 토마스 교회 안에서 편안함이라든가 자신의 죄에 대한 속죄감을 찾을 수가 없었다. 헌금함에 2만 달러를 넣고 났을 때도 그랬었다.

다시 자동차를 타고서 그는 가드매스터를 강탈해서 얻은 돈의 나머지를 처분하려고 출발했다. 그 돈을 나눠줌으로써 자신의 죄책감을 덜고자 하는 뜻은 아니였다. 그 돈을 다시 나눠 주는 짓과 도덕적으로 보상한다는 것과는 같을 수가 없기 때문에 그 짓이 자신의 죄책감을 덜어줄 수는 없었다. 그간 너무나 죄를 많이 지어서 하룻밤 동안에 자신이 저지른 모든 범죄 행위에 대한 죄가 면해지리라 기대할 수도 없었다. 하지만 그는 더 이상 돈이 필요하지도, 갖고 싶지도 않았다. 그저 돈을 쓰레기통에 버릴 수가 없을 뿐이었다. 그러니까 그 더러운 물건을 남에게 주어 버리는 일이 그가 할 수 있는 유일한 방법이었다.

그는 더 많은 곳의 교회와 사원을 들렀다. 어떤 곳은 문이 굳게 잠겨 있기도 했고, 어떤 곳은 열려 있기도 했다. 그는 들어갈 수 있는 곳에는 안으로 들어가서 돈을 놓고 나왔다.

근처의 차이나타운에 있는 베이야드 거리에서 잭은 2층 창에 한자와 영어 2개 국어로 표시된 표지판을 보았다. 〈중국계 소수 민족 압박에 대항한 동맹〉. 그 곳은 전통적인 중국 약초와 약재 뿌리를 가루로 만든 것을 전문으로 파는, 기묘한 정취를 풍기는 한약방의 위층에 위치하고 있었다. 한약방의 문은 잠겨 있었지만, 동맹 사무실의 창에는 아직도 불이 밝혀져 있었다. 잭은 길가에 나 있는 문 위에 달린 벨을 계속 울려 댔다.

마침내 나이가 지긋해 보이는 초로의 쭈글쭈글한 중국인 사내가 계단을 내려와 조그만 쇠창살을 통해서 그에게 말을 걸었다. 잭은 그 동맹에서 현재 벌이고 있는 주요 사업이 월남 출신으로 미국에 다시 정착해 살고 있으면서, 짐승 같은 대접을 받았던 중국인 가족들을 구조하는 일이라는 것을 확인하고는, 그 쇠창살을 통해서 현금으로 2만 달러를 넘겨주었다. 중국인 신사는 깜짝 놀라면서 자신의 모국어로 감사의 말들을 내뱉었다. 그러더니 차가운 겨울 바람이 부는 바깥으로 일부러 나와 계속해서 그와 악수를 하자고 고집을 부렸다.

"친구, 당신께서는 이 선물로 얼마나 많은 이의 고통을 덜어 줄 수 있을지 잘 모르실 겁니다."

초로의 북경인이 말했다.

잭은 노인이 한 "친구"라는 말을 그대로 흉내내어 보았다. 그 단 한 마디 말과 덕망스러운 동양인의 손에서 느껴지는 따뜻한 손길 속에서 잭은 자신이 영원히 잃어버렸다고 생각했던 뭔가를 발견해 냈다. 소유감이라고 해야 할까, 혹은 공동체 의식이라고 할까. 가슴을 뿌듯하게 만드는 우정이라는 것…….

그는 다시 차에 올라타고 베이야드로 올라가 오트 거리로 갔다. 그 곳에서 다시 우회전을 해서 가다가 핸들을 꺾어 커브를 돌아야만 했다. 눈물이 봇물처럼 터져서 눈앞이 제대로 보이지가 않았다.

그는 그 순간보다 더 당황스러웠던 적은 여지껏 단 한 번도 없었던 것 같았다. 그는 얼마간 눈물을 흘렸다. 최소한 그 순간만이라도 죄책감이 주는 무거운 중압감이 그의 영혼에 지울 수 없는 상처로 남은 것처럼 보였기 때문이었다. 하지만 그 눈물의 일부는 자신이 문득 형제애로 가득 차서 넘치고 있는 데 대해서 흘리는 기쁨의 눈물이었다. 10년이라는 시간 동안 대부분의 세월을 그는 영혼과 정신을 멀리한 채 사회의 바깥에서 지내 왔었다. 하지만 중앙 아메리카에서 돌아온 이후 처음으로 잭 트위스트는 이제 자신을 둘러싸고 있는 사회에 손을 뻗고 있으며, 친구를 사귀어야겠다는 필요성과 욕망, 그리고 능력을 갖게 되었던 것이다.

괴로움은 이제 막다른 골목에 다다른 것이었다. 증오심은 그런 감정을 품은 사람에게만 상처를 줄 뿐이었다. 소외를 당해서 생기는 것은 단지 고독감뿐이었다.

지난 8년 간 그는 제니를 위해서 자주 울기도 했고, 복받쳐 오르는 자기 연민으로 때때로 눈물짓기도 했었다. 하지만 지금 흘리는 그 눈물은 전에 흘렸던 다른 모든 눈물들하고는 전혀 다른 것이었다. 그 눈물은 그로부터 모든 분노와 적개심을 깨끗이 씻어 내리는 정화의 눈물이었다.

그는 자신에게 일어난 이런 급작스러운 변화의 원인을 아직도 알지 못했다. 그러나 그는 자신이 사회에서 버림받은 범죄자에서 법을 준수하는 모범 시민으로 발전하는 것으로 일이 끝난 것이 아니라, 어떤 결론에 이르기까지는 아직도 몇 가지 놀라운 일들이 더 벌어지리라는 것을 감지하고 있었다. 그는 자신이 어디를 향해 가고 있는지, 또 어떻게 해서 거기에 도착하게 되었는지 의아했다.

차이나타운에서 그 일이 있던 날 밤, 종을 흔들어서 짤랑거리는 음악 소리를 내게 만드는 여름 미풍처럼 희망은 그의 세계 속으로 다시 솟아오르고 있었다.

네바다 엘코 카운티

네드와 샌디 사버는 원래 힘든 일을 해도 까딱 없는 체력을 타고난 사람들이기도 했지만, 그들이 내놓는 메뉴가 얼마 안 되는데다 네드가 군대에서 주방장으로 일한 적이 있었기 때문에 손님들에게 음식을 내놓는데 효율적인 서비스법을 알고 있었다. 그들 두 사람은 혼자만의 힘으로도 식당을 잘 운영할 수 있었다. 될 수 있는 한 최소한의 노력으로 트랭퀼러티 식당을 별 무리 없이 최대한으로 잘 돌아가게 하는 데는 수백 가지의 재주가 필요했다.

네드는 어니와 페이가 모텔 투숙객들에게 객실까지 빵과 뜨거운 차 정도의 간단한 아침 식사를 무료로 제공하는 덕분에, 정오까지는 식당 문을 열 필요가 없다는 사실이 무척이나 기뻤다.

토요일 아침 햄버거를 덥히고, 프렌치 프라이를 만들고, 칠레 도그를 손님들에게 내가는 동안, 네드 사버는 샌디가 일하는 모습을 수시로 훔쳐보았다. 그는 아직도 갑작스럽게 꽃처럼 활짝 피어난 샌디의 변화가 낯설게 느껴졌다. 그녀는 몸무게가 10파운드나 불어난 바람에, 사람들의 시선을 끌 만큼 여성미 넘치는 볼륨 있는 몸매가 되었다. 게다가 더 이상 식당을 돌아다닐 때 어깨를 축 늘어뜨린 채 신발을 질질 끌면서 걷지도 않았고, 네드가 대단히 매력적이라고 생각할 만큼 우아하고 부드러운 자세와 경쾌하고 상큼한 기분으로 움직였다.

새롭게 변한 샌디에게 관심을 보이는 사람은 비단 네드뿐이 아니었다. 트럭 운전수들 가운데 샌디가 음식을 담은 접시나 맥주병을 들고서 엉덩이를 살랑살랑 움직이며 식당 안을 지나다닐 때 몸매의 굴곡을 구경하는 사람들도 더러 있었다.

샌디는 단골 손님들에게 더할 수 없이 공손하게 대하기는 했지만, 최근까지만 해도 손님들과 쓸데없는 잡담이나 사담을 나눈 적은 한 번도 없었다. 그 점도 물론 변했다. 여전히 약간 수줍음을 타기는 해도, 그녀는 트럭 운전수들이 던지는 짓궂은 농담에 대꾸를 하기도 하고, 심지어는 거꾸로 트럭 운전수들을 놀리거나, 어떤 때는 시원하게 한 방씩 먹이기도 했다.

결혼 생활 8년 만에 처음으로 네드 사버는 샌디를 놓칠까 봐 두려운 기분이 들었다. 그는 아내가 자신을 사랑하고 있다는 것을 잘 알고 있었다. 그리고 스스로에게 그녀의 외모와 성격이 그렇게 변했다고 해도 그들의 관계가 본질적으로 변하지는 않으리라고 자위해 보기도 했다. 하지만 정작 그가 두려워하고 있는 것은 정확히 말해서 바로 그것이었다.

오늘 아침 샌디가 공항으로 어니와 페이를 마중나갔을 때, 네드는 그녀가 돌아오지 않으면 어쩌나 하고 몹시 염려가 되었다. 어쩌면 그녀는 네바다보다 훨씬 더 살기 좋은 곳을 찾을 때까지, 그리고 네드보다 훨씬 더 잘 생기고 부자에다 멋진 남자를 만날 때까지 그저 계속 가 버릴지도 모른다는 생각이 들었다. 그는 자신이 샌디에게 그런 의심을 갖는다는 것이 옳지 못한 일이며, 그녀가 그렇게 불성실하거나 잔인한 일을 저지를 만한 위인이 못 된다는 것도 잘 알고 있었다. 어쩌면 그가 그렇게 두려워하는 것은 늘 샌디가 자신에게는 아까운 사람이라고 생각해 온 탓일지도 모른다.

9시 반쯤 되자 식당에 북적대던 손님들도 다 빠져 나가서 몇몇 단골 손님밖에 남지 않아 조금 일이 한가해질 무렵, 페이와 어니는 그날 저녁 일찍 마치 꿈속을 헤매듯 문 옆을 서성대다가, 뒤에서 호랑이라도 쫓아오는 듯 갑자기 식당 밖으로 뛰쳐나가며 소동을 피웠던 까무잡잡한 피부에 준수한 외모를 한 남자 하나를 데리고 식당으로 들어왔다. 네드는 그 사내가 누구인지, 어떻게 그 남자가 페이와 어니를 아는지, 또 그들 부부가 자신들이 데리고 온 친구가 좀 괴상한 사람이라는 걸 알고 있는지 궁금했다.

어니는 안색이 창백하고 골골해 보이는데다가, 네드가 보기에는 자신의 사장이 창을 등지고 앉으려고 무척 신경을 쓰고 있는 것 같았다. 그가 네드에게 손을 들어 인사를 할 때에 그의 손은 눈에 보일 정도로 덜덜 떨리고 있었다.

페이와 낯선 사내는 테이블의 서로 맞은편 자리에 앉았다. 그들이 어니를 바라보는 표정으로 보아, 두 사람이 어니에 대해서 무척 염려하고 있다는 걸 알 수 있었다. 두 사람의 표정이 그다지 좋아 보이지 않았다.

뭔가 특별한 일이 진행되고 있었다. 네드는 어니의 상태에 구미가 당겨서 샌디가 자신을 떠나지 않을까 하는 생각은 잠시 접어 두었다.

하지만 샌디가 그들이 앉아 있는 테이블에 가서 섰을 때, 하도 오랫동안 주문을 받는 바람에 네드는 다시 염려가 되었다. 카운터 뒤의 번철에서 햄버거랑 계란 프라이를 부치느라 시끄럽게 치직거리는 소리가 나는 바람에 저쪽에서 그들이 말하는 소리를 들을 수는 없었지만, 그는 그 낯선 사내가 샌디에게 지나치리만치 대단한 관심을 갖고 있으며, 샌디가 지금 그 사내가 던지는 번지르르한 잡담에 대꾸를 하고 있으리라는 황당무계한 생각이 들었다. 물론 질투가 나서 해 보는 말도 안 되는 얘기였지만, 그 사내는 용모도 잘 생겼고, 네드보다 훨씬 젊은 나이라 샌디하고도 연배가 거의 비슷한 편이었으며, 한눈에 보기에도 금세 알 만큼 성공한 남자였다. 분명히 여지껏 네드가 할 수 있었던 것보다도 그녀에게 더 잘해 줄 수 있는 남자인 만큼 여자라면 틀림없이 사랑의 도피행을 꿈꿀 만한 타입의 남자였다.

스스로가 보기에도 네드 사버는 그다지 잘난 구석이 없는 사람이었다. 그리 못생긴 편은 아니지만 그렇다고 해서 결코 잘생긴 편도 아니었으며, 갈색 머리카락도 V자형의 깊게 패인 가리마의 이마 부분에서부터 차츰 숱이 빠져 가고 있다. 잭 니콜슨이 아닌 이상, 그런 식으로 머리털이 빠진다면 하나도 섹시하게 보이지 못할 것이다. 그의 연회색 눈동자도 젊었을 때는 제법 사람들을 깜짝 놀라게 할 정도로 매력 있어 보였을지는 모르겠지만, 점점 나이가 들어가면서 그의 인상을 늘상 피곤하고 몹시 지쳐 보이게 만들 뿐이었다. 그는 부자도 아니었으며, 앞으로 부자가 될 가망도 전혀 없었다. 게다가 샌디보다 열 살이나 위인 마흔둘의 나이에 갑자기 출세를 해 보겠다는 강렬한 필요성에 사로잡힐 것 같지도 않았다.

그는 마침내 샌디가 낯선 사내의 테이블에서 물러나와 다시 카운터로 돌아오는 모습을 지켜 보면서 실망스럽기 그지없는 자기 비하가 마음을 어지럽혔다. 뭔가 고민이 있는 듯한 묘한 표정으로 그녀는 주문 전표를 네드에게 건네주면서 "우리 몇 시에 문 닫죠? 10시요? 아니면 10시 반?"하고 물었다.

"10시에 닫지. 오늘 밤에 괜히 늦게까지 있어 봤자 장사도 안 되겠는데."

네드가 몇 명 안 되는 손님들을 가리키면서 대답했다.

그녀는 고개를 끄덕이고는 페이와 어니, 그리고 낯선 사내에게로 되돌아갔다.

그녀의 퉁명스러운 태도와 낯선 사내에게로 재빨리 돌아간 점이 네드의 걱정을 더하게 만들었다. 네드가 알 수 있는 한, 샌디가 자신과 함께 지내는 이유가 될 만한 장점이라고는 딱 세 가지 점밖에 없었다. 첫째, 그는 요리는 잘하기 때문에 즉석에서 음식을 만드는 주방장으로서 언제나 아쉽지 않을 정도는 벌어먹고 살 수 있었다. 둘째, 그는 무생물이건 살아 움직이는 생물이건 물건을 고치는 데는 특별한 재주를 가지고 있었다. 만약에 토스트기나 믹서기, 또는 라디오가 고장날 경우, 네드는 연장 하나만 있으면 금세 그 기계가 다시 작동하도록 만들 수 있었다. 마찬가지로 만일 날개가 부러져서 당황한 채 버둥거리고 있는 새를 발견하면, 새가 진정될 때까지 톡톡 다독거려 주고, 집으로 데려가서 건강해질 때까지 치료하고 돌봐 준 다음 다시 가던 길로 보내 주곤 했었다. 물건을 고칠 수 있는 재주를 갖고 있다는 건 매우 중요한 일처럼 보였고, 네드는 그 사실을 대단히 자랑스럽게 생각하고 있었다. 마지막으로 그는 몸과 마음, 그리고 온 영혼을 다 바쳐서 샌디를 사랑했다.

페이와 어니, 그리고 낯선 사내가 주문한 음식을 준비하면서, 네드는 계속 되풀이해서 샌디의 모습을 훔쳐보았다. 그리고 그녀와 페이가 방을 돌아다니면서 블라인드를 내려 창을 가리고 있는 모습을 보고 깜짝 놀랐다.

뭔가 별난 일이 벌어지고 있었다. 샌디는 어니의 테이블로 되돌아가서 몸을 수그리고서 잘생긴 외모의 낯선 사내와 뭔가 심각한 대화를 나누었다.

물건을 잘 고치는 네드의 특별한 재주가 그녀를 미운 오리 새끼에서 우아한 백조로 탈바꿈시키는 데 단단히 한몫 거들었기 때문인데도, 샌디를 잃을까 봐 노심 초사하고 있다는 것은 아이러니한 일이었다. 네드가 두 사람이 함께 일하던 턱슨의 한 간이 식당에서 그녀를 처음 만났을 때, 샌디는 그저 얼굴이나 붉히고 사람들 앞에 나서는 것을 꺼리는 정도가 아니라 고통스러워할 만치 심하게 부끄러움을 타고 잔뜩 겁을 집어먹고 있었다. 그녀는 너무나 열심히 일했었다. 다른 웨이트리스들이 주문받은 음식이 밀려 있을 때면 늘 다른 사람들의 일을 거들어 주곤 했지만 개인적으로 서로 접촉하지는 않았었다. 당시만 해도 그녀는 창백한 인상에 늘 허둥거리는 소녀였었다. 나이는 비록 스물세 살이라고는 하지만, 그녀는 그때까지도 여자라기보다는 소녀에 가까웠으며, 자신이 믿었던 사람이 혹시 자신에게 상처를 주지 않을까 두려워해서 좀처럼 친구가 되도록 마음의 문을 열어 주지 않았었다. 그녀는 사는 데 두 손 두 발 다 든 사람처럼 늘 칙칙하고, 쥐처럼 겁많고, 너무 지나칠 정도로 온순했었다. 그래서 네드는 그녀를 본 순간, 그녀를 고쳐 줘야겠다는 필요성을 느꼈다. 네드는 엄청난 인내심을 가지고 그녀를 움직이기 시작했기 때문에, 처음에는 하도 깜쪽같아서 그가 그녀에게 관심이 있다는 사실을 아무도, 심지어는 그녀조차도 눈치채지 못할 정도였다.

그녀를 고치는 작업이 끝난 것은 아니었지만, 그들은 9개월 후 결혼에 골인했다. 그녀는 그가 전에 맞부딪혔던 어떤 존재보다도 훨씬 심하게 망가져 있었다. 그는 하도 심한 좌절감에 빠져서 자신의 재주를 갖고도 그녀를 고칠 수 없을 뿐만 아니라, 엄청난 노력을 기울이지 않고서는 밑 빠진 독에 물 붓듯이 괜한 헛수고만 하면서 여생을 보내게 될지도 모른다고 생각한 적도 여러 번 있었다.

그러나 결혼하고 나서 처음 6년 동안 그는 속이 타서 미칠 정도로 서서히, 그리고 아주 점진적으로 그녀가 치료되고 있다는 사실을 목격하게 되었다. 샌디가 밝은 성격을 가지고 있는 것은 분명했지만, 감정적으로는 상당히 지체되어 있었다. 백치 아이가 열까지 세는 법을 배우려고 대단한 분투를 하듯, 그녀는 말로는 다 할 수도 없을 만치 막대한 노력을 기울이고 나서야 애정을 주고받는 법을 배우게 되었다.

네드가 샌디에게 중요한 변화가 일어나고 있다는 것을 알아챈 첫 번째 징조는 그녀의 성욕이 갑자기 눈에 띄게 커졌다는 점이었다. 사정이 변한 것은 바로 재작년 여름 8월 하순경부터였다.

그녀가 사랑을 나누는 데 주저하거나 뺀 적은 한 번도 없었다. 그녀가 성에 대해 광범위한 지식을 가지고 있다는 것은 분명했지만, 여자라기보다는 그저 하나의 기계처럼 즐거움이란 하나도 없는 테크닉만 가지고 사랑을 나누었다. 그는 잠자리에서 샌디처럼 그렇게 조용한 여자는 한 번도 본 적이 없었다. 그는 그녀가 어린 시절에 겪었던 어떤 일로 인해서 성장하는 과정에서 주눅이 들었고, 역시 그 일이 그녀의 영혼을 망가뜨린 것이 아닐까 하는 의심이 들었다. 그는 그녀가 그 일에 대해서 말하게 만들려고 애써 보았지만, 그녀는 완강하게 자신의 과거를 묻어 둔 채로 지냈었다. 그리고 그녀의 고집이 얼마나 세던지 괜히 꼬치꼬치 캐물었다가는 그녀가 자신을 떠나 버릴 것 같았다. 망가진 부분이 무엇인지도 모른 채 뭔가를 수리한다는 것이 어려운 일이기는 했지만, 어쨌든 그는 더 이상 그 점에 관해서 묻지 않기로 했었다.

그런데 재작년 8월부터 그녀는 잠자리에서 눈에 띄게 태도가 변해 버렸다. 처음에는 극적인 변화라고 할 만한 것이 아무것도 없었다. 오랫동안 억제되어 온 열정이 갑작스럽게 발산된 것도 아니었다. 처음에는 아주 미묘한 변화로 사랑을 나누는 동안 처음으로 그녀의 긴장 상태가 풀리는 정도였었다. 정사를 나누는 동안 그녀는 가끔씩 미소를 짓거나 그의 이름을 나직이 부르기도 했다.

그러나 서서히, 그리고 아주 조금씩 그녀의 열정은 마침내 꽃을 피우게 되었다. 그런 변화가 시작된 지 4개월이 지난 그 해 크리스마스 무렵이 되자, 그녀는 더 이상 목석처럼 가만히 누워 있지만은 않았다. 그녀는 여지껏 모르고 지냈던 성적인 충족감을 느끼기 위해서 그의 리듬에 맞춰 몸을 흔들어 보려고 무진 애를 썼다.

조금씩 조금씩 그녀는 사슬로 묶여 있던 자신의 내부의 관능적인 힘을 발산하기 시작했다. 드디어 네드의 기억 속에서 절대로 잊혀지지 않는 작년 4월 7일 밤, 샌디는 처음으로 오르가슴이라는 걸 느끼게 되었다. 잠시 동안 네드를 깜짝 놀라게 할 만한 엄청난 힘을 가진 절정감이었다. 나중에 그녀는 행복에 겨워 눈물을 흘리면서 그만큼의 감사와 사랑 그리고 믿음을 가지고 네드에게 매달렸고, 그도 함께 눈물을 흘렸다.

그는 그녀가 오르가슴을 발견하게 되었다면, 마침내 그녀가 오랫동안 숨겨 왔던 고통의 원인에 대해서도 말할 수 있으리라 생각했다. 하지만 그가 거기에 대해 조심스럽게 캐묻자, 그녀는 그의 말을 단숨에 잘라 버렸다.

"과거는 과거잖아요, 네드. 그런 얘기 길게 해 봤자 아무 소용도 없잖아요. 만일 내가 그 얘기를 하면……난 다시 그 일에 시달리게 될 거예요."

작년 봄과 여름, 그리고 초가을까지 줄곧 샌디는 조금씩 만족감을 더 얻어갔다. 그리고 9월까지 그들의 잠자리는 거의 늘상 그녀에게 뿌듯한 만족감을 안겨 주었다. 그리고 불과 3주도 채 지나지 않은 크리스마스까지는 그녀가 성적으로 무르익은 것이 그녀의 마음속에 일어난 유일한 변화가 아니라, 그 외에도 긍지와 자존심도 새로이 겸비한 것이 분명했다.

샌디는 성적으로 발전한 것과 함께 예전에는 섹스보다 훨씬 더 재미없는 행위라고 생각했던 운전도 즐기게 되었다. 처음에 그녀는 자기네 트레일러를 몰고 베오웨이위 근처까지 나가면서 운전 연습을 해 보겠다는 의중을 조심스럽게 털어놓았었다. 오래지 않아 그녀는 혼자 트럭을 타고서 한바탕 질주를 하곤 했다. 네드는 가끔씩 창가에 서서 새장에서 풀려난 새가 하늘로 훨훨 날아오르는 듯 그녀가 신나게 차를 몰고 달리는 모습을 기쁜 마음으로 지켜 보기도 했지만, 한편으로는 웬지 설명할 수 없는 불안한 마음이 들기도 했다.

얼마 전 막 지나간 설날 무렵에는 그 불안감이 공포심으로 변해서 24시간 내내 그의 곁을 떠나지가 않았다. 그제서야 그는 샌디가 자신을 떠나 멀리로 날아가 버릴까 봐 겁내고 있다는 것을 깨닫게 되었다.

어쩌면 어니와 페이 부부와 함께 있는 그 낯선 사내와 도망쳐 버릴지도 몰랐다.

'어쩌면 내가 지나친 과민 반응을 보이고 있는지도 몰라.'

네드는 햄버거에 들어갈 고기를 번철에 놓으면서 생각했다. 사실 자신도 지나친 과민 반응을 보인다는 걸 너무나 잘 알고 있었다.

하지만 그는 걱정이 되었다.

네드가 블록 부부와 그들의 친구인 낯선 사내가 먹을 치즈 버거와 그와 곁들여서 내갈 것들을 모두 준비했을 무렵, 다른 손님들은 모두 돌아가 버렸다. 샌디가 음식을 담은 접시를 내가는 동안, 페이는 식당 문을 닫고서 시각이 아직 10시도 채 안 되긴 했지만 80번 도로에서 보이도록 만들어 놓은 〈영업 끝났음〉이라는 표지판의 스위치를 켰다.

네드는 낯선 사내의 얼굴을 좀더 자세히 보려고 일행이 앉아 있는 테이블로 다가갔다. 거기에는 그 사내와 샌디 사이에 자신의 존재가 있다는 사실을 은근히 알리기 위한 의도도 숨어 있었다. 그가 일행이 앉아 있는 테이블에 갔을 때, 샌디가 맥주 한 병을 가지고 와서 자신을 위해서 병을 따고 있는 걸 보고 깜짝 놀랐다. 네드는 그다지 술을 많이 마시지 않는 편이었으며 샌디는 그보다 더 술을 못했다.

"이분들이 우리한테 해 주실 말씀을 들으려면 술이 필요할 거예요. 사실 두 병 더 마시게 될지도 모르죠."

샌디가 말했다.

그 사내의 이름은 도미니크 콜베이시스였다. 그는 네드가, 아내가 자신을 배신하면 어쩌나 하는 걱정을 마음속에서 싹 가시게 할 만큼 놀라운 이야기를 해 주었다. 콜베이시스가 이야기를 끝마치자 이번에는 어니와 페이가 자신들이 겪고 있는 믿어지지 않을 만치 놀라운 이야기들을 해 주었고, 그제서야 네드는 해병 출신의 건장한 어니가 어둠을 무서워하고 있었다는 사실을 처음으로 알게 되었다.

"하지만 우리가 여기서 대피했었다는 사실은 저도 똑똑히 기억하고 있는걸요. 저희는 그때 사흘간 여기 모텔에 있을 수가 없죠. 왜냐하면 그때 집에서 텔레비전 보고 루이 라무르의 소설을 읽으면서, 짧게나마 휴가를 즐겼다는 걸 분명히 기억하고 있거든요."

"제 생각으로는 그 얘기도 댁에서 그렇게 기억하도록 명령받은 사실일 겁니다."

콜베이시스가 말했다.

"그 동안 누군가 트레일러로 당신들을 찾아간 적은 없었습니까? 잠깐 들른 이웃 사람들도 없었나요? 정말로 당신들이 거기 있었다는 사실을 확인해 줄 수 있는 사람이 혹시 없을까요?"

"우리는 베오웨이위 교외에 살고 있기 때문에 실제로는 이웃들이 없습니다. 제 기억으로는 우리가 정말로 거기에 있었다고 확인해 줄 만한 사람이 없는 것 같군요."

"네드, 이분들은 우리 두 사람 가운데 누군가에게 뭔가 이상한 일이 일어나지 않았나 궁금해 하세요."

샌디가 말했다.

네드는 아내와 눈길을 마주쳤다. 그는 무언으로, 그녀가 겪었던 변화에 관해서 그들에게 말할 것인지 아닌지는 샌디 자신에게 달려 있다는 사실을 일러 주었다.

"두 분은 그 일이 일어났던 날 밤 바로 여기 계셨습니다. 무슨 일인지는 잘 모르겠지만, 제가 저녁을 들고 있는 사이에 그 일이 시작된 것이죠. 그러니까 두 분은 틀림없이 그 일의 일부로 관련되신 겁니다. 하지만 여러분은 그 기억들을 몰래 빼앗긴 거예요."

전혀 모르는 사람들이 자신의 정신을 혼란시켰다는 생각을 하자 네드는 섬뜩한 기분이 들었다. 그는 불안한 마음으로 페이가 테이블 위에 부채 모양으로 펼쳐 놓은 다섯 장의 폴라로이드 사진을 자세히 살펴보았다. 그리고 특히 콜베이시스가 허탈한 시선으로 카메라를 바라보고 있는 사진을 유독 자세히 살폈다.

"샌디, 나와 어니는 최근에 샌디가 변했다는 걸 눈치채지 못할 만큼 장님은 아니라우. 샌디를 당황하게 만들거나, 샌디의 일을 꼬치꼬치 캐묻고 싶은 마음은 없어요. 하지만 만일 그런 변화가 우리들에게 일어난 일하고 관련이 있다면 말야, 우리가 그 일에 관해서 알아야 하지 않을까?"

페이가 샌디에게 말했다.

샌디는 손을 뻗어서 네드의 손을 붙잡았다. 그녀가 자신을 사랑하고 있다는 것은 너무나 분명한 사실이어서, 그는 조금 전 자신이 그녀가 자신을 배신하면 어떻게 하나 하는 바보 같은 생각에 몰두하고 있었던 게 너무나 부끄럽게 생각되었다.

그녀는 자신의 맥주 잔만 뚫어지게 바라보면서 말을 꺼냈다.

"지금까지 전 제 인생의 대부분을 스스로가 아주 별 볼일 없는 인간이라고 생각하며 살아왔어요. 제가 자존심이라는 걸 찾게 된 것이 얼마나 기적 같은 일인가 하는 걸 알고 싶으시다면, 제가 어렸을 때 얼마나 비참하게 살았는지도 아셔야 할 거예요. 맨처음 제게 용기를 북돋워 주고, 절 믿어 주고, 하나의 어엿한 인간이 될 수 있는 기회를 준 건 바로 네드였죠."

그렇게 말하면서 그녀는 남편의 손을 더욱 꼬옥 쥐었다.

"거의 9년 전쯤 이이는 제게 구애를 하기 시작했어요. 지금까지 제게 숙녀다운 대접을 해 준 사람은 이이가 처음이었어요. 이이는 제가 제 내부의 복잡하게 얽힌 사슬에 단단히 묶여 있다는 걸 잘 알면서도 저랑 결혼했죠. 그리고 그 사슬을 풀어 주려고 8년 동안 온갖 노력을 다했어요. 이이는 자기가 나를 도와 주려고 얼마나 열심히 노력해 왔는지 제가 모르고 있는 줄 알지만, 전 아주 잘 알고 있죠."

그녀는 감정에 복받쳐 목소리가 잠겼다. 그녀는 잠시 말을 멈추고 맥주를 한 모금 마셨다.

네드는 아무 말도 할 수가 없었다.

"그 일은……어쩌면 재작년 여름에 일어났던 일이……우리들 가운데서 아무도 기억하지 못하는 그 일이……어쩌면 제게 강력한 영향을 주었는지도 모른다는 걸 여러분 모두에게 알려 드리고 싶어요. 하지만 네드가 그 세월 동안 자기 품에서 절 보호해 주지 않았더라면, 전 절대로 기회를 얻지 못했을 거예요."

마치 강한 철끈처럼 사랑이 네드를 단단히 감싸서 목을 막히게 하고, 가슴을 조이고, 그의 심장에 유쾌한 중압감을 주는 것 같았다.

샌디는 남편을 흘낏 쳐다보고는 다시 맥주 병으로 시선을 돌려서 지옥 같던 어린 시절에 관해서 자세히 설명하기 시작했다. 그녀는 자신의 아버지가 자신에게 저지른 파행에 대해서는 노골적으로 상세히 설명하지 않았으며, 침착하게 라스베가스의 한 포주 밑에서 어린아이로서 매춘 행위를 한 이야기를 거의 절묘하다고 하리만치 간간이 내비쳤다. 그녀는 그런 아연 실색할 학대 행위에 대해서 이야기할 때도 극적인 요소를 보태지 않은 채 있는 그대로 사실을 설명했기 때문에 그녀의 이야기는 더욱 충격적이고 감동적으로 들렸다. 테이블에 있던 사람들 모두가 단순히 충격을 받아서가 아니라 그녀가 그런 고통을 견뎌 냈다는 데 대한 존경심과, 끝내 그런 고통을 겪고서도 인간 승리를 거두었다는 데 대한 경외감으로 묵묵히 이야기를 들었다.

샌디가 이야기를 마치자, 네드는 아내를 꼬옥 끌어안아 주었다. 그는 그녀가 지니고 있는 강인한 면에 깜짝 놀라고 있었다. 그는 늘 그녀가 특별한 사람이라는 걸 잘 알고 있었다. 그리고 그녀가 오늘 밤 모두의 앞에서 털어놓은 이야기가 그녀를 사랑하고 아끼는 자신의 마음을 더욱 견고하게 할 것이라는 사실도…….

샌디가 당하면서 살아온 일들을 진심으로 슬프게 생각하면서도, 그는 그녀가 드디어 그 이야기를 할 수 있게 됐다는 사실이 몹시 기뻤다. 그건 틀림없이 지나간 과거가 더 이상 그녀를 괴롭히지 못한다는 뜻이었다.

페이와 어니는 샌디를 돕고 싶기는 했지만 자신들이 할 수 있는 일이라고는 몇 마디의 위로의 말밖에는 없다는 사실을 잘 알고 있는 친구들로서의 어설픈 태도로 샌디를 가엾게 생각했다.

사람들 모두가 맥주를 한 잔씩 더 들고 싶은 기분이 되었다. 네드는 냉장고에서 도스 에퀴스 다섯 병을 꺼내 테이블로 가져왔다.

네드에게 있어서 이젠 더 이상 라이벌로 보이지 않게 된 콜베이시스는 고개를 내저으면서 마치 샌디의 이야기가 그에게 두려움으로 멍해진 상태가 되게 만든 것처럼 눈을 깜박거렸다.

"일이 갈수록 미궁으로 빠져 드는 느낌이군요. 제 말은 말이죠……. 만일 우리들이 기억하지 못하는 어떤 사건이 우리들 가운데 나머지 사람들에게 미치는 한 가지 공통된 감정이 있다면, 그것은 병적인 정도로 극심한 공포라는 사실입니다. 제 경우엔 스스로가 만든 단단한 껍질에서 빠져 나오게 되었으니까 실은 이득을 본 셈이죠. 그 점에서는 샌디와 비슷하겠군요. 하지만 어니와 바이스 박사, 로우맥, 그리고 저……. 우리들 대부분에게는 두려움의 잔재가 남아 있어요. 그런데 지금 샌디는 우리에게 자신이 받은 영향이 절대로 자신을 겁먹게 만든 것이 아니라, 엄밀히 따져서 자신에게 이로운 것이었다고 말하고 있습니다. 어떻게 그것이 우리들에게 주는 영향과 그렇게 다를 수 있죠? 당신은 정말로 두려움 같은 걸 느끼지 않으시나요, 샌디?"

"아뇨, 전혀요."

샌디가 대답했다.

테이블 가까이로 의자를 끌어당긴 후로 어니는 줄곧 마치 습격을 받아 목숨을 잃을까 봐 몸을 사리고 있는 것처럼 어깨를 잔뜩 움츠린 채 고개를 숙이고 앉아 있었다. 그는 맥주병을 한 손으로 감싸 쥔 채, 완전히 마음을 놓은 것은 아니지만 다소 긴장을 풀고 의자에 등을 기대고 앉아 있었다.

"그래요. 그것의 핵심은 두려움이죠. 하지만 샌디, 내가 당신에게 말했던 주간 고속 도로를 따라오다 보면 여기서 15마일 정도 더 떨어진 곳의 그 장소 기억 안 나요? 난 틀림없이 거기서 뭔가 무시무시한 일이 일어났다고 확신해요. 세뇌에 관련된 중요한 일 말예요. 하지만 그 장소에서 있을 때, 난 단순한 두려움 이상의 감정을 느꼈다오. 심장이 빨리 뛰기 시작하고……그리고 난 흥분되기 시작했죠……. 하지만 그게 전적으로 불길한 흥분감만은 아니었다오. 그래요, 두려움은 그 감정의 일부분이지. 어쩌면 가장 큰 비중을 차지하고 있을런지는 모르겠지만, 다른 감정들도 같이 뒤섞여 있었어요."

"어니가 말한 데는 제가 트럭을 타고 나갈 때 종종 돌아오는 곳인 것 같은데요. 전……거기에 괜히 마음이 끌리던걸요."

샌디가 말했다.

어니는 흥분해서 몸을 가까이로 수그렸다.

"나도 그걸 알고 있었지! 오늘 아침 공항에서 돌아오는 길에 우리가 그 곳을 지나가는데, 샌디는 트럭의 속력을 갑자기 늦추더군. 그래서 속으로 '샌디도 그런 감정을 느끼고 있구나.' 하고 생각했지."

"샌디, 정확히 말해서 그 부분에 끌리듯이 다가갈 때의 기분이 어땠지?"

페이가 물었다.

너무나 포근해서 네드가 실제로 거의 그 훈기를 느낄 수 있을 만큼 따뜻한 미소를 지으면서, 샌디가 대답했다.

"평화요. 전 거기서 평화로움을 느꼈어요. 뭐라고 설명하기는 어렵지만……마치 거기 있는 바위들과 흙과 나무들이 모두 조화로움과 고요함을 발산하고 있는 것 같은 그런 기분이었어요."

"난 거기서 평화로움 따위는 느껴 보지 못했어. 그래, 그건 두려움이었지. 이상한 흥분감 같은 것. 뭔가……만사를 망칠 만한 일이 일어나고 있는 것 같은 기괴한 느낌이었지. 비록 그 일이 지옥처럼 끔찍이 겁 나는 일이라 해도 내가 간절히 찾고 있는 일 말예요."

어니가 말했다.

"게다가 전 당신이 느낀 것을 아무것도 느끼지 못한 걸요."

샌디가 다시 말했다.

"우리 모두 거기 가 봐야겠군요. 그 곳이 우리 중에서 나머지 사람들에게 영향을 미치는지 어떤지 봅시다."

네드가 제안했다.

"아침에 날이 밝거든요."

콜베이시스가 말했다.

"그 곳이 우리들 각자에게 각기 다른 영향을 끼칠지도 모른다는 생각이 드는군요. 하지만 그것이 돔과 샌디와 어니의 삶을 변화시키고, 그리고 리노에 사는 로우맥 씨라는 사람과 보스턴에 사는 바이스 박사의 삶도 변화시켰는데, 왜 네드와 제게는 아무런 일도 일으키지 않은 거죠?"

페이가 물었다.

"어쩌면 세뇌를 시키는 사람들이 당신과 네드에게 더 나은 일을 했었는지도 모르죠."

돔이 말했다.

그 생각은 다시 네드를 당혹스럽게 만들었다.

잠시 동안 그들은 자신들이 처한 상황에 대해 토론을 벌였다. 그리고 나서 네드는 콜베이시스에게 그의 기억이 지워진 시점인 7월 6일 금요일 밤에 했던 행동을 재현해 보라고 제안했다.

"우리들보다 당신이 그날 저녁 일찍이 있었던 일들을 다시 기억 속에서 되살려 보세요. 게다가 오늘 밤 맨 처음 여기 왔을 때, 당신은 뭔가 중요한 일에 대한 기억이 거의 생각나려고 했었잖아요."

"거의 그랬었죠. 하지만 그 기억이 제 손에 잡히려는 마지막 순간에 그것이 저를 겁줘서 모두 엉망으로 만들어 놓고 말았어요……그리고 제가 그 다음에 기억할 수 있는 사실은 제가 문을 향해 도망치고 있었다는 것뿐이었어요. 전 완전히 구경거리였죠. 완전히 환각 상태였어요. 그건 너무나 본능적이고 직감적으로 저지른 일이라 손도 대 볼 도리가 없었죠. 아마 다시 그 기억을 억지로 떠올리려고 시도했다면, 다시 그런 일이 있어났을걸요."

"그래도 아직 해 볼 만한 일 아닐까요?"

네드가 말했다.

"게다가 이번에는 당신 혼자가 아니라 우리도 돕겠어요." 페이가 말했다.

콜베이시스는 좀더 그럴듯한 감언 이설로 설득당해야 할 필요가 있었다. 네드는 그날 저녁 일찍 돔이 겪었던 경험이, 말로 표현할 수 있는 것보다 상당히 더 심각하고 그의 마음을 불안하게 만드는 일이었으리라 나름대로 해석하고 있었다. 하지만 그 작가는 마침내 자리에서 일어나 자기 술을 들고서 식당의 앞문으로 갔다. 그는 출구를 등지고 서서 맥주를 한 모금 쭈욱 들이켰다. 그는 방안을 둘러보면서 그 당시에 있었던 사람들을 기억해 내려고 열심히 애를 썼다.

"카운터에 3, 4명 정도 되는 사람이 앉아 있었어요. 아마 전부 합쳐서 손님이 12명 정도 됐을 거예요. 얼굴을 하나하나 기억할 수는 없지만요.”

그는 문에서 멀리로 옮겨가 네드와 다른 사람을 지나쳐 옆 테이블로 가서는 의자 하나를 잡아 빼서 그들을 향해 등을 반쯤 돌리고 앉았다.

“여기가 바로 제가 앉았던 자리입니다. 샌디가 제 시중을 들고 있었죠. 전 메뉴를 보면서 코어즈 한 병을 마셨어요. 그리고 햄과 계란이 든 샌드위치를 시켰죠. 프렌치 프라이와 양배추 샐러드두요. 프렌치 프라이에 소금을 뿌리다가 전 그만 소금통을 손에서 놓치고 말았죠. 전 떨어지는 소금통을 황급히 낚아챘고 그 바람에, 아주 조금이기는 하지만 어깨 너머로 소금이 뿌려졌어요. 바보 같은 제스처였죠. 바이스 박사! 그래요, 제가 실수하는 바람에 소금을 맞은 여자가 바로 진저 바이스였어요. 아까는 그 생각이 안 났지만, 이제는 분명히 그 여자라는 게 생각나는군요. 사진에서 본 바로 그 금발의 여자예요.”

페이는 네드 앞에 놓여 있는 바이스 박사의 폴라로이드 사진을 톡톡 두드렸다.

돔 콜베이시스는 여전히 다른 테이블에 앉은 채로 말했다.

“대단히 아름다운 여자였죠. 작은 요정처럼 깜찍하면서도 세련된 외모에다, 정말 전혀 다른 개성이 흥미롭게 섞인 여자였죠. 전 그 여자에게서 거의 한 시도 시선을 뗄 수가 없었어요.”

네드는 진저 바이스의 사진을 더욱 자세히 쳐다보았다. 그는 그 여자의 얼굴이 그렇게 창백하고 나른해 보이지 않고, 눈빛이 그렇게 차갑고 공허해 보이지도 않고, 죽은 듯이 무표정하지만 않다면, 실제로는 대단히 매력적인 여자일지도 모르리라는 짐작이 갔다.

콜베이시스는 마치 실제로 과거의 기억 속의 사람들에게 얘기하듯이 차츰 목소리가 이상하게 변해 갔다.

“그 여자는 이쪽과 마주보이는 구석진 창가의 칸막이 자리에 앉아 있었어요. 일몰이 가까운 시각이었죠. 해가 저기 바깥의 지평선 위에 걸려 있어서, 마치 새빨간 공을 중심이 잘 잡히게 균형을 잡아 놓은 모습처럼 보였죠. 식당 안은 창문을 통해서 비스듬히 새어 들어오는 오렌지빛 햇살로 가득 차 있었어요. 마치 난로의 불빛처럼 말예요. 진저 바이스는 그 빛에 물들어서 더욱 아름다워 보였죠. 전 대놓고서 그녀를 계속 바라보고 있을 수가 없었어요……. 지금 같은 황혼 무렵이었죠. 전 맥주를 두 잔째 마시고 있었습니다."

그는 천천히 맥주를 마셨다. 그가 다시 말을 잇기 시작했을 때, 그의 목소리는 아까보다 한결 더 부드러워져 있었다.

"들판이 온통 진홍색이었어요……한참 후 검은색으로 변하고…… 밤이……."

어니나 페이, 그리고 샌디와 마찬가지로 네드도 기억을 되살리려고 애쓰고 있는 작가를 홀린 듯 지켜 보고 있었다. 그러한 갈등은 형체가 없이 어렴풋하게 그의 마음을 휘저어 놓다가 마침내 자신이 가지고 있는 기억들을 뿌리째 흔들어 놓고 있었다. 그는 트랭퀼러티 그릴에서 대부분의 시간을 보냈던 특별한 날의 밤을 회상하기 시작했다. 지금 테이블 위에 놓여 있는 폴라로이드 사진 가운데는 젊은 사제의 사진도 들어 있었다. 그리고 어린 딸과 함께 찍은 젊은 부부의 사진도…….

"해가 떨어지고 나서 그리 오래지 않아……두 잔째 시킨 맥주의 잔을 거의 다 비우면서, 저는 조금 더 진저 바이스 양을 쳐다볼 수 있었죠."

콜베이시스는 오른손을 귀에 갖다 댄 채 좌우를 살폈다.

"뭔가 해괴한 종류의 소리가 들렸어요. 전 그 소리를 거의 똑똑히 기억하고 있습니다. 멀리서 우르릉 쾅쾅거리는 소리가……점점 커져 갔어요."

그는 잠시 입을 다물었다.

"그 다음 무슨 일이 일어났는지는 기억이 안 나요. 뭔가……무슨 일인가가 일어나기는 했는데……기억이 나지를 않아요."

그 작가가 우르릉거리는 소리가 났다는 이야기를 했을 때, 네드 사버는 어렴풋하게나마 깜짝 놀랄 만큼 커다란 소음이 들렸던 기억이 나는 것 같은 느낌을 경험했다. 그렇지만 그것이 무엇인지 마음속에 분명히 떠오르지는 않았다. 그는 마치 콜베이시스가, 필사적으로 보기를 두려워하고는 있지만 반드시 보아야만 하는 어둡고 깊은 수렁의 끄트머리로 자신을 몰고 가고 있으며, 지금 그들은 그 시커먼 심연 아래로 빛줄기 하나 비치지 않는 가운데 얼굴을 돌리고 있는 것처럼 느껴졌다. 심장이 빠른 속도로 뛰는 가운데, 그는 "그 소리를 기억해 내도록 정신을 집중해 봐요. 정확한 그 소리를요. 어쩌면 나머지 일들이 다시 기억날지도 모르잖아요."라고 말했다.

콜베이시스는 테이블에서 의자를 뒤로 당기고서 자리에서 일어났다.

"우르릉거리는 소리였어요. 마치 천둥 소리 같았죠. 아주 멀리서 들려오는 것 같은 천둥 소리……. 하지만 그 소리가 점점 커졌어요."

그는 테이블 옆에 서서 그 소리가 들려 오는 쪽을 찾아보려는 듯 고개를 상하 좌우로 돌려 보았다.

갑자기 네드는 과거의 기억 속에서가 아니라 현재 실제 바로 그 자리에서 그 소음이 들려오는 것을 느꼈다. 멀리서 공허하게 울려 오는 듯한 천둥 소리……. 하지만 그 소리는 높아졌다 낮아졌다 하면서 한순간 우르릉 쾅쾅거리며 부서지는 소리가 아니라, 끝도 없이 울려 퍼지는 하나의 연장음처럼 들려 왔다. 그리고 그 소리는 점점 더 커졌다. 점점 더 크게…….

네드는 다른 사람들을 쳐다보았다. 그들도 그 소리를 듣고 있었다.

더 커다란 소리로 점점 더 크게……. 이제 그는 뼛속까지 떨리는 것 같은 기분이었다.

그는 그날 밤 무슨 일이 일어났는지는 기억할 수 없었지만, 그들이 겪은 기상 천외한 사건이 바로 그 소리와 함께 시작되었다는 것은 잘 알고 있었다.

그는 의자를 뒤로 밀치고 자리에서 일어섰다. 그는 점점 높이 솟아오르는 두려움의 물결 속에 파묻혔다. 그리고 그는 당장 도망쳐야 한다는 충동과 대항해 싸워야만 했다.

샌디도 자리에서 일어섰다. 그녀의 얼굴에도 두려움이 서려 있었다.

무엇인지 정체를 알 수 없는 사건들이 그녀에게 전적으로 긍정적인 영향을 준 것이 사실일지는 몰라도, 그녀 역시 지금은 겁을 먹은 상태였다. 그녀는 네드의 마음을 안심시켜 주려고 한 손으로 그의 팔을 잡아 주었다.

어니와 페이는 그 시끄러운 소리가 어디서 나는 것인지를 알아보려고 인상을 찌푸린 채 주위를 돌아보았다. 하지만 아직 놀라고 있는 것 같지는 않았다. 그 소리에 대한 그들의 기억은 틀림없이 대단히 철저하게 지워져 버렸기 때문에, 그들은 그 해 7월의 금요일 밤에 있었던 사건들과 쉽사리 연결시킬 수가 없는 모양이었다.

천둥 소리처럼 우르릉거리는 소리가 밑에 깔린 채로 또 다른 소리가 들려 왔다. 그것은 울음소리 같기도 하고 피리 소리 비슷하기도 한 기묘한 소리였다. 불쾌하지만 그것도 네드의 귀에 익은 소리였다.

다시 그 일이 벌어지고 있는 것이었다. 18개월도 더 지난 그날 밤 무슨 일이 일어났던간에 어쨌든 그 일이 다시 되풀이되고 있는 것이었다. 다시 한번 모든 일이 벌어지고 있었다. 그리고 네드는 자신이 "안 돼! 안 돼! 정말 안 돼!"라고 중얼거리는 소리를 들었다.

콜베이시스는 자신이 앉아 있던 테이블에서 두 발자국 물러나와 네드와 다른 사람들을 흘낏 훔쳐보았다. 그는 얼굴이 하얗게 질려 있었다.

점점 그 소리가 커지면서, 블라인드 뒤의 유리창이 흔들리기 시작했다. 눈에 보이지는 않지만, 낡아서 헐거워진 창틀이 덜거덕거리기 시작했다.

이제는 레블러 차양이 흔들리면서 귀에 거슬리는 불협 화음을 더해 주었다.

네드를 잡고 있는 샌디의 손길이 이제는 공포에 떠는 우악스러운 손아귀로 변했다.

어니와 페이는 자리에서 일어서고 말았다. 그들은 더 이상 그저 당황하고 있는 정도가 아니라, 다른 사람들이나 마찬가지로 두려워하고 있었다.

울음소리 같기도 하고, 피리 소리 같기도 한 그 소리는 천둥처럼 차츰 볼륨이 높아져 갔다. 마침내 그 소리는 귀청이 떨어져 나갈 듯한 비명 소리로 변했다. 마치 전자 발진음처럼 날카로운 비명 소리였다.

"이게 대체 뭐죠?" 라고 소리치며 샌디가 울부짖었다.

계속되는 커다란 굉음은 트랭퀼러티 그릴의 벽을 흔들 만치 엄청난 힘을 얻게 되었다.

콜베이시스가 앉아 있던 테이블에 놓인 맥주 잔이 쓰러져 깨지면서 그 안에 들어 있던 맥주가 테이블 위로 엎질러졌다.

네드는 옆 테이블을 쳐다보면서 그 위에 놓여 있는 물건들을 바라보았다. 케첩병과 겨자병, 소금병과 후추병, 재떨이, 유리잔, 접시, 은제 식기 등이 서로 쨍그랑 소리를 내면서 부딪치고, 테이블 위 여기저기에서 돌아다녔다. 맥주 잔이 흔들거리고, 다른 잔과 케첩병도 흔들거렸다.

네드와 나머지 사람들은 휘둥그래진 눈으로 이리저리로 시선을 돌렸다. 마치 악마 같은 존재가 당장이라도 현실에 나타날 것 같은 예감이 들었다.

테이블 위에 놓여 있던 물건들이 방 여기저기로 떨어졌다. 코어즈 상표의 시계가 걸려 있던 고리에서 뚝 떨어져 내려 마룻바닥에서 산산조각이 났다.

그것은 바로 7월의 그날 밤 일어났던 일이었다. 네드는 그 정도는 기억하고 있었다. 하지만 다음에 무슨 일이 일어났는지는 도저히 기억할 수가 없었다.

"그만둬!"

어니는 복종심이 몸에 밴 해군 장교의 권위와 확신감을 가지고 소리쳤다. 하지만 그래 봤자 아무 소용도 없는 일이었다.

지진일까? 네드는 궁금했다. 지진이라고 한다면 천둥 소리를 동반한 전자음의 비명 소리를 설명해 줄 수가 없었다.

의자가 마루 여기저기로 덜덜거리고 돌아다니면서 서로 쿵쿵 부딪쳤다. 의자 중의 하나가 콜베이시스 쪽으로 미끄러지자, 작가는 놀라서 깡

충 뒤로 물러섰다.

네드는 마룻바닥이 흔들리는 것이 느껴졌다.

천둥 소리처럼 우르릉거리는 소리와 함께 들려 오는 벽을 흔드는 비명 소리가 귀청을 찢을 듯 크게 들려 왔다. 폭탄이 폭발할 때의 참기 힘든 단조로운 파열음이 들리면서 앞문에 달린 커다란 유리창이 부서졌다. 페이는 비명을 지르면서 손을 들어 얼굴을 가렸고, 어니는 뒤로 멈칫멈칫 물러서다가 의자에 걸려 넘어질 뻔했다. 샌디는 네드의 가슴에 얼굴을 파묻었다.

창을 가리고 있는 블라인드가 그들과 유리창이 부서진 창틀 사이의 울타리가 되어 주지 않았더라면, 그들은 날아온 유리 파편에 심하게 다쳤을 것이다. 아무리 그렇다고 하더라도 열려진 창으로 불어 오는 강풍에 커튼이 날리는 사이, 파열의 힘이 워낙 세서 블라인드가 위로 걷어붙여졌고, 번쩍거리는 파편들이 일부 칸막이 좌석으로 떨어지거나 네드 쪽으로 쏟아지면서 주위의 바닥을 세차게 내려쳤다.

침묵이 흘렀다. 창문이 파열되고 나서 깊은 침묵이 흘렀다. 그 침묵을 깨고 있는 것은 마지막으로 얼마 남지 않은 채 흔들거리고 있던 조그만 유리 조각들이 하나씩 바닥으로 떨어져 내리는 소리뿐이었다.

네드는 기억이 제대로 나지는 않지만, 재작년 7월 금요일 밤 그와 거의 비슷한 일이 일어났었다. 하지만 오늘 밤은 그 수수께끼 같은 드라마가 지금까지 벌어진 상황까지밖에는 진행되지 않을 것이 분명했다. 지금 상태로 모두 끝난 것이다.

돔 콜베이시스는 유리 조각에 맞아 찢어진 뺨에서 약간 피를 흘리고 있었다. 하지만 그 상처는 다행히도 면도를 하다 베인 자국보다 더 심한 정도는 아니었다. 어니는 이마와 오른손 손등이 유리 파편에 가볍게 긁혔다.

샌디가 아무런 상처도 입지 않았다는 사실을 확인하고 나서, 네드는 그러고 싶지는 않지만 아내의 곁을 떠나 앞문으로 급히 달려갔다. 그는 그 해괴한 소리와 파열이 어디서 생긴 것인지를 찾아보려고 밤 공기 속으로 뛰쳐나갔다. 하지만 그가 발견한 것은 깊고 어둡고 엄숙한 침묵에 싸여 있는 들판뿐이었다. 폭발이 일어난 곳을 표시해 줄 만한 연기나 시커멓게 그을린 파편 조각 따위는 전혀 없었다. 트랭퀼러티 모텔과 그릴이 있는 언덕 기슭에는 멀찌감치 간격을 두고 달리는 차들과 트럭들이 주간 고속 도로 위를 지나고 있었다. 모텔 너머에서 무슨 소동인가 싶어서 투숙객들 몇 명이 잠옷 차림으로 밖으로 뛰어나왔다. 머리 위의 하늘은 별들로 가득했다. 공기는 몸이 꽁꽁 얼어붙을 만큼 차가웠지만, 바람은 전혀 불지 않았다. 죽음의 냉담한 한숨 소리처럼 부드러운 미풍만 불어올 뿐이었다. 눈에 보이는 것 중에서 천둥이나 진동, 혹은 창문이 깨질 정도의 폭발을 일으킬 만한 것은 아무것도 없었다.

돔 콜베이시스는 어리둥절해져서 식당 밖으로 나왔다.

"대체 뭡니까?"

"난 오히려 댁에서 알려 줬으면 하던 참인데요."

네드가 대꾸했다.

"재작년 여름 일어났던 일도 바로 이겁니다."

"저도 알아요."

"하지만 이건 시작에 불과했죠. 빌어먹을! 창문으로 바람이 들어온 다음부터 무슨 일이 일어났는지 기억이 안 나요."

"나도 그렇소이다."

네드가 대꾸했다.

콜베이시스는 손바닥을 뒤집고 손을 펼쳐 보았다. 식당 지붕 위에 세워 놓은 간판의 파랑색 네온 불빛 속에서 네드는 그 작가의 손바닥에 고리 무늬가 불룩하게 솟아 있는 것을 보았다. 불빛이 파랑색이었기 때문에 그 상처가 실제로 어떤 색인지는 확실히 알 수 없었지만, 콜베이시스가 조금 전에 그들에게 해 준 얘기를 통해서 네드는 그 고리 무늬가 성난 듯한 새빨강색이라는 것을 알 수 있었다.

"대체 뭐죠?"

콜베이시스가 다시 물었다.

샌디가 식당 안의 형광등 불빛을 등진 채로 열려 있는 식당 문간에 서 있었다. 네드가 아내에게 다가가 그녀를 안아 주었다. 그는 아내의 몸이 계속 떨리고 있는 것을 느꼈다. 하지만 그는 아내가 "당신 사시나무처럼 떨고 있군요."라고 말할 때까지 정작 자신이 얼마나 심하게 떨고 있는지 알아차리지 못하고 있었다.

네드 사버는 속이 울렁거릴 정도로 겁을 먹고 있었다. 거의 직관에 가까운 상상력으로 그는 그들이 대단히 중요하고도 상상할 수도 없을 만치 위험한 일에 관련되었다는 것을 감지할 수 있었다. 그리고 결국에는 자신들 중 몇 명이, 아니 어쩌면 모두가 죽게 될지도 모른다는 것도……. 그는 사람이건 무생물이건간에 제대로 고쳐 놓는 데는 타고난 재주를 가진 사람이었다. 하지만 이번에는 어디서부터 어떻게 손을 대야 할지도 모르는 세력과 직면하고 있었다. 만일 샌디가 죽게 되면 어쩌지? 그는 자신의 재능을 자랑스럽게 생각하고 있었지만, 이 세상에서 아무리 수리를 제일 잘하는 사람이라고 해도 죽음을 가져 오는 파멸을 원상태로 되돌릴 수는 없는 법이었다.

턱슨에서 그녀를 만나고 나서 처음으로 네드는 자신에게 아내를 보호해 줄 수 있는 힘조차도 없다는 무력감을 느꼈다.

지평선에서 달이 떠오르기 시작했다.

제 5 장

1월 12일부터 1월 14일까지의 이야기

I

1월 12일 일요일

공기의 밀도는 주조한 철처럼 짙었다.

악몽을 꾸면서 돔은 제대로 숨도 쉴 수가 없었다. 엄청난 압력이 그를 내리누리고 있었다. 그는 너무나 숨이 막혔다. 그는 죽어가고 있었다.

그는 그다지 많은 것은 볼 수 없었다. 그의 시야가 뿌옇게 흐려졌었다. 그때 두 남자가 가까이로 다가왔다. 두 남자 모두 천문학자들이 쓰는 것처럼 시커먼 바이저가 달린 헬멧을 쓰고 흰색 비닐로 만든 오염 방제복을 입고 있었다. 한 사내가 돔의 오른편에서 정신 나간 듯이 정맥 주사줄을 끊고 그의 팔에서 링거의 바늘을 뽑고 있었다. 왼편에 있는 나머지 사내가 심전도 기계의 비디오 정보 판독 장치에서 심장에 관한 데이터를 지켜 보면서 욕을 퍼붓고 있었다. 그들 중 하나가 가죽띠의 버클을 끄르고 심전도 장치와 돔을 연결시키는 전극을 뜯어 버렸고, 다른 사내는 돔을 자리에서 일으켜 세워 앉혔다. 그들은 그의 입술에 유리잔을 강제로 갖다 댔지만, 그는 그것을 마실 수가 없었다. 그들은 강제로 그의 머리를 뒤로 젖히고 입술을 벌린 다음, 어떤 유독성 물질을 그의 목구멍으로 쏟아 부었다.

그 사내들은 헬멧에 부착한 무선 장치로 서로 수신을 하고 있었지만,

돔에게 너무나 바싹 들러붙어 있는 바람에, 시커먼 바이저의 소음 장치가 되어 있는 플렉시 유리를 통해서도 그는 그들의 목소리를 똑똑히 들을 수 있었다. 그들 중의 하나가 "억류되어 있는 사람들 중에서 얼마나 많은 사람들이 중독됐죠?"라고 물었다. 그러자 나머지 하나가 "아직 확실한 사람은 아무도 없어. 최소한 12명이 그런 것 같아."라고 대답했다. 첫 번째 사내가 "하지만 누가 그들을 중독시키고 싶어하지?"라고 물었다. 그러자 두 번째 사내가 "한 사람 짐작 가는 사람이 있지."라고 대답했다. 첫 번째 사내가 "폴커크 대령 말야. 그 빌어먹을 놈의 폴커크 대령."이라고 말했다. 두 번째 사내가 "하지만 절대로 그걸 증명할 수는 없을걸. 그 후레자식을 절대로 붙잡지 못할 거야."라고 말했다.

플래시 컷. 모텔의 욕실. 사내들은 돔을 일으켜 세운 채로 붙잡고서 세면대에 얼굴을 강제로 처박으려 하고 있었다. 이번에는 그도 그들이 자신에게 무슨 말을 하고 있는지 알았다. 점점 사태가 긴박해지면서 그들은 계속 그에게 토하라고 시켰다. 뒈질 놈의 폴커크 대령이 어느 정도 그를 중독시켰고, 이 사내들은 아주 지독한 맛의 구토제를 마시게 만들고 있는 것이었다. 그리고 지금 그는 자신을 죽게 만들고 있는 독을 깨끗이 해독시켜야 하는 것이다. 하지만 아프기는 해도 여전히 토할 수가 없었다. 그는 억지로 게우게 해서 구역질을 했다. 뱃속이 뒤집어졌다. 닭을 삶을 때 기름기가 녹아 나오듯이 식은땀이 쏟아졌다. 하지만 그는 독을 빼낼 수가 없었다. 첫 번째 사내가 "위 세척기가 필요하겠어."라고 말했다. 그리고 두 번째 사내가 "위 세척기가 없잖아."라고 말했다. 그들은 돔의 얼굴을 세면대의 우묵한 부분에 더 깊이 짓눌렀다. 짓누르는 압력이 점점 세져서, 돔은 이제 거의 숨을 쉴 수가 없었다. 뜨뜻하고 기름기 도는 토설물이 몸 전체에서 밀려 올라왔다. 식은땀이 쏟아져 나왔다. 하지만 그는 토할 수가 없었다. 아무리 해도 할 수가 없었다. 그리고 바로 그때 그는 그것을 토해냈다.

플래시 컷. 다시 장소는 침대이다. 그는 쇠약한 상태였다. 그것도 몹시 쇠약한 상태. 하지만 천지 신명의 도우심으로 다행히 숨은 쉴 수 있었다.

오염 방지복을 입은 남자들이 그의 몸을 깨끗이 씻어 주고 다시 한번 매트리스에 그를 끈으로 묶었다. 오른편의 사내는 틀림없이 독의 효과가 남아 있는 것을 중화시키려는 작정인 듯한 주사액을 조제했다. 왼편에 있는 사내는 영양을 공급하기 위해서가 아니라 약을 복용시키기 위해서 정맥 주사의 점적제를 다시 연결했다. 돔은 머리가 흐릿해져서 상당히 노력하지 않으면 의식을 제대로 가누지 못하는 상태였다. 그들은 다시 그를 심전도 장치에 채웠다. 그들은 그런 일들을 하면서 이야기를 주고받았다.

"폴커크는 바보야. 반쯤 말을 들어 주면서 사태의 혼란을 막을 수도 있을텐데."

"대령은 기억 장애가 점차 사라질까 봐 두려워하고 있어. 사람들 중에서 나중에 자신들이 본 것을 기억할까 봐 두려워하고 있는 거지."

"글쎄, 어쩌면 대령이 옳을지도 몰라. 하지만 만일 염병할 녀석이 그 사람들을 전부 죽여 버리면, 그 시체들에 대해서 어떻게 설명하지? 날고기가 자칼을 끌어들이듯이 그 일이 기자들을 끌어들일텐데. 그렇게 되면 사태의 혼란을 막을 길이 없잖아. 아주 좋은 기억은 깨끗이 지워질 테니까……가장 현명한 해답은 그것뿐이잖아?"

"날 납득시킬 필요 없네. 거기에 대해서라면 폴커크한테나 가서 귀에 딱지가 앉도록 말하라구."

꿈처럼 어렴풋이 보이는 인물들이 목소리와 함께 희미하게 사라져 버렸다. 돔은 각기 다른 악몽 속의 영역을 지나왔다. 그는 더 이상 쇠약하지도, 아프지도 않았지만, 그의 두려움은 완전한 공포심으로 격발되었다. 그는, 느리게 작용하며 사람을 저절로 미치게 만드는 악몽에서, 당황스런 마음으로 도망치기 시작했다. 그는 자신이 무엇으로부터 도망치고 있는지 몰랐다. 하지만 무언가, 자신에게 위협감을 주고 비인간적인 것이 자신을 쫓아오고 있다는 것을 확신하고 있었다. 그는 그것이 바로 자기 뒤로 점점 가까이 와서 그를 잡으려고 하면서 자꾸만 다가오고 있다는 느낌이 들었다. 그리고 마침내 그는 그것으로부터 달아날 수 없다는 걸 알았다. 그리고 자신이 그것과 대면해야 한다는 것도 잘 알고 있었다. 그래서 그는 걸음을 멈추고 고개를 돌려 위를 올려다보고는 놀라서 소리쳤다.

"달!"

돔은 자신이 지른 소리에 놀라 잠이 깼다. 그는 20호실에서 침대 옆의 바닥에서 발길질을 하며 도리질하고 있었다. 그는 자리에서 일어나 침대에 앉았다.

그는 자기가 가져온 여행용 시계를 보았다. 시각은 새벽 3시 7분.

몸을 떨면서 그는 땀에 젖은 손바닥을 시트에 문질렀다.

20호실은 그가 생각했던 그대로 자신에게 영향을 주었다. 그 곳의 불길한 느낌은 그의 기억력을 자극시켰고, 지금까지 그랬던 것보다 훨씬 더 생생하고 상세한 악몽을 꾸게 만들었다.

그런 꿈들은 지금까지 그가 알아 왔던 다른 꿈들하고는 전적으로 다른 것이었다. 그 꿈들은 단순한 환상이 아니라 굴절 렌즈를 통해서 본 과거의 사실들을 얼핏얼핏 보여주는 것이었다. 그것들은 꿈이라기보다는 기억에 가까운 것이었다. 시멘트 관에 덮여 다리에서 깊은 바닷속으로 던져진 시체처럼 압박당한 시커먼 바다 같은 잠재 의식 속으로 떨어진 금지된 기억들. 마침내 기억들은 시멘트에서 빠져 나와 표면으로 떠오르고 있는 것이다.

그는 정말로 그 곳에 감금되고, 주사를 맞고, 세뇌를 당한 적이 있었다. 그리고 그런 호된 시련을 겪는 동안, 폴커크 대령이라는 사람은 그가 본 것은 무엇이든 말하지 못하도록 그를 중독시켰던 것이다.

폴커크가 옳았다고 돔은 생각했다. 결국 우리는 세뇌를 극복하고 진실을 기억하게 될 것이다. 그는 우리 모두를 죽였어야만 했다.

일요일 아침 어니는 엘코에 사는 건축 자재품을 가지고 있는 친구한테서 베니어 합판 판넬을 구입했다. 휴대용 큰 톱을 가지고 그는 부서진 식당의 창문을 짜 맞추려고 판넬을 잘랐다. 네드와 돔은 베니어 합판을 제

자리에 박을 수 있도록 도와주었고, 정오 즈음에는 그들은 그 일을 다 끝마쳤다.

어니는 어젯밤의 현상이 다시 일어날지도 모르기 때문에 유리 가게 사람을 불러서 유리를 다시 갈아 끼우게 하고 싶지가 않았다. 천둥 소리 같은 시끄러운 소음과 진동을 일으킨 원인이 무엇인지 알 때까지, 새로 유리를 갈아 끼우는 것은 어리석은 짓처럼 보였다. 당분간 임시로 트랭퀼러티 그릴은 문을 열지 않을 것이다.

트랭퀼러티 모텔도 문을 닫을 셈이었다. 어니는 돔과 나머지 사람들이 "유독성 물질 유출 사고"에 관한 미스터리를 면밀히 조사하는 일을 도와주는 과정에서 정신이 헷갈리게 되는 것을 원치 않았다. 어제 투숙한 손님들 중에서 가장 마지막 손님이 오늘 늦게 모텔을 나선 후, 이제 모텔은 어니와 페이, 돔, 그리고 연락을 하면 그 조사에 참가하기 위해서 엘코 군으로 찾아올 결심을 하게 될지도 모르는 다른 희생자들만 거처하게 될 것이다. 그는 그처럼 동병 상련의 피해자를 위해서 얼마나 많은 수의 객실이 필요하게 될는지 알 수가 없어서 20개 방을 모두 준비해 놓기로 작정했다. 당분간 트랭퀼러티는 모텔이라기보다는 군대가 주둔하는 것 같은 막사가 될 것이다. 정체를 알 수 없는 적과 대항하는 이 싸움이 마침내 결론에 이를 때까지는.

식당을 판자로 막아 놓고 나서, 그들은 모두 모텔의 다저 소형 트럭에 올라탔다. 페이가 차를 몰고서 그들을 주간 고속 도로 동쪽으로 4분지 1마일 아래로 데리고 가서 어니와 샌디에게 특별한 마력을 지니고 있는 그 장소 근처의 고속 도로 가장자리에 차를 세웠다. 그들 다섯 명은 난간을 따라 늘어서서 남쪽을 바라보며 지나간 일을 설명해 줄 수 있을지도 모르는 영적인 교감을 찾아보려고 애썼다. 동지가 3주 남아서, 햇살이 거의 형광등 불빛만큼이나 약하고 평면적이었다. 덤불과 잔디로 뒤덮인 평원과 언덕, 울퉁불퉁한 바위가 간간이 섞여 있는 협곡, 그리고 흰 모래와 눈, 겉만 번지르르하게 하얀 광맥 부분만 빼놓고는 기본적으로 나무색과 회색, 그리고 짙은 빨강의 세 가지 색으로 구성되어 있었다. 시간이 갈수록 점점 더 구름이 잔뜩 끼는 잿빛 하늘을 배경으로 한 그 곳의 경치는 황량하고 음산해 보였지만, 부정할 수 없을 만치 준엄한 위엄도 가지고 있었다.

페이는 그 장소에 대한 특별한 감정을 듬뿍 느끼고 싶었다. 만일 그녀가 아무것도 느끼지 못한다면, 그녀를 세뇌시켰던 사람들이 완전히 그녀를 통제하고, 완전하게 자신을 더럽혔다는 뜻이 되기 때문이었다. 그녀는 자기 자신이 절대적으로 복종했다는 이미지를 떠올릴 만한 마음의 여유가 없었다. 그녀는 자부심이 강하고 능력 있는 여자였다. 하지만 그녀는 불어오는 겨울 바람이 쌀쌀하다는 것 이외에는 아무것도 느낄 수가 없었다.

네드와 돔도 별다른 감동을 받지 못하는 것은 페이나 거의 마찬가지인 것 같았다. 하지만 페이는 어니와 샌디가 그들 앞의 경치로부터 어떤 은밀한 메시지를 받고 있다는 것을 알 수 있었다. 샌디는 행복에 넘친 듯 미소를 짓고 있었다. 하지만 어니는 어둠이 내릴 때 짓는 것 같은 표정을 하고 있었다. 창백하고 뭔가에 홀린 듯한 눈빛을 하고 일그러진 얼굴.

"더 가까이 가 보죠. 바로 저 아래로 내려가 봐요."

샌디가 말했다.

다섯 명 모두가 난간을 기어 올라가 점점 오르막길이 되는 도로의 가파른 제방 아래로 뛰어내렸다. 그들은 주간 고속 도로 기슭에서 무성하게 자라고 있는 쑥과 포아풀에 가려 금세 사라져 버리기도 하다가, 또 차가운 날씨에 잘 자라는 가시달린 서양배나무를 조심스럽게 피해 가면서 50야드, 아니 1백 야드쯤 되는 평원을 건넜다. 쑥과 포아풀 역시 나무색이기는 하지만 더욱 울창하고 보드라운 식물에 자리를 양보하고 있었다. 평원의 대부분은 바위와 모래가 많고 쓸모 없이 뻣뻣한 털이 많은 덤불에 둘러싸여 있는 반면에, 기타 부분은 거의 푸르게 우거진 조그만 풀밭 같았다. 그 곳은 남부의 반사막 지역에서 북부의 풍부한 산악 지방의 목초지까지 변이하는 땅이었기 때문이었다. 주간 고속 도로에서 2백 야드도 넘는 지점에서 그들은 주변의 영역과 눈에 띌 정도는 아니지만 땅 어느 부분에서 걸음을 멈추었다.

"여기예요."

어니는 손을 주머니에 깊숙이 찔러 넣고 외투의 둘둘 말린 양가죽 칼라 속에 목을 움찔하고서 몸을 부르르 떨며 말했다.

샌디는 미소를 지으면서 "그래요. 바로 여기예요."라고 말했다.

그들은 흩어져서 그 땅을 앞뒤로 왔다갔다 했다. 여기저기 그늘진 부분이나 다른 부분에, 눈더미가 차가운 겨울 태양과 건조한 바람의 탈수 효과를 받지 않은 채 숨어서 쌓여 있었다. 그런 겨울의 흔적들은 푸른 풀밭이 부족한데다가 여기저기 산재해 있는, 때늦은 들꽃들이 재작년 여름의 모습과 다르게 보이는 유일한 것들이었다. 1, 2분쯤 후, 네드는 뭐라고 설명할 수 없지만 정말로 그 장소와 연관성을 갖고 있는 것 같은 느낌이 있다고 감지했다. 물론 그 느낌은 자신의 아내처럼 그에게 평화를 주는 것은 아니었다. 그의 두려움은 너무 심해서 그는 놀라움과 당혹스러운 반응을 나타내면서 고개를 돌리고 멀리 물러섰다. 샌디가 급히 네드를 쫓아가자, 돔 콜베이시스도 그가 그 장소에 묘하게 영향을 받았다는 사실을 인정했다. 하지만 그는 네드처럼 단순히 겁만 먹은 것이 아니었다. 어니나 마찬가지로 돔의 두려움은 설명되지 않는 경외감과 곧 무슨 일이라도 닥칠 것 같은 느낌이 곁들여진 것이었다. 페이만 아무런 영향을 받지도 않고, 감동도 받지 않은 그대로였다.

문제의 그 지역 한복판에 서서, 돔은 서서히 원을 돌았다.

"그게 뭐였지? 대체 여기서 무슨 일이 일어났던 거죠?"

하늘이 암회색으로 변했다.

무디던 바람이 날카롭게 바뀌었다. 페이는 몸을 부르르 떨었다.

그녀는 아직도 어니와 나머지 사람들이 느끼는 것을 느끼지 못하는 채로 있었고, 그러한 불감증은 그녀가 지독하게 모독을 당했다는 느낌이 들게 만들었다. 그녀는 그녀의 정신을 마음대로 휘저어 놓은 사람들을 언젠가 만났으면 하고 바랐다. 그녀는 그 사람들의 눈을 똑바로 쳐다보고, 어떻게 다른 인간의 고유한 인격에 대해서 눈꼽만치의 존경심도 없을 수가 있는지 묻고 싶었다. 그녀는 자신이 남의 손에 교묘하게 놀아났다는 걸 알기 때문에, 앞으로는 절대로 안심하고 지낼 수가 없었다.

바람에 살랑거리면서 바싹 마른 덤불이 긁히고 바스락거리는, 시끄러운 소리를 냈다. 얼음이 딱지처럼 들러붙은 잔가지가 서로 맞부딪치면서 딱딱거리는 소리를 냈다. 그 소리는 페이에게 상상력을 불어넣어 오래 전에 죽었다가 다시 살아나 황급히 도망가는 조그만 동물들의 뼈대를 생각나게 만들었다.

모텔 뒤에 있는 블록 부부의 내실에서 어니와 샌디와 네드가 식탁에 앉아 있는 동안, 페이는 커피와 핫초코를 만들었다.

돔은 벽걸이 전화 옆의 등받이가 없는 걸상에 앉았다. 그의 자리 앞의 조리대에는 재작년 여름에 썼던 트랭퀼러티 모텔의 숙박부가 놓여 있었다. 7월 6일 금요일자 페이지를 찾아서 그는 먼 옛날 여름날 밤은 기억나지 않지만 중요한 경험들을 틀림없이 함께 나누었을 사람들에게 전화를 걸기 시작했다.

자기 자신과 진저 바이스의 이름 외에도 명단에는 8명이 있었다. 그들 중의 하나인 캘리포니아 몬테리의 제럴드 샐코우는 자기 아내와 함께 쓸 방과, 또 두 딸이 쓸 방으로 모두 두 개를 빌렸었다. 그의 주소는 있었지만 전화 번호가 적혀 있지 않았다. 돔은 지역 번호 408 정보 교환원에게 그 전화 번호를 알아내려고 해 보았지만, 그 번호는 전화 번호부에 기재되어 있지 않았다.

실망해서 그는 장거리 수송 트럭 운전수이자 자주 들러서 어니 부부와 잘 아는 단골인 캘 샤클에게 계속 일을 진행시켰다. 샤클은 일리노이의 시카고 교외에 있는 에반스톤이라는 곳에 살고 있었다. 모텔 숙박부에 그의 전화 번호가 기재되어 있었다. 돔은 다이얼을 돌렸지만 그 전화선은 끊겨 있었고 새로 바뀐 전화 번호는 기재되어 있지 않았다.

"요새 쓰는 숙박부에 그 사람에 관한 최근 기재 사항이 더 많이 나와 있을 겁니다. 어쩌면 다른 도시로 이사를 갔을지도 모르죠. 어딘가에 아마 새로 바뀐 주소가 나와 있을 겁니다."

어니가 말했다.

페이는 돔이 팔이 닿을 수 있도록 조리대 위에 커피 잔을 놓아 주고 식탁에 앉아 있는 나머지 사람들에게로 가서 자리를 함께 했다.

돔이 세 번째로 라스베가스에 사는 앨런 리코프에게 연락을 시도했을 때, 다행히도 연락이 되었다. 여자 하나가 전화를 받자, 그는 "리코프 부인이신가요?"라고 물었다.

그녀는 잠시 대답을 주저했다.

"전에는 그랬습니다만……이혼한 후로 지금 제 이름은 모나텔라입니다."

"아, 알겠습니다. 저는 도미니크 콜베이시스라고 합니다. 지금 여기 엘코 군 위쪽에 있는 트랭퀼러티 모텔에서 전화를 드리고 있는 겁니다. 재작년 여름에 댁과 댁의 전 남편하고 따님이 여기서 묵으신 적이 있죠?"

"어……예, 그랬어요."

"모나텔라 씨, 댁이나 댁의 따님 혹은 댁의 전 남편께 무슨……문제가 없으셨나요? 무섭고 심상치 않은 문제 같은 것 말입니다."

이번에 그녀가 멈칫하는 것은 뭔가 뜻이 있다는 의미인 것 같았다.

"이런 식의 농담으로 남의 마음을 아프게 하시는 취미가 있으신가요? 틀림없이 댁에서는 앨런한테 있었던 일을 잘 알고 계시는 것 같은데요."

"모나텔라 씨, 제발 제 말을 믿어 주십시오. 전 댁의 전 남편에게 일어난 일을 모릅니다. 하지만 댁이나 그분, 혹은 댁의 따님, 아니 어쩌면 당신네들 모두가 뭐라고 설명할 수 없는 정신적인 문제를 겪고 있을지도 모른다는 것과 당신들께서 기억하지 못하는 무서운 악몽을 되풀이 해서 꾸고 있다는 것과, 그리고 그런 악몽들 중 어떤 것은 달하고 관계가 있다는 것도 알고 있습니다."

그녀는 돔이 말하는 동안 깜짝 놀라서 두 번이나 숨을 헐떡였다. 그녀는 대답을 해 보려고 했지만, 그녀는 말하는 것도 무척 힘들어했다.

그녀가 눈물을 쏟기 일보 직전이라는 걸 알아차리자, 그가 얼른 끼어들었다.

"모나텔라 씨, 댁과 댁의 가족에게 무슨 일이 일어났는지 모릅니다만, 최악의 사태는 지나갔습니다. 최악의 일은 지나갔어요. 아직도 앞으로 무슨 일이 일어나게 될런지 모르는 일이지만……적어도 여러분은 더 이상 혼자가 아닙니다."

엘코 군에서 동쪽으로 2천 4백 마일도 더 넘는 맨하탄에서 잭 트위스트는 좀더 돈을 남들에게 나눠 주면서 일요일 오후를 보냈다.

지난밤 코네티컷에서 가드매스터를 강탈하고 나서 돌아오자마자, 그는 차를 타고 시내를 돌아다니면서 돈이 필요하거나 받을 만한 사람들을 찾았다. 그는 그날 아침 5시가 돼서야 가지고 있던 현금을 모두 처치할 수 있었다. 육체적으로나 감정적으로 쓰러지기 일보 직전에 그는 5번가에 있는 아파트로 돌아와서 곧장 침대로 갔고, 눕자마자 잠에 곯아떨어졌다.

그는 달빛에 물든 공허한 풍경 속에서, 시커먼 바이저가 달린 헬멧을 쓴 남자가 인적이 없는 고속 도로를 걸어 그를 쫓아오는 꿈을 꾸었다. 달빛이 갑자기 핏빛 같은 빨강으로 변하자, 그가 공포에 질려 베개 위에서 머리를 뒤흔들며 꿈에서 깨어난 것은 일요일 오후 1시경이었다. 핏빛에 가까운 빨간 달? 만일 그것이 뜻이 있다면, 그는 그것이 과연 무슨 뜻인지 궁금했다.

그는 샤워를 하고 면도를 한 후 옷을 입고 나서 오렌지와 반쯤 곰팡내가 나는 크라상으로 겨우 아침을 때웠다.

사람이 서서 들어설 수 있는 커다란 크기의 옷장에서 그는 솜씨 좋게 감추어 놓은 가짜 판넬을 떼고, 안방 침실에 놓아두었던 3피트 깊이의 비밀 저장소에 든 것들을 살펴보았다. 10월에 올린 건수로 얻은 보석류는 성공적으로 팔아서 마침내 처분해 버렸고, 12월 초에 프라렐라지 강고에서 탈취한 돈의 대부분은 자기앞 수표로 많이 바꿔서 자기 이름으로 개설한 스위스 은행 구좌 세 개로 나누어 우송했다. 이제 남은 것은 비상시에 도피 자금으로 남겨 둔 12만 5천 달러뿐이었다.

그는 대부분의 현금을 여행 가방으로 옮겼다. 밴드로 묶어 놓은 20달러짜리 지폐와 1백 달러짜리 지폐 각각 9묶음씩과 5묶음씩. 그의 비밀 은닉 장소에는 아직도 2만 5천 달러가 남아 있었다. 그는 더 이상 범죄 행위에 가담하지 않을 것이며, 다른 주나 해외로 긴급히 도피해야 할 상황에 처하지 않을 것이므로 그 돈으로도 충분히 먹고 살 수 있을 만큼 충분한 액수로 보였다.

잭은 정당하지 못한 수단으로 얻은 부의 상당한 부분을 처리할 계획이기는 해도, 그는 분명히 그 돈을 전부 남에게 나눠 주고 땡전 한푼 없이 살 계획은 없었다. 그것이 그의 영혼에는 도움이 될지 모르겠으나, 자신의 앞날을 생각하면 좋지 못할 뿐 아니라 바보 같은 짓이라는 걸 부정할 수 없었다. 하지만 그는 시중 은행 열한 군데에 열한 개의 대여 금고를 가지고 있었고, 그 금고들에는 25만 달러의 돈이 더 예치되어 있었다. 그것들은 그가 피신을 해야 할 필요가 있는데 침실 옷장에 있는 위장 칸막이 뒤의 돈에는 손댈 수 없을 경우에 쓰려고 추가로 만든 비상 금고였다. 그의 스위스 은행 계좌에는 4백만 달러가 넘는 재산이 들어 있었다. 그 액수라면 자신이 필요한 것보다도 훨씬 많은 돈이었다. 그는 다음 두 주 동안 잠시 자신이 앞으로 무엇을 하고 싶은지 정하기 위해 머리를 식히면서, 그 재산의 반을 펑펑 뿌리기를 고대하고 있었다. 심지어 결국 더 많은 돈을 남에게 줘 버릴지도 모른다.

일요일 오후 3시 반에 그는 돈을 가득 채운 여행 가방을 들고서 시내로 나갔다. 8년 동안 몹시 사납게도 적대적으로 보이던 타인들의 얼굴이 이제는 한 사람 한 사람마다 모두 희망과 눈부신 가능성으로 생기에 넘치는 초상처럼 보였다. 사람들 모두가.

페이가 아침 식사용 롤빵을 꾸려 놓은 것을 냉동실에서 꺼내 오븐에서 펑펑하는 소리를 내면서 굽고 있는 동안, 블록 부부가 쓰는 아파트 주방에서는 커피와 핫초코, 그 다음에는 계피와 과자의 가루 반죽 냄새가 진동했다.

다른 사람들은 이야기를 들으면서 테이블에 앉아 있는 동안, 돔은 계속해서 특별한 의미를 가진 금요일 밤 그 모텔 숙박부에 기재된 사람들에게 전화를 걸었다.

그는 짐 게스트론이라는 사람에게 연락이 닿았는데, 그 남자는 L. A에 사는 사진 작가로 밝혀졌다. 게스트론은 그해 여름 차를 몰고서 서부 도처를 돌아다니면서 〈선셋〉과 다른 잡지들에 게재할 작품들을 찍었었다. 맨처음에 그는 우호적인 태도를 보였으나, 돔의 이야기를 들으면서 그는 갑자기 태도가 싸늘해졌다. 만일 게스트론이 세뇌를 당했다면, 마인드 컨트롤 전문가는 페이 블록의 경우나 마찬가지로 성공을 거둔 셈이었다. 그 사진 작가는 꿈을 꾸거나, 다른 문제를 갖고 있지 않았다. 돔이 말하는 세뇌라든가, 몽유병, 야간 공포증, 달에 대한 강박 관념, 자살, 그리고 과학적으로 알 수 없는 경험들이 게스트론에게는 심각한 정신 장애를 앓고 있는 사람의 헛소리처럼 들렸다. 그는 그 정도만 말하고 대화 도중에 전화를 끊어 버렸다.

그 다음 돔은 새크라멘토에 사는 해리엇 벨롯에게 전화를 걸었는데, 그 여자도 게스트론이나 마찬가지로 아무런 문제를 갖고 있지 않았다. 여자의 말에 의하면 그녀는 쉰 살의 독신 여교사로 젊은 시절에 육군 여성 부대의 일원으로 애리조나에 배치된 적이 있었을 때 고대 유럽에 관심을 갖기 시작했다고 했다. 해마다 여름이면 그녀는 서부 개척 시대의 큰 포장 마차대가 달리던 옛길을 지나 여행하고 또 다른 시대의 요새지와 인디언 정착지를 방문했는데, 그 동안 대개 캠프지에서 잤지만 때로는 돈푼깨나 있다고 남들에게 과시하듯 모텔에서 잠을 자기도 했다. 여자의 말을 들으면, 그녀는 호감이 가고 헌신적인 인물이기는 하지만 학생들이 수업 시간에 딴소리를 하는 건 절대로 참고 봐주지 않는 엄한 선생님일 것 같고, 물론 돔이 바보 같은 소리를 한다면 절대로 허용해 줄 것 같지 않다는 생각이 들었다. 그가 시끄러운 소리를 내는 장난꾸러기 요정같이 환상을 헤매는 듯한 일들을 말하기 시작하자, 그녀도 전화를 그대로 끊어 버렸다.

"페이, 이 일로 기분이 더 나아지오? 기억이 그렇게 철저하게 깨끗이 지워진 사람이 당신뿐만이 아니라구."

어니가 말했다.

"제 기분은 눈꼽만치도 나아지지 않아요. 전 아무것도 느끼지 못하느니 차라리 당신이나 돔처럼 문제로 고통을 겪는 편이 낫겠어요."

페이가 대답했다.

어쩌면 그녀의 말이 옳을지도 모른다고 돔은 생각했다. 어쩌면 악몽을 꾸거나, 공포증을 갖고 있거나, 어떠한 것이든 공포를 느끼는 편이 마음속에 완전한 공허함을 담은 조그만 주머니를 달고 나머지 여생 동안 자신의 내부에 죽음의 조각을 그림자처럼 지니고 살면서 무미건조하고 어둡게 사는 것보다는 나을지도 모른다.

일요일 오후 4시 16분경 도미니크 콜베이시스가 성 베네딕트의 사제관에 전화를 걸어서 브렌던 크로닌을 찾았을 때, 비카직 신부는 미국 카톨릭 자선회의 임원들과 함께 서재에 있으면서 매년 거행되는 성 베네딕트 성당의 춘계 축제를 위해서 여러 차례 열리는 기획 회의중의 1차 회의 결론을 내리고 있던 참이었다.

4시 30분에 미카엘 제라노 신부가 지금 막 주방에 있는 전화에 네바다 주의 엘코에 사는 비카직 신부의 "사촌"한테서 전화가 왔다고 전해주느라 회의가 중단되었다. 불과 몇 시간 전에 예정보다 하루 먼저 브렌던 크로닌은 예약이 취소돼서 좌석이 나는 바람에 운 좋게도 유나이티드 에어라인편으로 리노로 출발했으며, 월요일에는 리노에서부터 엘코까지 조그만 정기 승객용 항공 노선을 이용할 예정이었다. 그 순간 브렌던은 아직도 비행기를 타고 있는 중이라, 아직 리노까지 닿지도 않았을 뿐만 아니라 누구하고도 통화가 될 수 없는 상태였다. 따라서 마이클이 전해 준 메시지는 비카직 신부의 호기심을 끌었고, 뭔가 별난 일이 자신들의 교구에서 일하는 사제의 생활에서 일어나고 있다는 사실을 방문객들에게 눈치채지 못하게 하면서 기획 회의를 빠져 나올 틈을 엿보았다.

젊은 사제로 하여금 자선회의 문제점들에 대한 결론을 내게끔 내버려 두고서, 수도원장은 얼른 주방에 있는 전화기로 달려가 브렌던에게서 온 전화를 받았다. 작가로서 환상적인 것에 대한 감상력을 갖고 있는 도미니크 콜베이시스와 성직자로서 신비와 신비교에 대한 감상력을 가진 스테판은 서로 통화를 하면서 점점 흥분되고 서로 말이 줄줄 터져 나왔다. 콜베이시스가 과학적으로는 알 수 없는 현상들과 몽유병, 야간 공포증, 달에 관한 강박 관념, 그리고 자살에 대해서 얘기해 준 대신, 스테판은 브렌던이 갖고 있는 문제와 모험에 대해서 자신이 알고 있는 사실들, 즉 신앙심을 잃고, 기적적으로 치료를 하고, 이상한 꿈들을 꾼 이야기를 해 주었다.

드디어 스테판은 참지 못하고 "콜베이시스 선생, 당신은 브렌던에게 일어난 일이 사실상 다소 신묘하다는 희망을 끝까지 버리지 않고 있는 나 같은 낡은 종교를 가진 노인네가 정신나갔다고 생각하지 않으시오?" 라고 물었다.

"신부님께 아주 솔직히 말씀 드리자면 신부님께서 말씀해 주신 대로 그 경찰관과 어린 소녀를 기적적으로 고쳤지만, 저는 이번 일에 신의 힘이 미쳤다고 생각하지 않습니다. 신부님께서 그런 식으로 해석하고 싶으시겠지만 그 이야기를 뒷받침하기에는 인간의 손길이 작용했다는 표시가 너무나 많습니다."

스테판은 한숨을 내쉬었다.

"그 말이 맞으리라고 짐작이 갑니다. 하지만 전 아직도 거기 네바다에서 증인으로서 입회하도록 부름을 받은 일이 하나님의 품으로 브렌던을 다시 데리고 가라시는 뜻으로 알고 희망을 버리지 않고 있습니다. 난 그 가능성을 버리지 않을 겁니다."

그 작가는 나지막이 웃었다.

"신부님, 통화를 하는 동안 신부님께 제가 배운 것을 통해서 보자면, 신부님께서는 언제 어디서나 어느 영혼이라도 되찾을 수 있다는 가능성을 절대로 포기하시지 않을 분이라는 생각이 드는군요. 제 짐작으로 신부님께서는 여느 성직자들이 하는 식으로, 말하자면 교묘한 술책이나 부드럽고 상냥한 말로 격려해 주는 따위로는 영혼을 구원하지 않으실 것 같군요. 신부님께서는 제 마음을 울려 주셨습니다. 마치……영혼의 대장장이처럼 당신은 이마에 땀방울이 맺히고 몸을 혹사하시면서 다른 사람들의 구원을 위해서 애쓰고 바른 길로 인도하시는 모습이…… 부디 이해해 주십시오. 이 말은 감히 신부님께 찬사를 보내 드리는 거니까요."

스테판도 웃었다.

"어떻게 감히 제가 그런 찬사를 받을 수가 있겠습니까? 전 그저 쉽게 할 수 있는 일치고 할 만한 가치가 있는 일은 아무것도 없다는 걸 굳게 믿고 있을 따름인걸요. 이글거리는 용철로에 몸을 숙이고 있는 대장장이라구요? 그래요. 저도 그런 이미지를 정말로 상당히 좋아하지요."

"저는 내일 크로닌 신부가 도착하기를 고대하고 있겠습니다. 신부님, 만일 그분이 신부님처럼 훌륭하신 분이라면, 저희는 그분이 저희편이 돼 주셔서 기쁘게 생각할 겁니다."

"저도 물론 여러분들의 편입니다. 그리고 만일 여러분께서 조사를 하시는 데 제가 도와줄 수 있는 일이 있다면, 제게 전화 주십시오. 만일 그 이상한 사건들이 하느님께서 분명히 존재하신다는 것을 현시하시는 일과 관련되어 있을 가능성이 눈꼽만치라도 있다면, 옆에서 가만히 굿이나 보고 떡이나 먹는 일은 하지 않을 테니까요."

비카직 신부가 말했다.

손님 명단에 기재된 다음 투숙객은 필라델피아에 사는 브루스와 쟈넷 케이블 부부였다. 그들은 돔이나 어니, 그리고 나머지 다른 사람들이 괴롭힘을 당하는 것처럼 그런 종류의 문제는 갖고 있지 않았다. 하지만 그들 부부는 짐 게스트론이나 해리엇 벨롯보다 훨씬 더 돔의 이야기를 잘 들어 주는 편이었으나, 결국 그들은 그의 이야기에 더 이상 동요되지 않았다.

명부에 기재된 마지막 이름은 손톤 웨인라이트라는 사람으로, 주소와 전화 번호가 뉴욕으로 되어 있었다. 돔이 그 번호를 보고 다이얼을 돌렸을 때, 네일 카폴리라는 부인과 연결이 되었다. 그 부인은 벌써 14년째 그 번호를 사용하고 있으며, 웨인라이트라는 사람의 이름을 한 번도 들어본 적이 없다고 말했다. 돔이 숙박부에 적혀 있는 렉싱톤가의 주소를 읽어 주고서 그 주소가 카폴리 부인이 사는 곳이냐고 묻자, 그녀는 그에게 주소를 다시 한번 읽어 달라고 하더니 주소를 듣고 나서 깔깔 웃어댔다.

"아뇨, 그건 제가 살고 있는 주소가 아니군요. 게다가 선생께서 말씀하시는 웨인라이트라는 사람이 그게 자기 주소라고 했다면, 그 사람 믿을 만한 종류의 사람이 아닌 것 같군요. 틀림없이 그렇게 장난을 치고 재미 보는 사람은 수천 명도 더 되겠지만, 거기엔 아무도 살지 않아요. 그건 블루밍데일 백화점 주소거든요."

돔이 그 소식을 전해 주자, 샌디는 깜짝 놀라면서 말했다.

"이름이랑 전화 번호가 가짜라구요? 그게 대체 무슨 말이에요? 그 사람 정말 그날 밤에 여기 묵은 손님이었을까요? 아니면 누군가가 그냥 우리들을 헛갈리게 만들려고 숙박부에 그 이름을 더 적어 넣은 걸까요? 그렇지 않다면……대체 뭐죠?"

잭 트위스트는 교묘하게 위조된 신분증을 완벽하게 구비하고 있었다. 운전 면허증에서부터 출생 증명서, 사회 보장 제도 카드, 크레디트 카드, 여권, 그리고 심지어 도서 대출증까지 "손톤 베인즈 웨인라이트"라는 이름을 비롯해서 여덟 개나 되는 이름으로 만들어서 갖고 있었다. 그는 늘 하나의 강도 사건을 계획하고 감행할 때마다 가명을 사용했다. 하지만 그는 그 주의 일요일 오후에는 놀랍게도 맨하탄 전역의 수혜자들에게 익명으로 10만 달러를 더 나눠 주었다. 가장 많은 돈을 증여한 것은 어느 날 시몬 볼리바르 주 근처의 센트럴 파크 사우스에서 다 낡은 폐차 직전의 플리머스가 고장이 나서 쩔쩔매고 있는 한 젊은 선원과 그의 신부에게 1만 5천 달러를 주었을 때였다.

"새 차를 하나 사시오."

잭은 그들에게 그렇게 말하면서 손에 하나 가득 돈을 쥐어 주고는 장난기 넘치게 지폐 뭉치 하나를 선원의 모자 아래에 쿡 찔러 주었다.

"그리고 당신들이 똑똑한 사람들이라면, 이 얘기는 아무한테도 말하지 않을 거요. 특히 신문사에는 더욱 말이오. 그래 봤자 국세청에서 세금만 물리려고 들 테니까. 오, 내 이름을 알 필요는 없어요. 게다가 나한테 감사할 필요도 없구. 그저 서로에게 잘해 주시오, 알겠소? 늘 서로에게 잘하란 말이오. 우리가 이 세상에서 얼마나 오래 살는지 우리 자신도 절대 모르는 일 아니겠소?"

한 시간도 채 못돼서 잭은 침실 옷장 뒤에 있는 비밀 칸막이에서 꺼낸 10만 달러를 전부 다 나눠 줘 버렸다. 시간이 많이 남아서 그는 산호색이 도는 빨간 장미꽃 다발을 사서 시내에서 한 시간 정도 걸리는 웨스트체스터 군으로 차를 몰고 갔다. 거기에서 그는 두 주 전에 제니를 묻은 기념 공원으로 갔다.

잭은 사람들이 북적거리고 냉혹한 시내에 있는 공동 묘지에 아내를 잠들게 하고 싶지가 않았었다. 자신이 너무 센티멘틀하다는 것은 잘 알고 있었지만, 제니가 잠들 장소로 적합한 곳은 툭 터져 있는 시골밖에 없다고 느꼈다. 거기에서는 여름이면 푸른 잔디가 깔린 너른 비탈길과 그늘을 드리우는 나무가 있고, 겨울이면 눈덮인 평화로운 정경이 있기 때문이었다.

그는 땅거미가 막 지고 난 후에야 그 공원에 도착했다. 땅에는 한결같은 묘석들이 같은 높이로 박혀 있어서 다른 것과 서로 구별이 안 가게 되어 있는데다, 대부분 눈으로 덮여 있기는 하지만, 잭은 자신의 마음속 깊이 낙인 찍혀 있는 제니의 무덤이 있는 위치로 곧장 갔다.

낮이 물러나고 땅거미가 지면서 더욱 날씨가 음산해지고, 화사한 빛깔의 장미꽃들을 빼놓고는 세상 전체가 무색으로 변하는 사이, 잭은 습기와 추위도 까맣게 잊은 채 눈밭에 그대로 앉아서 제니가 혼수 상태에 빠져 있던 동안 그랬듯이 아내와 이야기를 나누었다. 그는 어젯밤 있었던 가드매스터 강탈 사건과 돈을 전부 다 남들에게 나눠 준 얘기를 제니에게 해 주었다. 황혼의 장막이 더 무거운 밤의 장막에 밀려 내려지자, 기념 공원의 경비원이 서서히 차를 몰고 늦게까지 남아 있는 몇몇의 방문객들에게 정문이 곧 닫힐거라고 주의를 주면서 공원 주위를 돌기 시작했다. 마침내 잭은 자리에서 일어서서 묘석판에 청동 문자로 주조된 제니의 이름을 마지막으로 바라보았다. 이제는 글자들이, 공원의 주요 도로를 따라 늘어서 있는 가로등 불빛을 받아 푸르스름한 빛을 발하고 있었다.

"난 변하고 있어, 제니. 아직도 그 이유는 잘 모르겠지만 기분은 아주 좋아……. 하지만 묘한 기분이 들기도 해."

그 다음에 그가 한 말은 그 자신마저 놀라게 만들었다.

"큰 일이 벌어질거야, 제니. 그게 뭔지는 나도 모르지만, 뭔가 큰 일이 내게 일어날 거라구."

그는 불현듯 새로 찾은 사회에 대한 죄책감과 그에 따라 생겨난 평안함이 자신이 아직 상상하지도 못하는 엄청난 여행의 시작에 불과하다는 것을 감지했다.

"뭔가 큰 일이 벌어질거야."

그가 되풀이해서 말했다.

"그리고 제니 당신이 나와 함께 있었으면 정말 좋겠어."

네바다의 푸른 하늘은 어니와 네드, 그리고 돔이 간이 식당의 부서진 창들에 판자를 박기 시작한 후로 줄곧 폭풍을 몰고 올 것 같은 시커먼 구름들로 철갑을 두르고 있었다. 몇 시간 후 돔이 자신의 렌트 카를 타고서 엘코 공항으로 진저 바이스를 마중나갔을 때, 세상은 암회색으로 에워싸여 어둑어둑한 빛 아래 잠기게 되었다. 그는 마음이 초조해서 조그만 대합실 안에서 기다리고 있을 수가 없었다. 그는 두툼한 방한 재킷을 걸치고서 바람이 휘몰아치는 활주로에 서 있었기 때문에, 10인승 정기 여객용 항공기가, 나지막이 깔려 있는 구름 사이로 내려오는 모습을 보기도 전에 그 비행기의 쌍발 엔진 소리를 들었다. 시끄럽게 울리는 엔진 소리는 금새라도 전투가 벌어질 것 같은 분위기를 조성했고, 돔은 어떤 점에서, 사람들이 군대를 소집하고 있다는 것을 불안한 마음으로 깨달았다. 정체를 알 수 없는 적과 싸우는 전쟁은 어렴풋이 매일매일 점점 가까이 다가오고 있었다.

그 비행기는 대합실에서 80피트 이내에서 이동했고, 바이스 박사는 승객 중에서 네 번째로 비행기에서 내렸다. 부피가 커다랗고 전혀 아름답지 못한 짧은 외투를 입고 있기는 해도, 그녀는 깜찍하고도 아름다워 보였다. 바람이 비단결 같은 그녀의 은빛 도는 금발을 깃발이 펄럭이듯 나부끼게 했다.

돔은 서둘러서 그녀 쪽으로 다가갔다. 그녀는 걸음을 멈추고 가방들을 내려놓았다. 그들은 잠시 멈칫하면서 놀라움과 흥분, 기쁨과 불안감이 독특하게 뒤섞인 감정으로 서로를 말없이 바라보았다. 그리고 나서 돔만큼이나 명백하게 그녀를 놀라게 만든 감정에 이끌려 그들은 충동적으로 서로의 몸을 던져서 마치 아주 오랫동안 헤어져 있던 사랑하는 옛친구들처럼 포옹을 했다. 돔은 그녀를 가까이로 잡아당겼고, 그녀도 그의 몸을 단단히 끌어안았다. 그는 그녀의 가슴이 자기만큼이나 빠르게 쿵덕거리는 것을 느꼈다.

여기서 대체 무슨 일이 일어나고 있는 것이지? 그는 속으로 생각했다.

하지만 그는 너무 혼란스러워서 그 상황을 분석할 여유가 없었다. 잠시 동안 그는 느낄 수는 있지만 생각할 수는 없는 상태가 되었다.

두 사람 모두 상대를 놓아 주고 싶지가 않았다. 그들이 마침내 서로의 몸에서 떨어졌을 때, 그들 중에서 어느 누구도 말을 할 수가 없었다. 그녀가 뭔가를 말해 보려고 애썼지만, 감정에 복받쳐 목소리가 나오지 않았고, 돔은 자제력을 잃은 상태였다. 그래서 그녀는 가방 하나를 들었고, 그는 나머지 가방을 들고서 주차장으로 나갔다.

차 안에서 엔진이 돌아가고 히터에서 그들 얼굴 쪽으로 따뜻한 바람이 불어오는 가운데, 진저가 "대체 그게 모두 뭐였죠?"라고 물었다.

자신이 그녀에게 한 뻔뻔스러우리만치 대담한 인사로 인해서 아직도 마음이 동요된 상태이기는 하지만 신기하게도 전혀 당황하지는 않은 채로, 돔은 목청을 가다듬었다.

"저도 정말 모르겠군요. 하지만 제 생각으로는 아마 당신과 제가 너무나 엄청난 일을 같이 겪다 보니 그런 경험을 통해서 우리들 사이에 특별한 유대감 같은 것이 생겨난 게 아닐까 싶군요. 우리가 살아서 서로를 볼 때까지는 전부 다 알아차릴 수 없는 강력한 유대감 말입니다."

"제가 처음으로 책 표지에서 댁의 사진을 우연히 보았을 때, 그건 제게 대단히 묘한 영감을 주기는 했지만 이런 것은 전혀 아니었어요. 비행기에서 내려서, 댁이 거기 있는 걸 본 순간……그건 마치 우리가 평생 서로를 잘 알았던 것 같은 느낌이었어요. 아니, 정확하게 그런 건 아니었어요. 더 정확하게 말하자면……마치 우리가 서로에 대해서 훨씬 더 잘 아는 것 같은, 뭐랄까 지금까지 다른 사람들을 알고 지내 온 것보다 훨씬 더 완벽하게 아는 것 같은 그런 느낌이었죠. 마치 세상 모든 사람들이 알고 싶어하지만 우리들만 간직하고 있는 어떤 엄청난 비밀을 함께 나눈 것 같은 그런 느낌이오. 제 말이 정신나간 것처럼 들리시죠?"

그는 고개를 내저었다.

"아뇨. 전혀 그렇지 않습니다. 제가 느끼고 있었던 걸 당신이 꼭 집어서 말해 주셨어요……. 말로 표현할 수 있는 것 중에서 제일 가깝게요."

"다른 사람들은 몇 명 만나보셨겠죠? 그분들을 처음 만났을 때도 이런 느낌이셨나요?"

진저가 물었다.

"아뇨. 순간적으로 전……그분들에 대해서 어떤 따뜻함을 느꼈었죠. 강력한 공동체 의식 같은 거요. 하지만 댁이 비행기에서 내렸을 때, 제가 느꼈던 감정만큼 강력했던 적은 한 번도 없었어요. 우리들 모두 우리들의 인생이나 미래를 연결시킨 별난 일을 겪기는 했지만, 당신과 난 우리들이 함께 나누었던 어떤 것보다도 훨씬 이상하고 감동을 시킬 만한 경험을 나누었습니다. 마치 양파 껍질을 벗기듯이 한 꺼풀씩 한 꺼풀씩 이상한 일만 벌어지는군요."

그들은 반 시간 동안 공항 주차장에 차를 세워 둔 채 이야기를 나누면서 앉아 있었다. 밖에서는 승용차들과 봉고차들이 그들 주위를 오가고 있었고, 1월의 바람이 시보레의 창을 때리면서 신음 같은 바람 소리를 냈다. 하지만 그들은 상대방 이외의 다른 것은 거의 의식하지 못하고 있었다.

그녀는 그에게 자신이 기억 상실증에 걸린 얘기서부터, 파블로 잭슨과 최면술을 이용한 기억 역행법 치료를 실시한 이야기, 그리고 아즈라엘 블록으로 알려진 마인드 컨트롤 기술에 대해서 말했다. 그리고 파블로가 살해당하고 자신도 겨우 도망쳐 나온 사건도 말해 주었다.

분명히 진저가 자신이 겪는 고통을 동정해 주거나 자신이 혼자서 그런 상황들에 대처해서 버텨 온 데 대해서 칭찬해 주기를 바란 것도 아닌데, 진저에 대한 돔의 존경심과 숭배는 시간이 갈수록 커져만 갔다. 그녀는 5피트 2인치에 1백 파운드 밖에 안 나가는 왜소한 체구지만, 어쨌든 그녀에게는 자기보다 덩치가 두 배나 큰 많은 남자들보다 더 사람을 위압하는, 외모에서 풍기는 그런 이미지가 있었다.

돔은 지난 24시간 동안 일어났던 사건들을 되짚어 보았다. 그리고 진저가 지난밤 그의 꿈과 꿈속에서 떠오른 새로운 기억들에 대해서 들었을 때, 그녀는 굉장히 마음이 놓인 것처럼 보였다. 돔의 꿈속에서 파블로 잭슨의 이론이 들어맞다는 증거가 있었다. 그녀의 기억 상실증은 정신 착란 때문에 일어난 것이 아니었다. 대신 늘 두 해 전 여름 모텔에 그녀가 감금된 것과 연관된 대상들에 의해서 일어난 것이었다. 그 검정색 장갑과 시커먼 바이저가 달린 헬멧은 그녀가 세뇌를 당하는 동안 그녀를 간호했던 오염 방제복을 입은 사람들에 대한 억압된 기억들을 흔들어 깨우는 데 직접적인 작용을 하게 되기 때문에 그녀가 겁을 먹었던 것이다. 병원 세면대 세면기의 수챗구멍은 돔이나 똑같이 그녀가 그 사람이 도대체 누구이건 간에 폴커크 대령에게 중독되고 나서 치명적인 물질을 억지로 토하게 만들어진 "억류자"들 중의 하나였기 때문에 즉각적으로 경악의 도가니로 몰아 넣었던 것이다. 모텔의 침대에 묶여 있는 동안, 그녀는 틀림없이 약으로 인한 혼수 상태에 얼마나 심하게 빠져 있는가를 검사하기 위해 눈 검사를 수없이 받았으며, 그것 때문에 조지 해너비 박사의 사무실에서 그날 밤 검안경을 보고 공포에 질려 줄행랑을 쳤던 것이었다. 돔은 진저가 일시적으로 의식을 잃는 것이 광기의 신호가 아니라, 사실 마인드 컨트롤 전문가가 그녀에게 상기하는 것을 금지시킨 억압된 기억들을 피하기 위해 필사적이지만, 아주 이성적인 방법이라는 반박할 수 없는 증거에 대해 긴장이 풀리는 모습을 보았다.

"하지만 파블로를 죽인 사내의 외투에 놋쇠 단추는 어떻죠? 게다가 그 경찰관의 제복은요? 왜 그것들이 저를 겁나게 하고 제 의식을 잃게 만든 거죠?"

그녀가 물었다.

"우리는 군대가 제복 위에 걸치는 옷과 관련되어 있다는 것을 잘 알고 있습니다."

차창에 부딪는 바람으로 더욱 차가워진 차내의 공기를 데우기 위해 돔은 히터를 틀면서 말했다.

"그리고 장교들의 제복은 그런 식으로 놋쇠 단추가 달려 있잖아요. 물론 앞발을 든 자세의 사자 문장이 새겨져 있지는 않지만요. 대개 비슷하죠……. 독수리가 날아오르는 모습이 새져져 있지만요. 그 살인자나 경찰관이 입은 외투의 단추는 아마 모텔에 우리를 감금한 제복에 달린 단추와 비슷한 것 같습니다."

"좋아요. 하지만 댁에서는 그들이 제복이 아니라 오염 방제복을 입었다고 말씀하셨잖아요."

"어쩌면 그들은 3일하고 반나절 동안 꼬박 오염 방제복을 입지 않고 있었을지도 모르죠. 어떤 점에서 그들은 그 옷을 벗는 것이 안전하다고 결정했을지도 모르죠."

그녀는 수긍하듯 고개를 끄덕였다.

"틀림없이 그 말이 옳을 거예요. 그럼 딱 한 가지 일이 남았군요. 뉴베리 스트리트에 있는 그 집 뒤에 있던 마차의 등은요? 파블로가 살해된 날 말이에요. 제가 당신에게 말씀 드렸었죠. 겉이 도돌도돌한 호박색 창유리가 달린 검정색 철제 램프 말예요. 그 램프는 가스 불꽃이 일듯이 펄럭거리는 전구가 달린 것이었어요. 완벽하게 순수한 램프였을 뿐이라구요. 하지만 그걸 보고 저는 다시 잠시 동안 의식을 잃고 말았어요."

"트랭퀼러티 모텔 객실들에 있는 램프의 주 요소가 호박색 유리로 만든 조그만 창유리가 달린 것으로 내풍 램프처럼 디자인되어 있어요."

"전 끝장이 나고 말 거예요. 그래서 제가 세뇌를 당할 당시의 일을 뭔가 떠오르게 만드는 물건들 때문에 매번 일시적으로 의식을 잃었죠."

돔은 잠시 망설이다가 스웨터 안에 손을 집어 넣어서는 셔츠 주머니에서 폴라로이드 스냅 사진을 꺼내 건네주었다.

그녀는, 카메라를 향해 넋 나간 듯한 눈빛으로 바라보고 있는 사진의 얼굴을 보더니 안색이 창백해지면서 몸을 떨었다.

"제발트!"

그녀는 히브리어를 뱉으면서 사진에서 눈길을 돌렸다.

돔은 진저가 사진을 보고 받은 충격에서 회복될 수 있을 만한 시간을 주었다.

밖은 우중충한 잿빛 속에서 스무 대 정도 되는 시커먼 차량들이 알을 품고 있는 말못하는 짐승들처럼 조용히 대기하고 있었다. 바람이 머캐덤 도로 전역을 가로지르는 지저분한 잡동사니들과 낙엽들, 잡다한 부스러기 더미들을 이리저리 몰고다녔다.

"이건 메슈게로군요."

그녀는 고민에 찬 시선으로 다시 그 사진을 내려다보면서 히브리어로 중얼거렸다.

"정신나갔다구요. 어떻게 이런 정교하고도 위험한 음모를 정당화한다는 이유로 이런 일이 우리에게 일어날 수가 있죠? 어떻게 우리가 그렇게 겁나도록 끔찍하게 중대한 일을 볼 수가 있었던 거죠?"

"알아내게 되겠죠."

돔이 장담했다.

"알아낸다구요? 그들이 우리가 그렇게 하도록 내버려 둘 것 같으세요? 그들은 파블로도 죽였어요. 진실을 감추기 위해서 필요한 일이라면 뭐든 하지 않을 것 같으세요?"

히터를 다시 조절하면서 돔이 말했다.

"제가 보기에 음모자들 가운데는 두 가지 파가 있는 것 같아요. 폴커크 대령과 그의 추종자들로 과격하고 악질적인 사람들과, 또 한편으로는 이런 스냅 사진들을 우리들에게 보내 준 녀석들과 지난 밤 꿈에서 본 오염 방제복을 입은 사내들로 대표되는 더 좋은, 정확하게 말해서 그들이 좋은 사람들이라고 부를 수는 없지만요. 아무튼 그 사람들 말예요. 과격한 쪽에서는 우리들 모두를 그 자리에서 당장 죽이고 싶어했죠. 그랬다면 은폐하려는 음모가 영원히 의심받지 않았을테지만요. 하지만 더 나은 쪽의 사람들은 우리의 기억을 지우고, 폭력을 사용하는 대신 마인드 컨트롤의 전문적인 기술을 쓰고자 했죠. 그래서 지금까지 우리가 계속 살 수 있었던 겁니다. 게다가 더 온건한 쪽의 사람들이 두 파 중에서 더 힘이 강했던 게 틀림없어요. 그들이 주장하는대로 밀고 나간 걸 보면 말이죠."

"파블로를 죽인 살인자는 과격한 쪽의 사람들 중의 하나일 가능성이 많겠군요."

"그렇죠. 폴커크를 위해서 일하는 사람일겁니다. 대령은 틀림없이 지금도 은폐한 사실을 위태롭게 만드는 사람은 누구라도 죽일 용의가 있어요. 그 말은 곧 우리들 중에서 어느 누구도 안전하지 못하다는 뜻이죠. 하지만 폴커크가 결국 물러선 것을 믿지 못하는 다른 파가 있어서 계속 우리를 보호해 주려고 애쓰고 있는 것 같아요. 그러니까 우리에게 일말의 가능성은 있는 거죠. 어쨌든 우리는 이 상황에서 빠져 나갈 수가 없어요. 우린 집에 가서 정상적으로 잘 살아갈 수가 없어요. 적들은 결코 만

만찮아 보이지 않으니까요."

"그래요."

진저도 수긍했다.

"우리는 그럴 수 없어요. 무슨 일이 일어났었는지 밝혀 낼 때까지는 정말로 사는 것 같이 살지 못할 거예요."

바람이, 바람막이 유리창에 붙어 있던 시든 낙엽들을 지붕 위로 날려 올렸다.

"그들은 틀림없이 우리가 모텔에 모여 있고, 자신들의 계획이 엉망이 돼가고 있다는 것을 알고 있을 거예요. 지금도 그들이 우리를 감시하고 있으리라 생각하지 않으세요?"

"거의 틀림없이 모텔도 감시하고 있을텐데요. 하지만 공항까지 저를 미행하는 사람은 아무도 없었어요. 제가 누가 따라오지 않나 계속 지켜 봤었거든요."

돔이 말했다.

"여기까지 당신을 따라올 필요가 없을텐데요."

그녀는 모질게 말했다.

"당신이 어디 가고 있는지 알고 있었을 테니까요. 당신이 누구를 마중 나왔는지도 알고 있구요."

"우리가 지금 우리 맘대로 자유롭게 행동하는 줄로 착각하고 쓸데없는 노력을 하고 있단 말인가요? 그럼, 우리가 거인의 손바닥에 놓인 벌레에 불과하고, 그 거인이 원한다면 언제든지 우리를 짓뭉개 버릴 수 있다는 말인가요?"

"어쩌면 그럴지도 모르죠. 하지만 우리는 거인이 우리를 박살내기 전에 최소한 지독하게 물어 줄 수는 있겠죠."

진저 바이스가 말했다.

그녀는 설득력이 있기는 하지만 거인과 벌레떼라는 기본적으로 코믹한 비유를 써서 내용상으로는 지독한 결심을 내보이며 말했다. 그녀가 그렇게 압도적이리만치 형편없는 열세에도 불구하고 독한 마음을 먹었다는 게 반갑기는 하지만, 돔은 웃음을 터뜨리지 않을 수 없었다.

놀라서 그를 보고 눈을 깜박거리면서도, 그녀도 함께 웃었다.

"제가 너무 성급했나요? 아니면 뭐죠? 거인에 의해서 짓뭉개질 수 있을는지는 몰라도, 저는 그 놈이 나를 피투성이로 쓰러뜨리기 일보 직전에 그 놈을 꽉 물어 줄 수 있으리라 생각하면 웬지 승리감이 느껴지는군요."

"성질이 급하신 게 틀림없이 댁의 큰 장기신 것 같군요."

돔은 더 격렬하게 웃으면서 그녀의 말에 맞장구를 쳤다.

진저가 자신이 스스로 한 말에 웃는 모습을 지켜 보면서, 돔은 그녀의 미모에 다시 마음이 끌렸다. 그녀가 비행기에서 내리는 모습을 본 순간 그의 반응은 그들이 함께 나눈 기억나지 않는 경험으로 인한 순간적이고도 강렬한 것이었다. 하지만 비록 그들이 살면서 한번도 마주친 적이 없는 완전한 남남이었다 치더라도, 그는 그녀를 본 순간 다른 아름다운 여자들을 보았을 때 느꼈던 것 이상의 감정을 느꼈을 것이다. 어떠한 상황에서도 그녀는 그의 시선을 끌게 만들었을 것이다. 그녀는 특별했다.

그는 깊게 숨을 들이마셨다.

"다른 사람들을 만나게 해 드릴까요?"

"물론이죠."

그녀는 너무 웃는 바람에 눈물이 다 나자 가느다란 손가락으로 눈물을 닦아 내려고 눈가를 가볍게 문지르면서 말했다.

"그래요. 정말 그분들을 만나뵙고 싶어요. 거인의 손 위에 놓인 다른 벌레들 말이에요."

해가 떨어지기 전에 30분도 채 못 돼서, 높은 평야에 드리운 그림자가 길게 늘어져 있고, 충충한 잿빛은 쑥 덤불이나 바위층이나 말라 버린 밤색 포아풀의 뒤틀린 더미 같은 보통 사물들마저도 신비한 분위기를 만들어 주고 있었다.

그녀를 모텔로 데리고 가기 전에, 돔 콜베이시스는 주간 고속 도로 80번에서 남쪽으로 2백 야드도 더 떨어진 곳에 있는 "그 특별한 장소"라고 진저에게 말한 곳으로 진저를 데리고 갔다. 바람이 반쯤 보일 듯 말 듯한 초목을 흔들면서 바스락거리는 소리를 냈다. 잔디와 쑥 위의 빙판은 얼핏 보았을 때 검정색, 그것도 반짝거리는 검정색으로 보였다.

돔은 진저로부터 멀리 떨어져서 재킷 주머니에 손을 꾹 질러 넣고 말없이 서 있었다. 그는 그녀에게, 그녀가 그 장소에 대해 반응하는 데 영향을 주거나 자기 자신의 인상으로 그녀의 그 장소에 대한 첫 느낌에 색깔을 넣고 싶지 않다고 말했다.

진저는 약간 바보스럽다고 느끼면서 마치 심적 지각에 대한 설익은 실험에 참가하면서 투시력 있는 동요를 찾기라도 하듯 천천히 앞뒤로 서성거렸다. 하지만 그녀는 실제로 온몸이 전율로 떨리기 시작하자 금세 바보같다는 느낌이 사라져 버렸다. 기묘한 불안감이 솟아올랐다. 그리고 그녀는 자신이 그늘 속의 더 깊은 골짜기에서 멀리 물러나 있는 것을 발견했다. 마치 무언가 적의에 넘치는 것이 그 속에 잠복하고 있는 것 같았다. 그녀는 심장이 두방망이질 쳤다. 불안감은 두려움으로 변했고, 그녀는 자신의 숨소리 템포가 변하는 소리를 들었다.

"그건 바로 내 안에 있어요. 바로 내 안에 있다구요."

그녀는 그 목소리를 향해 황급히 달려갔다. 그것은 돔의 목소리였지만, 그 소리는 그에세서 나는 것이 아니었다. 그 말은 그녀의 뒤에서 들려왔었다. 하지만 거기에는 아무도 없었다. 거기에는 말라붙은 쑥과 그늘의 보금자리 안에서 은은히 빛을 발하면서 번쩍이는, 얇게 쌓인 눈더미만 있을 뿐이었다.

"왜 그래요?"

돔이 진저 쪽으로 오면서 물었다.

그녀는 들었다. 귀신 소리처럼 들리는 돔의 또 다른 목소리는 그녀 뒤에서 나는 것이 아니었다. 그것은 그녀의 내부에서 들려 오는 소리였다. 그녀는 다시 돔의 다른 목소리를 들었다. 그리고 그녀는, 자신이 기억의 한 단편을 듣고 있다는 것을 깨달았다. 과거로부터 들려 오는 메아리 같은 소리. 7월 6일 금요일 밤 그가 그녀에게 말한 것. 어쩌면 그들이 바로

이 장소에 서 있었을 때일는지도 모른다. 기억의 파편은 아즈라엘 블록 뒤에 갇혀진 사건들의 일부였기 때문에 어떠한 시각적이나 후각적인 요소를 수반하지는 않았다. 그저 긴급하게 두 번 되풀이한 말밖에 없었다.

"그건 바로 내 안에 있어요. 바로 내 안에 있다구요."

불현듯 금방이라도 터질 것 같은 두려움이 환하게 불꽃을 밝히었다. 그녀 주위의 풍경이 형언할 수는 없지만 가공할 만한 위협을 내포하고 있는 것처럼 보였다. 그녀는 걸음을 재촉하면서 고속 도로 쪽으로 물러가기 시작했고, 돔은 왜 그러냐고 물었다. 그녀는 두려움이 입과 목까지 차올라 있어서 대답도 하지 못한 채 더욱 걸음을 재촉했다. 그는 그녀의 이름을 불렀고, 그녀는 도망치기 시작했다. 시커먼 핏빛의 그림자가 동쪽으로 엎질러져 있기 때문에 눈에 보이는 모든 사물들이 동쪽 면으로 휘말리고 있는 것처럼 보였다.

시보레로 다시 돌아와 문을 잠그고 히터의 엔진이 움직여 그녀의 얼어붙은 뺨에 뜨뜻한 바람을 불어 넣어 줄 때까지 그녀는 말을 할 수가 없었다. 몸을 떨면서 그녀는 정상적으로 보이는 땅의 그 부분에서 느꼈던 형언할 수 없는 위협감과, 긴박하게 부르던 그의 목소리와 말들에 대한 기억에 대해서 돔에게 말했다.

"'그건 바로 내 안에 있어요.'라니. 그 말이 정말 그날 밤 제가 당신에게 했던 말이라고 생각하나요?"

그가 생각에 잠겨 물었다.

"예."

그녀는 다시 한번 몸을 떨었다.

"'그건 바로 내 안에 있어요.'라고……. 대체 내가 무슨 뜻으로 말했을까?"

"저도 모르겠어요. 하지만 그 말을 듣고 섬뜩한 느낌이 들었어요."

그는 잠시 동안 입을 다물고 있었다. 그리고 나서 그가 말했다.

"저도 그래요."

그날 저녁 모텔에서 진저 바이스는 마치 추수 감사절에 휴일을 즐기려고 모여든 가족들과 함께 있는 것 같이 느껴졌다. 그들이 스스로 갖고 있는 문제들을 알고 있음에도 불구하고, 그들의 기분은 아주 좋은 상태였다. 정말 피를 나눈 가족들처럼 그들은 서로에게서 힘을 얻었다. 그들 여섯 명은 부엌에 모여서 함께 저녁을 준비했다. 집안일을 함께 나눠하는 동안 진저는 다른 사람들에 대해서 더 잘 알게 되었고 그들과 자신을 묶고 있는 끈이 더욱 단단하게 결속되는 느낌이었다.

전문 요리사인 네드 사버가 저녁상에 올릴 주 메뉴로 신맛이 나는 크림을 곁들인 향긋한 초록색 토마틸로스 소스에 구은 닭가슴 요리를 준비했다. 처음에 진저는 네드가 마음속으로만 꽁하고 별로 호의적이지 않은 부류의 사람이라고 오해했으나, 금세 자신의 생각을 바꾸었다. 말이 없다는 것이 때로는, 어떤 것도 끊임없이 만족시킬 필요가 없는 건강한 자아의 신호가 될 수도 있으며, 바로 네드의 경우가 그랬다. 게다가 진저는 네드가 샌디를 무척 사랑하는 것만큼, 그토록 깊이 자신의 아내를 사랑하는 남자를 좋아하지 않을 수 없었다. 그가 아내에게 말하는 한마디 한마디, 아내를 쳐다보는 눈길 하나 하나가 한눈에 보기에도 아내를 사랑한다는 것을 알 수 있었다.

그들의 그런 이상한 의식을 그들 중 유일하게 전적으로 즐기고 있는 사람인 샌디는 너무나 상냥한데다가, 최근에 겪은 변화로 기쁨에 들떠 있어서, 특히나 좋은 친구가 되었다. 그녀와 진저는 함께 저녁 식탁에 올려 놓을 샐러드와 야채를 준비했다. 일을 하면서 그들은 둘 사이를 거의 친자매에 가까운 애정으로까지 발전시켰다.

페이 블록은 초콜릿 부스러기와 바나나 크림을 가득 채운 냉동 파이를 디저트로 준비했다. 진저는 페이를 좋아했는데, 그녀를 보고 있노라면 리타 해너비가 생각났다. 물론 교양미 넘치는 사교계의 귀부인인 리타와 페이는 여러 가지 면에서 달랐지만, 기본적인 몇 가지 면에서, 말하자면 유능하고, 남을 돌보는 타입이라든가, 마음이 강인하다거나, 부드러운 인품을 가졌다는 점 등에서 그들은 서로 닮았다.

어니 블록과 돔 콜베이시스는 테이블의 각자 자리에 깔개를 놓고 식기들을 정돈했다. 어니는 처음에 보기에는 우락부락하고 무시무시해 보였지만, 이제 그녀는 그가 멋진 사람이라는 것을 알았다. 그는 어둠을 무서워하기 때문에 엄청난 애정을 불러일으키게 되었고, 그 때문에 그의 덩치와 나이에도 불구하고 그가 어린애처럼 보이게 되었던 것이다.

진저는 함께 있는 나머지 다섯 명의 사람들 중에서 도미니크 콜베이시스만이 자신에게 알 수 없는 감정을 불러일으키고 있었다. 그에 대해서도 그녀는 다른 사람들에게 느끼는 것이나 마찬가지의 우정을 느끼고 있었을 뿐만 아니라, 오직 그 두 사람만이 함께 나누었던 기억나지 않는 어떤 경험과 관련돼서 그들 사이에 특별한 유대감이 존재한다는 것을 의식하고 있었다. 하지만 그에게서 성적인 매력을 느끼고 있는 것도 사실이었다. 그녀는 최소한 몇 주 동안 그를 알아 왔었고, 또 잘 알게 되기 전까지는 남자에 대한 욕구를 한 번도 느껴본 적이 없기 때문에 그런 감정이 그녀를 놀라게 했다. 자신의 로맨틱한 동경심에 방심하지 않으면서 진저는 계속해서 자신의 감정에 단단히 고삐를 채워 두었고, 돔이 공공연히 그녀에 대한 호감을 나타내는데도 그가 자신에 대해서 매력을 느끼지 않고 있다고 자신을 설득하려고 무진 애를 기울였다.

저녁 식사를 하는 동안 내내 그들 여섯 명은 계속 자신들의 이상한 상태를 이야기하며 그냥 무심코 지나쳤을지도 모르는 실마리를 찾으려고 했다.

블록 부부나 사버 부부가 2년 전에 있었던 독성 물질 유출 사고를 똑똑히 기억하고 있는데도 불구하고, 돔이나 마찬가지로 진저는 전혀 기억나는 것이 없었다. I-80번 도로는 분명히 봉쇄되었고, 환경 비상 사태가 선포되었다. 그 정도의 사실에 관해서는 의심할 바가 없었다. 그러나 지난밤 돔은 블록 부부에게 그들이 엘로이와 낸시 재미슨의 산장으로 피신했었다는 것은 꾸며진 이야기며, 그들은 물론이고 재미슨 부부도 거의 틀림없이 그 모텔에서 계속 갇혀 있었을 것이라고 납득시켰다. 페이와 어니의 말에 의하면 제미슨 부부는 최근에 악몽을 꾸거나 해괴한 문제를 전혀 갖고 있지도 않다고 하는 것으로 보아, 그들에게도 곧 얘기해 줘야겠지만 그들은 효과적으로 세뇌가 된 것이 틀림없었다. 마찬가지로 네드와 샌디는 마지못해서 그런 사태를 겪는 동안, 자신들의 트레일러에서 꼼짝 않고 지낸 것 같다는 기억이 너무나 가물가물해서 진짜인지 아닌지 확실히 모르겠으며, 자신들이 폴라로이드 사진에 나온 다른 사람들처럼 모텔 침대에 묶여 주사를 맞고 세뇌를 당했을지도 모른다고 이야기를 끝맺었다.

"하지만 왜 그들은 우리 모두에게 대략 비슷한 가짜 기억을 주입시키지 않은 거죠?"

페이가 궁금한 듯 물었다.

"어쩌면 이 마을 사람들 모두가 여러분의 기억 속에 만들어진 독성 물질 유출과 고속 도로 봉쇄를 당했을지도 모르죠. 나중에 사람들이, 비상사태가 난 동안 어디 갔었느냐고 여러분들에게 물었을 때, 그들은 여러분이 무슨 말을 하는지 틀림없이 모를 테니까 필요했을 겁니다. 하지만 돔과 저는 멀리 떨어진 곳에서 왔으니까 다시 이곳으로 돌아오거나 우리가 격리 구역에 있었던 것을 아는 사람들과 마주칠 염려도 없었기 때문에 그들이 우리에게 만들어 준 가짜 기억들에다 그런 진실의 단편을 굳이 끼워 둘 필요가 없었던 거죠."

샌디는 포크에 조그만 치킨 조각을 꽂은 채로 잠시 손길을 멈추었다.

"하지만 당신들의 기억도 독성 물질 유출 사고에 맞춰서 만드는 편이 더 안전하고 쉽지 않았을까요?"

"파블로 잭슨의 도움을 받아 제 정신이 무엇인가로부터 간섭을 받았다는 사실을 밝혀 내게 된 도와준 이후로 줄곧, 저는 세뇌에 관한 많은 책을 읽었어요. 그래서 제 생각으로는 어쩌면 환경 비상 상태나 도로 봉쇄같은 진실을 섞어서 이야기를 만들어 나가는 것보다는 전적으로 허위의 기억들을 주입시키는 편이 훨씬 덜 어려웠을지도 모른다는 생각이 드는군요. 어쩌면 그들에게 일부 진실이 깃든 위장된 기억들을 구성하는 일이 시간이 훨씬 오래 걸리거나, 우리들 모두에게 그 일을 할 만한 시간이 없었던 것인지도 모르겠어요. 그래서 이 고장 사람들에게만 최상급의 기술로 세뇌 작업을 시켰을지도요."

진저가 말했다.

"그럴 듯하게 들리는군요."

어니가 말하자, 모든 사람이 수긍을 했다.

"하지만 독성 물질 유출 사고가 정말로 일어났었을까요? 아니면 I-80번 도로를 봉쇄하고 우리를 가둬 놓기 위한 구실로 꾸며 낸 핑계에 불과했을까요? 우리가 금요일 밤에 목격한 것을 말하지 못하게 하려는 방법으로 말예요."

페이가 말했다.

"제 추측으로는 어떤 종류의 오염 사고가 실제로 있었던 것 같아요. 돔의 꿈에서, 여러분도 실제로는 그게 꿈이라기보다는 기억에 더 가깝다는 걸 잘 알고 계시겠지만, 어쨌든 그 남자들은 오염 방제복을 입고 있었거든요. 글쎄, 그들이 통제 구역에 들어왔을 때, 기자들이나 다른 구경꾼들에게 보랍시고 그런 차림을 했었을지도 모르죠. 하지만 일단 여기에 들어오면 그들을 볼 수 있는 사람은 우리들뿐인데 굳이 그럴 필요도 없었을텐데 어째서 그런 차림을 계속 입고 있었죠?"

진저가 말했다.

마치 자신이 창문 너머의 밤으로부터 어둠의 가루가 날아 들어오는 광경을 바라보고 있다고 생각하기라도 하듯, 테이블에서 가장 가까운 곳에 있는 차양으로 가려진 창문을 불안한 눈초리로 바라보고 있던 어니가 목청을 가다듬고서 말했다.

"그래요. 음……글쎄, 어느 게 맞는 얘기죠? 당신은 어떻게 생각해요? 당신은 의사잖습니까? 그 얘기가 화학적이나 생물학적인 오염처럼 들리나요? 그들이 언론에 한 이야기는 셍크필드의 실험 시설로 배달된 화학 약품과 관련이 있다고 했어요."

진저는 어니가 묻기 전까지 한참동안 그 질문에 대한 생각에 잠겨 있었다. 화학적이거나 혹은 생물학적인 오염이라고? 그녀는 자신을 마음속 깊이 불안하게 만들던 것으로부터 해답에 도달했다.

"일반적으로 말하자면 화학 물질 유출에 필요한 복장은 밀폐할 필요가 없어요. 그들은 그저 일꾼들이 부식성이나 독성 물질이 피부에 닿지 않도록 머리부터 발끝까지 가리기만 하면 되죠. 그리고 스킨 스쿠버들이 쓰는 산소 탱크와 마스크 같은 것보다는 방독면도 포함시켜야 하구요. 그러면 치명적인 가스를 마시지 않게 될 테니까요. 그것들은 보통 가볍고 공기가 통하지 않는 옷감으로 만들어지죠. 그리고 모자는 플라스틱 바이저가 달린 단순한 옷감으로 만들어진 후드로 되어 있죠. 하지만 돔이 설명한 대로라면 겉면이 두꺼운 비닐로 되어 있는 두툼해 보이는 옷에다 소매와 연결되어 있는 장갑을 끼고 있었고, 또 목부위에 공기가 통하지 않도록 밀봉시켜 칼라에 고정시킨 단단한 헬멧을 쓰고 있었구요. 그건 의심할 필요도 없이 위험한 생화학적인 병원체, 말하자면 세균에 노출되지 않도록 고안된 복장인 거죠."

잠시 동안 그런 불안한 소식을 곰곰이 생각하면서 아무도 한마디도 꺼내지 않았다.

그때 마음을 단단히 하느라고 네드가 하이네켄을 길게 쭉 한 모금 마신 다음 말했다.

"그렇다면 우리는 틀림없이 무언가에 감염된 것이 확실하군요."

페이가 말했다.

"생화학 무기로 개발된 바이러스 같은 것에요?"

"만일 그것이 셍크필드로 보내졌던 거라면, 존재할 수 있는 병원균 중에서 단 한 가지밖에 없는 종류일 거예요. 뭔가 무시무시한 걸 거예요."

어니가 말했다.

"하지만 우리는 살아 남았잖아요."

샌디가 말했다.

"그건 그들이 우리를 즉시 격리시키고 치료를 했기 때문이죠. 틀림없이 그들은 유전학적으로 교묘하게 처리된 바이러스, 그러니까 무기로 사용할 수 없는 어떤 새롭고 치명적인 유기체를 실험할 계획이 아니었을 거예요. 거기에 대한 효과적인 치료법을 동시에 개발하지 않았다면 말이에요. 그러니까 그들은 그저 그런 사고에 대비한 조처로 새로운 항생제나 혈청을 갖고 있었죠. 만일 그들이 우리를 감염시켰다면, 마찬가지로 그들이 우리를 치료한 거죠."

진저가 말했다.

"그럴 듯하군요. 그렇지 않아요? 어쩌면 이제부터 이야기가 전부 맞아들어가기 시작하는 것 같군요. 하나씩 하나씩 말이에요."

어니가 말했다.

"아직도 그것만으로는 금요일 밤 일어났던 일이 설명되지 않아요. 그들이 우리에게 보이고 싶지 않았던 걸 본 일 말입니다. 그걸로는 식당 전체를 엉망으로 부서지게 만들고, 유리창을 부셔 버린 일을 설명할 수가 없어요. 그때 첫날밤에 있었던 일도 그렇고 지난밤 다시 일어났던 일도 그렇고……."

돔은 어니의 말에 동의하지 않았다.

"게다가 해괴한 요소가 또 하나 있어요. 로우맥의 집에 돔의 주위를 소용돌이처럼 맴돌던 종이 달도 그렇고, 이 젊은 사제가 기적적인 치료를 행하고 있다는 비카직 신부의 주장도 그렇구요."

페이가 말했다.

그들은 누군가가 그런 과학적으로 설명할 수 없는 사건들과 생화학적인 감염을 연관시켜서 설명해 보기를 말없이 기다리면서 서로를 쳐다보았지만, 해답을 하려는 이는 아무도 없었다.

트랭퀼러티 모텔에서 서쪽으로 3백 마일도 채 안 되는 지점에 있는 리노에의 또 다른 모텔에서 브렌던 크로닌은 침대로 가 전등을 껐다. 겨우 9시가 조금 지난 이른 시각이었지만, 그는 아직도 시카고의 시각에 따라 움직이고 있어서 그에게는 11시가 넘는 시각처럼 느껴졌다.

하지만 쉽게 잠이 오지가 않았다. 모텔에 들고서 근처에 있는 밥즈 빅보이 식당에서 저녁을 들고, 그는 성 베네딕트의 사제관으로 전화를 걸어서 비카직 신부와 통화를 했고 도미니크 콜베이시스한테서 전화가 왔다는 얘기를 전해들었다. 브렌던은 그런 미스터리 속에 둘러싸여 있는 사람이 자기 혼자만이 아니라는 소식을 듣고서 깜짝 놀라지 않을 수 없었다. 그는 트랭퀼러티 모텔에 전화를 걸어 볼까 생각도 해보았지만, 그들은 벌써 자신이 거기로 가는 도중이라는 것을 잘 알고 있었고, 전화상으로 이러구 저러구 떠드는 것보다는 내일 직접 만나서 얘기하는 편이 더 나을 것이라고 생각했다. 내일에 대한 이런저런 생각과 어떤 일이 일어났을까 추측하다 보니 계속 잠을 이룰 수가 없었던 것이다.

그는 한 시간 조금 못 되는 시간을 깬 채로 누워 있었고, 그의 생각은 이틀 전 밤에 사제관의 자신의 방을 가득 메웠던 섬뜩한 빛을 발하던 일로 빠졌을 무렵, 갑자기 다시 한번 그 현상이 일어났다. 이번에는 빛이 어디서 나오는지 보이지도 않았으며, 지난 금요일 밤 신비스러운 광채가 발생하던 창 위의 서리 덮인 달과 같은 것조차도 보이지 않았다. 마치 공기의 분자들 자체가 빛을 만들어낼 수 있는 힘을 얻기라도 한 것처럼 지금 그 광채는 그의 위와 사방에서 나타났다. 그것은 처음에는 달빛처럼 어슴푸레하고 젖빛처럼 가물거리더니 시간이 흐를수록 점점 밝아져서는 마침내 자신이 탁 트인 야외에서 보름달이 어렴풋한 광채 아래 누워 있는 것처럼 보일 정도가 되었다.

이것은 반복되는 그의 꿈에 나타난 평화로운 금빛 광채와는 달랐다. 그것은 이틀 전 밤에 그랬듯이 공포와 쾌락, 불안과 흥분 같이 서로 상반되는 감정으로 그를 가득 채웠다.

사제관에 있는 자신의 방에서 그랬던 것처럼 젖빛 광채는 유채색으로 변하더니 선홍색으로 어두워졌다. 그는 광채를 내는 핏방울 속에 떠 있는 것처럼 보였다.

'그건 내 안에 있어'라고 생각하면서 그는 그 말이 무슨 뜻인지 궁금해 했다. '그건 내 안에 있어.' 그 생각은 그의 마음속에서 울려 퍼졌다. 갑자기 그는 두려움으로 오싹해졌다.

심장이 하도 요란하게 쿵덕거려서 금방이라도 터질 것만 같았다. 그는 뻣뻣하게 굳은 채로 누워 있었다. 손에는 그 고리 무늬가 나타났다. 그리고 그 무늬는 심장이 고동치듯 펄떡거리고 있었다.

2

1월 13일 월요일

다음날 아침 식사를 하려고 어니와 페이 부부가 사는 내실의 부엌에 모였을 때, 돔은 그들 대부분이 전날 밤 끔찍한 악몽에 시달렸다는 것을 알고 흥분하지 않을 수 없었다.

"제가 바라는 대로 일이 풀리고 있군요. 그날 밤 여기 모였던 우리가 다시 여기 모이게 되고, 진실을 밝혀 내기 위해 함께 머리를 짜 내는 과정들이, 우리에게 심어진 기억 장애에 계속 압력을 가하고 있는 셈이 된 거죠. 그리고 이제 그 장벽이 점점 더 빨리 무너져 가고 있어요."

돔이 말했다.

지난 밤 돔과 진저, 어니, 네드는 한결같이 공통점을 지닌 금지된 기억들의 특정한 부분들에 대한 아주 생생한 악몽을 경험했다. 그들은 모두 꿈속에서 모텔 침대에 묶여서 오염 방제복을 입은 사람들의 감시를 받고 있었다. 샌디는 기분 좋은 꿈을 꾸었지만, 다른 사람들의 꿈처럼 상세하거나 뚜렷하지는 않았다. 유독 페이만 전혀 아무 꿈도 꾸지 않았다.

네드는 하도 악몽에 시달린 나머지 월요일 아침 샌디와 식사를 하러 베오웨이 위에서 건너왔을 때 잠시 동안 모텔 방으로 옮겨와 지내겠다고 알렸다.

“꿈속에서 시달리다가 깨어나서는 다시 잠을 이룰 수가 없었어요. 게다가 내가 자리에 누워 있는 동안에, 사방이 온통 허허벌판인 트레일러에서 지내는 게 얼마나 외로운가 하는 생각이 들더군요……. 아마 그 폴커크 대령이 처음부터 의도했던 대로 우리를 죽이려고 할지도 몰라요. 그리고 만약 그가 우리에게 온다면, 샌디와 트레일러에서 외롭게 지내고 싶지는 않아요.”

돔은 그렇게 음산하고도 생생한 꿈들이 네드에게는 새로 나타난 것이기 때문에 네드를 동정했다. 최근 몇 주 동안 돔과 진저, 어니는 소름끼칠 만큼 강력한 악몽에 대처하는 방법에 대해서 조금 터득하게 되었지만, 네드는 전혀 무방비 상태라 큰 충격을 받았다.

게다가 물론 네드는 폴커크를 두려워하는 충고를 들었다. 그들이 그 음모에 대해서 점점 가까이 다가가 진실을 알게 되면 될수록, 그들은 선제 공격의 타켓이 되어가는 것 같았다. 돔은 브렌던 크로닌과 졸저 모나텔라를 비롯한 다른 희생자들이 트랭퀼러티 모텔에 모일 때까지는 폴커크가 움직이지 않을 것이라고 생각했다. 그래서 일단 그 사람들이 모이고 나면, 만약의 사태에 대비해야 할 필요가 있었다.

블록의 집에서 네드 사버는 간밤에 잠을 설치게 했던 꿈에 대해 이야기하면서 깔깔한 입맛으로 겨우 아침을 한술 떴다. 그는 처음에 방제복을 입은 사람들에게 감금되는 꿈을 꾸었다. 그러나 그들은 나중에 실험실 가운이나 군복을 입고 있는 걸로 보아 생화학적인 위험 상황이 지나갔다는 것을 알 수 있었다. 네드는 군복을 입고 있는 사람들 중의 하나가 바로 폴커크 대령이었다는 것과, 그 장교에 대해서 자세히 설명을 해 주었다. 그는 쉰 살 정도 돼 보였으며, 관자놀이 부근의 머리가 희끗희끗하게 세었고, 흑발에다가, 푸른 빛이 도는 강철처럼 단단한 눈빛과, 메부리코, 얄팍한 입술을 갖고 있었다.

어니도 꿈속에서 폴커크를 보았기 때문에, 네드가 폴커크에 대해 그림처럼 묘사한 인상 착의가 사실임을 동의해 줄 수 있었다. 네드와 어니의 꿈속에 동일한 인물이 나타났다는 놀라운 우연의 일치로 보아 폴커크라는 인물이 상상에 의한 가공의 인물이 아니라 두 해 전 여름에 어니와 네드가 실제로 만난 사람이라는 사실이 분명해졌다.

"내 꿈속에서는 다른 장교 하나가 폴커크의 정확한 이름을 부르더군. 렐런드라고 했어. 렐런드 폴커크 대령이라고."

어니가 말했다.

"그는 아마 셍크필드에 주둔했었을 거에요."

진저가 말했다.

"나중에 알아보도록 합시다."

돔이 말했다.

기억을 가로막고 있던 장벽들이 확실히 차츰 무너져 가고 있었다. 이런 가능성은 최근 몇 달 동안보다도 돔의 사기를 더욱 북돋워 주었다.

진저가 그들에게 자세히 말해 준 그녀의 악몽에 의하면 그녀가 그 해 여름 사용했었고 지금 다시 머물고 있는 5호실에서 세뇌당한 사람이 자신만이 아니라고 했다.

"한 쪽 구석에 바퀴 달린 침대가 있었고, 그 침대에는 전에 한번도 본 적이 없는 빨강 머리 여자가 누워 있었어요. 나이는 한 마흔 정도 되어 보였어요. 그들은 그녀에게 링거를 꽂고 심전도 장치에 연결시켰어요. 그녀는 눈을 멍하니 뜬 채로……당하고만 있었어요."

어니와 네드가 자신들이 꾼 악몽 속에서 폴커크 대령의 인상 착의에 대해 새로운 사실을 발견했던 것처럼 돔과 진저는 또 다른 사실을 발견하게 되었다. 돔의 꿈속에서는 링거를 꽂은 주사대와 심전도 장치의 모니터가 달린 침대가 있었고, 그 침대에는 텁수룩하게 수염을 기르고 멍한 눈빛을 한 20대의 남자가 누워 있었다.

"그게 무슨 뜻이죠? 그들은 세뇌할 대상자가 너무 많아서 20개의 객실을 모두 채우고도 모자랐단 말이에요?"

페이 블록이 물었다.

"하지만 숙박부를 보면 11개의 객실에만 손님이 든 걸로 되어 있잖아요."

샌디가 말했다.

"주간 고속 도로를 지나면서 이동하던 사람들 중에서도 우리가 본 것을 목격한 사람들이 있었던 게 틀림없어요. 군대는 그들을 세워서 이리로 데려왔을 테고, 그들의 이름은 숙박부에 기재되지 않았던 거죠."

진저가 말했다.

"몇 명이나요?"

페이가 궁금해 했다.

"확실히 알 수는 없을 거에요. 실제로 우리가 그 사람들을 만났다기보다는. 그저 우리가 중독된 상태에서 그들과 같은 방에 있었던 것뿐이니까요. 하지만 애초에 전혀 몰랐던 이름과 주소들을 기억해 낼 순 없겠죠."

돔이 말했다.

하지만 최소한 다시 프로그램 된 거짓말 투성이의 기억 조직들은 다시 정리되어 가면서 점점 진실이 밝혀지고 있다. 돔은 그러한 사실이 대단히 감사하게 느껴졌다. 시간이 지나면 그들은 모든 진실을 밝혀낼 수 있을 것이다. 만일 폴커크 대령이 그보다 먼저 그들을 공격하지 않는다면.

월요일 아침 트랭퀼러티에 모인 사람들이 조반을 드는 사이, 잭 트위스트는 뉴욕에서 시티뱅크의 5번가 지점의 귀중품 보관함으로 안내되고 있었다. 안내를 맡은 은행 직원은 매력적인 젊은 여성으로, 그가 보관함을 사용할 때 가명을 썼었기 때문에 그를 계속 가명인 "파넘 씨"라고 불렀다.

두 사람이 각자 가지고 있던 열쇠로 금고실 벽에서 보관함을 꺼낸 다음 칸막이를 쳐 놓은 조그만 방에 잭 혼자 남게 되자, 그는 뚜껑을 열고 그 안에 들어 있는 것을 보고는 심한 충격을 받았다. 직사각형의 금고 속에는 자신이 넣지 않은 무언가가 들어 있었다. 하지만 그것은 전혀 있을 수 없는 일이었다. 그 상자에 대해서 알고 있는 사람은 자기 자신뿐이었으며, 마스터 키는 자신만이 갖고 있었기 때문이었다.

금고 속에는 100달러짜리와 20달러짜리 지폐로 5천 달러씩 들어 있는 흰색 봉투가 5개 들어 있어야 했는데, 그 돈은 그대로 있는 것 같았다. 그것은 시중의 11곳에 있는 귀중품 보관함에 보관되어 있는 비상금 중의 하나였다. 그는 그날 아침 각 은행에서 1만 5천 달러씩 모두 16만 5천 달러를 꺼내기 시작해 그 돈을 남들에게 모두 주어 버릴 작정이었다. 그는 다섯 개의 봉투를 열어서 떨리는 손으로 돈의 액수를 세어 보았다. 없어진 돈은 한푼도 없었다.

잭은 조금도 마음이 놓이지 않았다. 비록 돈은 그대로라고 해도 다른 것이 들어 있다는 것은, 자신이 지금 가명을 쓰고 있다는 사실이 드러나 자신의 비밀이 들통났고, 자신의 자유가 위협당하고 있다는 것을 증명해 주는 것이었다. 누군가 그레고리 파넘이 실제로 누구인지를 알아냈으며, 상자에 물건을 남겨 둠으로써 그가 애써서 만든 가면이 간파되었다는 사실을 무례한 방법으로 알려 주고 있는 것이다.

그것은 바로 우편 엽서였다. 뒷면에는 아무것도 적혀 있지 않았지만, 엽서가 있다는 사실 자체만으로도 그런 의사를 전달하기에는 충분한 것이었다. 앞면에는 트랭퀼러티 모텔의 사진이 있었다.

재작년 여름. 그는 브랜치 폴라드, 그리고 또 다른 한 명과 함께 샌프란시스코 북쪽에 있는 마린 카운티의 에이브릴 맥캘리스터의 저택을 턴 뒤 리노에 갔다가 거기서 차를 빌려서 동쪽으로 가 80번 주간 고속 도로에서 첫날밤을 보냈었다. 그 이후 그는 그 곳을 까맣게 잊고 지내다가 그 그림을 보는 순간 다시 그때를 기억해 냈다.

과거에 그가 그 모텔에 묵었다는 사실을 알고 있는 사람은 대체 누구일까? 브랜치 폴라드는 분명히 아니었다. 그는 브랜치에게 리노나 뉴욕에 간다는 말을 한 적이 결코 없었다. 맥캘리스터 사건에 함께 가담했던 로스앤젤레스에서 왔다는 샘 핀로우라는 제3의 인물도 아니었다. 게다가 잭은 그 이후로 한 번도 그를 본 적이 없었다.

잭은 적어도 자신의 가명 중 세 개가 알려졌다는 사실을 깨달았다. 그 보관함은 파넘이라는 이름으로 빌린 것이었고, 손톤 웨인라이트라는 이름으로 트랭퀼러티 모텔에 묵었다. 이제 두 이름은 아무 소용도 없게 돼

버렸다. 게다가 누군가 그 두 이름을 잭과 연결시키는 또 한 가지 방법은, 5번가에 있는 아파트를 빌릴 때 사용한 필립 들롱이라는 이름을 잭과 연결시키는 것으로, 이제 그 이름도 날아가 버린 셈이었다.

제기랄!

그는 은행의 칸막이 방에 멍청하게 앉아 있었지만, 머릿속으로는 자신의 적이 과연 누구인지를 알아내려고 열심히 생각을 해 보았다. 경찰이나 FBI, 혹은 다른 공공 기관일 리는 절대로 없었다. 만일 그들이라면, 이 정도의 증거라면 즉시 그를 체포할 일이지 이 따위 장난질을 칠 필요가 없었을 것이다. 게다가 그와 함께 범죄에 가담했던 사람들 중의 하나일 리도 없었다. 그는 5번가에서의 생활을 벗어나 범죄자들의 지하 세계에서 알게 된 사람들과 좋은 관계를 유지하려고 여러모로 신경을 썼었다. 또한 그들 중에서 그가 실제로 어디 살고 있는지 알고 있는 사람은 아무도 없었다. 만일, 그들이 그의 전문적인 지식이나 기획력이 필요한 일이 생겨서 그를 찾아야 할 경우에는 그에게 편지를 하거나, 전화 번호부에 가명으로 기재해 놓은 전화 번호들을 연락망으로 해서 자동 응답기에 메시지를 남겨 놓는 방법을 통해서만 그와 연락할 수 있었다. 그는 그렇게 미리미리 위험을 예방해 놓는 방법이 효과가 있다고 확신하고 있었다. 게다가 어떤 깡패 녀석이 그 금고에 손을 댔다면, 거기 있는 2만 5천 달러를 그대로 두었을 리가 없었다. 아마 그 돈을 모조리 가져 갔을 것이다.

그러면 대체 누구일까? 잭은 그것이 의문스러웠다.

그는 12월 3일 모트와 토미 성과 함께 프라텔란자의 창고를 털었던 일로 생각이 모아졌다. 그를 뒤쫓는 것이 마피아일까? 만일 그들이 누군가를 찾고자 한다면, 그들은 FBI보다 더 많은 인력과 자료를 동원해서 결단력과 대단한 인내심을 가지고 그를 찾아낼 것이다. 그리고 프라텔란자들이라면 십중 팔구 2만 5천 달러를 가져가지 않고 그가 그들로부터 훔쳐간 돈보다 더 많은 액수의 돈을 원한다는 불길한 뜻으로 그것을 남겨 두었을 것이다. 우편 엽서를 남겨 놓은 것도 프라텔란자의 격에 맞는 짓이었다. 그들은 최후의 방아쇠를 당기기 전에 목표물로 하여금 진땀을 흘리게 만드는 것을 즐기는 녀석들이었다.

한편으로 생각해 보면, 마피아가 그의 뒤를 밟아서 자기들 외에 그가 또 누구를 습격했는지를 알아보기 위해 어떻게 해서 전과를 뒤져봤다 해도, 단지 그를 겁주기 위해서 트랭퀼러티 모텔에서 엽서까지 얻어 오는 수고를 하지는 않았을 것이다. 만일 그들이 귀중품 보관함에 잭을 겁먹게 만들 골칫거리를 남겨 두고 싶었다면, 오히려 뉴저지에서 그가 한탕 벌인 창고의 사진을 보내는 편이 더 나았을 것이다.

그렇다면 마피아도 아니었다. 그럼 대체 누구란 말인가?

칸막이로 되어 있는 작은 방이 아까보다 훨씬 좁아 보이기 시작했다. 잭은 답답하고 좁은 공간이 무섭게 느껴져 심장이 졸아드는 것 같았다. 은행에 있는 한 도망갈 곳도, 숨을 곳도 없었다. 그는 2만 5천 달러를 코트 주머니에 깊숙이 찔러 넣었다. 이제 그 돈은 더 이상 남에게 줘 버릴 것이 아니라 갑작스런 도피 자금으로 쓰여져야 했다. 그는 엽서를 지갑에 넣고 금고를 닫은 다음 안내 직원을 부르는 초인종을 눌렀다.

2분쯤 뒤에 그는 밖으로 나와 1월의 찬 공기를 들이마시고는 미행하는 사람이 없는지 5번가를 지나는 사람들을 자세히 살펴보았다. 의심스러운 인물은 하나도 없었다.

그는 잠시 자신의 주위를 물밀 듯이 스치고 지나가는 사람들 틈에서 바위처럼 서 있었다. 그는 그 도시와 그 주를 될 수 있는 한 빨리 빠져나가고 싶었다. 그런 곳이 있을 것 같지는 않지만 아무도 그를 찾을 수 없는 운명의 장소로 도망치고 싶었다. 그들이 과연 누구건간에. 그러나 그는 그렇게 도망치는 것이 과연 필요한 일인지 확실하지가 않았다. 유격 훈련을 받으면서 그는 자신이 행동하는 이유를 제대로 알고, 또 그러한 행동을 함으로써 무엇을 얻으려고 하는지를 확실히 알 때까지 행동을 자제하라고 배웠었다. 게다가 정체를 알 수 없는 적에 대한 두려움은 호기심으로 더욱 커져 갔다. 그는 상대가 누구인지, 그들이 어떻게 그의 교묘한 베일을 벗기게 되었는지, 그리고 그들이 그에게 원하는 게 무엇인지를 알 필요가 있었다.

시티뱅크 건물 밖에서 잭은 택시를 타고 금융 중심지인 월 스트리트와 윌리엄 스트리트 사이의 코너를 갔다. 그 곳에 있는 여섯 군데의 은행마다에 그는 각각 한 개씩의 보관함을 가지고 있었다. 그는 그 중 다섯 군데의 은행에 갔고, 각각 2만 5천 달러와 트랭퀼러티 모텔의 엽서를 발견했다.

그는 다섯 번째 은행에 들른 다음 더 이상 가지 않기로 했다. 벌써 그의 주머니는 12만 5천 달러로 불룩해져 있었으며, 그것만으로도 가지고 다니기에는 상당히 위험한 금액이었다. 거기다 여섯 번째 보관함과 가명도 발각되었을 것이 분명했다. 그는 이미 여행하기에 충분한 돈을 가지고 있었고, 여섯 번째 보관함에 있는 1만 5천 달러를 그대로 남겨 둔 것에 대해 특별히 걱정하지도 않았다. 우선 잭은 이미 스위스 은행에 4백만 달러를 예금해 둔 상태였고, 또 한 가지 이유는 엽서를 두고 간 사람이 돈을 원했다면, 진작 돈을 다 가져갔을 것이기 때문이었다.

지금까지 그는 네바다의 한 귀퉁이에 있는 그 모텔에 대해 생각할 시간적인 여유를 가졌고, 그 곳에 머물렀을 당시 이상한 일이 일어났었다는 사실을 깨닫기 시작했다. 그는 3일간 묵으면서 그 곳의 경치와 고요함을 즐기고 피로를 풀었었다. 그러나 이제 와서 생각해 보니까 전혀 그런 일을 하지 않았던 것 같기도 했다. 렌트카의 트렁크에 그렇게 많은 액수의 현금을 싣고 있었던 적도 없는 것 같고, 뉴욕에 있는 제니와 2주 간이나 떨어져 지낸 적도 없는 것 같았다. 그는 리노에서 곧장 집으로 달려갔다. 곰곰이 생각해 보면 트랭퀼러티 모텔에서 3일 간 묵은 것은 도저히 납득이 안 가는 일이었다.

다시 택시를 타고 그는 5번가에 있는 자신의 아파트로 가서 11시가 조금 못 돼서 집에 도착했다. 그는 지체하지 않고 전에도 거래를 한 적이 있는 소형 비행기 전세 회사인 엘리트 항공사에 전화를 걸었다. 우연히도 아직 예약이 안 된 비행기가 있어서 그가 원하는 시간에 출발할 수 있다는 것을 확인하고, 일단 안심이 되었다. 그는 침실 뒤의 벽장에서 꺼낸

2만 5천 달러와, 방금 은행에서 꺼내 온 돈을 합쳐 현금으로 15만 달러를 지참하고서, 뜻하지 않은 돌발 사태에 대비할 수 있는 즉석 운영비로 쓰기로 했다.

그는 서둘러서 3개의 가방에 옷을 집어 넣고 다른 것들을 넣을 수 있는 공간을 조금씩 남겨 두었다. 그는 권총 두 자루를 넣었다. 하나는 스미스 앤드 웨슨사의 모델 번호 19의 야전 연발 권총으로, 357구경의 연발 탄창을 장착할 수 있으며, 또 극히 적은 반동으로 38구경 특수 탄창을 발사할 수도 있었다. 그리고 또 하나는 32구경 베레타 모델형 70번 권총으로 단단한 총신에 홈이 파져 있어서 소음 장치를 달 수 있었는데, 잭은 소음 장치 두 개도 함께 집어 넣었다. 그는 또한 우지 기관단총을 넣었는데, 그것은 그가 불법적으로 개조해서 전자동으로 발사되고 탄약도 많이 넣을 수 있게 되어 있었다.

잭이 새로이 느끼게 된 죄책감은 지난 48시간 동안 그를 본질적으로 변모시켰다. 그러나 자신을 폭력으로 대할지도 모르는 사람들에게 그도 폭력으로 맞설 수 없을 정도로 그를 위축시키지는 못했다. 선량하고 훌륭한 시민으로 살아야겠다던 결심도 자신을 보호하려는 본능을 방해하지는 못했다. 그리고 그의 배경을 살펴보더라도 잭 트위스트만큼 철저하게 자신을 지킬 준비를 하고 있는 사람은 없을 것이다.

게다가 8년 동안 소외감과 고독을 겪고 난 후, 그는 다시 사회에 적응하기 시작했으며, 정상적인 사회 생활을 할 수 있다는 희망도 가졌었다. 그는 자신에게 마지막일지도 모르는 행복의 기회를 파괴하려는 그 어떤 자도 용납할 수가 없었다.

그는 지지난밤 코네티컷에서 무장 운송 트럭의 고도로 복잡한 전자 잠금 장치의 암호를 풀기 위해서 사용했던 휴대용 슬럭스 컴퓨터도 함께 챙겨 넣었다. 거기다 경찰들이 사용하는 자물쇠를 여는 장비도 함께 챙겼다. 그것은 버섯 모양이나, 실패 모양 등 핀 걸림식 자물쇠라면 어떠한 형태의 것이라도 기계에 아무런 손상도 주지 않고 열 수 있었으며, 특별히 허가를 받은 사람에게만 판매하도록 되어 있었다. 그리고 크기가 작아서 손에 들고 다닐 수도 있고, 총에도 부착할 수 있는 스타 트론 MK202A 야시경과 그 밖의 몇 가지 장비도 필요하리라 생각했다.

그는 비록 무기와 장비들을 가방 세 개에 나누어 넣기는 했지만, 가방을 잠그고 들어 보니 하나같이 무거웠다. 짐을 드는 것을 도와주는 사람들이 내용물에 대해 의심할지도 모를 일이었다. 하지만 난처한 질문을 하거나 경보 장치를 울리는 사람은 아무도 없을 것이다. 그것이 전세 비행기를 빌리는 이점이었다. 그는 공항 검색대를 통과할 필요도 없으며, 짐을 검사하는 사람은 아무도 없을 것이다.

그는 아파트를 나와 택시로 라구아디아로 향했다.

대기하고 있는 리어 비행기가 그를 엘코에서 가장 가까운 주요 공항인 유타 주의 솔트 레이크 시티로 데리고 갈 것이다. 그곳은 리노 국제 공항보다는 조금 더 가까운 편이지만, 엘코를 훨씬 지나 리노로 가서 다시 구식 엔진을 단 정기 승객용 비행기편으로 번거롭게 엘코로 돌아가야 하는 것을 생각하면 훨씬 더 가까운 셈이었다. 엘리트 항공사측의 말에 의하면 리노는 눈보라가 심하게 불어서 그날 오후쯤에 발이 묶일 수도 있으며, 리어 제트기를 수용할 수 있을 만한 아이다 호 남쪽의 조그만 활주로 두 군데도 마찬가지로 하루 종일 발이 묶일 수도 있다고 했다. 그러나 솔트 레이크 시티의 일기 예보는 하루 종일 날씨가 좋을 것이라고 했다. 잭의 요청에 의해서 솔트 레이크 시티에서 엘코의 조그만 군 공항까지 그를 데려다 줄 구식 엔진을 단 비행기가 벌써 마련되고 있었다. 엘코는 네바다의 동쪽 끝에 있기는 하지만 태평양 시간대에 있기 때문에 그는 세 시간을 버는 셈이었다. 그러나 밤이 되기 전에 그 곳에 도착하기는 어려울 것이라고 생각했다.

그것은 잘된 일이었다. 그는 자신이 계획하고 있는 것을 위해서는 어둠이 필요했다.

잭에게는 귀중품 보관함에서 나온 엽서가, 네바다에서의 자신의 범죄 사실을 낱낱이 알고 있는 사람들이 있다는 뜻을 암시하는 것이었다. 그 엽서는 그가 트랭퀼러티 모텔을 통해서 그들과 접촉하거나, 아니면 그들이 거기서 살고 있다는 것을 말해 주는 것 같았다. 그 엽서는 일종의 초청장인 셈이었다. 아니면 소환장이라고 해야 할까? 어느 쪽이건간에 그것을 무시하다가는 큰코를 다칠 수도 있다.

그는 라구아디아까지 미행을 당할지도 몰랐다. 그는 자신을 미행하는 자가 있는지 찾아보려고 애쓰지도 않았다. 만일 아파트의 전화가 도청당했다면, 엘리트 항공사에 전화를 거는 순간 그들은 이미 그가 자신들에게 가고 있다는 사실을 알고 있을 것이다. 그는 공개적으로 그들에게 다가간다는 사실을 알리고 싶었다. 그가 엘코에 도착하자마자 갑자기 그들의 손아귀에서 도망쳐서 잠적해 버리면, 그들의 경계를 뚫을 만한 틈을 발견할 수 있을지도 모르기 때문이었다.

월요일 아침, 식사를 마치고 나서 돔과 진저는 엘코로 가서 하나밖에 없는 신문사인 센티널 신문사로 갔다. 그 군에서는 가장 큰 마을이라고는 하지만, 인구가 만 명 정도되는 도시라 신문사는 그다지 으리으리하거나 번쩍번쩍하는 고층 건물이 아닌 조용하고 허름한 단층짜리 콘크리트 건물에 있었다.

다른 신문들이나 마찬가지로 센티널 신문은 정당한 이유에 입각해서 조사를 필요로 하는 사람에게는 누구든지 보관하고 있는 지나간 신문들을 보여 주었다. 물론 그 신문철들을 이용하는 데는 대단히 세심한 조사를 한 다음에야 허가가 떨어진 것이기는 하다.

첫 번째 소설이 금전적으로 성공을 거두었음에도 불구하고, 돔은 아직도 자신을 작가라고 소개하기가 겸연쩍었다. 비록 자신이 그렇게 불편해하는 것이 극히 내성적이고 소심한 겁쟁이로 보낸 시절의 잔재라는 것을 깨닫고 있기는 했지만, 자신이 듣기에도 그것은 너무나 어색하고 어설프게 들렸다.

접수계인 브렌던 헤너링은 그가 이름을 대도 알아듣지 못했었다. 그러나 이제 막 시중 서점에 선보인 랜덤 하우스에서 나온 자신의 소설 제목을 대자, 그녀는 곧장 "그 책 이달의 추천 도서잖아요! 선생님이 정말로 그 소설을 쓰셨어요?"라고 물었다. 그녀는 한 달 전에 문학 협회에서 그 책을 주문했으며 우편으로 방금 그 책을 받았다고 했다. 그녀의 말에 의하면 자신은 일주일에 최소한 두 권의 책을 읽는 독서광이며 천부적인 재질을 가진 소설가와 만나서 전율을 느낄 지경이라고 했다. 그 여자가 하도 열을 내는 바람에 돔은 더욱 당혹스러웠다. 그는 "중요한 것은 잘 만들어진 이야기이지, 그것을 말한 사람이 아니다."라고 말한 로버트 루이스 스티븐슨과 같은 심정이었다.

센티널 신문의 보존판은 창이 없는 좁은 골방에 보관되어 있었다. 방에는 타자기가 놓여 있는 책상 두 개와 마이크로 필름을 영사하는 투영기, 그리고 필름을 모아 둔 서류함이 있었고 아직 마이크로 필름으로 옮겨 놓지 못한 신문은 큰 서랍에 넣어져서 여섯 개의 장 속에 들어 있었다. 칠이 벗겨진 콘크리트 벽은 엷은 회색으로 칠해져 있었고, 방음 타일을 붙여 놓은 천장도 회색이었다. 형광등도 차가운 빛을 발하고 있었다. 돔은 바다 깊숙이 잠수함을 타고 있는 듯한 야릇한 기분이 들었다.

브렌던 헤너링은 서고를 안내한 뒤 그들이 일을 하도록 남겨 두고 가 버렸다.

"하도 우리들 문제에 얽매어 있다 보니 당신이 유명한 작가라는 사실을 잊고 있었어요."

진저가 말했다.

"나도 그래요. 하지만 물론 난 유명하지는 않아요."

돔은 과거의 센티널 신문의 보존판을 보관해 둔 서류철 캐비닛의 목록을 읽으면서 말했다.

"곧 그렇게 되실 거예요. 정말 면목이 없어요. 우리들에게 일어난 일 때문에 당신의 첫 작품을 내셨는데도 그걸 음미할 기회도 못 가지셨으니."

진저의 말에 그는 겸연쩍은 듯 어깨를 으쓱거렸다.

"우리들 중 누구도 여기에 놀러 온 게 아니잖아요. 당신도 의사로서의 경력 전체가 이 일에 매달려 있잖아요."

"그래요. 하지만 우리가 이 일을 깨끗이 해결할 수만 있다면 난 다시 의사로 돌아갈 수 있을 거예요."

진저는 적들과의 대전에서 승리하리라는 데 대해 한치의 의심도 없는 것처럼 말했다. 돔은 그러한 확신과 굳은 결심이 그녀 눈동자의 푸르름이나 마찬가지로 그녀의 한 부분이라는 것을 잘 알고 있었다.

"하지만 그건 당신의 첫 작품이잖아요."

돔은 접수계의 아가씨에게서 유명 인사로 대접받은 데 대한 당황스러움에서 아직도 벗어나지 못하고 있었다. 이번에는 진저가 친절하게 자신의 감상을 말해 주는 바람에 얼굴이 붉어지고 말았다. 그러나 그것은 단순히 당황해서가 아니라 그녀의 관심의 대상이 되었다는 데 대한 기쁨의 표시였다. 진저만큼 그를 감동시킨 여자는 아직 한 명도 없었다.

그들은 함께 서류함으로 가서 필요한 시기의 지나간 신문들을 꺼냈다. 신문을 필름으로 옮기는 작업이 벌써 2년치나 밀려 있어서 굳이 마이크로 필름을 읽을 필요도 없었다. 그들은 재작년 여름 7월 7일 토요일부터 시작해서 일주일분의 신문을 꺼내서 책상으로 가 앉았다.

비록 그들이 겪었던 기억나지 않는 사건과 있었을지도 모르는 오염 사고와 80번 도로를 봉쇄한 일은 7월 6일 금요일 밤에 일어났었지만, 토요일 기사에는 유독성 물질이 유출된 사고에 대한 이야기는 하나도 없었다. 센티널 신문은 우선 지방 신문이고, 국가 전체나 세계적인 기사 거리를 다루기는 하더라도 빨리 변화하는 이야깃거리에는 관심이 없었다. 그 신문사 홀에서 "때려치워라!"하고 폐간을 외친 적도 없었다. 엘코 군에서의 생활은 전원적이고 편안하고 민감한 편이었으며, 어느 것이든지 숨가쁘게 최신 정보를 목마르게 필요로 하는 사람도 없는 듯했다. 센티널은 조간이기 때문에 저녁 늦게 활자가 찍히게 된다. 따라서 일요판은 발간되지 않고 7월 9일 월요판에서야 유독성 물질의 누출 사고와 80번 주간 도로의 폐쇄에 관한 기사가 실려 있었다.

그러나 월요일과 화요일자 신문은 긴급한 머리 기사로 장식되어 있었다. 〈유독성 물질 누출 사고로 80번 주간 고속 도로 폐쇄. 군에서는 격리 지역 선포. 파손된 트럭에서 신경 가스가 유출된 것일까? 군대의 발표에 의하면 주민들이 위험 지역에서 모두 대피했다고……. 대피한 사람들은 어디 있는 것일까? 셍크필드의 군 시험장 : 거기서 과연 무슨 일이 일어나고 있는 것인가? 80번 주간 고속 도로가 봉쇄된 지 나흘째. 정화 작업 거의 완료 : 정오부터 고속 도로 개통〉

돔과 진저 두 사람은 트랭퀼러티 모텔에서 조용히 쉬고 있었다고 생각하고 있었을 때에 그런 사건이 일어났었다는 것을 알고 오싹해졌다. 돔은 신문을 계속 읽고 있는 사이 진저의 이론이 맞다는 확신이 들기 시작했다. 마인드 컨트롤 전문가들이 엘코에 사는 군민들과 그 곳을 지나던 사람들의 조작된 기억 속에 정성들여 짜 낸 유독성 물질 누출 사고를 주입시키기 위해서 일, 이 주의 시간이 더 필요했던 것이 분명한 것 같았다. 그리고 고속 도로를 폐쇄하고 그 지역을 봉쇄할 수밖에는 없었을 것이다.

7월 11일 수요일판은 계속해서 그 기사를 다루고 있었다. 〈80번 주간 고속 도로 드디어 개통! 격리 지역 해제 : 장기간의 오염은 아니었다. 첫번째 대피 주민들의 소재 파악 : 그들은 아무것도 보지 못했다고.〉

센티널 지는 한눈에 보기에도 소도시의 신문으로 평균 16내지 32면으로 발행되었다. 사건이 난 기간중에는 대부분의 지면을 유독성 물질 누출 사고에 관한 기사로 할애하고 있었다. 그 사건으로 미 전역에서 기자들이 몰려들었고, 늘 감정을 드러내고 있지 않는 논조의 센티널 지는 자신들이 중대한 사건을 보도하는 데 중심 역할을 하고 있다는 것을 깨달았던 것이다. 풍부한 자료에 정신을 쏟고 있던 돔과 진저는 자신들이 찾던 기사를 많이 발견할 수 있었고, 다음 행동을 하는 데 도움이 되었다.

한 가지 미 군부가 취한 보안의 정도가 진실을 은폐하려고 했던 시간상의 길이를 진지하게 나타내 주고 있었다. 셍크필드에 소속된 부대는 그 사건이 있고 난 직후 도로에 바리케이드를 치고 80번 주간 도로 둘레의 10마일 내에 접근을 금지시켰고, 또한 엘코 의 군 보안관이나 네바다의 주 경찰에도 격리 지역을 확보할 때까지 그 위험한 사태에 대해서 알리지 않았었다. 그것은 일반적인 관행을 깨뜨리는 것이었다. 비상 사태 기간 동안 군 보안관과 주 경찰은, 군대가 시민들의 치안을 돌보고 그들의 위험 상황을 관리하는 당국 업무의 모든 면에서 자신들을 따돌렸다고 격렬하게 불만을 토했다. 주 경찰과 그 지역의 경찰은 격리 지역을 관리하는 일에 끼거나, 바람이나 기타 다른 요인에 의해 신경 가스가 확산되지 못하도록 하는 계획에도 참여하지 못했다. 명백히 격리 지구 내의 보안 유지는 군대에게만 맡겨졌었다.

그런 상태로 이틀이 지나자, 엘코 군의 보안관인 패스터 행크스는 센티널지의 기자에게 다음과 같이 불평했었다.

"이곳은 저희 관할 구역이지, 군대의 통치 지역이 아닙니다. 군의 협조를 얻지 못한다면, 내일 제일 먼저 판사에게 가서 군이 사법권을 존중하도록 명령을 내리게 할 것입니다."

화요일 센티널 지는 행크스가 실제로 판사에게 갔었으나 판결이 내려지기 전에 위기 상황이 끝났다고 전했고, 결국 사법권에 대한 논쟁은 미결 상태가 되어 버렸다.

돔과 함께 신문을 뒤적거리며 훑어보던 진저가 말했다.

"이제 모든 기관들이 이 문제에 대해서 우리 적일까 봐 걱정할 필요는 없을 것 같군요. 주와 군 경찰은 그들과 한편이 아니예요. 우리의 적은 오직……."

"미 군부죠."

돔이 말을 끝마치면서 적에 대한 그녀의 판단에 의식하지 않은 유머스러운 요소에 대해 미소를 지었다.

그녀도 신랄하게 웃었다.

"우리와 군대의 싸움이라……. 그 싸움에서 주와 군의 경찰을 뺀다고 해도 별로 공평한 시합은 아니잖아요?"

센티널 지에 의하면 군은 80번 주간 도로를 철저히 봉쇄했었다. 민간 항공기는 오염 지역의 비행이 금지되어 우회하여야 했고, 계속해서 헬기가 순찰을 돌았다. 동서로 통행 금지 구역은 물론이고 남북으로 80평방마일이나 되는 광활한 지역을 격리하려면 상당한 인력이 필요했을 것이다. 그러나 엄청난 경비와 어려움에도 불구하고 군은 걸어가든, 말을 타고 가든, 아니면 자동차를 타고 가든 통행인들을 모두 막기로 결심했었다. 헬기는 낮에도 계속 순찰을 돌았고, 밤에는 탐조등으로 주변을 샅샅이 뒤졌다. 적외선 탐지기를 갖춘 군인들이 밤에 주변을 순찰하면서 탐조등을 피해 잠입한 침입자들이 있나 수색하고 있다는 소문이 돌았었다.

"신경 가스는 인간에게 가장 치명적인 것 중의 하나로 꼽히죠."

돔이 신문을 넘기는 사이, 진저가 말했다.

"그러나 그렇다고 해서 이 정도까지 보안을 했다면 너무 심한 것 같군요. 게다가 제가 화학전의 전문가는 아니지만 신경 가스가 그렇게 멀리까지 위협을 준다는 건 믿을 수가 없어요. 군 발표에 의하면 그다지 많은 양도 아니고 실린더 하나 정도의 가스가 유출되었다고 하고, 어니와 페이가 기억하기로는 탱커 트럭 하나 정도밖에 안 된다고 했잖아요. 그리고 기체는 밖으로 새어 나가면 확산되는 성질을 갖고 있잖아요. 그러니까 그 물질이 2마일 정도 퍼지고 나면, 어느 정도 희석이 되어서 공기 중에 1백만 분의 일도 채 포함되지 않게 되죠. 3마일쯤 퍼지고 나면……1백만 분의 1도 채 포함되지 않구요. 그 정도면 사람에게는 그다지 큰 위협이 되지 못해요."

"그렇다면 그것이 생화학적 오염이었다는 당신의 생각을 뒷받침해 주는 거겠군요."

"그럴지도 모르죠. 하지만 아직 그렇다고 말하기에는 너무 일러요. 틀림없이 신경 가스보다는 심각한 것이었을걸요."

진저가 말했다.

7월 7일 토요일까지, 그러니까 주간 도로가 봉쇄되고 나서 하루도 채 되지 않아서 민첩한 통신사의 기자 하나가 검역 작업을 수행하는 대부분의 군인들의 제복에 달려 있는 계급과 표장이 별다르다는 것을 알아차렸다. 표장에는 검은 원 안의 가운데에 환한 초록색의 별이 그려져 있었다.

이것은 셍크필드 시험 기지의 군인들의 복장과는 달랐다. 초록색 별을 달고 있는 사람 중에는 사병들에 비해 장교의 비율이 높았다. 질문을 받자, 군에서는 초록색 별을 단 군인들이 비밀 특수 부대의 최고급 정예 부대라고 밝혔다.

"우리는 그들을 DERO라고 부르죠. 즉 국내 비상 사태 대응 부대의 약칭입니다."

센티널 지는 군 대변인의 말을 인용해서 전했다.

"DERO의 부대원들은 최고의 훈련을 받았고, 모두 전투 상황에 대한 폭 넓은 실전 경험을 쌓았으며 극비 정리 작업도 수행하죠. 국가 기밀에 관계되는 광경을 목격한 사람들에 대해서나 극비 지역에서 작전을 수행할 수도 있으므로 그것은 필수적인 훈련이죠."

돔은 DERO 부대원들을 선발한 것은 한편으로는 사람들의 입을 철저히 봉하게 만들 만한 능력과 자발적인 의지를 갖고 있기 때문이라 해석했다.

센티널 지는 군 대변인의 말을 더 인용했다.

"그들은 우리나라의 젊은 직업 군인들 가운데서 노른자만 뽑아 놓은 정예 부대원들이며, 따라서 자연히 대부분의 대원들이 DERO로서의 자격을 갖출 무렵이면 최소한 중사로서의 계급에 오르게 됩니다. 우리의 의도는 테러리스트들의 국내 군사 시설에 대한 공격이나 원자 폭탄 기지에서의 핵 비상 사태, 기타 특별한 문제와 같은 엄청난 위기 상황에 대처하도록 고도로 훈련된 부대를 만드는 것입니다. 이번 경우에는 테러가 개입된 면은 없습니다. 그러나 DERO의 몇몇 중대는 전국 각처에 배치되어 있습니다. 신경 가스에 의한 상황이 일어났을 때 부대 하나는 가까이 있어야 하기 때문에 국민의 안전을 보장해야만 하는 최상의 방법을 취하기 위해서 만전을 기하고 있는 것 같습니다."

그는 그 DERO 중대가 배치된 곳이 어디인지, 비행 거리가 얼마나 되는지, 인원이 얼마나 되는지 기자들에게 밝히기를 거부했다.

"그것은 극비 정보입니다. DERO 부대원들은 아무도 보도진들에게 말하지 않을 겁니다."

진저는 얼굴을 찡그리면서 말했다.

"쉬몬체스!"

돔은 눈을 껌벅거리며 "네?"라고 반문했다.

"그들의 얘기는 전부 쉬몬체스일 뿐이라구요."

그녀는 의자에 몸을 기대고 아름다운 목에 경련이 일어난 듯 목을 이리저리 저으면서 말했다.

"쉬몬체스가 뭐죠?"

"아! 죄송해요. 이디쉬어예요. 제가 생각하기로는 독일어에서 온 것 같아요. 저희 아버지가 제일 좋아하는 말 중의 하나였죠. 그건 아무 가치도 없고, 바보같고, 어리석고, 말도 안 되는 그런 것을 뜻하는 거예요. 무시하거나 경멸할 만한 것을 말하죠. 군대에서 말하는 소리가 바로 쉬몬체스죠."

그녀는 목을 돌리던 것을 멈추고 의자에서 몸을 앞으로 내밀고는 신문을 손가락으로 집었다.

"그러니까 그 DERO 부대가 위기 상황이 발생했을 때 정확히 어느 곳에 있는지는 모르고 마침 이 주위에 어슬렁거리고 있었던 것뿐이에요. 아주 기막히죠?"

돔은 인상을 찌푸렸다.

"하지만, 진저, 이 기사에 따르면 80번 도로에 셍크필드에서 온 사람들에 의해 바리케이드가 세워지기는 했지만, DERO 부대는 한 시간이 훨씬 지나서야 진주했어요. 그러니까 그들이 만일 마침 근처에 없었더라면, 그들이 여기에 그렇게 빨리 올 수 있었던 방법은 비행기를 타고 오거나, 사건이 터지기 전에 출발해서 오는 도중이었다고 할 수밖에 없죠."

"바로 그거예요."

"그렇다면 그들이 유독 물질이 유출될 것을 미리 알고 있었단 말인가요?"

"제가 분명히 받아들일 수 있는 것은 DERO 부대가 가장 가까운 거리에 있는 군 기지 중 한 군데에 있었을지도 모른다는 것뿐이에요…… 아마 유타 주 서쪽이나, 아이다 호 남쪽에 있었을지도 모르죠. 하지만 그렇다고 해도 군대의 시나리오에 제대로 맞출 만큼 가까운 거리는 아니죠. 그들이 사고 소식을 듣고서 바로 모든 일을 제쳐 놓고 여기로 날아왔다 치더라도, 한 시간 내에 그렇게 도로를 봉쇄하는 데 인원을 배치할 수 없었을텐데요. 절대로 그럴 수 없었을 거예요. 그렇다면 엘코 카운티의 서쪽 끝편에서 무슨 일이 일어나리라는 경고를 사전에 받았던 것 같잖아요? 그렇게 많이는 아니었을 거예요. 며칠 동안 기간을 두고 알려 준 것도 아니구요. 하지만 어쩌면 한두 시간 정도 전에 통고를 받았을지도 모르죠."

"그렇다면 유독 물질 유출은 사고가 아니라는 거로군요. 어쩌면 실제로 그것은 생물학적인 것이든, 화학적인 것이든 유출 사고는 아니었을지도 몰라요. 그런데 어째서 그들은 우리를 치료할 때 방제복을 입고 있었던 거죠?"

돔은 그 수수께끼가 점점 정교하게 만들어진 미궁 속으로 빠져 들자 맥이 쭉 빠졌다. 그 수수께끼는 해결의 실마리를 보이기는커녕 갈수록 꼬이고 복잡해지면서 더 깊은 미궁 속으로 빠져 들어가는 것 같았다. 그는 신문지를 갈갈이 찢어 버리고 싶을 만큼 이성을 잃은 긴박한 충동을 느꼈다. 마치 그렇게라도 하면 군대의 거짓말이 드러나고 마침내 그 결과 두꺼운 벽돌 속에 가려진 진실이 밝혀질 것만 같았다.

돔만큼이나 맥이 빠지는 것 같은 기분을 느끼면서 진저가 말했다.

"검역 지역을 통제하기 위해서 군이 DERO 부대를 끌어들인 이유는 그 지역을 순찰하는 사람들이 뭔가 극비 사항을 알아낼까 봐였어요. 전적으로 극비 사항인 일을요. 군은 가장 보안을 철저하게 해서 처리해야 할 일에 일반 군대를 믿을 수가 없다고 생각했기 때문이었죠. DERO 부대가 이용된 건 바로 그 이유 하나 때문이었어요."

"사람들의 입을 막는 데 믿을 만한 사람은 그들뿐이었을 테니까요."

"맞아요. 만일 거기 80번 주간 도로에서 유출 사고 외에 별다른 일이 일어나지 않았다면, 군이 DERO 대원들이 그 일을 맡도록 할 필요가 없잖아요. 그러니까 그것이 만일 그저 유출 사고에 불과했다면, 사람들이 볼 만한 것이라고는 전복된 트럭하고 가스인지 화학액인지는 모르겠지만 파손된 용기 외에는 없었을텐데?"

그들은 앞에 펼쳐진 신문을 다시 한번 주의 깊게 살펴보았다. 군이 7월의 무더운 여름 밤 엘코 군 서부에서 흔히 일어나지 않는 특수한 문제가 일어나리라고 최소한의 경고를 했음을 나타내는 증거를 추가로 발견했다. 돔과 진저는 땅 위에 어둠이 완전히 내린 후 약 30분 동안 트랭퀼러티 그릴가에 지진이 일어난 것 같은 이상한 소음과 진동으로 가득 찼다는 것을 똑똑히 기억하고 있었다. 북위 41도 지역에서도 여름에는 해가 늦게 지므로, 그 사건은 대략 8시 10분경에 시작된 것이 분명했다. 그들의 기억 장애도 같은 시각에 시작되었다. 게다가 그들은 그 사건의 정확한 위치를 쪽집개처럼 집어냈다. 80번 주간 도로의 통행 정지가 8시 정각에 이루어졌다고 보도한 센티널의 기사 중의 한 줄이 돔의 눈에 띄었다.

"군이 '돌발적인' 유출 사고가 일어나기 5분이나 10분 전에 벌써 그 고속 도로를 봉쇄했다는 말인가요?"

진저가 말했다.

"그래요. 우리가 그때의 일몰 시각을 잘못 알고 있는 것이 아니라면요."

그들은 센티널 지의 7월 6일자판에서 기상란을 살펴보았다. 일기 예보는 운명의 날의 일기 상태에 대해서 자세히 알려 주고 있었다. 섭씨 47도까지 올라가는 무더위에 저녁에도 19도를 웃도는 날씨였다. 습도는 20~25%. 맑은 날씨에, 해지는 시각은 7시 31분이었다.

"여기서는 황혼이 짧아요. 길어야 15분이죠. 7시 45분에 완전히 깜깜해졌다고 생각해 봐요. 비록 어두워진 다음 30분 후에 그 사건이 일어났다는 것이 틀린 생각이라고 해도 말예요. 어둠이 내린 후 겨우 15분 만에 군대가 왔다고 쳐도, 군대가 이미 길을 봉쇄해 놓은 상태였다는 거죠."

"그렇다면 그들은 무슨 일이 일어날 건지 알고 있었던 거로군요."

진저가 말했다.

"하지만 그들은 그 일을 막을 수 없었을 거예요."

"말하자면 그들은 어떤 과정이랄까, 일련의 사건 따위를 시작해 놓고 통제할 수 없게 되어 버린 것이 틀림없어요."

"그럴 수도 있겠지만, 그렇지 않을 수도 있죠. 어쩌면 정작 그들의 잘못이 아닐지도 몰라요. 우리가 더 자세히 알 때까지는 그저 추측만 해 볼 수 있는 거죠. 정확하게 알 수는 없어요."

진저는 7월 11일 수요일자 신문을 넘기면서 군복 차림의 한 남자를 보고 너무 놀라서 숨이 막힐 뻔했다. 어젯밤 두 사람의 꿈속에 렐런드 폴커크 대령이 나타나지는 않았지만, 그들은 한눈에 그를 알아볼 수 있었다. 어니와 네드가 악몽 속에서 본 그의 모습을 설명해 준 것과 인상착의가 대단히 흡사했기 때문이었다. 흑발에 관자놀이 부근의 희끗한 머리하며, 섬뜩한 느낌을 주는 희끄무레해 보이는 눈, 매부리코에 얄팍한 입술, 그리고 날카롭게 각이 진 평평한 얼굴.

돔은 사진 밑에 나와 있는 설명을 읽었다.

〈검역 지역에 배치된 DERO 중대의 사령관인 렐런드 폴커크 대령은 보도진들에게는 좀처럼 잡기 어려운 보도 대상이었다. 첫 번째 사진은 센티널 신문의 사진 기자인 그레그 런드가 찍은 것으로, 갑자기 사진이 찍히자 폴커크 대령은 몹시 화를 냈다. 기자들의 몇 가지 질문에 대한 그의 답변은 통상적인 "노 코멘트"라는 대답보다도 훨씬 짧고 간단한 것이었다.〉

돔은 사진에 대한 설명의 마지막 부분에 담긴 재치에 미소를 지었으나, 폴커크의 딱딱한 인상이 그의 간담을 서늘하게 만들었다. 그는 그 얼굴을 곧장 알아보았다. 그것은 어니와 네드의 설명 때문이 아니라 재작년 여름에 그를 본 적이 있기 때문이었다. 더구나 매처럼 날카로운 표정과 그를 당황하게 만드는 탐욕적인 눈매에는 광폭함이 서려 있었다. 그런 사람은 자신이 원하는 것은 무엇이든 이루고야 만다. 그리고 그런 사람에게 걸린다는 것은 앞날이 정말 끔찍한 일이었다.

폴커크의 사진을 뚫어지게 쳐다보면서 진저는 "카인 아인호레"라고 조용히 중얼거렸다. 돔이 알아듣지 못해서 당황해 하는 것을 깨닫고는 얼른 "그것도 이디시어예요. 카인 아이호레. 그건……사악한 눈을 보고 하는 표현이죠. 어쨌든 여기에 딱 맞는 말인 것 같군요."

돔은 반쯤 홀린 듯한 기분으로 사진을 자세히 살펴보았다.

잠시 후 그는 "그래요. 그에게 아주 딱 맞는 말이군요."라고 말했다.

조각한 것처럼 날카로운 폴커크 대령의 얼굴과 차디찬 눈빛은 너무도 강렬해서 마치 사진 속에서 살아 있는 것 같고, 그들을 찾으러 돌아올 것 같았다.

돔과 진저가 엘코 센티널 신문사에서 지나간 신문철을 조사하고 있는 동안, 어니와 페이 블록은 트랭퀼러티 모텔 사무실에서 두 해 전 여름 7월 6일 손님 명부에 이름이 올라 있는 사람들과 연락해 보려고 시도했지만, 그때까지 연락이 제대로 되지 않았다. 그들은 카운터 뒤에 무릎을 넣을 수 있도록 만들어 놓은 참나무 책상에 마주앉았다. 손 닿는 곳에 놓아둔 커피 포트에는 따뜻한 커피가 가득 담겨져 있었다.

각자 일을 하면서 어니는 재작년 여름 7월 6일 가족과 함께 와서 객실 두 개를 빌렸던 제럴드 샐코우에게 보낼 전보를 작성했다. 캘리포니아 주 몬트레이 시의 전화 번호부에는 그의 이름이 기재되어 있지 않아서 그와 연락이 닿지 않았기 때문이었다. 그 동안 페이는 작년에 썼던 숙박부를 하루씩 살펴보면서 7월 6일 당시 그들과 함께 묵었던 트럭 운전사 캘 샤클에 관한 가장 최근의 숙박 기록을 찾아보았다. 전날 돔이 그날 밤 숙박부에 캘이 기재한 전화 번호로 연락을 해보았지만 전화가 되지 않았었다. 최근의 숙박 기록을 보면 그의 새로운 주소나 전화 번호를 알 수 있지 않을까 하는 기대에서였다.

각자의 일을 하면서 어니는 31년의 결혼 생활 동안 아내와 책상 앞에서 서로 마주앉아 있던 적이 무수히 많았으며, 그보다 더 무수하게 많이 식탁 앞에 마주앉아 있었던가를 회상해 보았다. 아파트 이쪽저쪽에서, 집 이쪽 저쪽에서, 세계의 이쪽 끝이나 저쪽 끝에서, 콴티코에서부터 펜들턴으로, 다시 싱가포르로, 해병대가 그를 파견한 곳이라면 거의 세계의 모든 곳에서 그들은 식탁 테이블에 앉아 긴긴 밤을 보냈었다. 일하거나, 꿈을 꾸거나, 걱정하며, 행복한 미래를 계획하며 때로는 밤 늦게까지 밤을 지새곤 했었다. 어니는 그 시절의 단란했던 행복이 가슴속에 메아리쳐 왔다. 페이와 결혼했다는 사실이 얼마나 행운이었던가. 그들의 생활은 너무나 가깝게 밀착되어 있어서 전생에 한몸이 아니었던가 하는 생각이 들 정도였다. 만약 폴커크 대령이나 다른 사람들이 이 조사를 막기 위해서 살인을 계획하고 있다면, 그래서 만일 페이에게 무슨 일이 생긴다면, 어니도 그녀와 함께 죽을 작정이었다.

그는 제럴드 샐코우에게 보내는 전보를 다 쓰고 나서 웨스턴 유니온 전신 회사에 전화를 걸어 속달을 부탁했다. 그 동안 마음을 훈훈하게 했던 강한 사랑의 힘은, 그들이 맞고 있는 위험한 상황을 실제보다 훨씬 덜 위협적으로 느껴지게 만들어 주는 것 같았다.

페이는 캘 샤클이 작년 한 해 동안 하룻밤 묵고 간 것이 다섯 차례라는 것을 알아냈다. 그리고 매번 재작년 7월 6일 숙박부에 기재한 것과 똑같은 일리노이의 에반스톤의 주소와 전화 번호를 기재해 놓았었다. 결국 그가 이사를 가지 않은 것이 분명했다. 그러나 그들이 그 번호로 연락을 했을 때, 돔이 전날 들었던 것과 마찬가지로 그 전화 번호는 결번이며 에반스톤에서의 새로운 번호는 전화 번호부에 기재되어 있지 않다는 녹음 내용이 흘러 나왔다.

캘이 에반스톤에서 "윈디 시티"로 이사했을 가능성도 생각해서 페이는 지역 번호 312의 안내로 전화를 해서 시카고에서의 캘 샤클의 전화 번호를 물어 보았지만 그의 번호는 없었다. 일리노이의 지도를 이용해서 어니와 페이는 시카고 교외 지역의 전화 번호 안내에도 전화를 해 보고, 와이팅, 해몬드, 캘러멧, 마크햄, 다우너즈 그로우브, 오우크 파크, 오우

크브루크, 엠허스트, 데스 플렌인즈, 롤링 메도우즈, 알링톤 하이츠, 쇽키, 윔트, 클렌코우 등의 도시에도 계속 전화를 해 보았다……. 그러나 행운은 결코 따라 주지 않았다. 캘 샤클은 시카고에서 아주 멀리로 이사를 갔거나, 땅 속으로 사라져 버린 것 같았다.

페이와 어니가 1층 사무실에서 일하는 동안, 네드와 샌디 사버는 2층 부엌에서 벌써 저녁을 준비하고 있었다. 오늘 저녁은 시카고에서 브렌던 크로닌이라는 사람과, 라스베가스에서 졸저 모나텔라와 그녀의 어린 딸이 도착한 후에 식사를 할 계획이라서 모두 아홉 명이 식사를 하기로 되어 있었다. 네드는 마지막 순간까지도 일손을 놓고 싶어하지 않았다. 어제 모두 여섯 명이 함께 힘을 모아 저녁을 준비했을 때, 진저 바이스는 거의 가족들이 다 모이는 휴일 같은 기분이 들었다. 실제로 그들은 서로를 거의 몰랐지만 웬지 특별한 친밀감이 느껴졌다. 그들의 특별한 애정과 동지애를 굳건히 해서 앞으로 무슨 일이 닥치든지 대처해 나갈 수 있는 힘을 기르자는 뜻에서 네드와 샌디는 오늘 저녁 식사가 감사절 만찬처럼 되어야 한다고 마음먹고 있었다. 그들은 16파운드짜리의 칠면조 요리와 피칸 요리, 구운 옥수수, 사철쑥류를 넣은 홍당무 요리, 후추 열매를 넣은 양배추 샐러드, 호박 파이, 초승달 모양의 롤빵을 준비했다.

샐러리와 양파, 빵을 썰고 양배추를 갈면서 네드는 때때로 그 식사가 가족의 만찬이 아니라 사형수들을 위한 최후의 만찬이 될지도 모른다는 생각이 들었다. 그런 불길한 생각이 들 때마다 샌디가 일하는 모습을 보면서 그는 그런 생각을 지워 버렸다. 그녀는 항상 밝게 웃었고, 때로는 나지막하게 콧노래를 부르기도 했다. 샌디에게 그렇게 놀라운 변화가 나타나게 한 그 사건이 틀림없이 그들을 죽음으로 몰고가지는 않을 것이다. 틀림없이 그들은 걱정할 만한 것이 없었다. 분명히.

엘코 센티널 신문사에서 세 시간을 보낸 뒤, 진저와 돔은 아이다 호스트리트의 한 레스토랑에서 샐러드로 가볍게 식사를 하고 나서 2시 30

분에 트랭퀼러티 모텔로 돌아왔다. 페이와 어니는 아직도 사무실에 있었다. 사무실은 위층에서 풍기는 맛좋은 냄새들로 가득 찼다. 호박과 계피, 육두구, 버터에 볶은 양파, 빵의 이스트 내음…….

"칠면조 냄새는 아직 안 날 거예요. 네드가 겨우 반 시간 전에 오븐에 넣었으니까요."

페이가 말했다.

"8시에 식사하자고 하더군요. 하지만 음식 냄새가 너무 좋아서 빨리 식사하고 싶어 미치겠어요."

어니가 그들에게 말해 주었다.

"센티널 신문사에서 뭣 좀 알아냈어요?"

페이가 물었다.

진저가 돔과 함께 알아낸 것에 관해 말하기 전에 모텔의 현관 문이 열리면서 조금 작은 키의 남자가 찬바람을 몰고 들어왔다. 그는 외투도 걸치지 않고 차에서 서둘러 내렸다. 그는 검은 신부복 대신에 흰색 셔츠와 파랑색 스웨터, 짙푸른 웃옷과 회색 바지를 입고 있었지만, 돔과 진저는 그를 금세 알아볼 수 있었다. 그는 정체를 알 수 없는 발신인이 돔에게 우송했던 폴라로이드 사진 속에 있던 황갈색 머리에 초록색 눈동자, 그리고 둥그런 얼굴을 한 젊은 신부였다.

"크로닌 신부님."

진저가 말했다.

그녀는 도미니크 콜베이시스에게 그랬던 것처럼 첫눈에 그리고 강렬하게 그에게 끌렸다. 그녀는 돔의 경우나 마찬가지로 그 신부에게서, 그녀가 블록 부부와 사버 부부와 나누어 가졌던 것보다도 훨씬 더 산산이 부서지는 것 같은 경험을 공유한 느낌을 받았다. 7월의 그 금요일 그들 모두가 목격한 사건의 와중에서 그들 중의 일부는 또 다른 두 번째 사건을 경험한 것이었다. 사실 전혀 낯선 타인이자 사제인 남자에게 인사를 건넨다는 것이 깜짝 놀랄 만치 맞지 않는 일이지만, 진저는 크로닌 신부에게 달려가서 그를 얼싸안았다.

그러나 사과를 할 필요가 없었다. 크로닌 신부도 분명히 그녀와 같은 기분을 느끼고 있었다. 주저하지 않고 그도 그녀를 꼬옥 끌어안았다. 마치 오랫동안 헤어져 있던 남매가 다시 만난 것처럼 잠시 동안 그들은 서로 떨어지지 않았다.

그리고 나서 돔이 "크로닌 신부."라고 말하면서 앞으로 다가와 신부를 포옹하자, 진저는 그제서야 뒤로 물러섰다.

"저를 '신부'라고 부르시지 않아도 돼요. 당분간은 신부로 대접받고 싶지 않으니까요. 그냥 저를 브렌던이라고 부르세요."

어니는 위층에 있는 네드와 샌디를 불렀고, 체크 인을 하는 카운터에서 페이를 따라 나왔다. 브렌던은 어니와 악수를 나누고 페이와 포옹했다. 그러나, 그들에 대해서도 애정을 느낀 것은 분명했지만, 돔과 진저에 대해서 그를 끌어당겼던 엄청난 감정적인 자력처럼 설명할 수 없을 만큼 강력한 친밀감은 아니었다. 네드와 샌디가 내려오자, 그는 어니와 페이랑 했던 것처럼 그들과 인사를 나누었다.

진저가 지난밤 그랬던 것처럼 브렌던은 "정말 가족들과 함께 있는 것 같은 굉장한 느낌이 드는군요. 여러분 모두도 그런 기분이시죠, 그렇죠? 마치 우리가 우리 인생에서 가장 중요한 순간을 함께 나눴던 것처럼……우리는 늘 다른 사람들과 틀리게 만드는 무언가를 겪은 것 같아요."라고 말했다.

사제에게 어울리는 존경심을 받을 만한 자격이 없다는 그의 고집에도 불구하고, 브렌던 크로닌에게는 그를 감싸고 있는 심오한 영적 분위기가 느껴졌다. 어딘가 무게가 있는 듯한 얼굴과 빛나는 두 눈, 얼굴 전체에 나타난 부드러운 미소는 기쁨을 전해 주고 있었으며, 그는 그들을 감동시켰다. 그는 사람들의 마음에 영향을 주고, 왠지 진저의 영혼을 고양시키는 넘쳐흐르는 듯한 감정으로 말을 했다.

"이 방에서 느끼는 감정은 제가 여기 오기를 잘했다는 것을 다시 확신시켜 주는군요. 저는 여러분들과 함께 있을 작정이었거든요. 여기서 우리들을 변화시킬 만한 무슨 일인가가 일어날 것입니다. 그것은 벌써 우리를 변화시키기도 했구요. 여러분도 그것을 느끼십니까? 정말로 느끼고 계시냐구요?"

사제의 감미로운 목소리가 등골을 타고 내려와 기분 좋게 진저를 전율시켰다. 그리고 그녀가 의학도로서 처음 수술실에서 외과적인 견인기로 환자의 가슴을 절개해서, 신비하리만치 복잡한 구조의 심홍색 심장이 장엄하게 뛰고 있는 모습을 보았을 때 느꼈던 신기한 옛 기억만큼이나, 말로 표현할 수 없는 느낌으로 그녀의 가슴을 가득 메웠다.

"저는 부름을 받았어요."

부드러운 목소리로 말하는 브렌던의 말이 방 전체에 은은하게 울려 퍼졌다.

"우리 모두 말예요. 이 자리로 다시 부름을 받은 거죠."

"이것 봐!"

돔은 커다란 놀라움을 단 한마디로 표현했다. 그는 손을 내밀고 자신의 손바닥에 난 살이 둥그렇게 부풀어오른 빨간 고리를 그들에게 보여주었다.

브렌던도 놀라서 자신의 손을 들었다. 그의 손에도 이상한 홍반이 나타나 있었다. 사람들이 서로 얼굴을 마주보는 사이, 알 수 없는 어떤 힘에 의해 공기가 무거워졌음을 느꼈다. 어제 전화를 통해서 비카직 신부는 돔에게, 브렌던이 비교적 기적적인 치료들이나 최근에 그 젊은 사제의 삶을 변화시킨 다른 사건들에는 종교적인 요소가 관련되어 있지 않다고 확신하고 있다고 말해 주었었다. 그러나 진저가 보기에 모텔 사무실은 미신이 아니라면 인간이 이해하기 어려운 어떤 힘으로 가득 차 있는 것을 느꼈다.

"부름을 받았어요."

브렌던이 다시 말했다.

진저는 기대에 차서 숨을 죽인 채 꼼짝하지 못했다. 그녀는 어니를 쳐다보았다. 그는 페이의 어깨에 손을 얹고 서 있었다. 그들의 얼굴은 엄청난 서스펜스로 가득 차 있었다. 우편함 옆에 있던 네드와 샌디는 눈을 크게 뜨고 손을 꼬옥 잡았다.

진저는 목덜미의 살이 따끔거리는 기분이 들었다. 무슨 일인가 일어날 것만 같았다. 그리고 그녀의 생각대로 정말 무슨 일이 일어났다.

모텔 사무실의 모든 조명등이 짙은 그림자가 존재하는 데 대한 어니의 불안감에 비례해서 밝게 타올랐다. 그러더니 갑자기 그 곳이 아까보다 훨씬 밝아졌다. 신기하게도 우유 빛의 하얀 광채가 공기 입자에서 나오더니 방안에 가득 찼다. 빛은 사방에서 반짝거렸지만, 특히 머리 위에서 은빛 안개 같은 광채가 쏟아졌다. 그녀는 그것이 기억나지 않는 달에 관한 꿈속에서 본 바로 그 빛이라는 것을 알아차렸다. 그녀는 한 바퀴를 돌아서, 환하게 빛나지만 은은한 광채를 발하는 번쩍거리는 커튼들을 상하좌우로 둘러보았다. 그것은 그 빛이 어디서 나오는 것인가 찾기 위해서가 아니라, 자신이 무슨 꿈을 꾸었는지 기억해 내서 결국 그 꿈들을 꾸게 만든, 오랫동안 잊혀졌던 그 여름밤의 사건들을 기억하고자 하는 바람에서였다.

진저는 샌디가 마치 기적 같은 빛을 한줌 집으려는 것처럼 빛을 내는 허공 속으로 손을 뻗는 모습을 보았다. 네드의 입가에 일순간 미소가 스쳐 갔다. 페이도 미소를 지었다. 어린애처럼 신기해 하는 어니의 표정은 엄격하기 이를 데 없어 보이는 그의 생김새와 거의 우스우리만치 어울리지 않았다.

"달이야."

어니가 말했다.

"달."

돔도 메아리처럼 따라서 말했다. 그의 손에는 아직도 홍반이 그대로 남아 있었다. 한 순간 짜릿한 기분이 들면서, 진저는 기억이 되살아나는 것을 느꼈다. 기억 장애로 인해 캄캄하게 느껴지고 공백 상태로 남아 있던 기억들이 흔들렸다. 마침내 기억 저편에서 격렬한 힘으로 억눌리고 있던 기억들이 드러나면서, 그것을 가로막고 있던 커튼을 찢어 버리고 그 너머에 있던 모든 것들을 쏟아 내는 것 같았다.

그때 그 빛은 달빛처럼 하얀 빛에서 핏빛 같은 빨강색으로 변했다. 그리고 그와 함께 방의 분위기가 점점 커져 가는 기쁨에서 놀라움과 두려움으로 변했다. 그녀는 더 이상 진실이 밝혀지기를 애써 찾지 않았다. 그녀는 그것이 두려웠다. 더 이상 그것을 알게 되는 일이 달갑지 않았다. 오히려 공포와 혐오감으로 그것으로부터 물러서고 싶었다.

진저는 핏빛 같은 광채를 지나 뒤로 물러서다 현관에 쾅 하고 부딪혔다. 방을 가로질러 돔과 브렌던을 지나 샌디 사버는 빛을 움켜쥐려고 손을 뻗고 있던 것을 그만두었다. 그녀는 네드를 꼬옥 끌어안고 있었다. 그의 미소는 반감이 어린 듯이 변해갔다. 페이와 어니는 체크 인 카운터에 등을 바싹 기대고 있었다.

주홍색 빛이 마치 액체처럼 방안 가득히 밀려와 구석구석 가득 찼을 때, 정신을 멍하게 만드는 시각적인 현상에 소리가 더해졌다. 진저는 핏빛처럼 붉은 공기를 뒤흔드는 뭔가 부딪히는 듯한 커다란 소리에 놀라서 펄쩍 뛰었다. 그 소리가 되풀이되자, 그녀는 다시 한번 펄쩍 뛰었다. 그리고 나서 다시 그 소리가 들리자, 이번에는 움찔하기는 했지만 펄쩍 뛰지는 않았다. 그것은 평범한 심장 소리보다는 박자가 한 마디 더 있기는 하지만, 거대한 심장이 천둥처럼 커다란 소리를 내며 쿵쿵거리는 것 같았다. 쿵…쿵…쾅, 쿵…쿵…쾅, 쿵…쿵…쾅……. 그녀는 이 소리가 돔과 통화한 비카직 신부가 말했던 소리라는 것을 알았다. 브렌던 크로닌의 침실에서 나와서 성 베네딕트 교회 전체를 흔들어 놓았던 바로 그 소리였다.

하지만 그녀는 전에도 바로 그 소리를 들었다는 것을 알았다. 달빛처럼 빛나는 빛줄기, 핏빛처럼 붉은 광채, 그리고 시끄러운 소리……. 전체적인 배경이 바로 두 해 전 여름 무슨 일인가가 벌어졌을 때의 일부분이었다.

쿵…쿵…쾅…… 쿵…쿵…쾅…….

창문이 덜커덩거렸다. 벽이 흔들렸다. 핏빛처럼 붉은 빛과 조명등이 마치 심장이 고동치듯 펄떡거리기 시작했다.

쿵…쿵…쾅…… 쿵…쿵…쾅…….

진저는 다시 소름끼치는 기억으로 다가가고 있었다. 부딪히는 듯한 소리와 함께 빛이 펄떡거릴 때마다, 오랫동안 잊혀져 있던 기억은 보다 가까이로 파도처럼 밀려왔다.

그러나 억제되어 있던 그녀의 두려움은 점점 커져만 갔다. 공포의 검은 파도가 치솟아 올라 그녀를 삼켜 버릴 것 같았다. 아즈라엘 블록은 그렇게 하도록 고안된 대로 일하고 있었다. 그녀는 일주일 전 파블로 잭슨이 살해된 날 이후로는 한 번도 그런 적이 없었지만, 그 기억을 떠올리게 내버려둔다면, 대신 다시 몽롱한 상태로 빠지게 될 것이다. 의식을 잃기 시작할 때 나타나는 익숙한 조짐들이 나타나기 시작했다. 그녀는 호흡하기가 어렵고, 목숨을 잃을 것 같은 위기감이 손으로 만져질 듯 너무나 강렬해서 몸을 떨었다. 주변의 세상이 흐릿해지기 시작하면서, 기름기가 도는 어둠이 그녀의 시야 한쪽 구석에서 새어 나오고 있었다.

도망치지 않으면 죽어!

진저는 그 사무실에서 일어나고 있는 이상한 사건에서 등을 돌렸다. 그녀의 의식을 단단히 붙잡고서 그녀를 휩쓸어 버리려는 검은 파도에 저항하듯, 그녀는 양손으로 현관 문을 꽉 움켜잡았다. 절망감에 빠져서 그녀는 유리창 너머로 음침한 겨울 하늘 아래 광활한 네바다의 풍경을 내다보면서, 그녀를 점점 정신이 아득한 몽환 상태로 몰아붙이는 자극들, 있을 수도 없는 그 빛과 소음들을 물리치려고 애썼다. 두려움과 막연한 공포심이 참을 수 없을 만큼 심해져서, 차라리 끔찍하기 이를 데 없는 몽환 상태로 도망쳐 버리는 것이 더 나을 것 같이 느껴질 지경이었다. 그러나 그녀는 몸을 떨고 숨을 헐떡이면서도 간신히 문짝에서 손을 놓치 않고 더욱 세게 문을 붙잡으려 했다. 그녀는 등 뒤에서 벌어지고 있는 이상한 사건들 때문이 아니라, 그러한 현상들이 고작 희미한 메아리처럼 남아 있는 그 해 여름의 기억나지 않는 사건들에 대한 두려움에 몸을 떨면서 더욱 문에 꽉 매달렸다 세 박자로 둥둥거리는 천둥 같은 소리가 사라지고, 빨간 빛이 희미해지고, 방이 조용해질 때까지……. 그리고 창문을 통해서 들어오는 것인지, 아니면 보통 조명 기구에서 나오는 것인지 알 수 없는 빛이 단 한 줄기만 남을 때까지.

이제 그녀는 괜찮았다. 의식을 잃지는 않은 것이었다.

처음으로 그녀는 의식을 잃지 않고 견디는 데 성공했다. 최근 2개월간의 시련이 그녀를 강하게 만들어 준 것 같았다. 어쩌면 수수께끼에 대한 해답이 손을 뻗치면 찾을 수 있는 범위에 있다는 사실만으로 그녀에게 대항할 용기를 준 것 같았다. 아니면 새롭게 생긴 "가족"들로부터 힘을 얻은 것일지도 모른다. 이유야 무엇이건간에 의식 불명의 상태를 한 번 이겨낸 뒤, 그녀는 다가올 어떠한 공격도 이겨낼 수 있다는 자신이 들었다. 그녀의 기억 장애는 무너져 가고 있었다. 그래서 7월 6일에 일어났던 일에 맞부딪힌 그녀의 두려움은 전혀 모르는 상태에서의 두려움보다는 훨씬 더 커다란 것이었다.

진저는 덜덜 떨면서 다른 사람들을 향해 다시 눈길을 돌렸다.

브렌던 크로닌은 눈에 띄게 몸을 떨면서 겨우겨우 걸어가 소파에 앉았다. 손바닥의 동그란 홍반은 그에게서나 돔에게서 더 이상 보이지 않았다.

어니가 신부에게 말했다.

"내가 당신의 말을 제대로 이해한 건가요? 때때로 밤에 당신의 방을 가득 비췄다던 빛이 바로 이런 겁니까?"

"그렇습니다. 전에도 두 번 그랬어요."

브렌던이 인정했다.

"하지만 당신은 그것이 아름다운 빛이었다고 했잖아요."

페이가 말했다.

"맞아요. 당신의 말은……굉장했던 것같이 들렸는데."

네드도 그녀의 말에 동감을 나타냈다.

"그래요. 어떤 면으로는 그래요. 하지만 그 빛이 붉게 변했을 때……그건 정말 저승 사자처럼 저를 겁나게 만들었어요. 하지만 처음 시작할 때는……막 기분이 흥분되고 아주 묘한 흥분감으로 가슴이 벅찼었죠."

불길한 진홍색 빛과 규칙적으로 쿵쾅거리던 굉음이 진저의 내면을 커다란 두려움에 휩싸이게 해서, 그녀는 신비감으로 가슴을 벅차게 만들고 마음을 흥분시켰던 달빛같이 하얀 광채에 대해서는 순간적으로 잊어버리고 있었다.

사라져 버린 고리 무늬가 손에 원하지도 않는 흔적을 남겨 두기라도 한 것처럼 손바닥을 셔츠에 쓱쓱 문질러 닦으면서, 돔이 말했다.

"그날 밤의 사건에는 선과 악의 양면이 있었어요. 우리는 우리에게 일어났던 일의 일부를 다시 되새겨 보기를 애타게 원하고 있지만, 그것은 동시에 우리를 겁먹게 만들고 있어요. 우리를 겁주고 있다구요."

"몹시 겁주고 있어요."

어니가 말했다.

진저는 이제까지는 그 수수께끼에 대해 너그러운 태도만 보여 왔던 샌디 사버마저도 얼굴을 찌푸리고 있다는 것을 알아차렸다.

월요일 오전 11시 졸저 모나텔라가 전 남편인 앨런 리코프의 시신을 땅에 묻을 때, 라스베가스의 태양이 흩어져 있는 암회색의 조각 구름 사이로 내리쬐었다. 무수한 금빛 햇살이 마치 하늘에 달린 거대한 스포트라이트처럼 수많은 건물들을 겨울 그림자 속에 남겨 둔 채 다른 쪽 건물들을 밝게 비추고 있었다. 몇 줄기 햇살이 몰려오는 구름에 밀려 황무지를 지나 동쪽으로 휩쓸 듯 공동 묘지로 옮겨 갔다. 풍채가 좋은 장례식 감독이 특정 교파에 치우지지 않은 기도를 끝마쳤을 때와 관이 미리 파 놓은 무덤에 내려질 때, 특히 밝은 광선이 그 광경을 조화로운 색깔로 더욱 화사하게 비추어 주었다.

졸저와 플로리다에서 온 앨런의 부친인 폴 리코프 외에 겨우 다섯 명의 조문객이 장례에 참석했다. 심지어 졸저의 부모님도 참석하지 않았다. 그의 이기심 때문에 앨런은 생을 마감하면서도 다른 사람들의 애도를 거의 받지 못했다. 폴 리코프도 어떤 면에서는 자신의 아들이나 마찬가지로 모든 것을 졸저의 탓으로만 돌렸다. 그는 어제 도착한 후로 줄곧 그녀에게 친절하게 대해 주지 않았다. 단 하나밖에 없는 자식이 땅에 묻히자, 그는 굳은 얼굴로 졸저를 외면했다. 그녀는 그의 옹고집과 울화도 결국 자신의 손자를 보고 싶은 욕구보다는 크지 않을 것이기 때문에 다시 그를 만나게 되리라는 것을 알았다.

그녀는 겨우 1마일 정도 차를 몰고 가다가 길 옆에 차를 세우고 마침내 흐느껴 울기 시작했다. 그녀가 운 것은 앨런의 고통이나 그를 잃어서가 아니었다. 그들의 관계가 시작될 때의 모든 희망들이 마침내 무너져 버리고, 사랑이나 가족, 우정, 서로의 목표, 그들이 함께 나누었던 생활에 대한 희망이 모두 사라져 버렸기 때문이었다. 그녀는 앨런이 죽기를 바라지 않았었다. 하지만 그는 죽어 버렸고, 그녀는 자신이 계획하고 일해 왔던 것을 향해 새롭게 시작하는 편이 더 쉽다는 것을 알았으며, 그러한 자각으로 인해 그녀는 죄의식이나 잔인하다는 생각 따위를 전혀 느끼지 못했다. 그것이 다만 슬플 따름이었다.

어젯밤 졸저는 말시에게 아버지가 돌아가셨다고 말해 주었다. 그러나 그가 자살했다는 말은 끝내 하지 않았다. 애초에 졸저는 그날 오후에 정신과 의사인 코벌리 박사가 함께 있을 때까지는 그 애에게 말하지 않을 작정이었다. 그러나 사정이 코벌리 박사와의 약속을 취소하지 않으면 안 되게 되었다. 졸저와 말시는 그날 늦게 엘코로 가서 도미니크 콜베이시스와 진저 바이스를 비롯한 다른 사람들과 합류하기로 되어 있었다. 말시는 졸저가 놀랄 정도로 앨런의 사망 소식을 잘 받아들였다. 물론 울기는 했지만 아주 심하게 울고불고 난리를 치지는 않았고, 그나마도 오랫동안 울지 않았다. 일곱 살이라면 죽음을 이해하기에는 충분한 나이였지만, 그래도 죽음의 잔인한 최후에 대해 이해하기에는 아직 너무 어린 나이였다. 게다가 앨런이 말시를 내버려 두고 돌보지 않은 것이 결과적으로는 그 애를 위해 잘된 일이었다. 어떤 의미로 그 애에게 있어서 그는 1년 전에 죽은 거나 다름없는 사람이었으며, 그 애의 애도는 그때부터 시작된 셈이었다.

말시가 슬픔을 극복하는 데 도움이 된 또 한 가지 일은 달 사진을 수

집하는 것에 대한 그 애의 편집증이었다. 아버지의 죽음을 안 지 겨우 한 시간 뒤에 아이는 눈물을 거둔 채 온 정신을 쏟아 이빨 사이로 분홍빛의 조그만 혀를 내밀고서, 손에 크레용을 꼭 쥐고 식탁에 앉아 있었다. 그 애는 금요일 저녁에 달을 칠하는 계획을 시작해서 주말 내내 그것을 추진했다. 그날 아침 식사 때까지 모든 사진들과 손으로 그린 수백 개의 달 중에서 50개만 빼놓고 전부 불덩이처럼 새빨간 것으로 변해 버렸다.

말시의 달에 대한 집착은 비록 졸저가 다른 사람들과 그런 감정을 공유하고 있고, 두 사람이 그것 때문에 자살했다는 것을 몰랐다 해도 그녀를 괴롭혔을 것이다. 달은 그 아이가 깨어 있는 시간에도 모든 초점의 대상은 아니었다. 그러나 만일 그런 집착이 더 진행된다면, 말시가 돌이킬 수 없는 정신 착란증에 빠지게 되리라는 것을 졸저는 쉽게 상상해 볼 수 있었다.

말시에 대한 걱정이 너무 커서 그녀는 더 이상 운전을 할 수 없을 만치 솟아오르던 눈물을 금세 거둘 수 있었다. 그녀는 차에 기어를 넣고 말시가 기다리고 있는 자신의 부모님 댁으로 차를 몰았다.

아이는 식탁에 앉아 여기저기 달 투성이인 앨범에 빨간색 크레용을 칠하고 있었다. 말시는 졸저가 도착하자 얼핏 쳐다보고 나서 살짝 미소를 짓고는 다시 하고 있던 일에 몰두했다.

졸저의 부친인 피트도 식탁에 앉아 말시를 보며 얼굴을 찌푸리고 있었다. 가끔씩 그는 달에 한도 끝도 없이 색칠을 하는 것보다 덜 해괴하고 더 건전한 활동에 그 애가 흥미를 갖도록 궁리를 해보기도 했지만, 그 애를 꾀어 보려던 그의 시도는 모두 그 앨범 때문에 실패하고 말았다.

부모님 방에서 졸저가 북쪽으로 떠나기 위해 청바지와 스웨터로 옷을 갈아입는 사이, 메리 모나텔라는 "너 언제 말시한테 그 책 뺏을 거니? 아니면 내가 뺏어 줄까?" 하고 그녀를 채근했다.

"전에 말씀드렸잖아요, 어머니. 코벌리 박사 말이 그 책을 뺏으면 아이의 편집증을 악화시킬 뿐이래요."

"내가 보기엔 말도 안 되는 소리 같구나."

졸저의 어머니가 말했다.

"코벌리 박사 말이 우리가 그렇게 초기 단계에 달 수집벽에 대한 것을 문제로 삼게 되면, 오히려 그 문제를 중요한 것으로 강조하게 되는 거래요……."

"말도 안 되는 얘기야. 코벌리라는 그 사람 자기 자식이 있다던?"

"나도 몰라요, 어머니."

"틀림없이 제 자식이 없을 게다. 만일 있다면, 그런 충고를 할 수가 없지."

옷을 벗어 옷걸이에 걸고 브래지어와 팬티 차림이 되자, 졸저는 자신이 벌거벗고 치부를 다 드러낸 느낌이 들었다. 전에 어머니가 사귀는 것을 허락하지 않는 남자와 데이트를 하러 갈 때, 그녀의 어머니는 그녀가 옷 입는 것을 살피곤 했었다. 여지껏 메리의 눈에 든 남자는 하나도 없었다. 사실 졸저는 앨런과 결혼한 것도 한편으로는 메리가 그를 인정하지 않았기 때문이었다. 반항심으로 결혼한 것이었다. 바보 같은 짓이었지만, 그녀는 일을 저질렀고 그 대가를 톡톡히 치른 셈이었다. 숨통을 조여오는, 메리의 독재에 가까운 사랑이라는 끈이 그녀를 그 지경으로 몰고 간 것이었다. 졸저는 침대 위에 놓여 있는 청바지를 낚아채서 미끄러지듯 발을 꿰어 입었다.

"그 애가 왜 그런 것들을 모으는지 말하려 들지도 않는구나."

메리가 말했다.

"그 애도 그 이유를 모르니까요. 그건 일종의 강박 관념이에요. 이성으로도 어쩔 수 없는 편집증이오. 만일 거기에 대한 이유가 있다면, 그 애가 볼 수도 없는 잠재 의식 속에 묻혀 있는 거죠."

"걔한테서 그 책을 빼앗아야 해."

메리가 말했다.

"나중에요. 한 번에 한 걸음씩 해요, 어머니."

졸저가 말했다.

졸저는 이미 짐가방 두 개를 싸서 여기에 일찌감치 맡겨 놓았었다. 이제 공항으로 갈 시간이 되자, 피트가 차를 몰았고, 메리는 줄곧 따라다니며 충고라기보다는 잔소리에 가까운 이야기들을 늘어놓았다.

졸저와 말시는 뒷좌석에 앉았다. 공항으로 가는 길에서도 아이는 내내 앨범을 살그머니 앞뒤로 넘겨 보았다.

졸저와 메리 사이의 대화는 말시의 문제를 다루는 최상책이 무엇인가 하는 것에서 앞으로 있을 엘코로의 여행에 관한 화제로 바뀌었다. 메리는 이번 여행에 대해 이런 저런 의혹을 품고 있었고, 서슴없이 그것을 표현했다. 좌석이 열두 개밖에 없는 비행기편이라구? 어쩌면 돈도 모자라서 제대로 보수도 못한 조그만 회사의 나사덩어리에 불과한 비행기를 타고 가도 위험하지 않겠니? 대체 거기에 가는 목적이 뭐니? 엘코에 있는 사람들이 말시와 같은 문제를 갖고 있다면, 그들 모두 같은 모텔에 묵었다는 사실과 어떻게 관련이 있을 수 있느냐? 등등…….

"그 콜베이시스라는 녀석이 내 골머리를 썩히는군."

피트는 빨간 불이 들어오자 브레이크를 밟으면서 말했다.

"난 네가 그런 족속들과 연관되는 게 싫다."

"무슨 말씀이세요? 아버지는 그 사람을 알지도 못하잖아요."

"나도 알 만큼은 안다. 그 사람은 작가지. 넌 작가들이 어떤지 잘 알지? 나는 노먼 메일러가 높은 창에 자기 아내의 발목을 매달아 놓았다는 얘기를 읽은 적이 있지. 게다가 헤밍웨이는 늘 주먹질을 일삼지 않았다던."

피트가 말했다.

"아빠, 헤밍웨이는 죽었어요."

졸저가 말했다.

"오, 그래? 늘 싸움질에, 주독에, 약에 빠져 있었지. 작가들은 하나같이 다 건달들이다. 난 네가 작가들과 어울리는 게 싫다."

"이 여행은 크게 실수하는 거다."

메리가 딱 잘라서 말했다.

잔소리는 그칠 줄을 몰랐다.

공항에서 그녀가 부모님들께 작별 키스를 했을 때, 그들은 그녀를 사랑한다고 했고, 그녀도 그들에게 같은 말을 했다. 이상한 것은 그들은 모두 진실을 말하고 있다는 것이었다. 그들이 계속해서 그녀를 질타하고, 그녀도 그들의 질타에 깊은 상처를 받았기는 했지만, 그들은 서로 사랑하고 있었다. 사랑이 없었다면, 그들은 벌써 오래 전에 말을 하지 않았을 것이다. 부모 자식간의 관계는 때때로 두 해 전 여름 트랭퀼러티 모텔에서 일어났던 사건보다도 훨씬 더 복잡하게 느껴졌다.

나사못 덩어리라는 소형 비행기의 지선(枝線)은 메리의 생각보다 훨씬 편안했다. 좁은 통로 양쪽에는 여섯 개의 푹신한 의자가 있고, 무료로 사용할 수 있는 부드럽고 아름다운 선율의 음악이 흘러 나오는 헤드폰 시스템, 그리고 갓난아기를 다루는 엄마처럼 기장은 부드럽게 비행기를 조종했다.

라스베가스를 떠난 뒤 30분 정도 지나서, 말시는 그 앨범을 덮었다. 창으로 비춰 들어오는 일광에도 불구하고 말시는 시끄럽게 윙윙거리는 엔진 소리를 자장가 삼아 잠에 빠져 들었다.

비행기를 타고 가면서, 졸저는 자신의 미래에 대해서 생각해 보았다. 열심히 일해서 자신의 사업을 해 보겠다는 생각이며 자신의 옷 가게를 가져 보겠다는 희망, 앞에 남은 힘든 일들, 그리고 그녀에게 벌써 문젯거리가 되어버린 외로움. 그녀는 남자를 원하고 있었다. 성적인 면에서 필요로 하는 것이 아니었다. 아니, 그것도 물론 필요하기는 했지만! 그녀는 이혼을 한 다음 몇 번 데이트를 해 보긴 했지만, 잠자리를 같이 한 사람은 아무도 없었다. 그녀도 목석은 아니었다. 그녀에게도 섹스는 중요한 것이며, 하고 싶은 마음도 있었다. 그러나 섹스가 한 남자를, 특별한 한 남자를, 한 남성을 원하는 첫째 이유가 될 수는 없었다. 그녀는 자신의 꿈과 승리감과 실패를 함께 나눌 누군가가 필요했다. 그녀에게는 말시가 있었지만, 그건 의미가 다른 것이었다. 인간이라는 족속은 발생학적으로 둘씩 짝을 지어서 인생 행로를 걷도록 되어 있는 존재 같았다. 그리고 졸저에게는 그런 필요성이 더욱 강하게 느껴졌다.

비행기가 북동쪽으로 가고 있는 동안, 졸저는 헤드폰에서 흘러 나오는 만토바니의 음악을 들었고, 뭐라고 딱 꼬집을 수 없는 소녀적인 환상에 빠져 들었다. 트랭퀼러티 모텔에서 그녀는 어쩌면 새로운 출발을 함께 할 수 있는 특별한 남자를 만날지도 모른다. 그녀는 도미니크 콜베이시스의 온화하지만 자신감에 찬 목소리를 되새겨 보면서, 그녀의 환상에 그를 포함시켰다. 콜베이시스가 만일 그녀를 위해 정해진 사람이라면, 그녀가 자기 아내의 발목을 잡아서 높은 창에 대롱대롱 매달았던 건달에 술주정뱅이 작가 패들 중의 하나와 결혼한다고 나서면, 아버지가 뭐라고 하실까?

그녀는 비행기가 착륙하자 금세 그 특별한 환상에서 깨어났다. 그녀는 콜베이시스의마음이 벌써 다른 곳에 가 있다는 것을 금세 눈치챘다.

해지기 30분 전, 그러니까 엘코 시각으로 4시 30분, 하늘에는 먹구름이 깔려 있었고, 루비 산맥은 지평선 위에 검자줏빛으로 물들었다. 서쪽에서 불어오는 살을 찢을 듯한 찬바람이 그들이 라스베가스에서 북쪽으로 4백 마일 지점에 왔다는 충분한 증거였다.

콜베이시스와 진저 바이스 박사는 조그만 대합실 옆 자갈길에서 기다리고 있었다. 졸저는 그들을 본 순간, 조금 이상하기는 하지만 그녀도 한 가족의 일원인 것 같은 확신에 찬 감정을 느꼈다. 그런 감정은 콜베이시스가 전화로 얘기해 준 것이었지만, 실제로 자신이 경험하기 전에는 전혀 이해할 수가 없는 것이었다. 그리고 그것은 진저를 길동무 정도로 여기는 감정과는 전혀 다른 것이었다.

코트와 목도리로 둘둘 감싸고, 비행기에서 낮잠을 자는 바람에 퉁퉁 부은 눈에, 앨범을 가슴에 꼭 안고 있던 말시마저도 그 작가와 의사를 보고 몽롱한 듯하면서 우울한 상태에서 마음이 흥분되었다. 그 아이는 미소를 지으며 며칠 동안 이야기를 나누었을 때보다 더 열을 내서 그들의 질문에 답했다. 그 아이는 앨범을 보여 주겠다고 그들에게 제안했고, 콜베이시스가 주차장까지 데려다 주려고 안아 올렸을 때, 말시는 즐겁게 웃으면서 순순히 몸을 내맡겼다.

오기를 잘했다고 졸저는 내심 생각했다. 하느님께도 감사드리자.

말시를 안고서, 콜베이시스는 차 있는 곳까지 길을 앞장섰고, 졸저와 진저는 가방을 가지고 뒤를 따랐다. 걸어가면서 졸저가 말했다.

"아마 기억 못 하실지 모르지만, 우리가 트랭퀼러티 모텔에 들기 전에 7월의 그 금요일 저녁 당신이 우리 말시를 응급 처치해 주셨어요."

그 의사는 눈을 깜박거렸다.

"사실 기억 못하고 있었어요. 그게 댁과 댁의 돌아가신 남편이셨나요? 그게 말시였던가요? 정말 그랬군요!"

"우리는 모텔에서 서쪽으로 5마일쯤 되는 지점에서 80번 주간 도로상에 차를 세워 뒀죠. 남쪽 전망이 하도 볼 만하고 멋있어서 우리는 그 전망을 배경으로 해서 사진을 몇 장 찍고 싶었어요."

졸저가 옛일을 회상했다.

"그리고 저는 댁의 가족이 가신 길을 따라서 동쪽으로 차를 몰고 있었죠. 저만치 앞에서 댁의 가족이 길 옆에 차를 세워 두고 계신 것을 보았어요. 카메라의 초점을 맞추고 계셨죠. 댁의 남편과 말시가 철제 방호책을 넘어 몇 피트 더 멀리로 걸어나가서는 고속 도로의 제방 끝에서 포즈를 취하고 있었어요."

진저가 고개를 끄덕이며 말했다.

"전 두 사람이 제방 가장자리에 너무 가까이 서 있는 걸 원치 않았어요. 하지만 앨런이 하도 사진 찍기 제일 좋은 장소라고 해서……. 게다가 앨런이 뭔가에 대해 고집을 피우면, 괜히 그 사람이랑 싸워 봤자 소용이 없거든요."

하지만 졸저가 셔터를 누르기도 전, 말시가 발을 헛디뎌 도로 끄트머리에서 뒤로 넘어져서는 삼, 사십 피트 정도 되는 제방 아래로 굴러 떨어지고 말았다. 졸저는 "말시!" 하고 비명을 지르면서 카메라를 내던지고는 철제 방호책을 뛰어넘어 딸에게로 달려 내려갔다. 그러나 졸저가 있는 힘을 다해 재빨리 말시에게 다다랐을 무렵, 누군가가 "그 애의 몸을 움직이지 마세요! 전 의사예요!"라고 외치는 소리를 들었다. 그 사람이 바로 진저 바이스였다. 그녀는 하도 내리막길을 빨리 달려와서 먼저 출발한 앨런이나 거의 동시에 말시에게 왔다. 말시는 아무 말도 없이 꼼짝하지 않았지만, 의식을 잃은 것은 아니었다. 그 애는 그저 머리가 멍해진 상태였다. 진저는 아이가 머리를 다친 것 같지는 않다고 금세 판단했다. 말시는 울기 시작했다. 왼쪽 다리의 각도가 약간 틀어져서 구부러져 있는 것으로 보아, 졸저는 다리가 부러진 것 같다고 확신했다. 진저도 그런 두려움을 누그러뜨릴 수 있었다. 결국 그 비탈길은 바위도 없고 풀이 쿠션 역할을 해서, 말시는 찰과상이나 타박상 같은 가벼운 상처만 입었을 뿐이었다.

"저는 당신에게 큰 감명을 받았어요."

졸저가 말했다.

"제게요?"

진저는 놀라운 모습이었다. 그녀는 공항으로 들어오는 단발 비행기가 지나가기를 기다린 다음, "당신도 알다시피 전 별로 특별한 일을 한 것도 아니었어요. 단지 말시를 검사해 본 것뿐이죠. 힘들여서 치료할 필요도 없었는걸요. 그저 반창고 정도만 붙이는 정도였는데요 뭐."

돔의 차 트렁크에 짐들을 실으면서, 졸저가 말했다.

"저는 무척 인상적이었어요. 당신은 젊고, 아름답고, 여성답지만, 의사였어요. 아주 유능하고, 판단력이 빨랐죠. 저는 늘 제 자신을 칵테일 바의 웨이트리스 팔자로 태어났다고 생각해 왔거든요. 그 이상은 될 수 없다고 생각했어요. 하지만 당신과의 만남은 제 안에 불을 붙이기 시작했던 거예요. 나중에 앨런이 우리를 버리고 집을 나갔을 때도 저는 기운을 잃지 않았어요. 저는 당신을 기억했어요. 그리고 여지껏 제가 할 수 있다고 생각해 왔던 것보다 제 자신을 그 이상의 사람으로 만들어야겠다고 결심했죠. 어떤 면으로 당신은 제 인생을 변화시켰어요."

진저는 트렁크 문을 닫고 열쇠를 잠그고 나서, 말시를 이미 차 안에 태운 돔에게 열쇠를 건네주면서 말했다.

"제 어깨가 으쓱해지네요, 졸저. 하지만 너무 과찬의 말씀이세요. 당신의 인생을 변화시킨 건 바로 당신 자신이에요."

"그날 당신이 하신 일 때문이 아니예요. 바로 당신 자신 때문이죠. 당신이야말로 정확히 제가 필요로 한 동경의 대상이었어요."

졸저가 말했다.

의사가 당황해서 말했다.

"맙소사! 여지껏 저를 동경의 대상이라고 부른 사람은 아무도 없었어요. 너무 지나치신 생각이세요."

"그녀의 말은 무시하세요. 그녀는 제가 여지껏 본 중에서 가장 훌륭한 동경의 대상이죠. 그녀가 겸손하게 하는 말들은 순전히 쉬몬체스죠."

돔이 졸저에게 말해 주었다.

진저 바이스는 그를 돌아보면서 "쉬몬체스라구요?"라고 물으며 웃었다.

돔이 싱긋이 웃었다.

"난 작가예요. 그러니까 남의 말을 잘 듣고 받아들이는 것도 내 직업이죠. 난 아주 좋은 표현을 들으면, 그것을 써먹죠. 내 직업상 어쩔 수 없는 일이니까, 날 탓하지 말아요."

"쉬몬체스라구요? 나, 참!"

진저 바이스는 짐짓 화난 체하면서 말했다.

작가는 계속 실실 웃으면서 말했다.

"이디시어가 몸에 딱 맞으면, 입어라."

그 순간 졸저는 도미니크 콜베이시스의 마음이 벌써 정해져 있다는 것을 알아차렸고, 미래에 만들어 낼 수도 있는 로맨틱한 환상에서 그를 제외시켜야만 한다는 것도 알았다. 그가 진저 바이스를 바라볼 때, 그의 눈에는 열정의 불꽃과 깊은 애정의 광채가 환하게 빛나고 있었다. 그 의사의 눈길에서도 똑같은 열기를 느낄 수 있었다. 재미있는 사실은 돔과 진저 두 사람 모두가 서로에 대한 자신들 감정의 진실한 힘을 깨닫지 못하고 있는 것이었다. 아직은 모르고 있지만, 머지않아 곧 알게 될 것이다.

그들은 차를 몰고 엘코에서 벗어나 서쪽으로 30마일 정도 떨어진 트랭킬러티로 향했다. 석양이 밤을 향해 동쪽에서 서서히 사라지고 있을 때, 돔과 진저는 그녀와 말시가 도착하기 전에 일어났던 일에 대해 졸저에게 말해 주었다. 졸저는 비행기에서 내린 후로 계속 좋았던 기분을 더 이상 지속하기가 차츰 어렵게 느껴졌다. 검붉은 하늘 아래 울퉁불퉁한 지평선 위로 위압감을 주듯 서 있는 검은 산이 내다보이는 어두운 황무지를 달리면서, 졸저는 이곳이 새로운 시작의 출발점이 될 것인지, 아니면 죽음에 이르는 길이 될 것인지 몹시 궁금했다.

전세를 낸 레어 기가 유타 주의 솔트 레이크 시티에 도착한 후, 잭 트위스트는 팔자 수염을 기르고 입을 굳게 다물고 있는 기장이 조종하는 세스나 터보 스카리레인 RG라는 비행기로 재빨리 갈아탔는데, 그 비행기 역시 미리 전세를 낸 것이었다. 그들은 해가 막 떨어지기 전 햇빛이 조금 남아 있는 오후 4시 53분에 네바다 주의 엘코에 도착했다.

그 공항은 너무 좁아서 허츠나 에이비스 같은 렌트카 회사의 안내 카운터가 없었지만, 그 지방의 기업인이 운영하는 조그마한 택시 회사가 운영되고 있었다. 잭은 커다란 여행 가방 세 개를 들고 택시를 타고서 그 지역의 지프 영업 판매소로 갔다. 마침 그들은 영업을 막 끝내려던 참이었으나, 그는 현찰로 체로키 사륜 왜건을 구입해 영업소의 사원을 깜짝 놀라게 만들었다.

그때부터 잭은 미행자를 따돌리기 위해서 비겁한 행동을 하지도 않았으며, 심지어는 미행자가 있는지 살펴보지도 않았다. 그의 적들은 분명히 대단한 실력과 정보를 갖고 있을 것이다. 그가 아무리 그들을 교묘히 피하려고 애쓴다 해도, 그들은 엘코와 같은 조그만 도시에서 걸어서든 택시로든 혼자서 도망치려고 기를 쓰는 목표물 하나쯤이야 얼마든지 놓치지 않고 감시할 수 있을 만한 충분한 인력을 확보하고 있을 것이다.

체로키를 사고 나서, 잭은 영업소에서 차를 몰고 나와 처음으로 미행자가 있는지를 살펴보았다. 그는 백미러와 사이드미러를 계속 주시했다. 그러나 의심이 갈 만한 차량은 발견하지 못했다.

그는 공항에서 택시를 타고 오는 동안 눈여겨 보아 온 아코 미니마트로 곧장 갔다. 그는 아크등의 불빛이 비치지 않는 어두운 주차장 끝에 주차를 시키고 차에서 내렸다. 그리고 미행자가 있는지 없는지 어둠이 깔린 거리를 살폈다.

아무도 보이지 않았다.

그러나 그들이 안 보인다고 해서 없는 것은 아니었다.

미니마트에 들어서자, 아무것도 안 보일 정도로 지나치게 환한 형광등 불빛과 크롬 도금을 한 전시물들은, 호소를 하는 듯한 악센트의 이민자 부부들이 운영하던, 예스런 맛을 풍기는 모퉁이 식료품점의 좋았던 옛 시절을 그리워하게 만들었다. 그 곳의 분위기는 엄마가 집에서 직접 구워 주시던 음식과 아빠가 주문해 주시던 조제 식품점의 샌드위치의 냄새가 진동하곤 했었다. 지금 거기에서 나는 향이라고는 희미하게 남아 있는 소독약 냄새와 냉장 진열대의 모터에서 나오는 어렴풋한 오존 냄새뿐이었다. 환한 불빛에 눈을 찡그리면서 잭은 그 군의 지도 한 장과 손전등, 우유 큰 것 한 팩, 육포 두 봉지, 초콜릿 도넛, 그리고 병적인 충동으로 "햄위치"라고 하는 것을 샀다. 그것은 상품 보증서가 들어 있고 가루를 섞어 만든 햄 반죽과 빵에 양념해서 만든 맛좋은 한 조각짜리 샌드위치로 특히 등산객이나 캠프를 하는 사람들, 혹은 스포츠맨들에게 아주 편리한 음식이었다. 햄 반죽이라고? 밀봉한 플라스틱 용기 바닥에는 〈실제육(實際肉)〉이라는 설명이 적혀 있었다.

잭은 미소를 지었다. 그들은 그것을 "실제육"이라고 말해야만 했다. 비록 투명한 플라스틱에 포장되어 있기는 하지만, 그것을 보고 대체 그게 무엇인지 말할 수 없기 때문이었다. 그럼……물론 그렇겠지……. 햄 반죽과 진짜 고기라……. 그가 중앙 아메리카로 가서 조국을 위해 싸운 것도 바로 그 때문이었다.

그는 제니가 살아서 그와 함께 그 자리에 있었으면 하고 바랐다. 진짜 고기. 가짜 고기나 폴리에스테르 합성 고기의 반대말. 그녀도 그 말을 들었으면 꽤나 재미있어 했을 것이다.

그는 미니마트 밖으로 걸어나가면서 다시 걸음을 멈추고 거리를 살펴보았다. 그러나 의심갈 만한 사람은 역시 없었다.

그는 주차장의 어두운 끝칸에 세워 둔 체로키로 돌아가 뒷문을 올렸다. 그는 가방 중의 하나를 열어서 안에 아무것도 들어 있지 않은 비닐 배낭과 베레타 소총, 탄약을 장전한 클립, 32구경 탄약 한 상자, 파이프형 소음 장치 하나를 꺼냈다. 차가운 공기 때문에 입에서는 하얀 입김이 새어 나오는 가운데, 그는 식료품들을 종이 봉지에서 배낭으로 옮겨 놓았다. 그는 소음기를 총에다 장치하고 총판 개머리에 탄약이 장전된 클립을 때려 넣었다. 그는 두툼한 가죽 재킷 여러 개의 주머니 속에 사용하지 않은 탄약들을 나누어 넣고 나서 뒷문을 닫았다.

다시 한번 체로키의 운전석에 앉아서 잭은 베레타 소총을 옆 좌석에 놓고 그 위에 배낭을 얹어 총을 감추었다. 새로 산 손전등을 이용해서, 그는 몇 분 동안 엘코 군의 지도를 자세히 살펴보았다. 손전등을 끄고 지도를 치웠을 때, 그는 적과 교전할 태세를 갖추었다.

그 후 5분 동안 그는 미행자를 발견하기 위해 알고 있는 모든 속임수를 써서 아무리 유능한 미행자들이라고 해도 심하게 곪아서 부은 화농처럼 확실히 눈에 띌 만한 조용한 주택가의 도로로 계속 다니면서 엘코를 누비며 차를 몰았다. 하지만 아무것도 없었다.

그는 막다른 골목 끝에 차를 세우고 가방 하나에서 감시할 수 없는 광역 수신기를 꺼냈다. 그 장치는 담배 두 갑 정도의 크기에, 짧은 안테나가 꼭대기에 나와 있어, 30에서 120KHz까지 범위의 라디오 주파수와 88에서 108KHz까지 FM을 수신할 수 있는 것이었다. 만일 그가 가게에 있는 동안 거리가 떨어져서도 미행을 할 수 있도록 발신기를 그 지프에 붙여 놓았다면, 그의 광역 수신기는 그 신호를 잡을 수 있을 뿐만 아니라, 피드백 회로가 수신기에 고막을 찢을 듯한 소리를 내게 된다. 그는 안테나를 지프 쪽으로 향하게 하고 천천히 차 주위를 한 바퀴 돌았다.

체로키는 아직 그런 장치가 달려 있지 않았다.

그는 광역 수신기를 치우고 다시 운전석에 앉아 잠시 생각에 잠겼다. 그가 전기 장치로나, 눈으로나 감시를 당하고 있지는 않았다. 그렇다면 말이 안 되지 않는가? 그의 적들은 트랭퀼러티 모텔의 엽서를 귀중품 보관함에 넣어 두었을 때, 그가 즉시 네바다로 올 것이라는 걸 알고 있었던 게 분명했다. 그들은 분명히 그가 요주의 인물이라는 것도 알았을 테고, 감시도 하지 않으면서 그로 하여금 그들의 세력권에서 자신들에게 대항하는 계획을 짜도록 내버려두지 않을 것이다. 그러나 그들은 마치 정확하게 그렇게 하고 있는 것처럼 보였다.

화가 나서 잭은 열쇠를 돌려 시동을 걸었다. 엔진 소리가 요란하게 들렸다.

뉴욕에서 오는 비행기 안에서 그는 그 사태를 곰곰이 생각해 보면서 적의 정체와 의도에 관해 불완전하기는 하지만 몇 가지 이론에 다다랐다. 그가 상상하고 있는 것들 중에서 무엇인지는 모르지만 지금 일어나고 있는 일의 반만큼이나 해괴한 것은 아마 더 이상 없을 것이라고 결론지었다.

감시하는 사람은 아무도 없었다. 그것이 그의 마음을 괴롭혔다.

뭔가 딱 꼬집어 설명할 수 없는 것들이 늘 그의 마음을 괴롭히고 있었다.

어떤 상황인지 이해가 안 갈 때, 그것은 대개 무언가 중요한 일을 빠뜨리고 있다는 뜻이다. 만일 중요한 일을 놓치고 있다면, 그것은 맹점을 갖고 있다는 것을 의미한다. 그리고 맹점을 갖고 있다면, 자신도 예상치 못하게 자기 발등을 자기가 찍고 말 수도 있는 법이었다.

잭 트위스트는 조심스럽고도 민첩하게 엘코로부터 북쪽으로 51번 국도를 달렸다. 잠시 후 서쪽으로 돌아 자갈과 흙투성이의 길을 달려서 80번 주간 고속 도로를 이용해 트랭퀼러티 모텔의 정문으로 들어가지 않고 뒤로 잠입해 들어갔다. 결과적으로 그는 4천 피트 높이의 고지에서부터 산기슭의 작은 언덕 아래로 내려오면서 몇 차례 위험한 지형을 거쳐야 하는 수고를 던 셈이었다. 구름이 걷히고 달이 보이자, 그는 헤드라이트를 끄고 오직 달빛에만 의지해서 계속 달렸다. 그의 눈은 곧 어둠에 익숙해졌다.

잭은 오르막길 꼭대기에 올라서 트랭퀼러티 모텔을 보았다. 그것은 80번 주간 도로의 편에서 그가 있는 곳으로부터 남서쪽으로 1마일 떨어지는 거리에 광막한 어두운 벌판에 외로이 빛을 발하고 있었다. 원래보다 많은 불빛이 켜져 있지는 않았다. 장사가 잘 안 되는지, 문을 닫은 것 같았다. 그는 자신이 도착했다는 것을 광고하고 다니고 싶지 않아서, 앞으로 걸어가기로 했다.

그는 베레타 소총을 차에 놔두고 우지 기관총을 집었다. 사실 그는 문제가 생기리라 생각지 않았다. 아직은 그랬다. 그들이 누구건간에 그의 적들이 단지 그를 죽이기 위해서라면 거기까지 오는 동안 그를 가만히 놓아두지 않았을 것이다. 그들이 원하는 게 그것뿐이라면, 진작 뉴욕에서 그를 죽일 수도 있었다. 그런데도 그는 만약의 사태에 대한 준비를 했다.

우지와 예비용 탄창 외에도 그는 식료품들이 든 배낭과 배터리로 충전되는 방향 탐지 마이크로폰, 그리고 스타트론 암시(暗視) 장치를 가져갔다. 그는 장갑을 끼고 터보건 모자를 썼다.

잭은 걷는 것이 기분을 다시 상쾌하게 만든다고 느꼈다. 밤 공기는 차가웠다. 바람이 휙 불면, 뺨이 얼얼하기는 했지만 그다지 불쾌하지는 않았다.

네바다에 도착하자마자 은신처에 숨으리라 예상했기 때문에, 그는 뉴욕을 떠날 때 복장을 알맞게 차려 입었다. 그는 두꺼운 고무 밑창에 바닥이 묵직하고 발목이 높게 올라오는 하이킹 신발을 신었고, 긴팔 내의에 청바지와 스웨터, 거기에 안을 두껍게 댄 가죽 재킷을 입고 있었다. 레어 전세기의 승무원들은 그의 외양을 보고 깜짝 놀랐지만, 마치 그가 턱시도에 중절모를 쓰고 있는 신사처럼 정중하게 대접했다. 보통, 노동자 같은 차림에다 한쪽 눈이 사시이고 못생긴 사람이라 할지라도 정기 항공 노선 대신 전세기를 빌려 탈 수 있는 사람이라면 존경을 받을 수 있었다.

이제 잭은 걷고 있었다. 구름 조각 사이로 달이 나타났다. 군데군데 널찍이 흩어져 있는 눈더미들이 밝게 빛나고 있었다. 마치 곱추처럼 생긴 언덕의 어두운 잔해 더미에서 언뜻 보이는 뼈의 파편들 같았다. 아무것도 나지 않은 땅, 바위층, 쑥, 그리고 수많은 건초들이 달빛의 애무를 받아들였고 희미한 우유빛이 도는 금빛 색조를 나타내고 있었다. 그러나 달이 다시 구름 속으로 미끄러지듯 사라지자, 온통 짙은 어둠이 드리워졌다.

마침내 트랭퀼러티 모텔에서 남쪽으로 4분의 1마일쯤 떨어진 언덕 비탈길의 관찰하기 적당한 지점에 도착했다. 그는 우지 기관 단총과 배낭을 옆에 두고 자리에 앉았다.

스타 트론 암시 장치는 별빛이나 달빛, 눈이나 식물에서 발하는 자연광과 희미한 전기의 불빛 등 이용할 수 있는 모든 빛을 받아들여서 그 빛을 8만 5천 배로 증폭시킨다. 렌즈 하나만 가지고, 잭은 아주 깜깜한 방을 제외한 모든 곳을 어슴푸레한 대낮이나 그 이상의 밝기로도 바꾸어 놓을 수 있었다.

그는 팔꿈치를 무릎 위에 괴었다. 양손으로 스타 트론을 들고서 그는 트랭퀼러티 모텔에 초점을 맞추었다. 건물 뒷부분이, 어두운 그늘의 요소요소에 망을 보는 사람이 아무도 없다는 것을 판단될 정도로 충분히 시야가 환하게 보였다. 모텔 건물 중에는 뒤쪽 벽에 창문이 나 있는 곳이 전혀 없기 때문에, 그런 방에서 감시자들이 경계를 할 수는 없을 것이다. 모텔의 가운데 세 번째 건물은 2층이었는데, 아마 주인 내외가 쓰는 아파트인 것 같았다. 아파트 대부분의 창문에서 빛이 흘러 나오고 있었다. 그러나 커튼이나 블라인드가 드리워져 있어서 그 안을 들여다볼 수는 없었다.

그는 스타 트론을 배낭에 넣고 미래형 총처럼 생긴 배터리 충전식의 손에 쥘 만한 크기의 방향 탐지 마이크로폰을 꺼냈다. 불과 몇 년 전만 해도 "소총 마이크"가 2백 야드 정도에서만 효과가 있었다. 그러나 요즈음은 출력을 증대시킨 훌륭한 장치들이 4분의 1마일의 거리까지 대화 내용을 흡수해 낼 수 있었다. 조건만 괜찮다면, 더 멀리까지도 수록이 가능했다. 그 장치에는 조그만 이어폰 한 쌍이 들어 있었고, 그는 그것을 착용하고 있었다. 그는 커튼에 가려진 창문에 마이크를 맞추었고, 즉시 생생한 음성이 들려왔다. 그러나 그들의 대화 중 극히 일부분만 들을 수 있었다. 문이 닫힌 방에서 음성을 끌어낸데다가 바람이 너무 세차게 부는 가운데 4분의 1마일이나 떨어진 곳의 소리를 담으려고 한 탓이었다.

대단히 조심을 해서 그는 우지와 다른 장치를 거둬들여서 더 가까이로 움직여 그 건물에서 1백 야드도 채 안 되는 곳에 두 번째 관찰 지점을 선택했다. 그가 다시 창문을 겨냥해 마이크를 조준했을 때, 커튼이 쳐져 있는데도 불구하고 유리창 너머로 오가는 말소리를 전부 잡을 수 있었다. 어쩌면 더 인원이 많을지도 모르지만, 그는 여섯 명 정도의 음성을 들을 수 있었다. 그들은 저녁 식사를 하고 있었고, 요리를 만든 네드라는 사람과 그를 거든 샌디라는 여자가 만든 칠면조 요리와 그 밖의 다른 음식들을 칭찬하고 있었다.

그들은 그저 저녁을 먹고 있는 게 아니라, 연회를 열고 있는 모양이로군. 잭은 약간은 샘이 났다.

그는 비행기 안에서 가볍게 점심을 들기는 했지만, 그 이후로 아무것도 먹지 못했다. 그는 아직도 동부 표준 시간대에 속해 있었다. 그래서 그에게는 시각이 거의 11시가 된 것이나 다름없었다. 그는 앞으로도 몇 시간 동안 계속 도청을 하면서 그들의 신분을 알아내고, 그들이 자신의 적인지를 조금씩 판단해 가야 할 것이다. 그는 너무 허기가 져서 그렇게 오랜 시간 동안 기다렸다 저녁을 들 수가 없었다. 바위 몇 개를 이용해서 그는 버팀대를 만들어 마이크가 창문을 향하고 있도록 해 놓았다. 그는 햄위치의 포장을 뜯어서 한입 베어먹었다. 그 맛은 마치 썩은 돼지 기름에 절인 톱밥 같았다. 그는 입 안에 들어 있던 것을 모두 내뱉고 빈약하지만 육포와 도넛으로 식사를 대신해 허기를 달랬다. 만일 그가 그들이 진수 성찬을 차려 놓고 아주 맛좋게 식사를 즐기는 소리를 듣지 못했다면, 그도 훨씬 맛좋게 그것들을 먹었을 것이다.

곧 잭은 어느 정도 대화 내용을 듣고서 아파트에 있는 사람들이 그의 적이 아니라는 것을 충분히 알았다. 이상하게도 이런 저런 식으로 그들은 자기와 마찬가지로 그 곳에 이끌리어 오거나 소집되어 온 것 같았다. 그들의 말을 엿들으면서 그는 그들에게 묘한 친밀감을 느끼기 시작했다. 그리고 그도 한 형제처럼 그들 사이에 속해 있다는 감정에 휩싸였다.

진저라는 이름의 여자와 돈인지 돔인지 하는 남자가 센티널 신문사에서 벌인 조사에 대해 다른 사람들에게 이야기하기 시작했다. 유독 물질 누출과 도로 폐쇄, 그리고 고도의 훈련을 받은 DERO 군대에 관한 이야기를 들으면서 그는 입맛이 딱 떨어지는 기분이었다. DERO라! 그는 그 군대에 대한 이야기를 들은 적이 있었다. DERO는 그가 현역에서 은퇴한 뒤에 결성된 부대로, 고기 써는 무기 하나만 가지고서도 불곰을 잡으러 구덩이에라도 들어가 기꺼이 목숨도 바칠 만한 충성파들이었다. 게다가 그들은 잡은 곰으로 소시지를 만들 만큼 거칠고 강인했다. 만일 고통 없이 빨리 죽는 자살과 DERO 부대원과의 맨손 격투 중에서 굳이 하나를 골라야 한다면, 대개 사람들은 자기 머리를 때려서 자살하는 편이 고통이 덜할 것이라는 충고를 들을 것이다. 잭은 자신이 프라텔란자의 복수나 뉴욕에서 비행기를 타고 오는 동안 자신이 가정했던 다른 어떤 것보다도 더 엄청나고 위험한 일에 관련됐다는 것을 깨달았다.

비록 엿들은 얘기로 그려 본 그림이라 허점 투성이기는 하지만, 그들은 재작년 여름 그러니까 잭이 거기서 머문 적이 있는 바로 그 주말에 그들에게 일어났던 일이 무엇인지를 알아내려고 모였다는 것을 감 잡기 시작했다. 그들은 조사에 상당한 진척을 보였으며, 잭은 그들이 대 놓고 자신들의 조사 과정을 토론하는 데 아연해 했다. 그들은 너무 순진해서 문만 닫고 창문만 가리면 비밀이 보장된다고 생각하고 있는 모양이었다. 그는 당장 "이봐! 제발 입다물라구! 내가 당신들의 말을 들을 수 있다면, 그들도 들을 수 있단 말야!"라고 소리치고 싶었다.

DERO. 그 소식은 햄위치보다 훨씬 더 그를 메스껍게 만들었다.

모텔에서 그들은 계속 얘기를 나누면서 적들에 대한 전략을 완전히 드러냈다. 마침내 잭은 이어폰을 꺼 버리고는 총과 다른 장비들을 정신없이 챙겨서 트랭퀼러티 모텔을 향해 서둘러 움직였다.

그 아파트에는 식당이 없었고, 대신 주방에 좁은 골방이 있었다. 하지만 아홉 명이 앉기에는 공간이 너무 좁았다. 거실에서 그들은 가구를 벽쪽에다 옮겨 놓고, 식탁을 가지고 들어와 다른 가구들과 연결시켜서 모든 사람이 앉을 수 있도록 자리를 만들었다. 돔에게는 즉흥적으로 식탁을 꾸민 것이 가족 모임이라기보다는 마치 축제 분위기를 느끼게 해 주었다.

돔과 진저는 다시 같은 말을 되풀이하기보다는 저녁 식사 때까지 기다렸다가 모두 모였을 때, 엘코의 신문사에서의 그들의 조사에 관해 보고했다. 이제 은제 식기의 짤그락거리는 소리가 들리는 가운데, 그들은 그 금요일 밤 유독 물질 유출 사고가 일어나기 몇 분 전에 80번 주간 도로가 봉쇄됐었다는 것을 밝혔다. 그것은 군인들의 헬기가 적어도 30분 전에 멀리 떨어져 있는 셍크필드에서 파견되었고, 군대는 "그 사고"가 일어날 것을 사전에 알았다는 것을 뜻한다.

초승달처럼 생긴 롤빵을 자르면서 돔이 말했다.

"만일 폴커크와 DERO의 일개 중대가 사건이 터지자마자 곧 날아와서 검역 지구를 지켰었다면……그건 군대가 사전에 경고를 받은 게 틀림없다는 뜻이죠."

"하지만 그렇다면 왜 그들은 그것이 일어나지 못하도록 막지 못했죠?"

졸저 모나텔라는 딸애에게 한입에 먹을 만한 크기로 칠면조 고기를 잘라 주면서 말했다.

"틀림없이 그들은 그 일을 막을 수 없었을 겁니다."

돔이 말했다.

"어쩌면 그 트럭이 테러리스트들의 습격을 받았거나, 아니면 군 정보부에서 그 일이 일어나기 바로 직전에서야 냄새를 맡았는지도 모르죠."

어니가 말했다.

"그럴지도 모르죠. 하지만 그런 종류의 이야기라면 사람들에게 공개적으로 알렸을 겁니다. 그러니까 다른 종류의 것이 틀림없어요. 오직

DERO 부대만 믿을 수 있고, 입을 다물게 만들 수 있는 극비 사항과 관련된 대단히 중요한 일일 거예요."

돔이 의심쩍은 듯이 말했다.

브렌던 크로닌은 식탁에 앉아 있는 어느 누구보다도 왕성한 식욕을 자랑했다. 그러나 그의 세속적인 식욕이 그를 감싸고 있는 영적인 분위기를 감하지는 못했다. 그는 구운 옥수수 몇 자루를 먹고 나서 말했다.

"평소 그 시각에 주간 고속 도로의 10마일 반경 내에 있어야 할 수백 명의 사람들이, 왜 그 일이 일어났을 때 없었던가 하는 이유를 설명해 주는 거죠. 만일 군대가 사건이 일어나기 전에 미리 도로를 봉쇄했다면, 그들은 실제로 무슨 일이 터지기 전에 위험 지역 내의 통행을 막을 시간이 있었을 거예요."

"어떤 사람들은 빠져 나가지 못하고 있다가 너무 많은 것을 보았던 겁니다. 그들은 붙잡혀서 모텔에 이미 와 있던 우리들과 함께 세뇌를 당한 거죠."

돔이 말했다.

잠시 동안 모든 사람이 토론에 참여해서 그날 일찌감치 돔과 진저가 신문사 사무실에서 머릿속에 떠올린, 대답할 수 없는 질문들과 함께 똑같은 이론에 도달했다.

마침내 돔은 진저와 함께 유독 물질 유출 사고가 일어난 다음 몇 주 동안 발간된 센티널 지의 발행물들을 자세히 살펴보고 나서 나중에 생각해 보고 발견한 중대한 사항을 그들에게 말해 주었다. 그들이 위험 상황이 발생한 그 주 동안의 간행물들을 자세히 읽고 나자, 진저는 그날 밤 봉쇄된 고속 도로 상에서 실제로 어떤 일이 일어났는지에 대한 비밀의 실마리가 어쩌면 다른 기사들에 숨겨져 있을지도 모른다는 의견을 내놓았다. 겉으로 보기에는 그 사건과 아무 관련이 없어 보이지만 실제로는 관련이 있는, 조금 색달라 보이는 기사가 있을 거라는 얘기였다. 그들은 신문철에서 더 많은 기사를 발췌해서 마치 편집증 환자처럼 꼼꼼히 기사들을 살펴본 결과, 마침내 찾던 기사를 발견했다. 특별히 한 장소가 80

번 주간 도로의 봉쇄와 관련이 있어 보이는 소식을 싣고 있었다.

"선더 힐. 그 곳이 우리들의 문제가 발생한 곳인 것 같아요. 셍그필드는 그저 미끼에 불과해요. 문제의 진원지로부터 관심을 돌리기 위해 교묘하게 방향을 딴 곳으로 돌린 거라구요. 선더 힐로부터요."

돔이 말했다.

페이와 어니는 놀라서 음식으로부터 눈길을 쳐들었다. 페이가 말했다.

"선더 힐은 여기에서 북동쪽으로 10내지 12마일 정도 떨어진 곳에 있는 산악 지대예요. 그 곳에도 선더 힐 창고라는 군 시설물이 있어요. 그 언덕에는 천연 석회암 동굴이 있는데, 군에서는 그 곳에 중요한 서류나 복무 기록 사본들을 보관해 두고 있죠. 그래서 전국 각지에 있는 군사 기지들이 천재 지변으로 피해를 당한다 해도 사본들을 잃어버릴 염려가 없죠……. 예를 들오 핵 전쟁 같은 게 일어나도 말예요."

"그 창고는 바로 여기 페이와 내 앞에 있었어요. 20년도 훨씬 넘는 얘기지만. 소문에는 그 창고에 중요한 서류 외에도 엄청난 양의 식료품과 약품, 무기와 탄약이 비축되어 있다고 하더군요. 그럴 듯한 얘기잖아요? 만일 전쟁이 크게 일어났다고 치면, 다른 일반 군사 기지들이 맨먼저 공습을 당할텐데 군대에서 모든 무기들과 공급 물자를 그런 평범한 장소에 보관해 두지는 않을 것 아니예요? 그들은 틀림없이 은닉 장소가 필요했을 테고, 제 짐작으로는 선더 힐이 그런 장소 중의 하나인 것 같아요."

어니가 말했다.

"그러면 거기서 무슨 일인가 벌어진 게 틀림없군요."

졸저 모나텔라가 불안한 듯이 말했다.

"무슨 일인가가."

네드 사버가 말했다.

"그 곳이 단순히 비축 창고가 아니었다는 것이 가능한 일일까요? 혹시 거기서 어떤 실험 같은 것이 행해진 것이 아닐까요?"

샌디가 말했다.

"어떤 종류의 실험이오?"

브렌던은 옆에 앉아 있는 네드를 지나쳐서 그녀를 쳐다보려고 몸을 기울이면서 물었다.

"어떤 종류건간에요."

샌디는 어깨를 으쓱해 보였다.

"그럴 수도 있겠죠."

돔도 똑같은 생각을 하고 있었다.

"하지만 만일 80번 주간 도로상에서 유독 물질 사고 유출도 없었고, 선더 힐에서 아무 일도 잘못된 게 없었다면, 남쪽으로 10마일이나 떨어져 있는 곳에 있던 우리에게까지 영향을 미칠 수가 있었을까요?"

진저가 물었다.

아무도 대답을 생각해 낼 수 없었다.

거의 저녁 내내 달을 모아 둔 앨범에 정신이 팔려 있었으며, 식사중에도 아무 이도 없었던 말시가 포크를 내려놓고 난데없이 "왜 거기를 선더 힐이라고 부르죠?"라는 질문을 툭 던졌다.

"아가, 그건 내가 대답해 줄 수 있단다. 선더 힐은 실제로 네 개의 거대한 산봉우리들이 연결되어 있는 목초지 가운데 하나란다. 기다란 경사로가 진 고원 목초지 중의 하나지. 그 곳은 크고 높은 수많은 봉우리들로 둘러싸여 있고, 폭풍이 불 때면 마치……깔대기처럼 그 소리들을 하나로 모아들이지. 인디언들은 수백 년 전에 그 곳을 선더 힐이라고 이름지었지. 왜냐하면 천둥이 산봉우리들 사이에 메아리쳐서 산 쪽으로 흘러내려오는 거야. 그래서 그 소리는 특별한 방식으로 어떤 특정한 목초지로 쏟아져 내려오게 되는 거지. 그래서 굉음이 하늘에서 나는 것이 아니라, 마치 바로 네 주변의 땅에서 올라오는 것처럼 보인단다."

페이가 말했다.

"와아! 전 어쩌면 바지에 오줌을 쌀지도 몰라요."

말시가 부드럽게 말했다.

"말시!"

모두 웃음을 터뜨리는 가운데, 졸저가 말했다.

"난 정말 오줌을 쌀지도 몰라."

아이가 대답했다.

"할아버지, 할머니가 우리 집에 식사하러 오셨을 때 엄마 기억나요? 정말 무시무시한 폭풍이 불었잖아요. 그래서 번개가 우리 집 마당에 있는 나무를 쓰러뜨렸잖아요. 그때 커다랗게 우르릉 쾅하는 소리가 들렸고, 난 바지에 오줌을 쌌었잖아요. 그렇죠?"

그 애는 식탁에 둘러앉은 새롭게 늘어난 식구들을 돌아보면서 말했다.

"전 너무나 당황했어요."

모든 사람이 다시 웃음을 터뜨렸고, 졸저가 말했다.

"그건 2년도 더 된 이야기예요. 너는 지금 더 큰 숙녀잖아."

돔에게 어니가 말했다.

"당신은 왜 그 현장이 셍크필드가 아니라 선더 힐인지 아직 말해 주지 않았어요. 신문에서 무엇을 알아낸 거죠?"

센티널 지에는 80번 주간 도로가 봉쇄된 지 정확히 일주일 후이자, 도로 통제가 해제된 지 사흘째인 7월 13일 금요일자 신문에 노빌 브러스트와 제이크 더크슨이라는 그 지방의 목장 경영주 두 사람이 연방 토지 관리국과 말썽을 빚고 있는 기사가 실려 있었다. 목장 경영주들과 토지 관리국과의 의견 대립은 그리 별다른 일이 아니었다. 정부는 사막 뿐만 아니라 훌륭한 목초지의 많은 부분을 비롯해서 네바다 땅의 반 이상을 소유하고 있었으며, 일부는 목축을 하도록 임대를 했다. 목장 경영주들은 토지 관리국이 좋은 토지를 지나치게 많이 가지고 있는데다 그 땅들을 놀리고 있으며, 정부가 토지 소유분의 일부를 개인에게 매각해야 함은 물론, 임대료도 너무 비싸다고 늘 불평해 왔다. 그러나 브러스트와 더크슨은 전혀 다른 내용의 불만을 토했다. 그들은 수년 간 선더 힐 창고라는 3백 에이커에 이르는 군사 시설물 주변의 땅을 토지 관리국으로부터 임대했다. 브러스트는 선더 힐로부터 남쪽과 서쪽으로 8백 에이커의 땅을, 더크슨은 동쪽으로 7백 에이커가 넘는 땅을 임대해서 사용하고 있었다. 그런데 7월 7일 토요일 아침 두 사람 모두 임대 계약 기간이 앞으로

4년이나 더 남았음에도 불구하고, 토지 관리국에서는 갑자기 브러스트에게는 5백 에이커를, 더크슨에게는 3백 에이커의 땅을 도로 되찾아갔다. 그리고 군의 요청에 따라 그 8백 에이커의 땅을 선더 힐 창고의 경계선에 포함시켰다.

"유독 물질 사고와 80번 주간 도로가 봉쇄된 후 바로 그날 아침 일어난 일이군요."

유심히 상황을 지켜 보던 페이가 말했다.

"브러스트와 더크슨은 토요일 아침 늘상 하던 대로 소들을 살피러 갔어요. 그리고 둘 다 임대한 목초지 밖으로 가축들이 몰려난 것을 발견했죠. 임시로 만들어 놓은 철망이 선더 힐 창고의 새로운 경계선 둘레에 쳐져 있었죠."

돔이 말했다.

식사를 끝낸 뒤, 진저는 그릇을 옆으로 치우고서 말했다.

"토지 관리국에서는 브러스트와 더크슨에게 일방적으로 아무런 보상 없이 임대 계약을 취소한다고만 말했어요. 그러나 그들은 그 다음 주 수요일에서야 공식적으로 통보를 받고서 알게 된 거죠. 그건 대단히 이례적인 일이었어요. 보통 임대 계약 만료 통지는 60일 전에 미리 보내게 되어 있으니까요."

"그런 식의 처우가 합법적인 것이었나요?"

브렌던 크로닌이 물었다.

"바로 그게 정부와 거래를 하는 데 생긴 문제죠. 당신은 지금 무엇이 합법이냐 불법이냐를 결정짓는 사람들과 거래를 하고 있는 겁니다. 그건 하느님과 땅따먹기를 하자는 거나 마찬가지죠."

어니가 사제에게 말했다.

"그런 면들 때문에 토지 관리국이 욕을 얻어먹는 거죠. 공무원들보다 더 권위 주의에 찬 사람들은 없을 거예요."

페이가 말했다.

"그것이 바로 저희가 신문에서 수집한 정보예요. 진저와 제가 생각해 본 건데 선더 힐 일은 그저 우연의 일치로 일어난 일이고, 토지 관리국은 우연히도 80번 주간 도로상의 비상 사태가 터졌던 바로 그 시간에 그 땅을 회수한 것일지도 모른다는 생각도 해봤어요. 그렇지만 그 땅을 압류한 다음 정부가 브러스트와 더크슨을 다룬 방법이 하도 이상해서 의심을 가지게 된 거죠. 두 사람의 목장 경영자들은 변호사를 고용했고, 그들의 기사가 신문에 나기 시작하자, 토지 관리국은 갑자기 태도를 바꿔서 결국 보상을 제의하게 된 겁니다."

돔이 말했다.

"그건 전혀 토지 관리국답지 않은 일이었군! 그들은 늘상 법정에서 시간을 질질 끌다가 결국 두손들게 만드는 게 보통인데."

어니가 말했다.

"브러스트와 더크슨에게 어느 정도나 지불할 작정이었죠?"

페이가 물었다.

"그 액수는 밝혀지지 않았어요. 하지만 분명히 턱없이 후한 액수였을 거예요. 그러니까 브러스트와 더크슨이 하룻밤새에 그 제안을 수락했죠."

진저가 말했다.

"그렇게 해서 토지 관리국에서는 돈으로 그들의 입을 막은 거로군."

졸저가 말했다.

"제 생각으로는 토지 관리국을 통해서 비밀리에 일을 추진하게 만든 것이 바로 군인인 것 같아요. 그들은 그 얘기가 기사 거리로 알려지면 알려질수록 80번 주간 도로상의 사건과 토지 압수 사건을 연관지어 생각할 사람이 있을지도 모른다는 생각이 든 거죠."

"아무도 그 두 가지 사건을 연관지어 생각하지 못했다는 사실이 저는 놀랍군요. 댁하고 진저는 그 사건이 일어난 지 오래된 지금에도 발견할 수 있었는데, 그때는 왜 아무도 몰랐던 걸까요?"

졸저가 말했다.

"우선 돔과 저는 뭐든 뒤늦게 알아내는 편이라는 게 대단한 장점이 된 거죠. 우리는 그 당시 의혹을 품었던 어느 누구보다도 그 위기 상황 동안 일어난 일들이 더 많이 있다는 걸 알고 있잖아요. 그러니까 특별히 그것과 관련이 될 만한 것을 찾고 있었던 거죠. 그렇지만 그해 7월에는 유독물질 누출 사고라는 거짓 선전이 사람들의 주의를 끄는 바람에 미처 선더 힐로 시선이 가지 못했던 거죠. 게다가 토지 관리국과 대항해서 싸우는 목장 경영주들에 관해서도 별다른 것은 없었으니까요. 그러니까 그런 상황을 80번 주간 도로 봉쇄와 연관지어 생각할 수 있는 사람은 아무도 없었던 거죠. 사실 토지 관리국이 브러스트와 더크슨에게 전혀 격에 맞지 않는 제안을 했을 때도 센티널 신문의 사설에는 정부의 반성하는 태도를 칭찬하고 새로운 합리주의 시대가 도래하리라 예언하고 있었어요."

진저가 설명했다.

돔이 페이와 어니에게 말했다.

"하지만 두 분께서 저희들에게 말씀하신 것이나, 그 밖에 저희가 읽은 것들로 보면, 그것은 토지 관리국이 목장 경영주들과 합리적으로 협상을 본 전무 후무한 예였잖아요. 그러니까 그것은 새로운 정책이 아니라, 그저 위기 상황에 대처해서 만든 임기응변에 불과한 것인 셈이죠. 게다가 선더 힐에서 전개된 중대 상황과 주간 도로 상의 이곳에서 동시에 벌어지고 있던 위기 상황이 아무런 관련이 없다고 보기에는 너무나 부합되는 점이 많아요."

"그 외에도 의심이 한번 생기니까 만일 그 문제가 정말로 솅크필드와 관계가 있었다면, 보안을 위해서 DERO 부대를 부를 필요가 없었을텐데 하는 데로 생각이 미치더군요. 왜냐하면 솅크필드에 배치된 병사들도 그 기지와 관련된 문제에 관해서는 완벽한 보안 처리를 할 수 있었을테니까요. 그리고 솅크필드에 관해서 그들이 보면 큰일날 만한 중대 상황은 아무것도 없었을 테구요. DERO를 부른 단 한 가지 이유는, 그 위기가 그 기지의 병사들이 깨끗이 해결할 수 없는 일로서 솅크필드와 전혀 관계가 없는 것이기 때문이었는지도 몰라요."

"그러니까 우리들의 문제에 대한 해답이 있다면, 그건 십중팔구 선더 힐 창고에서 찾을 수 있을 거예요."

브렌던이 말했다.

"우리는 진작부터 유출 사고에 관한 얘기가 믿을 만한 사실이 못 된다고 의심해 왔잖아요. 어쩌면 그 얘기 중에서 진실이란 하나도 없을지도 몰라요. 어쩌면 그 위기와 셍크필드와는 아무 관계도 없을지도 모르죠. 그 진원지가 선더 힐이었다면, 그 나머지는 사람들의 눈가림을 위한 연막 작전에 불과했을 거예요."

돔이 말했다.

"정말 그런 것 같군요."

어니가 말했다. 그도 식사를 끝마쳤다. 그가 쓰던 은 식기는 접시에 나란히 놓여져 있었다. 접시도 식사 전이나 다름없이 깨끗하게 비워져 있었다. 아직도 오랜 군대 생활로 인한 규율과 질서가 그에게 남아 있다는 증거였다.

"아시다시피 난 해군 첩보부에서 일한 적이 있어요. 따라서 내 경험에 의하면 이번 셍크필드 사건은 정교하게 날조된 점이 보인다고 할 수 있죠."

네드의 찡그린 얼굴은 V자형으로 난 앞머리를 더욱 심하게 과장되어 보이게 했다.

"이해가 안 가는 부분이 두 군데가 있어요. 우선 격리 지역의 범위는 선더 힐에서 여기까지 내려오는 길 내내 뻗쳐 있지는 않았어요. 그런데 어떻게 선더 힐에서 일어난 사건의 여파가 개구리 뛰듯 펄쩍 뛰어 넘어와서 바로 우리 머리 위에 떨어질 수 있다는 거죠? 그 사이의 지역에는 아무런 영향도 주지 않고 말예요."

"당신의 머리가 나쁜 게 아닙니다. 저도 그 점은 설명해 드릴 수가 없어요."

돔이 말했다.

여전히 얼굴을 찡그린 채로 네드가 말했다.

"또 한 가지는 그 창고는 그다지 많은 땅이 필요치 않잖아요. 안 그래요? 내가 들은 바에 의하면 그것은 지하에 있다고 그러대요. 그들은 언덕 중턱에 커다란 문 두 군데하고 그 문들로 이르는 길과 어쩌면 도로 표지판 정도 있었을 거예요. 당신이 언급했던 3백 에이커의 땅은 보안 지역치고는 너무 넓잖아요. 그런데 왜 토지를 몰수한 걸까요?"

돔은 모르겠다는 몸짓을 해 보였다.

"저도 손들었어요. 하지만 대체 그 위에서 7월 6일에 무슨 일이 일어났건간에 그것은 군대로 하여금 서둘러서 두 가지 긴급 대책을 세우도록 만들었어요. 첫째는 10마일 정도 떨어져 있는 이곳에 임시로 격리 지역을 만들어서 우리와 같은 목격자들을 처리하도록 했고, 둘째는 저기 산 위의 그 창고 부근의 보안 지역을 즉시 넓힌 것입니다. 두 번째 격리 지역은 아직도 기능이 유효하죠. 제 예감으로는 만일 우리가 우리에게 무슨 일이 일어났었는지, 아니면 일어나고 있는지를 알 수만 있다면, 선더 힐에 직접 올라가서 진상을 파헤쳐야 할 겁니다."

우리는 신의 계시를 나타내는 빛줄기가 인간들의 소망 위에 비춰지기를 고대한다.

— 헤아릴 수 있는 슬픔의 서(書)에서 —

제 5 장

1월 12일부터 1월 14일까지의 이야기

2

1월 13일 월요일

그들은 모두 말이 없었다. 모두 식사를 끝마쳤지만, 아무도 디저트를 들 생각이 없었다. 말시는 숟갈로 칠면조 요리를 놓아 두었던 접시 위의 기름찌꺼기에 동그라미를 그려서 흔적도 없이 금세 사라지는 액체 달을 만들었다. 다 먹고 난 그릇을 치우려고 움직이는 사람도 없었다. 그들은 토론을 하는 동안, 한 마디도 놓치지 않으려고 했다. 그들은 궁지에 몰린 상태였다. 미 정부나 군대와 같은 강력한 힘을 가진 적과 대항하게 되는 것일까? 국가와 법률의 완전한 힘을 배경으로 국가 기밀이라는 미명하에 조작된 철벽 같은 보안을 그들은 어떻게 뚫고 나갈 수 있을까?

"우리는 세상에 공개해도 될 만큼 충분한 자료를 모았어요. 제버디어 로우맥이나 앨런의 죽음, 파블로 잭슨의 살해 사건, 여러분 모두가 경험하신 비슷한 악몽들, 그리고 폴라로이드 사진들이오. 방송을 통해서 세상을 떠들썩하게 만들 수 있는 종류의 사건이죠. 우리에게 일어났다고 생각하는 일을 세상에 알린다면, 언론의 힘과 여론을 우리 편으로 만들 수 있을 거예요. 우리는 결코 외롭지 않을걸요."

졸저 모나텔라가 말했다.

"그건 별로 좋지 않아요. 그런 식으로 압력을 넣어 봤자, 군에서는 발뺌을 하고 말걸요. 그들은 훨씬 더 복잡하고 교묘한 핑계 거리를 만들어낼 거예요. 그들은 정치가들하고는 달라서 그런 압력에 굴하지 않죠. 오히려 우리들이 어설프게 우리들 힘으로 해답을 찾아 다니고, 그러면서 실패를 거듭하는 한, 그들은 자신을 얻을 거예요. 그렇게 하는 것이 어쩌면 우리에게 그들의 약점을 찾아낼 시간이 주어지는 건지도 몰라요."

어니가 말했다.

"그리고 잊어서는 안 될 것은 분명히 폴커크 대령은 우리의 기억을 없애는 대신 우리들을 죽이자고 주장했었어요. 그때 이후로 그의 마음이 곱게 변했다고 믿을 만한 근거도 없잖아요. 그는 규율에 의해서 자신의 의견을 굽혔던 게 분명해요. 하지만 만일 우리가 세상에 공개하려고 든다면, 그는 결국 최후의 해결책이 필요하다고 자기 상관들을 설득할 수도 있어요."

진저가 경고했다.

"그렇지만 위험하기는 해도, 공개해야 되지 않을까요."

샌디가 말했다.

"어쩌면 졸저의 말이 맞을지도 몰라요. 제 말은 우리가 무슨 일이 일어나고 있는지 알아보려고 선더 힐 창고 안으로 들어갈 길이 없다는 거죠. 그들은 핵 폭탄이 떨어져도 견딜 수 있을 만한 보안과 방어 장치를 해 놓고 있잖아요."

"어니의 말처럼……우리는 어떤 방향이 모색될 때까지 긴장을 풀고 그들의 약점을 찾아내야 할 겁니다."

돔이 말했다.

"하지만 그들은 전혀 아무런 약점도 갖고 있지 않는 것 같아요."

샌디가 말했다.

"그들의 은폐는 우리를 세뇌하고 놓아준 이후로 계속 한 꺼풀씩 벗겨지고 있어요. 우리들 가운데 한 사람이 한 가지 사항을 기억해 낼 때마다 그들의 비밀에 큰 구멍이 하나씩 생기는 거죠."

진저가 말했다.

"그렇기는 하지만 우리가 계속 새로운 구멍을 내는 것보다 그들이 그 구멍을 계속 메워 나가기에 더 좋은 위치에 있는 것 같아요."

네드가 말했다.

"그 따위 안 된다는 생각은 갖다 버립시다."

어니가 다소 거칠게 말했다.

우아하게 미소를 지으면서 브렌던 크로닌이 말했다.

"어니가 옳아요. 우리는 부정적이 돼서는 안 됩니다. 우린 결국 이길 테니까 부정적으로 생각할 필요 없어요."

여전히 그의 목소리는, 그들의 특별한 운명은 필연적으로 밝혀지고야 만다는 믿음에서 나온 섬뜩하리만치 차분하고 확신에 찬 것이었다. 그러나 그런 순간마다 그 사제의 말투와 태도는 돔의 마음을 편안하게 해 주지 못했다. 원래는 그래야 했지만, 웬지 묘하게도 두려움의 앙금을 뒤흔들고 그의 감정을 염려로 휩싸이게 만들었다.

"선더 힐에는 군인들이 얼마나 주둔하고 있나요?"

졸저가 물었다.

돔과 진저 둘 중의 하나가 센티널 신문에서 얻은 정보를 바탕으로 그 대답을 하려고 하는데, 그 전에 한 낯선 사람이 모텔 사무실에서 올라오는 계단 위의 출입구에 나타났다. 그는 30대 후반에 야위고 거칠어 보이는 인상에 흑발이며 피부도 검은 편이고 왼쪽이 사팔눈이라 오른쪽과 맞지 않는 사람이었다. 아래층 현관 문이 잠겨져 있었고, 계단에 깔려 있는 리놀륨이 계단을 올라오는 발자국 소리를 흡수한 것도 아닌데, 그 침입자는 마치 인간이 아니라 귀신인 것처럼 아무런 기척도 없이 나타났다.

"제발 입 좀 닥쳐요!"

그는 방안에 있는 다른 사람들이나 똑같은 사람의 목소리로 분명히 말했다.

"여기서 비밀리에 계획을 짤 수 있다고 생각했다면, 완전히 착각한 거요."

트랭퀼러티 모텔 남서쪽으로 18마일 떨어져 있는 셍크필드 군 시험장에는 실험실과 사무소, 보안 사령 센터, 카페테리아, 휴게실, 숙소 등을 비롯한 모든 건물들이 지하에 있었다. 사막 고지대 가장자리의 여름 불볕 더위에서나 가끔씩 모진 추위가 몰아닥치는 겨울에는, 네바다의 거친 황무지 위에 세워진 건축물보다 지하실이 안락한 온도와 습도를 유지하는 데 더 쉽고 경제적이었다. 그러나 더욱 중요한 점으로 고려된 것은 야외에서 갖는 잦은 화학 실험 —심지어는 생화학 실험일 때도 있다 —이었다. 그러한 실험들은 치명적인 가스나 가루, 빠른 속도로 확산되는 안개의 분포 패턴과 효력에 대한 햇빛과 바람, 그리고 기타 다른 자연 현상이 미치는 영향을 연구하기 위한 것이었다. 만약 건물들이 지상에 있었다면, 예상치 못한 바람이 불어와 건물 전체를 오염시키고 기지의 군인들을 실험 대상으로 삼은 꼴이 되어 버릴지도 모른다.

셍크필드의 사람들은 일하고 있든, 휴식을 취하고 있든간에 자신들이 지하에 있다는 점을 절대로 잊을 수가 없었다. 창문이 부족하다는 점과 함께 환기창을 통해 들어오는 공기가 파이프로 빨려 들어오는 소리, 그리고 파이프를 따라 그 공기를 돌리는 모터가 윙윙거리며 돌아가는 소리가 그들에게 계속 그 사실을 상기시켜 주었다.

당분간 쓰도록 정해진 사무실의 철제 책상에 혼자 앉아 초조하게 전화벨이 울리기를 기다리면서, 폴커크 대령은 내심 "하느님, 이 자리가 정말 싫어요!"라고 생각했다.

공기 공급 장치에서 들려오는 끝도 없이 이어지는 끼긱거리는 날카로운 소리와 쉿쉿거리는 소리 때문에 두통이 날 지경이었다. 토요일 거기에 도착한 이후, 폴커크는 마치 사탕처럼 아스피린을 달고 살았다. 이제 또 그는 조그만 병에서 약을 두 알 더 꺼냈다. 그는 책상에 놓여 있던 금속제 물병에서 찬물을 한 컵 따랐다. 그러나 그 물로 약을 삼킨 것이 아니었다. 대신 그는 약을 입 안에 톡 털어 넣고 씹어먹었다.

맛이 몹시 쓰고 메스꺼워서, 거의 게울 뻔했다.

하지만 물에는 손도 대지 않았다.

그렇다고 해서 아스피린을 뱉어 내지도 않았다.

그는 꾹 참고 견뎌 냈다.

폴커크의 어린 시절은 불안정하고 고통으로 가득 찬 채 외롭고 비참했으며, 그 다음에 이어진 사춘기 시절은 그것보다 훨씬 더 나빴었다. 그런 시절들은 그에게, 인생은 힘들고 잔인하고 몹시도 불공평한 것이라고 가르쳐 왔다. 그리고 바보들만이 희망이나 구원 따위를 믿는 것이며 강한 자만이 살아 남는 것이라고 그를 가르쳤다. 어린 시절부터 그는 자신에게 정서적으로나 정신적으로나 육체적으로 고통스러운 일들을 하도록 시켰다. 그는 스스로 부과한 고통은 자신을 강하게 단련시키고 상처를 잘 입지 않는 사람으로 만들어 준다고 생각한 탓이었다. 그는 아스피린을 씹어먹는 것에서부터 시작해서 "필사 생존 여행"이라고 부르는 탐험처럼, 중대한 시험까지도 다양한 도전을 통해서 강한 의지를 단련시켰다. 그러한 탐험은 무려 두 주 이상이나 계속되었으며, 죽음과 직면하는 상황을 맞기도 하는 것이었다. 그는 낙하산을 타고 숲이나 밀림에 내린다. 전초 기지도 없으며, 공급 물자도 없고, 가진 거라고는 등에 달린 낙하산뿐이다. 나침반이나 성냥도 갖고 있지 않다. 그가 가지고 있는 유일한 무기는 자신의 맨손과 그 손으로 만들 수 있는 것뿐이었다. 목표는 살아서 문명 세계로 돌아가는 것이다. 그는 여러 차례의 휴가를 그런 식으로 스스로 고생을 자처하면서 보냈다. 그는 그런 모험을 떠나기 전보다 더욱 굳세고 자립심이 강한 사람이 되어 돌아오므로, 그것이 가치 있다고 생각했다.

이제 그는 아스피린 맨알을 와그작 씹었다. 알약은 가루가 되고, 다시 그 가루는 침과 섞여서 신맛을 내는 끈끈한 반죽이 되었다.

"제발 좀 울려라."

그는 책상 위의 전화에 대고 말했다. 그는 땅속의 그 구멍에서 자신을 내보내 줄 소식을 기다리고 있었다.

국내 긴급 사태 대책 기구인 DERO에서의 대령은 군대의 다른 부서와는 달리, 사무실 책상에 앉아 있는 것보다는 현장에서 더 많이 뛰는 편이었다. 폴커크의 본 기지는 셍크필드가 아니라 콜로라도의 그랜드 정크션이었다. 하지만 그 곳에서도 그는 사무실에서 보낸 시간이 거의 없었다. 그는 몸을 쓰는 일이 잘 맞는 편이라, 셍크필드의 낮은 천장과 창문 없는 방이 마치 관처럼 느껴졌다.

만일 그에게 그 일이 아닌 다른 일이 맡겨졌더라면, 그는 선더 힐 창고에 임시 군 본부를 세웠을 것이다. 그 곳도 지하이기는 할 테지만, 그 동굴은 지금의 무덤만한 방보다는 크고 천장도 높을 것이다.

그러나 그에게는 그 곳의 주민들을 선더 힐로 접근하지 못하게 해야만 하는 두 가지 이유가 있었다. 첫째, 그는 그 곳에 숨겨져 있는 비밀 때문에 감히 그 곳으로 관심을 쏠리게 할 수 없었다. 몇몇 목장 경영주들이 문이 있는 선더 힐의 옆길로 이르는 길을 따라 고지에 살고 있었다. 만일 그들이 무장한 DERO군이 그 창고로 이동하는 것을 본다면, 그들은 이상하게 생각할 것이다. 그 지방 주민들이 선더 힐에 대해 의혹을 품기 시작하게 만들어서는 안 된다. 2년 전 여름 그는 그 창고에 주의가 쏠리지 않도록 셍크필드를 사람들의 눈길을 끄는 대용물로 이용했었다. 이제 또 한 차례의 중대한 위기가 벌어질 것이므로, 그는 또다시 여기 셍크필드에 머물면서 전에 했던 것처럼 신문이나 일반 대중들에게 허위 정보를 유포하는 일을 하게 될 것이다. 그가 셍크필드에 본부를 세운 두 번째 이유는 그 창고에 있는 모든 사람들에 대해 뭔가 의심쩍은 면을 갖고 있었기 때문이었다. 그는 그들 중 아무도 믿을 수가 없었고, 그들과 같이 있다는 것이 안심치가 않았다. 그들은 어쩌면……변할지도 모른다.

부서진 아스피린 찌꺼기가 너무 오랫동안 입 속에 남아, 그는 제법 그 쓴맛에 익숙해졌다. 더 이상 속이 메슥거리지도 않았고, 게워 내려고 애쓸 필요도 없었다. 이제는 물을 마셔도 괜찮았다. 그는 컵의 물을 네 모금에 걸쳐 다 마셔 버렸다.

렐런드 폴커크는 갑자기 자신이 고통을 건설적인 방향으로 이용하는 것과 고통을 즐기는 것을 구분하는 경계선을 뛰어넘었는지 궁금해졌다. 그런 질문을 하면서도, 그는 해답을 벌써 알고 있었다. 그렇다. 어느 정도까지 그는 마조히스트가 되어 버렸다. 몇 년 전부터 그랬었다. 그는 잘 단련된 마조히스트였다. 스스로 가한 고통에서 그는 이득을 얻었고, 고통이 자신을 지배하게 하는 대신 오히려 그는 고통을 지배했다. 그렇지만 어쨌든 그는 마조히스트였다. 처음에는 자신을 강하게 만들기 위해 그는 그런 고통을 받아들였었다. 그러나 그는 차츰 그것을 즐기기 시작했다. 그러한 통찰을 하면서 그는 놀라서 빈 물잔을 보면서 눈만 껌벅거리고 있었다.

그의 마음속에는 극악 무도한 영상이 떠올랐다. 지금으로부터 10년도 더 지난 뒤의 자신의 모습. 스릴과 가슴을 쿵쿵 뛰게 만들기 위해서 손톱 밑에 죽순을 꽂고 있는 육순 변태자의 모습. 그런 괴이한 모습은 너무나 잔인했다. 그것은 우습기도 한 것이어서, 그는 웃음을 터뜨렸다.

최근 1년 전까지만 해도 폴커크는 그런 성질의 자아 비판에 대한 통찰을 할 수 없었을 것이다. 물론 그다지 많이 웃는 사람도 절대 아니었다. 최근까지만 해도 그랬다. 요새 그는 전에 눈치채지 못했던 자신의 특징을 눈치채고 놀라워 할 뿐만 아니라, 자신의 몇 가지 태도와 습관을 변화시킬 수 있고 변화시켜야 한다는 것을 깨닫기 시작했다. 그는 자신이 자랑하는 강인함을 잃지 않고도 좀더 선하고 만족스러운 인간이 될 수 있다는 것을 알았다. 그것은 그에게 신기한 마음의 상태였다. 하지만 그는 그 이유를 잘 알고 있었다. 두 해 전 여름 그에게 일어난 사건 이후로, 모든 일들을 목격한 이후, 지금 선더 힐에서 일어나고 있는 일을 생각하면, 그는 전과 똑같이 살아갈 수는 없었다.

전화벨이 울렸다. 그는 그것이 시카고의 상황에 관한 소식이기를 바라면서 얼른 수화기를 집어 들었다. 하지만 그것은 캘리포니아 몬트레이의 헨더슨에게서 온 전화로, 그는 샐코우 창고에서의 작전이 순조롭게 진행되고 있다고 보고했다.

재작년 여름 제럴드 샐코우는 두 딸과 아내와 함께 트랭킬러티 모텔에서 객실 두 개를 빌렸었다. 뭔가 잘못된 밤의 일이었다. 최근 샐코우 일가족은 기억 장애가 눈에 띄게 퇴화되는 현상을 겪고 있었다.

대개 비밀 해외 첩보 활동에 이용되는 CIA의 세뇌 전문가들은 그 해 7월 트랭퀼러티 모텔에서의 일을 위해 초빙되었으며, 그들은 목격자들의 기억을 실수 없이 억제시켜 주기로 약속했었다. 지금 그들은 상태가 악화되고 있는 실험 대상자의 숫자에 당황해 하고 있다. 그들이 겪은 경험은 너무나 심오하고 부서지기 쉬운 것이어서 쉽게 억제시킬 수가 없었으며, 금지된 기억들은 신화적인 힘을 가지고 기억 장애에 대해 무자비한 압력을 가하고 있었다. 마인드 컨트롤 전문가들은 실험 대상자들을 데리고 3일만 더 치료를 하게 해 주면 그들이 영원히 입을 다물게 해 주겠다고 보장했었다.

사실 서로 담합해서 일하고 있는 FBI와 CIA는 바로 그 순간 불법적으로 몬트레이에 있는 샐코우 일가를 외부와의 연락을 단절시킨 채 억류시켜서 기억 퇴행과 개조의 까다로운 프로그램을 실행하고 있었다. 비록 전화를 건 FBI 요원인 코리 헨더슨은 잘 되어가고 있다고 말하기는 했어도, 폴커크는 그것이 모두 부질없는 짓이라고 판단했다. 그것은 영원히 지켜질 수 없는 또 하나의 비밀이었던 것이다.

게다가 관련된 기관들이 너무 많았다. FBI, CIA, 그리고 DERO의 일개 중대 전체와 그 밖의 다른 기관들까지. 배는 없는데 사공이 너무 많았다.

하지만 폴커크는 훌륭한 군인이었다. 군사 작전을 책임지고 있는 한, 그는 비록 희망이 없다 해도 자신의 임무를 수행할 것이다.

몬트레이에서 헨더슨이 "모텔에 있던 다른 목격자들에게 언제 움직이실겁니까?"라고 물었다.

그것은 그해 7월 세뇌를 당했던 모든 사람을 칭하는 말이었다. 목격자들. 폴커크는 그 말의 뜻을 명확하게 나타내 주는 것 뿐만 아니라 매우 시의 적절한 단어라고 생각했다. 게다가 신비하면서도 종교적인 함축성을 나타내 주고 있기도 했다. 그는 어린 시절 천막에서 하던 부흥회에 갔었던 일이 생각났다. 거기서 신성한 비둘기라고 하는 수십 명의 사람들이 바닥에 엎드려 있었고, 정신나간 듯한 목사는 그들에게 "기적의 목격자가 되십시오. 하나님을 가슴으로 느끼는 목격자가 되십시오!"라고 소리쳤었다. 트랭퀼러티 모텔에서의 목격자들이 본 것은 발작에 가까운 몸부림을 치면서 오순절에 다락방에 모였던 신도들이 그토록 보고 싶어하던 하느님의 얼굴처럼 온몸이 마비될 것 같이 놀랍고, 신기하면서도, 한편으로는 시시하기도 하고, 무서운 것이기도 했다.

폴커크가 헨더슨에게 말했다.

"우리는 명령만 떨어지면 언제든지 30분 만에 그 모텔을 봉쇄할 준비를 하고 대기중입니다. 하지만 누군가 시카고에서 캘빈 샤클과의 말썽을 해결하지 않으면, 저는 움직일 수가 없습니다. 일리노이에서 무슨 일이 일어나고 있는지 확실히 알 때까지는요."

"그런 실수를 하다니! 왜 샤클의 상태가 그 지경까지 악화된 거죠? 그 사람도 붙잡아 와서 여기 있는 샐코우 일가처럼 며칠 전에 새로운 기억 퇴행 프로그램을 받게 해야 했는데."

"제 잘못이 아닙니다. 목격자들을 감독하는 것은 당신 부서의 일이에요. 나는 그저 여기 와서 당신들 뒤치닥거리를 하고 있는 겁니다."

헨더슨이 한숨을 내쉬었다.

"당신 부서에게 잘못을 돌리려는 게 아닙니다, 대령. 그리고 당신도 우리를 탓할 수는 없어요. 문제는 우리가 한 달에 나흘씩 목격자들 개개인을 직접 감시하고, 그들의 전화 통화 내용을 반 정도만 듣는데도, 스물다섯 명이나 되는 요원이 필요하다는 겁니다. 하지만 우리는 겨우 스무 명의 요원밖에는 없어요. 게다가 그 사건이 하도 극비 사항으로 취급되다 보니까, 그 목격자들을 감시하는 이유를 알고 있는 요원이 스무 명 중에서 세 명밖에 없어요. 뛰어난 요원들이 그렇게 아무것도 모르는 상황에서 죽어지내는 것을 좋아할 리가 없죠. 그들은 자신이 신임을 얻지 못하고 있다고 느끼게 되고, 사기가 형편없이 저하됩니다. 그래서 결국 샤클 같은 상황이 벌어진 것 아닙니까? 목격자는 기억 장애를 무너뜨리기 시작하고, 그렇게 위험한 단계까지 오는데도 아무도 눈치를 못 채는 겁니다. 어떻게 우리는 그러한 정교한 속임수가 무한정 지속될 수 있으리라고 생각했을까요? 정신나갔지! 우리 문제가 뭔지 말해 드리죠. 우리는 CIA의 세뇌 전문가들을 너무 믿었어요. 그 자식들이 할 수 있다고 말한 것을 곧이곧대로 믿은 거죠. 그게 우리의 실수였어요, 대령."

"내가 더 간단한 해결책이 있다고 늘 말해 왔잖아요."

폴커크가 그에게 상기시켜 주었다.

"그들을 모두 죽이자구요? 우리 국민들 중에서 서른한 명을 좋지 않은 시간에, 잘못된 장소에 있었다는 이유만으로 죽이자구요?"

"전 그렇게 심각하게 제안한 것이 아니었어요. 제 말의 요점은 야만적이지 않고는 비밀을 지킬 수도 없을 뿐만 아니라, 그렇게 애써도 소용없다는 거죠."

헨더슨의 침묵은 폴커크가 부인하는 말을 믿지 않고 있다는 것을 역력히 나타내는 것이었다. 마침내 그는 "오늘밤 그 모텔로 움직이실겁니까?"라고 물었다.

"만일 시카고의 상황이 해결되고, 거기서 무슨 일이 일어나고 있는지 알게 되면, 오늘 밤 움직이죠. 하지만 꼭 대답을 들어야 할 질문이 있습니다. 그런 이상한……심리적인 현상 말예요. 그건 무슨 뜻이죠? 우리 양쪽 다 좋지 않은 생각을 갖고 있어요, 그렇죠? 바보 같은 일이지만, 우리는 겁을 먹고 있어요. 아뇨, 나는 사태를 정확히 알 때까지 모텔로 이동하지 않겠어요. 난 내 부하들을 위험에 빠뜨리고 싶지는 않습니다."

폴커크는 전화를 끊었다.

선더 힐.

그는 그 산속에서 일어나고 있는 일이 인류가 마땅히 누려야 할 더 나은 미래로 이르게 해 줄 것이라고 믿고 싶었다. 하지만 내심 그는 그것이 오히려 세상의 종말이 되지 않을까 두려웠다.

잭이, 그들이 식당으로 개조한 거실에 들어서서 막무가내로 말하자,

몇몇 사람들은 놀라 자리에서 벌떡 일어서서 몸을 피하려다 식탁에 부딪혀 접시와 식기들이 딸가닥거리는 소리를 내게 했다. 어떤 사람들은 자신들을 죽이려 보내진 사람인 줄 알고 의자에 몸을 숨기기도 했다. 그는 사람들이 그렇게 놀랄까 봐 우지 기관 단총을 아래층에 놓아 두고 왔지만, 갑작스런 그의 출현은 그래도 그들을 겁먹게 만들었다. 그들에게 좀 더 신중을 기하게 만들 만한 충격 용법이 필요했다. 오직 숟갈로 접시에 달을 그리며 놀고 있던 어린 소녀만 그가 들어닥쳤는데도 별로 반응을 보이지 않았다.

"좋아요, 진정하세요. 자리에 앉아요."

잭은 급하게 손짓을 하면서 말했다.

"나도 여러분들 중의 하나요. 그날 밤 손톤 웨인라이트라는 이름으로 이 모텔에 투숙했었죠. 당신들은 아마 그 이름으로 나를 찾았겠죠? 하지만 그건 내 진짜 이름이 아니오. 어쨌거나 그건 나중에 얘기하도록 하고 지금은……."

갑자기 모두들 흥분해서 그에게 질문을 퍼부었다.

"당신은 어디서……."

"아이쿠! 얼마나 놀랬는지……."

"어떻게……."

"우리에게 말을 해 주세요……."

목소리를 높여서 그들을 진정시킨 다음, 잭이 말했다.

"여기는 그런 것들을 토론할 장소가 못 됩니다. 당신들의 얘기가 새어나갈 수도 있어요. 저도 한 시간 정도 얘기를 엿들었으니까요. 내가 여러분이 한 말들을 전부 들을 수 있다면, 여러분이 대항해야 할 사람들도 할 수 있다는 거죠."

그들은 말문을 잃고 그를 빤히 쳐다보았다. 그들은 비밀리에 얘기를 나누고 있었다고 생각한 것이 한낱 착각에 불과하다는 그의 단언에 몹시 놀랐다. 그러자 회색 머리를 짧게 깎아 올린 머리를 한 덩치가 크고 땅딸막한 체구의 사내가 말했다.

"이 방이 도청당하고 있다는 말인가요? 믿어지지가 않는 얘기로군요. 하지만 제가 구석구석 다 뒤져 보았지만 아무것도 없었어요. 나도 이런 일에 대해서 어느 정도의 경험이 있거든요."

"댁이 어니라는 분이 틀림없죠?"

잭은 그들에게 정곡을 찔러서 자신이 말하려는 의중을 제대로 알아들을 수 있도록 날카롭고도 차가운 말투로 말했다. 그들은 곧 자신들의 대화를 좀더 잘 보호해야 한다는 것을 이해했다. 그리고 그 교훈을 절대 잊어버리지 않도록 강렬하고 깊이 자신의 머릿속에 주입시켜야 했다.

"난 당신이 해군 정보부에서 근무했다고 말하는 것을 들었어요, 어니. 그게 얼마 전의 얘기죠? 10년은 족히 됐을 테죠. 그후 많은 게 변했습니다. 하이테크 혁명이라는 말씀을 들어 보신 적 없으세요? 그들이 굳이 여기에 와서 도청 장치를 할 필요가 없죠. 라이플 마이크의 성능이 예전보다 엄청나게 좋아졌어요."

잭은 무례하게 어니의 옆을 지나쳐 가서 거실에 있는 전화로 걸어갔다. 전화는 소파 옆 테이블 위에 놓여 있었다. 그는 전화 위에 손을 얹었다.

"초고감도 송신 장치라는 게 뭔지 아세요, 어니? 그들이 댁의 전화 번호를 돌리면, 전기 음향 발생기가 전화벨이 울리는 것을 막으면서, 그와 동시에 댁의 전화기의 송수신기를 마이크로 열리게 하는 겁니다. 당신은 전화벨이 울리는 것을 듣지도 못할 뿐 아니라, 전화가 걸려 온 것도 모르고, 전화선이 연결되어 있는 것도 알 길이 없죠. 그러나 그들은 전화가 연결되어 있는 한, 어느 곳에서든 당신을 감시할 수 있어요."

그는 수화기를 낚아채듯 집어서 용의주도하게 계산된 경멸의 빛으로 그들 앞에 그것을 내밀었다.

"이게 바로 댁의 도청 장치죠. 당신 스스로가 설치한 겁니다."

그는 쾅 하는 소리를 내며 수화기를 제자리에 내려놓았다.

"모두들 그들이 최근 많은 얘기를 도청했다는 것을 짐작하실 수 있을 겁니다. 아마 십중팔구 저녁 식사 때 한 얘기도 들었을 겁니다. 입을 다무는 것이 모두를 덜 곤란하게 만든다는 것을 명심하셔야 됩니다."

잭의 신랄한 연기는 매우 효과적이었다. 그들은 놀라서 멍해 있었다.

"창문도 없고, 군사 회의를 할 만큼 커다란 방이 있을까요? 전화가 있어도 상관없어요. 플러그를 뽑으면 되니까요."

잭이 말했다.

어니의 부인인 듯한 매력적인 중년 여자가 잠시 생각을 해 보더니 말했다.

"식당이 있어요. 바로 옆방이에요."

잭은 재작년 여름 투숙을 할 때 그녀를 보았던 기억이 어렴풋이 떠올랐다.

"창문이 없나요?"

잭이 물었다.

"부서졌어요. 하지만 판자로 잘 막아 놓았죠."

어니가 대답했다.

"그럼 갑시다. 비밀리에 우리의 전략을 짜고, 여기로 다시 돌아와서 여러분들이 말씀하시던 호박 파이를 먹읍시다. 댁들이 기절할 정도로 맛있게 식사를 들고 있는 동안, 난 비참한 식사를 했소."

잭은 그들이 자신을 따라오리라 확신하면서 재빨리 층계를 내려갔다.

어니는 5분 동안은 사팔뜨기 그 녀석을 몹시 역겨워했다. 하지만 서서히 그 증오심은 어쩔 수 없는 존경심으로 변하고 말았다.

우선 어니는 그 사내가 트랭퀼러티 모텔로 오라는 자신의 소집에 응할 때의 조심성과 은밀함에 감탄했다. 그는 다른 사람들처럼 그냥 걸어 들어오지 않았다. 그는 기관총까지 들고 왔다.

그러나 그 "손톤 웨인라이트"라는 자가 한쪽 어깨에 우지 기관총 가죽끈을 메고 앞장서서 모텔 사무실을 나서는 모습을 지켜보면서, 그는 지금까지 참고 견뎌야 했던 비난 때문에 아직도 마음이 괴로웠다. 사실 그는 대부분의 다른 사람들과 마찬가지로 너무 화가 나서 코트를 걸칠

틈도 없었다. 하지만 방문객을 따라 나서서 문을 지나 자갈길을 가로질러 식당을 향해 가면서 그에게 뭐라고 해대기 위해 그를 따라잡았다.

"내 말 잘 들어요. 대체 그렇게 시건방을 떤 이유가 뭐죠? 그렇게 시건방을 떨지 않고도 당신이 하고 싶은 말을 할 수 있었잖소?"

그러자 그 낯선 사내는 "그 말이 맞아요. 하지만 결국 내 뜻을 제대로 전할 수 없었을 겁니다."

어니는 막 대답을 하려다 말고, 그 순간 자신이 어둠 속에, 캄캄한 밤에 공격을 받기 쉬운 상태로 바깥에 나와 있다는 것을 깨달았다. 사무실과 식당의 중간 지점이었다. 그는 심장이 덜컹 내려앉는 것 같았다. 그는 숨을 전혀 쉴 수 없었다. 그는 역겨울 정도로 애처롭고 가날픈 신음 소리를 냈다.

놀랍게도 새로 온 그 사내가 즉시 그의 팔을 붙잡고 그를 부축해 주었다. 아까 보였던 경멸의 기색 따위는 전혀 없었다.

"어서 가요, 어니. 거기까지 반 정도밖에 안 남았어요. 제게 기대세요. 당신은 할 수 있어요."

그 녀석에게 무기력하고 어린애처럼 벌벌 떠는 약한 모습을 보인 자신에게 화가 나기도 하고, 상대방에게 괜히 화가 나기도 해서, 어니는 그가 붙잡고 있는 팔을 불쑥 뺐다.

"제 말 들어 보세요. 얘기를 엿듣고 있는 사이, 전 당신의 문제에 대해서 이미 들었어요, 어니. 난 당신을 불쌍하다고 생각하지 않아요. 당신의 상태를 재미로 생각하지도 않아요, 어니. 아시겠어요? 만일 당신이 어둠을 무서워하는 것이 우리가 처한 상황과 관계가 있다면, 이건 당신의 잘못이 아니에요. 우리를 망가뜨려 놓은 건 바로 그놈들이에요. 우리가 이 문제를 해결하려면, 서로가 필요해요. 제게 기대세요. 식당까지 가면 불을 켤 수 있을 테니까 거기 가는 데까지 도와 드릴게요. 기대세요."

새로 온 그 사내가 말했다.

그 사내가 말을 하기 시작했을 때, 어니는 숨을 쉴 수가 없었다. 그러나 그가 말을 끝마쳤을 때, 어니에게는 정반대의 문제가 생겼다. 그는 너무 가쁘게 호흡을 하고 있었다. 자력에 끌리는 것처럼 그는 식당에서 몸을 돌려서 남동쪽으로 소름 끼칠 정도로 어두운 황무지를 쳐다보았다. 그리고 불현듯 그는 자신이 두려워하고 있는 것은 어둠 그 자체가 아니라, 그 해 여름 7월 6일 밤 바깥에 있었던 무엇인가라는 것을 알았다. 그는 도로를 따라 가다 보면 나오는 그 특별한 장소 쪽으로 시선을 던졌다. 어제 문제를 해결할 만한 실마리를 찾아 그 땅과 친해지려 찾아갔던 곳. 그 이상한 장소.

페이가 도착했고, 그녀가 그를 붙잡자, 그는 그녀의 손길을 뿌리치지 않았다. 그러나 사팔뜨기 사내가 다시 그의 팔을 잡으려 하자, 그는 아직도 화가 나서 그의 도움을 뿌리쳤다. 그러자 그 사내가 말했다.

"좋아요, 좋아. 당신은 황소 고집에다, 이제 다 늙어빠진 해병대요. 조금만 지나면 당신의 상처받은 자존심도 치유가 될 거요. 만일 당신이 우둔한 노쇠가 되고 싶다면, 어서 나한테 오줌을 갈겨 보시오. 이렇게 어두운 곳까지 멀리 나온 것은 바로 당신의 물불 못 가리는 노여움 때문 아닙니까? 곧 죽어도, 늙어도 해병은 해병이니까요. 왜 가만히 있는 거죠? 만일 나한테 오줌을 갈긴다면, 아마 당신은 저 식당에도 갈 수 있을걸요."

어니는 사팔뜨기 사내가 살살 그의 약을 올려서 자신을 트랭퀼러티 그릴까지 가게 하려는 것을 알았다. 그가 정말로 그렇게 잔인한 인간은 아니라는 걸 그제야 깨달았다.

'날 증오하시오. 그러면 어둠이 덜 무섭게 느껴질 거요. 나한테 초점을 맞춰요. 그리고 한 발자국씩 걸으세요.' 라고 그 사내는 말하고 있었다. 그것은 그 사내의 팔을 붙잡거나 그에게 기대는 것과는 엄청나게 다른 것이었다. 그리고 만일 어니가 사방에서 몰려드는 어둠을 초죽음이 될 정도로 무서워하지 않았더라면, 그는 그런 식으로 속는 것도 재미있었을 것이다. 하지만 그는 분노심을 더욱 단단히 간직하고서 그 불에 부채질을 했다. 그리고 그 빛을 이용해서 식당까지 걸어갔다. 그는 새로 온 사내를 따라 문으로 들어섰다. 그리고 불이 들어오자, 안도의 한숨을 내쉬었다.

"여기 있다가는 몸이 꽁꽁 얼어붙겠네요."

페이가 말했다. 그녀는 즉시 자동 온도 조절 장치로 가서 기름 보일러의 스위치를 켰다.

방 가운데 있는 의자에 앉아서 문에서 등을 돌린 채로 있던 어니는 다른 사람들이 뒤따라오자 호된 시련으로부터 벗어나서 다시 기운을 차렸다. 그는 새로 온 사내가 창문마다 돌아다니면서 깨진 유리 대신 못을 박아서 막아 놓은 판자를 살펴보는 모습을 지켜 보았다. 그때 어니는 스스로도 놀랄 정도로 더 이상 그 사내를 싫어하지 않고 있다는 것을 깨달았다. 단지 그는 그 사내에게 심한 반감 같은 것을 갖고 있을 뿐이었다.

그 사내는 문 옆쪽에 있는 공중 전화를 조사해 보았다. 동전을 넣고 거는 전화기 때문에, 그것은 플러그를 꼽았다 끼었다 할 필요가 없었다. 그는 수화기를 들고 벽에 붙어 있는 전화기에서 코드를 떼내고는 필요없게 된 수화기를 내다 버렸다.

"카운터 뒤에 개인용 전화가 있어요."

네드가 말했다. 신참자는 그에게 플러그를 뽑으라고 했고, 네드는 시키는 대로 했다. 그리고 그는 브렌던과 진저에게 테이블 세 개를 합치고 의자를 모아서 모든 사람들이 앉을 수 있도록 자리를 만들라고 했고, 그들은 그가 시키는 대로 했다.

어니는 그 사내를 날카로운 시선으로 관심 있게 관찰했다. 그 신참자는, 창문보다 두꺼운 유리로 만들어진 바람에 토요일 저녁 다행히도 깨지지 않았던 식당의 현관문에 대해서 염려했다. 그것은 판자를 대 놓지 않았기 때문에, 방향 탐지 마이크를 갖고서 그들을 감시하려는 자들에게 쉽게 노출될 수 있는 약점을 제공하고 있었다. 그는 창문을 막고 나서 남은 판자가 있는지 물었고, 돔은 있다고 대답했다. 그리고 그는 네드와 돔에게 모텔 뒤 정비실에 있는 장작 더미에서 알맞은 크기의 판자를 가져오도록 했다. 그들은 곧 나무 한 토막을 들고 돌아왔다. 나무는 문 크기보다 약간 컸다. 신참자는 유리문 전체 면에 나무 판자를 세웠다. 그리고 테이블로 버티어 놓았다.

"완전하지는 않지만, 라이플 마이크를 막기에는 충분한 것 같아요."

그는 그렇게 말하고 나서 식당 뒤쪽으로 가서 보관실 안을 한번 살펴보았다. 그리고 다시 자리로 돌아오면서 샌디에게 쥬크 박스의 플러그를 끼우라고 해서는 스위치를 무료 연주로 맞춰 놓고 몇 곡의 노래를 틀어 놓도록 시켰다.

"배경에 시끄러운 소리가 들리면 엿듣기가 힘들죠."라는 말로 그가 음악을 틀라고 한 이유를 설명하기도 전에, 샌디는 얼른 쥬크 박스로 달려가 그의 말에 따랐다.

불현듯 어니는 왜 사팔뜨기 사내한테 자신이 홀렸는지를 깨닫게 되었다. 빠른 판단력과 정확한 계산에 따른 행동, 그리고 통솔력은 그가 직업 군인, 그 중에서도 아주 뛰어난 장교였을지도 모른다는 것을 나타내 주었다. 그는 날카롭게 얘기해 상대방을 순식간에 겁줄 수도 있고, 다음 순간에는 부드럽게 말을 해 꼬실 수도 있는 재주를 가지고 있었다.

어니는 예전의 자신의 모습을 생각나게 만들기 때문에 그에게 홀린 거라고 생각했다.

아까 아파트에서 신참자가 어니를 대단히 효과적으로 상대할 수 있었던 것도 바로 그 이유 때문이었다. 어떤 면에서 그와 어니는 똑같은 종류의 사람이었으므로, 그 사나이는 어디서 날카롭게 일침을 놓아야 하는지를 정확히 알고 있었던 것이다.

어니는 나직이 웃었다. 가끔씩 그는 '나도 완전한 바보 천치가 될 수 있다니까.' 하고 생각했다.

사팔뜨기 사내는 보관실에서 돌아와서는 브렌던과 진저를 시켜서 만들게 한, 테이블 세개를 합친 커다란 테이블에 모두 앉아 있는 것을 보고 만족한 듯 미소를 지었다. 그는 어니에게 와서 "불쾌한 감정은 없으시죠?"라고 물었다.

"없소."

어니가 대답했다.

"그리고 고마워요……. 정말 고마워요."

새로 온 사내는 그를 위해서 남겨져 있던 식탁의 상석에 앉았다. 쥬크박스에서 케니 로저스의 감미로운 노래가 흐르는 가운데, 그 사내가 말했다.

"제 이름은 잭 트위스트입니다. 전 지금 무슨 일이 일어나고 있는지 여러분보다 모르면 몰랐지, 많이 알지는 못할 겁니다. 모든 일들이 저를 초조하고 불안하게 만들지만, 여러분께 꼭 말씀 드릴 것이 있습니다. 저는 8년 만에 처음으로 진실로 제가 올바른 세상편에 속해 있는 것 같은 느낌을 가졌어요. 생전 처음으로 제가 좋은 사람들 중의 한 놈이라는 느낌이 들었죠. 여러분들은 제가 이런 걸 얼마나 필요로 했는지 모르실 겁니다."

폴커크 대령의 참모인 톰 호너 중위는 손이 무지막지하게 컸다. 그가 창문이 없는 그 사무실로 조그만 카세트를 가지고 왔을 때, 녹음기는 그의 오른손에 전부 가려져 보이지도 않을 정도였다. 게다가 손가락이 너무 커서 버튼을 누르는 데도 어려움이 있었다. 그러나 그는 눈에 띄게 머리 회전이 빨랐다. 그는 녹음기를 책상 위에 놓고 스위치를 켜서 테이프를 재생시켰다.

그 테이프는 전화로 도청된 모든 대화 내용이 기록되어 있는 것이었다. 그것은 몇 분 전에 트랭퀼러티 모텔에 있는 몇몇 사람이 나눈 대화 내용 가운데 일부였다. 테이프의 첫부분은 목격자들이 문제의 근원이 셍크필드가 아니라 선더 힐이라는 점을 발견한 내용이었다. 폴커크는 그 얘기를 듣고 놀랐다. 그는 그들이 그렇게 빨리 실마리를 찾을 줄 몰랐었다. 그는 그들의 영리한 머리가 걱정이 되고 한편으로는 화가 났다.

테이프에는 "제발 입 좀 닥쳐요. 여기서 비밀리에 계획을 짤 수 있다고 생각했다면, 완전히 착각한 거요."라는 말이 들어 있었다.

"이 사람이 잭 트위스트입니다."

호너 중위가 말했다. 그는 목소리도 컸다. 그의 목소리도 엄청나게 커다란 손만큼이나 잘 통제되어서, 부드러운 천둥 소리 같았다. 그는 테이프를 꺼 버렸다.

"그가 여기 오리라는 걸 알고 있었습니다. 그리고 그는 위험합니다. 우리는 분명히 그가 다른 사람들보다 훨씬 더 신중하다고 생각했었죠. 하지만 그가 처음부터 전쟁을 치루듯이 나올 줄은 몰랐죠."

그들이 아는 한, 잭 트위스트의 기억 장애는 그다지 심각하게 파괴되지 않았었다. 그에게 기억 상실증이나 몽유병, 공포증, 편집증 따위의 증세는 나타나지 않았다. 따라서 그로 하여금 비행기를 전세내서 엘코로 오게 만들 만한 것은 우편 엽서밖에 없었다. 그 엽서는 콜베이시스와 블록 부부에게 사진을 보낸 사람과 동일 인물이 보낸 것이었다.

렐런드 폴커크는 그 사건을 은폐시키는 데 가담한 누군가가, 어쩌면 선더 힐에 있는 사람 중 누군가가 그 작전 전체를 방해하고 있다는 생각에 미치자 화가 치밀었다. 그는 지난 토요일 밤 도미니크 콜베이시스와 블록 부부가 식탁에 앉아 그들에게 우송된 이상한 사진에 대해서 토의할 때에서야 그 사실을 알았다. 폴커크는 즉각 조사를 명해서 그 창고의 모든 사람들을 자세히 분류하도록 했다. 그렇지만 그의 예상보다 작업은 훨씬 더디게 진행되었다.

"더 좋지 않은 것도 있습니다."

호너가 말하면서 테이프을 다시 틀었다.

폴커크는 트위스트가 다른 사람들에게 라이플 마이크와 초음파 송신장치에 대해서 말하는 얘기를 들었다. 사람들은 충격을 받아서 식당으로 자리를 옮기고 도청을 당하지 않고 자신들의 전략을 논의할 수 있었다.

"그들은 지금 식당에 있습니다."

녹음기를 끄면서 호너가 말했다.

"전화기들을 모두 떼어 냈어요. 저는 80번 주간 도로 남쪽에 주둔시킨 감시인들과 무선으로 이야기를 했습니다. 그들은 목격자들이 그릴로 이동하는 것을 보기는 했지만, 불행하게도 라이플 마이크로 도청을 할 수가 없었습니다."

"그래, 도청하지도 못했겠지. 트위스트는 자기가 뭘 해야 할지를 제대로 알고 있으니까."

폴커크가 언짢은 듯이 말했다.

"그들이 선더 힐에 대해서 알고 있으니까, 가능한 빨리 그들을 공격해야만 합니다."

"나는 시카고에서 소식이 올 때를 기다리고 있는 중이네."

"샤클은 아직도 집에 감금되어 있나요?"

"마지막으로 소식을 들었을 때는 그랬네. 나는 그의 기억 장애가 완전히 무너졌는지 알아야만 되네. 만일 일이 그렇게 돼서 그가 다른 사람들에게 그 해 여름에 본 것을 말할 가능성이 있다면, 이 작전은 수포로 돌아간 거나 마찬가지지. 모텔에 있는 목격자들을 공격하다가는 큰코 다칠 거야. 우리는 또 다른 계획을 짜야 될 테니까."

식당의 수레바퀴 모양의 전등 밑에서 말시는 엄마의 무릎에 포근히 안겨 잭 트위스트가 자기 소개를 할 때에도 꾸벅꾸벅 졸고 있었다. 비행기에서 낮잠을 잤는데도 아이는 피곤해서 눈자위가 거무스름하게 죽어 있었다. 그물처럼 얽혀 있는 파릇한 실핏줄이 도자기처럼 창백한 피부에 나타났다.

졸저도 피곤했지만, 트위스트의 극적인 출현으로 식곤증도 말끔히 풀렸다. 그녀는 눈을 초롱초롱 빛내면서 그가 고생한 얘기를 열심히 경청했다.

그는 중앙 아메리카에서 투옥됐던 시절의 얘기를 간단히 언급하기 시작했다. 그 투옥 생활로 인해 군대에서의 그의 경력은 종지부를 찍고 말았다고 했다. 그는 그 체험이 무섭다기보다는 몹시 지루하고 좌절감을 느꼈노라고 표현했다. 하지만 졸저는 그가 거기서 혹독한 시련을 견디어 냈다는 것을 알았다. 있는 사실 그대로 말하는 그의 목소리에서 그녀는 그가 확고한 자아 의식을 갖고 있으며, 정서적으로나 육체적으로나 지적으로나 강한 힘을 가진 사람이라서, 자신을 자랑하거나 다른 사람의 칭찬을 들을 필요를 전혀 느끼지 못하는 인상을 받았다.

제니에 대해서 이야기할 때, 그는 냉담한 분위기를 그대로 유지하기가 힘들었다. 졸저는 그 부분에서 그의 어조에 미련이 남은 듯 슬픔이 배어 있는 것을 느꼈다. 표면에 나타난 그의 차분함 밑으로 사랑과 갈망의 강이 흐르고 있었다. 제니가 혼수 상태에 빠지기 전에 잭 트위스트와 그녀 사이의 정신과 영혼의 친밀함에는 분명히 특별한 구석이 있었다. 죽음과도 같은 긴 잠에도 불구하고, 그런 지극하고 헌신적인 간호를 하게 한 불가사의하리만치 특별한 관계가 아니고는 불가능했기 때문이었다. 졸저는 그런 종류의 결혼 생활이 어떠할까 상상해 보려고 했다. 그리고 아무리 그들의 결혼 생활이 기막히게 행복했다 치더라도, 그 사람이 아니었다면 고통을 겪고 있는 아내에게 그렇게 온몸을 다 바쳐 헌신적으로 돌보지는 않았을 것이다. 그들의 관계는 특별했지만, 그것보다 훨씬 더 특별한 것은 바로 그 남자 자신이었다. 그런 사실을 깨닫자, 졸저는 트위스트와 그의 얘기에 전보다 더욱 깊은 관심을 갖게 되었다.

그는 제니를 요양소에서 오랫동안 입원시키는 데 필요한 돈을 조달한 사업 문제에 대해서는 명확하게 설명하지 않았다. 다만 자신이 해 왔던 일이 불법이며, 그것은 자랑할만한 것이 못 된다는 점과 무법자로 살아온 시절은 모두 끝났다는 점만은 분명히 했다.

"하느님께 감사하게도 적어도 죄없는 제삼자를 죽인 일은 한 번도 없었어요. 그 외의 다른 일들은 여러분들이 자세히 모르는 편이 제일 좋을 거라고 생각합니다."

그들이 같이 겪은 기억나지 않는 호된 시련은 잭 트위스트에게도 영향을 주었다. 그러나 샌디의 경우처럼 수수께끼 같은 그 사건은 그에게 좋은 방향의 영향만 준 것 같았다.

"댁이 돌려서 우리에게 말해 준 것을 보자면, 당신은 직업적인 도둑인 모양이로군요."

어니의 말에 잭 트위스트가 아무런 말도 하지 않자, 그는 계속 말을 이었다.

"거의 틀림없이 우리를 세뇌시킨 사람들에게 당신의 범죄 생활이 들통났을 것 같다는 생각이 드는군요. 실제로 당신이 하는 얘기를 들어 보면, 그 엽서가 나온 귀중품 보관함들이 당신이 범행을 저지를 때 썼던 가명으로 되어 있었던 모양인데, 그렇다면 그 해 7월 이후로 군과 정부에서 당신의 범행을 알고 있었던 게 분명하리라는 생각이 들어요."

잭의 침묵은 그가 정말 도둑이었다는 사실을 시인해 주는 셈이었다.

"어쨌든 일단 그들은 그 해 여름에 여기에서 일어난 일에 대한 당신의 기억을 막아 놓은 다음, 당신을 풀어 주고는 당신이 하고 있던 일을 계속하도록 내버려 두었어요. 대체 왜 그랬을까요? 나는 선더 힐에서 일어난 일이 국가의 안보와 관련된 것이라면 그것을 감추기 위해서 군과 정부가 법을 완곡히 해석하거나, 심지어는 무시하는 것까지도 이해할 수 있어요. 하지만 그렇지 않다면, 군과 정부가 법을 지켜 주기를 바랍니다. 그런데 왜 그들은 적어도 익명으로라도 뉴욕 경찰에 알리거나 현행범으로 잡히게 계획을 짜지 않았을까요?"

어니가 말했다.

"처음부터 그들은 우리의 기억 장애가 계속 지속될는지 확실히 알 수가 없었기 때문이었죠. 그들은 계속 우리를 감시해 왔어요. 적어도 가끔씩은 우리의 기억 장애에 재충전이 필요하지는 않나 우리들을 체크해 봤죠. 진저와 파블로 잭슨에게 일어난 사건을 보면 그들이 감시 활동을 하고 있다는 것 같잖아요. 그리고 만일 그들이 잭을 잡아와서 마인드 컨트롤 전문가들의 처방을 또 한 차례 받게 해야 할 필요가 있다고 봤다면, 그들은 큰 무리 없이 그에게 손을 뻗을 수 있는 곳에 그가 있기를 바랐을 거예요. 잭을 그의 아파트나 차 안에서 붙잡는 편이 감옥에서 납치해 오는 것보다는 훨씬 쉬울 테니까요."

졸저가 대답했다.

"아주 정곡을 찌르신 것 같군요. 정확하게 맞추셨어요."

잭은 그녀를 보면서 미소를 지었다. 졸저는 그의 미소를 맨처음 보았을 때는 약간 섬뜩한 기분이 들었지만, 이제는 그 미소를 다르게 받아들이면서 처음에 느꼈던 것보다 훨씬 따뜻하다고 생각했다.

말시는 잠결에 말없이 중얼거렸다. 졸저는 잭과 시선이 마주친 것이 갑자기 이상하고 부끄럽게 느껴져서 딸애가 중얼거리는 것을 핑계로 그의 시선을 슬쩍 피했다.

"그들이 막으려고 하는 비밀이 무엇이건간에 대단히 중요한 것이었기 때문에 내가 어떤 범죄를 저지르든 가만히 놔 둘 수밖에 없었던 거죠."

진저 바이스는 고개를 내저었다.

"아마 아닐지도 몰라요. 어쩌면 그들이 이 범죄 행위를 교묘하게 계획했는지도 모르죠. 어쩌면 그들이 그 씨를 뿌려서, 당신이 변한 건지도요."

"아뇨. 만일 그들이 유독 가스 유출 사고에 대한 이야기를 날조해서 모든 사람의 위장된 기억 속으로 짜 맞출 시간이 없었다면, 그들은 나로 하여금 올바르고 좁은 길을 향해 가도록 획책할 시간이 없었던 게 분명해요. 게다가……설명하기는 어렵지만, 오늘 밤 여기 온 이후로 쭉 저는 두 해 전 여름, 우리에게 일어났던 대단히 중요한 일을 겪고 나서 내 자신의 고통을 멀리서 바라보고, 내가 겪었던 좋지 않은 경험들이 내 인생 전체를 왜곡시키는 것을 정당화시킬 만큼 그렇게 나쁜 일은 없었다는 걸 알게 됐어요. 그래서 나는 죄책감을 다시 알게 되고, 나를 다시 사회로 인도하는 길을 발견했다는 걸 마음속으로 느꼈죠."

"그래요! 저도 그런 걸 느꼈어요. 어린 시절에 겪었던 그 지옥 같은 일들 모두가……7월의 사건 이후로 아무것도 중요하게 생각되지 않았어요."

그들은 대체 자신들이 어떤 경험을 했길래, 그토록 모든 희망을 산산조각낼 만큼 운명의 장난 같은 가장 고통스러운 경험들을 별로 중요하지 않은 것처럼 보이게 만든 것인지 상상해 보았다. 그러나 아무도 그 수수께끼를 풀 수가 없었다.

쥬크 박스에서 노래를 몇 곡 더 고른 다음, 잭은 다른 사람들에게 숱한 질문을 던졌다. 그렇게 함으로써 그는 그들이 겪은 다양한 종류의 괴로운 체험들에 대해 모르고 있던 부분을 보충하고, 그들이 발견한 부분들을 하나의 그림으로 맞추어 가면서 날짜를 계산해 나갔다. 그렇게 하고 나서, 그는 그들을 이끌어 전략에 대한 토론을 벌이고 내일 해야 할 과제들을 짜도록 했다.

졸저는 잭의 통솔력에 다시 한번 흥미를 느꼈다. 사람들이 다음 단계를 토의하고 협의 사항을 결정할 때, 그들은 잭이 수행해야 한다고 제시했던 바로 그 임무들을 떠맡기로 동의했다. 그러나 잭이 그들에게 명령을 하거나, 강제로 그렇게 하도록 조정한 느낌은 전혀 들지 않았다. 그가 처음 블록 부부의 아파트에 나타났을 때, 그는 그 사태를 통제할 수 있음을 증명해 보였으며, 순전히 그의 인격의 힘만으로 사람들이 그에게 복종하도록 만든 것이다. 하지만 그는 우회적인 방법을 선택했으며, 그의 의도 대로 모든 사람들이 따라오는 속도를 보면 곧 그것이 올바른 전술이었다는 증거인 셈이었다.

졸저는 진저가 그녀에게 감동을 주었던 것과 거의 비슷한 이유들로 그도 그녀에게 감동을 주었다는 사실을 깨달았다. 그녀는 이혼한 후로 그녀가 줄곧 되고자 노력했던 종류의 인간의 모습을 그에게서 보았다. 그리고 그것은 앨런은 죽었다 깨어나도 절대로 될 수 없었던 종류의 인간이었다.

그 그룹이 다룬 최종적인 문제는 폴커크의 부하들에 의해 공격을 당할지도 모른다는 위험성이었다. 이제 가까운 장래에 기억 장애가 실질적으로 파손되거나, 완전히 무너질 가능성도 있으므로, 그들은 재작년 여름 7월 이후의 그 어느 때보다도 적에게 더 큰 위협을 주고 있다. 내일 그들은 거의 하루를 흩어져서 각기 다양한 임무와 조사를 수행할 것이다. 하지만 오늘 밤 그들은 모두 모텔에 머물고 있기 때문에, 쉽게 적의 공격목표가 될 수 있는 위험이 있었다. 따라서 그들은 대부분이 지금 먼저 잠자리에 들고, 두세 명은 엘코까지 차를 몰고 나가서 마을을 돌면서 정찰하기로 합의했다. 만일 트랭킬러티가 감시를 당하고 있다고 치면, 적은 단 한 번의 공격으로 모든 사람을 체포할 수 없다는 것을 쉽게 깨달을 것이다. 새벽 4시에 제2진이 1진과 엘코에서 만나서 임무 교대를 하고 나면, 1진은 돌아와서 잠깐 눈을 붙일 수 있을 것이었다.

"저는 1진에 자원하겠어요."

잭이 말했다.

"언덕에서 제 차를 두고 와서 그것도 가져와야 하구요. 누가 저하고 같이 가지 않으시겠어요?"

"제가 가죠."

졸저는 즉시 대답을 하고 나서, 그제서야 무릎 위에 잠들어 있는 딸애의 무게를 느꼈다.

"누가 오늘밤 말시를 재워 줄 분이 계시다면요."

"그건 염려 말아요. 어니와 제가 데리고 있을게요."

페이가 말했다.

잭은 그들의 수를 더 나누어야 한다고 말했다. 브렌던 크로닌이 1진에 자원했다. 그 신부의 대답은 졸저에게 특별한 감정을 일으켰다. 그녀는 훨씬 나중에서야 그것이 실망이라고 규정할 수 없는 일종의 고민 같은 감정이었다.

나머지 사람들은 내일 일찍 각자 볼일들이 있었기 때문에, 제 2진은 네드와 샌디뿐이었다. 1진과 2진은 새벽 4시 아르코 미니마트에서 만나기로 정했다.

"만일 먼저 도착하시거든, 절대 햄위치는 사지 마세요. 좋아요. 그것뿐입니다. 이제 우리는 떠나야겠소."

잭이 말했다.

"아직은 안 돼요."

진저는 말하면서 손을 접어 손가락들을 바라보면서 생각을 가다듬었다.

"오늘 오후에 브렌던이 처음 도착한 이후로 그와 돔의 손에 고리 무늬가 나타나고, 모텔이 이상한 소음과 빛으로 가득 찼을 때……저는 그런 해괴한 현상들이 어떻게든 들어맞게 해 보려고 애쓰면서 우리가 지금까지 알 수 있었던 것들을 전부 곰곰이 생각해 봤어요. 그래서 그 중에 몇 가지에 대한 설명을 우연히 알아냈죠. 전부는 아니지만, 그 중에 몇 가지만요."

일부러 그런 척한 것인지는 몰라도, 모든 사람은 그 이론을 듣는 데 궁금증을 나타냈다.

"우리들의 꿈이 비록 서로 다르기는 하지만, 모두 한 가지 요소는 연결되어 있어요. 바로 달이죠. 좋아요. 우리들이 꾼 것 중에 다른 꿈들, 그러니까 방제복이나, 링거 바늘이라든가, 가죽끈이 달려 있던 침대 같은 것은 실제 경험과 위협감에 근거한 것이라는 것도 증명이 됐습니다. 사실 그것들은 꿈이 아니라 꿈의 형태로 나타난 기억들이죠. 그렇다면 달도 우리들에게 일어났던 사건 속에 아마 나타났을거라 생각할 수 있겠죠. 그러니까 달도 우리 꿈속에서 표면으로 올라오려고 하는 기억이라고 할 수 있어요. 제 말에 동의하시나요?"

"동감입니다."

돔이 말하자, 다른 모든 사람들도 고개를 끄덕였다. 진저는 계속 말을 이었다.

"우리는 말시의 달에 대한 편집증이 어떻게 진홍색 달에 대한 환상으로 변했는지를 보아 왔어요. 잭이 우리에게 말한 바에 의하면, 이틀 전 밤에 그의 악몽에서 달빛이 핏빛으로 변했다고 말했죠. 우리들 중에서 나머지 사람들은 아직 붉은색 달에 대한 꿈을 꾸지는 않았지만, 저는 말시와 잭의 꿈에 그런 붉은 영상이 나타났다면 그것도 기억의 한 부분이라는 증거라고 볼 수 있지 않을까 싶어요. 다시 말하자면, 7월 6일 밤 우리는 달을 붉게 변화시킨 뭔가를 목격한 것이죠. 그리고 때때로 브렌던의 침실을 가득 채우고, 오늘 모텔 사무실에서 우리들 중 몇 명이 목격한 환영 같은 그 빛은 7월의 그날 밤에 진짜 달에 일어났던 일이 희귀한 방법으로 다시 나타난 겁니다. 환영 같은 그 불빛은 우리들의 기억으로 보내진 메시지인 셈이죠."

"메시지라구요?"

잭이 말했다.

"좋아요. 하지만 대체 누가 그런 메시지를 보내고 있단 말이죠? 그 불빛은 어디서 오는 겁니까? 어떻게 생긴 거죠?"

"거기에 대한 생각도 있어요. 하지만 한 번에 한 단계씩 말씀드리겠어요. 먼저 그날 밤 달을 붉게 변화시킬 수 있을 만한 일이 뭐가 있을 수 있을까 생각해 봅시다."

처음에 졸저는 다른 사람들이나 마찬가지로 흥미를 가지고 이야기를 들었지만, 진저가 자리에서 일어나 안절부절못하는 것이 역력히 느껴지자 그녀가 방안을 서성대며 설명을 해 줄수록 마음이 점점 걱정스러워져 갔다.

진저 바이스는 진심으로 과학적인 세계관을 신봉하고 있었다. 그녀에게 있어서 온세상의 우주 만물은 틀림없이 논리와 이성의 법칙에 의해 움직이는 것이었다. 그리고 논리적인 방식으로 접근해서 풀지 못할 수수께끼는 없다고 믿었다. 그러나 과학계의 몇몇 사람들과 의학계의 수많은 사람들과는 달리, 그녀는 왕성한 상상력이 논리와 이성의 방해가 된다고는 생각하지 않았다. 그렇지 않았다면, 트랭퀼러티 그릴 안의 나머지 사람들에게 지금 알리고 있는 그런 이론을 생각해 낼 수도 없었을 것이다.

그것은 상당히 이상한 이론이어서, 그녀는 다른 사람들이 그것을 어떻게 받아들일 것인가가 몹시 신경쓰였다. 그래서 그녀는 이야기를 하는 도중 계속 움직이면서 쥬크 박스로, 카운터로, 다시 테이블로 서성거렸다.

"감금된 첫째 날과 둘째 날 우리를 다룬 사람들은 생화학적 비상 사태에 견디도록 고안된 보호복을 입고 있었어요. 그들은 우리가 뭔가에 감염되었을까 봐 걱정했던 게 분명해요. 아마 우리가 목격한 것 중의 일부는 생화학적 오염으로 인한 진홍색 구름이었을지도 모릅니다. 그것이 하늘 높이 올라가서, 달을 붉게 만든 것이죠."

"그리고 우리 모두 이상한 질병에 전염된 거죠."

졸저가 말했다.

"그것이 바로 어제 고속 도로를 따라가는 길의 특정한 지점에서 돔이

'그것은 내 안에 있어. 내 안에 있어.' 하고 외치는 소리를 순간적으로 언뜻 기억해 낸 이유일지도 모르죠. 만일 그날 밤 그가 오염 물질의 붉은 구름 안에 갇힌 것을 발견하고, 자신이 그것을 들이마셨다는 걸 알아차렸다면, 그가 그렇게 외친 것은 이치에 닿는 일이었겠죠. 그리고 브렌던이 우리에게 말한 바에 의하면, '그것은 내 안에 있다.' 라는 똑같은 말이 어젯밤 리노에서 환영 같은 붉은 빛이 자신의 방을 가득 채웠을 때 자연스럽게 입에서 새어 나왔다고 했잖아요."

"박테리아일까요? 아니면 질병일까요? 그렇다면 왜 우리는 아프지 않았죠?"

브렌던이 말했다.

"그들이 우리를 즉시 치료했기 때문이죠. 우리는 벌써 어제, 그러니까 당신이 여기 도착하기 전에 이 문제에 대해 알아냈습니다. 하지만, 진저, 오늘 오후에 모텔 사무실을 가득 비추었던 빛을 붉은 구름 사이로 내비친 달빛으로 대체하기에는 너무 밝지 않나요?"

돔이 말했다.

"저도 알아요."

계속 방안을 서성거리며 진저가 말했다.

"제 생각이 아직 완전하지 못해서 모든 문제를 제대로 설명할 수는 없을 거예요. 예를 들면, 당신의 손에 나타난 고리 무늬 같은 것 말예요. 그러니까 어쩌면 맞는 것이 아닐는지도 몰라요. 그렇지만 한편으로는 몇 가지를 설명해 주죠. 그것에 대해서 우리가 충분히 생각해 보면, 다른 수수께끼들을 어떻게 설명해야 할지를 알 수도 있을지 몰라요. 그리고 하나의 이론으로서 그것은 크게 도움이 되잖아요."

"어떻게요?"

네드가 물었다.

"그건 브렌던이 시카고에서 두 차례나 기적적인 치료를 한 것에 대해서 설명해 줄 수 있죠. 그리고 제버디어 로우맥의 집에서 소용돌이치듯 돌아다니던 종이 달들을 설명할 수가 있구요. 또 토요일 저녁에 돔이 재작년 여름에 일어난 일을 생각해 내려고 할 때, 식당이 파손된 것도 설명할 수 있어요. 환영 같은 빛의 근원을 설명할 수도 있구요."

진저가 말을 하려고 할 때, 쥬크 박스에서는 마지막 곡이 거의 끝나가고 있었다. 그러나 음악을 더 들으려고 하는 사람은 아무도 없었다. 그들은 그녀가 불가사의한 그 일들을 설명해 준다는 약속에 온통 마음이 빼앗겨 있었다. 진저는 말을 시작했다.

"이 점에서 이 이론은 매우 세속적이라고 할 수 있습니다. 오염 물질의 붉은 구름. 거기에서 납득이 안 가는 일은 아무것도 없어요. 하지만 이제부터 여러분은 저와 함께 상상을 뛰어넘어야 합니다. 우리는 대개 병을 기적적으로 치료한다거나, 이상한 소리가 들리는 현상에 어떤 신비한 외적 요인을 가지고 있다고 생각해 왔습니다. 브렌던의 원장 신부님이신 비카직 신부께서는 그 외적 요소가 신이라고 생각하시지만, 우리들 중 나머지 분들은 그것이 전적으로 종교적이라고는 느끼지 않으실 겁니다. 우리는 그게 대체 뭔지는 모르지만, 우리가 짐작할 수 있는 것은 그것이 외적인 힘이며, 그것은 바깥 어딘가에서 우리를 비웃고 있거나, 어떤 메시지를 갖고서 우리에게 손을 뻗으려고 하거나, 혹은 우리를 위협하고 있는 것이라는 것뿐입니다. 그렇지만 그런 신기한 현상들이 내적인 요인을 갖고 있다면 어떻게 되죠? 브렌던과 돔이 정말로 어떤 힘을 가지고 있다고 가정해 봅시다. 그리고 그 붉은 달이 떴던 날 밤 사이에 일어났던 일들로 인해서 그들이 그런 힘을 갖게 되었다고 가정해 봅시다. 그들이 격동(隔動) 현상을 가지고 있다고 가정해 봅시다. 그건 물체에 손을 대지 않고서 그것을 움직이는 힘이니까, 그걸로 소용돌이치듯 회전한 종이 달이나 식당이 파손된 것을 설명해 주는 것이죠."

모두 놀라서 돔과 브렌던을 쳐다보았다. 그러나 그들 가운데 그 두 사람보다 더 놀란 사람은 아무도 없었다. 두 사람은 충격을 받아서 입을 떡 벌린 채 진저를 쳐다보았다.

"말도 안 돼요! 말도 안 되는 얘기라구요! 난 무당도 아니고, 마법사도 아니에요."

돔이 말했다.

"나도 아니에요!"

브렌던도 함께 나섰다.

진저는 고개를 내저었다.

"의식적으로 그러는 건 아니죠. 제가 말하려는 것은 그 힘이 당신들 속에 내재하고 있다는 것과 당신들은 단지 그것을 알아차리지 못하고 있다는 것뿐이에요. 제 말을 끝까지 들어 보시면 말뜻을 아실 거예요. 한번 잘 생각해 보세요. 브렌던의 손에 고리 무늬들이 처음으로 나타났을 때, 그러니까 처음으로 병을 고치는 능력을 발휘했을 때는 그가 병원에서 어린 소녀의 머리를 빗겨 주고 있을 때였어요. 그는 자신이 그 소녀에 대한 동정과 그녀를 도울 수 없다는 좌절감과 분노로 몹시 격해 있었다고 말했죠. 비록 그는 알아차리지 못하고 있었겠지만, 그에게 내재되어 있던 그 힘을 자유롭게 표출시킨 것은 바로 그의 극심한 좌절감과 분노였어요. 두 번째로 부상당한 경관의 경우도 브렌던은 자신이 극심한 위기에 처해 있는 것을 알았고, 그러한 사실이 그런 힘을 일으킬 수도 있었을 겁니다."

그녀는 계속 방안을 서성대면서 사람들이 반론을 제기하지 못하도록 말을 끝마칠 때까지 더욱 빠른 속도로 얘기하기 시작했다.

"이번에는 돔이 겪은 일들에 대해서 생각해 봅시다. 우선 리노에 있는 로우맥의 집에서 일어난 일부터요. 돔……당신이 우리에게 해 준 이야기에 따르면, 당신이 그 집 주위를 거닐고 있을 때, 여지껏 만난 것 가운데 가장 풀기 어려운 수수께끼에 부딪혀 심한 좌절감을 느낀 나머지 방으로 달려들어가 '벽에서 그 종이 달들을 박박 떼어 버리고 싶었다'고 했었죠? 바로 당신이 말한 그대로 하면 말예요. 그리고 물론 바로 그 일이 일어났어요. 당신은 벽에서 그 달들을 떼어 냈던 겁니다. 그건 당신 손으로 떼어 낸 게 아니라 그 힘으로 한 것이었어요. 그리고 잘 기억해 보세요. 그 사진들은 당신이 '그만둬! 멈춰!' 하고 소리치자, 그대로 바닥에 떨어졌어요. 그것들이 멈추자, 당신은 마치 뭔가가 당신의 말을 듣고,

그대로 복종하고, 누그러졌다고 생각했었죠. 하지만 사실 그건 당신 스스로가 멈춘 거예요."

브렌던과 돔, 그리고 나머지 사람들 가운데 두 사람은 여전히 의심스러운 표정을 지었다.

그러나 진저는 샌디 사버의 상상력을 자극시켰다.

"제법 말이 되는 얘기군요! 당신이 토요일 저녁 바로 이 방에서 일어난 일에 대해서 생각해 보면, 훨씬 이치에 닿을 거예요. 돔은 기억 장애가 효과를 나타낸 바로 2층에서 무슨 일이 일어났는지를 기억하려고 시도하면서 7월의 그 금요일로 기억을 되돌리려고 애쓰고 있었어요. 그리고 그가 기억해 내려고 몸부림치고 있는 사이……갑자기 천둥 소리 같은 이상한 소음이 식당 전체에 우렁차게 울리면서, 모든 것이 흔들리기 시작했죠. 그는 자기도 모르는 사이에 자신에게 내재되어 있던 그 힘으로 당시 일어났던 현상들을 재현해 낸 거로군요."

"좋아요!"

진저는 용기를 얻어서 대꾸했다.

"보셨죠? 생각을 하면 할수록, 얘기가 점점 맞아떨어진다니까요."

"하지만 그 이상한 빛은요? 당신 말로는 브렌던과 내가 그걸 만들어 냈다는 건가요?"

돔이 물었다.

"예, 아마 그럴 거예요."

진저는 테이블로 돌아가 자기 의자에 앉아 몸을 기대며 말했다.

"파이로키니시스. 염력만으로 열이나 불을 발생시키는 능력이죠."

"그것은 불이 아니었어요. 그것은 빛이었어요."

돔이 말했다.

"그렇다면……'포토키니시스(광활동성)'이라고 부르죠. 그러나 제 생각으로는 당신과 브렌던이 만났을 때, 당신은 잠재 의식 속에서 서로에게 내재하고 있는 힘을 인정했어요. 마음속 깊은 곳에서 당신들 두 사람은 7월의 그날 밤 일어났던 일과, 그 기억을 강제로 잊도록 만든 그 일이 생각났죠. 그리고 두 사람은 그러한 기억을 표출하고 싶어했죠. 그래서 자신도 깨닫지 못하는 사이에 그 해괴한 빛을 발생시킨 겁니다. 그것은 7월 6일 밤 달이 흰색에서 붉은 빛으로 변한 모습을 재현해 낸 거죠. 장애를 뚫고서 그런 기억을 되살리려고 애쓰고 있는 것은 바로 당신들의 잠재 의식이에요."

진저가 말했다. 그녀는 그들의 마음이 그런 무시무시한 생각들로 심란해져 있다는 것을 알 수 있었다. 그녀는 그들을 잠시 그런 상태로 내버려 두었다. 그녀는 마음이 안정되지 않은 상태에서 자신의 말을 더 잘 받아들일 것이라고 생각했다. 조용히 생각할 시간이 생기면, 의심이라는 두꺼운 방패가 다시 제자리를 찾아서 그녀의 생각을 받아들이지 못하도록 물리칠 것이다.

어니 블록은 고개를 설레설레 내저었다.

"잠깐만요. 당신은 지금 나를 깜박 잊은 모양이군요. 당신은 달을 붉게 변하게 만든 것이 생물학적 오염 물질의 붉은 구름이었다는 의견을 내놓으면서 이 얘기들을 시작했죠. 그 다음 훌쩍 이야기를 건너뛰어서, 우리에게 일어났던 일이 그런 가상의 힘을 발휘한 돔과 브렌던에게 책임이 있다는 것에 대해 말하기 시작했어요. 그게 어떻게 연관이 된다는 거죠? 생물학적 오염과 심령 현상이 무슨 관계가 있다는 거예요?"

진저는 숨을 깊이 들이마셨다. 왜냐하면 그들이 그녀 이론의 핵심이자, 가장 까다로운 부분에 도달했기 때문이었다.

"만일 우리가 바이러스나 박테리아에 오염돼서, 그 부작용으로 숙주의 두뇌에 화학적으로나 유전학적으로 호르몬상의 심각한 변화를 끼쳤다면 어떻게 되죠? 그래서 그러한 변화가 균이 깨끗이 없어진 다음에도 그 숙주에게 심령적인 능력 같은 것을 남겨 두었다면 어쩌죠?"

그들은 여러 가지 표정으로 각기 그녀를 바라보았다. 그녀가 미쳤다거나, 그녀의 상상력이 너무 지나치다고 생각하는 것 같지는 않았다. 오히려 그들은 그녀가 짜 낸 복잡한 논리의 사슬과 결국 필연적으로 연결되는 점에 감명을 받은 것 같았다.

"그 얘기가 정답인지는 모르겠지만, 내가 여지껏 듣고자 기대했던 것 중에서 가장 그럴 듯하고 빈틈없이 맞아 들어가는 이론인 것은 확실해요. 마치 소설의 구성 같잖아요! 유전학적으로 작용하는 바이러스가 놀랍게도 부작용을 일으켜서 인간의 뇌를 강제로 진화시키는 따위의 일을 일으켰단 말이죠. 몇 주 만에 처음으로 전 타이프라이터로 달려가고 싶은 충동이 느껴지는군요. 진저, 만일 우리가 살아서 여기를 빠져 나간다면, 난 당신에게 그 아이디어에 대해 로열티를 주고 책을 내야겠군요."

졸저 모나텔라는 졸고 있는 딸을 가볍게 흔들어 주면서 말했다.

"하지만 어째서 그게 정답이 될 리가 없다고 그러시는 거죠? 어째서 그게 소설에 대한 굉장한 소재밖에 될 수 없으시다는 거죠?"

"우선 만일 그것이 사실이라면, 그래서 우리가 그런 바이러스에 오염되었다면, 우리 모두 그런 심령술을 발휘했을 것 아닙니까? 안 그래요?"

잭 트위스트가 말했다.

"글쎄요. 어쩌면 우리 모두가 감염된 것은 아닐지도 모르죠. 아니면 우리가 전부 감염되었다 치더라도, 바이러스가 우리 모두의 안에 뿌리를 내리지 못했을는지도 모르죠."

진저가 대답했다.

"아니면 그런 특별한 부작용이, 전염된 모든 사람에게 나타나는 것이 아닐는지도 모르죠."

페이가 말했다.

"좋은 생각이시군요."

진저는 그렇게 말하고 나서, 다시 방안을 서성대기 시작했다. 신경이 날카로워진 것이 아니라, 그녀는 몹시 흥분이 되었다.

네드 사버는 희끗한 머리를 뒤로 쓸어 넘기면서 말했다.

"그럼 당신 말은 군이 바이러스의 그런 부작용에 대해서, 그러니까 우리들 중에서 일부가 그런 변화를 일으킬지도 모른다는 것을 알고 있었단 말인가요?"

"그건 저도 몰라요. 그들이 알 수도 있고, 모를 수도 있겠죠."

진저가 대답했다.

"내 생각으로는 몰랐던 것 같아요. 확실히 말해서 몰랐을 거예요. 당신들이 센티널 신문에서 알아낸 바에 의하면, 그들이 '그 사고'가 일어나기 직전에 도로를 봉쇄한 것으로 되어 있잖아요. 그렇다면 그건 우연한 사고가 아니었다는 뜻이죠. 그렇다면……우선 우리 군에서 무모하게도 그 바이러스의 실제 효과를 시험해 보기 위한 계획으로 고의로 우리를 세균전에 필요한 미생물의 오염에 방치시켰다고는 믿기가 어렵죠. 하지만 그런 잔학 행위가 가능했다 치더라도, 그들이 우리를 진저가 말한 방식으로 변화시키는 바이러스에 노출시키지는 않았을 겁니다. 왜냐하면 강한 정신력을 가진 사람들은 새로운 종이 될테니까요. 인간 중에서도 우량종이라고 해야 할까……. 가공할 만한 염력은 곧장 군사, 경제, 정치적 힘으로 바뀔 수가 있죠. 그러니까 만일 정부에서 그러한 힘을 줄 수 있는 바이러스가 있었다는 걸 정말로 알았다면, 우리들 같은 보통 사람들에게 그것을 노출시키지는 않았을 겁니다. 1백만 년이 지나도 절대로 그런 일은 없을 거요. 그런 혜택은 이미 높은 자리에 있는 사람들, 즉 소위 엘리트 계층에게 내려졌을 겁니다. 난 돔의 의견에 동의해요. 나는 바이러스로 인한 붉은 구름에 대한 이론은 상당히 매력적이라고 생각합니다. 그럴듯하게 들리기는 하지만요……. 그렇지만 우리가 그런 것에 실제로 오염됐었다면, 정부에서는 그 부작용을 전혀 모르고 있었다는 거죠."

어니의 말을 듣고서, 모든 사람들은 브렌던과 돔을 경외심과 불안감, 놀라움과 존경, 그리고 두려움이 혼합된 새로운 시각으로 쳐다보았다. 진저는 그 사제와 작가가 지닌 잠재력이 자신들에게도 내재되어 있을지도 모른다는 것을 깨닫고 , 한편으로는 흥분되면서도 한편으로는 두려웠다. 그 잠재력이 일단 발휘되면, 그들은 영원히 인류로부터 분리될 것이다.

"아뇨."

돔은 항의하는 뜻으로 자리에서 벌떡 일어섰다. 그러나 더 이상 서 있을 수가 없을 만치 다리가 후들거려서 다시 자리에 앉을 수밖에 없었다.

"아니, 아니에요. 진저, 당신이 틀렸어요. 나는 슈퍼맨도 아니고, 마법사나, 희귀한……괴물도 아니에요. 만일 당신 말이 옳다면, 내가 그걸 느낄 거예요. 내가 알 거라구요, 진저."

브렌던 크로닌도 마찬가지로 몸을 떨면서 말했다.

"전 어쨌건 제가 에미와 윈톤을 치료하기 위한 매개물이었을지도 모른다는 생각을 해 왔어요. 전 뭔가가, 그건 어쩌면 하느님이 아니라, 뭔가 다른 것이 제 몸 전체에서 작용하고 있는 것 같은 생각이 들었어요. 전 제 자신이 병을 고치는 사람이라고는 절대로 생각하지 않아요. 제 말 좀 들어 보세요. 우리가 유독 가스 누출 사고가 전적으로 허구이고 연막작전에 지나지 않으며, 우리에게 일어난 일이 화학적이든 생물학적이든 간에 어떤 사고 같은 것이 아니라 전혀 다른 것이라고 판단했다고 보는데요."

잭과 졸저와 페이와 네드가 동시에 말을 꺼내는 바람에 목소리가 너무 커져서 잠자고 있던 어린 말시가 그 소리에 놀라 잠결에 얼굴을 찡그렸다. 진저가 말했다.

"잠깐만요. 우리가 그런 바이러스가 존재했었다는 것에 대해서는 증명을 해 보일 수가 없으므로 그것에 대해서 이러쿵저러쿵 해 봤자 소용없겠죠. 아직 말하기에는 너무 일러요. 하지만 혹시 다른 부분에 관해서라면 증명을 해 보일 수 있을지도 몰라요."

"그게 무슨 뜻이죠?"

샌디 사버가 물었다.

"어쩌면 돔과 브렌던이 그 힘을 가졌다는 것을 증명할 수 있을지도 모르죠. 어떻게 그들이 그런 힘을 얻었느냐 하는 것이 아니라, 그들이 그런 힘을 가졌다는 사실 자체를요."

진저가 대답했다.

돔은 도저히 믿기지가 않는 얼굴이었다.

"어떻게요?"

"시험을 해 보죠."

진저가 말했다.

돔은 그것이 힘을 발휘하지 못하리라고 전적으로 확신하고 있었다. 그래서 그들은 시간 낭비를 하게 될 테고, 그들의 생각 모두가 어리석은 짓이리라고.

그러나 그는 한편으로 그것이 효과를 나타내서 그가 지닌 힘이 증명되고, 그 바람에 자신이 괴물 취급을 당하면 영원히 평범한 사람들과의 관계가 단절된 인생을 살아야 할지도 모르기 때문에 두렵기도 했다. 만일 그가 신과 같은 능력을 지녔다면, 누구든지 그를 놀라움과 두려움을 가지고 대하게 될 것이다. 친구들이나 연인과 함께 가장 편안하면서도 친밀한 시간을 가지려고 할 때도, 그들이 그가 특별한 능력을 갖고 있다는 것을 안다면, 그걸 직접 말로 물어 보든 속으로 궁금해 하든 방해가 될 것이다. 어쩌면 대부분의 다른 사람들은 그를 시샘하거나 미워할 것이다.

그는 왜 자신만 그런 불공평한 궁지에 처하게 됐는지 기분이 상했다. 그는 35년이라는 세월의 대부분을 내성적이고 무기력하며 소심한 성격으로 지극히 제한되고 단조롭기 그지없는 생활을 했었다. 그런데 갑자기 자신의 성격이 변해서 지난 10월 몽유병이 시작되기까지는 15개월 간의 시간을 활발하게 지내왔다. 이제는 정상적으로 지내던 그렇게 짧고 멋지던 시절이 지나가 버릴지도 모른다. 만일 진저가 생각해 낸 시험을 통해서 어쨌건 그가 그런 염력을 얻었다는 사실이 증명된다면, 그는 전처럼 자기 자신의 열등감에 의해서가 아니라, 자신의 우월성에 대한 세인들의 거부감에 의해서 다시 세상과 고립될 것이다.

시험. 돔은 실패하기를 하느님께 간절히 빌었다.

그와 브렌던 크로닌은 각각 테이블 양끝에 혼자 앉아 있었다. 졸저 모나텔라는 자고 있는 말시를 칸막이 방에 내려놓았다. 아이는 다행히 깨지 않았다. 졸저를 포함해서 모두 일곱 명의 어른들은 돔과 브렌던에게 주위가 산만하지 않도록 정신을 집중할 공간을 주기 위해서 테이블 주위에서 몇 발자국 떨어져서 반원 형태로 둘러서 있었다.

돔의 앞 테이블 위에는 소금병이 놓여 있었다. 진저의 시험은 정신을 집중해서 손을 대지 않고 물체를 움직이도록 하는 것이었다.

"딱 일 인치만요. 만일 당신이 소금병을 아주 살짝만이라도 움직인다면, 당신이 정말로 그 힘을 가졌는지 알 수 있죠."

그녀는 그렇게 말했었다.

테이블 세 개를 합쳐서 만든 테이블 맞은편 끝에서는 브렌던의 앞에 후추병이 놓여 있었다. 그 사제는 돔이 소금병을 응시하는 것처럼 정신을 집중해서 실린더 모양의 조그만 후추병을 응시했다. 그의 동그랗고 주근깨 투성이의 얼굴에 가득 찬 불길한 예감의 빛은 돔보다는 아주 조금은 덜해 보였다. 비록 브렌던이 기적적인 치료나 환영 같은 빛 뒤에는 신의 손이 존재한다는 사실을 부정하기는 했지만, 돔은 그 사제가 마음속 깊은 곳에서는 전능하신 신의 존재가 있다는 것을 알기를 은밀하고도 간절히 원하고 있는 것을 확연히 알 수 있었다. 그는 그의 신앙으로, 교회의 가슴으로 되돌아가기를 원하고 있었다. 만일 그 기적들이 이제껏 밝혀지지 않은 어떤 염력에 의해 이루어진 자신의 소행임이 증명된다면, 그리고 그런 능력들이 이상하게 들리기는 하지만 진저가 나름대로 빈틈없는 이론으로 내세우는 것처럼 단순히 세균에 의해 생긴 것이라면, 브렌던의 영적 환상과 거룩한 인도에 대한 열망은 채워지지 않을 것이다.

소금병.

돔은 두 눈을 거기에 고정시킨 채 병을 움직이겠다는 결심과 의지 외의 모든 잡념들을 마음속에서 지우려고 애썼다. 비록 자신이 그런 이상한 능력이 있다는 것을 알고 싶지는 않았지만, 그는 그 힘을 사용하기 위해 성심 성의를 다해야 했다. 그는 진실을 알고 싶었다.

만일 그 힘이 정말로 존재한다면, 진저나 다른 누구도 그것을 얻어내는 테크닉에 대해 말을 꺼낼 수 없을 것이다.

"그렇지만 만일 그것이 스트레스를 받을 때 자연스럽게 극적으로 폭발된다면, 분명히 당신은 당신이 원하는 시간에, 원하는 방법으로 그 힘을 일으켜서 조종하는 법을 배우게 될 거예요. 마치 음악가가 자신이 원할 때면 아무때나 음악적인 재능을 사용하거나, 바로 당신이 원고지 위의 빈 공간 위에 글을 쓰는 재주를 발휘하는 것처럼 말예요."

진저가 말했다.

그 소금병은 아무런 영향도 받지 않은 채 꼼짝도 하지 않았다.

돔은 자신이 구멍이 뚫린 스테인리스 뚜껑과 그 속에 든 하얀 소금밖에 존재하지 않은 우주에 있다고 느낄 때까지 정신을 집중시키려고 애썼다. 그는 온통 마음을 쏟아서 자신의 의지력을 짓눌러 버리고 그것을 움직이려고 노력했다. 그는 너무 긴장해서 이를 악물고 주먹을 쥐고 있었다.

아무 일도 일어나지 않았다.

그는 작전을 바꾸기로 했다. 요새의 장벽을 대포 한 발로 공격하듯이 한꺼번에 정신을 집중해서 병을 공략하는 대신, 그는 긴장을 풀고 그 대상물을 자세히 살펴보면서 그 크기와 모양, 재질 등 자세한 사항들에 대한 감각을 얻었다. 병을 움직일 수 있는 열쇠는 어쩌면 그것에 감정을 이입시키는 것일지도 모른다는 생각이 들었다. 비록 그가 생명력이 없는 그 무기물과 관계가 있기는 하지만, "감정 이입"이란 표현은 그에게 정말로 딱 맞는 말이었다. 그는 그것과 싸우는 대신에 감정을 이입시켜서 그것으로 하여금 염력에 의한 짧은 거리의 여행이라도 할 수 있도록 협조를 유도해 내려 했다. 단 일 인치만이라도. 그는 약간 몸을 앞으로 수그려서 기능 만을 생각해 단순하게 만들어진 병을 관찰했다. 병은 손에 쥐기 쉽도록 5각 면으로 되어 있었다. 그리고 균형을 잡고 엎질러지지 않도록 바닥에는 두꺼운 유리를 깔아 놓았으며, 빛을 내는 스테인리스 뚜껑…….

아무 일도 일어나지 않았다. 앞 테이블에 놓여 있는 소금병이 그에게는 마치 무게를 달지 못할 정도로 무겁고, 영원히 그 장소에 접합되도록 만들어진 수수께끼에 가깝게 움직일 수 없는 부동의 물건처럼 느껴졌다.

그러나 물론 이 우주상의 모든 형태의 물체들이나 마찬가지로 그것을 움직일 수 없는 것은 아니었다. 그리고 어떤 의미에서 그것은 항상 움직이고 있으며, 결코 가만히 있는 것이 아닐 수도 있다. 결국 그것은 끊임없이 움직이고 있는 몇 십억 개의 원자들로 이루어져 있고, 원자의 외피 부분은 위성처럼 수십억 개의 태양 같은 핵 둘레를 궤도를 그리며 선회한다. 그 소금병은 조그만 입자의 단계에서는 끊임없이 움직이고 있는 것이다. 그 구조 안에서는 미친 듯이 움직이고 있을 것이므로, 틀림없이 그것으로 하여금 한번 더 추가 운동을 시키게 하는 것은 어려울 것 같지 않았다. 인간이 지각할 수 있도록 거대한 우주 공간 속으로 한 발짝만 바람을 쐬러 나오게 하는 것이다. 단 한 번만이라도 껑충 뛰어나오게 하는 것이다. 단 한 번만이라도…….

돔은 갑자기 어떤 은밀한 힘에 의해서 자신의 몸이 움직일 것 같은 부력을 느꼈다. 그러나 그때 마침내 소금병이 움직이기 시작했다. 그는 그 가제용품에 너무나 깊이 빠져 있는 나머지 진저나 나머지 사람들이 있다는 사실을 실제로 까맣게 잊고 있었다. 사람들이 하나같이 숨을 죽인 채 나직하게 신음 소리를 내자 그제서야 그는 그들의 존재를 다시 생각해냈다. 소금병이 식탁을 따라 겨우 일 인치만 미끄러진 것이 아니었다. 아니 이 인치, 아니 십 인치, 아니 이십 인치도 아니었다. 그것은 중력이 작용하지 않는 것처럼 대신 공중으로 솟아올랐다. 마치 조그만 유리 풍선처럼 위로 두둥실 떠올랐다. 한발 정도, 아니 두 발, 세 발, 그리고서는 불과 몇 초 전만 해도 꿈짝도 안 할 것 같더니 테이블 표면 위의 네 발 정도 위에서 멈추었다. 그것은 서 있는 사람들의 눈높이에서 몇 인치 위에 멈추어진 채로 있었고, 사람들은 입이 떡 벌어진 채 그 모습을 응시했다.

테이블 맨끝에서는 브렌던의 후추병이 역시 솟아올랐다. 입을 벌리고 눈을 휘둥그렇게 뜬 채, 브렌던은 공중에 떠 있는 후추병에 시선을 못박고 있었다. 그것이 소금병과 정확히 같은 높이에서 멈추자, 브렌던은 마침내 거기서 감히 시선을 떼고 말았다. 그는 돔을 쳐다보고 나서, 마치 그가 시선을 옮기는 순간 당장 깨부숴질 것처럼 신경을 집중해서 다시 후추병을 쳐다본 다음, 다시 한번 돔을 쳐다보았지만, 그렇게 시선을 맞추는 것이 물체를 공중으로 띄우는 능력을 유지하는 데 필요하지 않다는 것을 깨달았다. 사제의 눈에는 몇 가지 감정이 역력히 나타났다. 신기함, 놀라움, 당혹감, 두려움, 그리고 그들이 공유한 괴력 덕분으로 그와 돔 사이에 존재하는 깊은 형제애를 마음속 깊이 인정하고 있다는 듯한 시선.

돔은 소금병을 공중에 계속 띄워 놓기 위해서 그렇게 열심히 애를 쓸 필요가 없다는 것을 눈치챘다. 실제로 자신이 그런 마법에 가까운 현상에 대한 책임을 갖고 있다는 것을 인정하기 어려운 것처럼 보였다. 그는 물체를 조절하는 능력을 갖고 있거나, 그런 능력을 행사하고 있다는 것을 전혀 알아차리지 못했었다. 또한 자신의 내부에서 어떤 힘이 솟아오른다는 것을 전혀 느끼지 못했었다. 분명히 그의 염력은 피가 흐르거나 심장이 뛰는 것이나 거의 마찬가지로 저절로 작용한 것이었다.

브렌던은 손을 쳐들었다. 손바닥 위로 빨강색 고리 무늬가 나타나 있었다.

돔도 자신의 손을 쳐다보고는 브렌던과 똑같이, 어디서 생긴 것인지 알 수 없는 성흔이 벌겋게 무늬져 있는 것을 목격했다.

대체 이게 무슨 뜻이지?

머리 위로 어렴풋이 보이는 소금병과 후추병은 그 시험을 시작할 때 돔이 느꼈던 것보다 훨씬 더 커다란 기대감을 느끼게 해 주었다. 다른 사람들이 돔과 브렌던에게 다른 묘기를 보여 달라고 재촉하기 시작한 걸 보면 분명히 그들도 같은 감정을 느낀 모양이었다. 진저가 숨을 가쁘게 몰아쉬면서 말했다.

"믿어지지가 않는군요. 당신들은 우리들에게 수직 운동을 보여 주신 거에요. 염력으로 물체를 공중으로 띄우는 기술요. 이번에는 물체를 수평으로 움직이는 것도 보여 주실 수 있겠어요?"

"더 무거운 것도 들어올리실 수 있으세요?"

샌디 사버가 물었다.

"빛은요? 빨간 빛을 만들어 낼 수 있나요?"

어니도 물었다.

사람들이 제안한 주문들 가운데서 가장 수월한 것을 맨처음에 해 보려고 고르면서, 돔은 소금병을 약간 뱅뱅 돌리려고 생각했고, 그러자 그것이 뱅뱅 돌면서 공중 한가운데로 떠오르기 시작했다. 구경하던 사람들은 다시 한 번 숨을 가쁘게 몰아쉬면서 그 광경을 지켜 보았다. 잠시 후 브렌던이 맡은 후추병도 맴을 돌면서 공중으로 떠오르기 시작했다. 천장에 달린 등의 불빛이, 공중을 맴도는 용기들의 철제 뚜껑에 반사되거나, 유리면을 휙 지나가며 비추고, 면과 면이 만나는 모서리를 따라 돌아가며 번득여서, 그 용기들은 마치 반짝이는 크리스마스 트리처럼 보였다.

그와 동시에 두 개의 조그만 용기들은 진저가 주문한 대로 수평 운동을 하면서 서로를 향해 움직이기 시작했다. 돔은 그런 식으로 소금병이 움직이도록 의식적으로 지시를 내렸는지 자신도 미처 깨닫지 못했다. 그는 진저의 주문이 자신의 잠재 의식에 의해 받아들여져서 의식적으로 그렇게 하려고 애를 쓰도록 기다릴 필요도 없이 심령 에너지를 써서 그 일을 한 것이리라 짐작했다. 그것은 기괴한 일이었다. 자신이 그 소금병을 조절하고는 있지만, 그런 조절 능력을 어떻게 행사하고 있는지 깨닫지 못하고 있다는 것이…….

테이블 세 개를 붙여서 만든 식탁의 정가운데 지점에서 소금병과 후추병은 수평으로 계속 움직이던 것을 서로 약 십 인치 정도 떨어진 지점에서 멈추었다. 그 병들은 나란히 공중에 매달린 채로 전보다 더 빠른 속도로 맴을 돌면서 반사된 불빛의 섬광을 던졌다. 그 다음 완벽하게 타이밍을 맞춰 궤도를 돌면서 서로의 주위를 맴돌기 시작했다. 하지만 그것은 불과 몇 초 가지 못했다. 갑자기 그 병들은 전보다 훨씬 빨리 맴을 돌면서 엄청나게 빠른 속도와 훨씬 복잡한 포물선 구조로 엇갈리면서 서로의 주위를 돌기 시작한 것이다.

한편으로는 얼이 빠지기도 하고, 한편으로는 기쁨에 차서 구경하던 사람들은 박수를 치며 웃음을 터뜨렸다. 돔은 진저를 쳐다보았다. 그녀의 환한 얼굴은 순수하고도 영적으로 들뜬 표정으로 빛나서 아까보다 훨씬 더 아름답게 보였다. 그녀는 격렬한 흥분감으로 싱긋이 웃으면서 소금병과 후추병에서 돔에게로 시선을 떨구면서 그에게 엄지손가락을 들어 보였다. 어니 블록과 잭 트위스트는 고생으로 단련된 해병 출신답지 않게 생전 처음으로 불꽃놀이를 구경하는 사내애들처럼 신기해서 입을 떡 벌린 채 그 용기들의 움직임을 지켜 보았다. 웃음을 터뜨리면서 페이는 자리에서 일어서 그 병들을 향해 손을 뻗었다. 그것들을 공중에 매달아 놓은 힘의 기적이 미치는 범위를 느껴 보려는 듯한 모습이었다. 네드 사버도 웃고 있었지만, 샌디는 울고 있었다. 그 광경을 보고 돔은 깜짝 놀랐지만, 나중에서야 그는 그녀도 웃고 있으며 그것이 기쁨의 눈물을 흘리고 있다는 것을 알아차렸다.

"오!"

샌디는 마치 돔이 자신을 쳐다보고 있다는 것을 알아차리기라도 한 듯 그에게로 시선을 돌렸다.

"근사하지 않아요? 이게 무슨 뜻이건간에 정말 멋있지 않냐구요? 자유……그 자유 말예요……. 모든 구속을 깨부수고 나와서……위로 멀찍이 올라가는 것이……."

돔은 그녀가 무엇을 느끼고 무엇을 말하려고 하는지 정확히 알 수 있었다. 그 자신도 그녀와 마찬가지로 똑같은 것을 느꼈기 때문이었다. 잠시 동안 그는 그런 능력을 갖고 있음으로 인해서, 그런 능력을 갖고 있지 못한 사람들로부터 자신이 영원히 소외되어 버릴지도 모른다는 사실을 까맣게 잊고 있었다. 그리고 그는 물질 세계를 초월했다는 격렬한 환희에 벅차서 인간 한계의 사슬을 끊고서 진화의 사다리 위로 성큼 뛰어올랐다는 뜻일 수도 있다고 감지하고 있었다. 오늘 밤 트랭퀼러티 그릴에서는 역사가 이루어지고 있는, 다시 말하면 이 세상의 어떤 것도 결코 다시는 똑같은 것으로 될 수 없을 것 같은 느낌이었다.

"또 다른 것을 해 봐요."

진저가 말했다.

"그래요! 더 좀 보여 주세요. 좀 더요."

샌디가 말했다.

방의 다른 쪽에서 다른 소금병들도 테이블 위로 날아오르기 시작했다. 6개, 8개, 그리고 모두 합해서 10개가……. 그것들은 잠시 꼼짝 않고 공중에 매달려 있었다. 그리고 나서 첫 번째 것이나 마찬가지로 맴을 돌기 시작했다.

그와 거의 동시에 같은 수의 후추병들이 공중을 날면서 맴돌기 시작했다.

돔은 아직도 자신이 어떻게 그런 일들을 하고 있는지 알 수 없었다. 그는 다른 재주를 보이기 위해서 아무런 노력도 하지 않았다. 마치 꿈꾸어 오던 소원들이 이뤄지기라도 하듯 자신의 생각이 사실로 실현된 것뿐이었다. 그는 브렌던도 마찬가지로 난처해 하고 있으리라 짐작했다.

쥬크 박스는 계속 잠잠했다. 이제서야 쥬크 박스에서는 달리 파튼의 노래가 흘러 나오기 시작했다. 하지만 아무도 쥬크 박스의 프로그램 버튼을 누르지 않았다.

'내가 했나? 아니면 브렌던이?'

돔은 자못 궁금해 했다.

"어머나! 전 너무나 흥분돼서 금세라도 플로츠가 될 것 같아요!"

진저가 말했다.

"플로츠라뇨? 대체 그게 무슨 뜻이죠?"

돔이 웃으면서 물었다.

"펑크 말예요. 폭발하는 거죠. 너무나 흥분돼서 빵 하고 터져 버릴 것 같아요!"

진저가 대답했다.

모든 소금병들과 후추병들이 공중을 맴돌았고, 서로 쌍을 지어서 서로의 주위를 궤도처럼 맴돌았다. 그리고 이제 11쌍의 조미료병들은 하나의 열을 지어서 더욱 빠른 속도로 방 주위를 돌기 시작했다. 그것들은 나지막이 휙 하는 소리를 내며 공기를 가르고, 반사된 불빛의 섬광을 던졌다.

돌연 12개의 의자들이 바닥에서 튀어 올랐다. 그것은 소금병이나 후추병들이 테이블에서 솟아오르는 것처럼 절제되면서도 재미있는 방식으로가 아니라, 엄청난 파괴력과 운동력을 가지고 천장으로 휙 튀어 올라 귀청이 찢어질 듯한 소리를 내면서 천장에 부딪쳤다. 마차의 바퀴 모양처럼 생긴 전등은 의자 두 개와 부딪쳐서 전구가 깨져 버렸고, 방은 아까의 4분의 3정도의 밝기로 어두워졌다. 마차 바퀴 모양의 전등은 받침대와 전선이 헐거워져서 돔의 뒤쪽에서 불과 몇 피트밖에 떨어지지 않은 거리에서 박살이 나 버렸다. 의자들은 천장에 그대로 붙은 채 검은 날개를 퍼덕거리며 빙빙 맴도는 박쥐 무리들처럼 덜덜 떨리고 있었다. 소금병들과 후추병들의 대부분이 아직도 머리 위에 매달린 채 방안 주위를 미친 듯이 맴돌고 있었다. 그중에서 몇 개는 위로 튀어 오른 의자에 의해서 밑으로 내던져지기도 했다. 이제 몇 개가 돌던 것을 멈추고 궤도와 줄을 이탈해서 비틀거리며 밑으로 떨어져 내렸다. 그중에서 어떤 것은 어니의 어깨에 떨어져서 어니는 고통으로 비명을 질렀다.

돔과 브렌던은 그것들을 통제할 능력을 잃었다. 그리고 그들이 어떻게 그런 통제력을 갖게 되었는지를 몰랐기 때문에 그것을 다시 어떻게 얻는 것인지도 알 수가 없었다.

일순간 축제 분위기는 공포의 도가니로 변해 버렸다. 구경하던 사람들은 서둘러서 테이블 밑으로 몸을 피했다. 공중에 뜬 채로 불안하게 천장에 부딪치고 있는 의자들이 소금병이나 후추병보다 잠재적으로 더 가공할 만한 힘을 가진 미사일이 될 수 있다는 것을 깨달았기 때문이었다. 시끄러운 소리에 말시가 잠을 깨었다. 그녀는 자고 있던 칸막이 자리에 앉아서 엄마를 부르며 울고 있었다. 졸저는 칸막이 자리에서 말시를 데려와서 몸을 꼬옥 감싸 안고는 테이블 밑으로 피했다. 브렌던과 돔을 제외한 모든 사람들이 그 미사일 공격으로부터 몸을 피한 상태였다.

돔은 그 염력이 자신의 손에 움직이지 못하게 철사로 묶어 놓은 안전핀이 뽑혀진 수류탄 같다는 느낌이 들었다.

머리 위에서 서너 개의 소금병과 후추병이 관성을 잃고서 탄환이 날아오듯 밑으로 떨어졌다. 위에 떠 있던 12개의 의자들은 더욱 공격적으로 천장으로 튀기 시작했고, 작은 조각들이 떨어져 내렸다.

돔은 자신도 몸을 피해야 할지, 아니면 다시 통제력을 얻기 위해 다른 시도를 해 보아야 할지 어찌할 바를 몰랐다. 그는 브렌던을 쳐다보았지만, 그도 마찬가지로 넋이 나간 상태였다.

머리 위에서는 남아 있는 바퀴 모양의 전등 세 개가 체인에 매달린 채 흔들려서 방안 전체에 망령 같은 그림자를 드리우고 있었다.

의자들이 천장에 쾅쾅 부딪치면서 작은 구멍들을 팠다.

소금병이 돔 앞에 떨어져서 작은 운석처럼 테이블 위에 부딪혔다. 소금병의 유리가 워낙 두꺼워서 박살이 나지는 않았지만, 서너 개의 조각으로 깨져서 안에 들어 있던 소금이 튀어나오는 바람에 돔은 소금을 피해 몸을 뒤로 주춤거렸다.

엿새 전 로우맥의 집에서 종이 달들이 회전 곡예를 하듯 맴돌던 사건을 기억하면서, 돔은 천장에서 덜거덕거리고 있는 의자와 공중을 선회하는 조미료병들을 향해 두 손을 쳐들었다. 그리고 그는 손바닥에 난 붉은 고리 모양의 흔적이 보이지 않도록 주먹을 꼭 쥔 채로 말했다.

"멈춰라! 이제 그만 멈춰! 멈추라구!"

머리 위에서 의자들은 진동을 멈추었다. 소금병과 후추병들도 움직임을 멈추고 꼼짝않고 공중에 매달려 있었다.

일이 초 동안 식당 안에는 불가사의한 적막감이 맴돌았다.

그리고 나서 12개의 의자들과 나머지 소금병과 후추병들이 똑바로 밑으로 떨어져서 테이블과 공중에 솟아오르지 않았던 다른 의자들 쪽으로 튀었다. 마침내 파편들이 어지러이 널려 있는 가운데 모든 것이 잠잠해지자, 돔과 브렌던은 테이블 밑으로 피신한 다른 사람들이나 마찬가지로 상처를 입지 않았다. 돔은 사제를 보고 눈을 깜박거렸다. 그들 주위는 모두 묘지처럼 조용하기 그지없었다. 이번의 정적은 처음보다 더 긴 것이었다. 말시가 가냘픈 소리로 흐느껴 울고, 아이의 엄마가 아이를 나직이

달래는 소리에 모든 것이 현실로 다시 되돌아오기 시작해서 사람들이 테이블 밑에서 밖으로 나올 때까지 시간이 멈춰 버린 것 같았다.

어니는 아직도 소금병에 맞은 어깨를 주무르고 있었지만, 심한 통증은 없는 모양이었다. 그 외에 다친 사람은 아무도 없었다.

돔은 사람들이 자신과 브렌던을 유심히 쳐다보는 것을 알아차렸다. 그가 만일 자신이 그런 힘을 갖고 있다는 것을 증명하면 그들이 자신을 어떻게 쳐다보리라 상상한 것처럼. 자신이 어떻게 비춰지리라 걱정했던 바로 그 모습을 보듯이.

그가 처한 새로운 신분에 대해서 거부감을 느끼지 않는 사람은 오직 진저뿐이었다. 그녀는 열정적으로 돔을 포옹하면서 말했다.

"중요한 것은 당신이 해냈다는 사실이에요. 당신은 해냈어요. 그리고 결국은 그것을 사용하는 것을 배울 수 있게 될 거예요. 아주 근사한 일이잖아요."

"난 잘 모르겠어요."

돔은 부서진 의자와 떨어져 깨진 전등을 보면서 말했다. 잭 트위스트는 옷에 묻은 소금과 벽에서 떨어져 내린 먼지를 털어냈다. 졸저는 아직도 겁에 질려 있는 아이를 달래고 있었다. 페이와 샌디는 머리에서 먼지와 파편 조각들을 골라 내고 있었고, 네드는 샹들리에에 달려 있던 전선이 끊어져서 전기가 통하는 채로 천장에 매달려 있는 것을 보면서 그 위험성에 대해서 골똘히 생각하고 있었다.

돔이 말했다.

"진저, 난 내가 그 힘을 사용할 때도 내가 그걸 어떻게 사용하고 있는지 몰랐어요. 그리고 그 힘이 함부로 날뛰기 시작하자……어떻게 멈춰야 할지를 몰랐어요."

"하지만 당신은 그 힘을 멈추게 했잖아요."

그녀는 그가 인간의 접촉을 필요로 하고 있다는 사실을 알고 있듯이 한 팔로 그의 허리를 감싸 안았다.

"당신은 그것을 멈추었어요, 돔."

"아마 다음 번엔 못할지도 몰라요."

돔은 자신이 몸을 떨고 있다는 것을 깨달았다.

"세상에! 이 난장판을 좀 봐요, 진저. 누군가 몹시 다칠 수도 있었어요."

"하지만 아무도 다치지 않았잖아요."

"다음 번엔 누군가가 죽을지도 몰라요."

"더 나아질 거예요."

진저가 말했다.

브렌던 크로닌이 기다란 테이블 근처로 다가왔다.

"그는 마음이 바뀔 거예요, 진저. 그에게 시간을 줘요. 나는 내 자신이 다시 시도해 보리라는 것을 잘 알고 있어요. 다음에는 혼자서 해 볼 겁니다. 이틀만 지나서 충분히 생각할 시간을 갖고 난 다음에 어딘가 사람들이 없는 야외로 나가서 다시 시도해 볼 겁니다. 그러면 나 이외에는 아무도 다치지 않을 테니까요. 난 그……뭐라고 할까……그 에너지를 조절하는 것이 어려우리라 생각해요. 많은 시간과 노력이 필요하겠죠. 아마 수년이 걸릴지도 몰라요. 하지만 난 자세히 조사해서 연습해 보겠어요. 그리고 돔도 그럴 겁니다. 그도 몇 분 정도 생각할 시간을 가진다면 그렇게 깨닫게 될 겁니다."

그 말에 돔은 고개를 내저었다.

"난 이런 걸 원하지 않아요. 나는 다른 사람들과 달라지는 것을 원하지 않는다구요."

"하지만 당신은 지금 다른 사람과 달라요. 우리 둘 다."

브렌던이 말했다.

"팔자 치고는 참 더럽군."

그 말에 브렌던은 미소를 지었다.

"비록 지금 내가 신앙의 위기를 겪고 있기는 하지만, 그래도 난 아직 사제입니다. 따라서 전 운명이라든가 팔자라는 걸 믿죠. 그것도 신앙의 한 조목이니까요. 하지만 우리 사제들은 아주 약삭빠른 집단이죠. 그래서 우리는 운명을 믿으면서도, 동시에 자유 의지를 믿을 수 있죠! 둘 다 신앙의 한 부분이니까요."

그 사제에게 있어서 그 사건이 가져다 준 심리적인 효과는 돔의 내부에서 일어난 두려움과는 확연히 차이가 있었다. 그는 계속 되풀이해서 말을 하면서 마치 날기에 충분할 정도로 몸이 거의 붕 뜬 것처럼 발끝으로 서 있었다.

사제의 유머를 제대로 이해하지 못해서 당황한 채로 돔은 이야기의 화제를 바꾸었다.

"자, 진저, 우리가 당신의 이상한 이론의 반을 증명해 보였다면 적어도 나머지 반은 잘못된 것으로 증명한 셈이로군요."

그 말에 진저는 얼굴을 찡그렸다.

"그게 무슨 말이죠?"

"한창 그……난리가 났을 때 말예요."

엉망이 된 천장을 가리키면서 돔이 말했다.

"다시 내 손에 고리 무늬가 나타났을 때 말예요. 난 이 염력이 어떤 해괴한 바이러스에 감염돼서 나타난 부작용이 아니라는 생각이 들었어요. 그것은 훨씬 더 해괴하고 다른 근원에서 비롯된 것이리라는 생각이 들더군요. 그게 뭔지는 모르겠지만……."

"그래요? 그렇다면 대체 어떤 경우를 말씀하시는 거죠? 그저 당신 생각에 그렇다는 건가요, 아니면 정말로 알고 계신 건가요?"

그녀가 물었다.

"난 알아요. 마음속 깊이 분명히 알고 있어요."

돔이 말했다.

"나도 그래요."

어니와 페이를 비롯한 다른 사람들이 주위로 몰려오자, 브렌던이 행복에 겨운 듯 말했다.

"당신 말이 맞았어요, 진저. 당신이 그 힘이 돔과 내 안에 있다는 얘기를 꺼냈을 때 말예요. 당신 말처럼 그것은 그 해 7월의 어느 날 밤 이후로 줄곧 우리 안에 있었던 거예요. 하지만 우리가 그런 재주를 갖게 된 경로에 대해서는 당신 말이 틀렸어요. 돔이 말한 것처럼 이런 난리 가운데서 내가 느낀 것은 생화학적 오염으로 이것에 대한 올바른 설명을 할 수가 없다는 겁니다. 나도 그 해답이 무엇인지는 전혀 몰라요. 하지만 당신의 이론 가운데서 그 부분만은 제외시켜야 한다는 것은 알고 있어요."

이제 돔은 그들이 관련된 그 무서운 전시회에도 불구하고 브렌던이 어째서 기분이 좋은 상태인지를 알 수 있었다. 비록 그는 최근 일어난 사건에서 종교적인 면을 본 적이 없다고 공언했지만, 그의 마음속 깊은 곳에서 사제는 기적적인 치료 능력과 환영 같은 빛은 전능하신 하느님이 내리신 것이리라는 희망을 품고 있었다. 그는, 그런 능력이 하느님이 주신 것이 아니라, 어떤 한심한 바이러스의 뜻하지 않은 작용이나 사람이 만들어 낸 바이러스에 의해 감염된 부작용이 색다르게 나타나는 것이리라는, 세속적이기 그지없는 생각에 의기소침해져 있었던 것이다. 그는 그런 가능성을 배제할 수 있어서 매우 안심이 되었다. 심지어는 식당이 무너지는 때에도 보여 준 그의 고매한 영혼과 훌륭한 품성은 하느님의 재림이 다시 한 번 이루어지고 있다는 사실에서 비롯된 것으로, 그것이 비록 있을 법하지 않더라도 적어도 브렌던에게는 충분히 실현될 가능성이 있는 설명이었다.

돔 역시 그들이 처한 어려운 상황이 하느님이 계획하신 일의 일부분이라는 생각을 통해서 힘과 용기를 얻고 싶었다. 그러는 바로 그 순간 그는 자신에게 가해지고 있다고 느껴지는 두 개의 불가항력, 즉 자신이 그저 위험과 죽음에 처해 있을 뿐이라는 것을 굳게 믿고 있었다. 자신이 포틀랜드에서 마운틴 뷰우로 옮기는 동안 일어난 성격상의 변화는 원하지 않는 힘의 발견과 더불어 오늘 밤 그의 내부에서 일어나기 시작한 변화에 비하면 콧방귀도 뀔 수 없을 만큼 아주 사소한 것이었다. 그는 거의 마치 그 힘이 자신 속에서 살아 꿈틀대는 것 같은 기분이 들 지경이었다. 그래서 언젠가 때가 되면 과거의 도미니크 콜베이시스였던 존재의 모든 것을 먹어 치우고, 그의 실체인 것처럼 가장해서는 인간처럼 그의 몸 속에서 활개를 치고 다니면서 그를 갉아먹는 기생충처럼 느껴졌다.

미쳤어.

그런데도 불구하고 그는 걱정이 되고 겁이 났다.

그는 자신의 주위에 모여 있는 다른 사람들을 한 명씩 쳐다보았다. 더러 몇몇은 잠시 그의 눈을 쳐다보다 위험 인물과 시선을 마주치는 것을 피하듯 얼른 눈길을 돌리기도 했다. 잭 트위스트나 어니, 졸저 같은 사람들은 그의 눈을 똑바로 쳐다보았다. 하지만 그들의 시선에서도 불안감이나 그를 염려하는 심정이 역력히 드러났다. 그를 대하는 태도에 변함이 없는 사람은 진저와 브렌던뿐이었다.

"자…….."

사람들의 넋을 빼앗고 있는 주문을 깨드리듯 잭이 말을 꺼냈다.

"이제 잠자리에 들 시간이 된 것 같군요. 내일 할 일이 많잖아요."

"내일 우리는 이 수수께끼들에 대해서 훨씬 더 많은 것을 밝혀 내야 돼요. 우리는 매일 조금씩 발전하고 있어요."

진저가 말했다.

"내일은 많은 것이 밝혀질 겁니다. 어쩐지 그런 느낌이 드는군요."

브렌던이 부드럽고도 행복에 겨운 목소리로 말했다.

'내일 우리 모두 죽게 될지도 몰라.'

돔은 생각했다.

'아니면 우리 모두 죽어 버렸으면 좋겠어.'

렐런드 폴커크 대령은 아직도 머리가 빠개질 듯이 아팠다. 두 해 전 여름 인간의 정서와 지능을 파괴하는 그 사건에 관여한 이후 차츰 얻게 된 자기 반성의 새로운 재주를 통해서, 그는 아스피린의 약효가 떨어진 것을 실제로 좋아하고 있다는 것을 알 수 있었다. 그는 이마와 관자놀이를 잔인하게 쿡쿡 쑤시게 만드는 불안감으로부터 마음대로 조절할 수 없는 힘과 에너지를 끌어내서 다른 종류의 통증들을 다루는 방법이나 마찬가지로 두통을 견디었다. 호너 중위는 가 버렸다. 폴커크는 다시 셍크필드 시험장 지하의 창문 없는 자신의 임시 사무실에 혼자 남았다. 그러나 더 이상 시카고에서 오는 전화를 기다리지는 않았다. 호너가 떠난 직후 전화가 왔었지만, 그 소식은 최악이었다.

그날 일찍부터 개시된 에반스톤에 있는 캘빈 샤클의 집 포위 작전은 아직도 계속되고 있었고, 폭발 직전의 위태로운 상황은 아마 12시간 안에 끝나기는 어려울 것 같았다. 가능하면 대령은, 샤클이 일리노이 주 당국이나 언론에 폭로하는 일은 절대 없어서 그 작전을 망칠 위험이 없다고 확신할 때까지는, 자신의 부하들로 하여금 80번 주간 도로를 다시 봉쇄하고 트랭퀼러티 모텔을 격리시키는 일을 시키고 싶지 않았다. 일이 지체되자 폴커크는 신경질적이 되었다. 특히 현재 그 모텔에 있는 목격자들은 선더 힐에 관심이 집중되어 있었고, 라이플 마이크로폰이나 초고감도 송화기가 미치지 않는 곳에서 나름대로 행동을 계획하고 있었기 때문이었다. 기껏해야 하루 정도는 더 기다릴 수 있을 것 같았다. 그러나 만일 일리노이에서의 아슬아슬한 격리 상태가 내일 해질 무렵까지 계속된다면, 그는 모험을 걸고서라도 트랭퀼러티에 진격 명령을 내리게 될 것이다.

시카고에서 온 다른 소식은 형사들이 은밀하게 에멀린 핼버그와 윈톤 토크를 조사한 결과 그들의 놀랄 만한 회복은 현대 의학으로는 도저히 적절하게 설명할 수 없는 것으로 그 이유를 발견해 냈다는 내용이었다. 그리고 크리스마스에 핼버그와 토크를 방문하고, 탄도학 전문가의 의견을 듣기 위해서 메트로폴리탄 경찰 실험실을 방문한 것을 비롯해서 스테판 비카직 신부가 활동을 재개했다는 점은 그가 자신의 보좌 신부인 브렌던 크로닌이 그 기적적인 치료를 행했다는 사실을 확신하고 있다는 것을 확인시켜 주는 것이었다.

폴커크는 일요일인 어제서야 크로닌이 병을 고치는 능력을 가졌다는 것을 알게 되었다. 그때 그는 트랭퀼러티에 있는 도미니크 콜베이시스와 시카고의 비카직 신부 사이의 전화 통화를 도청했었다. 만일 토요일 밤에 일어난 사건이 그에게 예기치 않은 일들을 준비시켜 주지 않았더라면, 그 통화 내용은 그에게 굉장히 큰 충격이었을 것이다.

토요일 밤 콜베이시스가 트랭퀼러티에 도착했을 때, 렐런드 폴커크와 그 밑에 있는 감시 전문가들은 블록 부부와 그 작가 사이에 첫 번째 오간 대화를 들으면서 점점 불신감이 커져 갔었다. 리노에 있는 로우맥의 집에서 시끄러운 소리를 내는 요정에 의해 달 사진들이 움직였다는 해괴망측한 이야기가 소설과 현실을 제대로 구분하지 못하는, 열병에 걸린 사람의 이야기처럼 들렸었다.

그러나 나중에 그릴에서 콜베이시스와 블록 부부가 식사를 하고 나서, 그 작가는 7월 6일 밤 그 문제가 일어나기 바로 몇 분 전의 상황을 재현해 보려고 시도했었다. 그때 일어난 일들은 너무나 놀라운 것이었고, 도로 남쪽 지점에서 트랭퀼러티를 감시하고 있던 팀과 식당의 공중 전화에 연결된 초고감도 송화기로 도청된 내용에 의해 확인되었다. 그릴에 있던 모든 것들이 흔들리기 시작했고, 이상한 소음과 무시무시한 전자 음향이 절정에 달해 창문을 파열시키고 말았었다.

이러한 현상들은 폴커크와 그 비밀 작전과 관여된 모든 사람에게는 한마디로 놀라움 그 자체였다. 특히 과학자들은 전기에 감전된 듯 크나큰 충격을 받았다. 그 다음날 크로닌이 치료의 능력을 갖고 있다는 사실을 발견한 것은 그들의 흥분의 전압을 높여 주었다. 처음에는 그러한 사태의 진전이 설명하기 어려운 것처럼 보였다. 그러나 잠시 생각을 해 보고 나서, 렐런드 폴커크는 피를 오싹하게 만들 만한 해석에 도달했고, 과학자들도 비슷한 결론에 이르렀다. 그들 중 몇 명은 렐런드처럼 섬뜩하리만치 놀랐다.

갑자기 아무도 앞으로 무슨 일이 일어날지 알지 못했다. 이젠 어떤 일이든 일어날 가능성이 있는 셈이었다.

'우리는 7월의 그날 밤 그 사태를 충분히 통제할 수 있으리라 확신했어.'

폴커크는 의기소침해진 채 내심 생각했다.

'하지만 어쩌면 우리가 현장에 도착하기 전에 그것은 이미 우리의 통

제권을 벗어났을지도 모르지.'

그나마 위안을 삼을 만한 것은 이제까지 콜베이시스와 사제만 감염된 것처럼 보인다는 사실뿐이었다. 어쩌면 "감염되었다"는 말이 적절한 단어가 아닐는지도 모른다. 그것보다는 "홀렸다"는 말이 더 적합한 단어일지도 모른다. 아니면 그들에게 일어났던 일에 대해서 적절하게 설명해 줄만한 단어가 없을지도 모른다. 그들에게 일어났던 일은 역사상 어느 누구에게도 일어난 적이 없기 때문에 그것을 명확히 설명해 주는 단어는 여지껏 필요하지 않았었다.

비록 샤클의 자택을 포위하는 일이 내일 끝난다 치고, 또 언론에 그 사건이 폭로되었을 가능성이 없다 치더라도, 폴커크는 모텔에 있는 사람들을 깨끗이 처치할 수 있다는 데 1백 퍼센트 확신할 수는 없었다. 콜베이시스와 크로닌, 그리고 어쩌면 다른 사람들마저도 체포해서 감금하는 일이 재작년 여름보다도 더 어려울지도 모른다. 만약 콜베이시스와 크로닌이 더 이상 그들의 전 모습이 아니라 전적으로 다른 사람이나 다른 존재가 되어 있다면, 그들을 다루기란 철저하리만치 불가능한 일이었다.

렐런드의 두통이 더욱 심해졌다.

'그걸 먹어.'

그는 자리에서 일어서서 자신에게 말했다.

'고통을 먹어. 넌 수년 동안 그렇게 해 왔잖아, 이 벙어리 개자식아. 그러니까 네가 이 난리를 처리하든, 뒈지든, 어느 것이 먼저 오든지간에 하루나 이틀은 고통을 먹고살 수 있어.'

그는 창문이 없는 사무실을 떠나, 역시 창이 없는 바깥쪽 방을 지나, 창이 없는 복도를 걸어, 창이 없는 중앙 통신실에 들어갔다. 그 곳에는 호너 중위와 픽스 상사가 한쪽 귀퉁이의 테이블에 앉아 있었다.

"부하들에게 그만 철수하라고 말하게. 오늘 밤은 그걸로 끝이야. 샤클의 집에서 상황이 어떻게 해결되는지 보려면 하루를 더 기다리는 모험을 할 수밖에."

"마침 대령님께 가려던 참이었습니다."

호너가 말했다.

"모텔에서의 상황에 진전이 있습니다. 마침내 그들이 식당을 떠났습니다. 밖으로 나온 다음 트위스트는 모텔 뒤 언덕에서 체로키 지프를 가져왔습니다. 트위스트랑 졸저 모나텔라, 그리고 사제가 그 차를 타고 엘코 쪽으로 떠났습니다."

"지금 이 시각에 대체 어디 가는 거지?"

폴커크가 물었다.

그는 목격자들이 아침이 될 때까지 모텔 안에 전부 있으리라 확신하고 있었기 때문에 만일 그가 오늘 부하들에게 그 모텔을 습격하도록 지시를 내렸다면, 그 세 사람은 무사히 빠져 나가고 말았을 것이다.

호너는 헤드폰을 끼고 트랭퀼러티를 도청하고 있는 픽스를 가리켰다.

"저희가 들은 바에 따르면 나머지 사람들은 모두 잠자리에 들었을 겁니다. 트위스트와 모나텔라, 코로닌은 가 버렸습니다. 우리가 단 한 번에 목격자 전원을 처치하는 것을 경계하는 의미에서……이건 트위스트의 아이디어가 틀림없습니다."

"젠장!"

렐런드 폴커크는 부들부들 떨리는 손끝으로 관자놀이를 문지르면서 한숨을 내쉬었다.

"좋아. 어찌 됐건간에 오늘 밤은 그들을 추적하지 말게."

"하지만 내일은 어떻게 하죠? 내일 하루 종일 흩어져 있으면 어떻게 하죠?"

"아침에 우리는 그들 모두를 미행할 걸세."

폴커크가 말했다.

이 시점까지 그는 목격자들을 가는 곳마다 미행할 필요를 느끼지 못했었다. 결국 그들은 모텔로 다시 돌아와서 한꺼번에 처리하기 수월하게 되리라고 생각한 탓이었다. 그러나 지금 그들을 감금할 시간이 되었는데 그들이 뿔뿔이 흩어져 있다면, 그들은 그 목격자들이 어디에 있는지 항상 알고 있을 필요가 있었다.

"내일 그들이 어디로 가느냐에 따라서 그들은 우리가 따라붙인 미행을 눈치챌 가능성이 있습니다. 이런 시골 구석에서는 눈에 띄지 않게 감시를 하기가 쉽지 않습니다."

호너가 말했다.

"알고 있네."

폴커크가 대꾸했다.

"그러면 그들이 우리를 보도록 내버려 둬. 나도 눈에 띄지 않게 하고 싶었지만, 그런 접근 방법이 어려운 상황이니까. 어쩌면 우리를 보면 오히려 허를 찔려서 반격할 타이밍을 놓치게 될지도 모르지. 아마 너무 겁이 나서 신변을 보호하기 위해 다른 사람들과 함께 있으려고 돌아가서 우리의 일을 훨씬 더 수월하게 만들어 줄지도 몰라."

"만일 저희가 그 모텔 말고 다른 장소에서, 말하자면 엘코 같은 곳에서 그들 중 일부를 잡고 있어야 한다면, 일이 어려워질 겁니다."

호너가 걱정스러운듯이 말했다.

"그들을 붙잡아 둘 수 없다면, 죽여 줄 수밖에 없지."

폴커크가 의자를 꺼내서 자리에 앉았다.

"이제 감시 계획을 상세하게 세워서 날이 밝기 전에 미행을 시키도록 하세."

3

1월14일 화요일

화요일 아침 7시 반, 전날 밤 늦은 시각에 브렌던으로부터 전화를 받은 스테판 비카직 신부는 캘빈 샤클의 마지막으로 알려진 주소지인 에반스톤으로 떠날 준비를 했다. 트럭 운전수인 캘빈 샤클은 재작년 여름 트랭퀼러티 모텔에 머무른 적이 있었으나 전화 연락이 되지 않았다. 네바다에서 전날 저녁 사태가 엄청나게 많이 진전되었다는 점에 비추어서, 모두들 지금까지 연락이 닿지 않는 희생자들과 접촉하기 위해 가능한 모든 노력을 기울일 것에 뜻을 같이했다. 사제관의 따뜻한 주방에 서서 스테판은 외투의 단추를 채우고 중절모를 썼다.

새벽 미사를 집도한 뒤 오트밀과 토스트를 들고 있던 미카엘 게라노 신부는 "아마 제가 이 상황 전체에 대해서 좀더 많은 것을 알아야 할 것 같습니다. 대체 브렌던이 뭐가 잘못된 것인지, 열에 하나……신부님께 무슨 일이 일어날지도 모르는데."라고 말했다.

"내겐 아무 일도 안 일어날 걸세. 이제서야 겨우 교회를 위해서 제대로 일을 할 수 있게 되었는데, 하느님께서 고작 이렇게 나를 저버리시려고 50년 동안이나 세상의 일들을 통해서 나를 시험하시진 않으셨을 테니까."

비카직 신부가 단호하게 말했다.

미카엘은 고개를 내저었다.

"신부님께서는 늘 그런 식으로……."

"내 믿음에 확신을 갖고 있냐구? 물론 그렇다네. 하느님께 의지하게. 그러면 그분은 절대로 자네를 저버리시지 않을 걸세, 미카엘."

그 말에 미카엘이 웃으면서 말했다.

"실은 신부님께서는 늘 지독한 고집쟁이라고 말하려던 참이었어요."

"보좌 신부의 입에서 그런 무례한 소리가 나오다니!"

목에 두꺼운 흰 스카프를 두르면서 스테판이 말했다.

"미카엘 신부! 잘 들어 보게나. 보좌 신부에게 필요한 것은 겸손과 자제, 노새의 강인한 등과 경작을 하는 말의 힘, 그리고 주임 신부에 대한 절대적인 숭배일세."

미카엘은 싱긋이 웃음을 지었다.

"그렇기는 하지만, 제 생각에 그 주임 신부님은 교구민의 칭송에 거들먹거리기만 하는 위선적인 늙은이가 아닐까 하는 생각이 드는군요."

전화벨이 울렸다.

"나에게 온 것이면 없다고 하게."

스테판이 말했다.

스테판이 장갑을 끼고 뒷문으로 미처 나가기 전에 미카엘이 그에게 수화기를 내밀었다.

"윈톤 토크예요. 브렌던이 목숨을 구해 준 경관이오."

미카엘이 말했다.

"거의 히스테리에 가까운 소리 같은데요. 브렌던과 통화하고 싶다는대요."

스테판은 수화기를 받아들고 자신이 누구인지를 밝혔다.

그 경관의 목소리는 무언가에 쫓기는 듯 몹시 다급하게 들렸다.

"신부님, 전 지금 당장 브렌던 크로닌에게 말을 해야만 합니다. 기다릴 수가 없어요."

"미안하지만, 그는 지금 여기 없습니다. 좀 멀리 갔는데요. 대체 무슨 일이시죠? 제가 도와드릴 수는 없을까요?"

스테판이 물었다.

"크로닌."

토크는 떨리는 목소리로 말했다.

"뭔가……무슨 일이 일어났어요. 그게 뭔지는 저도 모르겠어요. 괴상하게 들리시겠지만……정말 희한하기 짝이 없는 일이……하여튼 그게 브렌던과 관계가 있다는 걸 이제 막 알게 됐어요."

"제가 도와드릴 수 있을 것 같은데 지금 어디 계시죠?"

"근무중입니다. 주택 지구의 교외 묘지를 도는데 교대가 거의 끝나 가는 중이에요. 한 건의 칼부림과 총싸움이 있었어요. 정말 무시무시했어요. 그리고 그때……저기 제 말 좀 들어 보세요. 브렌던이 여기 와 줬으면 해요. 그가 이걸 설명해야 한다구요. 지금 당장에요."

비카직 신부는 토크로부터 주소를 알아내서 즉시 사제관을 떠나 전속력으로 차를 달렸다. 30분도 채 못 걸려서 그는 주택 지구에 있는 똑같은 모양의 초라한 6층짜리 벽돌 건물들이 세워져 있는 곳에 도착했다. 그는 토크가 가르쳐 준 주소지 바로 앞에 차를 세울 수가 없어서 모퉁이 근처의 한 지점에 겨우 자리를 한 군데 찾아냈다. 좋은 자리는 벌써 경찰 차량들이 자리를 차지하고 있었다. 그 차량들 중에는 경찰이라는 마크를 새긴 것도 있었고, 마크를 새기지 않은 것도 있었으며, 죄수 호송 차량도 한 대 있었는데, 서로 무전으로 연락을 하는 소리로 찬공기를 가득 메우고 있었다. 두 명의 경찰이 공무 집행을 방해하지 못하도록 차량들을 지키고 있었다. 스테판의 질문에 대해서 그들은 3층의 3-B호 멘도자스의 집에서 사건이 터졌다고 대답해 주었다.

현관문의 유리 한 귀퉁이가 쫙 금이 가서 임시로 절연 테이프를 붙여 수리해 놓은 것을 그대로 계속 놔 둘 것처럼 보였다. 문이 열리자 어두침침해서 음산한 느낌을 주는 로비가 보였다. 계단의 타일은 어떤 것은 조각이 없어져 버린 것도 있었고, 어떤 것은 먼지가 뽀얗게 쌓여서 바닥이 제대로 보이지 않을 지경이었다. 페인트 칠은 벗겨져 있었다.

스테판은 계단을 올라가다가 하도 너덜너덜해져서 "죽은 것이나 다름없는" 낡은 인형과 신발 상자를 가지고 노는 예쁘장하게 생긴 아이들 둘과 마주쳤다.

스테판 비카직 신부는 열린 문을 지나 멘도자스의 집인 아파트 3층으로 걸어 들어갔을 때, 말 그대로 피로 젖어서 얼룩이 진 베이지색 소파와 거의 검정색으로 변하다시피한 쿠션이 아직도 있었다. 소파 뒤편의 노랑색 벽에도 수많은 핏자국이 있었다. 누군가가 벽 앞에서 기관총으로 그를 난사한 것 같았다. 석회벽에 네 개의 탄환 자국이 나 있었다. 핏자국이 전등갓은 물론이고 커피잔을 놓는 테이블과 책장, 카펫에 뿌려져 있었다.

엉긴 핏덩이들은 아파트가 잘 보존되어진 관계로 훨씬 더 역겹고 충격적으로 보였다. 멘도자 가(家)는 초라하고 낡은 집에 살 수밖에 없는 형편이었지만, 다른 빈민층의 이웃들이나 마찬가지로 자신들도 그 산동네의 더러움에 굴복하는 것, 아니 그 일부가 되어 버리는 것을 거부해 왔었다. 아니 오히려 부촌의 사람들 중의 일부처럼 살고자 했었던 듯싶었다. 마치 그 아파트가 더러움에 대항하는 요새이자, 청결과 질서의 성지처럼 그 거리의 오물과 공공복도와 계단의 더러움이 바로 그의 집 문 앞에서 모두 끝나 더 이상 보이지 않았다. 모든 것이 반짝반짝 윤이 났다.

중절모를 벗으면서 스테판이 거실로 두어 걸음 들어서자, 그 곳은 조그만 식당 공간으로 아무 막힘 없이 쭉 통해져 있었으며, 그 공간은 음식을 차려 놓는 카운터로 반만한 크기의 부엌으로 나뉘어져 있었다. 그 곳에는 사복 경찰들과 정복 경찰들, 그리고 실험실의 연구원들이 모두 합쳐 열두어 명 정도 북적대고 있었다. 그들 대부분은 경찰처럼 행동하고 있지 않았고, 그러한 그들의 행동은 스테판을 어리둥절하게 만들었다. 실험실의 연구원들은 그들이 할 일을 마무리지었고, 다른 사람들은 별다른 할일이 없는 것이 분명했지만, 아무도 현장을 떠나려 들지 않았다. 그들은 두세 명씩 모여서 나직한 소리로 장의사나 교회에 있는 사람들에 대해 이야기를 나누고 있었다.

오직 사복 경찰 한 명만이 작업을 하고 있었다. 그는 약식으로 만들어 놓은 식탁에서 성모 마리아처럼 생긴 인상이 40대 정도되는 라틴계 여인과 함께 앉아서 그녀에게 질문을 하고 있었다. 비카직 신부는 그녀를 멘도자 부인이라고 부르는 소리를 들었다. 그 경찰은 그녀의 대답을 법적인 용어로 기록하고 있었다. 그녀는 경찰 수사에 협조하려고 애를 쓰고 있었지만, 그녀와 비슷한 또래의 한 남자를 계속 힐끔힐끔 바라보면서 정신을 제대로 집중하지 못하고 있었다. 아마도 그는 그녀의 남편인 듯싶었는데, 어린 아이 하나를 팔에 끼고 서성거리고 있었다. 그 아이는 여섯 살쯤 된 귀여운 소년이었다. 멘도자 씨는 크고 억센 팔에 그 소년을 안고는 쉴 새 없이 말을 걸고 다독거리면서 아이의 굵은 머리카락을 빗어서 세워 주곤 했다. 어떠한 폭력 사태가 일어나서 그 남자가 그의 아들을 거의 잃을 뻔한 것이 틀림없었으며, 그는 아이를 끌어안고 직접 접촉을 함으로써 정말 실제로 그런 일이 일어나지 않았다는 사실을 자신에게 확신시킬 필요를 느끼고 있는 것이었다.

한 순찰 경관이 스테판을 알아보고 "스테판 신부님?" 하고 말을 걸었다.

그 경관의 목소리는 낮았지만, 스테판의 이름을 부르자 주위가 일제히 잠잠해졌다. 스테판은 멘도자 가의 조그만 아파트에 모여 있는 사람들의 얼굴에 나타난 바로 그런 표정을 어디선가 본 듯했지만, 그것을 어디서 보았는지는 기억할 수가 없었다. 그 표정은 마치, 그가 단 한 줄의 말씀을 전해서 그들에게 그들이 존재하고 있다는 사실에 대한 신비함에 빛을 던지고 인생의 의미를 간결하게 전달해 주기를 기대하고 있는 듯한 모습이었다.

'대체 여기서 무슨 일이 있었던 거지?'

스테판은 불안해 하면서 내심 물었다.

"이쪽입니다, 신부님."

정복을 한 한 경관이 말했다.

장갑을 벗으면서 스테판은 방을 가로질러 그 경찰을 따라갔다. 침묵이 흐르는 가운데 모든 사람들이 그 사제와 그를 안내하는 경찰을 위해서 길을 비켜 주었다. 두 사람은 산뜻하고 깔끔하게 꾸민 침실로 들어갔다. 거기에는 윈톤 토크와 다른 경관 하나가 침대 가장자리에 걸터앉아 있었다.

"비카직 신부님이 오셨는데요."

스테판을 안내한 경찰이 말하고 나서 거실로 물러갔다.

토크는 몸을 앞으로 구부리고 팔꿈치를 무릎 위에 올려 놓고서 얼굴을 그 손에 묻은 채로 앉아 있었지만, 그는 고개를 쳐들지 않았다.

다른 경관이 침대 가장자리에서 일어나 윈톤의 동료인 폴 암즈라고 자신을 소개했다.

"제……생각으로는 신부님께서 윈톤에게 직접 말씀을 듣는 것이 더 좋을 것 같군요."

암즈가 말했다.

"전 나중에 신부님께 은밀히 드릴 말씀이 좀 있거든요."

그는 문을 닫고서 방을 나섰다.

침실은 겨우 침대 하나와 침대맡에 놓는 스탠드, 그리고 사람 키 정도의 옷장과 의자만 들여놓을 만한 작은 공간이었다. 비카직 신부는 옆에 있는 의자를 잡아 끌고서 침대 발치를 향해 앉았으며, 그제서야 그는 윈톤 토크를 똑바로 쳐다볼 수 있었다. 두 사람의 무릎이 거의 닿을 정도의 거리였다.

스카프를 풀면서 비카직 신부가 "무슨 일이 있었죠, 윈톤?" 하고 물었다.

그 말에 토크가 고개를 쳐들었고, 스테판은 그의 표정을 보고 깜짝 놀랐다. 그는 토크가 거실에서 일어난 사건으로 인해서 몹시 당황스러워하고 있을 것으로 생각했었다. 그러나 그의 얼굴에는 유쾌한 표정이 역력히 드러나 있었고, 흥분을 감추지 못하고 있었다. 그와 동시에 그가 두려워하고 있는 모습이기는 했지만, 그것은 공포에 질려 있다거나 겁을 먹고 있는 모습이 아니라 혹시 무언가가 완벽하고도 행복한 흥분감에 그가 빠져 드는 것을 방해할까 봐 염려하는 모습이었다.

"신부님, 브렌던 크로닌이 누구입니까?"

덩치가 커다란 그 사내의 목소리에서 느껴지는 전율은 방금 전의 즐거움이나 공포와는 거리가 먼 조금은 이상한 느낌을 주는 것이었다.

"브렌던 크로닌이 대체 뭐하는 사람이냐구요?"

스테판은 잠시 망설였지만 곧 진지하게 대답했다.

"그는 사제죠."

윈톤은 고개를 내저었다.

"하지만 그건 우리가 들은 얘기하고는 달라요."

스테판은 한숨을 내쉬면서 고개를 끄덕였다. 그는 브렌던이 신앙을 잃은 것과 경찰 순찰차를 타고서 보낸 일주일을 비롯해서 상식을 벗어난 치료의 사례들을 설명해 주었다.

"당신들이 그를 별다르게 대할까 봐 당신과 암즈 경관은 그가 사제라는 얘기를 듣지 못한 겁니다……게다가 난 그를 당혹스럽게 만들고 싶지 않았거든요."

"타락에 빠진 사제로군요."

윈톤은 당황한 듯 보였다.

"타락한 것은 아니죠."

비카직 신부는 확신에 차서 대꾸했다.

"그저 돌부리에 발이 걸려 넘어진 것뿐이죠. 때가 되면 곧 믿음을 되찾게 될 겁니다."

침대맡에 놓인 어둑어둑한 스탠드와 하나밖에 없는 좁은 창에서 들어오는 빛은 방을 밝게 밝히기에는 충분치 않은 것이라 그 경관의 모습은 부드러운 그림자를 드리우고 있었다. 그의 눈 흰자위는 두 개의 불빛이 되어 주위의 어두운 그림자와 유전적으로 타고난 검은 피부와 대조되어 매우 밝게 빛을 발하고 있었다.

"제가 총에 맞았을 때 브렌던이 저를 어떻게 고쳤죠? 그가 어떻게 그런……기적을 행한 거죠? 대체 어떻게요?"

"당신은 어째서 그것을 하나의 기적으로 단정지으시죠?"

"저는 가슴에 총을 두 발 맞았어요. 그것도 완전히 관통을 했다구요. 사흘 후 전 퇴원을 했다구요. 겨우 3일 만에요! 열흘이 지나자 전 다시 일을 시작할 만반의 준비가 되어 있었지만, 사람들은 저를 이주일 동안이나 집에서 꼼짝 못 하도록 만들었죠. 의사들은 계속해서 그런 일에도 까딱없는 제 신체 조건에 대해서 말들을 했습니다. 몸이 최상의 상태일 때에만 가능한 극히 예외적인 회복에 대해서요. 전 그들이 그들 자신에게가 아니라 바로 저에게 저의 회복에 관해서 설명하려고 애쓰고 있다는 생각이 들기 시작하더군요. 하지만 전 아직도 그저 제가 정말로 운이 좋다고 이해했죠. 전 일주일 전에 다시 일자리로 돌아왔습니다. 그리고 그 다음에…… 뭔가 다른 일이 일어났어요."

윈톤은 셔츠의 단추를 풀어헤쳐서 속옷을 들어올리고는 맨가슴을 보여 주었다.

"이게 바로 그 흉터들입니다."

비카직 신부는 몸을 부르르 떨었다. 그가 윈톤에게 가까이 있기는 했지만, 그는 더욱 가까이로 몸을 수그리고 경이에 찬 눈으로 그것을 자세히 살펴보았다. 그의 가슴에는 흉터도 남아 있지 않았다. 글쎄, 완전히 흉터가 없는 것은 아니었지만, 상처가 거의 치료가 되어서 그저 은화 크기 정도만 색깔이 착색되어 있을 뿐이었다. 수술 자국은 거의 없어져서 아주 가는 줄만 남아 있었고, 그것도 아주 가까이 다가가서 보아야만 보일 정도였다. 그렇게 심한 외상을 입은 직후라면 환부가 어느 정도 붓고 염증을 일으키기 마련이었지만, 그런 것도 전혀 없었다. 경미한 흉터 조직도 시커먼 피부에 반해 엷은 선홍빛 갈색을 띨 뿐, 덩어리가 있거나 쭈글쭈글하지는 않았다.

"전 다른 사람들이 총상을 입어서 생긴 오래된 흉터를 지니고 있는 것을 보아 왔어요."

윈톤은 공포로 인해서 여전히 흥분감도 참지 못하고 있는 듯한 말투였다.

"아주 많은 사람들을요. 그건 살이 터 오르고, 두껍고, 아주 흉칙했어요. 신부님께서는 가슴에 38구경 탄환을 두 발 맞고서 대수술을 받고, 3주 후에 이런 모습을 하지도 않으셨죠……. 그리고 그런 적도 없으셨구요."

"가장 최근에 병원에 가신 적이 언제죠? 의사가 이걸 보았나요?"

윈톤은 떨리는 손으로 셔츠의 단추를 채웠다.

"일주일 전에 소네포드 박사를 만났었죠. 아주 오래 전에 꿰맨 자국이 없어진 것은 아닙니다. 그리고 제 가슴은 아직도 엉망진창이었어요. 상처가 깨끗이 없어진 것은 겨우 나흘밖에는 안 됩니다. 신부님께 맹세합니다만, 만일 거울 앞에 오랫동안 서 있는다면, 상처가 사라지는 모습을 분명히 볼 수 있었을 겁니다."

셔츠의 단추를 다 잠그고 나서 윈톤이 말했다.

"최근에 전 신부님께서 크리스마스에 병원을 찾아오셨던 일에 대해서 생각해 봤어요. 제가 그 일을 깊이 생각하면 할수록, 신부님의 행동은 더욱 별다르게 보였습니다. 신부님께서 말씀하신 얘기들이며, 브렌던에 대해서 물으시던 얘기들 중에서 몇 가지를 기억하고 있는데, 궁금증이 생기기 시작하더군요……. 제가 궁금하게 생각하고 있는 한 가지 점은……. 아니 제가 꼭 알아야 할 것은 브렌던 크로닌이 다른 누군가를 고친 적이 있느냐 하는 겁니다."

"그래요. 당신의 경우처럼 극적이지는 않지만, 그런 일이 있었습니다. 전……누구를 고쳤는지 감히 말해 드릴 수는 없습니다……. 하지만 당신이 사제관에 전화를 건 것은 이런 이유 때문이 아닐텐데요. 댁의 목소리는 너무나 급박하게 들렸어요. 공포에 질린 것 같더군요. 그리고 멘도자 가와 여기 있는 경찰들은 대체 뭐죠? 여기서 무슨 일이 일어난 겁니까, 윈톤?"

스테판이 물었다.

긴장을 푼 듯 쾌활한 미소가 그의 넙적한 얼굴에 나타나더니 이내 사라져 버렸다. 그리고 순간적으로 공포의 기색이 뒤따랐다. 그의 목소리에는 감정의 동요가 역력했다.

"우리는 순찰을 돌고 있었어요. 저랑 폴이요. 우리는 호출을 받았죠. 이 주소로요. 여기에 도착했을 때, 16세짜리 애가 펜시클리딘(마약의 일종 — 역주)에 취해 있는 것을 발견했죠. 신부님께서는 펜시클리딘이 때때로 어떤지 아세요? 완전히 머리가 돌아 버리죠. 꼭 짐승 같아져요. 빌어먹을 놈의 약은 인간의 뇌세포를 좀먹죠. 나중에 정신을 차리고 나서 우리는 그 애가 멘도자 부인의 조카인 에르네스토라는 걸 알아냈죠. 그 애는 자기네 부모들마저 더 이상 단속할 수 없게 되자 일주일 전에 여기에 살러 왔더군요. 멘도자 가족은……모두 좋은 사람들이에요. 신부님께서도 그들이 이 집을 어떻게 가꾸고 지내는지 보셨겠죠?"

비카직 신부는 고개를 끄덕였다.

윈톤이 계속 말을 이었다.

"이런 사람들은 조카가 잘못된 길로 들어서면 자기네들이 데리고 있으면서 바른 길로 들어서게 하려고 애를 쓰기 마련이죠. 하지만 그런 애들은 올바로 잡아 줄 수가 없어요. 괜히 애써 봤자 마음만 아플 뿐이죠. 그 에르네스토라는 애는 국민학교 5학년 때부터 속을 썩혀 왔더라구요. 청소년 비행으로 체포된 기록이 있었어요. 상해 혐의로 여섯 차례나요. 그 중에서 두 차례는 상당히 중태에 빠뜨렸더군요. 우리가 여기 도착했을 때, 그 애는 벌거벗은 채로 머리를 쥐어뜯으면서 고래고래 비명을 지르고 있었어요. 골이 깨질 것 같이 심한 압력을 받아 귀가 멍멍한 상태였구요."

윈톤의 시선은 마치 그 시간으로 돌아가서 그가 처음 그 모습을 발견했을 때의 그 장면을 생생히 보고 있듯 초점이 없어졌다.

"에르네스토는 헥터를 때렸어요. 아마 들어오시면서 그 꼬마 애를 보셨을 겁니다. 그는 그 아이를 때려눕히고 꽉 붙들고서는 헥터의 목에 6인치나 되는 잭나이프를 휘둘렀죠. 멘도자 씨는……정신이 나가서 에르네스토에게 달려들어 칼을 뺏으려고 했어요. 그렇지 않으면 겁을 먹은 에르네스토가 헥터를 찌를 테니까요. 에르네스토는 빌어먹을 놈의 약 때문에 해롱대면서 비명을 지르고 있었어요. 그는 약으로 정신이 나간 상태니까 그에게 말을 해도 통할 리가 없죠. 우리는 총을 빼들었어요. 약에 취해서 정신이 나간 녀석에게 가까이 다가가서는 안 되니까요. 하지만 녀석이 칼을 헥터의 목에 들이대고 있는 상황이라 총을 쏘지는 않을 작정이었죠. 헥터는 울고 있었고, 우리가 까닥 잘못했다가는 에르네스토가 그 애를 죽일지도 모르니까요. 그래서 우리는 그를 살살 구슬려서 헥터한테서 떨어지게끔 만들려고 애를 썼고, 그가 아이에게서 칼을 치우기 시작하는 걸로 보아 계획대로 잘 되어 나가는 것 같았어요. 그런데 그때 갑자기 그 녀석이 칼을 재빨리 휘두르더니 헥터의 목을 베어 버린 거예요. 거의 한 쪽 귀에서 다른 쪽 귀까지 쭉……아주 깊숙이요……."

윈톤은 몸을 부르르 떨었다.

"아주 깊었어. . 그리고 나서는 녀석이 칼을 아이의 머리 위로 쳐들더군요. 그래서 우리는 녀석을 쏠 수밖에 없었죠. 하지만 몇 발을 쐈는지, 어디를 맞았는지는 확실히 모르겠어요. 어쨌든 녀석은 헥터의 위에 죽은 듯이 쓰러졌습니다. 우리는 녀석의 몸을 아이로부터 끌어냈어요. 어린 헥터가 한 손으로 목에 난 상처를 막으려고 애쓰면서 쓰러져 있더군요. 손가락 사이로 피가 콸콸 쏟아지고 있었어요. 눈은 벌써 흐려져 있었구요……."

그 경관은 깊게 심호흡을 하고는 다시 몸을 떨었다. 그의 눈은 마치 과거의 공포로부터 물러 나올 필요를 느낀 듯 다시 초점을 되찾았다. 그는 창쪽으로 시선을 돌리고는 창 너머로 침침한 주택가의 골목 위로 새어 들어오는 잿빛 겨울 햇살을 바라보았다.

스테판은 심장이 두근거리기 시작했다. 그것은 윈톤이 설명해 준 잔인한 사건이 무서워서가 아니라 그 경찰이 대체 무슨 이야기를 꺼내려고 그러나 몹시 궁금했기 때문이었다. 그리고 그가 빨리 그 기적에 관해서 이야기해 주기를 애타게 기다렸다.

창 쪽을 바라본 채로 윈톤은 계속 이야기를 해 나갔다. 그의 목소리는 점점 더 떨렸다.

"신부님, 그런 상처를 응급 처치할 만한 방법은 없는 것 아니겠습니까? 혈관의 동맥이 잘라졌는데 말예요. 목에 있는 대동맥이 말예요. 호스에서 물이 쏟아져 나오듯이 피가 콸콸 쏟아져 나왔다구요. 꼭 목에 그렇지 않다고 쳐도 그런 상황에서는 지혈기도 쓸 수 없었다구요. 직접 압력을 주면 경동맥을 막지 못하죠. 절대로 안 돼요. 전 소파 옆의 바닥에 무릎을 꿇었죠. 헥터가 빠른 속도로 죽어 가고 있었어요. 거의 숨이 붙어 있지 않은 것 같았어요. 거의 죽은 거나 다름없었죠. 그런 정도의 상처라면 기껏해 봤자 2분 만 있으면 죽게 되어 있죠. 그리고 그 애는 거의 그런 상태였어요. 그것이 쓸데없는 짓이라는 건 알고 있었지만, 전 헥터의 목에 손을 얹어 놓았죠. 어쩌면 내가 그 피를 멎게 할 수도 있을 거야, 그에게 생명을 유지시켜 줄 수 있을지도 몰라 하는 그런 기분으로요. 전 너무나 화가 나고, 마음이 아프고, 겁이 난 상태였어요. 어린 아이가 그런 식으로 죽어 간다는 것이, 그렇게 고통을 받는다는 것이 옳지 못하다고 생각했죠. 그 애가 죽는 것은 옳지 않다고 말예요. 그런데 그 순간…… 그 순간 말이죠……."

"그 순간 그 애의 상처가 나았다는 거로군요."

비카직 신부가 나직하게 말했다.

윈톤 토크는 마침내 창으로 새어 들어오는 어둑한 빛줄기로부터 시선을 돌리고는 스테판의 눈을 마주보았다.

"그래요, 신부님. 그 애는 나았어요. 온몸이 피로 흠뻑 젖어서 몇 초만 있으면 죽을 상태였는데, 그 애가 나은 겁니다. 저는 무슨 일이 일어나고 있는지도 몰랐어요. 그런 일이 일어나고 있다는 것도 느끼지 못했죠. 제 손에서 별다른 것이 있으리라고는요. 신부님께서는 제가 제 손에서 특별한 무언가를 느꼈으리라 생각하지 않으신가요? 하지만 제가 뭔가 믿어지지 않는 일이 일어나고 있다고 맨먼저 깨달은 건 제 손가락 사이로 뿜어 나오던 피가 멈추고 그와 동시에 아이가 눈을 감았을 때였어요. 전 아이가 틀림없이 죽은 거로구나 하고 생각했죠. 그리고 전……'오, 안 돼! 하나님 제발 안 됩니다!' 하고 소리쳤죠. 그리고 제가 헥터의 목에서 손을 치우고 그 상처를 보았어요. 바로 그때 저는 그 상처가……그 상처가 완전히 아문 것을 목격했어요. 아직 생살 그대로여서 흉칙한 몰골에, 칼을 깊숙이 찌른 곳이 끔찍하게 한 줄로 상처가 남아 있기는 했지만, 살점이 모두 들러붙어서 빨간 상처 하나로 아물어 있었어요. 상처가 다 나은 거죠."

덩치가 커다란 그 사내는 잠시 말을 멈추었다. 그의 눈에는 눈물이 가득 고여 시야가 흐려져 있었다. 그는 다시 한 번 마음을 가다듬었다. 만일 그가 슬픔으로 마음이 흐트러진 것이라면, 그는 아마 슬픔을 강하게 억누른 것일 테지만 이것은 훨씬 더 강력한 것이었다. 그것은 바로 기쁨이라는 감정이었다. 믿어지지 않지만 기뻐서 날뛸 것 같은 순수한 환희. 그는 폭발할 것 같은 격한 감정에 참지 못하고 울음을 터뜨린 것이다.

비카직 신부도 뜨거운 눈물을 흘리면서 두 손을 뻗었다.

윈톤은 신부의 손을 꼬옥 붙잡았다. 그리고 이야기를 계속해 나가는 동안 손을 놓으려 들지 않았다.

"제 동료인 폴은 그 일이 일어나는 것을 보았어요. 멘도자 가족들도 봤구요. 그리고 우리가 에르네스토를 쏘았을 때, 두 명의 정복 경찰들이 막 도착했죠. 그 사람들도 보았습니다. 그리고 제가 아이의 목 전체에 난 새빨간 상처를 보았을 때, 전 비로소 제가 무슨 일을 해야 할지를 알겠더군요. 전 다시 아이의 몸에 손을 올려 놓고는 다시 상처를 손으로 감쌌죠. 그리고 아이가 다시 살아나리라고 생각했어요. 그 애가 살아나기를 바랐다고 해야겠죠. 제 마음은 최대한으로 움직이기 시작했죠. 전 브렌던과 샌드위치 가게에 있었던 제 모습을 연결시켰죠. 그리고 지난 며칠 동안 어떻게 제 가슴의 상처가 차츰 사라지기 시작했는지에 대해서 생각해 봤죠. 그리고 그것이 어쨌건 연결되어 있다는 걸 알았습니다. 그래서 전 제 손을 아이의 목에 계속 대고 있었죠. 한 1분쯤 지나자 아이는 눈을 뜨고 저를 보고 웃더군요. 신부님도 그 미소를 보셨어야 했는데. 그래서 전 다시 손을 치웠어요. 상처가 있기는 했지만 훨씬 좋아졌더군요. 아이는 자리에서 일어나 앉아 엄마를 찾더군요. 그때 전……아주 진이 다 빠져 버렸어요."

윈톤은 잠시 말을 멈추고는 숨을 약간 가쁘게 몰아쉬었다.

"멘도자 부인이 헥터를 욕실로 데려가서는 피에 젖은 옷을 벗기고 아이를 씻겼습니다. 그리고 그 동안 계속 경찰에서 더 많은 수의 사람들이 출동했죠. 말이 돌았어요. 다행히도 아직 기자들은 그 소식에 별로 관심이 없는 모양입니다."

잠시 두 사람은 손을 맞잡은 채 침묵 속에서 서로 얼굴을 마주하고 앉아 있었다. 그때 스테판이 말했다.

"에르네스토를 다시 살리려는 시도를 하지 않으셨나요?"

"했습니다. 그가 한 일이 있기는 하지만, 전 그의 상처에 손을 올려 놓았죠. 하지만 그에게는 통하지 않더군요. 어쩌면 그가 벌써 죽어 있었을지도 모르죠. 헥터는 아직 완전히 죽은 것이 아니라 그저 죽어 가고 있었을 뿐이니까요. 하지만 에르네스토는 벌써 죽은 것이죠."

"혹시 당신 손바닥에서 이상한 흔적을 보셨나요? 살이 부어오른 것 같은 붉은 고리 무늬 말예요?"

"그런 것은 없었습니다. 그런 것이 있었다면 대체 그건 무슨 뜻이죠?"

"저도 모르겠습니다."

비카직 신부가 말했다.

"하지만 이런 일이 일어났을 때면……그것들이 브렌던의 손에 나타나죠."

그들은 다시 아무 말도 하지 않았다. 그리고 나서 윈톤이 말했다.

"브렌던이……아니 크로닌 신부님이 성인이라도 되신다는 건가요?"

비카직 신부는 미소를 지었다.

"그가 좋은 사람이기는 하지만 성인은 아닙니다."

"그렇다면 그분이 어떻게 저를 고쳤죠?"

"나도 자세히는 모릅니다. 하지만 확실히 그것은 하느님의 능력에 대한 계시 같은 것입니다."

"하지만 브렌던이 어떻게 그런 치료의 능력을 옮긴 거죠?"

"나도 모릅니다. 만일 그가 정말로 그 힘을 전수했다면 말이죠. 아마 그건 당신의 능력이 아닐 겁니다. 어쩌면 하느님께서 당신을 통해서 행하시는 것일 뿐이죠. 우선 브렌던을 통해서, 그리고 그 다음은 당신을 통해서 말예요."

마침내 윈톤은 비카직 신부의 손을 놓았다. 그는 자신의 손바닥을 자세히 살폈다. "아뇨. 그 힘은 아직도 여기에 있어요. 바로 내 안에요. 전 그걸 압니다. 어쩐지 그런 것 같이 느껴져요. 그리고 그저……치료할 수 있는 힘이 아니라 그 이상의 것이라구요."

비카직 신부는 눈썹을 치켜 올렸다.

"그 이상의 것이라고? 그게 뭐죠?"

윈톤은 얼굴을 찡그렸다.

"아직은 잘 모르겠어요. 그건 너무나 새롭고 기이한 거예요. 하지만 전……그 이상의 것을 느낍니다. 그것이 어떻게 되어 가나 하는 것을 보려면 시간이 걸릴 겁니다."

못이 박힌 시커먼 손바닥을 쳐다보던 얼굴을 쳐들었을 때, 그의 얼굴은 겁에 질려 굳어 있었다.

"크로닌 신부님은 대체 어떤 분이죠? 저를 어떻게 하신 건가요?"

"윈톤, 여기에 관해서는 사악하고 위험한 뭔가가 있으리라는 생각은 떨쳐 버려요. 그저 이 일은 신기한 사건일 뿐입니다. 당신이 구해 준 헥터를 생각해 봐요. 그 애의 조그만 몸에서 다시 지탱되고 있는 생명력을 기억해 봐요. 우리는 신성한 신비 가운데서 기도하는 구도자들입니다, 윈톤. 우리는 하나님께서 우리가 이해하기를 허락하실 때까지는 그 의미를 이해할 수가 없어요."

비카직 신부는 헥터 멘도자라는 소년을 한 번 보고 싶다고 말했다. 그러자 윈톤은 "저는 저기 밖에 나가서 사람들과 대면할 준비가 되어 있지 않아요. 비록 대부분의 사람들이 우리 지역 사람들이라고 해도요. 전 잠시 여기 있겠어요. 돌아오실 거죠?"라고 말했다.

"윈톤, 난 사실 오늘 아침에 꽤 급한 다른 볼일이 있었어요. 난 그걸 곧 해결해야 합니다. 하지만 연락할게요. 오, 믿어도 돼요! 만일 제 도움이 필요하시면 성 베네딕트 교구로 연락하십시오."

스테판이 침실을 나서자, 기다리고 있던 경찰들과 실험실의 연구원들은 아까처럼 갑자기 조용해졌다. 그들은 그가 간이용 식탁으로 건너가는 동안 잘 지나가도록 길을 비켜 주었다. 거기에서 어린 헥터가 엄마 무릎에 앉아 행복한 듯한 모습으로 아몬드 초코바를 먹고 있었다.

아이는 여섯 살이라는 나이에 비해서 체구가 작았으며 연약해 보이는 윤곽을 지니고 있었다. 아이의 눈은 초롱초롱 빛났고 총기가 넘쳤다. 그것은 아이가 엄청난 양의 피를 흘렸음에도 불구하고 뇌를 다치지는 않았다는 증거였다. 그러나 훨씬 더 놀라운 점은 분명히 흘려 버렸던 피가 금방 재생되어서 수혈할 필요가 없다는 사실이었다. 그것은 소년의 회복이 토크 때의 사건보다 더욱 기적적이라 할 수 있는 점이었다. 윈톤의 손에서 나오는 힘이 브렌던의 힘보다 더 큰 것 같았다.

비카직 신부가 무릎을 굽혀서 아이의 눈높이 정도로 몸을 낮추자, 아이는 그에게 씩하고 웃어 보였다.

"기분이 어떠니, 헥터?"

"좋아요."

아이는 수줍은 듯이 말했다.

"너한테 무슨 일이 일어났는지 기억하니?"

소년은 입술에 묻은 초콜릿을 빨면서 고개를 내저었다.

"아니오."

"그거 맛있니?"

소년은 고개를 끄떡이고는 비카직 신부에게 한 입 먹어 보라고 권했다.

신부는 웃으며 "고맙다, 헥터. 하지만 너 다 먹어." 하고 말했다.

"엄마가 신부님께도 하나 주실지 몰라요. 하지만 카펫에는 흘리지 마세요. 그러면 큰일나니까요."

헥터가 말했다.

스테판은 멘도자 부인을 올려다보았다.

"아이가 정말 기억 못합니까?"

"예. 하나님께서 저 애로부터 그 기억을 빼앗아 가셨어요, 신부님."

그녀가 대답했다.

"멘도자 부인, 당신은 카톨릭 신자인가요?"

"예, 신부님."

그녀는 아이를 안고 있지 않은 손으로 성호를 그으면서 대답했다.

"성모 마리아 미사에 참석하시나요? 그래요. 그렇다면 그건 닐로 신부의 교구인데 당신은 그를 부르셨나요?"

"아니오, 신부님. 전 그런 걸 모르고서……."

비카직 신부는 멘도자 씨를 올려다보았다. 그는 부인이 앉아 있는 의자 맞은편에 서 있었다.

"닐로 신부를 부르세요. 신부께 일어난 일을 말씀드리고 와 달라고 하세요. 신부가 여기 올 때쯤이면 난 가고 없을 거라고 설명해 줘요. 나중에 제가 다시 그에게 얘기할 테니까요. 내가 신부에게 할 말이 많다고 설명하고 신부께서 여기서 본 것이 이야기의 전부는 아니라고 설명해 주세요."

멘도자 씨는 급히 전화기 쪽으로 갔다.

가까이 있던 형사들 중의 하나를 올려다보면서 스테판이 말했다.

"소년의 목에 난 상처를 사진으로 찍으셨나요?"

그 형사는 고개를 끄떡였다.

"그럼요. 그건 일반적인 절차죠."

그는 신경질적으로 웃었다.

"제가 뭐라고 말해야 하죠? 이 사건엔 일반적인 것이라고는 하나도 없어요."

"바로 그렇기 때문에 여기서 일어난 일을 증명하려면 댁들은 사진을 찍어 둬야죠. 내 생각으로는 곧 상처가 아물 것 같으니까요."

비카직 신부가 말했다.

그는 다시 소년을 쳐다보며 "자, 헥터, 괜찮다면 내가 네 목을 좀 만져 보고 싶은데. 상처가 어떤지 만져 보고 싶거든."

소년은 초코바를 내렸다.

비카직 신부는 떨리는 손으로 끔찍한 그 상처의 조직들을 만져 보았다. 그리고 서서히 손가락을 움직여서 상처 둘레를 쭉 더듬어 보았다. 소년의 가냘픈 목의 양쪽 경동맥에서 강한 맥박이 뛰고 있었다. 생명의 기적을 느끼면서 스테판의 가슴도 뛰었다. 이곳에서 죽음은 패하여 물러났으며, 스테판은 자신이 교회가 존재하는 근원이 되는 약속,즉 "죽음은 영속치 않을 것이며, 너희에게 영생이 주어질 것이다"는 말씀을 충족시킨 사건을 목격했다는 특권을 지녔다고 굳게 믿었다. 사제의 눈에서 눈물이 솟구쳤다.

마침내 스테판이 아쉬워하면서 소년의 몸에서 손을 떼었을 때, 경관 하나가 말했다.

"신부님, 그게 무슨 뜻이죠? 전 신부님께서 멘도자 씨에게 이 일이 전부가 아니라고 말씀하시는 것을 들었는데요. 무슨 일이 일어나고 있는 거죠?"

스테판은 이제는 스무 명 남짓하게 모여 있는 사람들을 쳐다보았다. 그들의 얼굴에서 그는 믿음에 대한 강한 열망을 보았다. 그들이 모두 다 카톨릭이나 개신교의 신도들은 아니었으므로 그것이 특별히 카톨릭이나 기독교에 대한 신앙을 말하는 것은 아니었지만, 그것은 분명 인간보다 더 훌륭하고 더 낫고 더 깨끗한 무언가가 존재하리라는 것에 대해 깊이 뿌리박혀 있는 강한 열망이었다. 다시 말해서 그것은 영적 초월에 대한 강렬한 열망인 것이었다.

"신부님, 그게 대체 무슨 뜻이죠?"

그중 하나가 다시 물었다.

"무슨 일이 일어나고 있어요. 비단 여기뿐만이 아니라 다른 곳에서도요. 뭔가 위대하고도 굉장한 일이오. 이 아이는 그것의 일부분일 뿐입니다. 그게 무엇을 의미하는지, 또한 여러분이 그러시리라 믿고 있지만 우리가 여기서 하나님의 손길을 목격한 것인지 여러분께 아직 확실히 말씀드릴 수는 없습니다. 엄마 무릎 위에서 사탕을 먹고 있는 어린 헥터를 보십시오. 그리고 신의 약속을 기억하십시오. '더 이상 죽음은 없을 것이며, 슬픔도 눈물도 없을 것이며, 더 이상의 고통도 없을 것이다. 이미 그 모든 것들은 다 지나가 버렸기 때문이다.' 라고 말씀하신 약속을요. 전 마음속 깊은 곳에서 진실로 그 모든 것들이 다 죽어 없어졌음을 느낍니다. 자, 전 이제 가 봐야겠습니다. 급한 용무가 있어서요."

그 자신도 놀랍게도 그의 설명이 모호하기 그지없었음에도 불구하고, 사람들은 그에게 길을 내 주었고 더 이상 그를 붙잡지 않았다. 아마 헥터의 기적이 그다지 막연하고 모호한 것이 아니라, 아니 좀더 정확히 말해서 눈에 확 띌 만큼 분명해서 이미 그들 스스로가 그 답을 다룰 수 있을 만한 더 많은 해답을 주었기 때문인 것 같았다. 그러나 스테판이 길을 지나갈 때, 몇몇 사람들은 손을 뻗어서 그를 만지려고 했고, 그의 손이나 어깨를 붙잡으려 했다. 그것은 종교적인 열정에서가 아니라 감정상으로 동지애를 지닌 행동이었다. 스테판도 그들을 만지면서 그 방안에 있는 모든 사람들의 가슴을 벅차게 만들고 있는 인류 공동체라는 깊은 동지애를 나누고, 어떤 커다란 운명을 향해 그들이 휩쓸려 가고 있다는 확신을 함께 나누고 싶은 욕구에 압도당했다.

10시 전 보스턴에서는 상원 의원을 비롯하여 주영 대사, CIA 국장을 지낸 바 있으며 그 후 10년 간 현직에서 물러나 있는 알렉산더 크리스토퍼슨이 조간 신문을 읽고 있었다. 그때 코네티컷의 그린 위치에서 골동품상을 하고 있는 그의 동생 필립으로부터 전화를 받았다. 그들은 그저 늘 연락을 하고 지내는 형제처럼 별다른 중요한 용건이 없이 5분 정도 통화를 했지만, 그들의 대화를 나누는 내용 가운데는 은밀한 용건이 담겨져 있었다. 통화를 끝낼 무렵 필립이 말했다.

"그런데 바로 오늘 아침 다이아나와 통화를 했어. 그 여자 기억나?"

"물론이지. 어떻게 지내디?"

알렉스가 말했다.

"문제가 있대. 그 얘기를 하는데 따분해서 혼났어. 어쨌든 안부 전해 달래."

그렇게 말하고 나서 필립은 화제를 바꿔서 마치 다이아나가 별로 중요하지 않은 인물인 것처럼 알렉스가 재미있어 할 만한 책 두 권을 추천해 주었다.

다이아나는 진저 바이스가 필립에게 전화를 했었고 알렉스와 할 이야기가 있다는 뜻을 나타내 주는 암호였다. 그는 파블로의 장례식에서 진저를 처음 만났던 때, 은빛이 도는 그녀의 금발이 빛을 내며 반짝거리는 것을 보고서 달의 여신 다이아나를 연상하였다.

필립과 통화를 마치고 나서 그는 아내인 엘레나에게 쇼핑몰까지 산책을 갔다오겠다고 말했다.

"서점에 들러서 필립이 권해 준 책을 사야겠어."

실제로 그가 산책을 간 것은 사실이었지만, 그는 그 책들을 사기 전에 공중 전화를 찾아내서 전화 카드를 사용해 필립에게 전화를 걸어서는 진저 바이스가 남겨 놓은 전화 번호를 알아냈다.

"네바다 엘코에 있는 공중 전화라고 했어."

필립이 그에게 말했다.

알렉스가 네바다에 전화를 걸었을 때, 다섯 번째 벨이 울릴 때까지 진저 바이스는 전화를 받지 않았다.

"죄송해요. 차 안에 있었어요. 차를 공중 전화 옆에 주차시켰었거든요. 여기 서서 기다리기가 너무 추워서요."

그녀가 말했다.

"네바다에서 무얼 하고 있는 거요?"

알렉스가 물었다.

"파블로의 장례식에서 제가 선생님을 제대로 이해했다면, 선생님께서는 제가 이런 질문에 대답하기를 바라지 않으실텐데요."

"그 말이 맞아요. 내가 적게 알고 있을수록 더 좋죠. 내게 물어 보고 싶은 것이 뭐죠?"

그녀는 자세한 상황을 매우 간단히 줄여서 자신과 비슷한 기억 장애를 겪고 있는 다른 사람들을 찾아냈으며, 그 중의 어떤 사람들은 똑같은 시간대에 서로 다른 기억들을 가지고 있다고 설명해 주었다. 알렉스는 세뇌에 관한 한 전문가였기 때문에, 진저는 전체적으로 위조된 기억을 심는 것보다 현실과 끈이 연결되어 있는 날조된 기억을 심는 것이 더욱 어려운 일인가를 알고 싶어했다. 그리고 그는 실제로 그렇다고 그녀에게 확인시켜 줄 수 있었다.

"우리가 짐작한 대로군요. 하지만 선생님이 확인시켜 주셔서 다행이에요. 우리가 제대로 가고 있다는 뜻이니까요. 선생님께서 저희를 위해서 몇 가지 정보를 얻어다 주셨으면 하는데요. 군의 정예 DERO 사단의 장교 중의 하나인 렐런드 폴커크 대령에 대해서 알아봐 주실 수 없는지 해서요. 그리고……."

"잠깐만요, 잠깐만!"

알렉스가 말하면서, 마치 자신이 이미 감시를 당하고 있거나 제거 목표물이 되기라도 한 것처럼 공중 전화의 창을 통해서 쇼핑몰을 지나가는 사람들을 신경질적으로 쳐다보았다.

"묘지에서 내가 마인드 컨트롤의 기술에 대한 배경이나 조언을 해 주겠다고 했지만, 정보를 캐내는 일은 절대로 안 하겠다고 분명히 경고했을텐데요. 내 입장을 설명했잖아요."

"비록 선생님께서 현직에서 물러나신 지는 몇 년 되셨지만 아직도 곳곳에 아시는 분들이 많으실 것 아니에요."

"이봐요, 박사 양반. 내 말 못 들으셨소? 난 당신들 문제에 적극적으로 관련되고 싶지 않아요. 그럴 만한 여유도 없구요. 난 잃는 게 너무 많아요."

"복잡하거나 극비 사항을 캐내려고 하지 않으셔도 돼요. 우리가 원하는 건 그게 아니니까요."

그녀는 마치 그의 말을 못들은 것처럼 말했다.

"그저 폴커크의 복무 기록에 대한 사항들을 아는 정도만으로도 우리가 그를 이해하고 그에게 무엇을 예상할 수 있을지 생각을 짜 내는 데 도움이 될 수 있을 것 같아서요."

"제발 난……."

하지만 그녀는 끈덕지게 우겼다.

"그리고 선더 힐 창고지에 대해서도 알아야겠어요. 여기 엘코에 있는 군 시설이죠."

"안 돼요."

"그 곳은 지하 군축 기지인 것 같아요. 어쩌면 오랫동안 그냥 지하 기지였는지, 아니면 계속해서 그 외의 다른 용도로 쓰여 왔는지는 잘 모르겠지만, 요즘엔 단순한 지하 창고가 아니라는 것은 알고 있어요."

"이 봐요. 난 당신들을 위해서 해 줄 수가 없어요."

"렐런드 폴커크 대령과 선더 힐 창고예요. 더 이상 물어 볼 것도 없고, 깊이 파 보실 필요도 없어요. 그것들만 조금 알아다 주시면 돼요. 지금 현직에 계신 옛날 친구분들께 말씀해 보세요. 그리고 나서 거기 보스턴에 계신 조지 해너비 박사나 시카고에 계신 스테판 비카직 신부님이라는 사제분께 얘기 좀 전해 주세요."

그리고 그녀는 그에게 전화 번호들을 가르쳐 주었다.

"제가 미리 그분들께 연락을 해 둘 것이고 선생님께서 그분들께 말씀하신 내용을 제가 전해 받으면서 선생님의 이름을 밝히지 않을 거예요. 그런 식으로 하시면 선생님께서 제게 직접 전화 거실 필요도 없으시고, 정체가 드러나시지도 않으실 거예요."

그는 진정하려고 애써 봤지만 마비된 손이 떨리는 것을 막을 수가 없었다.

"미안해요, 박사. 난 그저 최소한의 도움만 자청했을 뿐이오. 난 죽는

게 무서운 늙은이일 뿐이오."

"선생님께서는 의무라는 미명하에 저질렀을지도 모르는 죄에 대해서 걱정하셨죠."

그녀는 그가 묘지에서 그녀에게 말한 것을 되풀이해서 말했다.

"그리고 선생님께서는 아마 실제로 있었건 가상이건간에 그러한 죄들의 얼마간이라도 속죄할 만한 뭔가를 하고 싶어하신 것 같은데요. 이 일이 일종의 속죄가 될 수 있을걸요."

그녀는 해너비와 비카직의 전화 번호를 되풀이해서 말했다.

"안 돼요. 만일 당신이 심문을 당하더라도 내가 안 된다고 했다는 걸 기억해 둬요. 절대적로 안 된다고."

그녀는 정신나간 사람처럼 있는 대로 열을 내서 말했다.

"앞으로 여섯 시간 내지 여덟 시간 내에 뭔가 해 주시면 도움이 되겠는데. 터무니없는 주문이라는 것은 알지만, 다시 한 번 부탁드릴게요. 전 그저 기본적인 정보만 묻는 거예요. 별로 비밀이랄 것도 없는 것일지라도 뭐든요."

"안녕히 계시오, 박사."

그는 날카롭게 말했다.

"선생님의 좋은 소식을 기다리고 있겠어요."

"아마 그런 일은 절대 없을 거요."

"죄송합니다."

그녀는 그렇게 말하고서 먼저 전화를 끊어 버렸다.

"이런!"

그는 수화기를 쾅 내려놓으면서 말했다.

그녀는 매력적이고 잘나고 지적이고, 여러 가지 면에서 마음을 끄는 여자였다. 하지만 그녀는 언제나 원하는 것은 얻고야 만다는 절대적인 신념을 가진 여자였으며, 그는 그러한 특성이 때때로 남자들에게는 칭찬이 될 수 있을 만한 것이지만, 여자에게는 극히 드물거나 또한 전혀 칭찬받을 만한 것이 못 된다고 생각했다. 어쨌건 그녀는 이번에는 실망하게 될 것이다. 이번에는 그녀가 원하는 것을 얻지 못하게 될 것이다. 아무리 얻고자 하더라도…….

하지만……그는 펜으로 그녀가 가르쳐 준 해너비와 비카직의 전화 번호를 메모했다.

돔과 어니는 최소한 선더 힐 창고의 주변만이라도 조사해 보려고 화요일 아침 일찌감치 떠났다. 그들은 잭 트위스트의 새로 산 지프 체로키에 탔다. 잭은 모텔에 돌아와 자고 있었다. 그는 브렌던 크로닌과 졸저 모나텔라와 함께 계속 순찰을 돌면서 밤의 절반쯤을 엘코 주위로 차를 몰고 다니느라 불과 몇 시간 전에야 잠자리에 들었다. 체로키와 모텔의 다저 용달차는 둘 다 4륜 승합차였지만, 지프가 더 튼튼하고 운전하기가 수월했다. 선더 힐로 오르는 산기슭의 언덕길이 군데군데 얼어붙어서 미끄러울 수 있기도 했고, 그날 날씨가 또 눈이 내릴 것 같았기 때문에 그들은 가장 믿음직한 운송 수단을 원했다.

돔은 그런 날의 하늘을 좋아하지 않았다. 짙은 먹구름들이 고원 지대 위에 낮게 깔려 있었고, 산기슭의 언덕에는 더 심해서 산꼭대기가 제대로 보이지 않을 정도였다. 일기 예보에 의하면 고지대에서는 올해 처음으로 14인치나 눈이 쌓이는 커다란 폭풍우가 있을 것이라고 했다. 그러나 아직 눈은 한 송이도 내리지 않았다.

폭풍이 휘몰아치게 될 위험이 점점 높아져 간다 해도 돔과 어니의 기분을 침체시키지는 못했다. 그들은 모텔을 나설 때 기분이 썩 좋았었다. 마침내 무엇인가를 하는 것이었다. 단순히 반응하는 것이 아니라 행동을 취하는 것이었다. 게다가 서로 좋아하는 사람이 함께 낚시를 간다든가 야구장을 찾아가는 따위의 일종의 모험을 떠날 때 존재하는 즐거운 동료애가 있었다. 아니면 군 시설물 주위의 초음파 방어 시설을 찾아내기 위해 정찰을 함께 갈 때라든가…….

그들의 근사한 기분은 뜻하지 않게도 바로 지난밤에 뜻밖에 평온하게 지낸 데서 비롯된 것이었다. 몇 주 만에 처음으로 돔은 악몽이나 몽유병에 시달리지 않고 편안히 잠을 잤다. 그는 단지 자세한 배경은 알 수 없지만 황금빛으로 가득 찬 방에 대한 꿈을 꾸었을 뿐이었다. 그 곳은 분명히 브렌던의 꿈속에 나타났다고 설명했던 것과 같은 장소였다. 마찬가지로 어니도 침대맡에 놓아 둔 스탠드의 불빛 너머로 보이는 그늘진 어둠을 무서워하며 잠을 설치는 대신 금세 잠이 들었다. 다른 사람들도 최근 들어서 가장 편안하게 지낸 밤이었다고 말했다. 그날 아침 잠깐 커피 한 잔을 들면서 진저가 말한 이론에 의하면 그들의 악몽은 7월 6일 밤 그들이 목격한 수수께끼 같은 사건 때문이 아니라 그 뒤에 당한 세뇌에 기인한 것이라고 했다. 따라서 그들이 세뇌 전문가들의 손에 의해 견뎌야 했던 일들에 대해 알게 되었으므로 그런 경험에 관한 잠재 의식적인 압력이 해소되어 악몽의 근원을 없애 준 것이었다.

그리고 돔의 기분이 좋은 데는 나름대로 이유가 따로 있었다. 오늘 아침 그의 초능력 때문에 그를 경계하거나 우러러보는 사람은 아무도 없었다. 처음에 그는 사람들이 그의 새로운 처지에 빨리 적응하자 당황했었다. 그때 그는 그들이 틀림없이 마음속으로 무슨 생각을 하고 있는지를 깨달았다. 그들은 재작년 여름 돔과 같은 경험을 함께 했으므로 자신들도 조만간 그와 같은 초능력을 지니게 되리라고 보는 것이 논리적이었다. 그들은 단지 자신들의 초능력이 그보다 늦게 계발되는 것이라고 믿어야 했다. 결과적으로 만일 그들이 그런 힘을 갖지 못하게 된다면, 그들과 그와의 사이에는 감정적으로나 지성적으로나 심리적으로 벽이 생겨 그가 우려한 대로 그를 고립시키게 될 것이다. 그러나 어쨌건 지금 당장은 자신들과 그 사이에 아무런 틈이 없는 것처럼 행동했으며, 그는 그 점을 감사하게 생각하고 있었다.

이제 나직하게 콧노래를 부르면서 어니는 북쪽으로 차를 몰아 모텔과 간선 도로를 뒤로 하고 이차선 지방 도로로 접어들었다. 잭이 비록 먼 길을 건너서 오기는 했지만, 그들은 잭이 지난밤 트랭퀼러티에 몰래 접근할 때 내려왔던 바로 그 길로 울퉁불퉁한 언덕을 올라왔다. 돔은 흥미를 가지고 그 곳 지형의 변화를 자세히 관찰했다. 오르막길이 좁고, 높이 올라갈수록 땅이 척박하고 바위투성이였다. 온통 석회석들이 뾰족뾰족 튀어 나와 어깨뼈와 쇄골과 흉골을 이루고 있었고, 부서지기 쉬운 이판암이 종아리뼈와 넓적다리뼈를, 그리고 단단한 화강암이 임시방편으로 갈비뼈와 척추를 이루고 있었다. 마치 고지대의 찬공기를 의식한 듯 땅은 더 많은 옷을 입고 있었다. 무성한 풀로 된 페티코트와 쑥과 다른 관목들로 화려한 스커트를 입고 있었다. 그리고 그 다음에는 여러 종류의 더 많은 나무들, 말하자면 산에서 자라는 마호가니와, 키큰 소나무, 히말라야삼목 포플러, 그리고 동쪽 경사면에는 가문비 나무와 전나무가 듬성듬성 눈에 띄었다.

불과 3마일쯤 더 갔을 무렵, 그들은 눈 덮인 길을 만났다. 처음에는 길에 눈이 망토처럼 살짝 덮여 있는 정도였지만, 2마일 더 가자 그 깊이가 8인치나 되었다. 9월부터 12월 초순까지 눈이 내리지 않아 겨울 가뭄이 계속되고 있었다. 더욱이 올해 겨울에 그 지역을 휩쓸 만한 큰 폭풍우가 아직 없었는데도 가볍게 내린 몇 차례의 눈이 지면에 상당히 덮이고, 빽빽이 들어찬 상록수의 가지들 위에 서리가 얼어 있었다.

조그만 얼음조각들이 군데군데 흩어져 있는 것만 빼놓고 도로는 다니기 쉽게 치워져 있었다.

"선더 힐까지는 항상 깨끗하게 치워 두죠. 아무리 날씨가 나빠도 말예요. 그러나 그 창고 너머로 올라가면, 청소원들이 일을 제대로 하지 않죠."

어니가 설명해 주었다.

순식간에 그들은 10마일이나 나갔다. 앞에는 계속 계곡 꼭대기에서부터 동쪽으로 갈수록 급경사가 지고, 서쪽으로는 산등성이가 높아져 가고 있었다. 그들은 오른편에 동쪽으로 향하는 경사면에 위치한 집들과 목장들로 이어지는 자갈밭과 먼지투성이 길을 지나갔다. 그리고 10마일 되는 지점에서 역시 오른쪽으로 선더 힐 창고에 이르러 경비가 삼엄한 입구에 도착했다.

어니는 차의 속도를 줄이기는 했지만, 그 입구로 들어서지는 않았다.

"여기에 이렇게 올라와 보기는 정말 오랜만이군. 전에 봤을 때랑 많이 변했군요. 전엔 이렇게 무시무시해 보이지는 않았는데."

군 시설물임을 알리는 표지판이 세워져 있었다. 표지판 옆으로 또 다른 포장 도로가 지방 도로에서 갈라져 나와서 폭풍 전야처럼 어두침침해 거의 시커멓게 보이는 검초록색 하늘을 찌를 듯 높이 솟은 소나무 사이로 뻗어 있었다. 분기점에서 15피트 지점 정도되는 곳의 오솔길에는 포장 도로에서부터 창처럼 꽂혀 있는 기다란 철제 대못으로 막혀 있었다. 그 못의 지름은 정확하게 앞으로 더 나아가려는 어떠한 차량의 타이어라도 구멍을 낼 만한 크기였지만, 돌진해 들어오는 트럭이나 차의 축을 저지시킬 만큼은 충분히 커다란 것이어서 즉시 통행을 중지시킬 수 있는 것이었다. 그 못들을 지나 20피트 앞에는 육중한 철문이 있었는데, 문 위에는 날카로운 창들이 꽂혀 있고 빨강색으로 칠해져 있었다. 문 안에는 콘크리트 블록으로 만든 나비 20피트와 폭 10피트 정도 크기의 경비 초소가 세워져 있었고, 검정색 금속문은 대전차 로켓포의 포화도 견뎌낼 것처럼 보였다.

어니는 큰길 가장자리로 서서히 차를 몰아 거의 서 있는 상태에서 선더 힐의 입구를 천천히 지나갔다. 그는 현관으로 들어서는 길 바로 직전의 위협적인 못이 꽂힌 바로 이쪽편에 있는 구내 전주를 가리켰다.

"경비 초소에 연락하는 구내전화 같군요. 저것은 목소리만 전달되는 것이 아닐걸요. 드라이브인 뱅크에서 쓰는 시스템처럼 비디오 모니터를 가지고 있어서 차 안에서도 볼 수 있죠. 경비 초소에 있는 사람이, 도로에 박힌 못이 내려가고 현관이 열리기 전에 방문객을 확인하는 거죠. 심지어 그때도 틀림없이 경비가 문을 벌써 열어 준 다음에도 자기가 속았다고 생각하면 당신을 난사할 만한 기관총을 늘 설치하고 있을겁니다."

문 양끝에서 시작된 8피트 높이의 철조망 울타리가 나무들 사이로 사라졌다. 돔은 〈감전 -위험〉이라고 흰 바탕에 빨간 글씨로 쓰여진 표지판을 보았다. 철조망 울타리가 숲속으로 이어져 있었지만 나무들이 불쑥 솟아 있지는 않았다. 정문 옆으로 보이는 조그만 부분에서 보면 20피트 정도 너비의 사람이 안 사는 땅이 있는 것처럼 보였다.

돔의 좋았던 기분은 차츰 시들해져 갔다. 그는 그 시설 주변의 보안이 대수롭지 않으리라고 생각했었다. 결국 일단 그 곳에 도착하려면 실제로 선더 힐로 들어가는 입구는 언턱 중턱에 세워진 8내지 10피트 정도 두께의 송풍구를 통해야 했다. 그 장벽은 난공불락이어서 그 구역의 바깥쪽 둘레 전체에 막대한 보안 장치를 설치하는 것은 낭비인 것 같았다. 하지만 그들이 해 온 일이 바로 그런 것이었다. 그것은 그들이 지키고 있는 비밀이 매우 중대하기 때문에 그 곳을 계속 안전하게 지켜 온 핵 방어용 문과 석회암으로 된 지하 저장소도 믿지 못한다는 뜻이기도 했다.

"도로에 박힌 못들이 새거로군. 게다가 2년 전과 비교했을 때 문이 꽤 약한 편이군요. 울타리는 늘 있던 거지만, 전에는 이렇게 전기가 통하는 것이 아니었는데."

어니가 말했다.

"우리가 안을 볼 수 있는 희망은 없어요."

바보 같은 소리로 들릴까 봐 아무도 말한 적은 없었지만, 그들 모두 송풍구가 있는 곳까지 가서 목장주(主)인 브러스트와 더크슨으로부터 빼앗아 새로 넓힌 땅 주위를 돌아보고, 운이 좋아서 그들이 해답을 찾도록 보내진 수수께끼의 또 다른 부분에 대한 단서를 우연히 찾을 수 있었으면 하고 바랐다. 돔은 그들이 실제로 선더 힐의 지하실 안으로 들어가리라고는 상상도 해 보지 못했다. 그것은 전혀 일어날 것 같지 않은 시나리오였다. 그러나 트랭퀼러티 모텔의 안락함에서 벗어나 탐색하며 돌아다니는 것이 불가능한 꿈처럼 보이지는 않았다. 지금까지는.

돔은 새로 알아낸 자신의 초능력이 그 시설의 요새를 망쳐 놓는 데 쓰이지 않을까 하고 염려했다. 그러나 그는 금세 그 생각을 떨쳐 버렸다. 그가 초능력을 자유자재로 사용하지 못하는 한 그것은 무용지물에 불과했다. 그것이 그를 두렵게 만들었다. 그는 자신이 초능력을 조절하지 못한다면 엄청난 파괴와 죽음을 일으킬 수도 있다는 것을 감지하고 있었다. 그리고 대단히 제한된 조건에서가 아니라면 다시 그 초능력을 쓸 수 있는 기회를 갖지 못하게 될 것이었다.

"왈츠를 추면서 정문을 지나가려는 게 우리의 의도는 결코 아니었잖소. 울타리 둘레를 따라 한 번 살펴보기나 합시다."

어니는 액셀러레이터를 살짝 밟았다. 백미러를 쳐다보면서 그가 "오! 우리가 미행당하고 있어요."라고 말했다.

돔은 놀라서 백미러를 쳐다보았다. 뒤로 100야드도 채 못 미쳐서 보통 타이어보다 2배 정도 크고 넙적한 타이어를 달고 그 위에 좌석이 높이 달린 전천후 픽업 트럭이 있었다. 현재 불을 켜지는 않았지만 차의 지붕에는 조명등이 달려 있고, 지붕에서 뺀 제설기가 정면에 장착되어 있었다. 돔은 산악 지대에 사는 민간인들이 그와 유사한 트럭을 소유하고 있을지도 모른다는 것을 알고 있었지만, 그것이 군용 차량인 것을 알 수 있었다. 앞유리에 선팅을 해 놓아서 운전사는 보이지 않았다.

"우리를 따라오는 것이 확실합니까? 언제 나타난 거죠?"

빠른 속도로 체로키를 몰아 지방 도로를 올라가면서 어니가 말했다.

"모텔을 떠난 뒤 30분쯤 지나서 알아챘지. 우리가 속력을 늦추면 저쪽도 속력을 늦추더군요. 우리가 속력을 내면 저쪽도 내구."

"말썽이 생길 것 같습니까?"

"저쪽에서 원한다면 그렇겠죠. 저 사람들은 군대의 꼭두각시에 불과해요."

어니는 싱긋이 웃었다.

돔은 웃음을 터뜨렸다.

"해병이 육군보다 강하다는 것을 증명해 보이기 위해서라면 절 싸움에 끌어들이지 마세요. 거기에 대해서라면 전 당신의 말을 순순히 인정하니까요."

길이 더욱 가팔라 갔다. 어두침침하던 잿빛 하늘이 더욱 낮아졌다. 시커먼 나무들이 양쪽으로 더욱 가까이 다가왔다. 픽업 트럭은 나무들 뒤에 머물렀다.

에미의 모친인 햄버그 부인은 문을 열어 차가운 시카고의 아침 공기가 들어오게 해서 집안의 후끈한 공기를 밖으로 내보내 환기를 시켰다.

비카직 신부가 말했다.

"이렇게 갑자기 찾아와서 죄송합니다. 하지만 하도 심상치 않은 일이 일어나서 전 혹시나 에미가…….."

그는 햄버그 부인이 몹시 걱정스러워 하고 있다는 사실을 깨닫고서 잠시 말을 중간에 멈추었다. 그녀의 눈은 충격과 함께 두려움으로 휘둥그레졌다.

그가 무엇이 잘못되었느냐고 묻기도 전에 그녀는 "맙소사! 바로 당신이군요, 신부님. 병원에서……기억나요. 하지만 어떻게 여기 오신 거죠? 우리는 아직 아무한테도 전화하지 않았는데. 어떻게 오셨죠?"라고 말했다.

"무슨 일이시죠?"

대답 대신 그녀는 그의 팔을 잡고 안으로 들어오라고 급히 끌고 가서는 문을 세게 닫고 서둘러서 2층으로 올라갔다.

"이쪽이에요. 빨리요."

주택가의 멘도자 가의 아파트에서 곧장 오면서 그는 햄버그의 집에서 뭔가 희한한 일을 알아내리라 기대하고 있었지만, 이렇게 위급한 것이라고는 생각하지 않았다. 그들이 2층 응접실에 도착했을 때, 햄버그 씨는 에미의 언니들과 함께 거기에 있었다. 그들은 홀 중앙쯤 아래에 서서 열린 방문 앞에서 방안을 응시하고 있었다. 뭔가가 그들의 정신을 잔뜩 빼앗고 있었고, 그만큼이나 그들을 불쾌하게 만든 것 같았다. 방안에서 무언가 쿵하고 부딪히더니 덜거덕거렸다. 그리고 다시 쿵하는 소리가 두 번 들리더니 계집애가 깔깔거리며 웃는 듯 리듬에 맞춰 웃음을 터뜨리는 소리가 들렸다.

햄버그 씨는 넋이 나간 듯 창백한 얼굴로 고개를 돌려 스테판을 쳐다보며 눈을 깜박거렸다.

"신부님께서 여기 와 주시다니 정말 하나님께 감사 드려요. 저희는 어찌할 바를 몰랐거든요. 도움을 청해서 사람들을 불렀다가 그때 사람들이 여기 왔는데 아무 일도 일어나지 않으면 우리만 새빨간 거짓말쟁이가 되잖아요. 그런데 신부님께서 와 주셔서 일도 해결되고 정말 안심이에요."

스테판은 조심스럽게 문 안쪽을 들여다보았다. 방안은 10세 내지 11세 가량 되어 보이는 계집아이가 쓰는 침실에 걸맞을 듯 평범하게 장식되어 있었다. 그 정도의 나이는 아동기에서 사춘기로 변하는 과정에 있는 반항심이 많은 시기인 만큼 여섯 개의 곰 인형과, 스테판은 잘 모르는 나이 어린 청년들이지만 현재 10대 청소년들에게 우상으로 군림하는 스타들의 대형 포스터, 벼룩 시장에서 샀음직한 특이한 모자들을 수집한 것을 걸어 놓은 나무 모자 걸이, 롤러 스케이트, 녹음기 한 대, 열려 있는 상자에 놓여 있는 플루트 등으로 꾸며져 있었다. 흰색 스웨터에 주름 스커트를 입고 무릎까지 오는 양말을 신고 있는 에미의 여자 형제 하나는 반쯤 마비된 듯 창백한 모습으로 방에서 몇 발자국 안에 서 있었다. 에미는 파자마를 입은 채로 침대에서 일어서 있었다. 그 애는 크리스마스에 본 것보다 훨씬 더 건강해 보이는 모습이었다. 그 애는 베개를 꼬옥 끌어안고 있었는데 연극에 나오는 요정처럼 그 애의 언니의 시선을 집중시키고, 나머지 가족들을 겁에 질리게 만들어서 모두 깜짝 놀라게 만든 어떤 일을 보고 히죽히죽 웃고 있었다.

비카직 신부가 방으로 들어서자 에미는 공중에서 춤을 추고 있는 곰 인형들의 재롱을 보고, 즐거운 듯이 웃고 있었다. 곰 인형들의 움직임은 진짜로 춤을 추는 것처럼 거의 정확하고 형식에 맞는 것이었다.

하지만 마법에 의해 생명력이 불어넣어진 무생물은 곰 인형뿐이 아니었다. 롤러 스케이드도 구석에 그대로 얌전히 서 있지만은 않았다. 그것들은 각자 나름대로 코스를 따라 움직이고 있었다. 한 짝은 침대 발치를 지나 벽장 문까지, 그리고 또 한 짝은 책상으로, 창문으로, 빨라졌다 느려졌다 하면서 움직였다. 벽에 걸려 있던 모자들도 가볍게 흔들렸다. 책장 위에 놓아 둔 장식용 곰 인형도 위아래로 용수철처럼 튀었다.

스테판은 조심해서 롤러 스케이트를 피하여 침대로 다가가 아직도 침대 매트리스 위에 서 있는 에미를 올려다보았다.

"에미?"

소녀는 그를 빤히 내려다보았다.

"땅딸보 아저씨 친구시죠! 안녕하세요, 신부님. 굉장하지 않아요? 미친 짓 같지 않냐구요?"

"에미가 바로 너니?"

그가 뛰듯이 돌아다니는 물체들을 몸짓으로 가르키면서 물었다.

"저요?"

그 애는 순진하게 놀란 모습으로 말했다.

"아뇨. 제가 아니예요."

하지만 그는 에미가 그 물체들로부터 주의를 딴 곳으로 돌리자 춤추듯 날아다니던 곰 인형들이 멈추었다는 사실을 알아챘다. 그것들이 밑으로 떨어지지는 않았다. 그러나 그것들은 까닥까닥 움직이고, 뒤집어지고, 조금 전의 계산된 우아함과는 완전히 다르게 이리저리 마구 부딪히면서 일정한 방향이 없이 되는 대로 움직였다.

또한 그는, 조금 전의 현상들이 전혀 해롭지 않은 것만은 아니라는 신호를 보았다. 도자기 램프가 밑으로 쿵하고 떨어져 깨졌다. 포스터 중 하나가 찢어지고, 전신 거울은 금이 갔다.

그의 시선이 쏠리는 방향을 보면서 에미가 말했다.

"처음에는 무서웠어요. 하지만 진정이 되고, 이제는 그냥……재미있어요. 재미있지 않으세요?"

에미가 말하는 사이 플루트가 상자에서 나와 계속 움직이더니 바닥에서 거의 7피트나 올라갔다. 공중에 떠 있는 곰 인형 왼쪽으로 불과 몇 피트 떨어지지 않은 지점이었다. 아이는 곁눈질로 솟아오르는 악기를 흘낏 쳐다보았다. 소녀가 플루트를 정면으로 쳐다보자, 플루트에서 감미로운 음악이 흘러 나왔다. 그것은 그냥 엉터리로 아무렇게나 불어대는 소리가 아니라 썩 훌륭한 솜씨의 곡조였다. 에미는 흥분해서 침대에서 펄쩍펄쩍 뛰었다.

"이건 '애니즈 송'이에요! 제가 늘 연주하곤 했었죠."

"네가 지금 저걸 연주하고 있는 거로구나."

스테판이 말했다.

"아니예요. 전 손가락 관절이 나빠져서 1년 전에 플루트를 그만둬야 했는걸요. 지금은 괜찮아지기는 했지만 아직 연주를 할 만큼은 아니에요."

그 애는 여전히 플루트를 쳐다보면서 말했다.

스테판이 말했다.

"하지만 넌 저걸 연주하는 데 네 손을 쓰지 않고 있잖니, 에미."

마침내 그의 뜻이 통했다. 그 애는 그를 내려다보았다.

"저요?"

그 애가 주의를 집중시키지 않자, 플루트는 훨씬 형편없이 몇 마디 곡조를 연주할 뿐이더니 이내 조용해졌다. 그것은 아직도 공중에 떠 있기는 했지만, 이제는 까닥까닥거리며 이리저리 움직이다가 무턱대고 떨어졌다. 에미는 다시 그 악기에 주의를 기울였다. 그것은 다시 공중에 안정되게 떠 있더니 다시 연주되기 시작했다.

"저요."

그 애는 의아한 듯 말했다. 에미는 자신의 언니에게 시선을 돌렸다. 그 애의 언니는 아직도 놀라움과 겁에 질려서 떨고 있었다.

"저요."

에미는 말을 하고 나서 문가에 서 있는 부모들을 쳐다보았다.

"바로 저요!"

스테판은 그 아이가 틀림없이 어떤 감정을 느끼고 있을까 하는 것을 이해할 수 있었다. 침을 삼키기 힘들 정도로 그는 감정에 복받쳐서 목이 꽉 메어왔다. 한달 전 그녀는 혼자 옷도 못 입을 정도의 불구자였으며, 악화와 고통, 죽음 외에는 더 이상 기대할 것이 없었다. 이제 그 애는 단지 병이 나아 손상을 입은 뼈들이 다시 이어진 정도가 아니라, 그 굉장한 선물도 가지게 되었다.

비카직 신부는 그런 재능이 어떻게 의식하지 못하는 사이에 브렌던에게서 그 애에게로 옮겨졌는지 그 애에게 말해 주고 싶었다. 그러나 그렇게 하려면 정작 브렌던은 어디서 그런 재능을 얻게 되었는지를 설명해 줘야 했기 때문에 그럴 수가 없었다. 게다가 그는 자신이 알고 있는 것을 그들에게 말해 줄 시간도 없었다. 시각은 9시 15분이었다. 지금쯤 그는 에반스톤에 있어야 했다. 시간이 가장 중대한 관건이었다. 스테판은 그날이 지나기 전에 네바다행 비행기를 잡을 수 있을까 의문이 가기 시작했다. 엘코 군에서 무슨 일이 일어나든지간에 여기서 일어나고 있는 사건보다는 훨씬 더 믿기 어려울 것이다. 그리고 그는 그 사건의 일부가 되기로 작정했다.

에미는 둥둥 떠다니는 곰 인형들을 쳐다보았다. 그것들은 다시 한번 정식으로 춤을 출 모양이었다. 그 애는 낄낄거렸다.

스테판은 조금 전 주택가에 있는 멘도자 가의 아파트에서 윈톤 토크가 한 말을 생각했다.

"아직도 그 힘이 여기 있어요. 아직도 제 몸 속에요. 난 알아요……. 난 그걸 느낀다구요. 그리고 그저……그저 병을 고치는 힘만이 아니에요. 그 이상의 무엇이 있어요."

윈톤은 병을 고치는 힘 이외에 자기가 어떤 능력을 지니게 될지에 대해서는 모르고 있었다. 하지만 스테판은 핼버그의 집을 삽시간에 난장판으로 만든 것과 같은 놀라운 능력이 그 경관에게도 있을지 모른다고 의심했다.

"신부님, 신부님께서 직접 해 주시지 않으시겠습니까?"

핼버그 씨가 부인과 함께 서 있던 문 쪽에서 물었다. 그의 목소리는 걱정으로 날카로워 있었다.

핼버그 부인이 말했다.

"제발 가능한 빨리 해 주셨으면 해요. 지금 당장 시작하실 수는 없나요?"

스테판은 당황해서 물었다.

"죄송합니다만……원하시는 게 대체 뭐죠?"

헬버그 씨가 말했다.

"물론 귀신을 물리치는 의식이죠!"

스테판은 믿을 수 없다는 듯 그들을 쳐다보았다. 이제서야 그는 그들이 왜 그렇게 마음이 상해 있었는지, 자신이 도착했을 때 어째서 그들이 안심한 듯 그를 맞이했는지 완전히 이해가 갔다. 그는 웃음을 터뜨렸다.

"귀신을 쫓는 의식 따위는 할 필요가 없습니다. 이건 사탄의 짓이 아니니까요. 절대로 아니예요."

스테판은 곁눈질로 바닥 위에서의 움직임을 보았다. 그는 2피트 정도 길이의 조그만 곰 인형이 짧은 뻗정다리로 아장아장 걸어서 자신을 지나가는 모습을 내려다보았다.

윈톤 토크는 자신이 지닌 힘이 무엇인지를 알고 그것을 조절하기 위해서는 많은 시간이 필요하다는 것을 감지하고 있다고 말했었다. 그의 말이 틀린 것인지, 아니면 그 일이 그에게보다는 에미에게 더 쉬운 것인지 둘 중의 하나였다. 아이들은 어른들보다 적응력이 훨씬 더 빠른 법이니까.

에미의 부모와 다른 언니 하나는 뭔가에 홀린 듯하면서도 잔뜩 경계를 하면서 벽에 바싹 붙어서 방안으로 들어섰다.

스테판은 그들의 경계심을 이해할 수 있었다. 모든 것이 전부 잘 되어 나가고, 그런 능력이 길한 징조인 것은 사실이었다. 그러나 상황이 너무나 두렵고, 너무나 심한 정도로 원시적인 수준이어서 매사에 주저함이 없는 낙천가인 스테판 비카직도 두려움으로 가슴이 떨리는 것을 느낄 정도였다.

보스턴에 사는 알렉산더 크리스토퍼슨과 연락하기 위해서 엘코에 있는 쉘 주유소의 공중 전화로 통화를 한 다음, 진저는 페이와 함께 엘코에서 20마일 떨어진 레모일 밸리엘로이와 낸시 재미슨의 목장으로 갔다. 재미슨 부부는 블록 부부의 친구들로 재작년 여름 7월 6일 저녁에 그 모텔을 방문했었다. 물론 그들은 전혀 다르게 기억하고 있을지 모르지만, 그들도 다른 사람들이나 마찬가지로 그날 밤의 알려지지 않은 사건들로 인해서 감금되어 세뇌를 당했음에 틀림없었다. 허위 기억을 주입시키는 프로그램에 따라 그들은 어니와 페이를 함께 데리고 위험 지역을 벗어날 수 있도록 조작된 것이었다. 그들은 자신들의 조그만 목장으로 돌아가서 블록 부부와 그 다음 며칠을 더 지낸 것으로 기억하고 있었다. 최근까지도 페이와 어니도 그렇게 믿고 있었다.

진저와 페이는 실제로 일어난 일을 재미슨 부부에게 알려 주려고 해서라기보다는 그들이 진저나 어니, 돔과 다른 사람들이 겪고 있는 종류의 문제를 가지고 있는지 될 수 있는 한 간접적으로 알아내기 위해서였다. 그들이 고통을 겪고 있다면, 그들을 모텔로 데리고 와서 각자 멤버들 스스로가 생각하는 "트랭퀼러티 가족" 공동체의 일원이 되어 서로를 도와 문제를 해결할 수 있도록 할 작정이었다.

그러나 세뇌가 완벽하게 되었다면, 그 부부에게 아무 이야기도 하지 않을 작정이었다. 그들에게 이야기를 해 봤자 오히려 그들을 위험하게 할 뿐이기 때문이다.

게다가 어젯밤 잭 트위스트와 함께 세운 전략이 매우 화급을 다투는 일이기 때문에 만일 재미슨 부부가 아무런 문제가 없다면 그들이 세뇌당했다는 사실을 확인시키느라고 오랜 시간을 허비할 필요가 없었다. 시간이 중요한 문제였으며, 시간이 지날수록 트랭퀼러티 훼밀리는 점점 더 위험에 빠질 뿐이었다. 잭은 곧 적들이 자신들을 습격 할 것이라고 믿었고, 진저도 확신이 갔다.

모텔의 소형 트럭을 타고서 엘코로부터의 드라이브 코스는 빠르고도 경치가 좋았다. 길이 15마일에, 너비 4마일 면적의 그림 같은 레모일 밸리는 루비 산맥 기슭에서 시작되었다. 저지대에서는 밀과 보리, 감자 농장이 자리잡고 있었지만, 지금은 경작을 안하는 상태로 군데군데 눈더미가 덮인 채 묻혀 있었다.

계곡 지면과 산 사이에는 고지대와 산기슭에 목초가 우거져 있었고,

그 곳이 재미슨 부부가 목장을 갖고 있는 곳이었다. 한때 그들은 소를 키우던 수백 에이커의 땅을 소유하고 있었지만, 나중에 땅값이 오르자 대부분의 땅을 팔아 버리고 목장업을 그만두었다. 현재 60대 초반인 그들은 은퇴해서 산기슭에 있는 50에이커 정도만 소유하고, 사람을 쓰지 않고서 세 마리의 말과 닭만 약간 기르고 있었다.

페이가 계곡의 큰길에서 고지대로 오르는 샛길로 들어서자, 그녀가 말했다.

"누군가 우리를 따라오는 것 같아요."

그 트럭 뒷문에는 창문이 없었기 때문에 진저는 사이드 미러를 보았다. 정체 불명의 세단이 100피트쯤 뒤에 있었다.

"어떻게 아셨죠?"

"시내의 유니온 76에서부터 쭉 같은 차가 따라왔어요."

"우연일지도 모르잖아요."

진저가 말했다.

그들이 계속 그 길을 따라 계곡으로 반쯤 들어가자, 재미슨 가의 목장으로 통하는 길고 좁은 차도에 다다랐다. 그 길에는 나란히 서 있는 울창한 소나무들이 어두운 그림자를 드리우고 있었다. 페이는 그 차도로 들어서서 속력을 줄이고 뒤차의 동정을 살폈다. 그 차는 그냥 지나가지 않고 조금 더 언덕으로 올라가 멈춰섰다. 그리고는 샛길 바깥쪽 재미슨 가의 입구에서부터 택지에 바로 걸쳐서 차를 세웠다.

사이드미러를 통해서 진저는 그 차가 최신형 플리머스로, 보기 흉하고 단조로운 녹갈색으로 칠해진 것을 알 수 있었다.

"분명히 정부 소유의 차예요."

페이가 말했다.

"꽤 대담하지 않아요?"

"만약 그들이 잭이 말한 대로 전화로 우리를 도청해서 우리가 그들에 대항하려는 것을 알았다면, 숨어 있을 필요가 없지."

페이는 브레이크에서 발을 떼고 차도로 돌진했다.

정체불명의 플리머스가 사이드미러에서 사라지는 것을 지켜 보면서 진저가 말했다. "아니면 혹시 그들이 우리를 보호하고 있는 입장일지도 몰라요. 어쩌면 우리 모두를 미행해서 우리 모두를 한꺼번에 잡아들이려고 기회를 엿보고 있는지도 모르구요."

좁은 자갈길로 된 차도에서 아치 모양으로 뻗어 있는 소나무들은 마치 칠흙같이 어두운 그림자를 드리우고 있었다.

그들이 눈덮인 넓다란 목초지를 지나 2차선 도로를 달려 육중한 송풍구를 향해 갈무렵, 폴커크 대령은 왜건의 운전석 옆자리에 앉아서 선더힐의 비밀이 밝혀지면 일어나게 될 대참사에 대해서 생각하고 있었다.

우선 정치적인 관점에서 그것은 워터게이트 사건 정도는 발톱의 때도 안될 만큼 커다란 혼란을 야기할 것이다. 서로 경쟁 관계에 있는 정부 기관들이 전례 없이 많이 이 비밀 작전에 개입되어 있다. FBI를 필두로 해서 CIA, 국가 안보 위원회, 미 합중국 군, 공군, 그리고 그 외의 여러 기관들. 이런 기관들이 18개월도 넘는 세월 동안 거침없이, 단 한치의 잡음도 없이 함께 일할 수 있었다는 사실은 잠재적으로 얼마나 위험한 일인가를 증명하는 것이기도 했다. 하지만 그 비밀이 벗겨지고 나면, 그 스캔들은 대다수의 정부 기관에 대해 터져서 미국 국민들의 지도자에 대한 신뢰가 심각하게 흔들릴 수도 있었다. 물론 그런 기관에서도 무슨 일이 일어났는지에 대해 알고 있는 사람은 매우 적었다. FBI에 6명 정도였고, CIA에는 그보다도 적었다. 이 작전에 가담한 대부분의 사람들은 그들이 무엇을 은폐하고 있는지 몰랐고, 그 때문에 여지껏 그 비밀이 새어 나가지 않고 있었던 것이었다. 그러나 각 기관의 기관장들, 말하자면 FBI의 국장이라든가, CIA의 국장, 군의 원수들은 제대로 알고 있었다. 합동 참모 회의의 의장은 물론이고, 국무장관도 그랬다. 그리고 대통령과 그의 측근인 자문들과 부통령도 그랬고, 이 사건이 발각되면 수많은 유명 인사들의 명예가 실추될 것이다.

그 비밀이 새어 나감으로써 야기될 정치적인 파문은 파멸의 극히 작은 부분에 불과했다. 각 분야의 전문가들, 말하자면 화학자들과 생물학자, 인류학자, 사회학자, 신학자, 경제학자, 교육자, 그리고 그 외의 학식 있는 사람들의 두뇌 집단인 CISG가 여기 네바다에서 그 일이 일어나기 몇 년 전에 모여서 이 위기 상황을 아주 세심히 심사 숙고 했었다. CISG는 그 결론으로 1220페이지에 달하는 극비 보고서를 제출했었다. 그것은 말썽의 소지가 될 만한 내용의 서류였다. 렐런드 폴커크는 자신이 CISG의 군대측 대표였고, 마지막을 비롯한 몇 가지 토의 자료를 작성하는 데도 참여했기 때문에 그 내용을 훤히 알고 있었다. CISG내에서는 그 사건이 터지면 세계가 전과 똑같지는 않을 것이라는 데 만장 일치로 뜻을 같이 했다. 전 사회와 모든 문화가 앞으로 영원히 급격하게 변할 것이다. 처음 2년에 걸쳐서 수백만 명의 인명 피해가 예상되었다.

왜건을 운전하고 있던 호너 중위는 목초지의 급격한 오르막길에 세워진 거대한 송풍구에서 20피트쯤 앞에서 브레이크를 밟았다. 그는 선더 힐로 곧장 차를 몰아 들어갈 것이 아니었기 때문에 거대한 장벽이 열리기를 기다리지 않았다. 호너는 오른쪽으로 차를 돌려 조그만 주차장으로 들어갔다. 거기에는 세 대의 미니버스와 넉 대의 지프 왜건, 그리고 한 대의 랜드 로버와 몇 대의 다른 차량들이 나란히 서 있었다.

똑같은 모양으로 된 두 개의 송풍구는 각각 높이가 30피트, 넓이가 20피트 정도였는데 너무나 두꺼워서 겨우 한 발자국 정도 들어갈 수 있을 만큼만 문이 열리는데다, 그나마 문을 열려면 1마일 밖에서도 들릴 만큼 요란한 굉음을 내서, 최소한 반 마일정도에서까지 지면과 공중에 그 파장이 느껴질 정도였다. 군수품이나 무기, 기타 공급 물자를 실은 트럭 한 대가 입구에 멈추어서면, 문이 열리기까지 5분이 소요되었다. 사람 하나가 드나들 때마다 그런 격납고 크기만한 문을 여닫는 것은 아무리 머리가 모자라다 해도 효율적이지 못하므로, 정문 오른쪽으로 30피트 떨어진 언덕길에 사람이 드나들기에 알맞을 만한 크기의 보조 문이 만들어져 있었다.

7월 6일의 비밀을 지키기 위해서 선더 힐보다 더 나은 지하 저장소는 없었다. 그곳은 난공불락의 요새였다.

폴커크와 호너 중위는 모진 바람을 뚫고서 직접 안으로 들어갈 수 있는 입구로 급히 들어섰다. 왼편으로 육중한 송풍구나 거의 마찬가지로 공기가 잘 통하지 않는 조그만 철문은 전자식 잠금 장치가 되어 있어서 네 자리 숫자로 된 암호를 버튼으로 눌러야만 문이 열릴 수 있었다. 그 암호는 2주에 한 번씩 바뀌었으며, 그 문을 통과하고자 하는 사람은 그 암호를 외우고 있어야 했다. 폴커크가 암호를 누르자 14인치 두께의 납심이 들어 있는 문이 갑자기 훽 하고 공기가 빠져 나가는 소리를 내며 옆으로 스르르 미끄러졌다.

그들은 직경이 9인치 정도에 밝게 불이 켜져 있는 12피트 길이의 콘크리트 터널 속으로 걸어 들어갔다. 그것은 왼쪽으로 꺾어져 있었다. 그 끝에는 첫 번째 문과 똑같은 모양의 문이 또 하나 있었지만, 그것은 바깥쪽 문이 닫힐 때까지는 열 수가 없었다. 폴커크는 바로 터널 입구에 있는 열 감지 장치에 손을 댔고, 바깥쪽 문은 쉿 하는 소리를 내며 닫혔다.

즉시 그 방의 끝쪽 천장에 설치되어 있던 두 대의 카메라가 작동되었다. 그 카메라들은 두 사람이 안쪽 방으로 걸어오는 동안 그들을 계속 감시하고 있었다.

비디오 화면에 나타난 대령과 중위의 모습을 지켜 보는 눈은 아무도 없었다. 그 시스템은 선더 힐 자체 경비 장치 내부의 배반자가 적대 세력에게 문을 열어 줄지도 모르는 가능성에 대한 예방책으로서 비절런트라고 하는 보안용 컴퓨터에 의해 전부 작동되는 것이었다. 비절런트는 그 시설의 본체 컴퓨터나 외부에는 연결되어 있지 않기 때문에, 모뎀이나 기타 전자 탭으로 그것을 조종하려고 꾀하는 파괴자들이 접근할 수 없는 것이었다.

시설 주변의 경비들은 렐런드 폴커크 대령과 토마스 호너 중위가 도착하리라는 사실을 비절런트에 미리 알렸었다. 이제 그들이 비디오 카메라의 감시를 받으면서 안쪽 문으로 다가가는 동안, 그 컴퓨터는 그들에 관해 내장된 홀로그래픽 영상과 그들의 모습을 용모의 유사성에 관한 마흔

두 가지 특징을 신속히 맞춰 보면서 비교를 해 보았다. 출입을 허가받은 방문객에 관한 한 분장이나 변장으로는 비절런트를 속일 수가 없었다. 만약 폴커크나 호너가 신분을 속이고 들어왔다거나 몰래 잠입한 방문객이라면, 비절런트는 경보를 울림과 동시에 정신을 잃게 만드는 가스를 내보내서 입구 터널을 메워 버릴 것이다.

안쪽 문의 잠금 장치에는 전화식 버튼판이 달려 있지 않았다. 암호로도 그 문을 열 수가 없었다. 대신 문 옆쪽 벽에 1피트 길이의 정방형 유리판이 부착되어 있었다. 폴커크는 오른쪽 손바닥을 유리판 위에 대고 잠시 망설이다가 왼쪽 손바닥을 사용해 힘껏 눌렀다. 그러자 유리에 불이 들어오고 약하게 윙윙거리는 소리가 들려왔다. 비절런트가 그의 손금과 지문을 화일에 담겨 있는 내용과 비교해서 조사했던 것이다.

호너 중위가 말했다.

"여기 들어오기가 천국에 들어가는 것만큼이나 힘들군요."

"그보다 더 힘들지."

폴커크가 말했다.

젖빛 유리 뒤의 불빛이 깜박거리자, 폴커크는 손을 치웠다. 안쪽 문이 열렸다.

그들은 사람의 손길이 가해진 거대한 자연 동굴로 들어섰다. 머리 위의 바위로 된 둥근 천장은 캄캄해서 잘 보이지 않았다. 왜냐하면 조명 장치의 갓이 검은색 금속재로 되어 있어서 실제 천장에서 거의 2,30피트 아래에 천장의 환영을 만들어 냈기 때문이었다. 그 동굴은 폭이 60피트 정도였고, 길이가 120야드 정도로서 산속으로 이어져 있었다. 군데군데 돌벽이 자연 상태로 남아 있는 부분도 있었고, 통로의 좁은 부분을 넓히는 공사를 하는 데 썼던 다이나마이트 폭발이나 소형 착암기, 그 외 다른 기구들의 흔적도 보였다. 짐을 싣고 들어오는 트럭들은 콘크리트 바닥을 따라 더 깊은 지역으로 내려가는 거대한 화물용 엘리베이터 옆의 화물집하장으로 갈 수 있도록 되어 있었다.

폴커크와 호너가 들어간 문 저쪽에 경비 한 명이 책상에 앉아 있었다.

선더 힐의 먼 거리와 고도로 복잡한 방위 체계, 거기다 비전런트가 모든 방문객들을 검사하는 완벽함을 고려해 볼 때, 단 한 명의 경비로도 폴커크에게는 충분하고도 남았다.

분명히 그 경비도 같은 생각인 것 같았다. 그는 만약의 사태에 대비할 준비가 전혀 되어 있지 않은 상태였다. 그의 연발 권총은 권총집에 넣어 둔 채로였다. 게다가 그는 캔디바를 먹고 있었다. 그는 마지못해서 읽고 있던 책에서 눈길을 떼었다.

그는 그 저장소의 트인 지역에 난방이 전혀 되어 있지 않아서 코트를 입고 있었다. 밀폐된 주거 공간과 작업 구역만이 따뜻하게 유지되고 있었다. 지하로 흐르는 강을 이용한 소규모의 수력발전소와 함께 대체 디젤 발전기에서 막대한 전력이 공급되고 있지만, 거대한 동굴을 따뜻하게 덮히기에는 충분치 못했다. 지하의 온도는 화씨 55도를 유지했으며, 그 경비처럼 외투를 입고 있으면 꽤 오랜 작업 기간 동안 쌀쌀한 공기에서 견딜만한 온도였다.

그는 거수 경례를 했다.

"폴커크 대령님! 호너 중위! 두 분께서 버넬 박사님을 만나뵙는 것이 당국으로부터 허락이 내려졌습니다. 물론 어떻게 찾아가시는지는 아시겠죠?"

"물론이지."

폴커크가 말했다.

왼쪽으로 10피트쯤 되는 곳에 번쩍번쩍 빛나는 통풍구의 철문 표면이 형광등의 조명을 받아 은은하게 빛나면서 오히려 거대한 빙하의 깎아지른 듯한 수직면처럼 보였다. 폴커크와 호너 중위는 거대한 문에서 멀리 오른쪽으로 돌아 더 깊은 산속으로 들어가 엘리베이터가 있는 곳으로 향했다.

선더 힐에는 세 가지 크기의 엘리베이터가 수력으로 작동되고 있었는데, 가장 크기가 큰 것은 항공기를 운반할 수 있을 정도로 어머어마한 크기였다. 운송용 엘리베이터는 비행기를 배의 요새에서 비행기 착륙장으로 옮기는 데 사용되었다. 그리고 선더 힐에서는 다른 물건들 사이에서 비행기를 내리거나 높이는 일도 가능했다. 게다가 24억에 달하는 장비와 재료들, 말하자면 냉동 건조 식품, 약품, 간이용 야전 병원 시설, 옷, 담요, 텐트, 소총, 연발 권총, 박격포, 야전 병기, 탄약, 지프나 무장 병사 수송차와 같은 경량 군용 차량과 스무 대의 핵무기 외에도 광대한 저장 창고에는 다양한 종류의 쓸모 있는 항공기들이 비축되어 있었다. 우선 헬기와 서른 대의 시코르스키 S-67 블랙호크 대전차용 무장 헬기, 스무 대의 벨 킹코브라기, 여덟 대의 앵글로 프렌치 웨스트랜드 퓨마기, 전략용 수송기, 그리고 세 대의 대형 메데백 헬기 등……선더 힐에는 종전의 항공기는 비축되어 있지 않았지만, 호커 시들리에 의해 영국에서 제작돼서 거기서는 해리어즈라고 알려졌으나 미군에서는 AV-8A라고 불리는 종류의 최신형 수직 이착륙 제트기도 열두 대나 있었다. 해리어즈기는 강력한 유도 추진 엔진을 장착하고 있어서 활주로가 따로 필요 없이 수직으로 이착륙을 할 수가 있었다. 예를 들어서 핵으로 인한 위기 상황이나 적군에 의한 육로상의 침공이 일어나는 중대한 위기 상황이 발생하면, 헬기나 해리어즈 기 모두 선더 힐의 비행기들은 꼭대기로 끌어올려져서 거대한 여닫이문을 지나 굴러나가서 하늘로 날아오를 것이다.

그러나 현재의 위기 상황은 전쟁이나 지하 저장소의 항공기들이 출동할 필요가 없는 것이었다. 따라서 폴커크와 중위는 두 대의 거대한 엘리베이터를 지나쳤다. 그리고 그보다는 좀 작기는 하지만 그래도 특대형인 화물용 엘리베이터 두 대도 지나쳤다. 그들의 발자국 소리가 돌벽에 부딪혀 메아리쳤다. 그들은 흔히 호텔 등지에서 볼 수 있는 크기의 가장 칸이 조그만 엘리베이터 두 대 중의 한 대를 타고 선더 힐 중심부로 내려갔다.

의약품과 식료품, 총, 그리고 모든 군수품들이 단지의 가장 아래층인 지하 3층에 보관되어 있었다. 단지내의 방들은 거미줄처럼 얽혀 있어서 뾰족징이 박혀 있고, 압력에 견디도록 설계되었을 뿐 아니라, 문도 폭발에 잘 견디도록 되어 있었다. 가운데인 지하 2층에는 모든 차량과 항공기들이 거대한 동굴에 보관되어 있었고, 거기서 군인들이 생활을 하고 일을 하기도 했다.

폴커크와 호너는 2층에서 엘리베이터를 내렸다. 그들은 직경이 300피트나 되는 조명이 켜진 둥근 돌벽으로 된 방으로 들어섰다. 그 곳은 중심 역할을 하는 곳이었고, 실제로 직원들은 그 곳을 중심이라고 불렀다. 거기서 동굴로 가는 각기 다른 네 개의 길이 시작되었다. 그리고 그 동굴들 저편에는 그보다 훨씬 더 많은 수의 방들이 있었다. 그런 깊숙하고 큰 저장소에는 다른 물건들 말고도 항공기나 지프,그리고 무장 병사 수송 차량들이 보관되어 있었다.

중심부에서 이어지는 네 개의 동굴 가운데 세 개에는 문이 없었다. 왜냐하면 그 층에는 심각한 화재나 폭발의 위험이 없었기 때문이었다. 그러나 나머지 한 개의 동굴에는 실제로 문들이 달려 있었다. 그 방에는 7월 6일의 비밀이 간직되어 있었기 때문이었다. 그것은 폴커크를 수많은 다른 사람들이 감추기로 모의를 한 곳이었다. 그는 막 엘리베이터에서 내려 몇 발자국 걷다가 잠시 걸음을 멈추었다. 높이가 26피트, 너비가 64피트나 되는 우람한 문들을 살펴보기 위해서였다. 그 문들은 비상 사태에 대처하기 위해서 급하게 만들어졌기 때문에 강철이 아니라 두 가지 내지 네 가지의 합금들로 만들어졌다. 그들은 동굴을 막는 데 정교한 금속문을 주문해서 만들 시간이 없었다. 그 문은 〈킹콩〉이라는 영화에서, 그 섬의 다른 반쪽 편에 있는 야수로부터 겁에 질린 원주민들을 보호하기 위해 벽에 만든 거대한 나무 문들을 연상시켰다. 그 문들 뒤에 숨겨진 비밀을 생각해 본다면 그 공포 영화의 이미지도 하나도 무섭지 않았다. 폴커크는 몸을 부르르 떨었다.

호너 중위가 말했다.

"아직도 오싹하시나 보죠?"

"지금 자네는 괜찮다는 건가?"

"아뇨, 대령님. 전혀요."

그 거대한 목재 문 중의 하나에 끼워진 것은 훨씬 더 조그맣고 사람이

다닐 만한 크기의 문이었다. 그 문을 통해서 연구원들이 저쪽 편의 방을 드나들도록 되어 있었다. 무장 경비원이 거기 배치되어서 통행이 허가가 된 사람만 출입할 수 있도록 감시를 하고 있었다. 출입이 금지된 그 방에서 행해지는 일들은 이 저장소의 주요한 다른 기능들과는 전혀 관련이 없는 것들이었다. 그리고 그 곳에 상주하는 인원의 90퍼센트가 그 지역에 접근이 허용되지 않았다. 실제로 90퍼센트의 사람들이 그 동굴에 무엇이 있는지 몰랐다.

중심부의 둘레와 다른 동굴들의 입구 사이에는 벽을 따라 세워진 건물들이 바위에 고정되어 있었다. 1960년대 초 그 창고가 세워질 당시의 구조 그대로였다. 당시에 그곳은 기술자와 관리자들의 사무실과 군 기획자들의 집무실로 쓰였었다. 세월이 흘러다른 동굴들과 함께 완전한 지하타운이 형성되어 침실 구역과 카페테리아, 레크리에이션 룸, 연구실, 기계 판매점, 자동차 수리 센터, 컴퓨터실, 심지어는 PX 등 여러 가지 것들이 갖추어졌다. 현재 그 곳은 선더 힐에서 1, 2년동안 복무하는 군과 정부의 직원들이 사용하고 있다. 건물 안에는 난방 시설과 밝은 조명 시설, 구내 및 옥외 전화선, 주방 시설과 욕실, 그리고 집처럼 편안하고 안락하게 지낼 수 있는 수많은 편의 시설 등이 되어 있었다. 그것들은 파랑색이나 흰색, 회색 에나멜로 외장한 금속판으로 지어져 있고, 아주 조그만 창문들과 좁은 철제 창이 달려 있었다. 바퀴만 안 달렸을 뿐이지, 그것들은 이동식 주택이나 트레일러들이 둥글게 늘어서 있는 모습처럼 보였다. 그것은 마치 지하 240피트 아래의 안락한 안식처를 찾는 현대판 집시들의 캠프촌 같았다.

폴커크는 목재 문을 단 출입이 금지된 그 방에서 나와 중심부를 지나 흰색 철제 구조물을 향해 걸어갔다. 그곳은 마일즈 베넬 박사의 사무실이었다. 호너 중위는 대령의 옆에서 충실하게 그를 따랐다.

재작년 여름, 폴커크 대령이 무척이나 싫어하는 마일즈 베넬은 운명의 7월 밤 그 사건을 과학적으로 조사하는 일을 감독하기 위해서 선더 힐로 옮겨 왔다. 그는 그 이후 로 그 기지 밖으로 딱 세 번 나갔었는데, 한 번도 두 주를 넘긴 적이 없었다. 그는 자기 일에만 정신이 팔려 있었다. 아니 어쩌면 정신이 팔려 있는 것보다 훨씬 더 심한 것이었다.

중심부 내에서는 열두 명 정도 되는 장교들과 사병들, 그리고 민간인들이 눈에 띄었다. 어떤 사람들은 한 동굴에서 다른 옆쪽 동굴로 건너가거나, 그냥 서서 서로 이야기를 나누고 있었다. 폴커크는 길을 지나치면서 그들을 쳐다보며 대체 어떤 종류의 사람들이길래 자진해서 한번에 수주 동안, 아니 어떤 때는 몇 달 동안 지하에서 일을 하는지 이해할 수가 없었다. 그들은 30퍼센트의 특별 수당을 받았다. 그러나 폴커크의 사고방식으로는 그것도 보상으로는 충분치 못하다고 생각했다. 그 창고가 셍크필드의 조그맣고 창도 없는 토끼집 같은 곳보다는 덜 갑갑하기는 했지만, 그렇게 큰 차이가 나는 것은 아니었다.

폴커크는 자신에게 약간 밀폐 공포증이 있다고 생각했다. 지하에 있으면 그는 생매장을 당하는 기분이 들었다. 그는 스스로도 인정한 마조히스트였으므로 그런 불편함을 참아야 했지만, 일부러 찾아서 즐기는 종류의 고통은 아니었다.

마일즈 베넬 박사는 안색이 나빠 보였다. 선더 힐에 있는 거의 모든 사람들이나 마찬가지로 너무 오랫동안 햇빛을 보지 못해서 그의 얼굴은 석고상처럼 몹시 창백했다. 그의 곱슬곱슬한 검정 머리카락과 수염은 그의 안색을 더욱 안 좋아 보이게 만들었다. 사무실의 형광등 불빛 아래서 그는 거의 유령처럼 보였다. 그는 폴커크 대령과 호너 중위에게 짤막하게 인사를 했지만, 누구에게도 악수를 청하지는 않았다.

그것이 대령에게는 더 잘 맞았다. 그는 베넬의 친구가 아니었다. 악수를 하는 것은 순전히 위선일 뿐이었다. 게다가 폴커크는 마일즈 베넬이 타협을 했다는 사실이, 그가 더 이상 겉으로 보이는 과학자로서의 모습이나 인격이 아니라는 것이 조금은 두려웠다. 그는 온전한 인간이 아니었다. 그리고 그런 광적이고 과대망상적인 면이 있다는 것이 사실이라면, 그와 육체적으로 접촉하는 것은 물론이고 짧게 악수하는 것조차 싫었다.

"베넬 박사."

폴커크는 냉정하게 말했다. 딱딱한 그의 말투와 얼음같이 차가운 그의 표정은 언제나 상대방에게 전율을 느끼게 만들기에 충분했다.

"이번 기밀 누설에 대한 박사의 일처리가 서투르기 짝이 없었던 것 같소. 그렇지 않다면 박사야말로 우리가 찾고 있는 배신자 아니오. 자, 내 말 똑똑히 잘 들으시오. 이번에 우리는 그 스냅 사진들을 보낸 녀석을 찾을 거요. 더 이상 고장난 거짓말 탐지기를 사용하거나, 서툰 질문 따위는 하지 않을 거요. 그래서 그가 바로 잭 트위스트를 집적대서 돌려보낸 장본인이라는 것을 밝혀 내겠소. 그리고 그 녀석에게 호된 고문을 가해서 차라리 파리로 태어나 마굿간에서 말똥이나 먹으며 사는 것이 더 낫다고 생각하게 만들겠어."

전혀 동요되지 않은 채, 마일즈 베넬은 웃으며 말했다.

"대령, 그건 내가 지금까지 겪은 것 중에서 가장 근사한 협박이지만, 전혀 쓸모 없는 짓이야. 나도 당신만큼이나 어디서 비밀이 새어 나가는지 그 틈을 찾아서 메우고 싶소이다."

폴커크는 당장 그 자식을 한 대 후려갈기고 싶었다. 그것이 그가 베넬을 싫어하는 한 가지 이유였다. 그 자식은 좀처럼 겁을 먹게 만들 수가 없다는 것.

캘빈 샤클은 에반스톤에 있는 중류층이 거주하는 깔끔한 지역인 오배넌 래인에 살았다. 비카직 신부는 두 번이나 주유소에 들러서 길을 물어야 했다. 샤클이 사는 곳에서 불과 두 블록 정도 떨어진 모퉁이에 도착했을 때, 그는 검정색과 흰색으로 된 두 대의 순찰차와 한 대의 병원 구급차를 이용해서 쌓은 비상 바리케이드 앞에 선 경찰 한 명에 의해 제지를 받았다. 거기에는 소형 카메라를 들고서 여기저기를 뛰어다니는 방송국 요원들도 눈에 띄었다.

그는 즉시 오배넌 래인에서의 이 사건이 단순히 우연의 일치가 아니라는 것을 알고 있었다. 샤클의 집에서는 무슨 일이 일어나고 있었다.

화씨 25도를 오르내리는 기온과 시속 30마일로 불어닥치는 강풍에도 불구하고 약 백 명 가량의 군중들이 경찰 바리케이드 밖의 보도와 길모퉁이에 있는 집들의 잔디밭에 모여들었다. 구경꾼들로 스코트 애비뉴를 지나는 차들의 속도가 떨어져서, 스테판은 거의 걷다시피 매우 느린 속도로 두 블록 정도 차를 몰고 가서야 겨우 주차할 만한 장소를 찾을 수 있었다.

그가 다시 구경꾼들이 웅성대는 곳까지 걸어와서 그 곳에 모여 있는 사람들로부터 정보를 얻으려고 할 때, 바키직 신부는 사람들이 대개 매우 친근하고도 이상할 정도로 흥분되어 있다고 느꼈다. 그러나 속이 느글댈 정도로 아부성이 강한 것은 아니었으며 그렇다고 해서 눈에 딱 띌 정도로 이상한 정도도 아니었다. 사실 그들은 자신들 눈앞에 펼쳐진 비극에 둔감할 정도로 완전히 정신이 홀려 있는 점만 빼놓고는 보통 사람들이나 똑같았다. 그들은 마치 그 사건이 축구 경기나 마찬가지로 스릴을 만끽할 수 있는 합법적인 구경거리로 여기고 있는 듯했다.

그것은 한마디로 비극이었다. 그리고 특별하게도 거기에는 공포심이 자리잡고 있었다. 비카직 신부는 군중 사이에 섞여 질문을 시작한 지 1분만에 바로 그 점을 발견했던 것이다. 수수해 보이는 수렵용 재킷에 터보건 모자를 쓴, 안색이 불그스레하고 콧수염을 기른 사내가 말했다.

"이봐요, 당신은 대체 TV도 안 보았소?"

그는 자신이 사제와 이야기를 하고 있는 줄 모르고 거리낌없이 말했다. 스테판이 외투와 스카프를 하고 있어서 그가 성직자인 것을 몰랐기 때문이었다.

"저 아래 샤클이 있어요. 상어 샤클이오. 사람들은 그를 그렇게 부르죠. 그 녀석은 아주 위험한 미치광이에요. 어제부터 저기 자기 집에 갇혀 있죠. 그는 벌써 이웃 두 명과 한 명의 경관에게 총을 쐈어요. 게다가 두 명을 인질로 잡고 있다구요."

화요일 아침 파커 페인은 퍼시픽 사우스웨스트 항공편으로 오렌지 카운티에서 샌프란시스코까지 가서 웨스트 에어로 갈아타고 몬트레이로 갔다. 퍼시픽 사우스웨스트 항공편으로 캘리포니아 해변으로 가는 데 한 시간 걸리고, 샌프란시스코에서 한 시간 동안 지체한 다음, 몬트레이까지 가는 데 불과 35분이 들었다. 승객 중에 아리따운 젊은 아가씨 하나가 타서 여행이 더욱 짧게 느껴졌다. 그 여자는 그의 이름을 듣더니 화들짝 놀라며 그의 작품에 대해 찬사를 보냈다. 그녀는 그의 야성적인 매력에 완전히 반한 듯이 보였다.

몬트레이 공항에 있는 조그만 렌트 센터에서 그는 포드 사의 템포 자동차를 빌렸다. 그것은 아주 역겨운 느낌을 주는 녹색으로 칠해져 있었는데, 색상에 대한 그의 세련된 감각과는 전혀 어울리지가 않았다.

템포 자동차가 굴러가는 템포는 평탄한 길에서는 만족스러울 만한 알레그로였지만, 오르막길에서는 약간 아다지오였다. 그런데도 그는 30분도 채 안 걸려서 돔이 알려 준 제럴드 샐코우의 주소를 찾아냈다. 그는 재작년 7월 6일 밤 부인과 두 딸과 함께 트랭퀼러티 모텔에 머문 다음, 여지껏 전화나 지면상으로 연락이 되지 않았다. 그것은 남부 식민지풍의 거대한 저택으로 캘리포니아 해안과는 끔찍하리만치 어울리지 않는 것이었다. 저택은 노른자위에 있는 반 에이커의 땅에 세워져서 거대한 소나무들이 그늘을 드리우고 있었다. 게다가 일주일에 한 번씩 정원사를 고용하여 하루 종일 공들여 가꾼 듯한 잘 다듬어진 관상수들이 많았고, 지금 1월인데도 빨강색과 보라색 꽃을 한창 피우고 있는 봉선화 꽃밭이 있었다.

파커는 계단과 이어진 널찍한 베란다에는 꽃들이 피어 있었으며 양쪽의 웅장한 기둥들은 길게 그늘을 드리웠다. 그늘 때문에 실내에서도 불빛이 필요할 만큼 어두침침했지만 창문에는 아무도 보이지 않았다. 창문마다 커튼들이 굳게 내려져 있었으며 집은 비어 있는 것 같았다.

그는 차에서 내려 계단을 서둘러 올라갔다. 그리고 베란다를 가로지르면서 찬 공기에 대항하려는 듯 헛기침을 했다. 평소 그 지역은 안개가 종종 내렸으나 공항의 경우 아침 일찍부터 개었으므로 비행기가 이착륙하는 데는 아무 문제가 없었다. 그러나 파커가 다다른 그 지역 주위로는 아직 안개가 남아서 소나무 가지 사이에 덩굴손처럼 걸쳐서 봉선화꽃의 화사한 색조를 부드럽게 해 주었다. 캘리포니아 북부의 겨울은 라구나 비치에서보다 훨씬 더 사람을 긴장시켰다. 축축한 안개의 한기가 파커의 기호에는 전혀 맞지 않았다. 그러나 그는 그런 날씨에 대비해서 두툼한 골덴 바지와 초록색 체크 무늬 플란넬 셔츠, 라코스테를 모방해서 가슴에 악어 대신에 아르마딜로를 붙인 초록색 스웨터와 양쪽 어깨에 중사 계급장이 달린 해군 롱코트를 입고 왔다. 초인종을 누르면서 그는 자신의 모습을 훑어보았다. 아무리 자신이 예술가임을 감안한다 해도 너무 특이한 옷차림을 한 것 같다고 생각했다.

그는 초인종을 여섯 번이나 눌렀다. 그리고 초인종을 한 번씩 누를 때마다 30초씩 기다렸지만, 아무도 나오지 않았다.

어젯밤 11시쯤 잭 트위스트라는 사람이 엘코에서 공중 전화로 그에게 전화를 해서, 돔이 전하라고 했다면서 20분 있다 다시 전화할 테니까 라구나의 지정된 공중 전화로 가 달라고 부탁을 했었다. 파커는 그날 오후 3시부터 작업을 시작한 새로운 그림에 몰두해 있었다. 그렇게 작업에 빠져 있었는데도 불구하고 그는 곧장 지시한 공중 전화로 달려갔다. 그리고 주저하지 않고 몬트레이까지의 여행에 동의했다. 사실 그가 그토록 작업에 몰두했던 것은 돔과 엘코에서의 풀리지 않는 사건으로부터 주의를 딴 데로 돌리기 위해서였다. 그는 정말로 그 수수께끼 같은 사건에 깊숙이 개입하고 싶었기 때문이었다. 트위스트가, 돔과 그 사제가 초능력을 발휘해서 소금병과 후추병을 공중에 띄우고, 의자를 공중에 매단 묘기에 대해서 말해 주었을 때, 3차 대전이 일어난다면야 모를까 그가 몬트레이에 가는 것을 막을 수는 없었다. 그리고 그는 그 집이 비었다고 해서 실망하지는 않았다. 샐코우 씨 가족이 어디에 있건간에 그는 그를 찾아낼 것이다. 먼저 시작할 만한 곳은 이웃들이었다.

반 에이커나 되는 대지와 집 주변에는 무수한 관상수들이 벽 구실을 대신하고 있었다. 그렇기 때문에 그는 쉽게 이웃집으로 갈 수가 없었다.

그는 다시 차로 돌아와서 기어를 넣고 다시 한번 그 집을 쳐다보았다. 맨 처음 그는 아래층 창문 가운데 하나에서 뭔가 움직이는 것을 보았다고 생각했다. 분명히 창문의 커튼이 살짝 젖혀졌다가 다시 제자리로 돌아가는 것 같았다. 그는 잠시 그쪽을 주시하면서 앉아 있었다. 그리고 나서 안개나 그림자 때문에 잘못 본 걸 거라고 판단을 내렸다. 그는 핸드 브레이크를 풀고 순환 차도의 다른편을 돌아 도로 쪽으로 차를 몰았다. 그의 마음은 스파이 노릇을 하게 된다는 것이 너무나도 즐거웠다.

어니와 돔은 군 도로 끝에다 체로키 지프를 세웠고, 색유리를 끼운 픽업 트럭도 그들 뒤로 약 2백 야드 떨어진 곳에서 잠시 멈추었다. 꽤 높은 전지형(全地形) 타이어를 장착하고 지붕에는 눈을 부릅뜬 것 같은 조명등을 단 그 트럭은, 돔이 보기에는 마치 은신처로 날아가려고 만반의 준비를 갖춘 채 잔뜩 경계를 하고 있는 곤충처럼 보였다.

"여기서 무슨 일이 일어날 것 같으세요?"

돔이 차에서 내려서 길가 쪽의 어니에게로 다가가면서 물었다.

"문제를 일으키려고 했다면, 벌써 일으켰겠지."

어니가 말했다. 차가운 공기 탓인지 그의 입에서 하얀 김이 서렸다.

"그들이 계속 따라붙으면서 감시만 한다면, 난 괜찮아요. 저쪽에서는 죽을 노릇이겠지만."

그들은 지프 뒤에서 수렵용 총 두 자루 꺼냈다. 하나는 32구경 특수탄환을 장전한 카빈총이었고, 또 하나는 30/06구경 스프링필드였는데 그 총들을 의식적으로 꺼내 드는 것은 픽업 트럭에 있는 사람들이 공격할 경우 그들도 반격할 수 있다는 것을 보여 줘서 상대방이 얌전히 있기를 바라는 의도에서였다.

산은 샛길 서쪽으로 이어져 있었고, 아직도 그 경사길에는 나무들이 빽빽이 숲을 이루고 있었다. 그러나 동쪽으로 멀어지는 샛길은 나무가 없는 넓은 땅이었고, 계곡 벽 쪽을 따라 목초지들이 이어져 있는 땅의 북쪽 끝편이기도 했다.

아직 눈이 내리지는 않았지만, 바람은 살을 에는 듯했다. 돔은 리노에서 겨울용 옷들을 사 두기를 잘했다고 생각했다. 그러나 어니가 입고 있는 것처럼 방수 처리를 한 스키복을 한 벌 더 구입하지 못한 게 후회스러웠다. 그리고 지금 자신이 신고 있는 지퍼가 달린 얇은 신발보다 어니처럼 끈으로 묶는, 밑창이 두툴두툴한 신발이 있었으면 했다. 오늘 중으로 진저와 페이가, 돔처럼 준비가 제대로 안 된 사람들에게 적합한 옷들을 비롯해서 오늘 밤 작전에 필요한 물품들의 목록을 가지고 스포츠용품점에 들를 것이다. 그러나 그 순간 끈덕지게 불어오는 강한 바람이 돔의 외투깃과 잘 여며지지 않은 소매깃 속으로 스며들어 왔다.

지프를 놔 두고 그와 어니는 길가로 건너가 경사진 목초지 아래로 내려 걸어가면서 선더 힐 주위를 계속 살폈다. 높은 전류가 통하는 철조망은 훨씬 뒤편에 있는 나무들에서 나와 위에 불쑥 걸쳐져 있었다. 그것은 군 도로 북쪽 코스와 평행으로 나아가다가 멈춰져서 다시 동쪽으로 꺾여져 계곡 발치를 향해 내려갔다. 벌판에 덮인 눈의 두께는 10인치나 되었지만, 아직은 부츠를 넘을 만한 정도는 아니었다. 그들은 철조망을 따라 2백 야드 정도를 터벅터벅 걸어갔다. 거기서 그들은 멀리서 계곡 벽면에 세워진 거대한 철제 발파구를 볼 수 있었다.

사람이든 개든 경비를 도는 흔적을 볼 수가 없었다. 철조망 건너편에는 눈밭 위에 사람이나 동물의 발자국이 나 있지 않았고, 그것은 아무도 정기적으로 그 주변의 순찰을 돌지 않았다는 것을 뜻했다.

"이러한 곳에서는 사람들이 질퍽대며 다니려 들지 않을 거요. 그러니까 순찰을 돈 발자국이 없다면, 틀림없이 철조망 저쪽에 전자 보안 장치가 수도 없이 많이 설치되어 있겠지."

어니가 말했다.

돔은 트럭에 있는 사람들이 체로키를 어떻게 했을까 봐 약간 걱정하면서 벌판 꼭대기를 향해 흘낏 눈길을 던졌다. 이번에 그가 다시 쳐다보았을 때는 흰 눈에 대비돼서 선명하게 윤곽이 드러나 보이는 검은 옷을 입은 사내 하나를 보았다. 그 사내는 지프 주변에 있지 않은데다 거기에는 관심도 없는 것 같았다. 그러나 그는 군 도로 가장자리에서 내려와 경사진 벌판으로 몇 야드 내려왔다. 그는 돔과 어니로부터 위쪽으로 아마 180야드쯤 떨어진 곳에 서서 꼼짝도 않은 채 그들의 모습을 지켜 보고 있었다.

어니도 그 관찰자를 알아챘다. 그는 오른팔 밑에 총을 끼우고서 목에 걸고 있던 쌍안경을 쳐들었다.

"저 사람은 군인이군. 최소한 입고 있는 게 정규군의 방한 코트인 것 같소. 우리를 감시만 하고 있군요."

"그들이 좀더 신중해야 한다고 생각하시지 않나요."

"이런 확 트인 벌판에서 눈에 띄지 않게 미행을 하기는 쉽지 않죠. 차라리 드러내 놓고 하는 편이 더 낫지. 게다가 저 사람은 자신이 들고 있는 것을 우리에게 보이고 싶어하는 거요. 우리가 갖고 있는 총이 자신을 겁주지 못한다는 것을 알려 주려는 거죠."

"무슨 말이시죠? 저 사람이 무엇을 가지고 있는데요?"

돔이 물었다.

"벨기에산 FN 기관총이오. 아주 죽여 주는 무기죠. 1분에 6백 발을 연발로 쏠 수 있으니까."

비카직 신부가 텔레비전 뉴스를 보았더라면, 어젯밤에 이미 캘빈 샤클에 관한 소식을 들었을 것이다. 그는 스물네 시간 내내 뉴스의 최고 화제였다. 하지만 신부는 이미 여러 해 전부터 텔레비전을 보지 않았다. 그는 텔레비전이 무모하게도 모든 것을 흑백 논리로 단순화 시키는 것이 지적인 타락이며, 폭력이나 섹스, 슬픔, 절망에만 관심을 집중시키는 것은 도덕적으로 용납될 수 없는 일이라고 판단했다. 그는 그날 아침자 트리뷴지나 선타임즈지의 맨 앞 페이지를 통해서도 오배넌 래인의 비극적인 사건에 대해 알 수 있었을 테지만 너무나 급히 사제관을 나서는 바람에 신문을 읽을 시간이 없었다. 이제 그는 경찰 바리케이드 뒤에 모인 구경꾼들을 통해 얻은 정보를 종합해서 그 사건의 진상을 알게 되었다.

몇 달 동안 캘 샤클은 아주……해괴한 행동을 해 왔었다. 그는 평소에 쾌활하고 밝은 사람이었다. 그는 혼자 사는 독신으로 오배넌 래인에 사는 사람들 모두가 그에게 호감을 가지고 있었다. 그러던 사람이 갑자기 뚱해지고 뭔가 생각에 잠기기 시작하더니 심지어는 아주 무서울 정도로 변해 버렸다. 그는 이웃들에게 "매사에 기분이 안 좋다"고 하면서 뭔가 "중대하고도 무시무시한 일이 일어날" 거라고 굳게 믿고 있었다. 그는 생존주의자들의 책이나 잡지를 읽고, 아마게돈(요한 계시록에 나오는, 세계 종말의 날에 있을 선과 악의 결전장 — 역주)에 대해 말하곤 했으며, 생생한 악몽에 시달렸다.

12월 1일 그는 트럭 모는 일을 그만두고 그 트럭을 팔아 치운데다 이웃과 친척들에게 종말이 눈앞에 다가왔다고 말했다. 그는 집을 팔고서 멀리 산속에 땅을 사고, 생존주의자들의 잡지에서 본 것처럼 피난처를 짓고 싶어했다. 그는 누이인 낸 질크라이스트에게 "하지만 시간이 없어. 그러니까 포위를 당할 때를 생각해서 이 집에서 그냥 대비를 해야겠어." 라고 말했었다. 그는 무슨 일이 일어날지도 몰랐고, 자신의 공포에 대한 근원도 이해하지 못했다. 하지만 그는 자신이 핵 전쟁이나 경제적 붕괴, 러시아의 침공, 혹은 대다수의 생존주의자들이 경고한 그 밖의 다른 일 때문에 걱정하는 것은 아니라고 말했다. 그는 누이에게 "난 그게 뭔지는 몰라……. 하지만 해괴하고도 끔찍한 일이 일어날 거야."라고 말했었다.

질크라이스트 부인은 억지로 그를 의사에게 보였다. 그러나 의사는 그가 매우 건강하며 단지 직업과 관련된 스트레스일 뿐이라고 진단을 내렸었다. 그러나 크리스마스가 지나자 전에는 사람들과 어울려 잘도 지껄이던 캘빈이 사람들을 경계하면서 입을 굳게 다물어 버리는 성격으로 바뀌었다. 1월 첫째 주 동안 그는 전화를 끊고 "그들이 올 때, 우리들에게 어떤 식으로 접근해 올지 누가 알겠어? 혹시 전화를 할 수도 있잖아."라고 은밀하게 설명해 주었다. 그는 "그들"이 누구인지 말하려고 들지 않았다.

아무도 캘이 정말로 위험하다고는 미처 생각지 못했었다. 그는 평생 온화하고 친절한 마음씨를 가진 사람이었다. 그가 새롭게 괴상 망측한 행동을 하는데도 불구하고 그가 폭력적으로 돌변하리라고는 생각할 수조차 없었다.

어제 아침 8시 반 캘은 윌커슨 씨 댁을 방문했었다. 그들은 길 건너편에 사는 사람들로, 그와 한때는 가깝게 지냈으나 최근에는 거리를 두고 지내던 참이었다. 에드워드 윌커슨은 기자들에게 다음과 같이 전했다.

〈"제 말 잘 들으세요. 전 이 문제에 관해서 이기적으로 지낼 수만은 없어요. 전 만반의 준비가 됐어요. 그리고 여기에 계신 여러분은 무방비 상태잖아요. 그러니까 그들이 우리에게 오면, 당신과 당신 가족들은 우리 집으로 피하시면 돼요, 에드."라고 캘이 말하더군요. 제가 대체 "그들"이 누구냐고 묻자, 캘은 "글쎄, 나도 그들이 어떨지, 그들이 자신들을 어떻게 부르는지도 잘 몰라요. 하지만 그들은 우리에게 나쁜 일을 할 거예요. 어쩌면 우리를 멍청이로 만들 거야."라고 말했어요. 캘 샤클은 제게 자기 집에 총과 탄약을 많이 준비해 놓고 그 곳을 완벽한 요새로 만들기 위한 조처를 끝냈다고 장담하더군요.〉

무기와 총격전에 관한 이야기에 놀란 윌커슨은 캘의 비위를 맞춘 후, 그가 돌아가자마자 그의 누이에게 전화를 걸었다. 낸 질크라이스트는 10시 반에 남편과 함께 그 곳에 도착해서는 걱정하고 있는 윌커슨에게, 그 문제는 자기가 해결하겠다고 했다. 그리고 캘을 설득해서 틀림없이 병원에 입원 조치시키겠다고 했다. 그러나 그녀가 남편과 함께 그 집으로 들어섰을 때, 에드 윌커슨은 그들에게 다른 사람의 도움이 필요할지도 모른다고 판단해서 다른 이웃인 프랭크 크레클리와 함께 샤클의 집으로 갔다.

윌커슨은 질크라이스트 부부가 문을 열어 주리라 예상했지만, 캘 자신이 문에 나왔었다. 그는 미친 듯했다. 거의 히스테리 상태에 가까왔다. 게다가 그는 20구경 반자동 엽총으로 무장하고 있었다. 그는 이웃들이 벌써 무기력한 멍청이가 되었다고 비난했다.

"당신들은 벌써 변했어요."

그는 윌커슨과 크레클리에게 소리쳤다.

"맙소사! 내가 그걸 봤어야 했는데. 그 일이 언제 일어났지? 당신들이 언제 이렇게 변해 버린 거지? 지금 당신들은 나를 데려가려고 한꺼번에 몰려온 거야."

그는 공포로 울부짖으면서 엽총의 불을 뿜기 시작했다. 첫 발은 크레클리의 목을 맞췄는데 너무나 가까운 거리에서 쏴서 목이 잘려 나갔다. 윌커슨은 도망치다 샤클의 집 현관 산책로 끝에 이르렀을 무렵 다리에 총을 맞고 넘어져 구르면서 죽은 척했고, 머리를 잘 쓴 덕분에 목숨을 구했다.

지금 크레클리는 시체 공시소에 안치되어 있고, 윌커슨은 병원에 입원 치료중인데 보도진과 면담을 할 수 있을 만큼 상태가 호전되었다.

비카직 신부는 오배넌 래인으로 들어오는 어귀에 서 있었다. 거기서 경찰 저지선 뒤에 모여 있던 군중 가운데 청년 하나가 그에게 그 사건의 전말을 열을 내며 열심히 설명해 주었다. 그 청년의 이름은 로저 해스터윅으로 "잠시 일을 쉬고 있는 음료 혼합 전문가"라고 말했지만, 스테판은 그가 실직을 당한 바텐더가 아닐까 의심스러웠다. 그는 약물 중독이나 마약 복용, 수면 부족, 정신 이상, 어쩌면 그 모든 증상 중 하나의 징조로, 눈빛이 불안하기 그지없었다. 그러나 그의 설명은 상세했고 한눈에 보기에도 정확했다.

"그러니까 보세요. 경관들이 거리를 봉쇄하고, 사람들을 집 밖으로 대피시킨 다음, 상어 샤클과 대화를 해 보려고 애쓰고 있어요. 하지만 알다시피 그 사람은 전화가 없잖아요. 그리고 경찰이 확성기를 사용해도, 그는 대답하지 않을걸요. 경관들은 그의 누이와 매제가 저 안에서 살아서 인질로 잡혀 있을 거라고 생각하기 때문에 섣불리 경솔하게 덤빌 수가 없죠."

"현명한 생각이군요."

비카직 신부는 자신이 실제로 서 있는 겨울 날씨보다 훨씬 더 추위를 느끼면서 찬 바람이 돌게 말했다.

"현명하고 말고요. 현명하죠, 현명해."

로저 해스터윅이 말하는 도중 방해받고 싶지 않다는 듯 짜증스럽게 말했다.

"그래서 결국 일몰 30분 전에 경찰은 SWAT 대원들을 출동시켜 그를 끌어 내고 그의 누이와 매제를 구하기로 결정했죠. 그래서 경찰은 저 집 안에 최루 가스를 터뜨렸고 SWAT 대원들이 저기를 급습했죠. 하지만 그들이 작전을 개시하자, 난관에 부딪히게 되었어요. 샤클이 수주 동안 집 안 곳곳에 덫을 만들어 놓은 게 틀림없어요. 경관들은 그가 여기저기에 설치해 놓은 줄에 걸려 넘어지면서 갈팡지팡했죠. 그러다가 한 사람이 미리 설치되어 있던 무거운 물건이 떨어지는 바람에 머리에 상당히 심각한 부상을 입었어요. 그때 샤클은 그들이나 마찬가지로 마스크를 쓰고 나타나 그들에게 총을 쏘아댔죠. 그는 마치 쥐를 기다리고 있던 고양이 같았어요. 그는 미리 만반의 준비를 하고 있었던 거죠. 그래서 그는 경관 하나를 죽이고, 한 명에게는 부상을 입혔어요. 그리고 나서는 지하실로 내려가서 문을 닫아 버렸죠. 그건 그냥 보통 문이 그가 특별히 제작한 철문이어서 아무도 안으로 들어갈 수가 없었어요. 비단 지하실에서 바깥으로 통하는 문을 철제로 덧붙여 놓았던 것뿐만 아니라 지하실 창문들도 그 안을 두꺼운 철판 셔터로 막아 놓았죠. 정말 이러지도 저러지도 못하게 꽉 막힌 상태예요."

스테판의 계산으로는 이미 두 명이 죽고, 세 사람이 다쳤다.

해스터윅이 말했다.

"그래서 경찰은 단단히 전열을 가다듬고 밤새 그가 투항하기를 기다리기로 한 거죠. 오늘 아침 상어 샤클이 지하실 창문의 철판 셔터 하나를 열고는 말도 안 되는 소리를 지껄여댔어요. 정말 미친 소리였죠. 사람들은 무슨 일이 일어나리라 생각했지만, 그는 다시 문을 닫고는 들어가 버렸고 그 이후로 아무 일도 없었어요. 전 날씨도 춥고 따분해져서 그가 무슨 일인가를 곧 일으키기를 바래요."

"그가 뭐라고 소리쳤죠?"

스테판이 물었다.

"뭐라고요?"

"오늘 아침에 그가 지하에서 어떤 이상한 말을 지껄였냐구요?"

"글쎄……그가 뭐라고 했더라……."

로저 해스터윅은 사람들 사이의 새로운 소식이 마치 전류처럼 군중들을 흥분시킨 것을 깨닫고 하던 말을 잠시 멈추었다. 사람들이 서둘러서 바리케이드에서 멀어졌다. 어떤 사람들은 총총걸음으로, 어떤 사람들은 뛰어서 스코트 애비뉴 남쪽으로 달아났다. 누가 또 피를 흘렸다는 뉴스거리를 놓칠까 봐 섬뜩해져서, 해스터윅은 수렵용 모자를 쓰고 있는 얼굴에 여드름이 잔뜩 난 한 남자에게 결사적으로 매달렸다.

"무슨 일이에요? 대체 무슨 일이 벌어졌죠?"

옷자락을 붙잡고 늘어지는 해스터윅으로부터 벗어나려 애쓰며 그 남자는 "요 아래에 있는 남자가 경찰이 사용하는 주파수대를 잡을 수 있는 라디오가 설치된 차를 가지고 있대요. 그 사람이 경찰들, 그러니까 SWAT 특공대의 주파수를 잡았는데, 그들이 빌어먹을 놈의 샤클을 작살낼 준비를 하고 있대요!"라고 말했다. 그리고 그는 해스터윅으로부터 벗어나 급히 달려갔고, 해스터윅도 급히 그를 쫓아갔다.

비카직 신부는 잠시 멀어져 가는 군중들의 뒷모습을 지켜 보고 있었다. 그리고 나서 남아 있던 열두어 명 정도 되는 구경꾼들과 바리케이드와 그 너머에 배치되어 있는 경찰들을 쳐다보았다. 더 많은 죽음, 아니 살인이 일어날 것이다. 그는 그 시간이 점점 다가오고 있음을 감지할 수 있었다. 그것을 막기 위해서 그는 무언가를 해야 했지만, 생각할 수가 없었다. 그는 공포로 마비가 되었다. 지금까지는 풀리지 않는 이 수수께끼의 긍정적인 면만 보아 왔고, 또 그것만 볼 수 있었다. 기적적으로 병을 치료하는 것이나 다른 현상들은 단지 기쁨과 다가올 신의 계시에 대한 기대만 낳게 할 뿐이었다. 그러나 지금 그는 그 수수께끼의 어두운 면을 보고 있으며, 심한 충격을 받았다.

마침내 자신이 피에 굶주린 군중들 가운데 또 한 명의 잔인한 인간으로 생각되어지지 않기를 바라면서, 스테판은 서둘러서 로저 해스터윅과 다른 사람들을 쫓아갔다. 사람들은 오배넌 래인에서 남쪽으로 한 블록 정도 떨어져 있는 곳의 차벽에 캘리포니아 해변의 그림을 그려 놓은 금속성 청색의 시보레 관광 트럭 주위에 모여 있었다. 거대한 몸집에 구레나루를 텁수룩하게 기른 트럭 주인은, 운전석에 앉아 양쪽 문을 열어 놓은 채 경찰의 활동 상황을 모든 사람이 들을 수 있도록 라디오의 볼륨을 크게 틀어 놓았다.

1, 2분이 지나자 경찰의 공격 계획의 주요 사항들이 명확해졌다. SWAT 특공대는 이미 샤클의 집 일층으로 다시 투입되어 작전을 수행하고 있었다. 그들은 핀만 뽑으면 지하실 전체를 날려 보내지 않으면서도 철문을 폭파시킬 수 있는, 정확하게 계산해서 탄약을 장전한 조그만 플라스틱 폭약을 사용할 계획이었다. 그와 동시에 또 다른 팀은 마찬가지로 조심스럽게 계산된 양의 탄약을 장전한 폭약으로 지하실의 바깥쪽 출입문을 폭파할 계획이었다. 연기가 걷히기를 기다릴 시간 없이 그들은 지하실로 몰려 내려가 협공으로 캘 샤클을 붙잡을 계획이었다. 그 작전은 대원들에게나 인질들에게나 굉장히 위험했지만, 경찰 당국은 작전이 지연될수록 훨씬 더 위험하다는 판단을 내린 것이었다.

라디오에서 들려 오는 목소리들이 1월의 차가운 공기를 가르며 울려 퍼졌다. 비카직 신부는 갑자기 그 기습 작전을 막아야 한다는 생각이 들었다. 만일 공격이 감행된다면, 사람들이 상상한 것 이상으로 엄청난 학살이 벌어질 것이다. 그는 바리케이드를 통과해 그 집으로 가서 샤클과 이야기를 나누어야 한다. 그것도 지금 당장. 그는 그 트럭에서 방향을 돌려서 다시 한 블록 떨어진 거리에 있는 오배넌 래인으로 들어가는 입구를 향해 달렸다. 그는 무슨 이야기로 샤클을 과대 망상증에서 벗어나게 해 줘야 할지를 몰랐다. 아마 "당신은 혼자가 아닙니다, 캘빈."이라고 말해야 할지도 몰랐다. 그는 뭔가 생각해야 했다.

그가 갑자기 그 트럭에서 가 버리자 군중들은 그가 바리케이드 위쪽에서 무슨일이 일어나는 것을 보았거나 들었으리라고 생각한 모양이었다. 그가 다시 오배넌 래인으로 들어가는 입구로 채 반도 못 갔을 무렵, 젊은 이들과 발 빠른 사람들은 흥분해서 소리를 지르면서 그를 지나쳐 갔다. 사람들은 인도에서 차도 쪽으로 쏟아져 나왔고, 이로 인해서 가뜩이나 거북이 걸음을 하고 있던 그 일대의 교통이 완전히 막혀 버렸다. 끽하는 소리를 내며 브레이크를 밟는 소리와 클랙슨 소리가 울려 퍼졌다. 차들이 쿵하는 소리를 내며 서로 추돌하기도 했다. 스테판은 달려가는 사람들에게 떠밀리고 너무나 세게 부딪히는 바람에 길바닥에 앞으로 털썩 넘어졌다. 멈춰 서서 그를 부축해 주는 사람은 아무도 없었다. 스테판은 일어나서 계속 달렸다. 동물적인 광기와 피에 굶주린 욕망으로 공기가 더욱 희박하게 느껴졌다. 스테판은 자기와 함께 있던 사람들의 행동에 겁이 났다. 심장이 쿵쾅거렸다. 그는 '아마도 지옥이 이렇겠지. 광란과 아우성의 도가니에서 영원히 달리면서…….' 하는 생각이 들었다.

스테판이 경찰들이 세워 둔 바리케이드 앞에 도착했을 무렵, 이미 격분해 있는 군중들의 반 이상이 그보다 먼저 그 곳에 도착해 있었다. 사람들은 겹겹으로 쌓아 올린 바리케이드와 경찰 차량 쪽으로 바글바글 몰려서 오배넌 래인의 출입이 통제된 블록 안의 상황을 살펴보려 기를 쓰고 있었다. 그는 사람들 틈으로 필사적으로 파고들어가서 앞으로 나가 경찰에게 말을 걸 수가 있었다. 그는 사람들에게 계속 밀렸기 때문에 경찰과 제대로 말을 할 수가 없었다. 그는 사람들을 뒤로 밀치면서 자신이 신부임을 밝혔으나 아무도 그의 말을 귀담아들으려 하지 않았다. 그의 모자가 머리에서 툭 떨어지는 것이 느껴졌지만 계속 그 자리에 버티고 서 있기 위해 안간힘을 썼다. 마침내 그는 물밀듯이 몰려 나오는 군중들을 지나 맨 앞으로 나서게 되었다.

경찰은 화가 나서 군중들에게 뒤로 물러나라 지시를 내리고, 체포한다고 겁을 주면서 곤봉을 빼들고, 얼굴에는 폭도 진압용 헬멧 위의 바이저를 내렸다. 비카직 신부는 곧 그 집에 감행될 기습을 지연시킬 수 있을 만한 어떤 얘기든 경찰에게 해야 했다. 그래서 그는 경찰에게 자신은 그냥 신부가 아니라 샤클의 담임 신부인데, 무엇이 잘못 됐는지를 자신이 알고 있으며 샤클이 투항하도록 만들 방법 또한 갖고 있다고 했다. 물론 그는 실제로 샤클을 어떻게 투항시켜야 할지를 몰랐다. 그러나 만일 그가 시간을 벌어서 샤클과 얘기를 나눌 수 있다면 뭔가가 생각날지도 몰랐다. 그는 자신에게 뒤로 물러나라고 명령했던 한 경관의 주의를 끌었고, 자신이 신부임을 밝혔다. 그 경관이 그의 말을 귀담아듣지 않자 스테판은 외투를 찢어서 흰색 스카프를 잡아당기며 신부복의 칼라를 내보였다.

"난 신부요!"

그러나 군중들이 스테판을 방책물 쪽으로 밀면서 앞쪽으로 몰려나오는 바람에 바리케이드가 무너졌다. 그 경찰은 화를 내면서 사람들을 뒤로 밀어내느라 정신이 없었으며 도저히 그의 말을 들어 줄 분위기가 아니었다.

잠시 후 두 차례의 조그만 폭발음이 공기를 흔들었다. 처음 폭발이 있은 지 1초도 채 안 돼서 다음 폭발이 이어졌다. 나직하고 단조로운 소리기는 했지만 몹시 강렬한 것이었다. 수백 명의 군중들은 모두 한결같은 소리로 숨을 헐떡였다. 모든 사람은 자신들이 들은 것이 무슨 소리였는지를 알고 있었으므로 모두 얼어붙은 듯 그 자리에서 꼼짝도 하지 않았다. SWAT 특공대가 지하실의 철문을 날려 버린 것이었다. 처음 두 번의 폭발음에 이어 세 번째 폭발음이 들렸다. 그것은 굉장히 파괴적인 폭발음이었다. 그 폭발로 인해서 땅이 진동하고, 귀가 멍멍하고, 온몸의 뼈마디와 이빨이 흔들렸다. 그리고……샤클의 집은 겨울 하늘에서 가루로 공중 분해되었다. 그것은 그날 자체를 깨부셔서 수십 억의 조각으로 산산이 분해시킨 것 같았다. 다시 한번 군중들은 한 목소리로 탄성을 질렀다. 이번에는 바리케이드 쪽으로 밀고 들어오는 대신, 사람들은 겁에 질려서 주춤주춤 뒤로 물러났다. 불현듯 그들은 죽음이 구경만 하고 즐기는 스포츠가 아니라 실제로 참여하는 활동이라는 것을 새삼 깨달았다.

"그는 폭탄을 갖고 있었어!"

바리케이드를 지키는 경관 중의 하나가 말했다.

"세상에 이럴 수가! 샤클이 저 안에서 폭탄을 갖고 있었어!"

그는 비상 구급 차량 쪽으로 몸을 돌리고는 그 안에 대기하고 있던 두 명의 의료진들에게 외쳤다.

"가요! 빨리 가라구요!"

구급 앰뷸런스의 꼭대기에서 빨간 사이렌을 번쩍거리면서, 차는 바리케이드에서 벗어나 그 블록의 한가운데를 향해 질주해 갔다.

비카직 신부는 겁에 질려 몸을 떨면서 그 뒤를 따르려고 했다. 그러나 경찰 중의 하나가 그를 붙잡고 "이봐요. 저 뒤로 물러가." 하고 말했다.

"나는 신부요. 마지막 의식에 안식 기도가 필요할지도 모르잖아요."

"신부, 난 댁이 로마 교황이라 할지라도 관심 없어요. 우린 샤클이 죽었는지 아직 확실히 모른다구요."

비카직 신부는 주눅이 들어서 그 말에 순순히 따랐다. 하지만 그는 내심 폭발의 엄청난 힘으로 미루어 보아서 캘 샤클이 죽었으리라는 데 한 치의 의심도 없었다. 샤클과 그의 누이, 그리고 그녀의 남편. SWAT 특공대의 대부분의 대원들. 모두 합쳐 몇 명이나 될까? 아마 다섯? 여섯? 열?

정처 없이 군중 속으로 되돌아가는 사이, 신부는 멍하니 스카프를 다시 두르고 코트의 단추를 채우면서 충격으로 반쯤 넋이 나간 상태에서 찬송가를 나직이 읊조렸다. 그는 이상하게 번뜩이는 눈빛을 하고 있는 실직한 바텐더인 로저 해스터윅을 보았다. 그는 해스터윅의 어깨에 손을 얹고 "오늘 아침 샤클이 경찰에게 뭐라고 소리쳤죠?" 라고 물었다.

해스터윅은 눈을 껌벅거리면서 "네? 뭐라구요?" 라고 되물었다.

"우리가 아까 헤어지기 전에, 댁에서 오늘 아침 샤클이 지하실의 창문의 철제 셔터를 열고서 여러 가지 해괴한 말을 외쳤다고 하셨죠? 그리고 무슨 일인가가 벌어지겠지 했는데 아무 일도 없었다구요. 그때 그가 정확히 뭐라고 했나요?"

해스터윅은 기억을 더듬어 내면서 얼굴이 밝아졌다.

"아! 그래요. 정말 해괴한 말이었어요. 있죠……. 완전히 제정신이 아닌 것 같더라구요."

그 미치광이가 한 말을 정확하게 기억해 내려고 애쓰는 모습이 그의 얼굴에 역력히 나타났다. 그는 그 말들이 생각나자 싱긋 웃으면서 마치 신의 계시를 전하기라도 하듯 입을 크게 움직이면서, 스테판을 즐겁게 해 주려고 샤클의 헛소리를 되풀이했다.

스테판은 그 사내가 하는 짓을 보면서 즐길 수도 없었을 뿐만 아니라, 차츰 시간이 지날수록 칼 샤클이 절대로 미친 것이 아니라는 확신이 커져 갔다. 그는 세뇌와 메모리 블록의 붕괴로 인해서 생겨난 엄청난 스트레스에 의해서 곤혹스럽고, 혼돈되고, 좌절해서 당황한 것뿐이지 정신이 이상해진 것은 아니었다. 로저 해스터윅이나 다른 사람들은 모두 아무렇게나 지은 요새의 창을 통해서 세상에 내뱉은 샤클의 비난과 저주가 틀림없이 정신 이상으로 인한 과대 망상적인 환상이라고 생각했다. 그러나 비카직 신부는 다른 사람들보다 유리한 입장에 있었다. 그는 샤클의 말을 트랭퀼러티 모텔의 사건이나 기적적인 치료의 능력, 염력과 같은 맥락에서 이해했다. 잔뜩 겁을 먹은 그 불쌍한 사내가 지하실 창을 통해서 외쳤던 비난과 욕설들 속에 어느 정도 진실이 담겨 있을지도 모른다고 생각했다. 그는 그런 의문을 품으면서 등골이 오싹해지는 것을 느꼈다. 그는 치를 떨었다.

스테판의 그런 반응을 보고서 해스터윅은 "이봐요. 그렇게 심각하게 받아들일 필요는 없어요. 설마 그 사람이 한 말이 진짜라고 생각하는 건 아니겠죠? 그 자식은 정신나간 자식이라구요. 자폭까지 했잖아요, 안 그래요?"

비카직 신부는 스코트 애비뉴를 따라 차가 세워져 있는 곳을 향해 달려갔다.

그가 에반스톤에 다다라서 캘빈 샤클의 집에서 일어난 비극을 미처 알기도 전에, 비카직 신부는 그날 중으로 네바다행 비행기를 타야 되지 않을까 반쯤 생각하고 있었다. 멘도자 일가의 아파트와 핼버그 씨 댁에서의 사건들은 그의 마음속에 불타고 있던 호기심과 궁금증에 불을 붙였다. 그 불길은 엘코 카운티에 있는, 문제를 가진 사람들의 모임에 뛰어들지 않으면 좀체로 꺼지지 않을 것 같았다.

이제는 방금 해스터윅에게서 말을 전해 듣자, 네바다로 서둘러 가야겠다는 충동이 발등에 떨어진 불을 끄는 일처럼 되어 버렸다. 샤클이 지하실 창을 통해서 외친 말들 중의 반 정도만이 진실이라 치더라도, 스테판은 기적을 목격하기 위해서 뿐만 아니라 트랭퀼러티 모텔에 모여 있는 사람을 보호하기 위해서 네바다에 가야 했다. 그는 평생 문제가 있는 사제들의 구조자이자, 잃어버린 영혼들을 우리로 돌려보내는 양치기였다. 그러나 이번에는 심령과 육신을 모두 구원하도록 부름을 받은 것인지도 몰랐다. 칼 샤클이 말한 위기감은 심령뿐만 아니라 육신과 두뇌를 위험에 빠뜨릴 수도 있는 것이었다.

그는 다시 차에 기어를 넣고 에반스톤을 빠져 나갔다.

그는 차를 세워 두기 위해서 사제관으로 돌아가지는 않을 작정이었다. 시간이 없었다. 곧장 오헤어 국제 공항으로 가서 서부로 가는 비행기편 중에서 가장 먼저 출발하는 것을 탈 작정이었다.

'신이시여! 당신은 저희에게 무슨 시련을 내리신 겁니까? 그것이 우리가 바랄 수 있는 가장 큰 선물입니까? 아니면 성경에 나오는 모든 재앙들을 무색하게 만드는 천벌입니까?'

비카직 신부는 액셀러레이터를 끝까지 밟고 전속력으로 공항을 향해 달렸다. 마치……지옥을 벗어 나려는 박쥐처럼.

진저와 페이는 그날 아침 거의 대부분을 재미슨 부부와 함께 보냈다. 그들은 진저가 페이의 오랜 친구의 딸로 가장하고, 특정하지 않은 건강상의 이유로 서부로 오게 되었는데 엘코에 대해 많은 관심을 갖고 있는 척했다. 재미슨 부부는 그 지역에 얽힌 역사에 대해서는 아주 훤했으며, 그 지방에 대해서 얘기하는 것을 몹시 좋아했다. 특히 레모일 계곡의 아름다움에 대해서는 신이 나서 이야기를 해 주었다.

사실 직접, 간접적으로 진저와 페이는 재미슨 부부가 기억 장애가 무너지는 영향으로 고통을 겪고 있는지 그 증세를 알아보고자 했다. 그러나 그들은 아무런 이상도 발견하지 못했다. 재미슨 부부는 아무 문제도 없이 행복해 보였다. 그들의 세뇌는 페이만큼이나 완벽했다. 그들의 위조된 기억은 깊이 뿌리박혀 있었다. 그들을 트랭퀼러티 패밀리로 끌어들이는 것은 별다른 큰 목적도 없이 그들을 위험하게 할 뿐이었다.

모텔의 트럭을 타고서 재미슨 부부의 집을 나설 때, 그들 부부는 현관까지 나와서 손을 흔들어 주었다. 차 안에서 진저가 말했다.

"정말 좋은 분들이세요. 아주 친절하시구요."

"그래요, 아주 믿을 만한 사람들이지. 이런 일에 관해서 그들이 우리 편이 되었으면 하고 바라기도 하지만, 한편으로는 그들이 이런 문제에서 빠진 게 다행이라는 생각이 들어요."

그때 두 사람 모두 아무 말도 없었다. 그리고 진저는 페이도 자기와 같은 생각일 것이라고 생각했다. 그들은 정부 차량이 아직도 재미슨 부부의 집 입구 근처의 군 도로에 세워져 있을지, 또 그 차에 타고 있는 사람들이 가만히 자신들을 따라다니는 데만 만족할지 궁금했다. 어니와 돔은 무장을 하고 선더 힐 창고 근처의 산악 지대로 떠났다. 그러나 페이와 진저가 맡은 일은 그다지 위험한 일이 아니었기 때문에 아무도 그들이 이런 특별한 위험에 처하리라고는 생각지 못했었다. 도시에서 혼자 사는 많은 매력적인 여자들이나 마찬가지로 진저는 총을 어떻게 사용할 줄은 잘 알고 있었다. 그리고 해병 대원의 좋은 아내였던 페이도 거의 전문가라고 할 정도였다. 그러나 무기가 없는 판국에 그들의 지식이나 기술 따위는 아무런 소용도 없는 것이었다.

반 마일 거리 정도 되는 재미슨 가의 차도를 따라 4분의 1마일 정도 차를 몰고 나서, 페이는 울창한 소나무들이 드리운 짙은 그늘 아래 차를 세웠다.

"아마 내가 너무 신파조일지도 모르지."

그녀가 말하면서 코트의 단추 몇 개를 풀고 스웨터 아래로 손을 집어 넣었다.

"그리고 그들이 우리 머리에 총을 겨누면 별로 소용도 없겠지만요."

그녀는 얼굴을 찡그리면서 스테이크를 써는 칼 두 자루를 꺼내어 자신과 진저 사이에 놓았다.

진저는 놀라서 말했다.

"어디서 나셨어요?"

"낸시가 설거지할 때, 내가 그릇을 닦겠다고 한 이유가 바로 이것 때문이에요. 은식기를 치우면서 슬쩍했죠. 단도직입적으로 무기를 달라고 할 수가 없어서. 그러면 괜히 낸시와 엘로이를 이 일에 끌어들여야 하고, 그렇게 하지 않는 게 좋을 것 같아서 말예요. 이 일이 끝나면 나중에 도로 갖다 놓을 수 있어."

그녀는 그 중에서 칼을 한 자루 집었다.

"끝이 굉장히 뾰족하고 칼날도 날카로운 톱니 모양이에요. 내가 말했듯이 그들이 우리 머리에 총을 들이대면 크게 도움이 되지 못할지도 모르지만. 하지만 그들이 우리를 쫓아와서 억지로 자기네들 차에 태우려고 하면, 칼을 숨기고 있다가 기회를 봐서 찌를 수가 있어요."

"굉장해요!"

진저는 씩 웃으면서 고개를 내저었다.

"언젠가 아주머니께서 리타 해너비 부인과 만날 수 있는 기회가 있기를 바래요."

"보스턴에 있는 친구 말이죠."

"예, 두 분은 너무 많이 닮으신 것 같아요."

"나랑 상류층의 귀부인이? 우리에게 서로 어떤 공통점이 있다니 상상이 안 가는데."

페이는 의심스러운 듯 물었다.

"우선 두 분은 너무나 침착하세요. 너무나 태연하시다구요. 무슨 일이 일어나든지간에요."

칼을 제자리에 도로 놓으면서 페이가 말했다.

"남편이 군에 있는 아내들은 융통성 있게 사는 법을 배우지 못하면 미쳐 버릴걸요."

"그리고 아주머니와 리타는 겉보기에는 너무나 여성적이고 부드럽고 남한테 많이 의지하시는 것처럼 보이지만, 내면적으로는 두 분 모두 각자 나름대로 아주 강인하시거든요."

페이는 미소를 지었다.

"당신도 약간은 그런 면이 있어요."

그들은 소나무가 우거진 차도의 나머지 4분의 1마일을 달려서 그늘을 벗어나 곧 불어닥칠 폭풍의 한낮의 어둠 속으로 들어갔다.

녹갈색의 칠이 벗겨진 정부 차량은 아직도 도로를 따라 주차되어 있었다. 두 남자가 차 안에 있었다. 그들은 냉담하게 진저를 쳐다보았다. 충동적으로 그녀는 그들에게 손을 흔들었다. 그들은 아무 반응이 없었다.

페이는 레모일 계곡 기슭을 따라 내려왔다.

그 차도 따라왔다.

마일즈 베넬은 회색 철제 책상 뒤에서 커다란 의자에 지루한 듯 푹 파묻혀 앉아 있었다. 그는 때로는 냉담한 어조로, 때로는 놀라우리만치 반어적인 어조로 질문들에 대답하면서 사무실 주위를 천천히 거닐었다. 그러나 그는 똑같은 상황에서 다른 사람들 거의가 그랬던 것처럼 결코 초조해 하거나 비굴해 하지도 않았으며, 두려움에 떨거나 화를 내지도 않았다.

렐런드 폴커크 대령은 그를 몹시 싫어했다.

렐런드는 사무실 한쪽 구석에 놓여 있는 흠집투성이의 탁자에 앉아 인사 기록 더미를 천천히 조사하고 있었다. 그것은 7월 6일의 비밀이 보관되어 있는 거대한 나무 문이 달린 동굴에서의 실험과 연구들을 수행하고 있는, 민간인 과학자 개개인에 대한 인사 기록이었다. 그는 라구나 비치에 있는 돔 콜베이시스에게 두 장의 메모와 폴라로이드 사진이 배달된 때 뉴욕에 있었을 가능성이 있는 사람들을 판별해 냄으로써, 비밀을 누설했을 만한 배신자들의 범위를 좁히려 했다. 그는 선더 힐의 군 기밀 담당자들에게 이 일을 하도록 시켰었다. 그들은 조사를 끝냈다고 자신 있게 말하면서, 의심갈 만한 곳은 바늘만큼도 찾아내지 못했다고 공언했다. 하지만 거짓말 탐지기 고장 두 건을 포함해서 지금까지 조사 과정에서 있었던 실수로 미루어보건대 그들은 베넬이나 다른 과학자들과 마찬가지로 믿을 수가 없었다. 오직 자기 자신만이 그것을 할 수 있었다.

그러나 렐런드는 당장 문제에 봉착했다. 우선 지난 18개월 동안 두 배에 가까운 민간인들이 그 작전에 동원되었다. 광대한 과학 분야를 대표하는 서른일곱 명의 남녀가 일급 비밀 취급 허가 자격을 가졌고, 베넬이 고안한 연구 프로그램에 필요한 정보를 자세히 알고 있었다. 베넬을 포함해 모두 서른여덟 명이었다. 베넬 하나를 제외하고 군대 규율이라고는 전혀 모르는 서른일곱 명의 인텔리들이 그렇게 오랫동안 비밀을 지키고 있었다는 것은 기적에 가까웠다.

더욱 힘든 것은 오직 베넬과 그 외의 일곱 명만이 실제로 선더 힐에 살면서 전적으로 모든 전문적인 연구에 매달려 있었다는 점이었다. 나머지 서른 명은 가족이 있고, 대학에서 오랫동안 자리를 비울 수 없어서 때로는 며칠간 머무르거나, 몇 주, 어떨 때는 거의 드문 경우기는 하지만 몇 개월 정도 머물면서 자신들의 스케줄이 허락하는 한 왔다갔다 하면서 지냈다. 따라서 개개인을 조사해서 누가 언제 뉴욕에 머물렀는지 판별해 내는 것은 길고도 지루한 작업이었다.

또한 기막힌 점은 상비 연구팀 여덟 명 중에서 마일즈 베넬 박사 자신을 포함해서 세 명이 12월에 뉴욕에 있었다. 다시 말해서 과학 연구진 중에서만도 현재, 적어도 서른세 명이 용의 선상에 포함되어 있다는 것이었다.

비록 보안 담당자와 그의 오른팔인 퓨가타 소령과 헴즈 중위만이 출입이 금지된 그 동굴에서 일어나고 있는 일을 알고 있는 것으로 짐작이 가기는 하지만, 렐런드는 보안 담당자 전원을 의심했다. 일요일 퓨가타가 상비 연구진들과 현재 그 곳에 거주하고 있는 비상근 연구진들을 신문하기 시작하고 나서 곧 그는 거짓말 탐지기가 고장나서 믿을 만한 결과를 내지 못한다는 사실을 알아냈다. 어제 셍크필드에서 새 기계가 보내졌지만 그것도 역시 결함이 발견되었다. 퓨가타는 두 번째 기계도 셍크필드에 도착했을 때 이미 고장나 있었다고 말했지만, 그것은 순전히 거짓말이었다.

이 계획에 관여한 누군가가 목격자들의 기억 장애가 무너지고 있다는 보고를 받은 것이다. 그는 그 기회를 이용하기로 작정하고, 그들 중 몇 명에게 암호 같은 내용의 글과 서류철에서 훔쳐낸 사진을 보내 그들을 부추긴 것이다. 그는 거의 그 일을 제대로 끝냈지만, 이제 그 불똥이 점점 자신에게 뻗쳐 오자 일부러 거짓말 탐지기를 고장나게 한 것이다.

렐런드는 인사 기록을 자세히 살펴보던 것을 멈추고서 조그만 창문 앞에 서 있는 마일즈 베넬을 쳐다보았다.

"박사, 과학적인 견해에 당신의 직관력으로 도움을 좀 주시죠."

창문에서 돌아서며 베넬은 "물론이죠, 대령."이라고 말했다.

"박사와 일하는 사람들 모두가 7년 전 CISG로 분류된 보고서에 대해서 알고 있어요. 우리의 비밀이 세상에 알려진다면 어떤 엄청난 결과를 초래할지도 사람들은 잘 알고 있소. 그런데 어떻게 그들은 보안이 새 나가는 것에 대해서 그렇게 무책임할 수 있죠?"

베넬 박사는 진심으로 도와주려는 듯한 어조로 가장했지만, 렐런드는 그 이면에 통렬한 경멸이 숨겨져 있다는 것을 느낄 수 있었다.

"어떤 사람들은 CISG의 결론에 동의하지 않기도 하고, 어떤 사람들은 그런 비밀이 세상에 알려진다 해도 대참사가 일어난다고 생각하지 않죠. 또한 CISG가 근본적으로 잘못되었다고 생각하기도 하고요. 너무 엘리트 주의적 관점을 가졌다고 말이에요."

"글쎄……. 난 CISG가 옳다고 생각합니다. 자넨 어떤가, 호너 중위?"

호너는 출입문 근처에 앉아 있었다.

"대령님과 마찬가지 의견입니다. 그 소식이 일반에 알려지면, 사람들이 대비를 하는 데 아주 오랜 시간이 걸릴 겁니다. 어쩌면 십 년이 넘을지도 모르죠. 심지어는 그때까지도……."

렐런드는 고개를 끄덕이면서 베넬에게 말했다.

"박사, 난 내 동료들이나 마찬가지로 얄팍하지만 현실적인 의견을 갖고 있고, 대부분의 사람들이 이런 비밀이 밝혀진 다음에 이어질 새로운 세상에 어떻게 대처할지 잘 알고 있소. 대혼란일 겁니다. 정치적, 사회적인 대격변. CISG 보고서에 적힌 그대로죠."

베넬은 어깨를 으쓱거렸다.

"사람은 마음대로 생각할 권리가 있겠죠."

그러나 그의 어조는 마치 '그것은 무식하고, 건방지고, 소견이 좁은 당신의 견해에 불과한 것이다.' 라고 말하는 것 같았다.

의자에서 몸을 앞으로 기울이면서 렐런드가 말했다.

"당신은 어떻게 생각하시죠, 박사? CISG가 옳다고 생각합니까?"

베넬은 대답을 회피하면서 "난 당신의 부하가 아닙니다, 대령. 난 콜베이시스나 블록 부부에게 그런 쪽지나 폴라로이드 사진 따위는 보내지 않았소."라고 말했다.

"좋소, 박사. 그러면 약물을 사용해서 모든 사람들을 심문하도록 도와주시겠소? 비록 거짓말 탐지기를 고친다고 해도 펜토탈 나트륨이나 다른 약물들로 얻어 낸 대답보다는 신뢰성이 덜할 테니까요."

베넬은 얼굴을 찡그렸다.

"약물을 사용하는 데 대해 격렬하게 반대하는 사람들도 몇 명 있죠. 그들은 고도의 지적 활동을 하는 사람들이오, 대령. 지적인 생활이 그들의 최우선적인 삶이죠. 그리고 그들은 자신들에게 약물을 사용할 경우 부작용으로 정신 기능에 조금이라도 영구적인 손상을 입지나 않을까 해서 모험을 걸지 않을걸요."

"이 약물들은 그런 부작용이 없어요. 아주 안전하죠."

"아마 대부분의 시간엔 안전할지도 모르죠. 하지만 내가 데리고 있는 사람들 중에서 몇몇은 어떤 이유에서든간에 약물을 사용하는 것을 도덕적으로 용납할 수 없다고 반대할 겁니다. 아무리 안전한 약이고, 가치 있는 목적을 위해서일지라도."

"박사, 난 선더 힐에 있는 모든 사람들을 약물을 사용해서 심문할 겁니다. 그 비밀을 알고 있건 모르고 있건간에 상관하지 않고 말이오. 난 알바라도 장군의 승인을 받아낼 거요."

알바라도는 선더 힐 창고의 사령관으로, 뒷면에서 사무직을 보던 경력의 소유자였다. 렐런드는 베넬이나 마찬가지로 그를 싫어했다.

"만약 장군이 약물을 이용해서 심문을 하도록 허락하신다면, 그때는 비록 반대하는 사람이 있다고 해도 그대로 세게 밀어붙일 겁니다. 만약 당신이 거절한다면 그때는 당신도 포함해서 말이오. 내 말 아시겠소?"

"아주 완벽한 생각이로군요."

베넬은 여전히 아무렇지 않다는 듯 말했다.

지겨운 듯 대령은 남아 있던 인사 기록 카드를 옆으로 치워 버렸다.

"너무나 더뎌. 지금부터 한 달이 되기 전에 빨리 배신자를 색출해 내야 해. 거짓말 탐지기를 고치는 편이 좋겠군."

그는 자리에서 일어나려다가 아까 그 창고를 들어올 때부터 줄곧 염두에 두고 있었지만 마치 갑자기 물어 볼 말이 생각나기라도 한 것처럼 다시 주저앉았다.

"박사, 당신은 크로닌과 콜베이시스의 상태를 어떻게 보십니까? 기적적인 치료술이라든가, 다른 신기한 초능력을 어떻게 보고 계시죠?"

마침내 베넬은 강력하고도 진지한 관심을 나타냈다. 그는 머리 뒤를 받치고 있던 손깍지를 풀고서 앞으로 다가와 앉았다.

"틀림없이 대령 당신도 겁을 먹었을 테죠. 하지만 당신이 집착하고 있는 대격변이 일어나는 것보다 덜 격변적인 설명이 될 만한 다른 무엇이 있을 수도 있어요. 두려움은 그저 당신의 유일한 반응일 뿐이지만, 난 그것이 인류 역사에서 최대의 순간이 될지도 모른다고 생각합니다. 하지만 어찌됐건간에 우리는 크로닌과 콜베이시스 두 사람과 이야기를 해 봐야 합니다. 그들에게 모든 것을 이야기하고, 어떻게 그들이 그런 힘을 가지게 되었는지 정확하게 알아내도록 그들의 협조를 구해야 해요. 모든 해답을 알아내지도 못한 채 이대로 그들을 제거하거나, 또다시 세뇌를 시킬 수는 없소."

"만일 우리가 모텔에 있는 사람들을 전부 여기로 데려와서 그들에게 비밀을 말하고, 그 다음 기억을 지우지 않으면 비밀이 유지될 수가 없어요."

"아마 불가능하겠죠. 그리고 그렇게 된다면……세상에도 그 일이 알려지게 되겠죠. 하지만 대령, 최근의 진행 상태로 봐서는 크로닌과 콜베이시스를 조사해 보는 것이 비밀 유지를 비롯해서 다른 어떤 것보다도 더 급선무입니다. 그저 그들을 조사하는 것뿐만이 아니라……그들이 어떤 이상한 능력을 가졌는지를 내 보일 기회를 주어야 해요. 실제로 언제 그들을 감금할 거죠?"

베넬이 말했다.

"아무리 늦어도 오늘 오후까지는."

"그럼, 오늘 저녁 중에는 그들을 우리가 있는 곳으로 데려오리라고 봐도 되겠네요?"

"그렇소."

렐런드는 다시 자리에서 일어났다. 그는 코트를 집어 들고 사무실 문으로 걸어갔다. 거기에는 호너가 기다리고 있었다. 그는 걸음을 멈추고 말했다.

"박사께서는 크로닌과 콜베이시스가 변했는지 변하지 않았는지 어떻게 알 수 있죠? 당신은 그들이 실제로……뭔가에 홀렸을 가능성은 없다고 생각하시죠? 그러나 만일 당신 생각이 틀렸다면 말이죠……. 만일 그들이 더 이상 완전한 인간이 아니라면, 만일 그들이 당신이 진실을 알기를 원치 않는다면, 그것을 알아내는 일이 가능할까요? 틀림없이 그들은 거짓말 탐지기와 우리가 갖고 있는 자백용 약물을 이겨낼 겁니다."

"그거 참 골치 아픈 문제로군요. 맞아요."

마일즈 베넬은 자리에서 일어나 실험 가운 주머니에 손을 찔러 넣고는 아주 힘차게 걸음을 옮기기 시작했다.

"정말 난제라구요. 그렇죠? 우린 토요일에 대령으로부터 그들이 새로운 능력을 지니게 되었다는 얘기를 듣고서 계속 여러 가지로 그 문제에 대해서 검토를 해 봤소. 우리는 여러 차례 기복도 겪고 절망도 해 보았지만, 이제는 그 문제를 잘 처리할 수 있을 것 같습니다. 우리는 의학적인 검사와 심리학적인 검사 그리고 몇 가지 복잡한 재료를 고안해 냈죠. 그런 모든 종합적인 실험들을 통해서 우리는 그들이 감염되었는지 아닌지를 정확하게 판별할 수 있어요. 그리고 그들이 이제 더 이상……인간이 아닌지 인간인지도. 대령께서 두려워하시는 것들은 전혀 근거가 없는 것이라고 봅니다. 우리도 처음엔 감염되는 것이……영혼이 홀리는 것이 위험하다고 생각했죠. 그러나 1년도 훨씬 전부터 우리는 우리 생각이 틀렸다는 것을 알았습니다. 제 생각으로 그들은 완전한 인간이면서도 그러한 능력들을 가질 수 있다고 봅니다. 그들은 완전한 인간이에요."

"난 생각이 달라요. 내가 두려워하는 것은 확실한 근거가 있는 거요. 게다가 만일 콜베이시스랑 크로닌, 또 다른 사람들이 변했고, 당신이 그들로부터 진실을 알아낼 수 있다고 생각하고 있다면……그건 농담이겠죠. 만일 그들이 변했다면, 그들이 당신을 속이기는 누워서 떡 먹기일 거요."

"대령께서는 우리가 준비한 실험에 대해서는 전혀 들어 보지도 않았는데……."

"그리고 그 밖에 중요한 점이 있소, 박사. 박사께서는 생각해 본 적도 없는 것이겠지만, 난 깊이 고려해 봐야만 하는 점이죠. 어쩌면 이건 박사께서 내 입장을 이해하는 데 도움이 될 겁니다. 지금까지 박사께서는 제 입장을 동정해 본 적도 거의 없었잖소. 박사께서는 내가 트랭퀼러티 모텔에 있는 사람들보다 더 당신을 의심하고 겁내고 있었다는 걸 모르셨겠죠? 우리가 최근의 이러한 사태와 비정상적인 힘들에 대해서 알게 되었을 때부터 난 박사도 두려워하고 있었소."

"나를요?"

베넬은 뒤통수를 얻어맞은 듯 대경 실색했다.

"박사께서는 그 문제로 계속 여기에서 일해 왔죠. 당신은 겨우 세 차례의 짧은 휴가를 즐긴 것 빼놓고는 18개월 동안 거의 매일 이 동굴 같은 연구실에서 지내면서 실험과 조사를 계속했소. 만일 크로닌과 콜베이시스가 몇 시간의 접촉을 통해서 변한 것이라면, 80개월이 지나서 당신이 변하지 않았다고 어떻게 장담할 수 있죠?"

잠시 동안 충격으로 베넬은 말문을 잃더니 그 다음 말했다.

"하지만 그건 전혀 다른 얘깁니다. 여기서 내 연구는 그저 사실을 탐구하는 것뿐이었어요. 실제로 난……불이 난 뒤에 잿더미를 조사하여 무슨 일이 일어났는지를 알아내는 소방 책임자라고 할 수 있죠. 만일 그런 게 있다면 진작부터 제게도 증상이 나타났을 겁니다. 그것은 잠재되어 있다가 나중에 나타나는 것이 아닙니다."

"내가 그것을 어떻게 확인할 수 있죠?"

렐런드는 그를 차갑게 노려보며 말했다.

"하지만 안전 조치가 잘 되어 있는 이런 연구 조건하에서……."

"박사, 우리는 미지의 것을 다루고 있소. 무슨 일이 일어날지 모든 문제를 예상할 수는 없죠. 그것이 미지의 것이 가지는 특징이죠. 게다가 당신은 예상할 수 없는 것에 대해 대비를 할 수가 없죠."

베넬은 그런 가능성에 대해 부정하듯 격렬하게 고개를 내저었다.

"아니야. 아니예요. 아니야. 오! 아니라구."

"만약 내가 그저 당신을 괴롭히려고 내 우려를 너무 과장되게 말하고 있는 거라고 생각한다면, 당신 자신에게 한번 물어 보시오. 왜 호너가 우리가 이렇게 오랫동안 이야기를 나누는 사이에 저기에 잔뜩 경계의 눈초리를 하고 의자에 앉아 있는지. 박사도 아시다시피 그는 거짓말 탐지기엔 전문가이고, 우리가 이야기를 나누는 동안 가서 그 기계를 고칠 수도 있소. 그러나 난 박사와 단둘이만 방에 있는 것을 원치 않았소, 베넬 박사. 혼자서는 절대로 안 되죠. 절대로."

눈을 깜박이면서 베넬이 말했다.

"그럼 어쨌건 내가 감염됐을지도 모른다는 것 때문에…….”

렐런드는 고개를 끄덕였다.

"만일 당신이 변했다면, 당신은 내가 상상조차 할 수 없는 어떤 절차를 통해서 나도 변화시킬 수 있을 거요. 나 혼자라면 당신이 나를 공격해서, 감염시키고, 또한 내 정신을 빼앗아갈 수 있는 뭔가를 할 기회를 갖게 될지도 모르지. 어떻게 말해야 제일 잘 알아들을지 모르겠지만, 우리 둘 다 내가 무슨 말을 하려는지 잘 알고 있소."

렐런드는 치를 떨었다.

"심지어 우리 둘이서 우리의 안전을 충분히 지킬 수 있을까도 의심스러웠죠."

호너 대위가 말했다. 그의 목소리는 천장이 낮은 방안에 부딪혀서 금속으로 된 벽에서 약하게 떨렸다.

"난 당신을 계속 면밀히 지켜 보고 있었소, 박사. 당신은 내 손이 줄곧 연발 권총 근처에 있었던 것을 눈치채지 못하셨겠죠?"

베넬은 너무나 놀라 할 말을 잃었다.

렐런드가 말했다.

"박사, 당신은 내가 언제라도 방아쇠를 당길 준비가 되어 있는 의심 많은 놈에다, 외국인을 싫어하는 구닥다리 사고 방식을 가진 파시스트라고 생각할지도 모르오. 그렇지만 난 일반 대중들에게 이 비밀을 지키는 것뿐만 아니라, 대중들을 보호할 책임도 있소. 최악의 상태를 예상하고 거기에 철저하게 대비하는 것도 내 임무 중의 일부요."

"당신 둘 다 완전히 미쳤군!"

베넬이 말했다.

"당신이 그런 식으로 나올 줄 알았지. 당신이 아직도 완전한 인간이건 아니건간에 말야."

렐런드가 그에게 대꾸하고는 호너에게 말했다.

"자, 가세. 자네는 거짓말 탐지기를 고쳐야 해."

호너가 중심부를 향해 문을 나서자 렐런드가 그를 뒤따랐다.

"기다려요. 기다려, 제발!"

베넬이 말했다.

렐런드는 시커먼 구레나루를 기른 창백한 사내를 뒤돌아보았다.

"좋소, 대령. 좋아요. 어쩌면 왜 당신이 그렇게 의심을 가져야 하는지, 왜 그것이 당신 일의 일부가 되는지를 이해할 수도 있을 것 같소. 그래도 그건 미친 짓이에요. 나나 내가 데리고 있는 사람들이……뭔가에 감염되었다는 것은 불가능해요. 전혀 가능성이 없는 일이라구요. 하지만 내가 대령의 의심을 불러일으켜서 당신이 나를 죽일 준비가 되어 있다면, 내 밑에서 일하는 사람들 모두를 죽일 생각이란 말이오?"

"물론 주저없이."

렐런드는 퉁명스럽게 말했다.

"그러나 만일 나와 내 조수들이 변했다면, 그랬을 공산이 크다면 말이오, 물론 그건 불가능한 일이지만……그때는 선더 힐에 있는 직원들 전부가 변했을 수도 있다는 사실을 모르겠소? 그냥 그 동굴에서 무슨 일이 일어나고 있는지 아는 사람들이 아니라, 민간인들과 군에 있는 모든 사람들, 계속 연결되어 올라가서 알바라도 장군도 포함해서 말이오."

"물론 나도 알고 있소."

"그럼, 당신은 이 기지의 모든 사람을 죽일 작정이오?"

"그렇소."

"맙소사!"

"서둘러서 이곳을 뜰 작정을 했었다면, 당분간 한동안은 도망칠 생각은 하지 않는 게 좋을걸. 18개월 전에 이미 난 이런 가능성을 내다보고 몰래 비절런트라는 보안 장치에 특수한 프로그램을 입력시켜 놓았지. 내 지시에 따라서, 비절런트는 특수한 암호 없이 선더 힐을 나가려는 사람을 제지하도록 만든 새로운 방식의 통제 장치지. 물론 그 암호를 아는 사람은 나뿐이지만."

베넬은 분개와 격노로 치를 떨었다.

"그러니까 당신은 우리를 이곳에 가두겠다는 말이오?"

그는 사태를 파악한 듯 이내 잠잠해졌다.

"당신이 이미 비절런트의 새 프로그램을 가동시키지 않았다면, 이 얘기를 나한테 하지 않았을 텐데."

"맞소. 나는 여기에 들어올 때, 오른손 대신에 왼손을 ID판 위에 올려놓고 신원을 확인받았지. 그것이 비절런트에 새로운 명령을 정하는 신호였소. 호너 중위와 나를 빼놓고는 아무도 내가 안전하다고 판단할 때까지 선더 힐을 나갈 수 없소."

렐런드 폴커크는 사무실을 나서서 중심부 쪽으로 걸어 나갔다. 그런 골치 아픈 상황에서 그의 마음을 즐겁게 해 줄 수 있을 만한 곳은 그 곳밖에 없었다. 18개월이나 걸리기는 했지만, 마침내 그는 마일즈 베넬을 노발대발하게 만들었다.

만일 그가 비밀을 한 가지 더 밝혔다면, 그는 그 과학자를 곧장 무릎 꿇도록 만들었을 것이다. 그러나 대령은 자기 혼자만 알고 있어야 할 비밀이 한 가지 있었다. 그는 선더 힐에 있는 모든 사람들이 감염되고 오직 겉으로만 인간으로 위장하고 있는 것이라고 판단될 때에는, 선더 힐에 있는 사람들은 물론이고 존재하는 모든 것들을 없애 버릴 계획을 이미 세워 놓았다. 그는 이 시설물을 용암처럼 녹여 버리고 바로 그 자리에서 그 역병을 저지시킬 방법을 갖고 있었다. 문제는 그도 다른 사람들과 마찬가지로 죽어야 한다는 점이었다. 그러나 그는 그런 희생을 위한 만반의 준비를 하고 있었다.

졸저는 겨우 다섯 시간 반 정도만 자고 나서 샤워를 하고 옷을 입은 뒤 블록 씨 부부가 사는 아파트로 갔다. 거기에는 말시가 잭 트위스트와 함께 부엌 탁자에 앉아 있었다. 그녀는 부엌 문간 바로 바깥의 거실 끝에서 걸음을 멈추고 잠시 그들의 모습을 지켜 보았다. 그러는 사이에도 그들은 자신들의 모습을 누가 지켜 보고 있다는 것을 전혀 눈치채지 못한 채로 있었다.

어젯밤 새벽 4시 40분쯤 졸저와 잭 그리고 브렌던이 미니 마트에서 정찰을 도는 2진팀과 만나 교대를 하고 엘코로 돌아온 후, 잭은 블록 부부가 사는 아파트의 거실 바닥에서 잤다. 졸저는 말시를 아이의 방으로 옮기려고 했지만, 잭은 말시가 깨고 난 다음에 잠시 아이를 돌보는 일을 해도 상관없다고 극구 만류했다.

"꼬마는 페이랑 어니와 함께 침대에서 같이 자고 있어요. 지금 우리가 아이를 옮기면, 세 사람을 전부 깨우게 돼요. 오늘은 모두가 잠을 자 둬야죠."

잭이 말했었다.

"하지만 말시는 잠든 지 꽤 돼서, 아침에 당신보다 빨리 일어나 여기저기 돌아다닐지도 몰라요. 그러면 잠을 깨실 거 아니예요."

졸저가 말했다.

"그래도 당신보다는 내가 나을 걸요. 난 잠을 많이 안 자거든요."

그가 말했다.

"당신은 정말 좋은 분이세요, 잭 트위스트 씨."

"오! 나는 성인이에요!"

그는 자조하듯 말했다. 그러자 그녀는 매우 심각하게 대꾸했다.

"당신은 지금까지 내가 만난 사람 중에서 아마 가장 좋은 분일 거예요."

그녀는 그의 체로키를 타고 어둠이 깔린 엘코의 거리를 천천히 살피며 돌아다니던 몇 시간 동안 그런 생각이 깊게 자리잡았다. 그는 빈틈이 없고, 기지가 넘치고, 통찰력이 있고, 신사다우면서, 지금까지 그녀가 만나 본 사람 중에서 가장 남의 이야기를 잘 들어 주는 사람이었다. 새벽 1시 반에 브렌던은 피곤하다고 하면서 차 뒷좌석에 그대로 쓰러져 잠들어 버렸었다. 신부랑 같이 가게 돼서 당황했던 졸저는 신부가 잠이 들고 나서야 자신이 왜 당황을 했었는지 이해가 갔다. 그제서야 그녀는 자신의 감정이 신부와는 아무 관계가 없고, 잭을 독차지하고 싶는 그녀의 욕망에서 비롯된 것이라는 점을 깨달았다. 브렌던이 빠지자, 그녀는 자신이 무의식중에 원하던 것을 알아차렸다. 그녀는 잭의 주문에 빠져 들어 이제까지 누구에게 이야기한 것보다도 자신에 관해서 많은 이야기를 그에게 해 주었다. 그것은 열여섯 살 때 가장 친한 동갑내기 친구가 이사 간 후로는 처음 있는 일이었다. 7년 간의 결혼 생활을 통틀어 앨런과도 잭과 나눈 것 같은 이렇게 깊은 이야기를 해 본 적이 거의 없었다. 만난 지 열두 시간도 안 되는 남자였는데도.

졸저는 지금 블록 부부의 아파트 부엌 문간 바로 바깥에 서서 말시와 함께 있는 잭을 지켜 보면서 그의 또 다른 좋은 면을 보았다. 그는 생색을 내거나 지루해 하는 기미가 조금도 없이 아이와 편안하게 이야기할 수 있었다. 그것은 대부분의 어른들이 매우 하기 어려운 일이었다. 그는 말시와 농담을 하기도 하고, 아이가 좋아하는 노래들이나 음식, 영화 등에 대해 질문을 하기도 했으며, 아이가 앨범에서 마지막으로 색을 칠하지 않은 채 남겨 두었던 달을 색칠하는 것을 도와주었다. 그러나 말시는 어제 보다 더 깊고, 훨씬 더 놀랄 만큼 열중해 있는 상태였다. 그 애는 잭의 질문에 대답하지 않았다. 그 애는 그저 멍하거나 당황스런 얼굴로 가끔 그의 관심에 대한 보답을 할 뿐이었지만, 그는 개의치 않았다. 졸저는 그가 팔 년 동안 아무런 반응도 없이 혼수 상태에 빠져 있던 아내에게 말을 하면서 지냈다는 것을 깨달았다. 그렇기 때문에 그는 말시에 대해서도 그렇게 조급해 하지 않을 것이다. 졸저는 잭이 그다운 모습을 하고 있는 것을 지켜 보는 기쁨과, 자폐증을 앓고 있는 아동의 행동과 점점 유사해져 가면서 증세가 훨씬 더 심해지는 딸에 대한 고뇌 가운데 서서 아무 말없이 몇 분 동안 문간의 어두운 곳에 서 있었다.

"굿모닝!"

졸저를 발견하고 빨강색 달들이 그려져 있는 책에서 눈을 쳐들면서 잭이 말했다.

"잘 잤어요? 거기에 언제부터 서 있었어요?"

"오래되지는 않았어요."

부엌에 들어서며 그녀가 말했다.

"말시, 엄마한테 아침 인사 해야지."

잭이 아이에게 말했다.

그러나 말시는 달을 색칠하는 데 열중해서 고개를 쳐들지도 않았다.

졸저는 잭과 눈이 마주쳤다. 그의 눈에는 염려와 동정의 눈빛이 담겨 있었다. 그녀가 말했다.

"이제 아침이 아니죠. 거의 정오가 다 되었는 걸요."

그녀는 말시에게 다가가 아이의 턱을 잡고 고개를 쳐들었다. 아이의 시선이 엄마의 눈과 잠시 맞춰졌을 뿐, 곧 눈빛은 뭔가 마음속의 것을 향하는 듯했다. 그것은 소름 끼치도록 멍한 눈이었다. 졸저가 아이를 놓아주자, 말시는 곧바로 자기 앞에 놓여 있는 달로 눈길을 돌리더니 빨강색 크레용으로 마지막 남은 달을 열심히 칠하기 시작했다.

잭은 의자를 뒤로 밀고 자리에서 일어나 냉장고로 갔다.

"배고프시죠? 난 배고픈데. 말시는 먼저 먹었는데, 난 당신과 같이 먹으려고 기다리고 있었어요."

그는 냉장고 문을 열고는 "계란이랑 베이컨하고 토스트 드실래요, 아니면 치즈 좀 넣고 양파랑 후추를 약간 뿌려서 후딱 오믈렛을 만들까요?"하고 물었다.

"요리도 할 줄 아세요?"

졸저가 물었다.

"한 번도 상 같은 것 탄 적은 없지만 꽤 먹을 만해요. 게다가 그게 뭐냐고 물으실 여유도 없이 제가 금세 상을 차리니까요."

그는 냉동실 문을 열어 보고는 "냉동 와플도 있으니까 몇 개 구어서 오믈렛이랑 같이 먹도록 하죠."라고 말했다.

"하실 수 있는 거면 뭐든지요."

그녀는 말시에게서 눈길을 뗄 수가 없었다. 그녀는 불행에 빠져 있는 딸의 모습을 보고 있노라니 식욕이 달아나 버렸다.

잭은 우유 한 팩과 계란들, 치즈 한 팩, 후추, 조그만 양파를 한꺼번에 팔에 안고서 싱크대 옆의 조리대로 가져왔다.

잭이 그릇에 계란을 깨기 시작하자, 졸저가 그를 도우러 주방으로 왔다. 그녀는 비록 자신이 소리를 지른다 해도 말시한테 들리지는 않을 거라고 생각하면서도, 아주 나지막한 목소리로 잭에게 "말시가 정말 아침을 먹었어요?"라고 물었다.

그도 나직이 속삭이는 목소리로 "그럼요. 콘플레이크스 조금이랑 젤리랑 땅콩 버터 발라서 토스트 한쪽 먹었는데요. 내가 약간 먹는 것을 도와주긴 했지만, 그게 전부예요."

졸저는 돔이 젭 로우맥에 대해 해 준 말이나, 로우맥과 앨런에게 일어난 일이 어떻게 연관되어 있는가 하는 것을 생각하지 않으려고 애썼다. 그러나 두 어른들 모두 7월 6일에 그들이 목격한 일과 그로 인해 이어진 세뇌로부터 발전한 병적인 강박 관념을 이겨내지 못했는데, 어린 말시가 어떻게 그걸 이겨내고 살아갈 수 있을런지가 의문이었다.

"이봐요. 울지 말아요, 졸저. 운다고 해결되는 것은 아무것도 없어요."

잭은 부드럽게 말하면서 그녀를 감싸 주었다.

"말시는 괜찮을 거예요. 내가 약속하죠. 들어 봐요. 어젯밤 모두들 굉장히 편안히 잠을 잤다고 하더군요. 꿈도 안 꾸고요. 돔의 몽유병 증상도 나타나지 않았고, 어니는 평소의 반만큼도 어둠이 무섭지 않았대요. 왠지 알아요? 그저 여기에 있기 때문이에요. 가족처럼 모여 있어서요. 이미 기억 장애가 무너지면서 짓누르고 있던 압박에서 벗어나고 있는 거죠. 맞아요. 말시는 오늘 아침 상태가 조금 나빠지긴 했지만 앞으로 계속 나빠지진 않을 거예요. 그 애는 좋아질 거예요. 난 알 수 있어요."

졸저는 잭이 자신을 포옹하리라고 기대하지는 않았지만, 무척 반가웠다. 얼마나 기뻤는지 모른다! 그녀는 그에게 기댄 채 자신의 몸을 그에게 내맡겼다. 그녀는 나약하고 어리석은 기분을 느끼는 대신 자신에게 새로운 힘이 솟아오르는 것을 느꼈다. 그녀는 여자치고는 키가 컸고, 그는 남자치고는 키가 그리 크지 않았기 때문에, 그들은 키가 서로 비슷했다. 그러나 그녀는 보호받고 있는 듯한 느낌이 들었다. 그녀는 어제 라스베가스에서 북부로 오는 비행기 안에서 자신이 생각했던 것이 기억났다.

'인간은 고독 속에서 외로운 투쟁을 하기 위해 태어난 것이 아니다. 인간이라는 종족의 본질은 우정이나 애정, 사랑을 주고받기를 필요로 한다는 데 있다.'

바로 지금 그녀는 그것을 받을 필요가 있고, 잭은 주기를 필요로 하고 있었다. 필요성이라는 동질감으로 인해서 그들은 모두 새로운 목적과 결심을 가지게 되었다.

"치즈와 잘게 썬 양파와 후추를 곁들인 오믈렛."

그는 그녀가 다시 힘을 되찾고 계속 걸어갈 준비가 된 것을 감지한 것처럼 입술을 그녀의 귀에 대고 부드럽게 말했다.

"괜찮겠죠?"

"맛있을 것 같아요."

그를 봐 주기 싫어하면서 그녀가 대답했다.

"내 요리에는 특별히 추가되는 한 가지 재료가 있는데…… 분명히 말해 두겠지만 난 요리 잘한다는 칭찬은 한 번도 들어본 적이 없어요. 아무리 조심을 해도 내 오믈렛에는 늘 계란 껍질이 들어가거든요."

"그게 맛있는 오믈렛의 비결인 걸요. 요리의 특징을 보여 주기 위해 계란 껍질 하나를 넣는다구요. 유명한 식당에서는 늘 그런 식으로 오믈렛을 만드는 걸요."

"그래요? 그럼, 생선 요리에는 물고기의 비늘을 남겨 놓겠네요?"

"그리고 쇠고기 요리에는 소발굽을 하나 남겨 놓구요."

"그럼, 구두 가게에서는 구두 수선공의 발톱 하나를 넣어야겠군요."

"오, 전 이런 말장난은 싫어요."

"나두요. 우리 휴전할까요?"

그가 말했다.

"휴전. 제가 오믈렛에 치즈를 갈아 넣을게요."

그들은 함께 아침을 만들었다.

주방 식탁에서는 말시가 달을 색칠하고, 또 칠하고 있었다. 그리고 마법에 걸린 듯 단음조이지만 리드미컬하게 연결된 한 단어만 중얼거렸다.

캘리포니아 콘트레이에서 파커 페인은 문짝 거미의 소굴에 거의 빠질 뻔했다. 그는 자신이 살아나온 것이 다행이라고 생각했다. 문짝 거미. 그는 샐코우 가의 이웃인 엣시 크로우라는 부인을 그렇게 불렀다. 문짝 거미는 땅속에 관 모양의 집을 짓고 윗면에는 교묘하게 경첩이 달린 뚜껑을 감추어 놓는다. 그러다가 아무 죄도 없고, 의심도 없는 불쌍한 곤충이 완벽하게 위장을 한 뚜껑 위를 지나가면, 그것을 열어서 아주 약탈적인 방법으로 아래로 떨어뜨려 잡아먹는다. 엣시 크로우의 관 모양의 둥지는 스페인풍의 아름답고 넓은 집으로, 샐코우즈 가의 남부 식민지풍의 저택보다는 캘리포니아 해안에 더 잘 어울릴 듯했다. 우아한 아치에, 납유리로 된 유리창, 그리고 지붕이 달린 현관에는 점토 꽃병에 꽃이 한아름 꽂혀 있었다. 처음에 집만 딱 보았을 때, 파커는 매력적이고 대단히 품위 있는 집주인을 연상했었다. 그러나 엣시가 문을 열고 나왔을 때, 그는 자신이 대단한 곤경에 빠져 있는 것을 눈치챘다. 그녀는 그가 샐코우 가에 대해서 알아보려고 한다는 것을 알고는 다짜고짜 그의 소매를 잡아 끌고 집 안으로 들어와서는 그 관 모양의 소굴의 문을 꽝 닫아 버렸다. 정보를 구하는 사람들은 대개 상대에게 줄 정보도 있다는 것을 알기 때문이었다. 게다가 엣시 크로우는 문짝 거미가 부주의한 딱정벌레나 지네를 잡아먹고 사는 것처럼 소문을 먹고 살았다.

엣시는 거미라기보다는 오히려 새와 닮은 편이었다. 말라빠지고 가느다란 목에, 빈약한 가슴을 한 참새가 아니라, 통통하게 살찐 갈매기 쪽에 더 가까웠다. 그녀는 새처럼 빠른 걸음걸이에다 새처럼 고개를 약간 옆으로 갸우뚱하고 있었으며 구슬처럼 작고 동그란 새의 눈을 하고 있었다.

거실로 자리를 안내하고 나서 그녀는 커피를 권했으나 그는 사양했다. 그러나 그녀는 계속 권했다. 그는 폐를 끼치기 싫다고 하면서 계속 사양을 했지만, 그녀는 어쨌건 커피와 함께 버터쿠키를 가져왔다. 그녀가 하도 민첩하게 다과를 내 와서, 그는 그녀가 문짝 거미처럼 언제 찾아 들지도 모를 손님을 항상 맞을 준비를 하고 있는 것이 아닌가 의심스러울 지경이었다.

엣시는 파커가 샐코우 가에 대해서 아는 것이 하나도 없거니와 알고 있는 소문 따위도 없다는 걸 듣고는 실망스러워했다. 그러나 그는 그들의 친구도 뭣도 아니었기 때문에 그녀의 소견이나, 험담이나, 소문거리나, 천박한 상상 따위를 신기해 하면서 귀를 쫑긋 세우고 들어줄 수 있었다. 그는 더 자세히 알고 싶어서 질문을 할 필요도 없었다. 제럴드의 아내인 도나 샐코우는, 엣시의 말에 의하면 지나치게 샛노란 머리카락에 이맛살을 찌푸리게 될 정도로 야하고 화려한데다가 겉만 번드르르한 부류의 인간이라고 했다. 도나는 하도 몸이 가냘퍼서 술로 먹고 사는 음주벽이 있는 주정뱅이거나, 아니면 술로 인한 거식증 같은 것이 있는 게 틀림없어 보인다고 했다. 제럴드는 도나의 두 번째 남편으로, 결혼한 지 18년이 되었는데도 엣시는 그 결혼 생활이 계속되리라고 생각하지 않았다고 한다. 엣시가 열여섯 살 난 쌍동이 딸들의 이야기를 하도 제멋대로 거칠고 방탕하게 해대는 바람에, 파커는 발정기의 암컷을 찾아 다니는 개들처럼 샐코우의 집 주위를 어슬렁거리는 부지기수의 총각들을 머릿속에 그려볼 수 있었다. 제럴드는 카멜 근처에 골동품상 한 군데와 화랑 두 군데 등 세 개의 사업체를 가지고 있었는데 모두 다 장사가 잘되었다고 했다. 하지만 엣시는 샐코우처럼 주정뱅이이고 난봉꾼에다 사업 수완이라고는 하나도 없는 머리가 둔한 바보가 어떻게 그 사업체들의 이윤을 내는지 그 이유를 알 수가 없었다.

파커는 겨우 두 모금의 커피를 마셨으며 쿠키는 아예 입에도 대지 않았다. 사람들에 대한 악의에 찬 소문을 열이 나서 떠벌리는 엣시 크로우의 수다는, 보통 사람의 행동으로 보기에는 지나칠 정도였다. 그래서 그는 그녀로부터 돌아서기가 무섭고 불편했으며 그녀가 내놓은 것들을 많이 먹을 수도 없었다.

그러나 그는 몇 가지 쓸 만한 것들도 건졌다. 내펴와 소노마라는 술로 유명한 고장으로 일주일 동안 즉흥적인 여행을 떠났고, 여러 가지 사업의 중압감으로부터 해방되고자 하는 심정이 하도 절박해서 그들은 사업을 같이 하는 동료들로부터 벗어나 쉴 수 있도록, 자신들에게 연락이 닿을 수 있는 호텔의 이름도 밝히지 않았다고 했다.

"그 사람이 일요일에 저한테 전화를 해서, 자신들이 그때 집을 떠나서 월요일인 20일까지는 돌아오지 않을 것이라고 하더군요."

엣시가 말했다.

"평소때처럼 저한테 집을 봐 달라고 부탁했어요. 그 사람들은 워낙 집을 잘 비우고 싸돌아다니기를 좋아하죠. 도둑이 들지 않나 집을 봐 주는 것도 귀찮은 일이잖아요? 나도 내 나름대로의 생활이 있는데 말예요. 그런데 그 사람들은 남의 사정 따위에는 아랑곳하지 않는다니까요."

"그 사람들 중에서 어느 누구하고도 직접 만나서 말씀을 나누시지는 못했다는 건가요?"

"제 생각엔 몹시 서둘러서 떠난 것 같았어요."

"그들이 떠나는 것을 보셨나요?"

"아뇨. 하지만 제가……두어 번 밖을 내다봤는데 분명히 못 봤어요."

"쌍둥이들도 그들과 같이 갔나요? 학교엔 안 다니나 보죠?"

파커가 물었다.

"진보적인 학교죠. 너무 지나치게 진보적이라서 탈이지만. 그래서 여행도 학교 수업의 연장이라고 생각하나 봐요. 그런 얘기 들어 보신 적 있으세요?"

"샐코우 씨랑 통화하셨을 때 말소리가 어떻게 들리던가요?"

엣시는 안절부절못한 듯 말했다.

"글쎄요……. 보통 때나 똑같았어요. 왜 그러시죠?"

"전혀 긴장했다거나 신경질적이진 않았나요?"

그녀는 꼭 다문 조그만 입술을 오므리고는 고개를 까딱거렸다. 새처럼 반짝거리는 그녀의 눈이 뭔가 소문 거리가 될 만한 일이 생길지도 모른다는 예감으로 더욱 빛을 발했다.

"지금 댁에서 그렇게 말씀하시니까, 약간 이상했던 것 같아요. 말을 몇 번씩 더듬으면서……여태까지 그 사람이 술을 마셨을지도 모른다는 걸 눈치 못 챘네요. 댁은……맞아요! 그 사람이 알코올 중독 치료를 받으려고 병원에 갔어야 했다고 생각하시나요? 아니면…….”

파커는 이야기를 충분히 들었다. 그는 가려고 자리에서 일어섰지만, 엣시는 길을 막아서면서 커피나 다 마시든 아니면 쿠키라도 더 들고 가라고 했다. 그녀는 그에게 죄책감을 느끼게 만들어서 더 있다 가도록 만들려고 애썼다. 그녀는 커피 대신 차나 구운 과자, 아니면 아몬드 롤빵을 내오겠다고도 했다. 그는 자신을 위대한 화가로 만든 것과 다름없는 강인한 불굴의 의지로 겨우 문을 빠져 나와 현관을 나섰다.

그녀는 차도에 세워 둔 렌트카가 있는 곳까지 그를 따라나왔다. 역겨운 녹색의 소형 템포가 그 순간에는 롤스로이스만큼이나 아름다워 보였다. 그것이 엣시 크로우로부터 도망치게 해 줄 수 있기 때문이었다. 그는 속력을 내어 달리면서 적절한 시구인 코울리지의 시를 큰소리로 암송했다.

외로운 길 위에 서 있는 사람처럼
두려움에 떨며 걷고 있네.
그리고 한번 뒤돌아보고 또 걸어가네.
그리고 더 이상 고개를 돌리지 않는다네.
무서운 악마가
자신의 뒤를 바싹 쫓아오는 것을
알고 있었기에.

해야 할 일은 반드시 해야만 한다고, 그는 용기를 북돋우면서 30분 간 차를 몰았다. 마침내 샐코우의 집에 도착하자마자, 그는 대담하게도 울창한 소나무숲 그늘 속의 차도 윗부분에 차를 세웠다. 그는 다시 앞문으로 가서 3분 동안 계속 끈질기게 벨을 눌렀다. 만일 누군가 방문객을 만나기 싫어서 집에 있으면서도 회피하는 것이라면, 나중에는 끈덕지게 울려대는 벨소리가 지겨워서라도 나와 볼 것이다. 그러나 아무도 대답이 없었다.

파커는 베란다를 따라 걸으면서 태연하게 앞 창들을 살펴보았다. 그 집이 무성하게 우거진 나무들로 가려져 있어서 길에서나 엣시의 집에서도 그의 모습이 쉽게 보이지는 않을 테지만, 그는 시치미를 뚝 떼고 마치 자기 집인 것처럼 행동했다. 커튼이 쳐져 있어서 안을 들여다볼 수가 없었다. 그는 유리에 경보 장치의 자동 점검 전기 유도 테이프가 있으리라고 예상했다. 그러나 테이프나 전기 보안 장치의 표시는 아무데도 없었다.

그는 베란다 끝에서 내려와 집의 서쪽을 둘러보기 시작했다. 아침 햇살이 소나무숲의 길고 짙게 드리운 그림자에는 미치지 않고 있었다. 그는 그 곳의 창문 두 개를 시험해 보았지만, 모두 잠겨 있었다.

집 뒤편에는 나무와 꽃들이 더욱 우거져 있었고, 격자 무늬로 지붕을 얹은, 커다란 벽돌로 만든 테라스와, 옥외 상수도가 달린 카운터, 그리고 여러 가지 값비싼 야외 가구들이 놓여 있었다.

그는 외투로 무장한 팔꿈치로 프랑스풍 문 가운데 하나의 조그만 창틀을 깨 보았다. 그는 문을 열고 커튼을 밀치면서 타일이 깔린 가족용 거실로 들어갔다.

그는 귀를 기울인 채 가만히 서 있었다. 집은 고요했다.

그 가족용 거실은 식당 구역으로, 만약 식당 구역이 주방으로 툭 트여 있지 않았다면 불편할 만큼 어두웠다. 부엌에서 창문으로 새어 들어온 불빛이 안뜰로 비춰 왔다. 파커는 벽난로와 당구대를 지나가다가 벽에 설치된 동작 탐지 경보 장치를 발견하고는 얼어붙은 듯 가만히 서 있었다. 라구나에 있는 자신의 집에도 경보 시스템이 설치되어 있었기 때문에 그것을 알아볼 수 있었다. 만일 그것이 작동되고 있다면 조그만 빨간 불을 볼 수 있다는 것을 되새기고는 막 도망치려고 했다. 등이 거기에 있었다. 그러나 불이 들어와 있지 않았다. 분명히 샐코우 가는 이곳을 떠날 때 경보 시스템을 정지시켰던 것이다.

주방은 최고의 설비를 갖추고 있었으며 공간도 널찍했다. 그 너머는 식료품 보관실과 식당도 있었다. 주방에서 들어오는 빛이 충분치 못해서 그는 위험하기는 한 일이지만 불을 켜고 가 보기로 했다.

거실에서 그는 다시 귀를 기울이고 가만히 서 있었다. 그러나 아무것도 없었다. 무덤 속처럼 짙고 무거운 침묵만이 있을 뿐이었다.

브렌던 크로닌이 느지막이 일어나 뜨거운 물로 오랫동안 샤워를 하고 나서 블록 씨 집의 주방으로 들어갔을 때, 그는 조그만 말시가 기분 나쁜 소리로 혼자 뭔가를 중얼거리면서 달을 색칠하고 있는 모습을 보았다. 그는 자신이 손으로 직접 에멀린 헬버그를 치료한 방법을 생각해 내고는, 그와 똑같은 염력으로 말시의 심리적인 강박 관념을 치료할 수 있지 않을까 하는 생각을 했다. 그러나 감히 시도해 볼 수가 없었다. 그가 제멋대로 날뛰는 자신의 힘을 조절하는 법을 알 때까지는 그랬다. 자신이 소녀의 마음에 치명적인 상처를 안겨 줄지도 모르기 때문이었다.

잭과 졸저는 오믈렛과 토스트로 식사를 끝내고 있던 참이었고, 그들은 그를 반갑게 맞아 주었다. 졸저는 브렌던에게도 식사를 만들어 주고 싶었지만, 그가 사양했다. 그는 그냥 진한 블랙 커피만 마시고 싶어했다.

잭은 식사를 하면서 자기 접시 옆의 테이블 위에 놓여 있는 소총 네 자루를 살펴보았다. 그 중 두 자루는 어니의 것이었다. 그리고 나머지 두 자루는 잭이 동부에서 가져온 것이었다. 브렌던이나 그 아무도 그 무기들에 대해서 이야기하지 않았다. 적들이 자신들의 이야기를 듣고 있을지도 모르기 때문이었다. 자신들의 무기 보유 정도가 얼마만큼인지 굳이 알려 줄 필요는 없는 일이었다.

총들을 보자 브렌던은 기분이 나빠졌다. 어쩌면 그날 중으로 그 무기들을 여러 차례 쓰게 될 것 같은 불길한 예감 때문인지도 몰랐다.

그의 특징인 낙천적인 성격도 사라져 버렸다. 그것은 어젯밤 꿈을 꾸지 않았기 때문이기도 했다. 그는 몇 주 만에 처음으로 꿈을 꾸지 않고 푹 잘 수 있었지만, 그에게 있어서 그것은 상태가 호전되었다는 의미가 아니었다. 다른 사람들과는 달리 브렌던은 매일 저녁 좋은 꿈을 꾸었었고, 그것은 그에게 희망을 주었다. 이제 그 꿈을 꿀 수 없게 되어 버렸고, 그런 꿈을 못 꾸게 되었다는 게 그를 초조하게 만들었다.

"지금쯤 눈이 올 거라고 생각했는데."

그는 커피 잔을 들고서 탁자에 앉으며 말했다.

"곧 내리겠죠."

잭이 말했다.

하늘은 진회색 화강암 석판이 깔려 있는 것처럼 보였다.

순찰팀의 2진으로 편성된 네드와 샌디 사버는 엘코로 차를 몰고 가서는 새벽 4시에 아르코 미니마트에서 잭과 졸저, 브렌던과 접선을 한 다음, 7시 30분까지 시내를 천천히 돌아왔다. 그 시간까지 트랭퀼러티에 남아 있던 사람들 중 일부는 그날 각자 맡은 임무를 수행하러 출발했을 것이다. 그들은 여덟 시에 모텔로 돌아와 간단한 아침 식사를 하고 낮에 할 일이 많이 있기 때문에 몇 시간 더 눈을 붙이려고 잠자리에 들었다.

네드는 두 시간 좀 넘게 잔 다음 눈을 떴지만, 침대 밖으로 나오지 않았다. 그는 잠시 모텔 방의 어두운 그늘에 누운 채로 샌디가 자고 있는 모습을 지켜 보았다. 그가 그녀에게 느낀 사랑은 너무나 깊고 부드럽게 흐르는 강물 같아서, 세상의 모든 걱정거리를 벗어나서 그들 두 사람을 더 좋은 시간과 장소로 멀리 실어다 줄 수 있을 것 같았다.

네드는 자신이 훌륭한 수리공인 것처럼 말도 잘했으면 하고 바랐다. 때때로 그는 그녀에 대한 자신의 감정을 절대로 정확하게 표현할 수 없을까 봐 안타까워 했다. 그러나 그는 자신의 감정을 말로 표현하려고 하면, 혀가 굳어져 버리거나 문장이 맥없이 끈겨지고 답답한 단어들의 나열로 자신의 감정을 읊조리는 꼬락서니가 되고 말았다. 그는 고장난 토스트기서부터 자동차, 심지어는 망가진 사람들까지 무엇이든 고치는 데는 뛰어난 재능을 가진 수리공으로 만족하며 살았다. 그러나 때때로 네드는 무엇이든 잘 고치는 자신의 모든 재능을, 그녀에 대한 자신의 깊은 감정을 전할 수 있는 하나의 완전한 문장으로 구사하는 능력과 바꾸었으면 싶었다.

한동안 그녀를 지켜 보고 있다가 그는 그녀가 자고 있지 않다는 사실을 알아챘다.

"자는 체하는 거야?"

그가 물었다.

그녀는 눈을 뜨며 미소를 지었다.

"겁이 났어요. 당신이 날 쳐다보고 있는 모습이. 당신이 날 통째로 삼켜 버릴 것 같아서. 그래서 자는 척했어요."

"당신은 먹어 버리고 싶을 만큼 근사해. 너무나."

그녀는 이불을 옆으로 걷었다. 그리고 발가벗은 채로 그에게 팔을 벌렸다. 그들은 이내 실크처럼 부드럽고도 익숙한 리듬으로 사랑을 나누기 시작했다. 그녀가 지난 일년 동안 성에 눈뜬 이후로 그런 육체적인 사랑에 너무나도 감각적으로 숙달되어 있었다.

사랑의 불꽃을 태운 뒤 그들은 손을 잡은 채 나란히 누웠다. 샌디가 말했다.

"오! 네드, 난 틀림없이 이 세상에서 가장 행복한 여자일 거예요. 오래 전 아리조나에서 만나 당신이 날 날개 밑에 품어 준 이후로, 네드 당신은 날 몹시 행복하게 만들어 줬어요. 사실 전 지금 미치도록 행복해서, 하느님께서 지금 당장 절 죽게 만든다 해도 불평 같은 건 안할 거예요."

"그런 소리 하지 마."

그가 날카롭게 말했다. 침대에 팔꿈치를 대고 몸을 일으켜 그녀의 몸에 기댄 채 그가 말했다.

"당신이 그런 얘기하는 거 싫어. 그럼……내가 미신에 의지하게 된다구. 우리가 겪고 있는 이 모든 고통들이……우리들 중 몇 명을 죽게 만들지도 몰라. 그러니까 당신이 운명을 시험하는 게 싫다구. 난 당신이 그런 식으로 매사를 말하는 걸 원치 않아."

"네드, 당신은 내가 아는 한 미신 따위는 믿지 않는 사람이에요."

"이번만은 달라. 난 당신이 너무나 행복해서 죽어도 좋다느니 하는 말은 하지 말았으면 해. 절대로. 알았어? 그런 일은 생각도 하지 말라구."

그는 다시 그녀의 몸을 팔로 감싸 안으면서 자기 몸 가까이로 더욱 꼬옥 끌어안았다. 그는 그녀의 생명의 고동 소리를 느끼고 싶었다. 그러나 그는 그녀를 너무 꽉 끌어안아서 잠시 후에는 규칙적으로 거세게 박동치는 그녀의 심장 고동을 들을 수가 없었다. 그 소리는 자신의 고동 소리와 일치해서 울렸기 때문이었다.

몬트레이에 있는 샐코우 가의 집에서 파커 페인은 우선 두 가지 물건을 찾고 있었다. 그 중 어느 하나만 찾아내도 돔에 대한 그의 의무는 완수되는 셈이었다. 우선 그는 그들이 실제로 내퍼와 소노마로 갔는지를 증명할 만한 것을 찾고 싶었다. 만일 그가 집 안 어딘가에서 어느 호텔의 안내 책자를 찾아낸다면, 그는 그 호텔에 전화를 해서 샐코우 씨 가족이 무사히 도착했는지 확인해 볼 수 있을 것이다. 아니면 만일 그들이 정기적으로 그 고장에 간다면……어쩌면 전화 번호부에 그들이 묵는 곳의 전화 번호가 나와 있을 것이다. 그러나 그는 그 대신 또 하나의 가능성을 발견할지도 모른다고 반신 반의하고 있었다. 흐트러진 가구나 핏자국, 아니면 샐코우 씨 가족들이 강제로 끌려갔다는 다른 증거를 발견할지도 모른다는 가능성…….

물론 돔은 그에게 그들과 이야기만 나누고 오라고 했었다. 그는 샐코우 가의 행방이 묘연할 때 파커가 이런 식으로 불법적인 행위도 서슴치 않고 저지르리라는 것을 알았다면 소스라치게 놀랐을 것이다. 그러나 파커는 절대로 일을 어중간하게 그만두는 법이 없었으며, 비록 가슴이 쿵쾅거리고 목이 바싹바싹 타 들어가기 시작해도 재미있게 느껴졌다.

거실을 지나면 서재였다. 서재를 지나 조그만 음악실에는 피아노와 악보 받침대, 의자들과 클라리넷 케이스 두 개, 발레 연습대가 설치되어 있었다. 쌍둥이들이 음악과 무용을 좋아하는 것이 틀림없는 것 같았다.

파커는 1층에서 이상한 점을 아무것도 발견하지 못했다. 그는 천천히 계단에 올라갔다. 계단은 전체가 참나무로 만들어져 있었으며 한 계단

한 계단마다 고급스런 상감 무늬가 새겨져 있었다. 그리고 그 위에는 플러시천으로 된 카펫이 긴 융단으로 깔려 있었다. 1층에서 비쳐 올라온 불빛은 꼭대기 계단까지만 비쳤다. 그 위의 2층 복도는 어두웠다.

그는 층계참에서 걸음을 멈추었다.

고요했다.

손에서 식은땀이 새어 나왔다.

그는 자신이 두려워하는 이유를 알 수가 없었다. 어쩌면 그것은 본능일지도 모른다. 그는 자신의 훨씬 더 원시적인 감각에 주의를 기울이는 편이 더 나을지도 몰랐다. 만약 누군가가 그를 덮치려 했다면, 1층에서도 그럴 만한 기회가 충분히 있었으나 어떤 방에건 사람은 아무도 없었다.

그는 계속 위로 올라갔다. 이층 복도에 다다르자, 마침내 무슨 소리가 들리는 것 같았다. '삐삐' 하는 소리와 '삑' 하는 소리가 번갈아 들렸다. 그 소리는 복도 양끝에 있는 방에서 들려 왔다. 잠시 그는 마침내 경보장치가 작동되는 것이 아닌가 생각했으나, 경보음은 그런 소리보다 몇 천 배나 더 클 것이었다. 그 소리는 대단히 화음이 잘 맞으면서도 리드미컬하게 들렸다.

그는 계단 꼭대기에서 스위치를 발견해서 복도의 천장에 달린 등을 켰다. 그는 다시 한번 꼼짝 않고 서서 정체를 알 수 없는 그 소리 외에 다른 소리가 나는지 귀를 기울여 보았다. 아무 소리도 들리지 않았다. 그 소리는 어디서 많이 들었던 소리인 것 같았지만, 어디서 들었는지 도저히 생각이 나지 않았다.

그는 두려움보다 호기심이 더 컸다. 그는 늘 만성적인 호기심을 뿌리칠 수가 없었고, 그만큼 자주 날카로운 공격을 받아 왔다. 만일 과거에 호기심이 자신을 매질하도록 내버려두지 않았다면, 그는 절대로 오늘날 훌륭한 화가가 되지 못했을 것이다. 호기심은 창조력의 심장이었다. 따라서 그는 복도 양쪽을 쳐다보면서 오른쪽으로 돌아 조심스럽게 소리 나는 곳으로 걸어갔다.

복도 끝에 다다르니 삐삐거리는 두 가지의 리듬이 똑똑히 들렸다. 각기 약간씩 다른 리듬을 갖고 있었으며, 두 가지 소리 모두 문이 4분의 3쯤 닫힌 어두운 방에서 들려 왔다. 도망갈 준비를 하고, 그는 문을 활짝 열었다. 어둠 속에서 튀어나와 그에게 덤벼드는 것은 아무것도 없었다. 소리가 더욱 크게 들렸지만, 그것은 그저 문이 활짝 열렸기 때문이었다. 방이 완전히 어두운 것은 아니었다. 벽 저쪽으로 흐릿한 회색 등의 얇은 리본이 아주 큰 창, 아니 어쩌면 발코니 문일지도 모르는 곳에 드리워진 커튼의 윤곽을 드러내고 있었다. 남부 식민지풍으로 지은 샐코우의 집에는 발코니가 많았다. 게다가 문간 구석 근처 눈에 안 띄는 곳에 어둠을 쫓아내기에는 아무런 도움도 될 것 같지 않은 섬뜩한 느낌을 주는 녹색 불빛 두 개가 보였다.

파커는 조심스레 앞으로 나가서는 전등 스위치를 올리고 방으로 들어갔다. 거기서 그는 샐코우 가의 쌍둥이를 보았다. 언뜻 보기에 그들은 죽은 것 같았다. 그들은 중특대형 침대에 반듯하게 누운 채로 어깨까지 이불을 덮고 있었다. 그들은 꼼짝 않은 채 눈을 똑바로 뜨고 있었다. 그 순간 파커는 삐삐거리는 소리와 녹색 불빛이 두 사람에게 연결된 심전도 모니터와 뇌전도 모니터에서 나오는 것임을 깨달았다. 그는 정맥 주사의 바늘이 그들의 팔에 꽂혀 있는 것을 보았다. 그러자 그는 그들이 죽은 게 아니라, 세뇌를 받고 있는 과정이라는 것을 알 수가 있었다. 그 방은 보통 십대 계집애들의 방 같지가 않았다. 개인적인 기념물이나 개인적인 취향이 담긴 흔적이 없는 것으로 보아서 그 방은 손님용 방인 것 같았으며, 그들을 감독하기 쉽도록 둘을 한 침대에 누이려고 이 방으로 옮긴 것 같았다.

그러나 그들을 붙잡아서 이런 짓을 한 자들은 어디 있는 것인가? 세뇌 전문가들은 자신들의 약과 다른 장치들을 대단히 믿고 있어서, 이 가족들을 혼자 내버려두고서 맥도날드에서 햄버거나 포테이토 후라이라도 먹으러 갔단 말인가? 샐코우 씨 가족 중 어느 한 사람이라도 정신을 차려서 주사를 뽑고서 자리를 털고 일어나 도망 갈 가능성은 없는 것인가?

파커는 그와 가까운 거리에 있는 소녀에게 다가가 그녀의 멍한 눈을 쳐다보았다. 몇 초 동안 그녀는 눈을 치켜 뜬 채 깜빡거리지도 않더니, 갑자기 격렬하게 깜빡이기 시작했다. 열 번, 스무 번, 서른 번……. 그러더니 다시 눈도 깜빡이지 않은 채 멍하니 바라보았다. 그녀는 파커를 쳐다보지 않았다. 그는 그녀의 눈에다 대고 손을 흔들어 보았지만 아무런 반응이 없었다.

그는 그녀가 자기 머리 옆의 베개 위에 놓아 둔 녹음기에 연결된 이어폰을 끼고 있다는 것을 알았다. 그는 그녀에게 가까이로 몸을 기대고 이어폰을 살짝 들어 보았다. 거기서는 마치 노래하듯이 부드럽고 나긋나긋하면서 달래는 듯한 여자의 목소리가 똑같은 말을 반복하고 있었다.

"월요일 아침 나는 늦게까지 잤어요. 그 곳은 늦게까지 자기에 아주 좋은 호텔이죠. 호텔의 종업원들이 몹시 조용하고 정중해요. 그 곳은 호텔일 뿐만 아니라, 실제로 컨트리 클럽이죠. 따라서 다른 곳들과는 달라요. 거기서는 종업원들이 아침이 되자마자 복도에서 시끄럽게 구는 일이 없죠. 오! 와인의 특산지인 그 고장을 누군들 좋아하지 않겠어요! 전 언젠가는 거기 가서 살고 싶어요. 어쨌건 크릿시와 전 늦게 일어나서, 괜찮은 남자랑 마주치지는 않을까 하는 기대를 하면서 그 근처를 산책했는데, 아무도 찾아내지 못했죠……."

최면을 거는 듯한 리듬을 가진 그 여자의 목소리는 파커를 오싹하게 만들었다. 그는 이어폰을 제자리에 갖다 놓았다.

분명히 샐코우 씨 가족 중의 하나나 그 이상의 사람이 재작년 여름 트랭퀼러티 모텔에서 겪었던 일을 기억해 낸 것이 틀림없었다. 그래서 그 기억들은 다시 억제를 당한 것이다. 지금은 현재 세뇌를 받는 기간의 시간상의 간격을 커버하기 위해서 새로 날조된 기억들이 이식되고 있는 것이었다. 세뇌 과정에는 녹음된 테이프를 계속 틀어 줌으로써 이식하고자 하는 메시지를 들려 주는 것뿐만 아니라, 의심할 여지없이 잠재 의식 깊숙이로 전달되게 하는 과정도 포함되는 것이다.

돔은 토요일과 일요일 밤에 전화로 파커에게 그런 얘기를 약간 설명해 준 적이 있었다. 그러나 파커는 샐코우 가의 딸들의 귀에 꽂아 놓은 이어폰에서 나오는 기분 나쁜 속삭임을 직접 들을 때까지는, 이 음모가 얼마나 무서운 것인가 하는 것을 제대로 깨닫지 못하고 있었다.

그는 침대 발치로 가서 다른 쌍둥이 자매를 살펴보았다. 그녀의 눈도 한참 동안 멍하니 쳐다만 보고 있다가 갑자기 기관총을 쏘듯 급작스레 눈을 깜박이는 과정을 교대로 반복하고 있었다. 그는 그들에게 이런 짓을 가한 자들이 돌아오기 전에 정맥 주사를 빼고 기계들과의 연결을 끊고서 그들을 데리고 집밖으로 빠져 나간다면, 그들에게 정신적으로나 육체적으로 무슨 해가 가지나 않을까 궁금했다. 먼저 전화기를 찾아서 경찰에 신고를 하는 편이 더 낫지 않을까…….

그들이 얼마나 오랫동안 그를 지켜보고 있었는지 그는 몰랐었다. 그러나 갑자기 그는 그 방안에 자신과 쌍둥이만 있는 것이 아니라는 것을 깨달았다. 그는 흠칫 놀라면서 두 남자가 들어온 문 쪽으로 질주했다. 그들은 검은 바지에 흰 셔츠를 입고 있었는데, 소매를 걷어붙이고 칼라는 단추를 잠그지 않은데다 넥타이는 헐겁게 푼 채로 삐뚤어져 있었다. 그들 옆의 문간 쪽에 또 한 사람이 있었는데, 안경을 쓰고 넥타이를 제대로 맨 정장 차림이었다. 그들은 정부 관리인 것이 분명했다. 그렇지 않다면 그런 불안한 성격의 활동을 수행하는 데 정장 차림을 할 사람은 아무도 없었을 것이다.

그중 하나가 말했다.

"대체 당신 누구요?"

파커는 그들을 속이거나, 바보처럼 미국 시민의 권리를 내세우려고도 하지 않았으며, 무언가를 말하려고 기를 쓰지도 않았다. 그는 커튼 뒤에 커다란 창이나 미닫이 유리로 되어 있는 발코니가 있기를 빌면서 커튼을 향해 달렸다. 충격으로 거기 있는 유리가 깨지고, 커튼이 그를 감싸 줘서 심하게 다치지 않게 되기를, 그래서 그들이 무슨 일이 일어났는지를 알기 전에 밖으로 빠져 나가게 되기를 빌었다. 그러나 만일 커튼이 창문 크기보다 훨씬 크고 유리보다 벽의 크기가 더 넓다면, 그는 커다란 문제에 빠지게 되는 것이다. 그가 막 커튼으로 돌진하자, 그의 뒤를 쫓던 남자들은 놀라서 소리를 질러댔다. 그들은 그를 다 잡은 거나 마찬가지라고 생각한 게 틀림없었다. 그는 기관차가 멈추지 않고 돌진하는 것처럼 창을 지났다. 충격은 굉장했다. 어깨와 가슴 전체가 부서질 것처럼 심한 충격을 받았지만, 와장창하는 소리와 날카로운 굉음과 유리가 쏟아져 내리는 소리와 함께 어쨌건 그는 밝은 햇빛 속으로 나왔다. 막연하게 생각나는 것은, 문이 창살이 달린 미닫이 문이 아니라 창이 넓은 프랑스풍의 창문이었다는 것과 다행히도 창이 얇았다는 것뿐이었다.

정신을 차려 보니 그는 자신이 2층 발코니에 있다는 것을 알았다. 발코니엔 삼나무로 된 안락 의자 한 벌과 뚜껑이 유리로 된 탁자가 있었는데, 그 위로 파커가 떨어진 것이었다. 의자 꼭대기로 떨어져서 무릎이 깨지고 정강이가 벗겨졌음에도 불구하고, 그는 얼른 일어나 발코니 난간을 뛰어넘어 밖으로 뛰어내릴 채비를 하였다. 가지가 무성한 관상목에 떨어져서 날카롭고 억센 나뭇가지에 찔리지 않기를 바라면서……. 그는 불과 12피트 아래의 잔디밭으로 떨어졌다. 다른 편 어깨와 등에 충격이 크기는 했지만 뼈는 부러지지 않았다. 그는 몸을 굴려서 비틀거리며 일어나 달렸다.

갑자기 눈앞에서 나뭇잎들이 우수수 떨어지면서 흩날렸다. 그는 무슨 일이 일어나고 있는지 몰랐다. 그리고 그가 계속 달리고 있는 동안, 나무껍질 조각들이 사방에서 튕겨져 날아왔다. 그제서야 그는 그들이 총으로 자신을 쏘고 있다는 것을 깨달았다. 총성은 들리지 않았다. 소음기가 부착된 총이었다. 그는 저택 주변을 향해 지그재그로 달려서 진달래 꽃밭에 몸을 수그렸다가 다시 달려 담장에 다다랐다. 그는 담을 넘어 계속 달렸다.

그들은 그가 샐코우 가에서 본 일에 관한 소문을 퍼뜨리는 것을 막기 위해서 그를 죽이려고 했던 것이다. 지금쯤 그들은 아마 서둘러서 샐코우 씨 가족들을 다른 곳으로 옮기거나 죽이는 중일 것이다. 만일 그가 전화기를 찾아내서 경찰에 전화를 걸었다면, 그리고 만일 그 살인자들이 미국 정부의 관리들이었다면, 경찰은 누구의 편일까? 헝클어진 수염과 단정치 못한 머리를 하고 괴상하다 못해 신기한 옷차림을 한 미술가? 아니면 샐코우의 집에서 어떤 종류의 합법적인 업무를 수행중이었다고 하면서, 사실은 파커 페인이 그들이 체포하려고 찾고 있던 범인이라고 주장하는, 단정한 정장 차림을 한 세 명의 FBI요원들? 만일 그들이 페인을 감금하도록 요구한다면, 경찰은 협조했을까?

젠장!

그는 달렸다. 차는 그대로 내버려둔 채로. 그는 얕은 골짜기의 경사진 벽 아래로 질주해서 좁은 시내의 자갈길을 따라 나무 사이로 달렸다. 작은 나무를 지나 다시 같은 골짜기의 다른 쪽 벽으로 올라가, 남의 집 뒷담을 넘고 잔디밭을 가로질렀다. 그리고는 다른 집 마당으로 해서 집 주변을 따라 거리로 나가서는 다시 다른 골목으로 갔다. 그는 다른 사람들의 시선이 자신에게 쏠리지 않도록 속도를 늦춰서 빠른 걸음으로 걷기는 했지만, 계속 샐코우의 집으로부터 멀찍이 이 골목 저 골목으로 도망쳤다.

그는 자신이 무엇을 해야 할지를 알았다. 자신이 방금 목격한 무서운 장면은 돔이 몹시 큰 곤경에 빠졌다는 것을 비로서 확실히 알게 해 주었다. 파커는 자신의 친구가 위험에 처해 있다는 것은 알고 있었다. 기념비적인 음모에 깊이 빠져 있는 것이었다. 그러나 머릿속으로만 알고 있는 것하고 자신이 직접 보는 것하고는 다른 것이었다. 그에겐 엘코 군으로 가는 길밖에는 다른 도리가 없었다. 돔 콜베이시스는 그의 친구이자 — 아마 그것도 가장 친한 친구였으며 — 친구로서 서로에게 해 줄 수 있는 일은 바로 어려움을 함께 나누고 같이 이겨내는 것이었다. 파커는 멀리 도망쳐서 라구나로 돌아가 어제 시작한 그림을 계속할 수도 있었다. 그러나 그가 만약 그런 식의 행동을 취한다면, 그는 절대로 다시는 자기 자신을 좋아하지 않을 것이다. 그리고 그는 자기 자신을 엄청나게 좋아했기 때문에, 그런 상태로는 견딜 수 없었을 것이다.

그는 몬트레이 공항으로 다시 돌아갈 차편을 찾아서 샌프란시스코 국제 공항으로 가는 비행기를 타고, 거기서 네바다를 향해 동으로 가야만 했다. 그는 샐코우의 집에 있던 남자들이 공항까지 자신을 쫓아오는 것에는 걱정을 하지 않았다. 그들 중의 누군가가 그가 있다는 것에 대해서 단 한 마디 언급한 말은 "도대체 누구요?"라는 것뿐이었다. 만일 그들이 그가 누구인지를 몰랐다면, 그들은 아마 그가 인근 주민이라고 생각할 것이다. 차 열쇠에 차를 빌려 준 회사의 명찰이 붙어 있기는 했지만, 그건 그의 호주머니 속에 들어 있었다. 물론 한두 시간이 지나면, 그 나쁜 자식들은 공항까지 그 차의 행방을 추적하겠지만, 그때쯤이면 그는 이미 샌프란시스코로 떠났을 것이다.

그는 계속 걸었다. 조용한 주택가 골목에서 그는 열아홉 내지 스무 살쯤 되어 보이는 젊은 청년이 차도에 있는 것을 보았다. 그는 잘 수리된 1958년도 바나나색 플리머스 퓨리 타이어의 흰색 벽을 조심스레 문지르고 있었다. 청년은 차가 만들어진 시대와 잘 어울리도록 옆머리를 길게 길러서 뒤로 전부 넘겨 버린 머리 스타일을 하고 있었다. 파커는 그에게 다가가서 말했다.

"저어……내 차가 고장났는데 급히 공항에 가야 하거든요. 아주 급해서 그러는데 50달러 줄 테니까 거기까지 데려다 주겠어요?"

청년은 재빨리 가는 법을 잘 알고 있었다. 그가 운전을 잘하는 사람이었다는 것은 썩 다행스런 일이었다. 그들은 대형 퓨리로 가능한 전속력으로 달렸기 때문에 차체의 중심을 잃고 도로에서 벗어나 나무를 박거나 도랑으로 굴러 떨어졌을 것이다. 그들이 세 번째로 가파른 코너를 무사히 통과하자, 파커는 자신이 확실한 임자를 만났다는 것을 알고는 마침내 조금 안심이 되었다.

공항에 도착한 그는 10분 후에 샌프란시스코로 떠나는 웨스트 에어 항공사의 나머지 두 개의 티켓 중에서 한 장을 샀다. 그는 비행기가 이륙하기 전에 연방 요원들이 이륙을 잠시 중지시키지 않을까 걱정하면서 비행기에 올랐다. 그러나 곧 비행기는 이륙했고, 그는 다른 것을 걱정하기 시작했다. 그것은 그들이 그를 거기까지 따라잡기 전에 샌프란시스코에서 리노로 가는 또 다른 비행기편을 타는 것이었다.

잭 트위스트는 블록 씨의 아파트 전체를 돌아다니면서 사면을 향해 있는 창문들을 통해 적들의 감시망이 있는지 광활한 정경을 살펴보았다. 적어도 한 팀 정도는 모텔과 식당을 감시하고 있을 것이다. 그들이 아무리 몸을 잘 숨기고 있다 하더라도 그에게는 그들의 위치를 쪽집게처럼 집어낼 수 있는 장치가 있었다.

그는 뉴욕에서 다른 장치들과 함께 HS101 열 분석기라고 하는 기구를 가져왔었다. 그것은 영화에서 나오는 날렵하게 생긴 미래형 광선총처럼 생겼으며, 총구대신에 직경 2인치의 렌즈 하나가 부착되어 있었다. 이것은 개머리판을 잡고 마치 망원경을 보듯 접안 렌즈를 보는 것이었다. 파인더를 움직이면서 바깥을 쭉 훑어보면, 두 가지가 한눈에 들어왔다. 하나는 그 지대의 확대된 보통 경치였으며 다른 하나는 그 지대 내의 열원이었는데 그 둘은 겹쳐서 나타났다. 식물, 동물, 햇빛을 받은 바위 등은 열을 방출하지만, 마이크로칩 기술 덕분으로 HS101의 컴퓨터는 열 방출형을 구분해서 가장 자연적인 배경에서 방출되는 열을 화면에서 제거하고, 무게 50파운드 이상의 생명체, 즉 집에서 키우는 개보다 큰 동물과 사람에게서 나오는 열만 보여 준다. 만약 절연 스키복을 입어 체온을 방출시키지 않는다 해도 의복에서 나오는 열만으로도 충분히 감지된다.

잭은 지난밤 자신이 모텔로 접근할 때 지나온 모텔 북쪽의 길을 조사하느라 많은 시간을 보냈지만, 결국 그 방향에는 감시자가 없는 것으로 결론을 내리고 다른 방들에 있는 서쪽으로 난 창으로 이동했다. 서쪽에도 아무것도 없었으므로 그는 아파트의 남쪽으로 난 창으로 옮겨갔다.

말시는 자신의 앨범에 마지막으로 남아 있던 달을 칠한 뒤, 잭이 감시팀을 찾으려고 HS101을 가지고 활동을 개시하자 그에게 와서 옆에 바짝 붙어 있었다. 비록 대꾸를 하지는 않았지만, 그 애는 잭이 그 애에게 계속 말을 걸어 주었기 때문에 그를 좋아하고 있는지도 모른다. 아니면 그 애는 무엇인가 두려움을 느껴서 그가 있는 곳에 있는 편이 더 안전하다고 느꼈는지도 모른다. 아니면 상상하기조차 힘든 다른 이유로 그런 것인지도 모른다. 그는 말시가 자신과 함께 있는 동안 그 애에게 계속 부드럽게 말을 건네는 것 외에는 그 애를 위해서 해 줄 수 있는 일이 아무것도 없었다.

졸저도 함께 따라왔다. 그녀는 질문을 해서 방해를 하거나 하지는 않았지만, 딸보다 훨씬 더 혼란스러운 영향을 미쳤다. 그녀는 눈에 띄게 아름다운 여성이었지만, 더욱 중요한 것은 잭이 그녀를 무척 좋아한다는 것이었다. 그는 비록 그녀가 여자 대 남자로서 자신에게 끌렸다고 생각하지는 않지만 그녀도 자신을 좋아하는 느낌을 받았다. 결국 그녀 같은 미인이 자기같이 볼 것도 없는 남자를 왜 좋아하겠는가? 그는 자타가 공인하는 범죄자에다가, 한쪽 눈이 사시인 것을 제쳐놓더라도, 낡아서 너덜너덜해진 신발 같은 얼굴을 하고 있었다. 그러나 그들은 최소한 친구는 될 수 있을 테고, 그것만으로도 만족이었다.

거실 창에서 그는 마침내 그가 찾던 것을 발견했다. 바깥의 차가운 벌판에서 인체에서 발하는 열점을 감지했다. 렌즈를 가득 메운 네바다 평야와 그와 겹친 열 패턴의 영상 꼭대기 전역에 열원이 있다는 것을 말해주는 자료의 디지털 정보 판독이 나타났다. 열원은 그의 위치로부터 남쪽으로 약 0.4마일 떨어진 곳에 있었다. 그 정보 다음에는 각 열원의 복사원의 크기 치수가 나타났는데, 그것으로 두 사람이 있다는 사실을 알 수 있었다. 그는 HS101의 열 분석 기능을 끄고서 단순한 망원경을 사용해 열이 감지된 지점에 영점 조준을 하자 확대된 화면이 나타났다. 그들이 변장을 하고 있어서 찾는 데 2, 3분이 걸렸다.

"찾았어."

마침내 그가 말했다.

졸저는 그가 무엇을 보았는지 묻지 않았다. 그녀는 지난밤 그가 사람들에게 가르쳐 준 교훈을 잘 알고 있었다. 아파트에서 나누는 말은 무엇이건 적의 전자 도청 장치로 곧장 들어간다는 것이었다.

바깥 벌판에 있는 두 명의 감시자들은 차가운 땅바닥에 엎드려 있었다. 잭은 한 명이 쌍안경을 갖고 있는 것을 보았다. 그러나 그 녀석이 그때 그걸 사용하지는 않았기 때문에 그는 잭이 자신을 지켜 보고 있다는 것을 알아채지 못했다.

그는 동으로 난 창문으로 옮겨 가서 그 곳의 지형도 조사해 보았지만, 아무도 없었다. 그들은 남쪽에서만 감시를 하고 있었다. 파악된 적들만으로도 충분한 것이었다. 모텔 앞쪽과 그 곳으로 이르는 유일한 길은, 그 곳 단 한 군데만으로도 감시하기에 충분했다.

그들은 잭을 과소 평가하고 있었다. 그들은 그의 배경과 기술은 잘 알고 있었지만, 그의 기술이 얼마나 좋은지는 깨닫지 못하고 있었던 것이다.

1시 40분이 되자 첫 눈발이 흩날리기 시작했다. 잠시 동안 특별히 더 세차지지도 않고 그저 눈발이 날리는 상태가 계속되었다.

2시가 되자, 돔과 어니가 선더 힐 저장소 주변을 돌아보고 순찰에서 돌아왔다. 잭이 말했다.

"어니, 나중에 눈발이 심해지면, 모텔 영업을 안 한다고 문 앞에 안내문을 붙이고 불을 꺼 놓아도, 주간 도로를 지나는 사람들 중에서 눈을 피해 여기로 들어오는 사람들이 있을지도 모릅니다. 제 차랑, 사버 씨네 트럭이랑 다른 모든 차들을 뒤쪽으로 치우는 게 좋겠어요. 문을 두드리는 사람들이, 어떤 사람한테는 방을 주고 어떤 사람에겐 방을 안 주느냐고 물으면 설명하기 어려우니까요."

사실 적들이 그 얘기를 듣고 있다는 것을 염두에 두고, 눈 때문에 발이 묶인 사람들을 그럴듯한 핑계로 삼아, 잭은 차들을 주간 도로 80번의 남쪽에 있는 감시자들의 눈에 띄지 않게 뒤쪽으로 옮겨 놓으려는 심산이었다. 나중에 눈이 심하게 내려 일찍 날이 어두워지면, 트랭킬러티 가족 모두가 트럭과 지프에 나누어 타고 살짝 모텔을 떠날 것이다.

어니는 잭의 속마음을 알아차렸다. 또한 도청을 의식하고 그대로 따랐다. 그와 돔은 다시 밖으로 나가 차들을 전부 뒤로 옮겼다.

부엌에서 네드와 샌디는, 모두가 저녁으로 먹을 샌드위치를 준비하고 꾸리는 작업을 거의 끝마쳤다.

이제 그들은 페이와 진저만 기다리면 되었다.

눈발이 간헐적으로 심해지기는 했지만, 잠깐 동안 눈보라가 반복되는 정도였다. 날도 어두워졌다. 2시 40분이 되자, 눈보라는 거칠게 변했다. 바람이 완전히 멎었는데도 불구하고 시계(視界)가 몇 백 피트로 줄어들었다. 바깥 벌판에는 위장한 감시자들이 아마 무기를 집어 들고 모텔로 다가오고 있을 것이다.

잭은 시계를 더욱 자주 쳐다보았다. 그는 시간이 부족하다는 것을 알고 있었다. 그러나 앞으로 얼마나 더 시간이 빨리 갈지는 알 수가 없었다.

호너 중위가 보안 사무실에서 고장난 거짓말 탐지기를 고치는 동안, 폴커크는 선더 힐의 보안 담당자와 그의 부하인 후가타 소령과 헴즈 중위에게 그들도 반역자 리스트에 들어 있다고 알려 주었다. 그는 두 사람의 적을 만들었지만, 그건 아무 문제도 되지 않았다. 그는 그들이 자기를 좋아해 주기를 원하지 않았다. 단지 그를 존경하고 두려워하기를 원했다.

그가 후가타와 헴즈를 호통치고 있는 와중에 알바라도 장군이 도착했다. 장군은 뚱뚱한 편으로, 배가 툭 튀어나왔고 손가락은 소시지 같았으며 턱이 늘어졌다. 그는 방금 전에 마일즈 베넬 박사로부터 나쁜 소식을 듣고는 화가 나서 얼굴이 시뻘개가지고 보안 사무실로 들이닥쳤다.

"그것이 사실이오, 폴커크 대령? 그게 사실이냐구? 자네가 정말로 비절런트에 손을 대서 우리 모두를 죄수로 만들었다는 건가?"

단호하지만 결코 무례하게 들리지 않도록, 폴커크는 알바도르에게 자신에게 보안 컴퓨터에 비밀 프로그램을 입력시켜서 마음대로 작동시킬 수 있는 권리가 있다는 사실을 알렸다. 알바도르는 누가 그런 권위를 부여했냐고 물었고, 폴커크는 "육군 참모장이자 합동 참모 회의의 의장인 맥스웰 D. 리든아워 장군이십니다."라고 대답했다. 알바도르는 리든아워가 누구인지 아주 잘 알고 있었다. 그러나 그는 이 문제에 있어서 대령의 직속 상관이 육군 참모 총장이라는 것을 믿을 수가 없었다.

"장군님께서 직접 전화 하셔서 물어 보시는 게 어떠실는지요?"

폴커크가 제안했다. 그는 지갑에서 명함을 꺼내 알바도르에게 건네주었다.

"리든아워 장군님의 전화 번호입니다."

"나도 참모 본부의 전화 번호는 아네."

알바도르가 비꼬듯 말했다.

"장군님, 그건 참모 본부의 전화 번호가 아닙니다. 전화 번호부에 실려 있지 않은 리든아워 장군님의 자택 전화 번호입니다. 사무실에 안 계시면, 전화 번호부에 나와 있지 않은 번호로 연락해 주시길 원하십니다. 어쨌건 이건 대단히 중대한 일입니다, 장군님."

얼굴이 더욱 새빨개가지고 알바도르는 마치 기분 나쁜 물건처럼 엄지손가락과 집게손가락 사이에 그 명함을 살짝 집어 들었다. 그리고는 태연을 가장한 채로 유유히 걸어나갔다. 15분쯤 지나 다시 돌아온 그는 더 이상 얼굴이 상기된 채가 아니라 창백해져 있었다.

"좋네, 대령. 자네는 자네가 주장한 권위가 있네. 그러니까……당분간 자네가 선더 힐의 지휘를 맡도록 하게."

"천만에요, 장군님. 아직도 장군님께서 작전 사령관이십니다."

폴커크가 말했다.

"하지만 만일 내가 죄인이라면……."

폴커크가 그의 말을 잘랐다.

"장군님의 명령이 위험한 사람들, 아니 위험한 생물체들이 선더 힐에서 도망가지 못하도록 하는 제 권한에 직접 위배되지만 않는다면, 당신의 명령이 우선이십니다."

알바도르는 놀라서 고개를 내저었다.

"마일즈 베넬 박사의 말에 의하면 당신은 우리가 모두……일종의 괴물일지도 모른다는 해괴한 생각을 하고 있다는데."

장군은 자신이 생각할 수 있는 가장 감상적인 단어를 사용해서 폴커크의 입장을 난처하게 만들려고 했다.

"장군님께서도 아시겠지만, 이 기지에 있는 사람들 중 누군가가 목격자들 중 일부를 은밀히 트랭퀼러티 모텔로 데려오도록 할 계획이었습니다. 분명히 그들은 목격자들이 잊도록 만들어진 것을 기억해 내고 언론을 떠들썩하게 만들어서, 우리로 하여금 우리가 숨기고 있는 것을 밝히고자 했을 테죠. 이 반역자들은 아마 용의주도한 자들일 겁니다. 베넬 박사의 스텝진일 가능성이 많죠. 그들은 단지 대중이 알아야 한다는 선의에서 한 행동이겠지만, 그들이 다른 더 나쁜 동기를 갖고 있을 가능성도 있죠."

"비밀이라니……."

알바도르는 불쾌한 듯 뇌까렸다.

거짓말 탐지기가 수리되자, 폴커크는 후가타 소령과 헴즈 중위에게 18개월 동안 거기 머물면서 그 극비 사항을 알고 있는 선더 힐에 있는 모든 사람들을 심문하도록 했다.

"만일 이번에도 실패하면, 당장 목이 달아날 줄 알아."

폴커크가 경고했다. 만약 이번에도 폴라로이드 사진을 목격자에게 보낸 사람을 찾아내지 못한다면, 선더 힐 직원 전체에 걸쳐 부패가 상당히 심각하게 만연된 상태라는 증거로 볼 수밖에 없었다. 그리고 그것은 일반적인 인간의 타락 정도가 아니라, 특별하고도 무시무시한 감염의 결과인 것이다. 그들이 실패하면 목숨을 맞바꿔야 할 것이다.

1시 45분 폴커크와 호너 중위는 선더 힐의 전 직원을 땅속 깊이 가둬둔 채로 솅크필드로 돌아왔다. 창도 없는 지하 사무실에 도착하자마자, 대령은 FBI의 시카고 본부 국장인 포스터 폴니체브로부터 병 주고 약 주는 식으로 온갖 비위를 맞추는 인사와 함께 몇 가지 나쁜 소식을 전해 들었다.

먼저 샤클이 일리노이의 에반스톤에서 죽었다는 소식이었다. 그것은 좋은 뉴스가 틀림없었지만, 그의 여동생과 그녀의 남편, 그리고 그와 함께 있던 특공대 전원이 몰살됐다. 샤클의 집을 습격한 사건은 폭력이 개입된 비참한 결말로 인해서 전국적인 뉴스 거리가 되었다. 피에 굶주린 듯한 언론들은 울궈먹을 수 있을 때까지 계속 반복해서, 오베넌 래인에서의 사건에 초점을 맞추었다. 더욱 나쁜 것은 샤클이 정신이 나가서 지껄여댄 소리 가운데, 눈치 빠르고 공격적인 성향의 기자가 있다면 네바다나 트랭킬러티, 어쩌면 계속 추적해 올라가서 선더 힐까지 파고들기에 충분한 것들이 있었다.

가장 나쁜 것은 포스터가 보고한 내용 중 "뭔가……글쎄요…… 여기서도 초자연적인 현상이 일어나고 있소."라고 말한 대목이었다. 멘도자라는 가족이 사는 변두리 아파트에서 일어난 칼부림과 총구 난동 사건으로 그 시의 경찰국은 발칵 뒤집혀 있었으며, 신문 기자들과 텔레비전 취재진들은 몇 시간 전에 아예 그 셋집을 점거한 상태였다. 브렌던 크로닌이 목숨을 구해 준 윈톤 토크라는 경관이 칼에 찔려 거의 죽을 뻔한 소년을 살려낸 것이 분명했다.

믿어지지 않지만 브렌던 크로닌이 자신의 놀라운 능력을 윈톤 토크에게 물려준 것이다. 그러나 그 외에 크로닌은 그 흑인 경관에게 무엇을 물려주었을까? 윈톤 토크에게는 신기한 새로운 힘만 있을지도 모른다. 아니면 뭔가 음험하고 위험하고, 생명력을 가진 비인간적인 어떤 것이 그 경관의 내부에 살아 있을지도 모른다.

가상할 수 있는 시나리오 가운데 최악의 사태가 결국 펼쳐지고 있었다. 폴커크는 폴니체브의 말을 들으면서 걱정으로 머리가 아파 왔다.

그 FBI 요원의 말에 의하면 윈톤 토크는 아직 언론 매체와 인터뷰를 하지는 않은 상태로, 현재 자택에 격리되어 있으며 거기에도 기자들이 바글바글 모여 있다고 했다. 그러나 조만간 윈톤 토크는 기자들의 인터뷰 요청에 응할 테고, 그는 브렌던 크로닌을 언급할 것이다. 결과적으로 그들은 또한 핼버그라는 소녀와도 연관되어 있는 것을 알 수 있을 것이다.

헬버그라는 소녀. 그것도 끔찍한 악몽이었다. 폴니체브는 그날 아침 토크가 예상치도 않던 치료의 능력을 지녔다는 소식을 듣고, 에미 스스로 기적적인 회복을 하면서 별난 능력을 지니게 됐는지를 알아보려고 헬버그 가에 갔었다. 그가 거기서 발견한 것은 더 이상 설명을 할 수 없는 것으로, 비밀이 새어 나가기 전에 그는 즉시 헬버그 가족 전체를 언론과 대중으로부터 격리시켰다.

지금 헬버그 일가 다섯 명은 FBI의 안가에서 여섯 명의 요원들의 감시를 받고 있었다. 감시원들에게는 그 가족이 위험하기 때문에 보호를 받아야 하며, 한시라도 절대로 혼자서 그 가족 중의 누구와도 함께 있지 말라고만 일러두었다. 만약 그들이 위협적이거나 이상한 움직임을 보이면, 즉시 처치해도 된다고 했다.

"하지만 이젠 전부 소용없는 짓 같소."

폴니체브가 시카고에서 전화상으로 말했다.

"더 이상 우리가 손을 댈 수가 없을 것 같소. 너무 퍼져 버려서, 다시 주워담을 가망이 없어요. 차라리 더 이상 은폐하지 말고 공개하는 편이 나을지도 모르겠소."

"정신나갔소?"

폴커크가 말했다.

"단지 이 얘기를 은폐하기 위해서 헬버그 일가나 토크 일가, 거기 네바다에 있는 목격자들처럼 많은 사람들을 죽여야 할 상황에 도달한다면, 입막음의 대가가 너무 커요."

렐런드 폴커크는 몹시 화가 났다.

"당신은 여기서 뭐가 문제인지를 모르고 있소. 이제 더 이상 우리는 그 얘기가 일반 대중에게 새 나가지 않도록 하려고 기를 쓰고 있는 게 아니오. 이제 그건 거의 문제도 되지 않아요. 이제 우리는 인류 전체가 파멸되는 것을 막으려는 것이오. 만약 우리가 대중들에게 모든 사실을 알리고, 폭력을 사용해서 전염을 막으려고 했다는 사실이 밝혀진다면 빌어먹을 나서기 좋아하는 정치가들이 우리 머리꼭대기에 올라서서 참견하고 나설 거요. 우리는 신비한 그 힘이 무엇인지 알기도 전에 싸움에서 지고 마는 거라구!"

"하지만 여기서 우리가 확인한 바에 의하면 위험성이 그렇게 대단한 것 같진 않던데……. 나 또한 핼버그 일가를 지키는 요원들에게 그들이 위험하다고 말은 했지만, 그들이 우리한테 정말 위험한지는 모르겠소. 에미라는 꼬마만 해도……. 그 앤 작은 천사지, 악마는 아니오. 그런 초능력이 어떻게 브렌던에게 생겼고 어떻게 해서 그 애에게 옮겨졌는지는 모르겠지만, 그 힘은 그 아이가 갖고 있는 유일한 것이 틀림없소. 우리들 누구에게나 내재되어 있는 유일한 것이 있잖소. 대령이 직접 에미를 만나 그녀를 관찰해 보면 알겠지만, 그 앤 기쁨 그 자체요! 모든 증거들로 볼 때, 지금 일어나고 있는 일들은 인류 역사상 가장 획기적인 사건으로 봐야 한다는 사실을 알려 주고 있는 셈이지."

"물론 적들이 우리가 믿도록 바라는 게 바로 그거요. 만일 우리가 순응하고 복종하는 것이 은총이라 생각한다면, 우리는 싸워 보지도 못하고 정복되고 말 거요."

폴커크가 차갑게 대꾸했다.

"그러나 대령, 만일 크로닌과 콜베이시스, 토크와 에미가 감염되어 더 이상 인간이 아니라거나, 최소한 당신이나 나랑 같지 않다고 하면, 그들은 기적 같은 치료술이나 염력을 통한 신통력을 보여 주면서 광고를 하고 다니지는 않을 겁니다. 그들은 사람들 눈에 띄지 않게 더 많은 사람들에게 자신들의 감염을 퍼뜨리기 위해서 자신들의 놀라운 능력을 계속 감추려고 할 겁니다."

폴커크는 그래도 요지부동이었다.

"우리는 그게 정확히 어떻게 작용하는지 모릅니다. 아마 사람이 일단 감염되고 나면 그 기생충에 정복되어 노예가 되는 것인지, 아니면 당신이 방금 지적한 대로 숙주와 기생충 관계가 미약해서 서로 공생하는 건지도 모르죠. 게다가 어쩌면 그 숙주는 기생충이 자기 안에 있는 것조차 모르고 지내는 것인지도 모르고요. 그렇다면 핼버그라는 소녀와 다른 사람들이 그 힘이 어디서 발생되는 것인지를 모르는 이유가 설명되는 셈이죠. 하지만 어떤 경우건간에 그들은 더 이상 엄밀히 따져서 인간이 아니오. 그리고 내 계산으로는 그들은 더 이상 믿을 수 없는 사람들이오. 한 치도 믿을 수 없어요. 자, 당신은 이제 토크 일가를 격리시켜야 되오. 지금 당장."

"대령, 이미 말했듯이 기자들이 지금 토크의 집 주위를 에워싸고 있소. 그 기자들이 보고 있는 앞에서 내가 우리 요원들을 그리로 데려가서 토크 일가를 연행한다면, 비밀이 들통나게 되오. 내가 비록 더 이상 이 비밀이 감춰지리라 믿지는 않는다 쳐도 방해하지는 않소. 나도 내 임무는 아니까."

"적어도 요원들이 그 집을 감시하게끔은 했겠죠?"

"물론이오."

"멘도자 일가는 어떻소? 만일 토크가, 크로닌이 분명히 그를 감염시킨 것과 같은 식으로 그 소년을 전염시켰다면……."

"우리는 멘도자 일가를 감시하고 있소."

폴니체브가 말했다.

"거기도 기자들 때문에 우리가 함부로 행동할 수 없어요."

또 다른 문제는 스테판 비카직 신부였다. 그는 폴니체브가 양쪽에서 일어난 사태를 파악하기도 전에 멘도자 일가가 사는 아파트와 헬버그의 집을 다녀갔다. 나중에 한 FBI요원이 그를 에반스톤에 있는 샤클의 집 근처에서 보았는데, 바로 그 순간 샤클이 자폭했다고 했다. 그 이후로 그가 어디로 가 버렸는지를 아는 사람은 아무도 없었다.

"분명히 그는 사건을 하나씩 하나씩 연결시키고 있을 거요. 어쨌건 우리 모두 덜미를 잡히기 전에 사실을 대중들에게 미리 밝히는 편이 나아요."

폴커크는 갑자기 모든 것이 뿔뿔이 흩어져 버려 건잡을 수 없게 되고 있다는 것을 느꼈다. 그는 숨을 쉬기도 힘들었다. 그는 일생을 매사 강철 같은 통제의 원리를 적용하면서 통제의 철학과 원리대로 살아왔다. 절제는 다른 무엇보다도 중요한 것이었다. 우선 자제력이 가장 소중한 것이었다. 사람은 욕망과 하찮은 충동을 단호하게 억제할 수 있는 법을 배워야 한다. 그렇지 않으면 술과 마약, 섹스 같은 이런 저런 악덕으로 파멸을 자초하게 된다. 그는 종교에 맹목적이었던 부모들로부터 많은 것을 배웠는데, 그들은 그가 자신들이 말하는 것을 충분히 이해할 만큼 나이가 들기도 전에 그런 교훈을 주입시키기 시작했다. 그리고 사람은 지적 과정을 조절해야 한다. 원래 인간은 미신과 비합리적인 가정에 근거한 행동 양식에 빠져 들기 쉽기 때문에, 늘 자신을 논리와 이성에 의지하도록 해야 한다. 그는 양친과 함께 종교 의식에 참여하면서 그들이 교회 마룻바닥이나 부흥회가 열리는 텐트에 엎드려 미친 듯이 자신을 내팽개치고, 소리치고, 몸부리치는 것을 충격과 두려움 속에서 지켜 보면서 그런 교훈을 배웠다. 사실 그것은 히스테리에 가까운 광신에 불과했지만, 그들은 성령을 영접한 것이라고 주장했었다. 또한 사람은 두려움도 극복할 줄 알아야 한다. 그렇지 못하면 영원히 온전한 정신을 유지할 수가 없다. 그의 몸과 마음속에 사탄이 있어서 쫓아내야 하기 때문에, 그 자신을 위해서 그러는 거라고 주장하면서 버릇처럼 늘상 때리고 벌을 주던 양친에 대한 두려움을 극복하도록 스스로를 가르쳤다. 두려움을 극복하는 한 가지 방법은 고통 속에 자신을 내던져서 그것에 대한 인내심을 기르는 것이었다. 자신에게 고통을 줄지도 모른다고 믿는 것을 견딜 수 있다는 확신을 가지게 되면 두려워할 게 아무것도 없다. 통제. 렐런드 폴커크는 자기 자신 뿐만 아니라, 자신의 인생, 그의 부하, 그리고 자신에게 주어진 어떠한 임무라도 모두 통제해 왔다. 그러나 이제 그는 그 사태의 통제력이 자신의 손아귀로부터 빠르게 새어 나가는 것을 느꼈다. 그의 사십 평생 내내 그랬던 것보다 더 커다란 공포심이 그에게 몰려 왔다.

"폴니체브, 전화를 끊고 나서도 계속 전화기 앞에서 대기하시오. 내 부하가 나와 당신, 당신 상관인 워싱턴에 계신 리든아워 장군과 우리쪽 백악관 연결통과 긴급 전화 회의를 주선할 테니까. 우린 강압 정책을 세워서 그걸 시행할 수 있는 가장 적합한 방법을 강구해야 하오. 만일 당신이 무기력한 생각을 하고 있다면, 아주 산산조각 내 버리고 말겠소! 우리는 통제력을 유지해야 하오. 필요하다면 감염된 사람들을 없애 버릴 거요. 그중에 귀여운 여자 아이나 신부가 있다 해도 말이오. 우리는 우리 국민들을 구해야 해요. 우리는 하늘에 맹세코 해낼 수 있어!"

2시 45분에 페이와 진저가 모텔의 화물 운반형 트럭을 타고 엘코에서 돌아왔을 때, 녹갈색의 차도 주간 80번 도로에서부터 교차로 출구 아래로 그들을 미행해 왔다. 진저는 그 차가 모텔 주차장 안으로 따라 들어와 자기네 차 옆에 차를 세우리라고 반쯤 확신하고 있었다. 그러나 그 차는 지방 도로를 따라 모텔에서 100피트 정도 못 미치는 곳에서 차를 세우고 옆으로 몰아치는 눈발 속에 대기하고 있었다.

페이가 모텔 사무실 정문 앞에 차를 세우자, 돔과 어니가 짐을 내리는 것을 도와주러 나왔다. 페이와 진저는 엘코에서 몇 가지 물품을 구매했었다. 아직 준비를 못한 사람들을 위해서 어젯밤 모든 사람들이 말한 치수대로 스키복과 마스크, 부츠, 절연 장갑을 샀고, 20구경 반자동식 엽총 두 자루, 여러 가지 무기에 필요한 탄약, 배낭, 전등, 컴퍼스 두 개, 가스 두 병과 함께 조그만 아세틸렌 횃불과 다른 여러 가지 품목들을 샀다.

어니는 페이를 포옹했고, 돔은 진저를 포옹했다. 두 남자가 동시에 "걱정했소."라고 말했다. 그리고 페이도 똑같은 말을 하는 사이, 진저는 자신이 "저도 당신 걱정했어요."라고 말하는 걸 들었다. 어니와 페이는 키스를 나누었다. 돔은 눈썹에 얼어붙어 있던 눈송이가 녹아서 속눈썹에 이슬 방울이 되어 맺히는 가운데 얼굴을 진저의 얼굴쪽으로 기울이고는 키스를 나누었다. 그것은 따뜻하고 달콤하고도 기나긴 입맞춤이었다. 어쨌건 남편과 아내인 페이와 어니가 그런 것처럼, 진저와 돔이 그런 식으로 서로에게 인사를 하는 것이 어쩌면 당연한 건지도 몰랐다. 그런 적절함은 이틀 전 진저가 엘코에 도착한 후로 그녀가 돔에게 느낀 모든 것의 일부분이었다.

짐을 트럭에서 다 내리고 블록 부부의 아파트 안으로 옮겼을 때, 전부 열 명 되는 트랭퀼러티 가족들은 식당으로 모여들었다. 잭과 어니, 돔, 네드와 페이는 총을 가져왔다.

진저는 어젯밤 돔과 브렌던이 그들의 초능력을 시험했던 테이블에 의자를 끌어다 놓으면서 신부가 그 무기들을 불쾌함과 두려움이 뒤섞인 감정으로 바라보고 있다는 것을 느꼈다. 신부는 어제보다 훨씬 비관적으로 보였다. 어제는 자신의 초능력의 발견으로 기분이 하늘을 찌를 듯했었다.

"지난밤엔 아무 꿈도 안 꾸었어요."

그녀가 우울해 하는 이유를 묻자, 그는 그렇게 설명했다.

"금색 빛도 못 봤고 날 부르는 목소리도 못 들었어요. 진저, 당신도 알다시피 난 내 자신에게 여기까지 오도록 신의 부름을 받았다는 걸 믿지 않았다고 줄곧 말해 왔었죠. 하지만 마음속 깊은 곳에서는 그걸 믿고 있었나 봐요. 비카직 신부님의 말씀이 옳았어요. 내 마음속엔 언제나 신앙이 중심에 자리잡고 있었어요. 최근에 난 신을 받아들이도록 막다른 골목에 몰렸었죠. 그저 받아들이는 정도가 아니라, 다시 그 분이 필요한 상태라구요. 하지만 이젠……꿈도 꾸지 않고, 금빛을 볼 수도 없어요. 마치 신께서 날 버리신 것처럼 말예요."

"아니예요, 당신이 틀렸어요."

진저는 마치 그의 고민을 빨아들여서 기분을 나아지게 만들려는 듯 그의 손을 잡으며 말했다.

"만일 당신이 신을 믿는다면, 그분은 절대로 당신을 버리지 않으세요. 안 그래요? 당신이 신을 저버릴 수 있을진 몰라도, 신께서는 절대로 그렇지 않으세요. 그분은 항상 용서하시고, 늘 사랑하시죠. 당신도 신도들에게 설교하시는 게 그런 거 아닌가요?"

브렌던은 힘없이 웃었다.

"마치 당신이 신학교에 다니신 것 같군요."

그녀가 말했다.

"그 꿈은 아마 당신의 잠재 의식하에 억눌려 있던 기억이 장애물을 부수고 되살아나려는 것뿐일 거예요. 하지만 만약 정말로 신이 여기로 당신을 부르신 것이라면, 당신이 더 이상 그 꿈을 꾸지 않는 이유는 당신이 신이 원하시는 대로 여기로 왔기 때문일 거예요. 그러니까 신께서는 더 이상 당신에게 그 꿈을 꾸게 하실 이유가 없는 거죠. 아시겠어요?"

신부의 얼굴이 약간 밝아졌다.

그들은 테이블에 둘러앉았다.

진저는 말시의 상태가 지난밤보다 나빠진 것을 보고는 당황했다. 아이는 고개를 숙이고 앉아서 검고 빳빳한 머리카락으로 얼굴을 반쯤 가린 채 무릎 위에 힘없이 올려 놓은 조그만 손을 물끄러미 바라보고 있었다. 그 애는 계속 "달, 달, 달……."하고 중얼거렸다. 아이는 7월 6일의 기억들을 전력을 다해 기억해 내려고 애썼지만, 그것은 그 애의 의식 가장자리에서 가물거리면서 그 애를 계속 애태우고 있었다. 감질나게 기억이 날 듯 날 듯 하면서도 나지 않자, 그 애는 반쯤 언뜻언뜻 보이는 강박 관념적인 망상에 사로잡힌 채 몰두하고 있는 것이다.

"곧 극복해 낼 거예요."

진저는 졸저에게 그렇게 말해 주었지만, 그 말이 얼마나 바보 같고 공허한 것인가 하는 것을 잘 알고 있었다. 그러나 달리 해 줄 말이 생각나지 않았다.

"그래요."

졸저는 그 말을 빈말이나 헛소리로 생각하고 있는 것이 아니라 분명히 확신하고 있다는 듯이 진저에게 말했다.

"틀림없이 빠져 나와야 하고 말고요. 틀림없이."

잭과 네드는 출입문에 송판을 세우고서 다시 테이블로 그것을 받쳐 놓고는 도청을 확실히 막을 수 있도록 해 놓았다.

재빨리 페이와 진저는 재미슨 씨의 목장에 다녀온 얘기와 더불어 플리머스를 탄 두 명의 미행자가 있었다는 얘기를 했다. 어니와 돔도 미행당했었다.

이 말을 듣자 잭은 신경이 날카로워졌다.

"그들이 우리를 지켜 보려고 능동적인 자세로 나섰다면, 그건 그들이 다시 우리를 잡아들일 준비가 거의 다 됐다는 뜻이오."

네드가 말했다.

"내가 보초를 서면서 벌써 누군가가 침입했는지 살펴보는 편이 낫겠어요."

잭도 동의했고, 네드는 출입문으로 가서 송판과 문틀 사이의 좁은 틈 사이로 한쪽 눈을 들이대고는 눈을 치운 주차장을 내다보았다.

돔과 어니도 잭의 요청에 따라 선더 힐 저장소 주변을 돌아본 얘기를 설명했다.

잭은 매우 주의 깊게 들으면서 여러 가지 질문을 했다. 그 질문들 가운데는 진저가 질문을 한 의도를 알 수 없는 것들도 더러 있었다. 철조망이 가는 철선으로 되어 있었느냐, 울타리 기둥은 어떻게 생겼느냐 하고 묻다가, 마지막으로 그는 "순찰을 도는 사람이나 개가 없었나요?"라고 물었다.

돔이 말했다.

"없었어요. 울타리를 따라 눈 위에 아무런 발자국도 나 있지 않았거든요. 굉장히 복잡한 전자 보안 장치가 되어 있는 게 틀림없어요. 그 안으로 들어가고 싶었지만……그 곳에 대해서 자세히 조사해 보기 전에는 안 될 것 같아요."

"기지 안으로 들어가도 괜찮을 거예요. 정말로 어려운 부분은 바로 저장소 자체 건물 내로 들어가는 것일 테니까요."

잭이 말했다.

돔과 어니는 너무나 놀라서 잭을 쳐다보았다. 진저는 선더 힐이 정말로 난공 불락처럼 보인다는 것을 잘 알고 있었다.

"그 안으로 들어간다구요?"

돔이 말했다.

"불가능해요."

어니가 말했다.

"만일 그들이 주변의 보안을 위해서 복잡한 전자 시스템에 의지하고 있다면, 입구에도 마찬가지로 전자 장치를 해 놓고 있을 겁니다. 요즘은 그렇게들 하죠. 모두 첨단 기술에 넋이 나가 있죠. 물론 선더 힐 정문에도 경비원은 있을 겁니다. 하지만 그는 컴퓨터나 비디오 카메라, 다른 기계들에 의존하는 데 익숙해져 있어서 근무에 태만할 겁니다. 그러니까 우린 그를 놀라게 해서 그를 통과할 수 있어요. 하지만 일단 들어간 다음에는 우리가 얼마나 버틸 수 있을지, 무얼 엿볼 수 있을지는 모르겠어요."

잭이 대답했다.

진저가 말했다.

"하지만 어떻게 그렇게 확신할 수 있으시죠?"

"8년 동안 까다로운 장소에 들어갔다 빠져 나오는 게 바로 내 일이었소. 게다가 원래 나를 훈련시킨 것은 정부였죠. 그러니까 난 그들이 하는 방식과 재주에는 훤해요." 그는 사시인 한쪽 눈으로 윙크를 했다.

"나도 나름대로의 계략이 있소."

졸저가 걱정이 역력한 모습으로 목소리를 높였다.

"하지만 그만큼 당신이 거기서 붙잡힐 가능성도 높아요."

"물론 그렇죠."

잭이 말했다.

"하지만 굳이 안에 들어갈 이유가 뭐죠?"

졸저가 물었다.

그는 이미 모든 계획을 짜 놓았다. 처음에 진저는 몹시 당황한 채 이야기를 들었지만, 그의 전략에 점점 감복하지 않을 수 없었다.

잭은 위험 부담이 있음에도 불구하고 다른 아홉 명이 자신의 말에 전적으로 동의하게 되리라고 거의 확신이라도 한 것처럼 자신의 계획을 상세하게 말했다. 그는 자신이 알고 있는 강제와 통솔력의 모든 재주를 부려서 설명을 했다. 그건 그가 자신의 계략에 대한 변경이나 수정을 받아들이기 싫어서가 아니라, 단지 다른 행동을 수행할 시간이 없었기 때문이었다. 그의 지성과 본능이 그에게 똑같은 메시지를 말하고 있었다." 시간이 없다." 그래서 그는 트랭퀼러티 가족의 나머지 사람들에게 다음과 같이 설명을 했다.

지금부터 한 시간 내에 돔과 네드, 잭을 제외한 모든 사람은 체로키를 타고 모텔 뒤쪽으로 빠져 나가 우회 도로로 가서 대기하고 있는 미행자들을 따돌리고 엘코로 향한다. 엘코에서 그룹이 갈라진다. 어니와 페이, 진저는 체로키를 몰고 북쪽으로 아이다 호의 트윈 폴즈로 간 다음, 다시 포카텔로로 간다. 거기서 보스턴행 비행기편을 예약하고 진저의 친구인 해버니 씨 댁에 머문다. 그들은 목요일 늦게나 금요일 일찍이 보스턴에 도착해야 한다. 도착하자마자 그들은 곧장 해너비 부부에게 그들이 발견한 사실을 상세히 말한다. 그리고 나서 한두 시간 내에 진저는 보스턴 메모리얼 병원의 동료들을 될 수 있는 한 많이 불러모아서, 그녀와 해너비 부부가 재작년 여름 네바다에서 무수한 선량한 시민들에게 행해진 일들을 그 의사들에게 이야기한다. 그러는 동안 조지와 리타 해너비 부부는 사회에 영향력을 가진 친구들에게 연락을 해서 진저와 블록 씨 부부가 그들의 얘기를 만천하에 퍼뜨릴 수 있는 모임을 주선한다. 그런 때가 돼야지만 진저와 페이, 어니는 신문사로 찾아간다. 그리고 신문사를 찾아간 다음에야 경찰서로 찾아가 여드레 전에 파블로 잭슨이 보통 강도에게 살해당했다고 지금까지 알고 있는 생각을 반박하는 진술을 한다.

"이 책략의 목적은 중요한 위치에 있는 사람들 사이에 이 이야기를 널리 퍼뜨려서, 만약 여러분께서 언론이 여러분의 얘기를 귀담아듣도록 납득시키기 전에 불행한 "사고"가 생기더라도, 힘을 가진 많은 사람들이 당신을 누가, 왜 죽였는지를 알도록 만드는 겁니다. 진저, 지금 당신이 우리를 위해서 특별히 중요한 역할을 하고 있는 건……이 나라에서 가장 영향력을 가진 도시 중의 하나인 보스턴에서 중요한 인물들과 친분이 있다는 점입니다. 당신이 얘기를 잘해서 그들의 관심을 끌 수만 있다면, 굉장한 옹호자 그룹을 등에 업는 것이나 마찬가지죠. 단 한 가지 명심할 점은, 당신이 그 곳으로 돌아갔다는 것을 알고 적들이 당신을 붙잡아서 끝장을 내기 전에 재빨리 행동을 취해야 한다는 겁니다."

밖에는 바람이 갑자기 거세지면서 송판으로 덮어 둔 창문에 세차게 들이쳤다. 좋은 징조였다. 눈보라가 심해지면 심해질수록 시계가 짧아지므로 그들의 눈을 피해서 모텔을 빠져 나가기에 좋았다.

"진저와 페이, 어니가 체로키를 타고 엘코를 떠나 포카텔로로 향한 다음에……."

그 다음 단계를 말하는 잭의 어조는 제안이라기보다는 거역할 수 없는 명령조였다.

"나머지 네 사람, 브렌던과 샌디, 졸저와 말시는 이 지역의 지프 판매소에 가서 현찰로 사륜 자동차를 한 대 사는 겁니다. 돈은 모텔을 떠나기 전에 제가 드리죠. 계약서에 서명하자마자 곧장 진저랑 블록 씨 부부와는 다른 방향으로 엘코를 빠져 나가십시오. 동쪽 유타 주의 솔트 레이크 시티로 향하세요. 물론 눈 때문에 지체는 되겠지만, 솔트 레이크에 도착하면 눈이 가라앉는 대로 비행기를 타고, 목요일 오후나 저녁까지는 시카고에 도착해야만 합니다."

그는 신부에게로 고개를 돌렸다.

"브렌던 당신은 오헤어에 도착하는 대로 당신이 우리들한테 말해 준 비카직이라는 주임 신부님께 연락을 드리세요. 그분이 누군지는 모르겠지만 시카고 대교구에서 가장 높은 분과 곧장 긴급 면담을 주선하도록 만들어야 합니다."

"오캘러핸 추기경님이십니다. 하지만 아무리 비카직 신부님이라고 해도 그분과 곧장 면담을 주선하실 수 있을런지는 모르겠군요."

브렌던이 말했다.

"틀림없이 그렇게 해야만 해요."

잭이 단호하게 말했다.

"브렌던, 당신이 빨리 움직여야만 그때 진저가 보스턴에서 빨리 움직일 수가 있습니다. 당신이 시카고에 나타나면 적들이 당신의 소재를 금방 찾아낼 거요. 어쨌건 오캘러핸 추기경과 만나면 당신과 졸저, 그리고 샌디는 엘코 군에서 일어났던 일을 설명하는 겁니다. 그리고 브렌던 당신은 새로 발견된 신통력을 시험해 보여 드리는 겁니다. 모든 관심을 확 끌어야 합니다. 알겠죠? 추기경들도 가운 밑에 바지를 입나요?"

브렌던은 놀라서 눈을 껌벅거렸다.

"네? 물론 입으시죠."

"그렇다면 오캘러핸 추기경의 바지를 벗겨 보아요. 그분께 2천 년 전쯤 무덤의 입구에서 돌이 굴러 옮겨진 것을 사람들이 발견한 이후로 가장 커다란 사건에, 그도 휘말려 있다는 사실을 알게 해 줄 만한 쇼를 해야 합니다. 그렇다고 무례하게 행동하라는 건 아니예요. 난 정말로 이 사건이 그 후의 가장 커다란 사건이라고 생각하니까요."

"저도 그렇습니다."

브렌던이 말했다. 그는 오전 내내 침울했지만, 권위와 차분한 흥분감을 담은 잭의 어조에서 힘을 얻은 듯 보였다.

이제 거친 바람이 창문에 세워 둔 송판을 흔들면서, 식당 안을 나직하고 음산한 바람 소리로 가득 메웠다.

어니는 잭의 말을 경청하면서 빳빳한 회색의 수염을 톡톡 치더니 말했다.

"벌써 바람이 이렇게 부는 걸 보니, 눈이 쏟아진 뒤 곧장 폭풍우가 될 것 같군."

잭은 날씨가 너무 갑작스럽게 나빠지는 것을 원치 않았다. 왜냐하면 적이 그가 예상한 대로 앞으로 몇 시간 안에 작전을 개시한다고 하면, 폭설 때문에 자신들을 잡아들이기 위한 작전이 망쳐지지 않도록 예정된 일정을 앞당길지도 모르기 때문이었다.

"좋아요. 오캘러핸 추기경을 납득시킨 다음엔 그분이 시장과 시 의원들, 그리고 사회적으로나 경제적으로 각 분야의 지도자들과의 면담을 빨리 주선을 하도록 하는 겁니다. 당신 목숨이 위태로워지기 전에 당신이 할 말을 퍼뜨리는 데는 24시간 정도밖에 없을 겁니다. 소문을 많이 퍼뜨리면 퍼뜨릴수록, 덜 위험해집니다. 그러나 어떤 경우에든 기자 회견을 마련하도록 부탁하기 전에 권력을 가진 옹호자들을 규합하는 데 12시간 이상을 소비해서는 안 됩니다. 생각을 해 봐요. 시에서 가장 영향력 있는 사람들이 당신을 위해 방패가 되어 주고, 기자들은 대체 무슨 일이 일어났나 궁금해 하겠죠……. 그러면 그때 당신은 의자를 공중으로 들어올려서 방안을 천천히 돌아다니게 하는 염력을 보여 주는 거요!"

브렌던이 씩 웃었다.

"틀림없이 말들이 많겠죠. 그 다음엔 더 이상 입을 다물고 있을 도리가 없을 겁니다."

"그렇게 되기를 바라야죠. 여러분이 각자의 임무를 수행할 동안, 아마 돔과 네드와 전 선더 힐로 들어가서 군에 체포되어 있을 겁니다. 우리가 들어갈 때와 마찬가지의 상태로 빠져 나올 수 있는 희망은 오직 여러분이 얼마나 널리 이 얘기를 퍼뜨리느냐 하는 것에 달려 있습니다."

졸저가 말했다.

"전 그 부분이 마음에 들지 않는군요. 당신들 세 분이 산으로 들어가는 것 말예요. 그게 무슨 소용이 있죠? 전 당신에게 15분 전에도 똑같은 질문을 했지만, 당신은 아직도 그 질문에 대답하지 않으셨어요, 잭. 우리가 여기를 빠져 나가 보스턴이나 시카고로 돌아가서, 진저나 브렌던과 연줄이 닿는 사람들을 이용해서 이 사건을 만천하에 폭로할 수 있다면, 군이 그 기지 안으로 들어갈 필요는 없잖아요. 일단 우리의 이야기가 기사화되기 시작하면, 군이나 관련된 기타 정부 당국도 결국 사실을 실토하게 되고 말 거예요. 그들은 재작년 여름에 있었던 일들과 선더 힐에서 자신들이 한 일을 우리에게 말해야 할 거예요."

잭은 숨을 깊이 들이마셨다. 이 부분에서 사람들, 특히 네드와 돔이 주저할지도 모르기 때문이었다.

"미안해요, 졸저. 하지만 그건 아주 단순한 거예요. 만일 우리가 각자 흩어져서 이야기를 퍼뜨리고 나면, 군이나 정부 당국은 진실을 밝히라는 엄청난 압력을 받게 될 거예요. 물론 그렇기는 하지만 그들은 시간을 끌

겁니다. 그들은 몇 주고 몇 달이고 시간을 질질 끌면서 반박할 만한 이야기를 꾸밀 거예요. 그건 그들에게 모든 것을 설명할 수 있는 그럴듯한 거짓말을 꾸며 댈 시간을 주는 셈이 되고, 그렇게 되면 아무것도 밝혀 낼 수가 없어요. 우리가 진실을 밝혀 낼 수 있는 희망은 오직 그들이 빠른 시간 내에 입을 열게 만드는 것뿐이오. 그리고 일을 빨리 진행시키기 위해서는 여러분의 친구들 중 돔과 네드, 나 이렇게 셋이서 산속에 인질로 잡혀 있다고 여러분이 세상 사람들에게 말하는 겁니다. 인질극이죠. 우리 정부 기관이 테러리스트의 역할을 하고 있는 이 인질극이야말로 군이 하루, 이틀 이상 버틸 수 없게 만드는 최후의 보루가 되는 셈이죠."

그는 이 말을 듣자 모든 사람이 놀라는 것을 알 수 있었다. 어니와 페이는 마치 벌써 그가 죽었거나, 아니면 폐인이라도 된 것처럼 충격과 슬픔이 뒤섞인 눈으로 그를 바라보았다.

졸저의 얼굴에 두려움이 검은 달처럼 떠올랐다. 그녀가 말했다.

"하지만 그럴 순 없어요. 안 돼요. 안 돼. 단지 여러분을 희생시킬 순 없어요……."

그러자 잭이 재빨리 되받아 말했다.

"만일 여러분들께서 각자 맡은 일만 충실히 완수하신다면, 여러분들이 만들어 낸 대중의 후원이 지렛대가 돼서 우리를 선더 힐에서 구해 낼 수 있어요. 우리 모두가 각자 하기로 한 일을 정확하게 완수하는 것이 중요한 이유는 바로 그겁니다."

"하지만 만일 기회가 닿아서 여러분이 산속으로 들어가서 그 해 7월 우리에게 일어났던 일을 설명해 줄 만한 뭔가를 본다면요, 그리고 만일 그 사건에 대한 단서를 사진으로 찍어 다시 살아서 밖으로 빠져 나온다면요, 그런 경우에는 탈출하는 편이 낫잖아요. 굳이 인질극을 꾸며야할 필요가 없지 않겠어요?"

졸저가 말했다.

"물론 그렇죠."

잭이 대꾸했다.

그는 거짓말을 하고 있었다. 잭은 비록 만에 하나라도 그 저장소에 깊숙이 침투할 가망이 있다 하더라도, 사람들에게 발견되지 않고 다시 밖으로 빠져 나올 확률은 거의 없다는 것을 잘 알고 있었다. 그리고 재작년 여름 그들이 목격한 사건을 곧장 설명해 줄 만한 뭔가를 발견한다는 것도 전혀 가망이 없는 일이었다. 첫째, 그들은 무엇을 찾아야 할지도 전혀 모르고 있다. 아주 우연히 자신들이 찾고 있는 단서를 발견했다 하더라도 그냥 지나칠 수밖에 없을 것이다. 더욱이 당시 선더 힐에서 위험한 실험이라도 행해졌다면, 그리고 그해 7월 밤에 그 중 한 실험이 잘못됐었다면, 그 수수께끼에 대한 해답은 서류나 마이크로 필름, 혹은 실험 보고서에 거짓으로 보고되어 있을 것이다. 비록 그들이 그 실험실에 접근할 수 있다 치더라도, 그와 돔과 네드가 자신들의 경험을 떠오르게 만드는 적절한 몇 가지 사실들을 찾으려고 몇 톤이나 되는 수많은 서류들을 한가롭게 뒤적거릴 시간적인 여유가 없었다. 그는 졸저나 다른 사람들에게 이런 얘기를 비추지 않았다. 그는 앞으로 닥칠지도 모르는 위험이나 다른 조건 따위로 탁상 공론을 하면서 시간을 지체할 수가 없었다.

밖에는 바람 소리가 요란했다.

졸저가 말했다.

"만일 당신이 계속 거기로 들어가겠다고 우기시면, 나머지 우리들도 가능한 여러분과 가까운 곳에서 머무르는 편이 어떻겠어요? 그러니까 우리들 일곱 명은 그냥 엘코의 〈센티널〉 신문사로 가고, 브렌던은 그 지방 언론사에서 그의 능력을 시험해 보이면 되잖아요. 시카고나 보스턴에 가지 않더라도 우린 여기서 그들의 음모를 폭로할 수 있는 것 아니예요."

"안 돼요."

잭은 그녀가 자신을 염려해 주는 것에 감동하기는 했지만, 한편으론 무척 난처했다. 손목시계의 바늘이 정말 막 돌아가는 것 같았다.

"전국적인 규모의 언론 매체에서는, 초능력을 갖고 있고 정보의 중대한 음모를 아는 어떤 사람이 나타났다는 조그만 시골의 신문 기사에는 관심도 갖지 않을 거예요. 그건 무시무시한 살인이나 UFO가 나타났다고 하는 것이나 마찬가지 부류의 하찮은 가십거리로 생각할 겁니다. 적들은 전국 방송 매체에서 그 기사를 체크해 보려고 사람을 보내는 수고를 하기 전에 여러분을 찾아내서는 여러분 뿐만 아니라 여러분과 이야기를 한 기자들도 함께 없애 버릴 겁니다. 졸저 당신은 가야만 해요. 내 생각은 대략 이렇소……우리의 최대의 희망은 그것뿐이에요."

그녀는 실망한 모습으로 의자에 털썩 주저앉았다.

"돔, 당신은 나랑 함께 가 주겠소?"

잭이 말했다.

"네, 그럴 겁니다."

작가는 그렇게 말했다. 잭도 그가 그렇게 나오리라고 생각하고 있었다. 돔은 아마 자기 자신을 그렇게 생각하지 않을런지도 모르지만, 믿을 만한 정의로운 타입의 사람이었다. 그러나 그는 의미 심장하게 웃으면서 "하지만 잭, 왜 그런 영광이 제 어깨에 떨어졌죠?"라고 물었다.

"어니는 아직 야간 공포증이 완치된 상태가 아니라서 포카텔로까지 차로 가는 것만으로도 그에겐 벅찰지 몰라요. 야간에 그 기지를 습격하기엔 역부족이죠. 그래서 당신과 네드가 남게 된 겁니다. 그리고 솔직히 말해서 선더 힐에 있는 인질 가운데 유명한 소설가가 있다면 손해볼 건 없죠. 언론이 혈안을 올리는 센세이셔널한 건수를 일으키는 데 한몫 할 테니까요."

잭이 그의 계획을 말하는 동안, 진저는 계속 인상을 찌푸리고 있었다. 그제서야 그녀가 입을 열었다.

"잭, 당신은 대단히 훌륭한 전략가예요. 하지만 남성 우월 주의자이기도 하군요. 당신은 선더 힐에 들어갈 사람으로 남자들만 생각하고 계시군요. 전 거기 갈 사람은 당신과 돔, 그리고 바로 저라고 생각하는데요."

"하지만……."

"제 말을 끝까지 들어 보세요."

그녀는 자리에서 일어나 테이블 끝까지 천천히 움직이면서 모든 사람의 주의를 잭에게서부터 자신에게로 집중시켰다. 잭은 그녀가 자신의 지성과 의지력과 미모를 어떻게 이용하여 자신에게 초점을 맞추는지를 알고 있었다. 그녀의 수법은 모든 사람이 자신의 의견을 아무런 반박 없이 받아들이게 만드는 자신의 방법과 흡사했다.

"네드와 샌디는 시카고에 가서, 브렌던에게 그의 얘기를 뒷받침해 주실 수 있어요. 졸저와 말시는 제 편지를 가지고 페이와 어니랑 함께 보스턴의 해너비 씨 댁으로 가시면 되구요. 조지와 리타는 여러분을 극진히 대해 주실 테고 얘기를 잘 들어 주실 거예요. 제 편지만으로도 환대를 해 주시고 얘기도 끝까지 들어 주실 겁니다. 그리고 틀림없이 그분들의 환대는 더욱 극진해질 거예요. 10분만 지나면 리타는 페이에게서 자신과 닮은 점을 발견할 테고, 자매처럼 지낼 거예요. 리타가 페이를 물심 양면으로 도와줄 겁니다. 제가 굳이 거기 갈 필요는 없죠. 전 여기서 더 필요해요. 그 한 가지로 선더 힐에 침투하는 것은 대단히 위험한 일이기 때문에, 돔이나 잭 당신 둘 중 누군가가 다쳐서 응급 처치를 받아야 할 일이 생길지도 몰라요. 우린 아직 돔이 브렌던과 마찬가지로 치료의 능력을 가졌는지도 확실히 모르고 있는데다, 만일 그가 그런 능력을 가졌다 해도 그걸 조절할 만한 능력이 없을지도 몰라요. 그렇다면 그 자리에 의사가 필요하겠죠. 안 그래요? 둘째, 인질로 유명한 작가가 있는 것이 도움이 된다면요……맞아요. 돔은 상당히 유명하죠. 하지만 여자가 선더 힐에 인질로 잡혀 있다면 언론의 시선을 훨씬 더 많이 끌게 될 거예요. 그러니까 잭, 이 계획에는 정말로 제가 필요하다구요!"

"당신 말이 맞아요."

그는 얼른 그녀의 말에 동의해서 그녀를 깜짝 놀라게 했다. 그녀의 이야기는 이치에 맞았다. 그리고 그 문제로 논쟁을 하며 허비할 시간이 없었다.

"네드, 샌디랑 브렌던과 함께 시카고로 가세요."

"만일 당신이 생각하기에 괜찮다면, 난 당신들과 기지로 가도 상관없어요."

네드가 그에게 말했다.

"알고 있어요. 저도 처음엔 당신이 가는 게 좋다고 생각했었지만, 이젠 아니예요. 졸저 당신과 말시는 어니와 페이랑 함께 보스턴으로 가도록 해요. 이제 우리가 빨리 여기를 빠져 나가지 못하면, 누가 어디를 가느냐 하는 것은 아무 문제도 안 됩니다. 우린 재작년 여름 우리를 약물로 인사불성이 되게 만든 사람들의 손에 다시 붙잡히게 될 테니까요."

네드는 문에서 테이블을 밀어내고, 어니가 거기 세워 둔 송판을 들어냈다. 유리 너머로 보이는 세상은 온통 바람과 눈으로 된 흰 색 소용돌이 벽이었다.

"굉장하군. 몸을 숨기기에는 좋아."

잭이 말했다.

그들은 몰아닥치는 눈 속으로 걸어 나가면서, 정부의 녹갈색 플리머스를 세워 두었던 장소를 볼 수 있었다. 그 차는 가고 없었다. 그것이 잭의 심기를 불편하게 만들었다. 차라리 감시자들이 그가 볼 수 있도록 바깥 공터에 있는 편이 더 나았다.

전화 회의는 렐런드 폴커크 대령이 예상한 대로 진행되지 않았다. 그는 모텔에 있는 목격자들을 한꺼번에 체포해서 모두 선더 힐로 데려와야 한다는 데 대해서 동의를 구할 작정이었다. 그는 리든아워 장군과 함께 다른 사람들에게 감염이 확산되리라는 위험이 실제 상황이자 심각한 상태라는 것을 인식시키고, 그가 얻으리라 예상하는 증거, 즉 트랭퀼러티에 있는 모든 사람들과 선더 힐에 있는 직원들 모두가 더 이상 인간이 아니라는 증거를 손에 넣는 순간 그들을 모두 없애도록 허락을 얻어낼 수 있으리라 예상했었다. 그러나 전화를 받는 순간부터 그의 뜻대로 돼가는 것은 하나도 없었다. 사태는 악화될 뿐이었다.

연방 수사국 국장인 에밀 폭스워스는 사태가 안 좋게 진전되었다는 또 다른 소식을 전해 주었다. 캘리포니아의 몬트레이에 있는 샐코우 일가에게 새로 기억 수정을 시키고 있는 팀이 끈질긴 침입자를 만났다는 것이었다. 그들이 덩치가 커다랗고 수염을 기른 그 사내를 막다른 골목으로 몰아넣았다고 생각했었는데, 그 녀석은 멋지게 도망쳐 버렸다. 샐코우일가족 네 명은 얼른 구급차에 실려 안전한 모처로 옮겨져서 기억 수정을 계속하고 있다고 했다. 그 침입자가 버리고 도망간 차의 등록증을 조사해 본 결과 그 지역의 공항 대리점에서 빌린 차로 밝혀졌는데, 그 차를 빌린 사람은 단순한 강도가 아니라 파커 페인이라는 콜베이시스의 친구였다.

"그 뒤에 우린 몬트레이에서 샌프란시스코로 가는 비행기를 타고 페인을 추적했지만, 거기서 그를 놓쳤습니다. 그가 탄 웨스트 에어 항공기가 SFX에 착륙한 후로 그가 어디 있는지, 뭘 하고 있는지 종적이 묘연해요."

국장이 말했다.

FBI의 시카고 본부의 포스터 폴니체브는 이미 비밀을 유지하기가 불가능하다는 의견을 냈었는데, 페인의 도주 소식을 듣고는 그 의견을 더욱 확고히 했다. 정계의 피지정인인 FBI의 폭스워스와 대통령 국가 안보 자문 위원인 제임스 허톤도 그와 같은 의견이었다.

더구나 폴니체브는 유들유들한 입심으로 크로닌과 토크에게 나타난 기적적인 치료의 능력과 콜베이시스와 에미 핼버그에게 나타난 신기한 초능력 등 모든 사태의 진전으로 보아, 7월 6일 사건의 궁극적인 결과가 인간에게 유익하면 했지, 해가 되지 않는 것으로 보인다고 주장했다.

"게다가 우린 베넬 박사와 함께 일하는 사람들 대부분이, 지금까지도 그랬지만 앞으로는 더 이상 위협이 될 만한 것들은 전혀 없으리란 의견인 것으로 알고 있습니다. 그들은 벌써 몇 달 전부터 거기에 대해서 확신하고 있었어요. 그들의 주장은 꽤 설득력이 있어요."

폴커크는 베넬과 그의 직원들도 감염됐을지도 모르므로 믿을 수가 없다는 걸 보여 주려고 애썼다. 선더 힐 내부의 어느 누구도 더 이상 믿을 수가 없었다. 그러나 그는 군의 지도자였지, 토론가는 못 되었다. 폴니체브와 논쟁하는 동안 폴커크는 자신이 헛소리나 지껄이는 편집광처럼 들린다는 것을 잘 알고 있었다.

폴커크는 자신이 가장 의지하고 있었던 유일한 배경이었던 맥스웰 리든아워 장군으로부터도 그다지 후원을 얻지 못했다. 합동 참모 회의의 의장인 그는 처음에는 자기의 입장을 밝히지 않은 채 유심히 여러 관점의 이야기를 듣고만 있으면서, 정치 쪽의 입장을 띤 사람들과 군 쪽의 입장을 대변하는 사람 사이의 어중간한 입장에서 중재자 역할을 했다. 그러나 이내 그가 폴커크 쪽보다는 폴니체브나 폭스워스, 허톤 쪽에 더 동의하고 있다는 것이 분명해졌다.

"대령, 나도 이번 사태에 대한 자네의 직감을 이해하네. 그리고 감탄하고 있어."

리든아워 장군이 말했다.

"그러나 이 문제는 우리가 감당하기에는 너무 커진 것 같군. 성급한 조처를 취하기 전에 군인들 뿐만 아니라 신경학자나 생물학자, 철학자들이 투입되어야겠어. 긴급한 위협을 줄 수도 있다는 증거가 밝혀진다면, 물론 나도 즉시 마음을 바꾸겠네. 모텔에 있는 목격자들을 전부 체포하고, 무한정 선더 힐에 계속 격리시키고, 자네가 지금 찬성한 가장 강력한 조치들 가운데 대부분의 조치들을 취하는 데 나도 찬성하네. 그러나 당분간 뚜렷이 심각한 위협이 없는 한 좀더 신중하게 움직이고 은폐 공작을 취소해야 할지도 모른다는 가능성도 남겨 두어야 한다고 생각하네."

"송구스럽습니다만……." 폴커크는 분노를 참지 못하면서 말했다. "제가 보기엔 위험이 심각하고도 분명하다고 생각됩니다. 신경학자들이나 철학자들이 조사할 시간이 없는 것 같아요. 게다가 무기력한 정치가들이 쓸데없이 탁상 공론만 하고 있을 시간도 물론 없죠."

이러한 솔직한 평가는 즉시 정치가들에게 빌붙어 사는 폭스워스와 허톤의 거센 반발을 일으켰다. 그들이 폴커크에게 소리를 지르자, 그는 평소의 인내심을 잃고서 되받아 소리쳤다. 곧 전화 회의는 시끄러운 말싸움으로 전락했는데, 리든아워 장군이 말리는 바람에 겨우 끝났다. 장군은 더 이상 목격자들이나 은폐 공작을 강화시키기 위해 어떠한 조처도 취하지 않겠다는 데 즉석에서 동의하도록 명했다.

"난 통화을 끝내면 곧장 대통령과 긴급 면담을 요청하겠네. 24시간이 지나면, 아니 적어도 48시간 안에는 총사령관부터 거기 선더 힐에 있는 베넬과 그의 부하들까지 모두를 만족시킬 만한 계획을 짜 보도록 하게."

그것은 거의 불가능한 일이었기 때문에 폴커크는 언짢게 생각했다.

폴커크는 전화을 끊자, 예기지 못한 굴욕감을 안겨 준 채 재수 없게 끝나 버린 전화 회의에 대해 생각하면서 적어도 1분 간은 셍크필드의 창도 없는 방안의 책상 앞에 서 있었다. 그는 호너 중위을 부를 자신도 없을 만큼 화가 치밀어 속이 끓어올랐다. 그는 대세가 자신에게 불리한 방향으로 가 버렸다는 것을 호너에게 알리고 싶지 않았던 것은 물론이고, 중위가 자신이 막 개시하려는 작전이 리든아워 장군의 명령에 전적으로 위배되는 것이 아닌가 하고 의심할 만한 근거를 가지게 하고 싶지 않았다.

그가 할 일은 명확했다. 잔인하고 끔찍한 것이었지만 명확했다.

그는 트랭퀼러티 모텔을 고립시키기 위해서 유독 가스 방출을 가장해서 80번 주간 도로의 폐쇄를 명할 것이다. 그 다음 그는 목격자들을 감금시키고는 곧장 선더 힐로 옮겨 올 것이다. 마일즈 베넬 박사팀과 기지에서 일하는 직원들 가운데 의심이 가는 직원들을 함께 지하의 육중한 송풍구에 가둬 놓고 나서, 그는 지하 시설에 보관하고 있는 군수품들 가운데 5메가톤급 위력을 갖는 핵폭탄 배낭 한 쌍으로 그들은 물론이고 자신도 자폭할 것이었다. 5메가톤급 폭탄 두 개면 산속에 있는 모든 사물과 사람이 산산조각이 나서 한줌의 재로 변해 버릴 것이다. 그러므로 적의 본거지이자 무시무시한 오염을 원천적으로 봉쇄할 수 있다. 물론 오염을 일으킬 수 있는 다른 원인들도 남아 있었다. 토크 일가, 핼버그 일가, 세뇌에 아직 빈틈이 발견되지 않았거나 아직 네바다로 돌아오지 않은 목격자들과 그 외의 사람들……. 그러나 폴커크는 일단 그가 오염의 최대 원인이자 최우선적인 원인을 제거하는 데 필요한 용감한 조처를 취한다면 리든아워는 그의 살신 성인의 모범을 보고 부끄러움을 느낄 테고, 기강을 바로 세워서 그 일을 마무리 지어 이 지구상에서 오염의 흔적을 깡그리 쓸어 버리는 데 필요한 조처를 취하게 될 것이다.

폴커크는 떨고 있었다. 두려워서가 아니었다. 그를 전율하게 만드는 것은 바로 그의 자부심이었다. 그는 자신이 인류 역사상 가장 커다란 전투에 참여하여 주도적인 입장에 서 있는 것이라고 생각했다. 여기서 싸워서 승리를 거둔다면, 그는 단지 하나의 국가를 위해서가 아니라 역사상 유례 없는 위험으로부터 전 세계를 구하는 것이다. 폴커크는 자신이 선택받은 것에 대한 강한 긍지를 느꼈다. 그는 그에 따르는 희생을 기꺼이 감수할 수 있다고 생각했다. 그는 두려움이 없었다. 그는 자신을 죽음으로 이끌 핵폭탄이 터지는 찰나에 어떤 기분일까 생각해 보면서 인간이 생각할 수 있는 것 가운데 가장 통렬한 고통을 맛보리란 기대로 온몸에 전율이 느껴졌다. 그것은 잔인하리만치 강렬한 고통이겠지만 너무나 순식간이라, 틀림없이 그는 스스로 감당했던 다른 모든 고통을 견뎌 냈듯이 불굴의 의지로 견뎌 낼 것이다.

그는 지금 기분이 가라앉았다. 완전한 평온이었다. 온화함.

그는 통렬한 고통이 다가오는 것을 즐거운 마음으로 기다리고 있었다. 핵폭탄이 주는 짧은 고통은 너무나 순수한 것이었기 때문에 그것을 견디어 낸다면 틀림없이 천국을 보상으로 받게 될 것이었다. 그의 모든 면에 사탄이 깃들어 있다고 말하면서 그에게 나쁜 짓을 하지 않겠다고 늘 맹세를 하게 하던 광신적인 양친과 함께…….

진저의 뒤를 따라 트랭퀼러티 그릴을 나서면서, 돔은 눈이 소용돌이처럼 휘몰아치는 하늘을 올려다보았다. 잠시 동안 그는 거기 없는 것을 보고 듣고 느꼈다.

그의 뒤에서 창문이 폭발하면서 계속 유리가 부서지며 떨어져 내리는 소리가 단음의 리듬처럼 울렸다. 앞쪽에는 주차장의 불빛이 비추고 있었고, 그 너머로 한여름의 어둠이 깔려 있었다. 그리고 사방이 온통 어디서 시작된 것인지 알 수 없는 귀청을 찢을 듯한 천둥 소리와 지진 같은 흔들림으로 가득 찼다. 그는 가슴이 뛰었다. 마치 사래가 들린 것처럼 숨이 목에 딱 걸렸다. 그리고 그는 식당을 빠져 나와 주위를 둘러보고 나서 하늘을 올려다보았다…….

"뭐가 잘못됐어요?"

진저가 물었다.

돔은 자신이 눈덮인 포도 위에서 비틀거리고 있다는 것을 깨달았다. 그건 길 표면이 미끄러워서가 아니라, 기억 장애를 벗어난 지워진 기억의 일부가 되살아났기 때문이었다. 그는 식당을 빠져 나온 다른 사람들을 둘러보았다.

"나는 봤어요……. 마치……내가 다시 거기 있는 것처럼……7월의 그날 밤……."

이틀 전 식당에서 그가 거의 기억을 되찾으려고 했을 때, 그는 무의식중에 7월 6일에 일어났던 천둥 소리와 흔들림을 재현해 냈었다. 이번에는 아무런 현상도 나타나지 않았다. 아마 그 기억이 더 이상 억제되어 있지 않은데다 기억 장애를 부수고 있어서 도움이 필요치 않기 때문일 것이다. 이제는 그 기억이 어느 정도 선명한 것인지 충분히 전달하지 못한 채, 그는 다른 사람들로부터 시선을 돌리고 떨어지는 눈을 올려다보았다. 그리고…….

굉음이 너무 요란해 귀가 아플 정도였다. 그리고 천둥이 쳐서 유리창을 흔들 듯이 진동이 너무나 심해서 뼈마디와 이빨까지 다 흔들리는 것 같았다. 그는 쇄석 도로 밖으로 굴러 나와 밤하늘을 올려다보았다. 그리고 바로 거기였다! 그 곳에는 지상에서 불과 몇 백 피트 위로 항공기 한 대가 날고 있었고, 빨갛고 하얀 색으로 흐르는 광선이 어둠을 가로질러 휙 지나가고 있었다. 그 항공기는 너무 낮게 날고 있어서 조종석에서 나오는 불빛이 보였다. 휙 지나갈 때의 스피드로 판단하건대 그것은 분명 제트기였으며, 엔진의 커다란 소음으로 판단해 보건대 그 중에서도 전투 제트기였다. 그리고 거기에……또 한 대가 맑고 까만 밤하늘 전체를 점점이 수놓고 있는 별들을 가로지르며 휩쓸 듯이 휙 지나가며 하늘 높이로 선회하고 있었다. 그러나 식당의 유리창을 박살내고 테이블 위에서 조그만 물체들을 마구 흔들리게 만든 소음과 진동이 제트기들이 지나가고 나면 가라앉으리라 예상했지만, 나아지기는커녕 더 심해졌다. 그래서 그는 자기 뒤에 그 원인이 있다는 걸 감지하고는 고개를 돌렸다. 그는 세 번째 제트기가 불과 40피트의 고도에서 식당 위로 날아가는 것을 보고 겁에 질려 소리를 질렀다. 너무나 낮게 날아와서 그는 주차장의 불빛에 비친 비행기 한쪽 날개 밑에 일련 번호와 함께 표시된 성조기를 볼 수 있었다. 너무나 낮게 나는 바람에 그는 놀라서 땅에 납작 엎드렸다. 그는 제트기에 깔리는 줄만 알았다. 순식간에 뭔가의 파편이 그의 몸 위로 쏟아져 내렸다. 아마 이글거리는 제트기의 연료가 폭포처럼 쏟아져 내리는 것 같았다…….

"돔!"

그는 자신이 눈밭에 얼굴을 파묻고 엎드려 있는 것을 발견했다. 그는 그 제트기가 자기 위로 덮치는 줄 알고서 그 해 7월 6일 밤 느꼈던 것 같은 공포를 다시 느끼며 바닥에 꼬옥 엎드려 있었다.

"돔, 무슨 일이에요?"

샌디 사버가 물었다. 그녀는 그의 옆에 무릎을 꿇고 앉아 그의 어깨에 손을 얹었다.

진저는 반대편에 무릎을 꿇고 앉아 "괜찮아요, 돔?" 하고 물었다.

그들의 부축을 받아서 그는 눈밭에서 일어났다.

"기억 장애가 무너져 가고 있어요."

그는 얼굴을 쳐들고 다시 하늘을 올려다보면서 조금 전처럼, 하얀 눈이 그치고 캄캄한 여름 밤으로 바뀌어서 계속 기억들이 되살아나기를 바랐다. 그러나 아무것도 없었다. 바람이 거세지고, 눈이 그의 얼굴을 때릴 뿐. 다른 사람들은 그를 지켜 보고 있었다. 그가 말했다.

"제트기가 생각났어요. 군의 전투 항공기였어요……. 처음의 두 대는 2백 피트 상공으로 휙 지나갔는데……세 번째 것은 너무나 낮게 날아서 식당 지붕에 거의 부딪칠 뻔했어요."

"제트기야!"

말시가 말했다.

모두들 놀라서 그 애를 쳐다보았다. 심지어는 돔까지도. 전날 밤 저녁 식사 이후로 "달"이라는 말을 빼놓고 그 애는 처음으로 다른 말을 한 것이다. 말시는 엄마의 품에서 조그만 얼굴을 쳐들고서 하늘을 올려다보았다. 돔의 말에 대한 반응으로 그 애는 눈보라가 치는 하늘을 쳐다보면서 기억 속에서 지워진 그 해 여름 오랫동안 하늘을 날던 제트기의 흔적을 찾고 있는 것 같았다.

"제트기!"

어니도 하늘을 올려다보면서 말했다.

"난…… 기억이 안 나는군."

"제트기! 제트기!"

말시는 하늘을 향해 한 손을 쳐들었다.

돔은 마치 현재라는 시간 속의 눈내리는 하늘 너머로 과거라는 시간 속의 캄캄한 여름 밤에 도달해서 그 기억을 볼 수 있기라도 한 것처럼, 비록 양손이기는 하지만 자신도 그녀와 같은 행동을 하고 있는 것을 발견했다. 그러나 아무리 집중을 해도 더 이상 기억을 되살릴 수가 없었다.

다른 사람들은 돔이 설명한 일을 기억하지 못했다. 그리고 순식간에 그들의 전율에 찬 기대감은 다시 좌절로 바뀌고 말았다.

말시는 고개를 숙였다. 그 애는 엄지손가락을 입속에 넣고 열심히 빨았다. 그 애의 눈은 다시 초점을 잃은 상태였다.

"자! 어서 여기를 빠져 나가야 해요."

잭이 말했다.

그들은 자신들 앞에 예정된 여행과 전투를 위해서, 옷을 갈아입고 무장을 하기 위해서 서둘러서 모텔로 향했다. 아직도 돔은 코끝에 남아 있는 그 해 여름의 열기의 냄새를 간직하고 있었다. 그리고 아직도 그의 뼛골을 울리는 제트기 엔진에서 나는 포효 같은 소음을 느꼈으나 돔은 마지못해 사람들을 뒤따랐다.

US AIR FORCE FF-4

제3부

선더힐에서의 밤

제 6 장

1월 14일 화요일 밤의 이야기

I

분쟁

스테판 비카직 신부는 델타 항공편으로 시카고에서 솔트레이크 시티로 가서는 엘코 군 공항으로 들어가는 지선 운항기를 잡아탔다. 그는 운이 좋은 편이었다. 그가 탄 비행기가 막 착륙하고 나자 항공기 운항을 차단시켰다. 눈이 내린 탓으로 시계(視界)가 급속도로 떨어졌으며 폭풍으로 인한 일시적인 어둠이 반복되었다.

조그만 대합실에서 그는 공중 전화로 달려가 트랭퀼러티 모텔의 전화번호를 찾고는 다이얼을 돌렸다. 그는 아무 소리도 듣지 못했다. 심지어는 벨 소리조차 듣지 못했다. 전화기에서는 공허하게 쉿쉿거리는 소리만 들렸다. 그는 다시 전화를 돌려 보았지만 아무런 성과도 없었다.

교환원에게 도움을 청해 보았으나 그녀 역시 그 번호로 전화를 걸 수가 없었다.

"선생님, 죄송합니다만, 그쪽 전화선에 문제가 있는 것 같은데요."

비카직 신부는 그 얘기를 매우 언짢게 생각하면서 "문제라구요? 무슨 문제죠? 뭐가 잘못됐나요?"라고 물었다.

"글쎄요. 아마 폭풍 때문인 것 같은데요. 아주 심한 돌풍이 불고 있거든요."

하지만 스테판은 그녀의 말을 믿기가 어려웠다. 눈보라는 이제 겨우 시작되고 있는 상태였다. 처음 잠깐 동안 불어 닥친 돌풍 때문에 전화선이 벌써 어떻게 되어 버렸다는 것을 믿을 수가 없었다. 모텔이 고립됐다는 것은 불길한 징조로, 앞으로 시작될 눈보라에 의해서라기보다는 사람들의 인위적인 조작일 가능성이 더 컸다.

그는 시카고에 있는 성 베네딕트 사제관에 전화를 넣었다. 벨이 두 번 울리자 제라노 신부가 받았다.

"마이클, 난 엘코에 무사히 도착했네. 하지만 아직 브렌던을 만나지는 못했어. 거기 전화가 불통이지 뭔가."

"예, 알고 있습니다."

마이클 제라노가 대답했다.

"알고 있다니? 아니 자네가 어떻게 그걸 알았지?"

"바로 몇 분 전에요. 자신의 신원을 밝히기를 거부하면서, 브렌던과 함께 있는 사람들 가운데 하나인 진저 바이스라는 사람의 친구라고 하는 남자한테서 전화를 받았거든요. 그 사람 말이 그 여자가 오늘 아침 그에게 전화를 해서 자신을 위해서 몇 가지 정보를 캐 달라고 부탁했다더군요. 그 사람은 그녀가 원하는 걸 찾긴 찾았는데, 그 모텔에 연락이 안 되더라는군요. 그녀는 분명히 그런 문제를 예상했던지, 그 남자한테 우리 전화 번호랑 보스턴에 사는 자기 친구들 전화 번호를 가르쳐 주고는, 그가 알아낸 것을 우리에게 말해 주라고 했대요. 그리고 그녀가 형편이 닿는 대로 우리한테 전화를 한다고 했대요."

마이클이 대답했다.

"이름을 밝히길 거부했다고?"

비카직 신부가 당황해서 물었다.

"게다가 그 여자가 그에게 정보를 캐 달라고 부탁했다고 했나?"

"예, 두 가지 일에 관해서요. 첫째는 그 곳은 선더 힐 저장소라고 하는 곳이라고 하더군요. 자기가 판단할 수 있는 한 그 저장소는 늘 있던 그대로라고 그녀에게 전해 달라고 하던대요. 제일 큰 것은 아니지만 전국에 걸쳐 배치된, 사실상 똑같은 지하 시설 여덟 개 중의 하나로, 정교하게 만든 폭발 방지용 저장소라구요. 그리고 그 여자가 그에게 육군 장교인 렐런드 폴커크 대령에 대해서 뒷조사도 부탁했다는데, 그 사람은 국가 비상 대응 기구라는 것과 함께 있다고 하대요……."

대합실 창문에 들이친 폭풍이 보석이 박힌 것처럼 반짝이며 가물거리는 것을 뚫어지게 쳐다보면서, 신부는 마이클이 그 대령의 군 복무 경력에 대해 지껄이는 소리를 들었다. 스테판이 자세한 사항까지 기억해 두려고 잔뜩 긴장해서 진땀을 막 쏟기 시작할 무렵, 그의 보좌 신부는 그 중에서 중요한 것은 아무것도 없다고 말했다. 마이클이 말하길, "X씨는 폴커크 대령의 배경 가운데 일부가 트랭퀼러티 모텔에 있는 사람들에게 일어났던 일과 연관이 있을지도 모른다고 느끼는 모양이었습니다."라고 했다.

"X씨라니?"

비카직 신부가 되물었다.

"그가 이름을 가르쳐 주지 않으려고 하니까, X라고 부를 수밖에요."

"계속하게."

비카직 신부가 말했다.

"그런데 X씨는, 여기서 중요한 사실은 폴커크 대령이 약 9년 전쯤 시작된 어떤 중요한 두뇌 집단형 연구를 맡은 정부 위원회인 CISG의 군대측 대표였다는 점이라고 하더군요. X씨가 그 열쇠가 CISG라고 생각하는 이유는, 꼬치꼬치 캐내는 동안에 두 가지 이상한 점을 발견했기 때문이랍니다. 첫째로 그 위원회에 종사하고 있는 같은 과학자들 가운데 다수가 현재 혹은 최근에 예외적으로 장기 휴가를 갔거나 부재중이고, 아니면 아무 근거 없이 휴직중이라는 겁니다. 둘째는 새로운 차원의 보안 통제가 두 해 전 7월 8일, 그러니까 브렌던과 다른 사람들이 거기 네바다에서 말썽이 생긴 지 정확히 이틀 후에 CISG내 보안 통제 장치가 마련됐다는 겁니다."

"CISG가 무슨 뜻인가? 그 위원회에서는 무엇을 연구하고 있었지?"

마이클 제라노가 그에게 대답을 해 주었다.

비카직 신부는 "세상에! 그럴 줄 알았어!"라고 말했다.

"그러셨어요? 신부님을 놀라게 하기는 정말 힘들군요. 하지만 틀림없이 신부님께서도 브렌던의 문제 배후에 바로 이게 있다는 것은 예상치 못하셨을 걸요. 그럼……신부님께서……그게 정말로……정말로 거기서 일어났을지도 모른다는 말씀입니까?"

"아직도 일어나고 있을지도 모르지만, 난 순전히 내 이 위대한 머리를 써서 그것을 추론해 냈다고 내세우진 못한다는 점을 인정하네. 그게 바로 바로 오늘 아침에 캘빈 샤클이 자폭해서 산산조각이 나서 죽기 전에 경찰을 향해 외쳤던 것 중의 일부일세."

마이클은 "저런 세상에!"라고 말했다.

비카직 신부는 "우린 어쩌면 이제 전혀 새로운 세상이 막 시작되려는 찰나에 진통을 겪고 있는 것인지도 모르네. 마이클, 자네 각오는 되어 있겠지?"라고 말했다.

"전……전 모르겠습니다. 신부님께서는 각오가 되어 있으십니까?"

마이클이 말했다.

"그럼! 그럼, 충분히 각오하고 있네. 하지만 그 길이 위험으로 가득 차 있을지도 모르네."

진저는 시간이 지날수록 잭 트위스트가 점점 심하게 동요되고 있다는 것을 알았다. 그는 마지막 몇 알 남은 모래가 모래 시계의 목줄기에서 흘러내리고 있다는 예감에 따라 움직이고 있었다. 잭은 그들의 출발을 위해 필요한 작업을 도와주면서, 마치 적들의 얼굴을 보게 되기를 기다리기라도 하는 것처럼 창문과 방문을 계속해서 흘낏거렸다.

그들이 앞으로 다가올 모진 겨울 밤을 준비하고, 총들과 여분의 탄약 클립을 싣고, 모텔 뒤에 있는 사버의 픽업 트럭과 잭의 체로키에 장비를 옮기는 데는 거의 30분이 필요했다. 그들은 조용히 활동하지는 않았다. 그렇게 하면 엿듣는 사람들에게 그들의 출발이 임박했다는 경고를 줄지도 모르기 때문이었다. 대신에 그들은 서둘러 준비를 마무리하면서 쓸데없는 것들에 관해 지껄여댔다.

드디어 4시 10분이 되자, 그들은 잠시 동안 그들이 없어지는 것을 은폐시키기 위해 라디오를 아주 큰 소리로 틀어 놓고 정비실 뒷문으로 빠져 나갔다. 그들은 눈보라가 몰아치는 가운데 서로 포옹을 나누면서 "잘 가세요.", "몸조심 하세요.", "당신을 위해서 기도할게요.", "모두 잘될 거예요.", 혹은 "우린 그 자식들을 물리칠 수 있을 거예요."라고 말하면서 한데 어울려 빙빙 돌았다. 진저는 잭과 졸저가 특히 오랫동안 포옹을 하고 있다는 것을 눈치챘다. 그리고 그가 말시에게 입을 맞추고 작별 인사로 포옹을 할 때, 마치 아이가 그의 친자식이라도 되는 것처럼 보였다. 그것은 한 가족이 다시 모였다가 헤어질 때보다 더욱 절절한 것이었다. 아무리 그렇지 않다고 우겨도, 그들 중 몇몇은 다음에 모일 때까지 살아남지 못할 것이라는 사실을 그들은 반쯤 확신하고 있었다.

얼른 눈물을 삼키면서 진저가 말했다.

"좋아요. 이제 됐어요. 지옥 같은 여기에서 빠져 나갑시다."

네드가 운전을 하고, 시카고와 보스턴으로 갈 일곱 명은 체로키에 빽빽이 실린 채 먼저 출발했다. 가느다란 눈발이 너무나 빠른 속도로 많은 양이 날려서 체로키는 백 피트 내에서는 반 정도밖에 보이지 않았고, 백오십 피트 내에서는 겨우 희미한 형태만 보일 뿐이었다. 그런데도 차는 열 감응 장치로 위치를 찾아낸 감시자들의 눈에 띄지 않도록 언덕으로 곧장 올라가지 않았다. 대신 체로키는 좁은 골짜기를 거쳐 지면이 경사지고 우묵하게 들어간 길로 접어들었다. 네드는 될 수 있는 한 오랫동안 계곡이나 골짜기, 협곡 등에 머물렀다. 지프가 눈 속으로 사라지기도 전에 엔진 소리는 더 큰 소리로 윙윙거리는 바람 소리에 묻혀 버렸다.

진저와 돔, 그리고 잭은 사버의 픽업 트럭 운전석에 올라타고 체로키가 지나간 길을 따라갔다. 그러나 먼저 출발한 탓에 지프는 땅을 제 것마냥 뒤덮은 백색의 혼돈 속으로 이내 사라져 버렸다. 그들은 쿵쿵 부딪치고, 덜컹거리고, 기우뚱 기울기도 하고, 위로 덜컥 흔들거리기도 하면서 골짜기를 지나갔다. 진저는 잭과 돔 사이에 앉아 박자에 맞춰 왔다갔다 하는 와이퍼 너머 바람막이 유리를 통해 밖을 내다보면서 지프에 탄 사람들을 다시 볼 수 있게 될까 궁금했다. 며칠 만에 진저는 그들 모두를 사랑하게 되었다. 그녀는 그들이 어떻게 되지나 않을까 걱정스러웠다.

'우리는 서로를 걱정한다. 그게 바로 우리와 들판의 짐승들과 다른 점이다.' 그것은 제이콥이 늘 말했던 것이다. 지성, 용기, 사랑, 우정, 동정심, 그리고 공감……. 그런 자질들이 각각 제이콥이 말했던 대로 다른 모든 것들만큼이나 인간이라는 종족에게는 중요한 것이었다. 어떤 사람들은 오직 지성만이 가장 중요하다고 생각한다. 문제를 해결하는 방법을 알고, 곤경에서 빠져 나가는 방법을 알고, 장점을 파악해서 그것을 붙들어맬 줄 아는 것. 그 모든 것이 다 인류에게 주도권과 우월성을 부여하는 중요한 요소들이었다. 그렇다. 그러나 지성의 많은 기능들은 용기와 사랑, 우정, 동정심, 그리고 공감 없이는 불충분한 것이었다. 우리는 걱정을 한다. 그것은 우리의 저주다. 그것은 우리의 축복이다.

처음에 파커 페인은 좌석이 열 개인 지선 운항기의 조종사가 폭풍을 정면으로 뚫고 내려가 착륙을 시도하지 않고, 대신 네바다 훨씬 남쪽의 다른 활주로로 비행기를 돌리지나 않을까 염려했다. 그러나 마침내 비행기가 폭풍이 거세게 몰아치는 가장자리를 지나 하강하자, 파커는 비행기가 방향을 다른 데로 돌리기를 바랄 뻔했다. 휘몰아치는 바람과 시야를 가리는 눈발은 계기 착륙에 노련한 베테랑 조종사에게조차 너무나 위험해 보였다. 그 다음 비행기는 안전하게 지상에 닿았으며, 그것은 엘코 군공항이 폐쇄되기 직전에 들어온 마지막 비행기였다.

그 조그만 공항엔 공항 내로 들어오는 데 필요한 지붕 덮인 이동 트랩도 하나 없었다. 파커는 수천 개의 가늘고 차가운 바늘처럼 바람에 실려온 눈발에 맞아 얼굴이 따끔거려 얼굴을 찡그렸다. 그는 눈덮인 간이 포장 도로를 급히 가로질러 조그만 대합실 문 쪽을 향해 서둘러 달렸다.

그날 일찍이 몬트레이발 웨스트 에어 항공기가 샌프란시스코에 착륙하자마자, 그는 공항 선물 판매점에서 가위와 전기 면도기를 사서 남자 화장실로 달려가 턱수염을 허겁지겁 밀어 버렸다. 그는 수염을 기르지 않은 자신의 맨얼굴을 10년 만에 처음으로 보았다. 그가 예상했던 것보다는 훨씬 근사해 보였다. 그는 머리도 손질해서 깎았다. 그가 한참 그렇게 변모를 시도하고 있을 때, 화장실에 있던 다른 남자가 옆 세면대에서 손을 씻으면서 농담조로 말을 걸었다.

"경찰들한테 쫓기고 있는 중인가 보죠? 안 그래요?"

그래서 파커가 말했다.

"아니오, 제 마누라한테 쫓기고 있답니다."

그러자 그 남자는 마치 진심인 듯 "그래요? 나랑 마찬가지네요."라고 말했다.

신용 카드 추적을 따돌리기 위해, 그는 리노행 에어 캘 제트기의 티켓 요금을 현금으로 지불했다. 시에라 네바다 산맥을 넘어 '세상에서 가장 큰 조그만 도시'까지 45분 간의 여정을 마친 후, 그는 운좋게도 12분 후에 엘코로 출발하는 비행기편 중에서 빈 좌석이 딱 하나 남은 지선 운항기를 찾았다. 다시 현금으로 요금을 내고 보니, 그의 지갑에는 고작 21달러밖에 남지를 않았다. 2시간 15분 동안 그는 대분지를 가로질러 동쪽으로 자신의 친구가 목숨이 위태로운 곤경에 직면해 있다는 감이 드는 네바다 북동쪽의 지대가 더 높은 도시로 향하는 자주 난항을 거듭하는 여행을 참아 냈다.

엘코 군 공항 사무실과 공공 대합실로 쓰고 있는, 초라하지만 깨끗한 작은 건물로 문을 밀고 들어갈 무렵, 파커는 몬트레이에서의 끔찍한 경험과 더불어 눈코 뜰 새 없이 진행된 여정 탓에 탈진 상태가 됐어야만 했다. 그러나 정말 신기하게도 그는 매우 생생했고 정력이 넘쳤으며 목적의식으로 가득 찼을 뿐만 아니라, 결의가 흘러 넘치는 기분이었다. 그는 자신이, 소떼를 놀라게 해 왔던 여우 한 마리를 처치하기 위해서 들판으로 돌격해 들어가는 한 마리 황소같이 느껴졌다.

그는 두 대의 공중 전화를 발견했는데, 그 중 한 대만 사용 가능했다.

그는 트랭퀼러티 모텔의 전화 번호를 뒤져 돔에게 전화를 하려고 했지만, 그 모텔의 전화는 불통이었다. 그는 폭풍과 무슨 관련이 있겠거니 짐작했지만, 행여나 하는 생각에 걱정스러웠다. 그는 자신을 필요로 하는 그 곳을 찾아내야만 했다. 그것도 빨리…….

정확히 2분이 지나, 그는 렌트카가 없다는 걸 알아냈고, 게다가 겨우 차 세 대로만 운영되는 그 도시의 택시 회사가 폭풍 때문에 너무나 바빠 택시를 잡으려면 1시간 반이나 기다려야 한다는 것을 알았다. 그래서 그는 대합실을 둘러보다가 공항이 막 폐쇄되려고 할 때 전용기에서 착륙한 것이 틀림없는 몇 사람들과 그가 타고 온 비행기에서 일행과 뒤쳐져서 나오는 부부 한 쌍을 보았다. 그리고 그는 그 사람들 한사람 한사람씩에게 말을 붙여 차편이 있는지를 알아봤지만 아무 성과도 거두지 못했다. 그들 중 어떤 사람에게서 돌아서다가 그는 눈에 띄게 회색빛 머리를 한 남자와 충돌했다. 그 사내는 파커만큼이나 정신이 없는 것 같았다. 그는 외투를 열어 젖히고는 신부 제복의 칼라를 내보였다. 그는 파커에게 "정말 죄송합니다만, 전 생사가 걸린 긴급한 용무가 있는 성직자입니다. 트랭퀼러티 모텔로 가는 차편이 꼭 필요합니다. 혹시 차를 갖고 계신가요?"라고 물었다.

돔 콜베이시스는 바짝 긴장한 채 사버 부부의 픽업 트럭에 앉아 있었다. 그의 오른편에는 승객용 문을, 진저 바이스를 왼쪽에 앉혀 놓은 상태에서 앞쪽을 흘낏 보니, 눈발이 너무 엄청나게 거세서 마치 얇고 하얀 커튼으로 된 무수한 장벽을 뚫고 돌진하는 것처럼 보였다. 그는 마치 믿기 어려운 뜻밖의 광경이 바로 그 커튼 너머에 있기라도 한 것처럼 앞쪽을 자세히 바라보았다. 그러나 아무런 저항 없이 그 커튼이 하나씩 열릴때마다 그 너머에 바람에 날려 물결치며 펄럭이는 또 다른 커튼들의 무한한 행렬만 드러날 뿐이었다.

잠시 후 그는 너무나 긴장한 채 자신이 기대하고 있다는 것을 깨달았다. 그가 트랭퀼러티 그릴에서 걸어나올 때, 날카로운 섬광이 뒤통수를 강타하면서 번뜩 기억이 되살아났다. 제트기……세 번째 제트기가 급강하해서 겁에 질린 그를 포장 도로로 내몰았던 다음에 무슨 일이 벌어졌던가?

끊임없이 쏟아지는 눈송이들이 겨울날을 수백만 개의 하얀 무명실로 마구 짜여진 휘장처럼 보이게 만들었지만, 그들은 골짜기를 밝게 비춰볼 수가 없었다. 실제로 황혼이 내리기까지는 45분 정도 남아 있었으나, 폭풍 때문에 일시적으로 생긴 어둑어둑함이 대지에 짙은 회색의 빛을 던지고 있었다. 우락부락하고 날이 튀어나온 바위의 형체들과 간간이 서 있는 사시나무들이, 원시 시대의 안개에서 나온 선사 시대 괴수들처럼 갑자기 시커먼 암흑 속에서 형체를 드러내서 깜짝 놀라게 만들곤 했다. 그러나 돔은 잭이 헤드라이트를 켜서 모험을 걸지는 않을 것이라는 걸 알고 있었다. 트럭 자체는 눈과 그들이 은신해 있는 계곡의 가파른 벼랑에 감춰져 있었으나 불빛은 무수하게 쏟아지는 얼음 결정들을 뚫고 반사될 것이며, 그 빛은 분명히 저 아래에 있는 감시자들 눈에 띌 것이다.

그들이 탄 체로키의 타이어 자국이 동쪽으로 돌아 거대한 골짜기로 뻗어 있는 계곡 안을 향하고 있었다. 잭은 네드 사버와 다른 사람들이 간 길을 따라가지 않았다. 계획에 따르면 그들은 다른 방향으로 가도록 되어 있었다. 대신 그는 돔이 길 안내용 나침반을 보고 가리키는 대로 북쪽으로 천천히 트럭을 몰았다.

백 야드쯤 더 가서 그들은 계곡 꼭대기에 닿았는데, 거기서 그 길은 가파른 오르막으로 좁아 들더니 급기야는 끝이 나 있었다. 돔은 그들이 뒤로 돌아서 결국에는 네드를 따라가게 될 것이라고 생각했지만, 잭은 기어를 바꿔 넣고 액셀러레이터를 밟아 산을 오르기 시작했다. 오르막은 바위가 많았으며 그 바위들에는 많은 홈이 패여 있었다. 픽업은 상하 좌우로 세게 흔들리고 기우뚱거리면서 전진했고, 그 때문에 진저 바이스는 돔에게로 몰아붙여져서 계속 몸을 부딪치고 말았지만, 과히 기분 나쁘지 않은 상황이었다.

날이 저물어 가면서, 폭풍으로 인한 음산한 느낌을 주는 회색 불빛에다 픽업 트럭의 무미건조하고 낡아빠진 장식을 한 내부에서, 진저는 그와 대조적으로 전보다 훨씬 아름다워 보였다. 그녀의 반짝반짝 윤이 나고 은빛이 도는 금발과 비교해 보면 새하얀 눈도 때가 탄 것처럼 보였다.

차가 붕 떠올랐다 쿵 떨어지면서 돔의 머리가 차 지붕에 부딪치는 가운데, 트럭은 긴 언덕 끝으로 올라갔다. 그들은 짧은 내리막을 내려와서는 평지로 이어진 땅을 지나갔다. 또 다른 언덕길을 오르려고 하는 순간, 잭이 갑자기 브레이크를 세게 밟으면서 소리쳤다.

"제트기다!"

돔은 숨을 헐떡이면서 자신들에게로 달려들고 있는 제트기를 보려고 소용돌이치는 눈보라 속을 살폈다. 그리고 나서 그는 잭이 과거의 기억 속의 제트기들에 대해서 말하고 있다는 걸 알아차렸다. 그는 한 시간도 채 안 돼서 아까 돔에게 되살아났던 것과 똑같은 것을 기억해 냈던 것이었다. 하지만 잭이 아직까지 트럭을 야무지게 운전하고 있는 것으로 봐서, 그는 돔이 본 것만큼 실감나게 그 기억을 되살린 것 같지는 않았다. 단지 그것이 다시 생각났을 뿐이었다.

"제트기들."

잭은 한 발은 브레이크 위에 놓고, 다른 한 발은 클러치에 얹어 놓았으며, 양손으로 핸들을 꼭 쥐었다. 눈보라를 내다보면서 시간을 거슬러 올라가려고 애썼다.

"하나, 둘……돔 당신이 말한 대로 요란한 소리를 내면서 하늘로 높이 솟아오르고 있소. 그리고 또 하나가 식당 위로 낮게 날고, 그리고 바로 뒤로 또 하나가……네 번째 비행기……."

"전 네 번째 비행기는 기억할 수 없었는데요."

돔이 흥분해서 말했다.

핸들 위로 잔뜩 몸을 구부리면서 잭이 말했다.

"내가 모텔 밖으로 뛰쳐나오자마자 네 번째 제트기가 날아왔어요. 난 당신과 함께 거기 식당 안에 있지 않았소. 이렇게 심하게 흔들리고 요란한 소리가 났죠. 그리고 난 때마침 내 방에서 뛰쳐나와 세 번째 전투기를 보았죠……F－16기였을 거요. 그건 사실 난데없이 어둠 속에서 불쑥 튀어나왔죠. 식당 지붕을 넘어서 말예요. 당신 말이 맞소. 고도가 4, 50 피트도 채 못 되었을 거요. 그리고 내가 거기에 계속 넋이 나가 쳐다보고 있는 사이에 네 번째 비행기가 그 장소 뒤에서부터 모텔 위로 곧장 날아왔죠. 그건 훨씬 더 낮게 날았어요. 아마 그전 것보다 10피트는 더 낮게 날았을 거요. 그게 지나가면서 내 뒤의 유리창이 박살났어요……."

"그리고 나서요?"

진저는 큰소리로 말하면 막 떠오르기 시작한 기억을 뒤흔들어서 잭을 잠재 의식 속으로 되돌리게 될까 봐 속삭이면서 물었다.

잭이 말했다.

"세 번째와 네 번째 전투기는 낮게 떠서 그 빌어먹을 전선줄 위로 고작 20피트 남짓한 위로 주간 고속 도로를 향해 요란하게 날아 내려갔죠. 당신들도 시뻘겋게 단 엔진의 공기 흡입구 속을 바로 볼 수 있었을 거요. 그리고 그것들은 80번 주간 도로 너머의 평원 위로 찢어지는 소리와 함께 날아갔다가, 하나는 동쪽으로, 또 다른 하나는 서쪽으로 갈라져 급상승하다가 둘 다 주위를 휭 돌아서 되돌아왔어요……. 그리고 난 당신들에게로 달려가기 시작했죠. 거기 식당에서 나온 당신들한테로요……. 난 아마 당신들이 무슨 일이 벌어지고 있는지 알고 있으리라 생각하고 있었거든요……."

눈발이 바람막이 창을 두드려댔다.

바람이 굳게 닫혀진 유리창에다 대고 자기들만의 비밀을 속삭이듯 살랑거리며 불었다. 마침내 잭 트위스트가 입을 열었다.

"그게 전부예요. 난 더 이상 기억해 낼 수 없소."

"기억이 날 겁니다. 우리 모두 그럴 거예요. 기억 장애가 무너지고 있으니까요."

돔이 말했다.

잭은 픽업의 기어를 다시 살짝 밀어 넣고 다음 언덕길을 오르기 시작하면서 선더 힐로 가는 그들의 우회 여행을 계속했다.

렐런드 폴커크 대령과 호너 중위는 중무장한 DERO의 상등병 둘을 대동하고서 셍크필드의 지프 수송 차량 중 한 대에 타고 격리 지역의 서쪽 끝에 있는 도로 장애물로 갔다. 두 대의 커다란 육군 수송 차량이 80번 주간 도로의 널찍한 동쪽 방향 차선을 가로질러 차를 세워 놓은 채로 실제로 차들의 소통을 차단하고 있었다. 서쪽 방향 차선은 이 지점에서 십 마일 정도 떨어져 있는 트랭퀼러티 모텔의 반대편에서 차단되고 있었다. 톱질모탕 위에 올려 놓은 비상용 횃불들이 대단히 밝은 빛을 비추고 있었다. 에스키모 차림을 한 여섯 명의 DERO 군인들이 눈에 띄었다. 그들 중 셋은 정지한 차량들의 열린 창문으로 몸을 수그리고는 운전자들에게 말을 걸어 그 곳 상황에 대해서 정중하게 설명을 하고 있었다.

호너와 두 명의 상등병들에게 차 안에서 기다리라고 말하고서, 폴커크는 차에서 내려 봉쇄선 중간으로 걸어가 작전의 그 부분을 책임지고 있는 빈스 비다키안 하사관과 간단하게 이야기를 나누었다.

"지금까지 상황이 어떤가?"

폴커크가 물었다.

"양호합니다, 대령님."

바람 소리 때문에 다소 목소리를 높이면서 비다키안이 대답했다.

"도로에는 사람들이 그다지 많지는 않습니다. 폭풍이 일찍이 여기 서부를 강타해서, 상식이 조금이라도 있는 운전자들이라면 대부분 날이 맑아질 때까지 배틀 산에서 진작 멈추거나 위네뮤카로 되돌아갔습니다. 게다가 사실상 모든 트럭 운전수들은 엘코를 지나 힘들여 가느니 차라리 집 안에 죽치는 편이 낫다고 생각한 것 같습니다. 분명히 2백 대의 차량이 줄을 서려 해도 한 시간은 걸릴 것 같습니다."

그들은 운전자들을 배틀 산으로 되돌려 보내지는 않았다. 그들은 모든 사람들에게 도로 봉쇄가 한 시간 정도 계속되니까 기다리는 것이 그리 참기 어렵지는 않을 것이라고 말해 주고 있었다.

교통 차단이 더 오래 계속된다면 폭풍으로 인해서 교통량이 줄어들었다 치더라도 엄청난 정체가 될 것이다. 더 많은 숫자의 불편을 겪는 여행자들을 처리하고 더 길어질 교통 차단을 강행하기 위해서, 폴커크는 지금까지 네바다 주 경찰과 군 보안관에게 경계 태세를 갖추도록 해야 할 것이다. 하지만 그는 불가피한 상황이 될 때까지는 경찰들을 그런 상황에 몰아넣고 싶지 않았다. 그렇게 되면 그들은 재빨리 군 상부에 그의 권한에 대해 확인을 하게 될 것이고, 그가 반역을 저지르고 있다는 사실을 곧 알게 될 것이기 때문이었다. 만약 경찰이 단 30분 동안만이라도 도로 봉쇄에 대해 까맣게 모른 채로 있을 수 있다면, 그리고 만일 몇 분이라도 더 지체시켜서 일단 그들이 그것에 대해 알아낸다 치면, 폴커크의 반역에 대해 발견한 때는 이미 늦게 될 것이다. 모텔에 있는 목격자들을 한꺼번에 잡아들여서 선더 힐의 깊은 동굴 안으로 옮겨 놓으려면 그에게는 딱 한 시간이 필요했다.

비다키안에게 폴커크가 말했다.

"하사, 모든 운전자들에게 충분한 가솔린을 채워 주는 것을 잊지 말게. 그리고 그 사람들 중 누구든지 기름 탱크가 거의 바닥이 났다면, 자네가 갖고 온 비상 공급분으로 10갤론씩 채워 주게나."

"예, 대령님. 그렇게 하겠습니다."

"경찰이나 제설기가 올 기미는 없나?"

"아직은 없습니다. 대령님."

비다키안은 짧게 늘어선 차량들 너머를 슬쩍 보면서 말했다. 거기에는 두 쌍의 새로운 헤드라이트 불빛이 멀리 눈으로 뒤덮인 안개 속에 보였다.

"하지만 10분 내로 뭔가 나타날 것 같습니다."

"그들에게 뭐라고 얘기해야 하는지 알고 있겠지?"

"예, 대령님. 셍크필드로 가는 트럭에 조그만 유출 사고가 생겼습니다. 그것은 인체엔 무해하지만 유독성인 액체를 운반하는 중이었습니다. 그래서 우리는……."

"대령님!"

호너 중위가 수송 차량에서 급히 달려오고 있었다. 그는 두툼한 옷을 너무 많이 껴입고 있어서 평소보다 반 이상은 더 커 보였다.

"셍크필드에 있는 픽스 하사로부터 온 전갈입니다, 대령님. 모텔에 뭔가 문제가 생겼습니다. 15분이 지났는데도 목소리를 하나도 못 들었답니다. 라디오 소리만 크게 들린다는데요. 거기에 아무도 없는 것 같답니다."

"그들이 빌어먹을 그 식당으로 되돌아갔다고?"

"아닙니다, 대령님. 픽스는 그들이 이미……사라져 버린 것 같다는데요."

"사라지다니? 어디로 사라졌단 말인가?"

대답을 기대하지도, 기다리지도 않으면서도 폴커크는 다그쳐 물었다. 심장이 쿵쾅거리는 채로 그는 수송차로 급히 돌아갔다.

그녀의 이름은 탈리아 어비였다. 그녀는 그 옛날 월러스 비어리와 함께 멋진 옛날 영화에서 터그보트 애니 역을 했던 마리 드레슬러와 닮았다. 탈리아는 드레슬러보다 훨씬 더 몸집이 컸으며, 굵은 뼈대에 넓직한 얼굴, 커다란 입과 강인해 보이는 턱 등이 깜찍한 것과는 거리가 멀었다. 그러나 그녀는 파커 페인이 여지껏 본 중에서 가장 예쁜 여자였다. 그녀는 그와 비카직 신부에게 공항에서부터 트랭퀼러티 모텔까지 차편을 제공했을 뿐만 아니라, 그 대가로 한푼의 돈도 받으려 하지 않았기 때문이었다.

"전 정말 괜찮아요."

역시 마리 드레슬러를 약간 닮은 목소리로 그녀가 말했다.

"어쨌건 전 특별히 어디 가려던 게 아니었거든요. 그냥 저 혼자 먹을 저녁을 지으려고 집에 가던 길이었어요. 전 요리는 너무나 형편없거든요. 그러니까 이 일로 그 형벌을 잠시 동안 연기시키게 된 것뿐인 걸요. 사실 제가 만든 고기 요리를 생각해 보면, 여러분은 아마 제게 커다란 호의를 베풀고 계신 셈인지도 모르겠군요."

탈리아는 차체가 큼지막하고, 스토타이어와 체인이 장착된 10년 된

캐딜락을 갖고 있었다. 그녀는 그 차가 날씨에 상관없이 자신이 원하는 대로 어디든 자신을 데려다 준다고 하면서 그 차를 "올드 페인트"라고 불렀다. 파커는 그녀와 같이 앞좌석에 앉았고, 비카직 신부는 뒷좌석에 앉았다.

1마일도 채 못 갔을 때에 그들은 고의적인 유독성 물질 유출 사고와 엘코 서쪽의 80번 주간 도로 봉쇄에 관한 라디오의 긴급 발표를 들었다.

"멍청한데다 병신 짓만 골라하는 무능력자들 같으니라구!"

탈리아는 라디오 소리를 더 높게 틀면서 그 와중에도 목소리를 드높여 말했다.

"여러분께서는 저렇게 위험한 물건을 그들이 유리로 만든 요람 안에 든 갓난아기 다루듯이 할 거라고 생각하시겠죠? 하지만 여기선 매년마다 한 차례씩은 꼭 이런 일이 있다니까요."

파커나 비카직 신부 모두 말을 꺼낼 수가 없었다. 두 사람 모두 친구들에 대해서 제일 걱정하던 최악의 사태가 지금 현실로 나타나고 있다는 것을 알고 있었다.

탈리아 어비가 "그런데, 신사분들, 우린 이제 어떻게 하죠?"라고 물었다.

"차를 빌릴 데가 어디 없을까요? 우리가 필요한 건 사륜차이기만 하면 됩니다. 지프나 뭐 그런 종류로요."

"지프 판매소가 하나 있긴 한데요."

탈리아가 말했다.

"우리를 거기까지 데려다 주실 수 있겠습니까?"

파커가 말했다.

"설령 개처럼 커다란 눈송이가 쏟아 붓기 시작한다 치더라도, 저와 올드 페인트는 당신들을 어디로든 데려다 드릴 수 있어요."

지프 판매점의 판매원인 펠릭스 쉘런호프는 탈리아 어비보다는 훨씬 생기가 없었다. 쉘런호프는 회색 양복에다 회색 넥타이를 매고 연한 회색 셔츠를 입고 우울한 음색을 갖고 있었다. 그는 파커에게 안 된다고 단호하게 말했다. 그들에겐 팔 차는 많았으나, 이때껏 차를 빌려 준 적은 없었다고 했다. 그들은 단 20분 만에 거래를 끝낼 수는 없었다. 판매원은 파커가 융자를 받을 의향이라면 내일까지 기다려야 할 거라고 했다. 또한 수표로 계산을 하더라도 파커가 외지 사람이기 때문에 거래를 빨리 매듭 짓지는 못할 거라고 했다.

"수표는 아니예요."

파커가 말했다. 쉘런호프는 현금으로 내는가 싶어서 회색 눈썹을 치켜떴다.

"전 아메리칸 익스프레스 골드 카드로 할 겁니다."라고 파커가 말하자, 쉘런호프는 음침하게도 재미있다는 표정을 해 보였다. 그의 말로는 그들도 아메리칸 익스프레스 카드를 받기는 하지만 장식품이나 수리에 필요한 대금을 지불하는 데만 사용한다고 했다. 아무도 그런 플라스틱으로 차 한 대 전체를 산 적은 없었다는 것이었다. 파커는 "그 카드엔 구매한도가 없어요. 보세요, 난 파리에 있었어요. 화랑에서 3천 달러짜리 달리의 멋진 유화 그림을 샀는데, 그 사람들도 내 아메리칸 익스프레스 카드를 받았단 말이오!"라고 말했다. 교묘하게 시간을 질질 끌면서 진을 빼는 장사 수완으로 쉘런호프는 그들을 외면하기 시작했다.

"신의 사랑으로 자비를……. 당신의 그 눌어붙은 궁둥이를 좀 움직이시오!"

비카직 신부는 고함을 지르며 주먹으로 쉘런호프의 책상을 꽝 내리쳤다. 그는 머리끝에서 발끝까지 화가 나서 얼굴이 상기돼 있었다.

"이건 우리에겐 생사가 걸린 문제요. 아메리칸 익스프레스 사에 전화해 보시오."

그는 손을 높이 쳐들었고, 판매원의 놀란 잿빛 눈동자는 그의 손이 재빨리 올라가는 것을 쫓았다.

"그들이 구입을 보증할 건지 알아 보시오. 하느님이 사랑을 베푸셔서 제발 빨리요!"

신부는 고함을 지르면서 다시 주먹으로 책상을 내리쳤다.

신부가 그렇게 분노한 모습을 보이자 마침내 그 판매원에게 약간의 속도가 붙었다. 그는 파커의 카드를 받아서는 조그만 자기 사무실에서 거의 전력 질주를 하다시피 튀어나가, 전시실을 지나 책임자가 있는 유리벽이 쳐진 곳으로 갔다.

"놀라운데요, 신부님. 만약 신부님께서 신교도셨다면, 지금쯤 아주 유명한 전도자가 되셨을 겁니다."

파커가 말했다.

"카톨릭 신자건 아니건, 난 이제까지 몇 사람의 죄인을 벌벌 떨게 만들기도 했소이다."

"믿어 의심치 않습니다."

파커는 그를 인정해 주었다.

아메리칸 익스프레스 사는 그 구매를 승인해 주었다. 황급히 후회를 하면서 쉘런호프는 한 묶음의 서식을 꺼내서는 파커가 서명해야 할 곳을 가리켜 주었다.

"딱 일주일 됐어요!"

새로 열성을 내서 얘기를 하는데도 불구하고, 판매원의 어투는 여전히 칙칙하고도 따분하게 느껴졌다.

"지난 월요일에 한 사내가 와서는 현금으로요, 그것도 20달러짜리 지폐 다발로 새로 나온 체로키를 사 갔죠. 카지노에서 한몫 단단히 잡은 게 틀림없었어요. 바로 이맘때쯤요. 한 주가 채 안 됐어요. 뭔가 있나 봐요, 안 그래요?"

"재미있는 일이군요."

파커가 말했다.

쉘런호프의 책상에 놓인 전화로 비카직 신부는 시카고에 있는 마이클 제라노에게 수신자 부담의 전화를 걸어서는 그에게 파커와 80번 도로의 폐쇄에 관해 말해 주었다. 그리고 나서 쉘런호프가 다시 방에서 불쑥 나가 버리자, 비카직은 파커가 놀랄 만한 얘기를 꺼냈다.

"마이클, 우리한테 뭔가 일이 벌어질 것 같네. 그러니 자네는 내가 전화를 끊는 즉시 〈트리뷴〉지의 사이몬 조더만에게 전화를 하게. 그에게 모든 걸 말하게. 모든 걸 다 불어 버리라구. 사이몬한테 브렌던이 윈톤 토크랑 핼버그라는 소녀와 캘빈 셔클 등 그들과 전부 어떤 연관이 있는지 다 얘기해 주라구. 그에게 두 해 전 여름에 여기 네바다에서 무슨 일이 벌어졌는지, 그들이 본 걸 말해 주게나. 그가 믿기 어렵다고 하면, 내가 그것을 믿는다고 말하게. 그는 내가 얼마나 남의 말에 속아넘어가지 않는 사람인지 잘 알거든."

비카직 신부가 전화를 끊고 나자, 파커는 "제가 신부님 말씀을 제대로 들은 겁니까? 세상에! 신부님께서는 그 해 7월 밤에 그들에게 일어난 일들을 알고 계신다는 말씀이세요?"라고 물었다.

"거의 그렇다고 확신합니다."

비카직 신부가 말했다.

신부가 더 말을 하기 전에 쉘런호프는 폴리에스테르로 된 흐릿한 회색 옷을 입은 채 되돌아왔다. 이제는 자신의 급료가 실감이 나는지, 그는 파커의 시간을 더 잡아먹지 않으려고 작정한 게 분명했다.

"제게 말씀해 주셔야 합니다."

파커가 신부에게 말했다.

"출발하거든 곧 말씀드리죠."

비카직 신부가 약속했다.

네드는, 눈이 휩쓸고 간 꾸불꾸불한 언덕길을 지나 잭의 체로키를 동쪽으로 몰았다. 샌디와 페이는 그와 함께 앞좌석에 앉아 몸을 앞으로 수그리고는 바람막이 창을 통해 걱정스러운 눈초리로 밖을 내다보면서, 네드가 자신들 앞에 펼쳐진 혼돈스런 백색의 세계에서 장애물들을 잘 포착할 수 있도록 도와주고 있었다.

뒷좌석에서 브렌던과 졸저 그리고 엄마 무릎에 앉은 말시 사이에 끼여 앉은 어니는, 폭풍으로 어둑해진 하늘의 빛이 어둠에 자리를 내주었을 때 공포에 굴복하지 않으리라고 애써 다짐하였다. 지난밤 전등의 불빛이 닿지 않는 곳의 그림자를 노려보면서 침대에서 이불을 바싹 당겨 덮을 때, 그의 불안은 자신이 예상했던 것보다 훨씬 미미한 것이었다. 그는 나아지고 있었던 것이다.

어니는 돔이 식당 위를 낮게 날던 제트기의 기억을 되살렸다는 것에서도 희망을 얻었다. 돔이 기억해 낼 수 있다면, 어니도 할 수 있을 것이었다. 그리고 기억 장애가 무너졌을 때, 그러니까 마침내 그가 그 해 7월 밤에 보았던 것을 회상해 낼 수 있을 때, 그는 더 이상 어둠을 두려워하지 않게 될 것이다.

"군 도로예요."

페이는 지프가 멈추게 되자 말했다.

그들은 정말로 트랭퀼러티 모텔를 지나 80번 주간 도로 아래를 지나갔던 것과 같은 도로인 첫 번째 군 도로에 다다랐다. 모텔은 남쪽으로 약 2마일 거리에 있었고, 선더 힐은 아스팔트 포장길을 따라 북쪽으로 8마일쯤 떨어져 있었다. 그 곳은 벌써 제설 작업이 되어 있었다. 그것도 최근에 말이다. 연방 정부가 그 저장소로의 접근을 항상 개방하도록 그 군에 재정을 뒷받침해 주고 있기 때문이었다.

"빨리요."

샌디가 네드를 재촉했다.

어니는 그녀가 무슨 생각을 하고 있는지 알고 있었다. 선더 힐을 오가는 누군가가 나타나서 우연히 그들을 발견할지도 모른다.

엔진의 속도를 급히 올리면서, 네드는 서둘러 그 텅 빈 도로를 건너 반대편 언덕 언저리로 들어갔다. 죽 이어져 있는 바퀴자국들을 너무 서둘러서 건너가는 바람에 브렌던과 졸저는 그들 사이에 끼여 앉은 어니와 계속 몸을 부딪쳤다. 다시 한번 그들은 재로 된 폭풍처럼 휘날리는 차가운 눈발 속에서 은신처를 찾았다. 남북을 잇는 또 다른 간선 도로인 시스타 계곡 도로는 동쪽으로 6마일 떨어져 있었고, 그 곳이 바로 그들이 향하려는 지점이었다. 일단 거기서 그들은 남으로 방향을 돌려서 80번 주간 도로와 나란히 뻗어 있으며 그들을 엘코로 데려다 줄 세 번째 군 도로로 갈 것이다.

어니는 문득 땅거미가 밤의 그림자 군단으로 낙하하고 있다는 걸 깨달았다. 어둠은 어느새 몰래 그들에게 엄습해 있었다. 그것은 아주 약간만 떨어져 서 있었다. 거리상으로가 아니라 시간상으로 단지 2, 3분 정도 떨어져 서 있는 것이었다. 하지만 그는 그것이 휘몰아치는 수십억 개의 눈송이 사이에 난 수십억 개의 틈 사이로 그들을 훔쳐보고 있으며, 자신이 눈을 깜박일 때마다 슬며시 더 가까이 다가오면서 이내 눈의 장막을 뛰어넘어와 그를 붙들려는 모습을 볼 수 있었다.

아니야. 말도 안 되는 시시한 공포증에 정력을 낭비하기에는 두려워할 만한 다른 것들이 너무 많았다. 나침반을 가지고 있어도 이런 요란한 소리를 내며 휘몰아치는 커다란 소용돌이 속에서는 밤에 길을 잃기가 십상이었다. 불과 2, 3야드로 줄어든 시야에서 그들은 자신들을 삼켜 버릴 구멍이 있는 줄도 모르고 산능선 꼭대기의 가장자리나 바위로 뒤덮인 구렁 속으로 차를 몰고 갈 수도 있다. 자신들이 죽을지도 모르는 채 맹목적으로 운전을 한다는 것은 너무나 현실적인 위협이었기 때문에, 네드는 속도를 내지 못하고 조심스럽게 기어가면서 체로키를 얼르듯이 해서 전진할 수밖에 없었다.

난 정말로 무서워할 만한 것을 무서워한다고 어니는 완강하게 혼잣말을 했다. 어둠, 난 네가 두렵지 않아.

페이는 앞좌석에서 어깨 너머로 돌아다보았다. 그가 웃으면서 엄지와 검지 손가락으로 아주 약간 떨고 있기는 하지만 OK 사인을 보냈다.

페이도 OK 사인을 그에게 보내려던 참이었다. 그리고 어린 말시가 비명을 지른 것은 바로 그때였다.

선더 힐 내부의 깊숙한 중심부의 벽 쪽에 있는 그의 사무실에서 마일즈 베넬 박사는 이런저런 생각을 해 보기도 하고 걱정을 하기도 하면서 앉아 있었다. 불빛이라고는 그 저장소의 두 번째 가는 중앙 동굴 안쪽으로 접한 두 개의 창문에서 비치는 흐릿한 빛이 고작이라, 그 방의 세세한 부분을 다 보기에는 불충분한 조명이었다.

그가 앉아 있는 책상 위에는 여섯 장의 서류가 놓여 있었다. 그는 지난 15개월 동안 그것을 스무 번 내지 서른 번은 읽었을 것이다. 그는 거기에 무슨 글자가 타이핑되어 있는지 하나하나 되새겨 보기 위해서 오늘 밤 그것들을 다시 읽을 필요는 없었다. 그것은 컴퓨터에 저장된 정예 국가 비상 대책 기구의 인사 기록에서 훔쳐낸 것으로, 렐런드 폴커크의 심리적 구조에 대한 내용을 불법적으로 빼낸 인쇄물이었다.

생물학과 화학 분야에는 박사 학위를 땄고, 물리학과 인류학에도 손을 댔으며, 기타와 피아노에 능란한 음악가이자, 신경조직학 교본과 존 D. 맥도날드의 작품에 관한 학문적 연구와 같이 다양한 저서의 저자에다, 훌륭한 와인의 감식가이자, 클린트 이스트우드 영화의 팬으로, 20세기 말의 르네상스 시대의 인간과 가장 근접한 인물인 마일즈 베넬은 다른 것들 가운데서도 컴퓨터를 자유 자재로 다룰 줄 아는 사람이었다. 그는 대학 시절 몹시 복잡한 전세계적인 전자 정보 체계망을 찾는 모험을 하기 시작했다. 18개월 전 선더 힐에 관한 작업 때문에 렐런드 폴커크와 자주 접촉을 하게 되었을 때, 마일즈 베넬은 그 대령이 단 한 가지만 제외하고는 사병으로도 군복무를 받기에 부적합하다는 판정을 받을 만큼 심리적으로 혼란스러운 사람이라는 결론을 내리게 되었다. 폴커크는 자신을 충분히 정상인처럼 보이게끔 행동해서, 아무 마찰 없이 자기 일을 하는 기계공으로 보이도록 자신의 특이한 광기를 이용하는 법을 터득한 희귀한 편집증을 가진 사람 중의 하나가 분명했다. 마일즈는 더 많은 것을 알고 싶었다. 무엇이 폴커크를 움직이게 만들었을까? 어떤 자극이 그를 예기치 않게 폭발할 수 있도록 만들 수 있을까?

그 해답은 오직 DERO 본부에서만 찾을 수 있을 것이었다. 그래서 16개월 전 마일즈는 자신의 퍼스널 컴퓨터와 컴퓨터 통신망을 사용해서 워싱턴에 있는 DERO 서류 목록으로 접근하는 길을 찾기 시작했다.

그에 관한 인적 서류를 처음 읽었을 때, 수천 가지의 이론적인 합리화를 시킨 그로서도 깜짝 놀라지 않을 수 없었다. 폴커크는 너무나 위험하고 폭력적이었기 때문에 그와 작업을 계속하기 위해서는 심리적 부담을 감수해야 했다. 만약 마일즈가, 조심스런 편집증 환자가 이해할 만한 냉정함과 억지로라도 존경심을 갖고 폴커크를 다루었다면 그는 말썽을 덜 겪을 수도 있었다. 감히 그런 사람과 친하려고 하거나 그에게 아부하려고 해서는 안되었다. 왜냐하면 마일즈는 그가 뭔가를 숨기고 있다고 생각해 버릴 것이기 때문이다. 예의에 벗어나지 않으면서 경멸하는 듯한 태도가 가장 좋은 방법이었다.

그러나 이제 마일즈는 땅 밑에 갇힌 채 완전히 폴커크 대령의 손아귀 안에 있는 것이다. 그는 유죄와 무죄에 관한 대령의 삐뚤어진 견해에 따라 판결을 받고 언도를 받아야 하는 신세가 되고 말았다. 그는 겁에 질린 나머지 몸이 아파 왔다.

그 인적 사항을 작성한 군의 심리학자는 다른 심리학자들처럼 교육을 매우 잘 받지도 못했을 뿐 아니라, 그다지 통찰력이 있지도 못했다. 그는 대령이 정예 부대인 DERO 사단에 가장 적합한 상태라고 못박고 있었다. 그러나 베넬은 서류상에 쓰여진 것 뿐만 아니라 행간에 숨겨진 것까지도 읽어 낼 줄 아는 깊은 통찰력이 있었다. 그 서류는 읽는 데도 혼란을 일으킬 정도로, 그 사람의 성향에 대한 특이한 사항들을 적고 있었다.

첫째, 렐런드 폴커크는 모든 종교를 두려워하고 경멸했다. 신과 국가에 대한 사랑이 직업 군인들에게는 소중하게 평가되기 때문에, 폴커크는 자신의 반종교적인 감정을 숨기려고 애썼다. 분명히 이러한 태도들은 광신적인 가정에서 어렵게 유년기를 보낸 것으로 인해 생겨난 것이었다.

마일즈 베넬은 폴커크의 이러한 결점이 특히나 골치가 아픈 점이라고 단정했다. 그와 대령이 연관된 현재의 작업은 신비한 의미를 함축한 요소들을 복합적으로 갖고 있기 때문이었다.

둘째, 렐런드 폴커크는 통제라는 것에 대해 강박 관념에 사로잡혀 있었다. 그는 자신의 환경 속에서 마주치는 모든 사람을 지배해야 할 필요를 느꼈다. 외부 세계를 통제하고자 하는 이러한 급박한 요구는 자신의 분노와 편집광적인 공포를 통제하기 위한 그의 끊임없는 내적 투쟁을 반영한 것이었다.

마일즈 베넬은 현재 진행중인 이 업무가 대령에게 가했을 엄청난 긴장을 생각하니 몸소리가 쳐졌다. 왜냐하면 여기 선더 힐에 숨겨져 있는 것은 영원히 통제될 수 없는 것이기 때문이었다. 그것이 별다른 피해는 없다 하더라도 폴커크로 하여금 건강상의 쇠약 증세나 정신병적인 울화증을 폭발하게 만들지도 모른다는 것을 깨달았기 때문이었다.

셋째, 렐런드 폴커크는 가벼운 상태이긴 하지만 지하에서 가장 심하게 나타나는 고질적인 폐쇄 공포증에 시달렸다. 그런 공포심은 그가 언젠가 지옥으로 불려 올라가게 될 것이라는 양친의 가혹한 주장의 결과로, 어린 시절에 생겨난 것일지도 모른다.

지하에 있을 때 불안해 하는 폴커크는 자동적으로 선더 힐과 같은 장소에 있는 모든 사람들을 의심하게 되었을 것이다. 되돌아보면 그 계획에 참여한 모든 사람들에 대해 점점 심해지는 대령의 편집증적인 의심은, 놀랍게도 첫날부터 불가피하고도 명백한 사실이었다.

네 번째로 가장 심각한 증세, 렐런드 폴커크는 억제된 마조히스트였다. 그는 그러한 고된 시련들이 DERO의 장교에게 요구되는 높은 수준의 적응력과 최고의 반사 능력을 유지하는 데 필요한 것처럼 위장하면서, 고통에 대한 육체적인 한계나 저항을 시험하도록 자신을 몰아붙였다. 자기 자신에게조차도 숨겨져 있는 그의 추하고도 자그마한 비밀은 그가 그 고통을 즐기고 있다는 것이었다.

인적 사항에 나온 다른 어떤 것보다 폴커크의 그러한 성격이 마일즈 베넬을 더욱 혼란스럽게 했다. 폴커크는 고통을 좋아했기 때문에, 세계를 정화시키는 데 고통이 필요하다고 판단되면 그는 선더 힐에 있는 모든 사람과 함께 기꺼이 고통을 받아들일 것이기 때문이었다. 사실 그는 죽음을 맞으리란 예감을 즐길 수도 있는 인물이었다.

마일즈 베넬은 어둠 속에서 고통스럽고 황망하게 앉아 있었다.

그러나 그를 가장 놀라게 했던 것은 심지어 그 자신이나 동료들의 죽음도 아니었다. 그의 명치를 꼿꼿하게 만든 것은 그 작전에 관련된 모든 사람을 처치하는 동안, 폴커크가 그 작전 자체도 파괴시켜 버리리라는 두려움이었다. 만일 그가 그렇게 한다면, 그는 인류에게 역사상 가장 커다란 뉴스 거리를 빼앗아 가는 셈이 될 것이다. 게다가 그는 인간이라는 종족에게서 평화와 불멸, 끝없는 풍족, 그리고 초월을 위한 최고의 기회이자, 어쩌면 유일한 기회를 앗아가게 될지도 모른다.

렐런드 폴커크는 블록 부부의 주방에 서서 식탁에 놓인 앨범을 내려다보고 있었다. 그것을 펼치자, 온통 빨강색으로 되어 있는 달 사진과 그림들이 보였다.

바깥에서는 이 끝에서 저 끝까지 그 건물을 뒤지면서 12명의 DERO 군인이 서로에게 소리를 지르고 있었는데, 성난 바람에 묻혀서 목소리를 잘 알아듣기가 어려웠다.

매번 숨을 내쉴 때마다 긴장을 조금씩 쫓아내도록 깊은 심호흡을 하면서, 폴커크는 앨범을 한 페이지를 넘겨서 그 아이의 기묘한 소장품인 더 많은 숫자의 선홍빛 달을 구경했다.

부하들이 적어도 두 대의 차량을 몰고 앞쪽에서부터 돌아 들어오자, 엔진 소리가 모텔 뒤에서부터 주방 창문으로 들려 왔다. 폴커크는 고성능 전천후 픽업 트럭의 독특한 소음을 알아차렸다.

대령은 계속 자신을 파고들어오는 낭패감에도 불구하고 완벽히 자신을 자제하면서 입을 굳게 다문 채로 앨범을 계속 넘겼다. 그는 자신의 자제력이 자랑스럽게 느껴졌다. 그를 동요시킬 수 있는 것은 아무것도 없었다.

호너 중위의 빠르고 육중한 발자국 소리가 사무실에서 올라오는 계단에서 들렸다. 잠시 후에 그는 쿵쾅거리면서 거실을 지나 부엌으로 들어왔다.

"대령님, 모텔의 객실 전체를 다 점검해 보았습니다. 아무도 없었습니다. 그들은 뒤쪽으로 해서 차를 타고 떠났습니다. 눈 속에 아주 희미한 타이어 자국이 두 개가 나 있었습니다. 아직 멀리 가진 못했을 겁니다.

분명 이런 날씨에 멀리는 못 갔을 겁니다."

"부하들에게 그들을 쫓도록 했나?"

"아닙니다, 대령님. 하지만 픽업 트럭과 수송용 차량을 뒤쪽에 끌어다 놓도록 했습니다. 떠날 준비는 되어 있습니다."

"그들을 내보내게."

부드럽게 조절된 목소리로 폴커크가 말했다.

"염려 마십시오, 대령님. 그들을 따라잡을 수 있을 겁니다."

"그러리라 믿네."

폴커크는 완벽하게 자신을 억제하면서 중위에게 단호하고 침착한 명령조로 말했다. 호너가 뒤로 돌아 출발하려 하자, 폴커크가 말했다.

"부하들을 내보내자마자 자네는 바로 군(郡) 지도를 갖고 아래층으로 오게. 그들은 군 도로나 주 도로 어딘가에서 접촉하려고 할 걸세. 우린 그들의 다음 행동을 예상하고 그 곳에서 그들을 기다리고 있어야지."

"알겠습니다, 대령님."

폴커크는 홀로 남아 조용히 앨범을 또 한 장 넘겼다. 붉은 달들.

호너의 요란한 발자국 소리가 계단 밑에 이르는 소리가 나더니, 앞문이 쾅하고 닫히며 벽 전체가 울렸다.

조용히, 너무도 조용히 폴커크는 앨범을 한 장씩 넘겼다.

바깥에서 호너는 부하들에게 소리를 지르며 명령을 내리고 있었다.

폴커크는 앨범을 계속 넘겼다. 붉은 달들.

바깥에서는 엔진이 붕붕거렸다. 네 명씩 두 조로 나뉜 여덟 사람이 탈출한 목격자들의 흔적을 쫓아 출발했다.

폴커크는 조용히 두 장, 세 장……여섯 장을 넘기며 더 많은 수의 붉은 달들을 보았다. 그리고 조용히 앨범을 집어 들어서 방으로 휙 집어 던졌다. 책은 찬장에 탁하고 부딪쳐서는 냉장고로 튀었다가 바닥에 떨어졌다. 스무 개의 선홍빛 달이 자유롭게 날다가 사뿐히 바닥에 내려앉았다. 조리대에서 폴커크는 도자기 단지를 보았다. 그 곳에는 앞발로 배를 감싸안은 채 웃고 있는 곰인형이 앉아 있었다. 그가 그것을 들어올려 마룻바닥에 집어 던지자, 그것은 수백 개의 파편으로 박살이 났다. 부서진 초콜릿 쿠키가 앨범 위에 어지럽게 흩어져 있는 달들 위로 산산조각이 났다. 그는 조리대에 있는 라디오를 움켜잡더니 바닥으로 내동댕이쳤다. 설탕통, 밀가루……. 그는 빵봉지를 벽에다 내던지고 오븐에 놓인 커피 기계도 던져 버렸다.

그는 깊이 숨을 고르면서 잠시 동안 서 있었다. 그리고 돌아서서 부엌 밖으로 조용히 걸어나가, 군 지도를 연구하고 중위와 그 상황을 파악해 보기 위해서 사무실로 가는 계단을 내려갔다.

"달이야!"

말시가 다시 날카롭게 비명을 지르며 울었다.

"엄마, 봐요, 봐! 달이야! 왜 그렇지, 엄마? 응? 봐, 달이야!"

아이는 갑자기 몸을 비틀고 도리질을 치면서 엄마를 밀치려고 애썼다. 졸저는 그 애를 꼭 붙잡으려고 했지만 허사였다.

비명에 소스라쳐 놀라면서 네드는 지프를 세웠다.

다시 비명을 지르면서 말시는 엄마 품에서 벗어나서는 어니에게로 마구 기어올랐다. 어니가 판단하기에 그 애는 특별한 목적지나 계획도 없으면서 기억 속에 본 것으로부터 도방치기 위해서 필사적으로 움직이는 것 같았다. 그 애는 분명히 자신이 체로키 안에 있는 줄을 모르고 모두 함께 다른 장소, 말하자면 흠칫 놀랄 만한 장소에 있는 걸로 스스로 믿고 있는 것 같았다.

어니는 그 애가 할퀴면서 브렌던의 무릎으로 뛰어오르기 전에 그 애를 붙잡았다. 그는 그 조그만 꼬마를 커다란 팔로 꼭 붙잡아서는 가슴에 품었다. 그 애가 계속해서 비명을 지르자 그 애에게 달래듯이 말했다.

점차 말시의 공포가 가라앉았다. 그 애는 몸부림치던 것을 그치고 그의 품안에서 축 늘어졌다. 그 애는 비명을 지르던 것도 그만두고, 단지 나지막한 소리로 노래를 부르듯 "달, 달, 달……." 하고 중얼거렸다. 그리고 나직하지만 굉장히 무서워하면서 "날 데려가게 하지 마. 그러지

마. 그러지 마."라고 말했다.

"예쁘지, 아가. 진정해."

그 애를 다독거리고 머리칼을 매만지면서 어니는 "진정해, 넌 안전하단다. 내가 널 데려가지 못하게 해 줄게."라고 말했다.

"뭔가를 기억해 냈어요. 틈이 아주 잠깐 벌어졌군요."

네드가 다시 차를 몰자, 브렌던이 말했다.

"아가, 뭘 보았니?"

졸저가 딸에게 물었다.

말시는 잠시 후 어니가 자신을 꼭 껴안은 느낌을 받은 것을 빼놓고는, 듣지도 못하고 주의력도 없는 깊은 긴장 상태로 빠져 들어갔다. 어니는 그 애를 꼭 껴안아 주었다. 그 애는 아무 말도 없었다. 말시는 자기 내부의 캄캄한 심연을 표류하면서 아직까지도 실제로 그들과 같이 있지를 못했다. 그러나 그 애는 어니의 우락부락한 품안에서 편안함을 느낀 것이 분명해 보였다. 말시는 눈 내리는 밤을 헤치며 차가 흔들리고 기우뚱거리며 가자 그에게 꼭 달라붙었다.

몇 달 동안 모든 그림자에 대해 두려워하면서 살아온 후, 그래서 매일 밤 절망감과 공포심에 휩싸인 채 다가오는 황혼을 바라보던 이후로, 어니는 누군가 자신의 힘을 필요로 하고 있다는 것이 말할 수 없이 흐뭇하고 기쁘게 느껴졌다. 그것은 가슴이 벅차도록 만족스러운 일이었다. 그리고 그는 그 애를 안고서 뭐라고 속삭이면서, 아이의 짙고 검은 머리카락을 쓰다듬는 동안, 이제 밤이 체로키를 둘러싼 채 어둠을 창문에 갖다 대고 있다는 사실을 잊을 수 있었다.

마침내 잭은 픽업을 동쪽으로 돌려서 결국, 네드가 벌써 체로키를 몰고 건너갔을 장소에서 북쪽으로 대략 1마일 정도 떨어진 지점에서 선더 힐로 가는 군 도로에 닿게 되었다. 그는 우회전해서 그날 아침 돔과 어니가 갔던 길을 통해 저장소를 향해 올라갔다.

그는 결코 이런 동쪽 끝에서 폭풍을 만난 적이 없었다. 산으로 높이 들어갈수록, 눈발은 더욱 심하고 빠르게 쏟아졌다. 그것은 마치 폭우처럼 빽빽이 내렸다.

"저장소로 들어가는 입구가 약 1마일 앞에 있어요."

돔이 말했다.

잭은 헤드라이트를 끄고서 더 느린 속도로 전진했다. 불빛이 사라진 것에 대해 눈동자가 적응할 때까지 세상은 소용돌이치는 흰색 알맹이와 암흑으로만 이뤄진 것 같았다.

그는 자신이 늘 제 길로 가고 있다고는 말할 수 없었다. 그는 어둠 속에서 다른 차가 뛰쳐나와 정면으로 충돌하지 않을까 하는 생각이 들었다.

진저도 똑같은 생각을 하고 있는 게 분명했다. 그녀는 충돌에 대비해서 몸을 보호하려는 듯 잔뜩 웅크리고 앉아 있었다. 그녀는 아랫입술을 신경질적으로 깨물었다.

"저 앞에 불빛이 보여요. 저장소 입구예요."

돔이 말했다.

전기 장치를 한 문 옆에 서 있는 기둥 위에서 두 개의 수은등이 빛을 발하고 있었다. 그리고 더 따뜻한 느낌을 주는 황갈색 불빛이 경비 초소의 좁다란 두 개의 창문 안에서 빛나고 있었다.

내리는 눈이 모든 세세한 것들을 가려 버렸기 때문에, 그 불빛들로서도 잭은 담장 저쪽 끝에 있는 조그만 건물의 희미한 윤곽만 볼 수 있었다. 그는 헤드라이트를 끄면 트럭이 군 도로를 지나갈 때 어떤 경비원 눈에도 띄지 않을 것이라는 자신이 들었다. 엔진의 소음은 바람 소리에 먹혀 버릴 것이었다.

그들은 밤과 산속으로 더 깊숙이, 가파른 언덕을 천천히 올라갔다. 와이퍼의 날에 눈이 달라붙어 얼어 버려서, 갈수록 와이퍼는 더욱 뻑뻑하게 움직이고 있었다.

선더 힐로 들어가는 입구를 지나 1마일쯤 갔을 때 진저가 말했다.

"아마 이젠 라이트를 켜도 될 거예요."

핸들에 몸을 구부리고서 앞쪽의 어둠을 곁눈질로 바라보면서, 잭이 말했다.

"안 돼요. 계속 어두운 채로 갑시다."

모텔 사무실에서 렐런드 폴커크와 호너 중위는 숙박계 카운터 위에 군 지도를 펼쳤다. 그들은 도망친 목격자들을 쫓아갔던 부하들이 출발 후 고작 몇 분 만에 낭패로 돌아온 뒤에도 여전히 지도를 들여다보고 있었다. 추적 팀은 북쪽 언덕으로 이어지는 골짜기를 지나 2백 야드 정도 자국을 따라가 보았지만, 그 지점에서 타이어 자국이 눈과 바람에 지워져 버리고 없었다. 하지만 적어도 차량 한 대가 동쪽으로 이르는 또 다른 계곡으로 들어갔다는 몇 가지 증거가 있었으며, 목격자들이 두 패로 갈라질 아무런 이유가 없었기 때문에 사버의 픽업 트럭과 체로키가 현재 모두 그쪽 방향으로 향하고 있다고 추정되었다.

지도로 주의를 되돌리면서 폴커크가 말했다.

"일리가 있어. 그들이 서쪽으로 가진 않을 거야. 40마일 떨어져 있는 배틀 산까지는 아무것도 없고, 그 다음 위네뮤카는 50마일도 더 넘게 떨어져 있지. 오랫동안 숨어 있을 만큼 큰 마을은 어디에도 없어. 게다가 정확히 교통의 중심지가 될 만한 곳 또한 어디에도 없구. 밖으로 통하는 길이 많지 않거든. 그러니까 그들은 동쪽으로 가서 엘코로 들어갔을 거야."

호너 중위는 지도 위에 시거레트 크기만한 손가락을 올려 놓았다.

"여기가 모텔을 지나 선더 힐로 올라가는 도로입니다. 그들은 지금쯤 거길 건너서 계속 동쪽으로 향하고 있는 중일 겁니다."

"그들이 다다르게 될 다음 번 남쪽 방향 도로가 어디지?"

호너 중위는 지도 위의 잔잔한 글씨를 읽기 위해서 몸을 수그렸다.

"비스타 계곡입니다. 선더 힐로 가는 도로에서 동쪽으로 6마일 정도인 것 같습니다."

노크 소리가 들리자, 마일즈 베넬은 "들어오세요."라고 말했다.

선더 힐의 사령관인 로버트 알바라도 장군이 문을 열고 어두운 사무실로 들어섰다. 중심부에서부터 그와 함께 몰려온 한 웅큼의 은빛 줄기 때문에 방 한쪽이 마치 안개가 낀 것처럼 되었다. 그는 "컴컴한데 혼자 앉아 있나, 응? 그게 폴커크 대령한테 얼마나 수상하게 보일지 상상 좀 해 보게."라고 말했다.

"그 사람은 미쳤어, 밥."

밥 알바라도가 말했다.

"그리 오래 되지는 않았지. 난 그가 약간은 너무 책에 집착하고 지나치다 싶게 멸사 봉공의 정신을 가지긴 했지만 꽤나 훌륭한 장교라고 우긴 적이 있었지. 하지만 오늘 밤엔 자네의 말에 동의를 해야겠군. 그 사람은 물에서 노 하나만 가지고 있어. 아마 노도 안 가졌는지 모르지. 몇 분 전에 전화로 그에게서 도움 요청을 받았네. 요청이라곤 하지만 마치 명령 같은 말투였지. 그는 군인들과 민간인들까지 전 직원들이 특별한 지시가 있을 때까지 자리에 머물면서 각자 부서에 보고를 올렸으면 좋겠다고 하더군. 2분 있으며 확성 장치로 내 명령을 듣게 될 걸세."

"그런데 왜 그러려는 거지?"

마일즈가 물었다.

알바라도는 열려진 문 가까이에 있는 의자에 앉았다. 안개 같은 빛줄기가 발 전체에서부터 가슴 중앙까지 올라와 얼굴만 어둠 속에 남겨져 있었다.

"폴커크는 목격자들을 불러들이고 있고, 그들에 관해 아직 모르고 있는 우리 쪽 사람들 가운데 누구에게도 그들이 보여지길 바라지 않아. 아니면 그가 주장하는 게 그 요청 뒤에 숨겨져 있을지도 모르지."

마일즈가 깜짝 놀라서 물었다.

"그러나 만약 시간이 지나서 그들이 다른 기억 세척 상태에 놓여진다면, 그들은 모텔에 두는 편이 더 나을텐데. 내가 아는 한 그의 머리가 그렇게까지 몹쓸 정도로 망가지지는 않았는데."

밥 알바라도는 확신하듯 말했다.

"그러진 않았었지. 그의 말로는 은폐 작업이 계속되지 않을지도 모른다고 하더군. 그는 자네가 크로닌과 콜베이시스에 관해서 연구하기를 바라고 있어. 그는 아마 자신의 생각대로 그들이 더 이상 인간이 아닐 거라고 말하더군. 하지만 그는 아마 자네의 말이 옳을 수도 있고, 자신이 이 문제에 대해서 지나치게 편집증적이지는 않나 우려하면서, 자네와 나눈 대화에 대해서 심사 숙고해 봤다고 하더군. 그의 말로는 만약 자네가 그들이 완전한 인간이라고 판단한다면 말이지, 만약 자네가 그들의 재능이 그들 내부에 있는 비인간적인 존재의 증거가 아니라고 판정을 내린다면 자네의 말을 받아들이겠다고 하던데. 그들을 해치지 않겠다구. 그리고 나서 다시 세뇌하는 데 반대하고 자신의 상관들에게 모든 이야기를 대중들에게 공개하도록 권고할지도 모른다구."

마일즈는 잠시 침묵을 지켰다. 그러더니 의자를 돌려서 아까보다 더욱 불안한 자세를 취했다.

"드디어 그 사람이 상식을 좀 찾은 것처럼 들리는군. 그런데 난 왜 그 말이 믿기지가 않을까? 그 말이 사실이라고 생각하나?"

알바라도는 의자에서 손을 뻗어서 문을 밀쳐 닫아 그 방을 어둠 속에 빠뜨렸다. 마일즈가 전등 스위치에 손을 뻗치려고 하자, 그가 말했다.

"이대로 놔 두지. 어때? 어쩌면 우리가 서로 얼굴을 볼 수 없을 때, 서로 솔직해지기가 더 쉽지 않을까."

마일즈는 전등을 꺼 둔 채로 내버려두고서 의자에 몸을 깊이 묻었다. 계속 알바라도가 말했다.

"마일즈, 말해 보게. 콜베이시스와 블록 부부에게 그 사진들을 보낸 사람이 바로 자네지?"

마일즈는 아무 말도 없었다.

"우린 친구잖아. 당신과 나."

알바라도가 말했다.

"적어도 난 우리가 친구라고 느껴 왔네. 난 체스와 포커를 둘 다 대적하며 놀 수 있는 다른 친구를 만나 본 적이 없었네. 그래서 하는 말인데, 잭 트위스트를 여기로 되돌아오게 만든 사람이 바로 나일세."

마일즈가 깜짝 놀라서 물었다.

"어떻게? 왜지?"

"글쎄, 자네처럼 나도 목격자들 가운데 일부가, 기억 장애에서 서서히 벗어나고 있고 그 과정에서 심리적인 고통을 받고 있다는 걸 알고 있었네. 그래서 누군가가 그들을 다시 하나씩 없애 버리기 전에, 그 모텔에 그들의 관심을 집중시킬 만한 일을 해야겠다고 생각했지. 난 그 은폐 작업이 계속될 수 없게 만들기에 충분하도록 말썽을 일으키길 바랐네."

"왜지?"

마일즈가 되풀이해서 물었다.

"왜냐하면 난 결국 그 은폐 작업이 잘못됐다고 판단했기 때문일세."

"그런데 왜 그런 은밀한 방법으로 그 일을 방해했지?"

마일즈가 물었다.

"내가 공개적으로 했더라면, 난 명령을 거역하는 셈이 되지. 난 내 직업을, 아마 어쩌면 내 연금을 던져 버리는 꼴이 됐을 거야……. 게다가 난 폴커크가 날 죽일지도 모른다고 생각했네."

마일즈도 그와 똑같은 걱정을 해 왔었다.

알바라도가 말했다.

"난 트위스트부터 손을 댔지. 난 게릴라 요원 훈련을 받았던 그의 배경과 권위에 도전하려는 성향이 다른 목격자들을 조직으로 만드는 데 적격자라고 생각했어. 그 해 여름 그의 기억 세척 기간 동안 드러난 정보를 통해서 난 그의 비밀 저장 금고에 관해 알아냈지. 그래서 난 그에 관한 서류를 찾아내서 은행의 이름과 암호들을 구할 수 있었던 거지. 그 서류엔 그의 모든 열쇠의 복제판도 담겨 있더군. 폴커크는 트위스트의 범죄 행위 증거를 제시할 필요가 있을 경우 그것들을 공갈용으로 사용하거나 눈에 띄지 않게 감옥 안으로 집어 넣을 심산으로 그것들을 만들어 놓은 거였지. 난 그 복제판의 복제판을 만들었네. 그리고 지난 12월 말에 열

훌 간의 휴가로 자리를 비웠을 때, 트랭퀼러티 모텔의 엽서 한 묶음을 갖고 뉴욕으로 가서 그의 금고마다 그것을 하나씩 넣어 두었지. 그는 그 은행들에 자주 들르지 않는 편이었어. 일 년에 두세 번 가는 게 고작이었으니까. 그리고 그 은행들은 비밀 금고를 사용하는 고객들이 수천 명이나 돼서 아무도 트위스트가 어떻게 생겼는지도 모르고, 내가 그가 아니라는 것도 의심하는 사람이 없었다네. 아주 손쉬운 일이었지."

"그리고 매우 교묘했군."

마일즈는 친구의 덩치만큼 커다란 그림자를 존경심과 애정어린 눈초리로 바라보면서 말했다.

"그 엽서들을 찾아내자 트위스트를 몹시 흥분시켰겠군. 게다가 만약 폴커크가 그 냄새를 맡았다 해도 누가 그 일을 했는지 알 도리가 없었을 테구."

"특히 난 엽서들을 다룰 때 늘 장갑을 꼈다네. 그래서 지문 하나도 남기지 않았지. 난 여기로 되돌아와서 트위스트에게 그것들을 찾아낼 시간을 줄 계획이었네. 그 다음엔 엘코로 가서 공중 전화로 다른 목격자들에게 익명으로 두 통의 전화를 걸고 그들에게 전화 번호부에 기재되어 있지 않은 트위스트의 전화 번호를 알려 주었다네. 그들에게 자신들이 겪고 있는 여러 가지 정신적인 문제들에 대한 해답을 트위스트가 갖고 있다고 말해 줄 생각이었네. 그렇게 하면 일이 꽤 잘 돌아갔을 테지. 하지만 일이 거기까지 가기도 전에 다른 누군가가 쪽지와 폴라로이드 사진들을 콜베이시스에게 보내고, 블록 부부에게는 더 많은 폴라로이드 사진들을 보내 버렸다네. 이미 새로운 위기가 진행되고 있단 뜻이었지. 폴커크나 마찬가지로 난 그 사진들을 보낸 게 누구든지간에 틀림없이 여기 선더 힐 안에 있다는 걸 알고 있네. 자네 고백하지 않을 텐가? 아니면 나만 고백할 분위기가 된 건가?"

마일즈는 망설였다. 그의 시선이 책상 위에 놓인 흐릿하고 어두침침하게 보이는 보고서로 떨구어졌다. 그것은 폴커크의 심리에 관한 서류였다. 그는 부르르 몸을 떨며 말했다.

"맞아, 밥. 내가 그 사진들을 보냈네. 훌륭한 사람들은 생각하는 게 똑같지 않은가? 안 그래?"

어둠에 에워싸인 채 알바라도가 말했다.

"난 왜 내가 트위스트를 택했는지 말했네. 그리고 왜 자네가 블록 부부의 생각을 휘저어 놓으려고 했는지도 알겠네. 그들이 그 지방에 있는 데다 모든 일의 중심적인 존재이기 때문이겠지. 하지만 다른 사람들도 있는데 자네는 왜 콜베이시스를 지목했나?"

"그는 작가일세. 작가들은 대부분 생생한 상상력을 가지고 있지. 우편물 속에 든 익명의 쪽지와 이상한 사진들은 다른 누구보다도 더욱 빠르고 확실하게 그의 관심을 붙잡을 수 있으리라 생각했다네. 게다가 그 사람의 처녀작은 출판도 되기 전에 굉장한 인기를 끌었지. 그래서 만일 그가 진실을 조금이라고 캐 내게 된다면, 기자들은 다른 사람보다 그에게 더욱 귀를 기울이지 않을까 싶었네."

"우린 똑똑한 짝이로군, 그래."

"우리 자신을 위해서는 지나치게 똑똑한 거지. 은폐 작전을 방해하는 작업이 너무 느린 것 같군. 우리는 비록 그 일이 폴커크를 화나게 만들고 정부의 탄압을 무릅써야 하는 것이라는 걸 뜻한다 할지라도, 우리의 비밀 맹세를 깨고 언론에 바로 공개했어야 했는데."

그들은 잠시 말이 없었다. 그 다음 알바라도가 말했다.

"자넨 내가 왜 여기 와서 자네한테 이렇게 다 속을 털어놓고 있다고 생각하나, 마일즈?"

"자넨 대령에게 대항할 만한 협력자가 필요하겠지. 자넨 그 사람이 전화로 자네한테 했던 말을 믿지 않았던 거야. 자넨 그 사람이 갑자기 이성적으로 되었다고는 생각하지 않지. 자네는 그가 그 목격자들을 여기로 다시 데리고 와서 우리가 그들을 연구하게끔 할 거라고는 생각하지 않겠지?"

"난 그가 그들을 죽일 거라는 생각이 드네. 그리고 우리까지도. 우리 모두를 말야."

알바라도가 말했다.

"그는 우리가 모두 속아넘어갔다고 생각하고 있기 때문이지. 멍청한 새끼!"

확성 장치가 탁탁거리는 소리가 나더니 삑하는 공전음이 울렸다. 스피커는 저장소 내의 모든 방들과 마찬가지로 마일즈의 사무실 벽에도 설치되어 있었다. 삑하는 소리에 이어서 방송이 흘러 나왔다. 군인과 민간인을 비롯한 모든 직원들은 우선 병기고로 가서 권총을 지급받고 자신의 거처로 돌아가서 다른 지시 사항이 있을 때까지 대기하라는 내용이었다.

의자에서 일어난 알바라도가 말했다.

"사람들이 각자 거처에 모이면 난 사람들에게, 거기로 모이라고 한 건 폴커크의 생각이지만 그들을 무장하게 한 것은 내 생각이라고 말해 줄 걸세. 일부에게는 잘 아는 사실이겠지만 나머지 사람들은 전혀 모르는 일이기 때문에, 난 우리 모두가 폴커크와 그의 DERO군으로부터의 위험에 처해 있다는 걸 경고해 줘야겠어. 나중에 대령이 부하 몇 명을 보내서 이곳의 전 직원들을 모두 쏴 죽이려고 한다면, 우리 쪽 사람들은 대응사격을 할 수 있을 걸세. 난 사태가 거기까지 진전되기 전에 그를 막을 수 있었으면 좋겠네."

"나도 권총을 지급 받을 수 있겠나?"

알바라도는 문으로 갔으나 열지는 않았다. 어둠 속에 서서 그가 말했다.

"자넨 특별히 실험실 가운을 입고 그 밑에 권총을 감추게. 그러면 폴커크가 자네가 무장했다는 걸 알아채지 못할 거야. 난 내 제복 외투의 단추를 채우지 않고 허리띠 뒤에 소형 권총을 숨길 작정일세. 그러면 그는 마찬가지로 내가 무장을 했다는 걸 눈치채지 못할걸. 만일 그가 우리를 죽이라는 명령을 내릴 기미가 보이면, 난 총을 꺼내 그를 죽일 걸세. 하지만 그에게 총을 쏘기 전에 자네한테 먼저 신호를 줄 테니까, 그때 자네가 호너에게 돌아서면서 그를 죽이도록 하게. 우리가 둘 다 처치하지 못한다면 아무 소용도 없어. 만일 호너에게 기회가 허락된다면, 내가 폴커크에게 발사를 했을 때 호너는 날 죽일 걸세. 그리고 내가 살아 남는 것이 절대로 필요하네. 그 이유는 내가 유별나게 뒤로 숨기를 좋아해서가 아니라, 나는 장군이기 때문일세. 그래서 일단 그들의 사령관이 죽고 나면 폴커크의 부하들로 하여금 내 명령에 복종하도록 만들 수 있기 때문이지. 자네 할 수 있겠나? 사람을 죽일 수 있을 것 같은가, 마일즈?"

"물론이지. 호너를 막기 위해서라면 나도 방아쇠를 당길 수 있을 거야. 자네는 역시 좋은 친구라는 생각이 드는군, 밥. 체스와 포커 때문만은 아냐. 자네가 사실상 T. S. 엘리어트의 모든 작품을 읽었다는 사실 때문이기도 하지."

"난 우리가 쥐구멍에 있다는 생각이 든다. 거기서 사자(死者)들은 자신의 뼈를 잃어버린다."

밥 알바라도가 T. S. 엘리어트의 시구 한 소절을 인용했다. 가볍게 웃으면서 그가 문을 잡아 열고는 은색 빛을 발하는 동굴의 조명 불빛 속에 형체를 드러내 놓은 채 서 있었다.

"얼마나 모순된 일인가? 오래 전에 우리 아버지는 내가 시에 관심을 갖는 것이 내가 커서 치마 두른 계집애로 자랄 징조라고 걱정하시곤 했었지. 대신 난 일성(一星) 장군 이 되었다네. 내가 가장 긴요한 때에 자네로 하여금 나를 위해서 살인을 하고 내 몸을 지켜달라고 설득하는 게 바로 시(詩)라니. 베넬 박사, 병기고로 가겠나?"

마일즈는 자리에서 일어나 문간에서 안개 같은 불빛 속에 서 있는 장군과 동행했다.

"자네는 폴커크가 사실상 스스로 육군 참모장의 이름으로 행동하고, 그보다 더 높은 권한을 가지고 행동하고 있다는 걸 알아챘군. 그러니까 자네가 그를 죽이고 나면 자넨 리든아워 장군을 잡게 되고, 어쩌면 자네 목을 급습한 대통령마저도 잡게 될지도 모르겠군."

마일즈가 말했다.

"빌어먹을 놈의 리든아워."

밥 알바라도는 마일즈의 어깨를 움켜잡으며 말했다.

"빌어먹을 놈의 정치가들과 리든아워처럼 그들에게 알랑거리며 먹고 사는 장군 놈들. 우리가 폴커크를 죽일 때 그가 제 아무리 보안 컴퓨터의 새로운 암호를 갖고 있다 해도, 우린 빌어먹을 놈의 출입구를 박살내고서라도 며칠내에 여기서 빠져 나갈 수 있을 걸세. 그런 다음엔……자넨 상상할 수 있겠나? 우리가 이 뉴스를 세상에 알리면, 우린 이 불쌍한 혹성에서 가장 유명한 두 사람이 될 걸세. 어쩌면 역사상 가장 유명한 두 사람이 될런지도 모르지. 사실 난 역사상 어느 누구도 이렇게 중대한 소식을 퍼뜨린 사람이 있으리라고는 생각지 못했어……. 부활절 아침의 막달라 마리아를 빼놓고는 말이야……."

스테판 비카직 신부는 월남에서 빌 네이더 신부와 함께 근무할 때 사륜차를 몰았던 경험이 있었기 때문에 그가 체로키를 몰았다. 물론 그러한 모험들은 눈보라 속에서가 아니라, 늪과 정글 속에서이긴 했었다. 그러나 그때 그는 이미, 어느 상황에서건 지프는 똑같은 식으로 다루면 된다는 것을 알게 되었다. 그리고 그런 무모한 경험들이 시간상 오래 전의 일이긴 했어도, 그의 몸과 마음으로는 마치 최근의 일처럼 느껴졌다. 그는 그가 훨씬 젊은 시절 화염 속에서 보여 주었던 야무지고 노련한 운전 솜씨를 과시라도 하겠다는 듯 무모하게 핸들을 다루었다. 그와 파커 페인이 엘코의 불빛에서 멀어져 눈발이 휘몰아치는 어둠 속으로 나아갔다. 비카직 신부는, 신께서 때때로 교회가 한 영혼의 굵직한 부분을 감당할 모험가를 필요로 하기 때문에, 그를 성직자의 길로 부르신 것이 틀림없다고 믿고 있었다.

80번 주간 도로가 폐쇄되었기 때문에, 그들은 51번 주 도로에서 북쪽으로 갔다. 그들은 차선을 옮겨서 서쪽으로 이르는 군 도로들을 따라갔다. 쇄석 도로, 진흙 길, 자갈 길 등이 모두가 망토처럼 눈에 덮여 있었다. 그 도로들은, 길섶을 따라 널찍이 박혀 있는 말뚝 위의 황색 야광 반사기로 식별되었고, 오직 이따금씩 나타나는 표지판에서 발하는 광채를 헤드라이트 불빛에 되받아 비추어 줌으로써 스테판은 번번이 길을 잃을 뻔한 위기를 잘 모면하곤 했다. 때때로 그는 다른 차선으로 가기 위해 육로로 차를 몰아야만 했다. 다행스럽게도 그들은 산행용 나침반과 군 지도를 샀었다. 그들이 가는 길이 꾸불꾸불하고 거칠긴 했지만, 트랭킬러티 모텔로 가는 방향으로 조금씩 나아갔다.

도중에 스테판은 파커에게 CISG와 마이클이 진저 바이스의 친구인 X씨로부터 들은 정보를 얻은 이후에, 마이클 제라노에게서 알게 된 사실 등에 관해서 말해 주었다.

"폴커크 대령은 군측의 유일한 멤버였죠. CISG는 전형적으로 국민의 세금을 축내는 곳으로 보입니다. 거의 일어날 확률도 없는 사회 문제에 대해서 두뇌 집단 방식으로 접근하도록 재정 지원을 받는 연구 집단이죠. 위원회는 생물 학자들과 물리 학자, 문화 인류 학자, 의학 박사, 사회 학자, 심리 학자들로 구성되어 있어요. CISG라는 약어는 접촉 영향 평가 그룹이라는 뜻인데, 이것은 그들이 이 세상의 것이 아닌 지적 종족과의 첫 번째 접촉이 미치는 인간 사회에 대한 영향이, 긍정적인 것인가 부정적인 것인가를 판단하려고 시도했다는 뜻이죠."

눈 덮인 도로를 계속 주시하면서, 스테판은 자신이 말뜻이 깊이 새겨지도록 잠시 말을 멈추고서 그 예술가가 불현듯 날카롭게 숨을 들이쉬는 소리를 듣고 살짝 미소를 지었다. 파커가 말했다.

"신부님 말씀은……설마 그럴 리가……."

"그렇소."

스테판이 말했다.

"뭔가 왔다는 건가요? 신부님 말씀은……뭔가가……."

스테판 비카직과 안 후 처음으로 파커는 말을 잃었다.

"그래요."

스테판이 말했다. 이렇게 놀라운 사태의 발전이 그에게는 더 이상 새로운 뉴스 거리가 아니었다 하더라도, 그는 그것을 생각하면 아직도 몸서리가 쳐졌다. 그리고 그는 파커가 무슨 느낌을 갖고 있으리란 짐작이 갔다.

"그날 밤 뭔가가 내려왔어요. 7월 6일 하늘에서 뭔가가 떨어졌죠."

"하느님 맙소사!"

파커가 소리쳤다.

"오! 죄송합니다, 신부님. 불경을 끼칠 생각은 아니었는데. 내려왔다뇨. 염병할! 죄송합니다. 정말요. 하지만. 하느님 아버지!"

겹치고 또 첩첩이 겹쳐진 언덕들의 나지막한 지형을 안고 도는, 특히나 배배꼬인 자갈길을 따라 늘어선 야광 반사기를 따라가면서, 비카직 신부가 말했다.

"이런 상황에서 하느님께서 당신에게 언어 조절 능력을 주시리라고 생각진 않습니다. CISG의 주요 목적은 인간의 문화나 인간 그 자체가 우주인들과 직접 대면 접촉을 했을 때 어떤 영향을 받는지에 대해 합의점에 도달하는 것이었죠."

"하지만 그건 대답하기 쉬운 문제지 않습니까. 우리가 혼자가 아니라는 걸 발견한다는 건 얼마나 기쁘고 멋진 일입니까!"

파커가 말했다.

"신부님과 전 사람들이 어떤 반응을 보일지 알 겁니다. 최근 수십 년 동안 사람들이 다른 세계와 우주인에 관한 영화에 얼마나 매료되어 왔는지를 생각해 보십시오."

"그래요. 하지만 사람들이 가상의 접촉에 대해서 반응하는 것과 실제 상황에서 어떻게 반응하는가 하는 것은 차이가 있죠. 적어도 그것은 많은 과학자들, 특히 사회학이나 심리학 같은 행동 과학 분야의 과학자들의 견해죠. 그리고 인류학자들은 진보된 하나의 문화가 덜 진보된 문화에 상호 작용을 끼칠 때, 덜 진보된 문화는 그 전통이나 제도에 있어 자신감을 상실한다든가 혹은 종종 완전한 붕괴에까지 이르는 진통을 겪는다고들 합니다. 미개한 문화는 종교에 대한 숭배와 정부 체계를 잃어버리게 되죠. 성적(性的) 관습이나 사회적인 가치, 그리고 가족 구조가 타락하게 됩니다. 서구 문명과 맞부딪힌 다음 에스키모인들에게 일어났던 일들을 보십시오. 급증하는 알코올 중독, 가정을 파괴시키는 세대간의 갈등, 높은 자살률……. 그것은 서구 문화가 위험하거나 나빠서가 아닙니다. 그건 아니죠. 그러나 우리 문화는 에스키모 문화보다 훨씬 더 복잡하고 풍부하게 구성되어 있는데, 접촉을 하게 되면 결코 되찾을 수도 또 그렇게 될 수도 없는 에스키모인들간의 자부심들이 연쇄적으로 사라지게 되는 것입니다."

스테판이 말했다.

스테판은 그 주제에 대해서 말을 멋지게 끝맺기 위해서 잠시 말을 멈추었다. 그들은 지금까지 여행해 온 자갈길의 끝에 다다랐기 때문이었다.

파커는 자동차 앞좌석의 잡물통에서 나오는 희미한 불빛으로 지도를 살펴보았다. 그다음 그는 산행용 나침반을 점검했다.

"저 길이군요."

그가 왼쪽을 가리키면서 말했다.

"우린 예정대로 전부 육로로 해서 서쪽으로 3마일을 가야 해요. 그 다음에 우린……비스타 계곡 도로라고 하는 남북을 연결하는 군 도로에 다다르게 될 겁니다. 비스타 계곡을 가로질러 거기서부터 트랭퀼러티 모텔 뒤쪽으로 올라갈 때까지 다시 육로로 해서 약 8, 9마일쯤인 것 같은데요."

"나침반을 계속 보시면서 제가 서쪽으로 제대로 가고 있는지 확인해 줘요."

스테판은 앞에 펼쳐져 있는, 온통 눈으로 뒤덮인 밤경치 속으로 체로키를 몰았다.

파커가 말했다.

"에스키모에 관한 내용과 CISG의 견해가 어떠하다는 것에 관한 모든 자세한 사항은, X씨가 전화 한 통으로 제라노 신부에게 세세한 점까지는 전부 전달하지는 못했을텐데요."

"어느 정도는요. 전부는 아니지만요."

"그래서 제가 얘기를 듣고서 생각한 건대, 혹시 신부님께서 전에 이 문제에 관해서 생각해 보신 적이 있지 않으신가요."

"우주인과의 접촉에 관해서는 아닙니다. 아니예요. 하지만 예수회 교육의 일부에 역사를 통해서, 교회가 퇴보된 문화에 대한 신념을 퍼뜨리려는 노력의 긍정적인 결과와 부정적인 결과에 대해 자세히 연구하는 과정이 포함되어 있죠. 일반적으로 느낀 점은 우리가 개화를 시도했을 때조차도 혼란스러울 정도의 피해를 끼쳤다는 것이죠. 어쨌든 우린 인류학을 상당히 많이 공부합니다. 그래서 난 CISG의 관심사를 이해할 수 있죠."

비카직 신부가 말했다.

"신부님께선 북쪽을 헤매고 계십니다. 지면 상태가 괜찮아지면 바로 좌회전하십시오."

파커가 나침반을 살피며 말했다.

"제 말 좀 들어 보세요. 전 아직도 제가 정말 CISG의 관심사를 제대로 이해한 건지 확신이 안 섭니다."

"아메리카 인디언을 한 번 생각해 봅시다. 궁극적으로 백인들의 총이 그들을 파멸시킨 건 아닙니다. 문화의 붕괴가 그들을 그렇게 만든 겁니다. 새로운 사고의 유입은 인디언들이 상대적으로 미개한 그들의 사회를 바라보게 만들었고, 결과적으로 자긍심의 상실과 문화적인 효용성과 방향 감각의 상실을 초래한 것이죠. X씨가 제라노 신부에게 말한 바에 의하면 CISG는 인류와 매우 진보된 우주 인간의 접촉이 우리들에게 그와 똑같은 영향을 미칠 수 있으리라 믿었던 거죠. 이를테면 종교적 신념의 붕괴나 모든 정부와 기타 비종교적인 신앙 체계에 대한 신념의 상실, 열등감의 생성, 자살 같은 것이죠."

파커 페인의 목청 후부에서 거친 기침 소리가 났다.

"신부님의 신앙도 이것으로 인해 무너지게 될까요?"

"아뇨, 정반대입니다. 만일 이 거대한 우주가 다른 어떤 생명체를 담고 있지 않다면 말이죠, 만일 수십 조나 되는 별들과 수십 억 개의 혹성들이 모두 생명체도 없는 메마른 땅이라면, 그것은 나로 하여금 신이 계시지 않다고 생각하게 만들지도 모를 테고, 우리 종족의 진화가 단지 우연에 지나지 않는다고 생각하게 될 겁니다. 만약에 하느님이 계신다면, 그분은 생명을 사랑하시고, 그분이 창조한 생명체와 만물들을 소중히 간직하실 것이기 때문입니다. 그리고 그분은 결코 이 우주를 그렇게 텅 비운 채 내버려두시지는 않으실 테죠."

스테판이 흥분해서 말했다.

"많은 사람들이 대부분 그와 같이 느낄 겁니다."

파커가 말했다.

"그리고 비록 우리가 만나는 종족들이 신체적인 생김새가 우리와 놀랄 정도로 다르다 치더라도, 나를 동요시키진 못할 겁니다. 하느님께서 우리에게 그분이 자신의 형상에 따라 우리를 창조하셨다고 말씀하셨을 때, 그분이 말씀하시는 것이 우리의 신체적인 모양이 그분과 닮았다는 것을 뜻하진 않죠. 그분이 뜻하시는 바는 우리의 영혼과 정신, 이성과 동정심에 대한 우리의 능력과 사랑, 우정을 말씀하시는 거죠. 그런 것들이 그분의 형상 안에 존재하는 인간성의 양상들이죠. 그게 바로 내가 브렌던에게 전하고 있는 메시지죠. 난 브렌던의 신앙적 위기가 우리와 엄청나게 다르고, 너무나 파격적으로 우리보다 우월한 인종과 마주친 기억과 관련이 있으리라 믿습니다. 그래서 그는 잠재 의식적으로 교회가 우리에게, 인간은 신의 형상을 따라 만들어졌다고 가르친 것이 거짓이라고 믿게 된 거죠. 난 그에게 그들이 어떻게 생겼든지, 혹은 그들이 우리보다 훨씬 더 진보한 족속인지 하는 것이 중요한 게 아니라는 걸 말해 주고 싶습니다. 사람들 안에 계시는 신의 가호를 나타내는 증거는, 사람들이 사랑하고 염려할 수 있는 능력이며, 하나님께서 주신 그들의 지능을 사용해서 그분이 인간에게 내리신 우주의 도전에 대항해서 이기는 것입니다."

"그건 그들이 여기까지 오기 위해서 했어야만 하는 것이로군요."

파커가 말했다.

"정확히 맞았소! 난 세뇌가 브렌던에 대한 지배력을 잃었을 때, 그러니까 그가 무슨 일이 벌어졌는지를 기억해 내고 그것에 관해 생각해 볼 시간을 가졌을 때, 그도 똑같은 결론에 도달하리라고 확신합니다. 하지만 만약의 경우에만 난 그의 곁에 있으면서 그를 돕고 인도하고 싶소."

비카직 신부가 말했다.

"그를 대단히 사랑하시는군요."

파커가 말했다.

몇 초 동안 비카직 신부는 잘 아는 길에 늘어서 있는 반사경을 따라가던 때보다도 더 천천히, 그리고 조심스럽게 나아가면서 앞에 펼쳐져 있는 혼돈스런 순백의 세계를 쏘아보고 있었다. 마침내 그가 부드러운 목소리로 말했다.

"때때로 난 성직자의 길로 들어선 것을 후회한 적도 있었죠. 하나님께선 절 도와주십니다. 정말이에요. 가끔씩, 내가 가졌을지도 모르는 가족에 관해서 생각할 때가 있기 때문이죠. 나와 그 자신의 삶을 나눠 가질 수 있고, 그 또한 내 자신의 삶을 나눠 가질 아내, 그리고 장성하는 모습을 지켜볼 수 있는 아이들……. 가족은 내가 그리워하는 것일 수도 있는 것이었죠. 그 밖엔 아무것도 아닙니다. 브렌던에 관한 건……글쎄요. 그는 내가 가져 보지도 못했고, 앞으로도 절대로 가질 수도 없는 아들 같은 사람이죠. 난 그를 말할 수 없을 정도로 사랑합니다."

잠시 후 파커가 한숨을 내쉬며 말했다.

"개인적으로 전 CISG가 허풍으로 꽉 차 있다는 생각이 드는군요. 첫 번째 접촉 가지고는 우리를 파괴시킬 수 없을 테니까요."

"나도 그렇게 생각합니다. 그들이 주장하는 것이 궤변임을 드러내는 것은, 그들이 우리의 이 상황을 미개한 문화와의 접촉에 비유하고 있다는 점입니다. 그들의 착오는, 우리가 원시인이 아니라는 점이죠. 이건 매우 진보된 하나의 문화와 최고로 진보된 또 다른 문화 사이의 접촉이 될 것입니다. CISG는 만일 그 접촉이 실제로 있었다면, 가능하다면 그 일은 비밀에 붙여져야 하고, 그 소식은 10년이 지나서나 혹은 20년쯤 후에나 세상에 공개해야만 한다고 믿었죠. 하지만 그건 틀렸어요. 아주 틀린 생각이죠. 우리는 그 충격을 처리할 수가 있어요. 왜냐하면 우리는 그들이 오리라고 각오를 하고 있기 때문이죠. 하지만 우리는 너무도 필사적이고도 간절히 그들을 맞을 각오를 하고 있다구요!"

스테판이 말했다.

"너무나 단단히 돼 있죠."

파커가 속삭이는 목소리로 동감을 표시했다.

아마 그로부터 1분쯤 더 그들은, 인류가 우주의 피조물 가운데 유일한 존재가 아니라는 것을 알게 된 것에 대해 어떻게 말로 표현해야 할지 몰라 내내 침묵 속에서 부딪히고 흔들거리면서 가고 있었다.

이윽고 파커가 목청을 가다듬고는 나침반을 살피면서 말했다.

"제대로 가고 계십니다, 신부님. 비스타 계곡 도로까지는 1마일도 채 못 되는 것 같은데요. 방금 전에 말씀하셨던 시카고의 그 사람……칼 샤클 말입니다. 오늘 아침 경찰들한테 뭐라고 소리친 거죠?"

"그는 우주인이 착륙하는 것을 보았고, 그들은 적대적이었다고 주장했어요. 그는 그들이 우리를 점거하게 될까 봐 두려워했어요. 그리고 이웃들 대부분이 붙잡혀 갔다고 하더군요. 그의 말로는 우주인들이 그를 침대에 묶어 놓고 그의 혈관에다 그들의 피를 떨어뜨려서 그를 통제하려고 했다고 그러더군요. 처음에 난 어쩌면 그의 말이 옳을지도 모른다는 생각이 들었고, 여기 네바다에 내려온 것이 위협의 대상이라는 생각이 들었죠. 그러나 시카고에서부터 쭉 오면서 난 그 점에 대해 생각해 볼 시간이 있었어요. 그는 감금과 세뇌를 자신이 보았던 우주선의 착륙과 혼동하고 있던 거예요. 그는 그를 계속 포로로 잡아 놓고 그의 몸에 온통 주사 바늘을 꽂아댄 이들이 기압 처리를 한 우주복을 입은 외계인들이라고 생각했죠. 그는 우주선이 하강하는 모습을 목격했고, 그 다음에 오염 방지복을 입은 정부 사람들이 온 겁니다. 그리고 그들이 그 모든 기억들을 그의 잠재 의식 속으로 집어 넣어 버린 후 그것을 기억 장애를 통해 깊이 침잠시켜 버리자, 그는 완전히 뒤죽박죽으로 혼란한 상태가 되어 버린 겁니다. 외계인들이 그를 체포한 것이 아니죠. 그를 혹사시킨 건 바로 그의 동족들이죠."

"신부님 말씀은 외계인과의 접촉이 세균 감염의 위험을 수반하는지 그 여부가 확실해질 때까지 정부 요원들이 오염 방지복을 입었을 거란 거지요."

"바로 그렇소. 트랭퀼러티 모텔의 투숙객들 중 일부는 틀림없이 그 우주선에 거리낌없이 접근했을 테고, 그렇지 않다는 증거가 나타날 때까지는 그들은 일단 오염된 것으로 간주된 것이 틀림없어요. 게다가 우리는 그 모텔에 있던 몇몇 사람들이 오염 방지복을 입고 있던 사람들을 뚜렷하게 기억했다는 걸 알고 있잖아요. 세뇌 전문가인 두세 명의 군인들이었죠. 그래서 가엾은 캘빈은 그것을 분명하게 기억해 내지 못해서 생긴 오해 때문에 미쳐 버리게 된 겁니다."

"비스타 계곡 도로까지 반 마일도 채 안 남은 것 같습니다."

파커가 열려져 있는 잡물통에서 나오는 불빛으로 지도를 살피며 말했다.

눈이 헤드라이트의 노란 불빛을 뚫고 사정없이 몰아쳤다. 이따금씩 바람이 잠시 멈추어 버리면 휘몰아치던 눈발은 갑자기 각도를 정하지 못하고 이쪽저쪽으로 기이한 춤을 추며 흐물거렸지만, 다시 바람이 그 힘을 회복하여 제 방향을 잡을라치면 유령 연기를 하는 배우처럼 매번 싹 흩어지며 사라져 버리는 것이었다.

그들이 가파른 언덕길을 오르기 시작하자, 파커가 조용히 말했다.

"뭔가가 내려왔어요……. 그리고 만약에 정부가 그 사건에 앞서 80번 주간 도로를 차단할 정보를 미리 알고 있었다면, 그들은 틀림없이 그 우주선을 오랫동안 추적하고 있었을 거예요. 하지만 저는 아직도, 그것이 내려온 곳을 그들이 어떻게 알 수 있었는지 모르겠어요. 제 말은 그 우주선의 승무원들이 언제든 그 진로를 바꿀 수도 있었잖아요."

"폭발하지 않은 상태였다면, 아마 며칠, 아니면 몇 주 동안 추적을 해온 멀리 우주 밖에 있는 위성 관측소에 의해 포착되었을 겁니다. 만일 그것이 통제하에 운행하지 않고 있다는 것을 나타내 주는 정도(正道)로 다가오고 있었다면, 그 충돌 지점을 측정할 만한 시간이 있었을 겁니다."
비카직 신부가 말했다.
"오! 안 돼요. 안 돼. 전 그것이 부서졌다고 생각하고 싶지 않습니다."
파커가 말했다.
"나도 마찬가지요."
"저는 그들이 여기에 줄곧……살아 있다고 생각하고 싶습니다."
체로키가 언덕을 반쯤 올라갔을 때, 땅이 얼어붙은 부분에서 타이어가 헛돌면서 옴짝달싹 못하더니 한번 흔들하고는 다시 앞으로 나아갔다.
파커가 말했다.
"전 돔과 나머지 사람들이 단지 우주선을 보기만 한 게 아니라……. 그 안에 타고 있던 게 누군든간에 만났었다고 믿고 싶군요. 상상해 보세요. 상상만이라도 해 보시라구요."
비카직 신부가 말했다.
"7월의 그날 밤에 그들에게 무슨 일이 일어났던간에 그것은 정말 너무나 이상한 일이었어요. 단지 다른 세계에서 온 우주선을 본 것이라고 하기에는 전체가 너무나 이상했어요."
"신부님의 말씀은……브렌던과 돔의 능력 때문에요?"
"그래요. 뭔가가 더 벌어졌어요. 단지 접촉한 것 이상의 뭔가가."
그들은 언덕 꼭대기에 올라섰고 다시 다른 면으로 내려가기 시작했다. 마구 흔들리는 폭풍의 장막 속에서도 스테판은 저 아래 비스타 계곡 도로상에 네 대의 차량에서 비추는 헤드라이트를 보았다. 네 대 모두 멈춰서 각기 제 방향으로 돌고 있었는데, 번쩍이는 불빛들이 눈이 날리고 있는 어둠 속에서 번뜩이는 기병대의 칼처럼 열십자로 교차하고 있었다.
그는 차들이 모여 있는 곳으로 내려가면서, 자신이 지금 무언가 말썽이 일어나고 있는 쪽으로 향하고 있다는 것을 재빨리 알아차렸다.
"기관총이에요!"
파커가 말했다.
스테판은 아래에 있는 사람들 중 둘이, 파커가 산 것과 색깔만 다른 체로키의 옆면에 기대 늘어서 있는 여섯 명의 어른과 아이 하나로 구성된 일곱 명의 사람들에게 기관총을 겨누고 있는 것을 보았다. 여덟에서 열 명 가량 되는 사람들이 주변에 둘러서 있었다. 그들 모두 똑같은 북극풍의 제복을 입고 있는 것으로 보아 군인임이 틀림없었다. 스테판은 이들이 18개월 전 80번 주간 도로를 봉쇄하는 데 관련된 같은 군대 사람들 중의 일부라는 것에 의심의 여지가 없었다.

그들은, 이쪽으로 인해 자신들이 방해를 받고 있다는 사실에 놀라서 언덕 위를 노려보고 있었다.

그는 지프를 획 돌려서 속도를 내 도망치고 싶었지만, 그가 비록 속도를 늦춘다 해도 도망칠 장소가 없다는 것을 알았다. 그들은 그를 추격할 것이었다.

순간 그는 체로키에 기대어 늘어서 있는 사람들 가운데서 낯익은 한 아일랜드인의 얼굴을 알아보았다.

"바로 저 사람이에요, 파커! 줄끝에 서 있는 사람이 브렌던이에요."

"나머지 사람들은 모텔에서 온 사람들이 틀림없어요."

바람막이창을 통해 바깥을 엿보느라 초조하게 몸을 앞으로 수그린 채 파커가 말했다.

"그런데 저에겐 담이 보이지 않는데요."

브렌던을 알아차린 이상, 비카직 신부는 비록 신께서 모세를 위해 홍해를 가르신 것처럼 그를 위해 산을 열어 주시고 캐나다로 가는 고속 도로를 확 뚫어 주신다 할지라도 되돌아갈 수가 없는 노릇이었다. 그런데 스테판은 무기가 없었다. 그리고 성직자로서 그가 설사 총을 가졌다 하더라도, 그에게 총은 별 소용이 없을 것이다. 공격할 수단도, 의욕도 없지만 도망도 가지 못한 채, 그는 저 아래에 있는 군인들에 대해 전세를 뒤엎을 만한 어떤 조처를 취할 것인가를 발작적으로 고민하면서 체로키를 언덕 아래로 천천히 굴러가게 하고 있었다.

그가 말하는 것으로 보아 파커도 똑같은 고민에 사로잡혀 있었다.

"도대체 우린 뭘 해야 하죠?"

그들의 난관은 아래쪽 군인들로 인해 해결되었다. 놀랍게도 기관총을 든 사람 중 하나가 그들에게 발포를 개시했다.

돔은 잭 트위스트가 회중 전등 불빛을 파도처럼 엮어 놓은 가시 철조망 아래 부분부터 서서히 머리 위로 불쑥 튀어나와 있는 뾰족한 부분으로 비춰 올리는 것을 지켜 보았다. 그들은 탁 트인 초원을 지나 계곡 언저리로 내리닫는 긴 거리의 선더 힐 주변에 있었다. 바람에 날려 온 눈이, 울타리의 두껍게 맞물린 쇠고리에 달라붙었으나, 다른 부분들엔 눈이 쌓여 있지 않았다. 그렇게 눈이 들러붙지 않은 연결 부분을 잭은 가장 세밀하게 관찰했다.

"울타리 자체는 전기 장치가 되어 있지 않군."

잭은 날카롭게 부는 바람보다 커다란 소리로 말했다.

"그것을 통해서 전기가 흐르도록 짜여진 전선은 없군요. 연결부에 의해서 전류가 흐를 수가 없어요. 방법이 없군요. 너무나 두껍고, 몇 개의 끝부분이 서로 단단히 연결되어 있지 않아서 빌어먹을 놈의 전기 저항도 엄청나게 많을 겁니다."

진저가 말했다.

"그러면 왜 경고 표시도 없죠?"

"아마추어들을 겁줘서 쫓아 버리려는 의도도 일부 있죠."

잭이 말하면서 전등 빛을 다시 돌출 부분에 비췄다.

"하지만 가시 철사로 감긴 것 중앙을 지나 조심스럽게 이어진 도선들이 있어요. 그러니까 당신이 만일 꼭대기로 넘어가면 통구이 바베큐가 돼 버릴걸요. 우린 바닥을 통해 잘라내야 해요."

진저는 돔이 텐트 배낭 가운데 하나를 뒤져서 아세틸렌 전등을 찾아 잭에게 건네주는 동안 회중 전등을 들고 있었다.

잭은 색깔 넣은 스키 안경을 살짝 걸친 다음, 호롱불을 켜고 철사 고리 울타리를 통과하는 출입구를 뚫기 시작했다. 가스가 타면서 커다랗게 나는 쉭쉭거리는 소리는 날카롭게 웅웅대는 바람 소리 속에서도 들렸다.

청백색의 강렬한 불꽃은 눈 속에 보석같이 밝은 수천 개의 섬광을 뿌리면서 섬뜩한 불빛을 발했다.

그들은 저장소의 정문에서 보일 만한, 위험이 있는 위치에 있지 않았다. 거기는 울타리 반대쪽에서 올라가는 언덕 언저리 위쪽에 있었다. 하지만 돔은 그 섬뜩한 아세틸렌 가스 불빛이 밤에는 저쪽 언덕길의 반대편에서도 눈에 띌 만큼 충분한 높이까지 퍼지리라고 확신했다. 만일 발각이 된다면, 그 빛은 경비원을 이쪽으로 끌어오게 만들 것이다. 그러나 잭의 말이 옳다면, 그래서 저장소의 보안이 대부분 전기 장치가 되어 있다면, 오늘 밤 구내를 살필 만한 경비는 없을 것이다. 게다가 이런 날씨에는 비디오 카메라 감시도 대개 생략되기 일쑤였다. 카메라 렌즈가 얼어붙어 버리거나, 눈으로 뒤덮였을 것이기 때문이다.

물론 그들은 저장소 내부로 들어가서 재빠르게 둘러보고 싶기는 했지만, 만일 그들이 여기서 들킨다 하더라도 비극은 아니었다. 결국 감금되는 것이 선더 힐에 주위를 집중시키기 위한 잭의 계획의 일부였다.

돔과 진저, 잭은 무장을 하고 있지 않았다. 모든 무기들은 체로키 안에 탄 다른 사람들이 갖고 있었다. 그들의 탈출이 우선적이었기 때문이었다. 그들이 잡힌다면, 모든 것은 끝장이다. 돔은 그들에게 총이 필요하게 되지 않기를, 그리고 벌써 무사히 엘코에 가 있기를 바랐다.

잭이 울타리에 기어 들어갈 수 있을 만한 구멍을 내는 동안, 섬뜩한 느낌을 주는 아세틸렌 가스 불빛은 점점 더 돔을 사로잡았다. 그리고 그 불빛이 문득 과거의 어떤 장면과 연결되면서, 그는 다시 한 번 기억 속으로 내던져졌다.

세 번째 제트기가 식당의 지붕 위로 굉음을 일으키며 날았는데, 너무 낮게 날아서 비행기가 그의 머리 위로 부딪힐 것 같아 주차장에 납작하게 엎드렸다. 그러나 휙하고 스쳐 지나가면서 지나간 자리에 공기를 휘저어 놓았을 뿐만 아니라 엔진 열로 인한 열풍을 만들어 놓았다. 그는 일어나기 시작했다. 그러나 네 번째 제트기가 윙 하는 소리와 함께 모텔 지붕 위로 날아갔다. 그것은 언뜻 보이는 거대한 그림자 같은 형체에, 밤 하늘을 가르며 흐르는 불빛이 흰색과 빨강색의 상처를 새겨 놓으면서 천둥 같은 소리를 내며 남쪽으로 날다가 동쪽으로 회전해서 세번째 제트기가 사라진 80번 주간 도로 너머의 불모지를 가로질러갔다. 그리고 이제 훨씬 높이 날며 지나갔던 처음 두 대의 비행 물체는 저기 멀리로 나가서 다시 휙 돌아서 하나는 동쪽으로, 하나는 서쪽으로 날아갔다. 그러나 아직 땅이 흔들리고, 언제까지나 결코 끝날 것 같지 않은 폭발음같이 커다랗게 우르릉거리는 소리로 밤 공기가 가득 찼다. 굉음 속에서도 심장 박동처럼 쿵쾅거리는 기묘한 진동이 점점 더 크고 강렬해지기 시작했는데, 그것은 제트기가 내는 소리와는 다르긴 했어도, 그는 틀림없이 더 많은 제트기들이 날아오고 있을 거라고 생각했다. 그는 억지로 자리를 털고 일어나 고개를 돌렸다. 진저 바이스와 졸저와 말시가 있었다. 잭이 모텔에서 도망가고 있었다. 어니와 페이는 사무실에서 나오는 중이었고, 나머지 사람이라고는 네드와 샌디가 그 전부였다. 우르릉거리는 소리는 이제 수천 개의 티파니를 베이스 음으로 두드려 대는 소리와 나이아가라 폭포 소리를 합쳐 놓은 것처럼 들렸다. 삑 하는 소리를 내며 웅웅대는 전자음은 그의 머리 꼭대기가 띠톱으로 잘려 나가는 듯한 느낌을 갖게 했다. 독특한 종류의 뿌연 은색 불빛이 있었다. 그는 사라져 지나간 제트기들을 향해 멀리 식당 지붕 위 불빛 쪽으로 올려다보았다. 그는 손가락으로 가리키면서 "달이다! 달!" 하고 말했다. 나머지 사람들은 그가 가리키는 곳을 쳐다보았다. 갑자기 겁에 질려서 그는 "달이야! 달!" 하고 소리쳤다. 그는 뒤로 몇 발자국 비틀거리며 물러섰다. 누군가가 비명을 질렀다.

"달이야!"

그가 숨을 헐떡거렸다.

그는 언뜻 떠오른 기억에 충격을 받아 털썩 무릎을 꿇고 눈밭에 엎드렸다. 진저가 그의 어깨를 잡고 그의 앞에 무릎을 꿇으며 앉았다.

"돔? 괜찮아요, 돔?"

"기억났어요."

그는 마비된 듯 말했다. 바람이 그들의 얼굴 사이로 불어닥쳐서 그들이 숨을 쉴 때마다 하얀 입김을 날렸다.

"뭔가가……달이……하지만 아직은 충분치가 않아요."

그들 너머에는 고리로 된 울타리에 기어 들어갈 만한 구멍을 만들어 놓고서, 잭은 아세틸렌 등을 껐다. 어둠이 커다란 박쥐의 날개처럼 다시 그들을 감쌌다.

"어서 와요. 들어가자구요. 지금 빨리요."

잭이 돔과 진저를 돌아보면서 말했다.

"할 수 있겠죠?"

진저가 돔에게 물었다.

"그럼요."

창자가 싸늘해지는 듯한 경련이 일고 가슴이 뻐근했지만 그는 그렇게 말했다.

"하지만 갑자기……겁이 나요."

"우리도 모두 겁나요."

그녀가 말했다.

"난 잡히는 게 겁난다는 뜻이 아니예요. 그건 다른 거예요. 바로 그때 내가 거의 기억할 뻔했던 것이오. 그리고 난……사시나무 떨듯 떨고 있어요."

브렌던은 폴커크 대령이 부하들 중 하나에게 그 위 언덕에서부터 비스타 계곡로로 접근하고 있는 지프를 향해 발사하라고 명령하는 것을 보자 믿기지 않아 숨을 헐떡였다. 그 미치광이는 차 안에 누가 있는지를 알아보지도 않았다. 명령을 받은 군인도 그것이 부당하다고 생각했는지 얼른 무기를 들지 않았다. 그러나 폴커크는 그에게 위협적으로 다가가서 "난 발사하라고 명령했다, 하사! 이건 긴급한 국가 보안 사태야. 저 차 안에 누가 타고 있든간에 자네나 나나, 혹은 우리 국가의 동지가 아니란 말일세. 자넨 어떤 선량한 시민이 이런 빌어먹을 눈보라 속에 도로 차단물들을 피해 육로로 차를 몰고 다닐 거라고 생각하나? 쏴라! 그들을 없애 버려!"라고 소리질렀다.

이번에는 그 하사가 명령에 복종했다. 자동 발포되며 딸그락거리는 소리가 성난 바람 소리를 일순간 압도하면서 밤 공기 속으로 탕탕 소리를 내 울려퍼졌다. 언덕 위쪽에서 다가오던 지프의 헤드라이트가 꺼져 버렸다. 기관총의 총구에서 살육적으로 줄줄이 터져 나오는 2백 발의 총탄에서 나는 2백 회의 깨지는 듯한 총성은 판금을 뚫고 나와 딱딱한 방책에 부딪히는 총탄 소리와 뒤섞여 더욱 커졌다. 바람막이창이 부서져 비오듯 쏟아졌고, 지프는 언덕 꼭대기에 올라선 후 곧장 브레이크를 밟고 서서히 아래로 내려오고 있었는데, 갑자기 속도를 내서 그들에게로 돌진해 오다가 대부분이 경사로 전역에 걸쳐 있는 측면의 작은 둔덕 위에서 바퀴가 덜컹대면서 좌로 돌아갔다. 더 이상 누군가의 통제하에 있지 않은 것이 분명한 듯 차는 다시 느려졌고, 다른 돌출부에 부딪히고 옆으로 미끄러지면서 거의 뒤집힐 뻔하다가 결국 바로 40피트 떨어진 거리에 이미 쌓여 있는 눈밭에 박혀 잠잠해졌다.

5분 전 네드가 비스타 계곡로의 다른 편에 있는 언덕을 넘어 돌아서 결국 반 마일도 채 안 되는 남쪽에서 대기하고 있던 대령과 그의 부하들과 맞닥뜨렸을 때, 모든 엽총과 권총들, 그리고 잭이 준 우지 기관포까지도 아무 소용이 없다는 사실이 금세 분명해졌었다. 그들의 생명은 자신들이 엘코 군에서 탈출하는 것에 달려 있다는 것을 생각해서, 더 소규모의 군대였다면 그들은 한번 저항해 보고자 했을 것이다. 그러나 폴커크는 너무 부하들을 많이 데리고 있는데다, 모두 중무장한 상태였다. 저항은 가장 어리석은 바보짓일 뿐이었다.

한편 브렌던은 그들을 확실히 빠져 나가게 할 수 있도록 자신의 특별한 능력을 사용할 만한 엄두를 내지 못한 데 대해 낭패감에 빠져 있었다. 그는 그 상황에서 자신의 염력을 사용할 수 있어야 한다고 느꼈다. 만일 그가 충분히 집중을 한다면 아마 그 군인의 손에서 총이 튀어 나가게 만들 수 있었을 것이다. 그는 자신이 그만큼, 아니 어쩌면 그 이상의 힘을 가지고 있다는 걸 감지하고 있었지만 그것을 어떻게 효과적으로 발휘하게 할지를 몰랐다. 그는 그가 지난밤에 그 식당에서 보여 준 묘기가 어떻게 전적으로 즉석에서 얻어졌는가를 잊을 수가 없었다. 아무도 기울어진 소금병과 후추병과 힘차게 둥둥 떠다니는 의자에 맞아서 상처를 입지 않은 것만으로도 다행이었다. 만약에 그가 자신의 능력을 사용해서 그 병사에게서 무기를 비틀어 빼앗았다 쳐도, 그들 모두에게서 동시에 무기를 빼앗을 수는 없었을지도 모른다. 그 경우 여전히 무기를 가지고 있던 자들은 자위(自衛) 행위로 발사를 해 버릴 수도 있었을 것이다. 아니면 그의 힘에 의해서 총들이 군인들의 손아귀에서 벗어나 공중에서 계속 휘돌면서 탄환이 바닥날 때까지 발사를 해대고, 보이는 모든 사물과 사람들에게 총탄 세례를 벌이면서 걷잡을 수 없게 될지도 모른다. 분명 그는 다친 사람들을 낫게 할 수 있을 것이다. 하지만 정작 그가 총에 맞으면 어떻게 되지? 자신을 치료할 수 있을까? 아마 그럴지도 모른다. 그러나 그가 총에 맞아 죽는다면? 그가 자신의 목숨을 되살릴 수는 없을 것이다. 그리고 다른 누군가가 총에 맞아 죽는다 해도, 그의 힘으로 그들 또한 살려낼 수 있으리라고는 보장할 수가 없다. 분명한 지시가 축복에 속하지 않는 한 신의 능력을 가진 것은 꼭 좋은 것만은 아니었다.

이제 수십 발의 총알이 지프에 부딪히고 그리고 그것이 미쳐서 눈이 멀어 버린 짐승처럼 언덕 아래로 돌진해 비스타 계곡로상의 차량 가운데 한 대의 헤드라이트 불빛 속에 툴툴거리며 멈춰 서는 것을 보면서 브렌던은 낭패감이 한계를 넘어서서 걷잡을 수 없이 커져감을 느꼈다. 그 지프에 탄 사람들은 총에 맞았을 것이다. 그는 그들을 도와줄 수 있었다. 그는 자신이 그들을 도와줄 수 있다는 것을 알고 있었고, 그렇게 하는 것이 그의 임무라는 것도 알고 있었다. 그것은 단순히 성직자로서의 의무가 아니라 인간으로서 최소한의 의무였다. 그는 자신이 갖고 있는 치료의 능력도 이해하지 못했다. 그러나 그것을 사용하려고 시도하는 것은 염력을 불러일으키려고 시도하는 것보다 위험 부담이 더 크지는 않았다. 그래서 그는 그가 기대 서 있던 체로키에서 잽싸게 물러나와 산중턱에서 일어나고 있는 극적인 장면에 정신이 팔려 있는 군인들을 뚫고서 차가 멈춰서는데도 계속 공격을 받고 있는 지프를 향해 냅다 뛰었다.

그의 뒤쪽에서 외치는 소리가 났다. 그는 폴커크가 자신에게 발사하겠다고 경고하는 소리도 분명히 들었다.

그러나 브렌던은 눈 덮인 포장 도로에 미끄러지면서도 계속 달렸다. 그는 도랑에 발을 헛디뎌서 넘어지자 다시 기어 올라와서는 총알로 벌집이 된 지프 쪽으로 뛰어갔다.

아무도 총을 쏘지는 않았지만, 그는 사람들이 자신을 뒤쫓아오고 있다는 느낌이 들었다.

지프의 승객석은 군용 차량들 가운데 한 대의 불빛에 휩싸인 채 가장 가까운 거리에 있어서, 그는 그 문을 먼저 열었다. 해군 상의를 입은 오십 줄의 땅딸막한 사내가 문에 처박혀 있다가 브렌던의 품속으로 떨어졌다. 브렌던은 피를 보았지만 그다지 많지는 않았다. 그 낯선 사내는 기절 직전에서 정신이 가물거리고 있기는 하지만 의식은 있었다. 그의 눈은 초점을 잃은 상태였다. 브렌던은 그를 지프 밖으로 완전히 끌어내서 등에 업고는 눈덮인 땅에다 살짝 눕혔다.

추격하던 군인 하나가 브렌던의 어깨에 손을 얹자 브렌던은 홱 돌아서서 그의 얼굴에 대고 날카롭게 "나한테서 떨어져! 이 썩어빠진 미친 개새끼야! 내가 이 사람을 고칠 거야. 그를 낫게 할 거라구!"라고 소리쳤다. 그리고 그는 너무도 사악하고도 격렬하고 상스러운 욕설을 터뜨려서, 그런 말들이 자신의 입을 통해서 나오고 있다는 것을 깨닫고 스스로도 놀랐다. 그는 자신이 그런 말을 쓸 수 있다는 사실을 미처 몰랐었다. 돌발적으로 터져 나온 분노로 그 군인은 총을 높이 휘둘러 개머리판으로 브렌던의 얼굴을 칠 듯이 덤벼들었다.

"잠깐!"

폴커크가 걸어와 부하의 팔을 잡아 일격을 멈추면서 소리쳤다. 대령은 브렌던에게 돌아서서 반질반질한 부싯돌 같은 눈동자로 그를 바라보았다.

"계속해 보시오. 난 그걸 보고 싶으니까. 난 당신이 바로 내 앞에서 스스로 죄에 빠지는 모습을 보고 싶소."

"죄를 짓는다구요? 대체 무슨 말을 하고 있는 거요?"

브렌던이 말했다.

"어서 하라구!"

대령이 말했다.

브렌던은 도무지 더 이상의 용기가 나지 않아 잠시 멈칫했으나 일단 부상자의 옆에 무릎을 꿇고 앉아 그의 상의를 활짝 열어제꼈다. 피가 두 군데서 스웨터 사이로 배어 나오고 있었다. 왼쪽 어깨 바로 아래쪽과 오른쪽 아래 벨트선 위 2인치쯤 되는 부분이었다. 그는 희생자의 스웨터를 말아 올려서 그 밑의 셔츠를 찢어서 벌렸다. 브렌던은 우선 둘 중에서 더 심해 보이는 복부의 상처에 손을 얹었다. 그는 다음에 뭘 해야 할지를 몰랐다. 그는 에미와 윈톤을 치료할 때 무슨 생각을 하고 무엇을 느꼈었는지 기억이 나지 않았다. 무엇이 그 치료의 능력을 불러일으켰던 것인가? 그는 손가락 사이로 낯선 사내의 피가 새어 나오는 것을 느끼면서 눈밭에 무릎을 꿇고 있었다. 그 사내에게서 고동치는 생명력을 예민하게 감지하고는 있지만, 그는 자신에게 있는 줄로만 알았던 기적적인 능력을 집중시킬 수 없었다. 낭패감이 다시 그를 엄습해 오더니 그것은 분노로 변하고, 분노는 드디어 자신의 무능함과 어리석음에 대해 격분으로, 부당한 죽음에 대한 격분으로, 특히 이러한 죽음과 모든 일반적인 죽음 전체에 대한 격노로 돌변했다.

따끔거렸다. 두 손바닥이.

그는 붉은 반점이 다시 나타난 것을 깨달았다. 그러나 그는 그런 성흔들을 보려고 환자에게서 손을 떼지는 않았다.

제발하고 그는 필사적으로 기원했다. 제발 그 일이 일어나게 해 주십시오. 치유가 되게 해 주십시오. 제발.

신기하게도 처음으로 그는 그 신비한 에너지가 자신에게서부터 그 부상당한 사내의 몸 속으로 흘러 들어가고 있다는 것을 실제로 느꼈다. 마치 그는 실을 잣는 물레이고, 그 놀라운 힘은 그가 자아내는 실인 것처럼 그것은 그의 몸 속에서 모양을 갖추고 그에게서 풀려 나왔다. 실톳대 위의 형체도 없는 덩어리가 물레의 작용으로 질긴 실이 되어 나오는 것과 똑같은 방식으로 그는 그것을 휘저어서 존재하게 했고, 부상자는 그 힘이 자체적으로 감겨드는 방추인 셈이었다. 그러나 브렌던은 단순히 한 가닥의 약해빠진 실을 만들어 내는 기계가 아니었다. 그는 자신의 내부에서, 수십 억 대의 물레가 너무도 빠르게 휙휙 돌고 돌아서 실체도 없이 계속 감기고 있는, 그것도 단단하게 감기고 있는 수십 억 가닥의 실을 뽑아 내면서 삐걱거리고 쉭쉭거리는 소리를 내는 것을 느꼈다.

그는 베틀이기도 했다. 어쨌거나 그는 신적인 능력을 가진 무수한 실을 사용해서 건강이라는 천을 짰기 때문이다. 에미 핼버그와 윈톤 토크 때의 경험과는 달리 그가 실제로 치료를 행하고 있다는 것을 느끼지 못했던 브렌던은, 총에 맞은 그 이방인의 해어진 조직을 꿰매고 있다는 것을 민감하게 느끼고 있었다. 그는 발판을 밟아 대는 덜커덕거리는 소리와 실가닥들을 방망이로 두드려서 자리를 잡게 하는 쿵 하는 소리, 바디가 씨실을 직물로 짜 내는 소리, 잉아가 날줄을 이끄는 소리, 불이 돌아가고 또 돌아가는 소리를 거의 다 들을 수 있었다.

그는 그의 능력을 의식적으로 감지하게 되기 시작했을 뿐 아니라, 자신이 품고 있는 마력이 증가하고 있으며, 윈톤을 살릴 때보다 열 배나 강한 능력을 가진 치료사가 되었다는 것을 감지했다. 그리고 아마 내일이면 또 곱절로 늘어날 것이라고. 정말로 그의 아래서 몇 초도 안 돼서 그 낯선 사내의 눈이 움직이면서 초점을 찾기 시작하더니 눈을 깜박였다. 그리고 브렌던이 상처에서 손을 떼자, 그는 그의 숨을 멈추게 하고 가슴을 기쁘게 만드는 광경을 보고서 뿌듯함을 느꼈다. 출혈은 벌써 멈춰 있었다. 그는 총알이 마치 내부의 어떤 압력에 밀려나오듯 그 사내의 몸 밖으로 나오는 것을 보고 더욱더 놀랐다. 그것은 상처 입구에서 뒤로 비집고 나오더니 쪽 하고 빠는 소리를 내면서 살갗에서 쑥 떨어져 나왔다. 피에 젖어서 윤기가 덜한 소모된 총탄이 희생자의 배 위로 굴러 떨어졌을 때만 해도 해어진 구멍은 브렌던이 실제로 상처를 치료하는 것을 보고 있는 것이 아니라 치료에 관한 저속 필름을 보고 있는 것처럼 막히기 시작했다.

그는 재빨리 사내의 어깨에 난 덜 심한 상처를 만져 보았다. 그는 즉시 첫 번째 것보다는 깊이 박히지 않은 두 번째 총알을 감지하여 찢어진 살갗 밖으로 나오도록 살짝 밀었다. 총알이 튀어나와 그의 손바닥에서 꿈틀댔다.

승리의 전율이 브렌던의 전신을 휩쌌다. 그는 머리를 뒤로 젖히고 죽음이라는 궁극적인 혼돈과 어둠이 패배한 데 대해 폭풍우의 공포와 밤에 대고 비웃어 주고 싶은 강한 충동을 느꼈다.

부상자의 시선은 완전히 맑아졌다. 그는 처음에는 어리둥절해 했지만 이내 상황을 알아차린 듯, 그리고 그 다음엔 공포감으로 브렌던을 올려다보았다.

"스테판."

그가 말했다.

"비카직 신부님."

생판 모르는 사람의 입에서 흘러 나온, 그 친숙하고 사랑하는 사람의 이름을 들은 브렌던은 소스라치게 놀랐으며 자신의 교구 신부이자 훌륭한 스승에 대한 설명할 수 없는 두려움으로 가득 찼다.

"뭐라구요? 비카직 신부님이 어떻게 됐단 말입니까?"

"나보다 그분이 당신의 도움이 더 필요할 거요. 빨리!"

잠시 브렌던은 그 사내가 무슨 말을 하고 있는지 이해할 수가 없었다. 그 다음 갑작스런 불안감과 함께 그는 기관총에 맞은 지프를 운전하고 있던 사람이 바로 자신의 주임 신부님이 틀림없다는 걸 알아챘다. 그러나 그것은 있을 수 없는 일이었다. 그가 어떻게 여기에 왔단 말인가? 언제? 왜? 대체 어떤 목적으로 그가 여기 올 수 있었단 말인가?

"빨리요!"

낯선 사내는 반복해서 말했다.

브렌던은 자리에서 벌떡 일어서서 구경하고 있던 군인들과 폴커크 대령 쪽으로 헤치고 들어가 눈밭을 미끄러져 지프의 앞 범퍼가 찌그러져 있는 곳으로 비틀거리며 달려갔다. 한손으로 차체를 들어올린 채로 할 수 있는 한 최대한 재빠르게 앞쪽을 돌아 반대편에 있는 운전석 쪽 문으로 기어 올랐다. 문은 좀처럼 열리지 않았다. 잠겨 있는 것 같았다. 아니면 총에 맞아 망가졌는지도 모른다. 그는 정신나간 듯이 힘껏 비틀어 보았지만 꼼짝도 하지 않았다. 그는 더욱 세게 잡아당겼으나, 여전히 허사였다. 순간 그는 기필코 열겠다고 마음먹었다. 그러자 금속 조각이 깨지면서 삐걱대고 끼익거리는 소리를 내기 시작하더니 경첩이 뒤틀리면서 틈이 벌어지기 시작했다. 핸들을 잡은 채 그 위에 구부리고 있던 몸뚱이가 열려진 문 밖으로 천천히 기울어지기 시작했다.

브렌던은 비카직 신부를 붙잡고 운전석에서 끌어내 차가운 눈밭에 눕혔다. 지프의 그쪽 면은 반대편보다 빛이 덜 닿는 편이었다. 어둠 속에서도 그는 신부의 눈을 볼 수 있었다. 그리고 마치 그의 고통스런 목소리가 아주 멀리서 들려오듯 브렌던은 자신이 "사랑하는 주님! 안 됩니다! 오, 안 돼요!"라고 중얼거리는 소리를 들었다. 성 베네딕트 교회의 목자는 이 세상 것은 아무것도 보지 못하지만 그 장막 너머에 있는 뭔가를 응시하고 있는 듯 멍하니 초점이 없고 움직이지도 않는 눈을 하고 있었다.

"제발 안 됩니다."

브렌던은 또 총탄이 박힌 고랑이, 두개골을 따라 파고들어가 오른쪽 눈가에서부터 귀를 막 지나는 지점까지 주욱 나 있는 것을 보았다. 그것은 치명적인 상처가 아니었지만, 다른 상처는 치명적인 것이었다. 목 아래쪽에 처참하게 파헤쳐진 구멍은 지독하게 찢어져서 헤진 살점이 널려 있었고, 피도 멎은 상태였다.

브렌던은 부들부들 떨리는 손을 스테판 비카직의 엉망이 된 목에 갖다 댔다. 그의 내부에서부터 다시 권능의 실이 다시 자아지고 있다는 것을 느꼈다. 수많은 색깔과 다양한 장력 강도를 가진 수십 억 개의 가느다란 실이 모두 보이진 않지만 강하고 탄력 있는 섬유, 바로 생명이라는 섬유를 짤 수 있는 충분한 씨실과 날실을 제공하고 있는 듯한 느낌이었다. 그

때 자신이 너무나 깊이 사랑하고 존경하는 그 사람의 식어가는 육체 내부에 직접 닿아서, 브렌던은 자신의 모든 신비한 능력을 가지고 베틀로 그 실들을 짜기 위해, 그래서 찢어진 생명의 천을 수선해 보려고 애썼다.

그러나 그는 곧 기적적인 치료의 과정에서 치료하는 자와 치료를 받는 자 사이의 공감대가 형성되는 것을 깨달았다. 그는 자신이 전에는 그 과정을 제대로 이해하지 못했다는 것을 깨달았다. 즉 그는 권능의 실을 뽑으며 돌아가는 물레이면서 그것들을 생명의 천으로 짜 내는 베틀이 아니라는 것을 깨달았다. 오히려 환자가, 브렌던이 제공하는 생명력을 주는 권능의 실을 사용하는 베틀을 제공해야만 하는 것이었다. 어떤 신기한 방식으로든지간에 치료는 쌍무적인 과정이었다. 그러나 그 생명력의 베틀이 스테판 비카직의 몸 속엔 남아 있지 않았다. 그는 몇 분 전에, 브렌던이 지프에 닿기 전에 이미 죽어 있었다. 그래서 치유의 능력을 가진 수많은 실들은 쓸데없이 엉키고 설키기만할 뿐, 상처를 입은 살갗을 기워 이을 수는 없었다. 브렌던은 부상자를 낫게 하고, 병자를 고칠 수는 있었지만 예수가 나자로에게 행해졌던 것을 할 수는 없었다.

엄청나고 깊은 슬픔의 흐느낌이 그와 또 다른 이에게서 울려 퍼졌다. 그러나 그는 굴복해서 절망에 빠지고 싶지 않았다. 그는 신부를 잃었다는 사실을 완강히 부인하면서 머리를 세차게 흔들었고 또다시 터져 나오려는 흐느낌을 삼킨 채 자신이 할 수 없다는 것을 잘 알면서도 죽은 사람을 소생시키리라고 작정하며 노력을 배가시켰다.

자신이 어렴풋이 뭔가를 말하고 있다는 것은 알았지만, 1, 2분이 지나면서 그는 최근에는 아니었지만 과거에는 많이 해 왔던 식으로 기도를 하고 있다는 사실을 깨달았다.

"성모 마리아시여, 저희를 위해 기도해 주소서. 가장 고결하신 성모시여, 저희를 위해 기도해 주소서. 가장 순결하신 성모시여, 저희를 위해 기도해 주소서."

그는 반사 작용이나 무의식적으로 기도를 하고 있는 것이 아니라, 성모께서 분명히 자신의 애끓는 부르짖음을 듣고 계시며, 자신의 새로운 능력과 동정녀 마리아의 간절한 기도가 합쳐져서 비카직 신부를 다시 일으켜 세울 수 있으리라는 깊고도 조용한 확신을 갖고 기도하고 있었다. 비록 예전의 믿음을 잃어버렸다 해도, 그는 그 암흑의 순간에 다시 그것을 되찾은 것이었다. 그는 온마음과 정신을 다해서 굳게 믿었다. 만일 비카직 신부가 자신의 예정된 시간보다 먼저 잘못 데려가진 것이라면, 그리고 성모께서 그녀가 사랑이란 이름으로 부탁하는 어떤 것도 어머니의 뜻을 결코 거역하지 못하는 그분께 눈물로 호소하고 그 간절한 소원들을 전해 주신다면, 그때 엉망진창이 된 살갗은 전부 회복될 것이며 신부는 자신의 사명을 다하기 위해 이 세상에 다시 되돌아올 것이다.

피에 젖어 있는 끔찍스러운 상처 위에 계속 손을 얹은 채로 꿇어 앉아, 초라해진 그의 어깨 위에 내려앉은 깨끗한 눈 외에는 성스러운 의상은 아무것도 입지 않고서, 브렌던은 은혜로우신 성모 마리아의 탄원 기도를 암송했다. 그는 천사들의 여왕이시며 사도들의 여왕이자 순교자들의 여왕이신 마리아께 간절히 청했다. 그러나 아직도 그가 소중하게 아끼는 신부님은 대지 위에 꼼짝도 않고 누워 있었다. 그는 신비로운 장미꽃 같으시며 빛나는 새벽별이시자 상아탑이시며 병든 자에게는 건강을, 고통받는 자에게는 위로를 주시는 성모의 자비를 구했다. 그러나 한때는 그렇게도 온화함과 지성과 애정으로 가득했던 그의 눈동자는 눈송이가 날아들어가도 꿈쩍거리지 않았다.

"정의의 거울이시여, 저희를 위해 기도해 주소서. 기쁨의 근원이시여, 저희를 위해 기도해 주소서……."

마침내 브렌던은 비카직 신부가 그 자리에서 들려 올라간 것이 바로 신의 뜻임을 인정하게 되었다.

그는 한마디씩 더 할 때마다 점점 떨리는 목소리로 간절한 탄원의 기도를 조용히 끝마쳤다. 그는 그 흉칙한 상처에서 손을 뗐다. 대신 그는 죽어서 축 늘어진 스테판 비카직의 한 손을 양손으로 모아 쥐었다. 마치 그가 자신의 죽은 자식인 양 그의 가슴은 슬픔으로 가득 찬 깊은 그릇 같았다.

렐런드 폴커크 대령이 그에게로 다가왔다.

"그러니까 당신의 능력도 한계가 있단 말이군. 안 그렇소? 좋아. 그걸 알고 나니 기분이 좋군. 됐어. 그럼, 다른 사람들과 같이 저리로 돌아가."

브렌던은 고개를 쳐들고 그 날카로운 얼굴과 부싯돌처럼 반짝거리는 두 눈을 쳐다보았다. 그러나 전처럼 대령을 보면 나타나곤 했던 어떤 공포도 느껴지지 않았다. 그가 조용히 말했다.

"그분은 마지막 고해 성사를 할 기회도 갖지 못한 채 소천하셨습니다. 나는 성직자이니 여기 머물러 성직자가 해야 할 일을 하겠소. 그리고 내 할 일이 끝나면 다른 사람들과 같이 가겠소. 지금 당신이 날 움직이게 하겠다면 날 죽여 끌고가는 방법밖에 없을 거요. 못 기다리겠다면 내 등에 총을 쏘면 될 것 아니겠소."

그는 대령에게서 얼굴을 돌렸다. 얼굴이 눈물과 녹아내린 눈으로 범벅이 된 채 그는 깊이 숨을 들이마셨다. 그는 자신의 입에서 라틴어로 된 성구들이 막힘 없이 줄줄 흘러 나오고 있다는 것을 알았다.

안으로 들어가기에는 체인으로 연결된 철사 울타리에 만든 구멍이 작긴 했지만, 잭이나 돔, 진저 중 어느 누구도 덩치가 큰 사람이 없었으므로 그들은 먼저 장비를 가득 넣은 배낭을 밀어 넣고 나서 어렵지 않게 선더 힐의 땅을 몰래 디딜 수 있었다.

잭의 지시에 따라 돔과 진저는 그가 스타트론 암시(暗視) 장치로 주변의 전경을 즉각 둘러볼 기회를 잡을 때까지 울타리에 바싹 붙어 있었다. 그는 감시 카메라와 광전관 경보 장치가 장착되어 있을 만한 초소를 찾고 있었다. 불어닥친 눈 때문에 날씨가 좋을 때보다는 관찰하기가 더 힘들긴 했지만, 그는 각도를 달리하면서 선더 힐 주변의 구역을 맡고 있는 카메라를 장치한 지주 두 개를 찾아냈다. 그는 폭풍 때문에 확실하진 않지만 그 카메라들의 렌즈가 눈으로 뿌해져 있으리라 믿었다. 그는 그쪽 풀밭을 가로지르는 움직임을 탐지하는 광전자 사진 장치가 설치된 흔적은 찾을 수가 없었다.

그는 지퍼가 달린 호주머니에서 지갑 크기만한 장치를 하나 꺼냈다. 그것은 전류계를 극도로 복잡하게 변형시킨 장치였다. 비록 전류량을 측정할 수는 없지만, 그것으로 선과 직접 닿지 않고서도 전선에 흐르는 전류의 흐름을 추적할 수 있는 장치였다.

그는 울타리를 등지고서 앞에 펼쳐진 풀밭 쪽으로 몸을 돌렸다. 그는 몸을 잔뜩 웅크린 채 그 물체를 지면에서 2피트 정도 높이인 팔 한폭 정도의 거리만큼에 들고서 서서히 전방으로 움직여 보았다. 전압 감지기는 전선들이 파이프에 싸여 있지만 않다면 지하 18피트 깊이 정도까지 묻혀 있는 전선의 전류를 감지할 수 있을 것이다. 그가 찾고 있는 종류의 전선은 그만큼 깊은 곳에 묻혀 있지도, 파이프에 싸여 있지도 않은 것이었다. 새로 쌓인 눈이건, 이미 쌓여 있던 눈밭이건간에 그 장치의 성능에는 그다지 지장을 주지 못할 것이다. 그가 불과 3야드 정도 앞으로 나아갔을 즈음 탐지기가 약하게 삑 하는 소리를 울리면서 노란 불빛이 반짝였다.

그는 즉각 동작을 멈추고 뒤로 두 발짝 물러선 뒤 돔과 진저를 자기 곁으로 불렀다. 그들이 다 모이자 잭이 말했다.

"땅속 1, 2인치 정도 아래에 압력 감지 경보 장치가 묻혀 있어요. 그건 울타리 안에서 10피트 정도에서부터 시작되는데, 이 시설 주변 전체에 걸쳐 울타리와 나란히 묻혀있는 게 틀림없소. 그건 얇은 플라스틱으로 싸인 철망인데, 낮은 전압의 전류가 흐르고 있어요. 그것은 일정한 무게 이상, 그러니까 가령 50파운드 이상의 어떤 물체라도 그것을 밟게 되면 일부 전선의 연결부가 망가지면서 전류가 방해를 받도록 되어 있죠. 눈은 고르게 내리기 때문에 쌓여도 그 흐름에 지장을 주지 않아요. 그건 압력이 집중되는 경우에만 반응하죠. 예를 들어 발자국처럼 말이에요."

"저도 50파운드가 넘는데요. 이 경보 격자가 얼마나 넓죠?"

진저가 말했다.

"적어도 8내지 10피트 정도……. 그들은, 나처럼 대단히 잔머리가 잘 돌아가는 누군가가 와서 그 장치를 탐지했다 치더라도 뛰어넘을 수 없게끔 확실히 해 놓았어요."

잭이 말했다.

"당신이라면 어떨지 몰라도 난 날아서 건너갈 수도 없잖아요."

돔이 말했다.

"당신이 못한다고 확신하진 않소."

잭이 말했다.

"말하자면 만일 당신이 자신의 그 능력을 실험해 볼 시간이 있다면 말이오……. 당신이 의자를 공중에 둥둥 뜨게 할 수 있다면, 자기 몸이라고 못 띄우겠소?"

그는 그 제안이 돔을 화들짝 놀라게 만들었다는 것을 알 수 있었다.

"하지만 당신은 자신의 능력을 통제하는 법을 배울 시간을 갖지 못했으니까 우린 우릴 여기까지 오게 만든 무언가에 의지하는 수밖에 없을 거요."

"그게 무슨 소리죠?"

진저가 물었다.

"나의 천재적인 머리죠."

잭이 씩 웃으면서 대답했다.

"이제부터 바로 우리가 할 일이 있어요. 우린 울타리와 경보 격자 사이의 안전한 땅으로만 계속 가면서 격자 너비를 뛰어넘어 풀밭 깊숙이 2, 30피트 정도 뿌리를 내리고 서 있는 커다란 아름드리 나무가 있는 장소를 찾을 때까지 주위를 쭉 돌면서 걷는 겁니다."

"그리고 나서는요?"

돔이 물었다.

"보면 알게 될 거요."

"우리가 나무를 한 그루도 못 찾으면요?"

진저가 물었다.

"박사, 난 당신이 활달한 낙천주의자라고 점찍고 있었는데요. 만약에 내가 나무 한 그루가 필요하다고 애기하면, 내가 당신이라면 내게, 우리는 수풀을 발견해서 거기서 수천 그루의 나무라도 고를 수 있을 거라고 말해 줄 줄 알았소."

잭이 말했다.

그들은 그 계곡마루를 향한 내리막길을 불과 3백 야드 정도밖에 가지 않아서 한 그루의 나무를 찾아냈다. 그것은 너무 오래되고 특이하게 생긴 거대한 소나무로서 잭이 원했던 바대로 가지들이 굵고 길게 뻗어 있었다. 그것은 80피트나 혹은 더 높이 솟아 있었고 눈덮인 형체가 폭풍 속에서 뿌옇게 드러나 있었다. 그리고 울타리에서 30내지 35피트 가량 물러서 있어서 경보 격자의 가장 멀리 있는 거리는 충분히 넘을 듯했다.

잭은 다시 스타트론을 사용해서, 안성맞춤인 가지를 찾을 때까지 그 거대한 소나무를 관찰했다. 가지는 튼튼해야 하지만 줄다리의 반대편 기둥으로 삼을 것이므로 울타리보다 너무 높아서는 안 되었다. 그는 다시 스타트론을 치웠다.

그는 배낭 가운데 하나에서, 그날 일찌감치 엘코에 들렀을 때 진저와 페이의 쇼핑 목록에 들어 있던 여러 품목들 중 하나였던 네 발짜리 갈고랑쇠를 꺼냈다. 갈고리에 매여 있는 것은 1백 피트 길이의 나일론 동아줄로, 지름이 16분의 5인치짜리였다. 그런 종류의 밧줄은 등산을 전문으로 하는 사람들을 위해 한 사람 몸에만 묶게 되어 있는 것이 아니라 한꺼번에 모두의 몸무게를 지탱할 수 있게 되어 있었다.

그는 전에 열두 번도 더 점검을 해 두었으면서도, 갈고리와 매듭 부분을 다시 한 번 점검했다. 그리고 갈고리를 던질 때 줄 전체가 다 딸려가지 않도록 풀어져 있는 끝을 밟고서, 나머지는 다 풀어진 채 내버려두고 발밑의 줄 꾸러미를 정리했다.

"물러서요."

그가 말했다. 그는 오른손에 줄을 2피트 정도쯤 해서 잡고 갈고리가 달랑거리게 하고선 그것을 빙빙 돌리기 시작했다. 그는 더욱 빠르게 돌려서, 공기를 가르며 휭휭거리는 소리가 폭풍우만큼이나 커질 때까지 계속 돌렸다. 그는 속력이 적당하다고 느끼자, 오른손에서 줄을 놓았다. 그러자 줄이 갈고랑쇠를 쫓아 그의 왼손에서 슬슬 풀려 나갔다. 갈고리는 폭풍 속에서도 위로, 그리고 저 멀리로 둥근 호를 그리며 뻗어 나갔다. 그것은 바람에 방해를 받지 않을 정도의 충분한 부피에다 그만한 힘이었는데도 목표 지점에 3피트 정도밖에 미치지 못했다.

잭은 아무도 밟지 않은 눈밭을 휘저어 놓으면서 그것을 되감았다. 그는 로프를 몇번 더 던져야 했고, 고리에 뭔가가 걸릴 때까지 인내심을 가져야 했다. 그는 로프가 땅속에 묻힌 압력 감지 격자 위로 끌리는 것쯤에는 관심이 없었다. 왜냐하면 그것은 경보를 울리게 만들 만큼 무겁지는 않았기 때문이었다. 1, 2분쯤 지나서 그는 그것을 다시 집어 들었다. 뭘 어떻게 하라는 말을 듣지는 않았지만, 돔은 무릎을 꿇고 앉아서 끈을 당겨 다시 로프를 감았다. 이제 잭은 다시 시도할 준비가 되었다.

두 번째 던졌을 때 그것은 원하는 바대로 그 자리에 다다랐다. 갈고리는 목표했던 가지를 단단히 물고 있었다.

갈고리를 안전하게 매달아 놓고서 그는 끈의 다른 쪽 끝을 가장 가까운 울타리 기둥으로 가져갔다. 그는 그것을 땅에서 약 7피트 정도 높이의 체인으로 된 울타리 사이에 끼워 기둥 둘레에 감고는 다른 편에 있는 울타리의 고리에 꿰어서 다시 기둥에다 칭칭 감았다. 그리고는 기둥과 멀리 떨어져 있는 나무 사이에 묶은 줄이 팽팽해질 때까지 있는 힘껏 로프를 잡아당겼다. 그제서야 그는 돔과 진저를 불러서 자신이 기둥에 로프를 꽁꽁 묶어서 맬 동안 줄을 팽팽하게 잡고 있으라고 했다.

그제서야 그들은 울타리에서 시작되어 지면에서 7피트 정도 높이에, 나무에서는 9피트 정도까지 경사가 져서 올라간 줄다리를 만들게 되었다. 그러한 약간의 경사는 불과 35피트 정도밖에 안 되지만 로프를 건너는 데는 많은 어려움이 따를 것이다. 그러나 잭이 각도를 최소한으로 줄일 수 있는 근사치는 그 정도 높이밖에 되지 않았다.

그는 훌쩍 점프를 해 두 손으로 끈을 잡고는, 타성을 얻기 위해 몸을 앞뒤로 흔들더니 다리를 휙 차올려서 로프 위로 올려 놓고 위에 복숭아

뼈가 걸쳐지도록 발을 교차시켰다. 평평한 가지 아래쪽에 매달려 장난치는 코알라처럼 그는 로프에 매달려 얼굴을 하늘을 향하게 하고 등은 땅에 평행하게 했다. 팔을 뒤로 뻗어서 줄 위에 자기 몸을 끌어당기고, 한편으로는 발목을 꼭 죄어 놓고 다리를 쭉 뻗어 땅에 몸이 닿을 염려 없이 조금씩 나아갈 수 있게 되었다. 그는 돔과 진저를 위해서 시범을 보여 주었다. 그는 압력 감지 경보 격자로 정해진 위험 지대에 닿기 전에 우선 발을 내리고 나서 손을 떼 땅에 내렸다.

돔은 줄을 타려고 시도했다. 그는 처음 뛰어서는 손으로 줄을 잡을 수는 있었지만, 다리를 걸쳐 올리기까지는 시간이 꽤 걸렸다. 그러나, 거기까지 해내긴 했어도 다시 땅으로 떨어져 버렸다.

키가 5피트 2인치밖에 안 되는 진저는 적당하게 줄을 잡을 수 있도록 받쳐 주어야 했다. 그러나 놀랍게도 그녀는 다리를 차서 단번에 줄에다 걸치는 데 어떤 도움도 필요치 않았다.

"정말 훌륭한 몸매로군요."

잭이 그녀에게 말했다.

"그래요, 좋아요."

땅으로 다시 내려오면서 그녀가 말했다.

"비번인 매주 화요일마다 바레니키 한 바구니랑 보리 크래커 몇 파운드, 그리고 배가 침몰할 정도만큼 블린쯔를 마신 덕분이에요. 다이어트죠. 그것이 바로 비결이에요."

배낭 가운데 하나를 매고 등에 맞게 팔을 채우면서 잭이 말했다.

"좋아요. 이제 내가 제일 무거운 배낭 두 개를 가지고 먼저 로프를 건너갈 테니까 둘 중 하나는 나머지 배낭 하나를 책임져요. 진저, 당신은 두 번째로 와요. 돔, 당신은 맨뒤에 오시오. 당신이 건너올 때쯤이면 우리가 줄을 팽팽하게 당겨 주기는 하겠지만 그 중간쯤에 가까워질수록 끈이 좀 더 쳐질 거요. 그래도 걱정말아요. 당신이 땅에 닿아서 경보가 울릴 만큼 많이 늘어지진 않을 테니까. 발이 줄에 제대로 조여지도록 조심하고 절대로 몸을 끌어당기면서 엉겁결에 두 손을 동시에 놓아선 안 됩니다. 나무에 닿을 때까지 안전을 위해서 항상 명심하시오. 하지만 둘 다 팔다리가 아파서 못 견디겠으면 소나무 이쪽 편으로 10내지 20피트 거리쯤에서 내려도 될 겁니다. 거기라면 아마 경보 격자의 끝을 벗어나 있을 테니까야."

"우린 끝까지 해낼 수 있어요. 기껏해야 30에서 35피트일텐데요."

진저가 자신 있게 말했다.

잭이 또 다른 배낭을 가슴에다 바짝 조이면서 말했다.

"딱 10피트만 지나면 팔이 빠져 나갈 듯 느껴질 거요. 15피트쯤 가면 아마 팔이 이미 빠져 버린 것 같은 기분일걸요."

자신의 주임 신부의 죽음에 대한 브렌던 크로닌의 행동 가운데 뭔가가 렐런드 폴커크의 마음을 웬지 동요시켰다. 그 젊은 사제가 스테판 비카직에게 마지막 권리를 줄 만한 시간과 자유를 달라고 요구했을 때, 그의 눈에는 거센 분노의 불길이 타오르고 있었으며, 그의 목소리에 담긴 슬픔은 너무도 폭발할 듯 강력해서 그가 인간이라는 사실을 의심하지 않을 수 없게 만들 정도였다.

외계인에 오염되었다는 것에 대한 폴커크의 공포심은 한이 없어서 그를 산 채로 서서히 좀먹게 만들었다. 설사 그의 완벽한 과대 망상증이 아니라 하더라도 그의 두려움을 입증시켜 줄 만큼 그 우주선 안에 있던 이상한 물체를 그 자신이 직접 보았을 뿐만 아니라 다른 사람들도 발견했었다. 그러나 자신도 크로닌의 고통이, 인간이 아니면서 인간처럼 변장한 지성적인 존재가 영악하게도 기도를 하고 있는 것이라고 믿기는 어렵다는 것을 잘 알고 있었다.

그러나 기괴한 능력을 가진 크로닌은 제일 의심이 가는 두 명의 용의자 가운데 하나였고, 또한 가장 많이 물들었을 가능성이 짙은 두 명의 목격자 중 하나였으며, 나머지 하나는 바로 도미니크 콜베이시스였다. 그의 몸 속에 꼭두각시를 조종하는 외계인이 살아 있지 않다면 치유력과 염력은 어디서 나온 것이란 말인가?

폴커크는 혼란스러웠다.

발 주위에 눈가루를 묻힌 채 그는 꿇어 앉아 있는 사제로부터 걸어나오다가 그 자리에 멈춰 서서 머리를 내저으며 생각을 맑게 하려고 애썼다. 그는 아직 감시중인 잭 트위스트의 체로키 옆에 있는 다른 여섯 명의 목격자들을 쳐다보았다. 그는 자신의 병사들이 명령받은 것을 행해야 할 필요성을 놓고 자신이 느끼는 것보다 더 심한 혼란감에 사로잡혀 있다는 사실을 알았다. 그는 비카직과 함께 있던 낯선 사내가 지금은 자리를 털고 일어나서 기적적으로 회복돼서 이리저리 움직이고 있는 모습을 보았다. 그 치료 과정은 두려움이 아니라 찬양을 요하는 사건으로 몹시 훌륭해 보였다. 그러나 폴커크는 선더 힐 내부에 과연 무엇이 있는지 잘 알고 있었다. 암흑에 싸인 그 정보는 모든 사물을 다른 시각으로 보이게 만들었다. 그 치료는, 그로 하여금 적과 공조한 이득이 너무나 커서 도저히 반항을 할 수 없게 만들고 있다는 생각을 하게끔 만드는 한 약삭빠른 책략이자 계략이었다. 그들은 고통에 종지부를 찍고 있는 중인 셈이었다. 그리고 아마 그 외의 다른 모든 죽음들은 너무 갑작스러운 것이어서 피할 수 없게 되겠지. 그러나 폴커크는 삶의 진수는 바로 고통이라는 걸 잘 알고 있었다. 고통으로부터 벗어나는 일이 가능하리라고 믿는 것은 위험한 일이었다. 그러한 기대는 여지없이 깨어지기 마련이기 때문에 더욱 위험한 것이다. 그리고 그런 기대가 산산조각 난 뒤에 따르는 고통은, 만일 그런 고통을 바로 그 자리에서 맞부딪혀서 참아내야 했을 때 느끼는 것보다 훨씬 더 큰 아픔이 될 것이다. 폴커크는 신체적, 정신적, 정서적 고통이 인간 상태의 진수라고 믿었으며, 생존과 건강한 정신 상태는 고통에 저항하거나 벗어나는 것보다 오히려 고통을 포용하는 데 있다고 믿었다. 고통에 패배하지 않기 위해서는 고통 속에서 잘 살아야 한다. 그리고 누구든 초연하자는 제안에 동의하는 자는 의혹과 경멸과 깊은 불신감을 갖고 보아야 할 것이다.

폴커크는 더 이상 혼란스럽지 않았다.

졸저가 군 수송 차량이라 생각한 그 커다란 군용 트럭은 양편에 딱딱한 철제 벤치가 주욱 있고, 운전석과 뒷좌석을 분리시킨 앞쪽 벽면에도 벤치가 놓여 있었다. 일정한 간격으로 벽에 부착된, 달랑거리는 가죽 고리는 험한 길이나 경사를 오르내릴 때 벤치에 앉은 사람들이 잡도록 되어 있었다. 비카직 신부의 시체는 앞쪽 벤치 위에 놓여 있었고, 시체가 흔들리지 않도록 로프로 바구니 모양을 만들어서 그 좌석 아래와 벽면의 가죽끈에 줄을 묶어서 고정시켜 놓았다. 졸저와 말시, 브렌던, 어니와 페이, 샌디와 네드, 파커 등 그 밖의 다른 사람들은 측면 벤치에 앉아 있었다. 보통 뒷문은 사고나 기타 비상시에 군인들이 재빨리 나갈 수 있도록 안쪽 빗장만 잠겨져 있었다. 그러나 이번에는 폴커크 대령이 직접 바깥에서 자물쇠를 채웠다. 그 소리가 마치 교도소의 지하 감방 같은 곳을 연상시켜 졸저는 절망감으로 가득 찼다. 천장에는 형광등이 달려 있었지만, 폴커크는 불을 켜 주지 않았다. 그들은 그냥 어둠 속에서 차를 타고 가야만 했다.

어니 블록이 지금까지 밤을 꽤나 잘 견뎌 왔다고는 하지만, 모두들 그가 깜깜한 트럭 안에 감금되자 그의 정신력이 허물어져 버릴지도 모른다고 예상했었다. 그러나 그는 페이 옆에 앉아 그녀의 손을 잡고 잘 견뎌내고 있었다. 단지 잘 알아들을 수 없는 말을 주문처럼 뇌까리면서 주기적으로 불안해 하기는 했지만, 그는 곧바로 그런 상태에서 벗어났다.

"난 돔이 말하는 비행기를 기억해 내기 시작하고 있어."

어니는 그들이 트럭에 올라 차가 움직이기 시작한 바로 직후 그렇게 얘기했다.

"적어도 네 대였어. 낮게 날았었는데, 두 대는 아주 낮게 날았지……. 그리고 나서 내가 기억할 수 없는 다른 뭔가가 벌어졌었어……. 그러나 그 후에 모텔의 용달을 타고서 그 지옥 같은 80번 주간 도로 쪽으로 달려 내려갔던 기억이 나……. 그 고속 도로를 따라서 샌디에게도 상당히 큰 의미를 지니고 있는 그 특별한 장소로 갔던 게 기억나. 지금까진 그게 전부야. 하지만 내가 더 많이 기억할수록……어둠이 덜 무서워져……."

대령은 그들에게 한 명의 경비도 붙이지 않았다. 그는 두세 명이라 할지라도 중무장한 병사들을 그 무리에 끼워 태우는 것이 위험하다고 생각하는 것 같았다.

그들을 트럭으로 몰아 넣기 전에 대령은 비스타 계곡로를 따라가는 바로 거기에서 그들을 처치하라고 명령할 것 같았다. 졸저는 공포로 위가 고통스럽게 뒤틀려 왔다. 졸저는 그들이 어디로 가는 중이건간에 그들이 그 곳에 도착하기만 하면 자신들을 살려 두진 않을 것이라고 반신반의하고 있었지만, 어쨌든 폴커크는 잠잠했다.

그는 진저와 돔, 그리고 잭이 어디로 갔는지 말하라고 했었다. 처음에 아무도 대답하지 않자, 그는 매우 화가 났다. 그는 말시의 머리에 손을 얹고는 그들이 계속해서 힘들게 만들면 그 아이에게 어떤 벌이 내려질지를 조용히 말해 주었다. 어니는 폴커크가 그가 입고 있는 제복에 대한 불경을 저지르고 있다고 저주하면서 즉시 입을 열었다. 그리고 마지못해 진저와 돔, 그리고 잭이 위네뮤카의 배틀 산을 향해 가서, 마지막으로 리노를 향해 트랭킬러티 모텔에서 서쪽으로 가 버렸다고 털어놓았다.

"우리는 엘코로 가는 모든 길들이 감시당할까 봐 걱정했었소. 한 가지 일에 우리가 가진 모든 걸 걸고 싶지 않았으니까."

어니가 말했다. 물론 그것은 거짓말이었다. 잠시 동안 졸저는 뻔한 거짓말로 자기 딸을 위험에 빠뜨리지 말라고 어니에게 소리치고 싶었지만, 그녀는 폴커크가 그것이 꾸며 낸 이야기라는 걸 확실히 알 도리가 없다는 걸 깨달았다. 대령은 의심스러웠다. 그러나 어니는 잭이 어떤 길을 따라가고 있으리라는 것에 대해 더 자세히 설명을 했다. 그래서 결국 폴커크는 확인을 해 보려고 네 명의 부하를 보냈다.

이제 트럭이, 폴커크가 그들에게 알려 주지 않은 목적지를 향해 바람 부는 밤 공기를 가르며 덜커덩거리며 달리자, 졸저는 한 손으로 가죽 끈을 붙잡고 다른 손으로는 말시를 붙잡았다. 아이는 졸저에게 꽉 매달려서 훨씬 엄마를 안심되게 만들었다. 결코 현실과 연결된 것은 아니어도, 아이가 아직도 반쯤 긴장병적 상태에서 흐느적거리고 있다 해도, 애정과 접촉에 대한 강한 욕구엔 어쩔 수가 없는 모양이었다. 그러나 갑작스럽게 말시가 안길려고 하는 욕구가 졸저에게는, 아이가 계속해서 움츠려 있던 암흑의 지배로부터 다시 벗어나리라는 희망적인 징조로 보였다.

졸저는 어떤 것도 딸에 대한 강한 염려로부터 자신을 완전하게 떼어놓을 수는 없다고 생각했다. 그러나 트럭이 움직이기 시작하고 나서 2분 후 파커 페인은 자신과 비카직 신부가 어째서 그렇게 눈보라가 휘날리는 밤에 그토록 위험한 국토 횡단 여행을 하고 있었는지 말하기 시작했다. 그가 말하는 소식은 하도 중대한 것이어서 졸저의 머리에서 다른 모든 것을 몰아내 버렸고, 넋을 잃고 그 이야기를 들을 정도로 그녀의 마음을 사로잡았다.

그는 캘빈 샤클과 브렌던이 어떻게 에미 헬버그와 윈톤 토크에게 자신들의 능력을 발휘했는지에 관해서 말해 주었다.

"그리고 지금……아마……저에게도……."

파커의 목소리에는 너무나 큰 놀라움이 깃들어 있어서 졸저는 즉시 공감이 갔으며 전신에 소름이 끼쳤다. 파커는 CISG에 대해서도 말했다. 그리고 그는 그들이 그렇게 오랫동안 기억을 잃고 있었던 7월의 여름 밤에 분명히 보았을 것에 대해서도 말해 주었다. 틀림없이 뭔가가 내려왔었다. 뭔가가 하늘에서 내려왔었다. 그리고 결코 다시는 세상이 전과 똑같아지지는 않을 것이라는 점도…….

뭔가가 하늘에서 내려왔었다.

그 놀라운 얘기가 밝혀지자 트럭 안의 어둠은 흥분해서 떠들어대는 목소리들로 가득 차 버렸다. 가장 먼저 페이가 어리벙벙해진 채로 의혹을 나타낸 것에서부터 시작해서 샌디의 즉각적이고도 열성적인 수긍에 이르기까지 다양한 반응들이었다.

샌디는 그저 수긍한 것 뿐만 아니라, 파커가 밝혀 낸 것이 마치 가공할 만한 일격이 되어 그녀의 기억 차단 벽을 강타해 깨부순 듯이 불현듯 금단의 밤에 관한 많은 분량의 기억을 되찾았다.

"제트기들이 날아왔어요. 그리고 네 번째 비행기가 모텔 지붕 위를 휙 날아서 넘어왔어요. 너무 낮게 날아서 지붕 꼭대기에 닿을 뻔했죠. 그리고 그때까지 우리는 모두 식당 밖에 있었는데 사람들이 모텔에서 나오고 있었어요. 그런데 그 진동은 계속되고 있었죠. 지진이 일어난 것처럼 땅이 진동했어요. 공기도 마찬가지로 진동했구요."

그녀의 목소리는 기쁨과 불안이 묘하게 섞여서 즐거운 듯하면서도 뭔가에 사로잡혀 있는 것 같았다. 어둠 속에서 모두들 그녀가 무슨 말을 할런지 듣기 위해 조용히 입을 다물었다.

"그때 돔이……그때는 그의 이름을 잘 몰랐었죠. 하지만 돔이었어요. 맞아요……. 그는 제트기에서 돌아오더니 식당 지붕 위쪽과 뒤편을 쳐다보면서 소리쳤어요. '달이다! 달이다!' 라구요. 우리는 모두 그 쪽을 돌아봤죠……. 그리고 거기엔 달이 있었어요. 평상시보다 더 밝게 빛나고 있었죠. 오싹할 정도로 빛났죠. 그리고 잠시 동안 그것이 우리에게로 떨어져 내리는 것 같았어요. 오, 여러분은 기억 안 나세요? 그걸 올려다보면서, 우리에게 떨어지고 있던 달을 쳐다보는 것이 어떤 기분이었는지 기억 안 나시냐구요?"

"기억나. 난 기억이 나."

어니가 거의 경건할 정도로 나직하게 말했다.

"저도 나요."

브렌던이 말했다.

그리고 졸저는 기억이 가물가물거렸다. 그러다가 부드럽게 빛나던 달, 섬뜩할 정도로 밝게 빛나며 그들에게 돌진해 오던 달에 대한 영상이 차츰 떠올랐다…….

샌디가 말했다.

"어떤 사람들은 비명을 질렀어요. 그리고 어떤 사람들은 도망가기 시작했구요. 우리들은 모두 너무 무서워했어요. 그리고 강력한 진동과 우르릉거리는 소리는 점점 커져서 아마 여러분들도 뼈 속까지 느껴지셨을 거예요. 바람이 전혀 불지 않았는데도, 지금까지 들어 보았던 소리 가운데 가장 시끄러운 소리들로 마구 뒤섞여서 팀파니와 엽총이 발사되는 것처럼 들렸어요. 게다가 또 다른 소리도 들렸어요. 해괴한 휘파람 소리 같기도 하고, 새가 지저귀는 소리 같기도 하고, 천둥이 치는 가운데 맑게 울리는 플루트 소리 같기도 한 소리도요. 그 소리는 시간이 지날수록 더 커졌죠……. 달이 갑자기 아주 환하게 밝아졌어요. 빛줄기들이 거기서 내려와서는 안개에 싸인 불빛처럼 주차장을 밝혔어요……. 그리고는 그때 갑자기 변해 버렸어요. 달이 붉은 색으로요. 피처럼 붉은 색으로 말예요! 그 후에 우리는 그게 달이 아니란 걸 모두 알게 됐죠. 달이 아니라 뭔가 다른 것이라는 걸요."

졸저는 기억 속에서 안개처럼 하얀 빛에서 주홍빛으로 바뀌는 달의 형체를 보았다. 그러한 회상과 함께 마인드 컨트롤 전문가들이 주입시켜 놓은 장벽들이 높은 파도의 기습을 받은 모래성처럼 허물어지기 시작했다. 그녀는 자신이 어떻게 그렇게 자주 말시의 앨범에 있는 달들을 보면서도 그렇게 이해가 가지 않았는지 의아스러웠다. 이제야 밀려드는 홍수처럼 모든 것이 이해되면서 그녀는 아직 알려지지 않은 것에 대한 두려움과 말할 수 없는 환희로 전율하기 시작했다.

"그리고 그것이 식당을 넘어왔어요."

샌디의 목소리는 너무나 커다란 두려움이 담겨 있어서 마치 그녀가 바로 지금 그 자리에서 내려오는 우주선을 보고 있는 듯, 기억 속이 아니라 실제 상황에서 처음 보고 있는 것처럼 말했다.

"그것은 앞서 사라졌던 비행기만큼 낮게 날아왔어요. 그런데 그건 그 제트기만큼 빨리 움직이진 않았죠……. 천천히……아주 천천히 움직였어요……. 소형 비행선보다 더 빠르진 않았어요. 소형 비행선과는 달리 육중하다고 표현해야 할 정도였기 때문에 그런 일은 불가능해 보였죠. 너무나 육중해서 말예요. 그런데도 그건 아주 천천히, 너무나 멋지다고 할 만큼 천천히 우리 머리 위를 나지막이 떠다녔어요. 그리고 그 순간에 우린 그것이 무엇인지, 틀림없이 어떤 것이라는 걸 알게 됐죠. 그건 이 세상에서 여지껏 만들어져 온 게 아니었으니까요."

기억이 점점 더 생생하게 되살아나면서 졸저는 전율하기 시작했다. 그녀는 말시를 팔에 안은 채 그 비행 물체를 올려다보면서 트랭퀼러티 그릴의 주차장에 서 있던 기억이 났다. 그것은 더운 7월의 밤 하늘 위로 미끄러지듯 날았으며 거기서 나는 천둥 같은 소리와 그 뒤에 따르는 저음의 진동을 제외하면 세상은 거의 고요한 듯 보였다. 샌디가 말했듯이 일단 달이 떨어지고 있다고 생각했던 오해가 사라지자, 그들은 즉시 그들이 보고 있는 것을 알게 되었다. 그러나 그 비행선은 수천 편의 영화와 텔레비전 쇼에서 본 것 같은 비행접시나 로켓 같은 것이 아니었다. 그것은 눈부실 만한 것이 아무것도 없었다. 수많은 색의 빛들이 번쩍이지도 않았고, 기묘하게 불거진 돌기나 마디 같은 것도 없었으며, 디자인에 있어서도 형언할 수 없이 이상한 점도 없었고, 뭔지 알 수 없는 금속이 내는 이 세상 것이 아닌 듯한 광택도, 특이하게 배치된 관망대도, 불타는 듯한 배기 장치도, 묘하게도 기분 나쁘게 생긴 무기들도 없었다. 단지 그것이 존재한다는 사실만 있을 뿐이었다! 그것을 감싸고 있던 주홍빛 광채는 언뜻 보기에 부력과 추진력을 만드는 동력판 같았다. 그렇지 않다면 그것은 꽤 평범하기 이를 데 없는 것이었다. 가령 구식 DC－3 동체만큼 크지는 않다 하더라도 상당한 크기의 원통형 물체로, 아마 길이는 고작 50피트에, 직경은 12내지 15피트 정도밖에 되지 않을 것이다. 그것은 밑부분을 같이 접착시켜 버린 두 개의 낡은 립스틱 통 모양에 가깝게 양쪽 끝부분이 둥글게 만들어져 있었다. 빛을 내는 동력부를 통해서, 세월에 시달리고 커다란 시련을 겪은 듯 별 특징도 없고 유달리 인상적일 것도 없는, 다소 얼룩덜룩한 선체 하나가 보였다. 기억 속에서 줄저는, 제트기 호위대가 선회하면서 급히 방향을 돌렸다가 확 날아와서 고도에서 동서로 씽씽 날아다닐 동안에 그것이 다시 식당을 지나 80번 주간 도로 쪽으로 내려오는 모습을 지켜 보았다. 지금 그 놀라운 날 밤의 일을 생각해 보니 그녀는 숨이 막히고 심장이 쿵쾅거리며, 혼란스럽게 뒤섞인 감정들로 가슴이 벅차 올랐다. 또한 그녀는 갑자기 자신이 그 너머에 인생의 의미가 놓여 있는 문 앞에서 그 문의 열쇠를 건네받고 서 있는 것 같은 기분이 들었다.

샌디가 말했다.

"그것은 80번 도로 너머에 있는 불모지로 내려갔어요. 그 곳이 바로 이유는 잘 모르지만 우리 모두가 뭔가 특별하다고 생각하고 있던 장소죠. 제트기들이 윙윙거리는 소리를 내며 그 곳을 낮게 날고 있었어요. 모텔과 식당에 있던 사람들 모두가 거기로 갔어야 했어요. 우리를 말릴 순 없었죠. 세상에! 아무것도 우릴 말린 순 없었죠! 그래서 우린 차와 트럭 안에 빽빽이 탄 채 그 곳으로 출발했죠."

"페이와 난 모텔의 트럭을 타고 갔어요."

더 이상 어니는 숨을 거칠게 몰아쉬지 않고 자신의 야간 공포증을 기억의 열기 속에 태워 없애 버린 듯 부대 수송차 안의 어둠 속에서 말했다.

"돔과 진저가 우리랑 같이 갔어요. 그 프로 도박사도 같이요. 로우맥이라구. 리노에서 온 제베디아 로우맥 말예요. 돔이 우리한테 해 준 얘기 가운데서 그가 자기 집에 있는 달 포스터에 우리 이름을 써 넣은 이유도 바로 그거죠. 우리랑 함께 운반 트럭에 타고 그 우주선 쪽으로 내려간 기억이 약간 어렴풋하면서도 급박하게 떠올라서, 그의 기억 차단 벽을 거의 부수고 나온 게 틀림없어요."

"그리고 졸저, 당신과 당신의 남편, 그리고 말시랑 다른 부부들이 우리 픽업 트럭에 탔었죠. 브렌던과 잭, 그리고 나머지 사람들은 낯선 사람들 속에 끼어서 자가용들을 타고 갔어요. 그러나 어떤 면으로는 우리 중에서 어느 누구도 더 이상 낯선 타인들이 아니었죠. 우리가 비포장 도로 길섶에 주차를 시키고 다른 두 대의 자가용이 엘코에서 서쪽으로 올라오고 있을 때, 서쪽에서 들어오는 차들은 고속 도로 바로 그 자리에서 막 멈추었고, 사람들이 경계선을 넘어 뛰어가고 있었고, 우리들 모두 잠시 동안 길 양옆 가장자리에 모여 서서 그 비행선을 바라보고 있었어요. 여전히……약간의 광채는 남아 있고 붉은 색 대신 호박색으로 변하기는 했지만, 그 비행선 주위의 빛은 사라져 버렸죠. 그것이 처음 땅에 닿을 때 쑥과 포아풀 덤불에 불이 붙었지만, 우리가 거기 다다랐을 무렵에는 거의 다 타 버렸더군요. 재미있더군요……. 우리 모두 어떻게 도로 가장자리에, 전혀 소리를 지르거나 말을 하거나 소란을 피우지도 않고 쭉 모여 있었는지 말이죠. 하지만 여러분도 아시다시피 조용하게 있었어요. 처음에는 우리 모두 너무나 조용했죠. 멈칫거리면서 말예요. 우리가……벼랑 위에 서 있었다는 걸 알고 있기는 했지만, 그 벼랑에서 떨어져 봤자 추락이라고 할 것도 못 되었죠. 그건……그냥 점프해서 뛰어오르고 내릴 수 있을 만한 높이였으니까요. 난 그때 그 느낌을 잘 설명하지 못하겠어요. 하지만 여러분은 아시잖아요. 여러분은 아실 거예요."

졸저는 알고 있었다. 그녀는 마치 그때 그랬던 것처럼 지금 그걸 느끼고 있었다. 그녀는 그때 인간이 암흑 상자에 갇혀 살아 오다가 마침내 그 뚜껑이 막 찢어져 버린 것 같은, 너무 놀라워서 도저히 참을 수 없는 기분을 느꼈다. 그 느낌은, 그날 밤이 다시는 과거처럼 그렇게 어둡거나 불길하게 보이지 않을 것이며, 앞으로도 그만큼은 무섭지는 않을 것 같은 기분이었다.

샌디가 말했다.

"그리고 내가 거기 서서……너무나 아름답고 그 평원 위에 도저히 있을 수 없을 것 같은 그 빛을 내는 비행선을 쳐다보고 있을 때, 어린 시절 내게 일어났던 모든 학대와 고통, 그리고 공포심 같은 것들이……더 이상 그보다는, 중요하지 않게 됐죠. 그와 마찬가지로……."

그녀는 어둠 속에서 손가락을 깨물었다.

"우리 아버지가 더 이상 나를 겁주지 못할 것 같이 말예요."

그녀는 감정에 복받쳐 목소리가 갈라졌다.

"그러니까 제 말은 내가 열네 살 때 이후로 십 년도 넘게 그를 만난 적이 없다는 뜻이에요. 하지만 전 계속 언젠가 그가 다시 걸어 들어와서 막무가내로 날 다시 끌고 갈 것이라는 두려움 속에서 살고 있었죠. 그건……바보 같은 얘기지만……전 계속 두려워하면서 살았어요. 왜냐하면 산다는 건 제게 너무나 끔찍한 악몽이었고, 악몽 속에서 그런 일들이 일어나니까요. 그러나 모두가 입을 다문 채로 있고, 밤은 너무나 커 보였고, 제트기들이 머리 위로 날아다니는 가운데 거기 서서 그 비행선을 바라보고 있으려니까 전 우리 아버지가 언젠가 나타난다 하더라도 다시는 나를 겁먹게 만들지는 못하리라는 걸 알게 되었죠. 그는 정말 아무것도, 아무것도 아닌 그저 작고 병든 사람, 하나의 작은 점이자 여러분이 상상할 수도 없는 가장 큰 해변가의 조그만 모래 알갱이에 불과했기 때문이었죠…… ."

'맞아.' 하고 졸저는 생각했다. 그녀는 샌디의 발견에 대한 기쁨으로 가슴이 벅찼다. '맞아. 저 멀리서 온 비행선이 의미하는 뜻이 바로 그거야. 우리의 가장 추악하고도, 우리가 가장 금기시하는 두려움으로부터의 해방…… . 비록 그 안에 탄 점유자들이 인간을 따라다니며 괴롭히는 그 문제들에 대한 해답을 갖고 오지 않았다 하더라도, 단지 그들의 존재 자체가 어쩌면 일종의 그 해답이었을 거야.'

샌디의 목소리는 감정에 복받쳐 더욱 더 두꺼워지고, 이제는 슬픔에 겨워서라기보다는 행복에 겨운 울음을 터뜨리면서, 그녀가 말했다.

"그리고 거기서 그 비행선을 쳐다보면서, 갑자기 내가 마치 영원히 모든 고통들을 버릴 수 있을 것처럼 느껴지더군요…… . 그리고 마치 내가 다른 누구가 된 것 같았죠. 보세요. 일생 동안 난 내가 아무것도 아니라고 느껴 왔어요. 아니 차라리 없느니만도 못한 아주 추잡하고 쓸모 없는 존재라고 느껴 왔죠. 아마 그 쓸모를 가지기는 가졌지만……존엄성이라고는 하나도 없는 단지 하나의 사물에 불과하다고 생각해 왔죠. 그리고 그때 난 우리 모두가 그저 저 해변 위의 모래알에 불과할 뿐이며 우리 중 아무도 다른 나머지 사람보다 훨씬 더 중요하지는 않다는 사실을 깨달았죠. 하지만 그 이상으로…… ."

그녀는 욕구 불만으로 조그만 함성을 냈다.

"오, 내가 말을 잘할 수만 있다면, 그것들을 좀더 훌륭하게 표현해 낼 수 있는 말들을 찾아서 쓸 수 있다면 좋겠어요."

"잘하고 있어. 하느님께 맹세하지만, 아주 잘하고 있다구."

페이가 조용히 말했다.

다시 샌디가 말했다.

"하지만 우리가 아무리 모래 알갱이에 불과하다고는 하지만 역시 우린……우리는 언젠가 어둠 그 자체인 그 곳, 그 비행선에서 나온 생물체들이 온 저 위로 올라가게 될 종족의 일부이기도 하죠. 심지어 모래알처럼 똑같기는 하지만 우리는 살 장소가 있고 목적이 있잖아요. 아시겠어요? 우린 서로에게 친절해야 한다고 생각해 왔으며 앞으로도 계속 그래야 해요. 그리고 어느날 우리들 모두……과거에 존재했었고 지금도 존재하고 있는 우리들 수십 억의 사람들 모두가 우리 뒤에 올 사람들과 함께 저 밖에 있게 될 거예요……. 어둠 그 자체 가운데서도 가장 어두운 바로 그 곳에요. 그리고 우리가 여지껏 견뎌 왔던 어떤 것도 어쨌건 그 가치가 있을 거예요. 왜냐하면 그것은 우리가 거기에서 얻게 될 것 중의 일부가 될 테니까요. 우리가 거기 주간 고속 도로에 죽 늘어서 있을 동안에 제 머리에 이런 모든 것들이 번쩍 떠올랐어요. 그리고 갑자기 그날 밤, 바로 거기서 전 울고 웃기 시작했죠……."

"아, 기억난다!"

네드가 그가 차지하고 있던 어두운 구석에서 말했다.

"맙소사! 난 이제야 기억이 나. 기억나. 모두 되살아난다구. 우린 거기 길 옆에 서 있었는데 당신이 날 꽉 붙들더니 힘껏 껴안았지. 당신이 날 사랑한다는 사실을 알고는 있었지만, 여지껏 당신이 날 사랑한다고 말한 건 그때가 처음이었지. 당신은 날 껴안고, 날 사랑한다고 말해 주었지. 정말 미친 짓이었지. 바로 거기서 우주선이 내려오고 있는 와중에 말야! 그리고 당신 알고 있어? 당신은 몇 분 동안이나 날 껴안고서 날 사랑한다고 말했어…… 그때 우주선은 아무런 문제도 아니었지. 중요한 건 당신이 내게 말하고 있다는 사실뿐이었어. 그렇게 오랜 시간이 지난 후에야 내게 말하고 있다는 사실이었다구……."

그의 목소리 역시 감정에 복받쳐 있었다. 그리고 졸저는 트럭 반대 편의 희미한 어둠 속에서 그가 샌디를 팔로 껴안고 있다는 것을 눈치챘다. 그가 말했다.

"그리고 그들이 내게서 그걸 뺏어 가 버렸지. 그들이 그놈의 빌어먹을 약과 마인드 컨트롤로 당신이 날 사랑한다고 말한 그 첫 번째 시간을 뺏어 가 버렸어. 하지만 샌디, 난 이제 그것을 되돌려 받았어. 그리고 다시는 그들이 내게서 그걸 뺏어 가지 못할 거야. 결코 다시는."

페이가 무덤덤하게 말했다.

"난 아직도 아무것도 기억이 안 나요. 나도 기억하고 싶어요. 나도 일부가 되고 싶다구요."

수송 차량이 어둠 속을 달리면서 덜컹거리자 모두 입을 다물었다.

졸저는 다른 사람들이 그녀의 마음속을 순식간에 지나가는 생각들과 어느 정도 똑같은 생각에 곰곰이 빠져 있는 것이 틀림없다는 것을 알고 있었다. 또 다른 지성적인 존재가, 게다가 더 우수한 지성체가 단지 존재한다는 것만으로도 또 다른 의미에서 인류를 투쟁 상태에 처하게 만든 것이다. 지배하고 예속시키려 하며, 피와 고통이 따르는 어떤 대가를 치르고서라도 전체 종족에게 이런저런 철학으로 영향을 미치려는 인류의 무한하고 격렬한 투쟁은 지금에 와선 너무나도 무기력할 만큼 사소한 것이자 헛수고처럼 보였다. 편협하고 권력 중심적인 모든 철학들은 분명 붕괴될 것이다. 아마도 모든 사람을 하나로 만들고자 설교하는 종교들은 살아 남을 테지만, 폭력적인 개종을 독려하는 종교들은 그렇지 못할 것이다. 샌디가 느꼈던 것이나 똑같이 어떻게 설명할 수는 없지만 어떤 식으로든 졸저는 초지구적인 접촉이 모든 인류를 하나의 민족으로, 하나의 거대한 공동체로 만들 수 있다는 잠재성을 내포하고 있다는 것을 인식했다. 역사상 처음으로 모든 개인은, 국왕도 정부도 없이 선하고 사랑으로 가득 찬 가정만이 부여할 수 있는 존경심을 가질 수 있게 될 것이다.

무엇인가가 하늘에서 내려왔다.

그리고 모든 인류는 정신적으로 고양될 수 있을 것이다.

"달."

말시가 졸저의 목에다 대고 중얼거렸다.

"달, 달"

졸저는 말해 주고 싶었다. 아가야, 모든 게 잘 될 거야라고. 우리가 이제 네가 잊고 있었던 게 무엇인지 알았으니 네가 기억해 낼 수 있도록 도와 줄 거야. 그리고 네가 그걸 다시 기억해 내기만 하면, 무서워할 게 하나도 없다는 걸 너도 깨닫게 될 거야라고. 귀여운 아가야, 넌 그게 굉장히 근사하다는 걸 깨닫게 될 테고, 그리고 넌 웃게 될거야라고. 그러나 그녀는 폴커크가 그들에게 무슨 짓을 하려는지 몰랐기 때문에 아무 말도 하지 못했다. 그들이 대령의 손아귀에 있는 한, 그녀는 이 상황이 해피엔딩으로 끝나리라는 어떤 전망도 할 수가 없었다.

브렌던 크로닌이 말했다.

"전 더 기억이 나요. 전 주 경계에서 뚝방으로 내려간 기억이 나요. 그 비행선을 향해서 움직여 갔죠. 그것은 가물거리는 호박색 석영처럼 놓여 있었어요. 전 천천히 그것을 향해 걸어갔죠. 머리 위엔 제트기들이 휙휙 날아다니고 있었고, 다른 사람들도 나와 같이 가고 있었죠……. 페이 당신을 비롯해서……어니 당신이랑……그리고 돔과 진저. 그러나 돔과 진저만 나와 함께 그 비행선까지 줄곧 같이 갔었죠. 그리고 우리가 거기에 도착했을 때, 우리는 문을 하나 찾아냈어요……. 둥근 문이……열려 있는 걸 봤어요."

졸저는 비행선에 가까이 다가갈수록 두려워하면서 말시를 안전하게 지켜야 할 필요 때문에 마지못해 다가가는 자신을 탓하면서 80번 도로의 가장자리에 서 있던 것이 기억났다. 소리쳐 경고하고 싶으면서도 동시에 그들에게 계속하라고 재촉하고 싶은 마음도 있는 가운데, 그녀는 브렌던과 돔, 그리고 진저가 황금색의 비행선에 다가가는 모습을 지켜보았다. 그 세 사람은 그 비행선의 옆면을 따라 시야에서 벗어났다. 계속 고속 도로 가장자리에 있던 사람들 모두가 그들을 시야에서 떠나게 하지 않기 위해서 약 1백 피트 정도 동쪽으로 몰려갔다. 졸저도 그 문, 가물거리는 동체의 측면에 광채를 발하는 빛이 나는 둥근 원으로 된 문을 보았었다.

"우리 세 사람은 문 앞에 모여 있었어요."

브렌던은 나직하게 말하기는 했지만, 그의 목소리는 트럭의 덜커덩거리는 소리를 압도해 들려왔다.

"돔과 진저, 그리고 나. 우린 생각했죠……. 뭔가가 나오리라고요. 하지만 아무것도 없었어요. 대신 안에 빛 같은 뭔가가 있었어요……. 꿈속에서 본 적이 있는 황홀한 황금빛이오……. 웬지 우리를 끌어당겼던 편안하고 강렬하며 온화한 빛……. 오, 주여! 우린 겁이 났어요. 무서워졌다구요! 하지만 우린 헬리콥터들이 다가오는 소리를 들었죠. 그리고 정부 사람들이 그 장소에 도착하는 대로 그 곳을 점령하고서 우리를 내몰아 버리리라는 걸 감지했죠. 그래서 우린 그 일부분이 되기로 작정했죠. 그리고 그 빛! 그래서……."

"그래서 당신들은 안으로 들어갔군요."

졸저가 말했다.

"그래요."

브렌던이 말했다.

"기억나요. 맞아요. 당신들은 안으로 들어갔어요. 셋 다 모두 안으로 들어갔었죠."

그 기억의 막대한 양은 가히 사람을 압도할 만한 것이었다. 그것은 인간이라는 종족의 첫 번째 대표들이 자연에 의해서나 인간의 손에 의해서 만들어진 것도 아닌 장소에 첫발을 들여놓는 순간이었다. 역사를 이전과 이후 시기로 영원히 구분지어 놓는 순간이었다. 기억이 나면서 사람들의 기억 차단벽이 완전히 무너져 내리는 가운데, 잠시 동안 아무도 말을 할 수가 없었다.

트럭은 도저히 짐작할 수 없는 목적지를 향해 덜커덩거리며 나갔다.

차 안의 어둠은 몹시 방대해 보였다. 그러나 여덟 명의 사람들은 유사 이래 여지껏 어느 누가 그랬던 것보다도 가까워져 있었다.

이윽고 파커가 말했다.

"무슨 일이 일어났죠, 브렌던? 당신들 세 사람이 안으로 들어갔을 때, 대체 무슨 일이 벌어졌죠?"

줄다리를 이용해서 그들은 압력 감지 경보 격자를 건넜다. 잭이 갖고 있는 온갖 재주를 다 부릴 수 있는 가방 안에 들어 있는 다른 유용한 장치들을 사용하기 위해서 몇 번씩 잠시 동작을 멈추면서, 그들은 선더 힐의 지역을 지키는 매우 정교하게 짜여진 전자 경비망을 무사히 건너서 드디어 주요 출입문에 이르렀다.

진저는 거대한 송풍구를 올려다보았다. 휘몰아치는 눈이 마치 뭔가 의미를 지닌 것이 분명한 듯 신비한 모양의 번쩍이는 쇠에 달라붙어 얼어 있었다.

2차선 포장 도로가 그 문에서부터 시작되고 있었다. 전기 코일이 그 안에 깔려 있는 것이 틀림없었다. 그것은 포장도로 위에는 조그만 눈송이 하나 보이지 않았고, 표면에서 김이 피어오르고 있었기 때문이었다. 그 도로는 풀밭을 지나 서쪽 아래로 굽어져서 숲속으로 뻗어 있었는데, 거기서 주요 출입문의 불빛이 멀리서 부드럽게 발하고 있었다. 그들이 픽업을 타고 기어올라올 때는 경비 초소를 보지 못했었지만, 그녀는 그것이 거기에 있었다는 것을 알고 있었다.

만일 앞으로 몇 분 동안 방문객이 허용되거나, 경비들이 교대를 해서 그 저장소로 되돌아간다면, 일은 다 그른 셈이었다. 그녀와 돔, 그리고 잭은 종종걸음으로 달아나 눈 속에 누워 숨을 수 있을 것이다. 그러나 조그만 차량이 여기를 지나갔다는 것이 확연할 정도로, 그들이 다다른 조그만 입구 주위의 눈은 매끈매끈하고 가라앉아 있었기 때문이었다. 그래서 그들이 출발하면서 낸 새로운 흔적은 경보를 건드린 것만큼이나 분명하게 표가 날 것이다. 그들은 재빨리 안으로 들어가야만 했다. 설사 그들이 안으로 들어갈 희망이 전혀 없다 하더라도…….

그 거대한 문들만큼이나 무시무시해 보이는 한 짝짜리 문이 송풍구 오른쪽에 있었지만, 잭은 동요하지 않았다. 그는 〈슬릭스〉라고 하는 휴대용 컴퓨터를 가지고 왔다. 그리고 진저는 그게 정확히 무엇을 뜻하는 약어인지 잊어버렸지만, 그녀는 그것이 다양한 타입의 전기 잠금 장치를 침투하기 위한 장치이며 일반 대중들에게 판매되지 않는다는 것을 잭에게서 들어 알고 있었다. 그녀는 그가 어디서 그것을 구했는지 물어 보지는 않았다.

그들은 묵묵히 작업을 했다. 그들에겐 한 명의 보초도 돌아다니지 않을 거라는 확신이 있기는 했지만, 진저는 주 출입문에서 들어오는 헤드라이트 불빛을 살피기 위해서 계속 경계를 늦추지 않았고 도보 순찰자가 있는가를 보려고 눈 덮인 풀밭 전체를 자세히 살펴보았다. 잭이 슬릭스의 탐사침을 사용해서 잠입할 수 있는 숫자 배열을 찾고 있는 동안, 돔은 보통 문의 열쇠 구멍이나 똑같은 아라비아 숫자 십까지의 코드판에다가 전등 빛을 비춰 주고 있었다.

눈 위에 한 쪽 무릎을 꿇고 앉아 만일의 사태에 대해 경계를 하면서, 진저는 자신이 보스턴에서의 자신의 삶터로부터 2천 4십 마일 이상 떨어져 있는 곳에 내버려져 있다는 걸 느꼈다. 바람이 얼굴을 날카롭게 때렸다. 눈이 속눈썹에서 녹아 눈 속으로 들어갔다. 얼마나 황당한 상황인가. 정말 어처구니없는 일이었다. 선량한 사람들이 과거에 그들이 그랬던 것과 같은 그런 상황에 처할 수 있다니. 빌어먹을 놈의 폴커크 대령은 대체 자신이 누구라고 생각한 것일까? 그에게 명령을 내린 사람들, 그들은 대체 자신들이 누구라고 생각했던 것일까? 진정한 미국인은 아닐 것이다. 실존하는 악마. 그들 모두는 바로 그랬을 것이다. 그녀는 신문에 났던 폴커크의 사진이 기억났다. 그녀는 그가 결코 찔러도 피 한 방울 안 날 사람이며 절대로 한치도 믿을 수 없는 사람이라는 것을 즉시 알아차렸었다. 그리고 그녀는 그 밖의 다른 것도 알았다. 그녀가 자신의 생각과 말을 그 많은 이디시어로 퍼붓기 시작할 때마다, 그녀는 분명히 깊은 곤란과 매우 큰 두려움에 빠져 있다는 것이 틀림없었다.

잭이 일에 착수한 지 4분도 채 안 되서 진저는 그녀 뒤쪽에서 압축되었던 공기가 내는 휘익하는 소리에 깜짝 놀랐다. 그녀는 뒤돌아서 문이 벌써 움푹 패인 안으로 미끄러져 들어간 것을 보았다. 돔은 놀라서 뒤로 나자빠졌다. 잭이 피우던 담배 꽁초를 떨어뜨렸다. 진저가 그에게 주워 주려고 하자, 그는 그녀에게 문이 너무 갑자기 강한 힘으로 미끄러지며 열려서 그 장치에서 슬릭스의 탐사침을 꺼낼 시간이 미처 없었다는 것을 설명해 주었다. 그렇게 해서 탐사침이 컴퓨터에서 떨어져 버렸다.

그러나 문은 열렸고, 경보 장치도 울리지 않았다. 그 너머에는 직경이 8내지 9피트쯤 되는 12피트 길이의 콘크리트 터널이 있었다. 그 곳은 형광등이 밝혀져 있었다. 그것은 왼쪽으로 비스듬히 기울어졌는데 거기는 또 하나의 철문으로 끝나 있었다.

"여기 있어 봐요."

잭은 안을 둘러보기 위해서 터널로 들어가면서 말했다.

진저는 돔의 곁에 서 있었다. 그녀는 계획 중의 일부에 자신들이 인질이 되는 것이 포함되어 있는 걸로 알고 있었지만, 맨처음 문제가 생길 기미가 보이면 그녀는 본능적으로 냅다 뛰어 도망갈 것이라는 것도 알고 있었다. 돔은 그녀의 그런 생각을 분명히 알아차리고 있었다. 그는 그녀가 혼자가 아니라는 것을 재확인시켜 주고 또 그만큼 그녀를 자제시키기 위해서 그녀에게 팔을 감고 있었던 것도 그 때문이었다.

약 1분쯤 지나서 여전히 어떤 경보 벨이나 사이렌도 밤 공기를 갈라놓지 않자, 잭은 폭풍 속으로 다시 걸어나와 문에서 6내지 8피트쯤에 서 있는 그들과 합류했다.

"터널 천장에 두 대의 감시 카메라가 있어요."

"당신을 봤을까요?"

돔이 물었다.

"아니, 그렇진 않을 거요. 카메라들이 내가 움직이는 대로 추적하진 않았으니까. 난 안쪽 문이 열려질 가능성이 있기 전까지는 당신이 바깥쪽 문을 닫아 줘야 하지 않을까 하고 생각하고 있소. 당신이 그 바깥쪽 문을 닫자마자 카메라들이 작동될 거요. 난 조명 시설을 따라 가스 분출구가 감춰져 있다는 것도 눈치챘소. 내가 보건대……당신이 바깥쪽 문을 닫으면 카메라들이 당신을 감시할 겁니다. 그리고 만약 그것들이 보는 대상이 마음에 안 들면 당신을 기절시키게 만들 만한 가스나 치명적인 뭔가로 당신을 습격할 수도 있단 말이오."

돔이 말했다.

"우린 체포될 각오는 되어 있지만, 두더지처럼 가스에 질식해서 죽고 싶지는 않소."

"우리가 진작 안쪽 문을 열어 놓지 않았더라면 바깥쪽 문을 닫진 않을 거요."

잭이 말했다.

"하지만 당신은 우리에게 그게……."

"한 가지 방법이 있을 거요."

잭이 사팔뜨기 눈을 찡긋하면서 말했다.

첫 번째 단계는 배낭을 옆에 쌓아서 눈으로 덮는 것이었다. 잭은 그들이 더 이상 하이테크 장치들을 사용할 필요가 없으리라고 생각했으며 오히려 무거워서 속도만 늦출 뿐이라고 생각했다. 두 번째 단계는 그들이 터널로 들어간 다음 돔이 잭에게 지시받은대로 진저를 들어올렸고, 그녀는 감시 카메라에 붙은 전선을 칼로 잘라서 카메라들이 제구실을 못하도록 만들 수 있었다. 다시 그녀는 경보가 울리리라 예상했지만, 전혀 울리지 않았다.

바깥쪽 문을 열어 놓은 채로 잭은 그들을 안쪽 장벽으로 데리고 갔다.

"이건 잠금 장치를 해제시키는 키보드가 없어서 슬릭스가 고장났다 해도 별문제는 없어요."

"이 안에서 얘기 좀 해도 될까요?"

진저가 초조하게 물었다.

"마이크로 폰이 있을 것 같지 않아요?"

"있죠. 하지만 바깥쪽 문이 닫힐 때까지는 아무도 감시하지 않을 거라고 봐요. 아마 컴퓨터의 주의를 끌어서 들어오려고 하는 사람을 제거하는 프로그램의 시작이 바로 그것일 테니까요. 그리고 만약에 이 문 뒤에 경비가 있다고 해도, 이런 쇠를 통해서 우리 목소리를 들을 수는 없을 겁니다. 비록 우리가 소리를 친다 해도 못들을걸요."

잭은 그렇게 얘기하면서도 거의 속삭이듯 말했다. 그는 문 오른쪽 터널 벽에 설치된 유리판을 가리켰다.

"그걸 열 방법은 저것뿐이오. 내가 8년 전 제대할 때쯤 고도의 보안 시설들에서는 이런 잠금 장치를 막 설치하기 시작했죠. 유리에 손바닥을 대면 보안 컴퓨터가 지문을 읽고서 들어가도록 허가를 받은 사람들에게만 문이 열리죠."

"만일 들어가도록 허가가 되어 있지 않으면요?"

돔이 속삭이는 듯한 소리로 물었다.

"가스가 발사되겠지."

"그럼 당신은 그걸 어떻게 열 수 있죠?"

진저가 물었다.

"난 못해요."

잭이 대답했다.

"하지만 당신이 말했었잖아요……."

"방법이 있을지도 모른다고 했었죠."

잭이 그녀에게 말했다.

"그리고 아마 있을 거요."

그는 돔을 쳐다보면서 미소지었다.

"당신이라면 아마 그걸 열 수 있을 거요."

돔은 그 전직 도둑이 정신이 나간 것처럼 그를 노려보았다.

"나 말예요? 그거 진심으로 하는 말씀인가요? 내가 그렇게 복잡한 보안 장치를 어떻게 안단 말이오?"

"아무것도 모르죠. 하지만 당신은 벽에서 수천 장의 종이 달을 떼어냈고 그것들이 한꺼번에 공중에서 춤추도록 만드는 능력을 가졌소. 게다가 수십 개의 의자를 공중에 둥둥 뜨게 만들 수도 있고 다른 멋진 재주들도 부릴 수 있잖소. 그러니까 당신이 못할 이유가 없다고 생각하오……. 그 문 장치로 가서 열리게 해 보시오……."

"하지만 난 못해요. 난 방법을 모릅니다."

"그것에 관해 생각하고 정신을 집중해 봐요. 지난밤에 소금병을 움직이기 위해 했던 것을 모두 해 보시오."

돔은 격렬하게 고개를 저었다.

"난 그 능력을 조절할 수가 없어요. 당신도 그게 얼마나 손도 못 댈 정도인지 봤잖소. 여기서 그게 함부로 날뛰기라도 하면 어떻게 하죠? 난 당신이나 진저를 다치게 할지도 몰라요. 내 부주의로 가스 분출기를 작동시켜서 우리 모두를 죽일지도 모른다구요. 안 돼요. 안 돼. 너무 위험해요."

잭이 말했다.

"돔, 만일 당신이 하지 않는다면 우리가 안으로 들어갈 수 있는 방법은 포로가 되는 길밖에 없소."

돔은 계속 완강하게 버텼다.

잭이 바깥쪽 문으로 다시 걸어갔다. 진저는 그가 떠나는 거라고 생각해서 그를 쫓아가기 시작했다. 그러나 그는 터널 입구 바로 안쪽에 멈춰서서 벽에 붙은 단추 위로 손을 뻗었다. 그가 말했다.

"이것은 열 감응 스위치요, 돔. 만일 당신이 안쪽 문을 열려고 하지 않는다면, 난 이 스위치를 건드려서 바깥쪽 문을 닫게 할 거고, 그럼 우린 여기에 갇히게 되는 거요. 그렇게 되면 컴퓨터의 출입 해제 프로그램이 시작될 거요. 그리고 감시 카메라가 작동 불능 상태로 되었다는 사실을 컴퓨터가 발견하게 되면 보안 요원을 출동시킬 경보가 울리게 될 거요."

"우리가 여기 온 이유 중의 하나가 바로 사로잡히는 것이 아니었나요."

돔이 말했다.

"가능하면 우린 여길 한 번 둘러본 후에 잡혀야 하죠."

"그럼, 우린 단지 사로잡히는 데 만족해야겠군요."

돔이 말했다.

터널의 열기는 밤 공기 속으로 빠져나가 버렸다. 그들이 내쉬는 숨도 다시 그들에게서 빨려 나가 버렸다. 그렇게 입김을 내뿜으면서 숨을 쉬니까 비록 그 논쟁이 물리적인 힘을 겨루는 것이라기보다는 정신력의 싸움이긴 하지만 그 두 사람이 싸우고 있다는 인상이 더 짙어 보였다.

그들 사이에 서 있던 진저는 누가 이길런지 알 수가 없었다. 그녀는 돔 콜베이시스가 한편으로는 자신의 모친인 애너 바이스의 추진력과 결단력을, 그리고 한편으로는 부친인 제이콥의 겸손한 수줍음을 둘 다 갖고 있는 것처럼 보였기 때문에 여지껏 그녀가 오랫동안 만나 온 어떤 사람보다도 그를 좋아하고 존경했었다. 그는 착한 마음씨를 지녔고 나름대로 현명한 사람이었다. 그녀는 자신의 목숨을 걸고 그를 믿을 것이다. 사실 그녀는 이미 그렇게 그를 믿어 왔었다. 그러나 그녀는 잭 트위스트가 이기리라는 걸 알고 있었다. 왜냐하면 잭은 이기는 데는 이골이 나 있는 반면에, 돔은 스스로가 시인하는 대로 재작년 여름 이후부터야 비로소 승자가 될 수 있었기 때문이었다.

잭이 말했다.

"그들이 우릴 보지 못하면 확실히 우릴 가스로 질식시킬 거요. 아니면 우리에게 수면제만 먹일지도 모르죠. 하지만 아마도 안전을 기하기 위해서 그들은 결국 우리가 가스 마스크를 쓰고 있지 않다는 걸 확인할 수 없으니까, 우리 옷을 파고드는 청산가리 가스나 치명적인 신경 가스를 쓸 거요."

"당신은 내게 으름장을 놓고 있군요."

돔이 말했다.

"내가요?"

잭이 말했다.

"당신은 우릴 죽게 하지 않을 테죠?"

"당신은 지금 프로 범죄자랑 상대하고 있소. 기억나오?"

"옛날엔 그랬었죠. 하지만 당신은 더 이상 그렇지 안잖소."

"아직도 흑심을 품고 있죠."

잭이 싱긋이 웃으며 말했다. 이번에는 진저로 하여금 마치 그가 자기식대로 하지 않으면 정말로 그들 모두를 죽일지도 모르는 위험한 일을 저지를지도 모른다고 생각하게 만들 만큼 그의 농담에는 사람을 불안하게 만드는 광기가 서려 있었고, 그의 사시눈은 냉소적인 광채를 띠고 있었다.

"우리가 죽는 것은 계획의 일부가 아니에요. 그렇게 되면 모든 일이 꼬여 버리잖소."

돔이 말했다.

"그리고 당신이 날 도와주지 않겠다고 거절하는 것도 계획에는 없었소. 제발 돔, 그렇게 해요!"

잭이 말했다. 돔은 망설였다. 그는 진저를 힐끔 쳐다보았다.

"당신은 가능한 멀리 가 있어요."

그녀는 잭 트위스트 곁으로 되돌아갔다. 잭은 여전히 바깥 문을 닫게 만드는 열 감응 스위치에다 손을 댄 채 말했다.

"돔, 그게 열리면, 빨리 해치워 버려요. 그 안 어딘가에 경비가 있을 거요. 출입 통제 프로그램이 작동되지 않았기 때문에 문이 열리게 되면 그는 놀라 기겁을 할 거요. 만일 당신이 재빨리 그를 쓰러뜨릴 수 있다면, 그의 입을 다물게 하도록 내가 당신 뒤에 있는 게 좋을 거요. 그렇게 해야 시설 내부로 더 깊숙이 들어가서 놈들이 우리를 잡기 전에 봐야 할 것들을 볼 기회가 많아질 테니까."

돔은 고개를 끄덕이며 다시 안쪽 문 앞에 마주섰다. 그는 문틀을 살펴본 다음 한 손을 철문에 대고는 옛날에 금고털이들이 자물통의 날림쇠가 떨어지는 등록기의 진동을 느끼기 위하여 하던 식대로 손가락 끝을 앞뒤로 움직였다. 그리고 나서 손금과 지문을 읽는 유리판을 조사하기 위해 돌아섰다.

잭은 누르겠다고 위협하던 스위치에서 손을 내리고 바깥쪽 문 너머로 폭풍이 몰아치는 밤을 흘낏 쳐다보았다. 그는 터널 끝에서 돔이 들을 수 없도록 진저에게 아주 나지막하게 속삭였다.

"난 지금 언제라도 거인이 콩줄기를 타고 내려와서 그 밑둥을 싹둑 잘라 우리를 아주 납작하게 짓밟아 버릴 것 같은 오싹한 느낌이 들어요."

그녀는 그때 그가 자신들을 파멸시키는 위험을 무릅쓰지는 않을 것이며, 그가 어쩌면 그냥 그들을 정문의 경비 초소로 데리고 가서 체포되게 만들지도 모른다는 느낌이 들었다. 그러나 잔인할 정도로 무섭게 생긴 얼굴에도 불구하고, 그는 너무도 확신에 차 있었다.

갑자기 안쪽 문이 휭하는 소리를 내며 열렸다. 정작 문을 움직인 사람이 자신이었지만, 그는 너무나 놀라서 잭이 하라고 시켰던 대로 곧장 돌진해 들어가는 대신 뒤로 펄쩍 물러섰다. 그는 곧장 자신이 실수를 저질렀다는 것을 깨닫고 문턱을 뛰어넘어 그 너머에 있는 지하 세계로 들어갔다.

잭은 돔이 안쪽 문턱을 미처 넘어가기도 전이었는데 단추를 눌러서 바깥 문을 닫고 그 작가를 좇아 뛰었다.

진저도 뒤따라갔다. 그녀는 격투를 벌이거나 발포하는 소리를 예상했으나 아무 소리도 듣지 못했다. 콘크리트 터널에서 벗어났을 때, 그녀는 자신이 천연 바위 벽으로 된 또 다른 거대한 터널 안에 있다는 것을 알았다. 그 곳에는 머리 위의 비계에 조명이 매달려 있었다. 통로는 폭이 약 60피트에, 길이는 최소한 1백 야드 정도쯤 되어 보였는데, 육중한 철제 송풍구 안에서 시작해 멀리 엘리베이터로 보이는 곳에서 끝나 있었다. 문에서 안으로 3야드쯤에 경비원이 앉아 있는 탁자가 콘크리트 바닥에 접합되어 있었다. 그러나 경비는 아무도 보이지 않았다.

사실 터널 전체가 텅 비어 있었다. 그 곳은 커다란 무덤처럼 잠잠하고 고요했다. 종유석에서 물방울이 떨어지는 소리나, 위쪽 천장에서 박쥐가 날개를 퍼드덕거리는 소리조차 없었다. 그러나 진저는 수십 억 달러짜리 시설이라면 공기의 압축이나 날아다니는 설치류에 의해서 3차 세계 대전이 방해 받지 않도록 설계되어 있으리라고 짐작했다.

"분명히 경비가 있어야 하는데."

잭이 중얼거렸다. 그의 목소리가 바위 벽에서 반사되어 직직거리며 울렸다.

"이제 뭘 하죠?"

돔이 떨면서 물었다. 분명히 그는 지난밤 식당에서 큰 재난을 당할 뻔한 이후에 그렇게 빨리 힘을 집중시켜 모아 낸 자신의 능력에 놀라워하고 있었다.

"뭔가 잘못된 게 분명해. 하지만 나도 뭐가 뭔지 모르겠군. 경비가 없다니…… 뭔가가 잘못됐어."

잭이 말했다. 그는 스키복에 달린 모자를 벗어 뒤로 넘기고 지퍼를 약간 내렸다. 그리고 다른 사람들도 같이 따라했다. 잭이 조용히 말했다.

"여기가 바로 화물 수납 구역이오. 트럭들이 들어와서 짐을 부리는 곳이죠. 시설의 주요 구역은 우리 아래에 있는 게 분명해요. 그래서…… 난 이렇게 여기가 텅 비어 있는 게 싫소……. 하지만 우리가 내려가 봐야 할 것 같군요."

"가야 한다면 더 이상 이야기는 그만하고 움직이도록 하죠."

진저가 터널 끝쪽으로 향하면서 말했다.

그녀는 잭이 안쪽 문을 닫을 때 쉭 하는 소리를 들었다.

그들은 선더 힐 안으로 더 깊숙이 들어가기 시작했다.

2

공포

그들은 졸고 있는 고양이 앞을 지나가는 세 마리의 쥐들보다 더 조용하게 찍소리도 내지 않았지만, 그들의 발자국 소리는 바위로 된 지하실에 울려 퍼졌다. 그리 큰 소리는 아니었다. 울리는 소리는 발자국 소리라기보다는 오히려 사방에 그늘져 움푹 들어간 부분에 숨어 있는 적들이 소근거리거나 중얼대는 소리처럼 들렸다.

돔의 불안감은 점점 커져 갔다.

그들은 두 대의 거대한 엘리베이터를 살금살금 지나갔다. 그것은 둘 다 폭이 7피트에 깊이도 거의 비슷한 정도로, 모퉁이마다 동기(同期) 수압 조절기로 올렸다 내렸다 하게 되어 있는 승강단이 열려져 있고, 그 안팎으로 전투기들을 이동시키고도 남을 만큼 컸다. 그들은 더 작은 규모의 화물 승강기도 지나쳐서 마침내 보통 크기의 엘리베이터 두 대에 다다랐다.

잭이 승강기를 부르는 단추를 누르기 전에 돔의 머릿속에 또 하나의 기억이 번뜩 스치고 지나갔다. 전처럼 그것은 현재 진행중인 현실을 대체시킬 만큼 충분히 생생한 것이었다. 이번에 그는 7월 6일의 결정적인 사건을 기억해 냈다. 달이 흰색에서 주홍빛으로 변한 것은 갑자기 그것이 전혀 달이 아니라 하강하던 비행선의 둥근 곡면이 정면으로 보인 것으로 판명되었다. 그것은 별 특징도 없고 두드러져 보이지도 않는, 어떻게 보면 거의 별볼일 없다고 말할 수 있을 만큼 평범한 원통체였다. 하지만 그는 여기서 끝나는 그 여행이 이 세상 어디에서도 시작되지 않았다는 것을 즉시 알아챌 수 있었다.

그 기억에 대한 최초의 원동력이 다시 한 번 그를 현실과 맞닥뜨리게 한 후 사라지자, 돔은 자신이 양팔 사이로 고개를 떨군 채 닫혀진 승강기 문에 두 팔로 기대어 서 있다는 사실을 알았다. 그는 자신의 어깨에 손이 닿는 느낌이 들어 고개를 돌렸다. 진저였다. 잭은 그녀의 뒤에 서 있었다.

그녀가 말했다.

"왜 그러세요?"

"난……더 기억이 났어요."

"뭘 말이오?"

잭이 물었다.

돔이 그들에게 말해 주었다.

그는 그들에게 그 해 여름 밤 초지구적인 비행체와의 접촉이 있었다는 걸 납득시켜 줄 필요도 없었다. 그가 그들에게 자신들이 목격한 일을 상기시켜 준 순간 그들의 기억 장애도 그만큼이나 빨리 무너져 버렸다. 그들의 얼굴에서 그는 그 사건이 불러일으킨 경외감과 공포심, 기쁨과 희망들이 눈에 띌 만큼 독특하게 뒤섞여 있는 것을 보았다.

"우린 그 안으로 들어갔어요."

진저가 신기해하면서 말했다.

"그래요. 당신과 돔, 그리고 브렌던."

잭이 말했다.

"하지만 전. 그 안에서 무슨 일이 일어났는지 잘 기억이 나질 않아요."

진저가 말했다.

"나도 마찬가지예요. 나도 아직 그 부분의 기억이 되돌아오지 않았어요. 우리가 그 출입구를 지나서 황금색 빛 안으로 간 순간까지는 모두 생각나는데 더 이상 생각이 안 나요."

돔이 말했다.

잠시 동안 그들은 자신들이 처해 있는 위험 천만한 상황을 잊고 있었다.

진저의 사랑스럽고 오목조목하게 생긴 얼굴은 백짓장처럼 하얬다. 그것은 어느 정도 두려움으로 인한 핏기 없는 모습이었다. 그러나 전적으로 두려움 때문만은 아니었다.

돔은 진저가 그랬듯이 이제야 일요일 엘코 군 공항에서 그녀가 비행기에서 내리자마자 그들이 왜 그렇게 서로에게 강렬하게 반응을 보였는지 이해가 갔다. 그 해 여름 밤 그들은 비행선에 함께 들어갔었고 그들을 영원히 한데 묶어 놓았던 뭔가를 함께 나누었던 것이다.

"그 비행선은 여기 선더 힐 안에 있어요. 틀림없어요."

그녀가 말했다.

돔도 같은 의견이었다.

"정부에서 그 목장주들로부터 그 땅을 뺏은 이유도 바로 그거예요. 그들은 그 비행선을 싣고 온 트럭을 누구도 찾아내기 어렵게 하기 위해서 저장소 구역을 확장한 겁니다."

잭이 말했다.

"그럼 지독하게 덩치가 커다란 화물이었을텐데."

"그들이 그 우주선을 끌고 온 그런 거대한 트럭들처럼 말이죠."

돔이 말했다.

잭이 말했다.

"그렇소. 하지만 어째서 그들은 일어난 일들을 숨기려고 했을까요?"

"모르겠어요."

돔이 말했다. 그는 엘리베이터를 불러올 단추를 두드렸다.

"하지만 우리가 알아낼 수 있을 거예요."

엘리베이터는 아주 조용하게 도착했다. 그들은 엘리베이터를 타고 2층에서 내렸다. 운행하는 길이로 보아 그 시설 꼭대기의 두 바닥면은 견고한 바위로 된 몇 개의 층으로 분리되어 있는 것 같았다.

마침내 문이 열리고, 그들은 직경이 3백 피트 정도 되는 거대한 원형 동굴 안으로 들어섰다. 멀리 위쪽에서부터 비계에 매단 조명들이, 방 주변 대부분의 통로 벽을 따라 에워싸고 있는 금속판 건조물들을 기묘하게 모아 놓은 것 위에 황량한 빛을 던지고 있었다. 좀더 따뜻해 보이는 불빛이 그 구조물들 가운데 난 두 개의 난 작은 창문에서 빛나고 있었다. 만일 그 불빛이 아니었다면, 그 구조물들은 깜깜해서 비어 있는 것처럼 보였을 것이다. 돔은 그것이 야외 촬영중인 영화 패거리들을 축소해 놓은 탈의실용 트레일러처럼 보인다고 생각했다. 중심부인 방에서부터 네 개의 커다란 동굴이 갈라져 있었다. 그중 하나는, 다른 것들이 굉장히 현대적인 시설임에 비해 미심쩍을 정도로 원시적인 거대한 나무 문으로 봉쇄되어 있었다. 옆에 붙어서 탁 트여 있는 세 개의 동굴에는 불빛이 번쩍거리고 있었으며, 돔은 거기에 비축되어 있는 장비들을 보았다. 지프에서부터 부대 이동 차량, 트럭, 헬리콥터, 그리고 제트기까지……. 게다가 주실(主室)에 있는 것들보다 창문에 더 많은 조명이 달린, 트레일러처럼 생긴 건조물들도 있었다. 선더 힐은 방대한 병기고이자 자급 자족이 가능한 지하 도시였다. 그것은 돔도 알고 있었지만 그 방대한 규모는 짐작도 못했었다.

저장소의 여러 가지 불가사의한 것들보다도 더 의문스러운 것은 마치 유기된 듯한 그 곳의 공기였다. 둘째층은 첫 번째 층만큼이나 황량하고 고요했다. 경비도, 바쁘게 돌아다니는 직원도 없었으며, 일하는 사람들의 음성이나 어떤 소리도 들리지 않았다. 사실 그 동굴은 약간 싸늘했다. 그리고 이런 저녁 시간이면 대부분의 직원들은 아마 난방 장치가 된 숙소를 지키고 있을 것이다. 하지만 단 몇 명이라도 눈에 띄어야 했다. 그리고 대부분이 비번이라 치더라도, 음악 소리나 텔레비전 소리, 왁자지껄하게 포커 게임을 하면서 나누는 이야기 소리, 혹은 시설 내부의 저 멀리에서부터 어렴풋이 들리는 말 소리 내지는 뭔가 노는 소리가 들려야 할 것이다.

목소리라고 하기에는 너무나 가늘게 속삭이는 소리로 진저가 말했다.

"사람들이 모두 죽었을까요?"

"내가 당신한테 말했었잖소. 뭔가 잘못된 것 같다고……."

잭도 똑같이 나직한 소리로 말했다.

돔은 커다란 나무 문 쪽으로 끌리는 느낌을 받았다. 그것은 거의 삼층 정도의 높이에다 너비가 최소한 육십 피트는 될 듯했으며, 네 번째 동굴로 가는 출입구를 봉쇄하고 있었다. 그래서 그는 육감이 가는 대로 움직였다. 잭과 진저가 그의 뒤를 따르는 가운데, 그는 할 수 있는 한 최대로 조용히 그 거대한 나무 문들 가운데 하나의 바닥 부분에 설치된 더 조그맣고, 사람 크기만한 문 쪽으로 걸어갔다. 그 문은 조금 열려 있어서 주 동굴의 것보다 더 밝은 쐐기 모양의 빛이 돌 바닥으로 떨어뜨리고 있었다. 그는 그 문을 당기려고 한 손을 문에 갖다 대었다. 그리고 안에서 나지막한 음성이 들리자, 그는 순간 동작을 멈췄다. 그는 거기에 단 두 명의 사람이 있다는 것을 확인할 때까지 열심히 귀를 기울였다. 그들은 너무나 나지막하게 말하고 있어서 그로서는 대화를 엿들을 수가 없었다. 돔은 뒤돌아갈까 곰곰이 생각해 보았지만, 만약 들키기 전에 어느 한 방이라도 들여다볼 기회가 있다면 이번보다 더 좋은 기회가 없을 것 같다는 예감이 언뜻 스치고 지나갔다. 그는 커다란 문 안의 작은 문을 당겨 열고 걸어 들어갔다.

그 비행선이 거기에 있었다.

진저는 심장이 마구 쿵쾅대는 것을 억제하려는 듯 한 손을 가슴에 대고 서 있었다.

나무 문 너머의 동굴은 어마어마하게 커서, 길이가 꽉 차게 이백 피트에다, 폭은 팔십 내지 백 이십 피트 정도로 고르지 않았으며, 돔형의 높은 천장으로 되어 있었다. 바위로 된 바닥은 한쪽 벽에서 다른 벽까지 이르는 표면을 평평하게 만들기 위해 끌로 깎아서 고르게 연마되어 있었다. 깊게 패인 구멍이나 틈새는 모두 시멘트로 메워져 있었다. 군데군데 기름기와 얼룩이 있는 것으로 보아, 그리고 바닥에 움푹 들어간 곳에 끼운 고리 달린 나사들로 미루어 볼 때, 그 방은 한때 차량을 보관하거나 정비하는 데 쓰여진 적이 있는 것 같았다. 출입구 오른쪽 벽을 따라서는, 조그만 창문과 철제 문을 단 십여 대 정도되는 트레일러처럼 생긴 건조물들이 더 있었다. 어쩌면 한때 사무실이나 숙소로 사용되었을지도 모르기는 하지만, 그것들은 연구 시설로 전환되어 있었다. 손으로 적은 표지판들이 몇 개의 문에 박혀 있었다. 〈화학 연구실〉, 〈화학 도서실〉, 〈병리학〉, 〈생물학 연구실〉, 〈생물학 도서실〉, 〈물리학1〉, 〈물리학2〉, 〈문화인류학〉, 그리고 나머지는 너무 거리가 멀어서 읽을 수가 없었다. 그 외에 작업대와 함께 일반 엑스레이 장치 한 대, 보스턴 메모리얼 병원에서 사용중인 것과 똑같은 종류의 크고 탄탄한 분광사진기 한 대, 그리고 진저가 도저히 알 수 없는 그 외의 많은 장비들을 비롯한 대형 기계들이 마치 누군가가 하이테크 실험 장비들을 노상에서 팔고 있기라도 한 것처럼 철제 건조물 바로 앞의 공터에 열을 짓거나 혹은 무리를 지어 세워져 있었다. 해야 할 연구의 분량이 입수 가능한 할당량을 벗어나 있었지만, 조사 대상을 고려해 볼 때 그것은 놀라운 것이 못 되었다.

또 다른 세계에서 온 그 비행선은 입구 왼쪽에 놓여 있었다. 그것은 금지된 기억이 마침내 기억 차단벽을 박차고 나와 그녀에게로 되돌아온 몇 분 전에 그녀가 회상했던 것과 정확하게 똑같이 보였다. 오십 내지 육십 피트 정도의 길이, 직경이 십오 피트, 양끝이 둥글게 만들어진 원통체였다. 그것을 바닥에서 조금 떨어져 있게 하기 위해 오 피트 높이의 철제 버팀목이 몇 개 받쳐져 있었는데, 그 때문에 그것은 오히려 수리하기 위해서 건조한 갑판에 내놓은 잠수함처럼 보였다. 유일하게도 7월 6일 밤에 나타났을 때의 모양과 다른 부분이 있다면 달처럼 하얀 색에서 주홍빛으로, 그리고 다시 호박색으로 바뀌었던 무시무시한 섬광이 없다는 것이었다. 그것은 눈에 보이는 추진 장치나 로켓도 갖고 있지 않았다. 동체는 그녀가 기억한 대로 거의 특징이 없었다. 이쪽에는 각각 그녀가 주먹을 집어 넣을 정도의 크기만큼 금속에 얕게 패인 부분들이 십 피트 길이로 열을 지어 있었지만 뚜렷한 용도는 없는 것 같았다. 저쪽에는 칸타로페 메론을 반 잘라 놓은 것 같은 반구들이 네 개 툭 튀어나와 있었는데 그것 역시 눈에 띌 만한 기능이 없어 보였다. 여기저기에 여섯 개 정도의 둥글게 솟아 있는 부분이 있었는데, 몇 개는 쓰레기통 뚜껑만한 크기였고, 몇 개는 마요네즈 단지의 주둥이보다 크지 않았으며, 높이가 삼 인치 이상되는 것은 아무것도 없었지만 모두 꽤나 신비해 보였다. 또한 굽어진 기다란 동체의 표면은 닳고 오래된 흔적만 없다면, 구십팔 퍼센트 이상이 매끈매끈했다. 하지만 디자인이 별볼일 없게 생겼다고는 하지만, 진저가 여지껏 본 것 중에서 그것이 단연코 가장 볼 만한 구경 거리라고 생각하는 것도 무리는 아니었다. 그녀는 두렵기도 하면서 동시에 기쁘기도 했으며, 정체를 알 수는 없지만 몹시 기쁜 공포심에 압도당했다.

두 남자가, 들어올려진 우주선의 측면에 난 열린 입구로 이르는 이동식 계단 발치에 놓인 테이블에 앉아 있었다. 가장 눈에 띄는 인물은 사십대의 호리호리한 사내였는데, 그는 검은 곱슬머리에다 수염을 기르고 있었고 검정색 바지와 검정색 셔츠, 하얀 실험실 가운을 입고 있었다. 나머지 사람은 상의의 단추를 잠그지 않은 군 제복 차림에 수염을 기른 자신의 동료보다 열 살은 더 나이가 들어 보이는 꽤 풍채 당당한 사내였다. 그제서야 세 명의 방문객을 본 그들은 입을 다물고 자리에서 일어섰지만, 경비를 부르거나 경보 스위치로 달려가진 않았다. 그 두 사람은 그들 너머로 거대한 모습을 드러내고 있는 버팀목 위에 세워 놓은 기체에 대해서 그들이 어떻게 첫 반응을 보일까를 재면서 돔과 잭, 그리고 진저를 흥미롭게 지켜 보고만 있었다.

그들은 우리가 오리라 예상하고 있었던거야라고 진저는 생각했다.

그런 상황의 판단은 분명히 그녀를 염려스럽게 만들어야 했지만, 그렇지 않았다. 그녀는 그 비행선 말고는 어떤 것에도 전혀 관심이 없었다.

돔은 그녀의 오른쪽 옆에, 잭은 왼쪽 옆에 바짝 붙은 채로, 그녀는 그들과 함께 원통 모양 기체의 가장 가까이 있는 끝부분으로 조용히 움직였다. 그녀가 그 방에 들어서서 그 비행선을 바라본 순간에 심장이 거칠고 빠르게 뛰기 시작했지만, 이전의 박동은 지금의 격렬한 두방망이질에 비하면 양반인 셈이었다. 그들은 동체에서 한 팔 길이쯤 되는 곳에서 걸음을 멈추고는 숭배에 가까운 경이로운 태도로 그것을 관찰했다.

그것은 마치 아직 인간에게 알려지지 않은 형태와 기원을 가진 일종의 우주의 먼지나 미립자들로 된 구름을 뚫고 시달려 온 것처럼, 유선형의 표면 전체에 아주 조그만 알갱이가 마구 스쳐지나가 벗겨진 듯 소용돌이 모양으로 쫙 깔려 있었다. 아무렇게나 난 흠집과 작은 홈들이 표면 전체에 흩어져 있었는데, 그것은 분명히 디자인의 일부는 아니고 지구의 바다와 하늘에서 그 동체들을 공격해댄 바람이나 폭풍보다는 훨씬 더 지독한 요인들로 손상당한 것이었다. 동체는 마치 백 가지 정도의 다른 종류의 산에 담가지고 수천 번 불에 그을려진 것처럼 회색과 검정, 호박색과 갈색 등으로 얼룩져 있었다.

그것이 지닌 본질적이고도 강력한 외계적 성향은 제쳐두고라도, 진저가 그 비행선을 보고 가장 강하게 받은 인상은 굉장히 시대가 오래된 것 같다는 느낌이었다. 그녀가 아는 한 그것은 불과 몇 년 전에 만들어져서 빛보다 더 빠른 속도로 엘코 군까지 여행해 와 7월 6일 밤에 도착했으니 발사된 지 고작 몇 달 아니면 일 년 정도 되었을 것이다. 그렇지만 그녀는 이 경우는 조금 다르다고 생각했다. 그녀는 자신의 확신이랄까, 직관에 대한 근거를 확실히 댈 수는 없었지만 자신이 아주 고대의 비행선 그늘에 서 있다고 확신했다. 그리고 그녀는 팔을 뻗어 그 싸늘한 금속을 만지며, 흠집이 나고 조금씩 벗겨진 선체의 표면 위로 손가락 끝을 살짝 대면서, 자신이 고색 창연한 유적과 함께 있다는 것을 훨씬 더 강렬하게 느낄 수 있었다.

그들은 그처럼 먼 길을 온 것이었다. 그토록 머나먼 길을.

그녀가 이끄는 대로 따라하면서, 돔과 잭도 동체를 만져 보았다. 돔이 몹시 떨면서 깊게 숨을 들이켰다. 그가 "아아……."하고 내는 소리는 형언할 수 있는 다른 어떤 말보다도 더 감동적이었다.

"오, 우리 아빠가 살아 계셔서 이걸 보실 수 있다면 얼마나 좋을까!"

진저는 괴짜에 몽상가였던 아버지 제이콥을 생각하면서 말했다. 그녀의 부친은 언제나 다른 세계와 먼 시대의 얘기들을 몹시 좋아했었다.

"제니가 오래 살았더라면 얼마나 좋을까. 조금만 오래 살았다면……."

진저는 문득, 잭이 자신이 뜻하는 것과 똑같은 뜻으로 말하고 있는 것이 아니라는 것을 깨달았다. 그는 아내인 제니가 이 비행선을 볼 만큼 오래 살았으면 하고 바라는 뜻에서 말하고 있는 것이 아니었다. 그는 이런 사건들에 의해서 그녀가 살아났으면 하고 바라고 있는 것이었다. 외계와 접촉한 결과로서, 브렌던과 돔이 그녀를 치료할 만한 능력을 얻었기 때문이었다. 만일 그녀가 성탄절에 숨을 거두지만 않았더라면, 그리고 만일 그들이 선더 힐에서 살아 나간다는 가정하에서 그들을 그녀에게 다시 데려갈 수만 있었다면, 그들은 그녀의 손상된 뇌를 다시 짜 맞추고, 그녀를 혼수 상태에서 벗어나게 해서 헌신적인 그녀의 남편 품으로 다시 보내줄 수 있었을런지도 모른다. 모든 사태를 파악하게 된 그런 놀라운 순간으로 인해, 진저는 이런 믿어지지 않는 사건의 결과를 거의 파악할 수 없게 된다는 것을 인식하게 만들었다.

군복을 입은 당당한 풍채의 사내와 실험실 가운을 입은 수염 기른 사내는 그 비행선 출입구 근처의 테이블에서 걸어왔다. 그 민간인은 동체에 손을 갖다댔다. 거기서 진저와 돔, 잭은 아직도 탐사를 계속하고 있었다. 그가 말했다.

"일종의 합금이죠. 이 세상에서 생산된 어떤 철보다 더 단단한 겁니다. 다이아몬드보다도 더 단단하기는 하지만, 극히 가볍고 놀랄 정도로 유연하죠. 당신이 돔 콜베이시스죠?"

"그렇소."

돔은 말하면서 그 낯선 사내에게 손을 내밀었다. 그것은 만일 진저가 그 유순하게 말하는 과학자와 함께 있는 그 군인이 자신들의 적이 아니라는 것을 감지하지 못했더라면, 그녀를 놀라 나자빠지게 만들 만한 예절이었다.

"난 마일즈 베넬이오. 이……신기한 사건을 조사하는 연구팀을 맡고 있는 사람이죠. 그리고 이 사람은 알바라도 장군입니다. 선더 힐의 지휘 사령관이죠. 내가 당신들에게 한 짓을 얼마나 깊이 후회하고 있는지 아무리 말해도 당신들은 모를 겁니다. 이건 몇몇 사람들만 알고 있어야 할 비밀 사항이 돼선 안 됐었는데. 그건 마땅히 세상에 알려져야 할 것이죠. 그리고 만일 내게 방법이 있다면, 내일이라도 당장 세상 사람들이 그 얘기를 알게 할텐데."

베넬은 잭과 진저와도 악수를 나누었다.

진저가 말했다.

"여쭈어 보고 싶은 것들이 있는데……."

"당신들은 마땅히 그 해답을 알고 있어야겠죠. 우리가 알 수 있는 건 당신들에게 모두 말해 드리겠소. 하지만 모두 모일 때까지 기다리는 편이 더 낫죠. 다른 분들은 어디 있죠?"

베넬이 말했다.

"다른 사람들이라뇨?"

돔이 물었다.

그리고 진저가 말했다.

"모텔에 있던 사람들을 말씀하시는 건가요? 그들은 우리랑 같이 있지 않아요."

베넬은 놀라서 눈을 깜박였다.

"대부분의 사람들이 폴커크 대령의 손아귀에서 다행히도 빠져 나갔다는 말인가요?"

"폴커크라구요? 우리를 여기로 데려온 사람이 바로 그자라고 생각하시나요?"

잭이 말했다.

"폴커크가 아니라면. 누구죠?"

베넬이 말했다.

"우린 우리 스스로가 여기로 들어온 겁니다."

돔이 말했다.

진저는 그 소식을 듣고 베넬과 알바라도 장군의 얼굴에 나타난 충격 어린 표정을 보았다. 그들은 놀라서 서로를 바라보고 나더니, 두 사람 모두의 얼굴에 희망의 빛이 감돌기 시작했다.

알바라도가 말했다.

"당신들은 저장소의 보안을 뚫고 들어오는 길을 찾아냈다는 말을 하고 있는 건 아니겠죠? 하지만 그런 일은 불가능해요!"

"자네 잭에 관한 서류를 읽어 봤겠지?"

베넬이 자신의 친구에게 물었다.

"그렇지? 잭이 게릴라전 특수 훈련을 받았다는 것과 최근 지난 8년여 동안 그가 뭘 하면서 살았는지 기억이 나는군."

잭은 고개를 내저었다.

"모든 걸 다 내 공으로 돌릴 순 없죠. 그래요, 난 우리가 이곳 주변을 지나 경계 구역을 무사히 건너게 하고 첫 번째 문을 통과하게 만들긴 했죠. 하지만 실제로 우릴 안으로까지 들어오게 만든 건 바로 돔이었죠."

"돔이라구요?"

베넬이 놀라서 그 작가에게 돌아서며 말했다.

"하지만 당신이 보안 장치에 대해서 무얼 안단 말입니까? 그런 게 아니라면……옳아! 당신에겐 신기한 능력이 있었지! 로우맥의 집에서의 경험과 크로닌이 처음 트랭퀼러티 모텔에 도착했을 때 당신이 빛을 만들어 낸 이후로 당신은 그 힘이 외부에서 나온 것이 아니란 것을 알아낸 게 틀림없군요. 지금 당신은 그게 바로 당신 몸 속에 있다는 걸 알고 있는 게 틀림없군요."

진저는 베넬의 진술을 통해서 트랭퀼러티 모텔에서 그들이 얘기했던 대화들이 정말로 도청되고 있었다는 것을 알아차렸다. 하지만 그것은 잭이 도착한 이후 식당에서 그들이 토론을 하고 전략을 짰던 대화 내용은 새 나가지 않았다는 것도 알려 주는 것이었다. 그렇지 않았다면 베넬은 돔과 브렌던이 그들의 눈에 띄도록 신비한 경험들이 사실은 자신들 스스로가 만들어 낸 사건들이었다는 것을 알게 된 지난밤의 실험에 관해서도 알고 있었을 것이었다.

"그렇습니다. 우린 그 힘이 우리, 그러니까 나와 브렌던의 몸 안에 있다는 걸 잘 알고 있습니다. 하지만 베넬 박사님, 그게 어디서 생겨난 것일까요?"

"당신은 모르시나 보죠?"

"전 그게 우리가 비행선에 들어갔을 때 우리에게 벌어진 일과 뭔가 상관이 있으리라고 생각하기는 하지만, 기억이 안 납니다. 박사님께서 제게 말씀해 주실 수 없습니까?"

"아뇨. 진짜로 모릅니다. 당신들 세 사람이 비행선에 들어간 것은 알려졌지만, 그 안에서 특별히……다른 일이 당신들에게 일어났다는 것은 몰랐습니다. DERO 부대의 헬기와 과학자들이 현장에 막 도착하기 시작했을 때, 당신들이 밖으로 나왔었죠. 그리고 당신들이 그 안에서 2분 이상 있었다고는 아무도 생각지 않았습니다. 당신들을 감금시켰을 때도, 당신들은 그 곳에 탑승했을 동안에 뭔가 중대한 일이 일어났었다는 것을 아무한테도 말하지 않았습니다. 당신들은 그저 구경만 했었다고 말한 것 같군요. 그리고 다루기 쉽도록 여러분 모두는 체포되어 트랭퀼러티 모텔로 되돌려 보내진 직후 진정제를 먹고 정신을 잃게 된 겁니다. 그러니까 여러분이 마음을 바꿔서 우리에게 무슨 일이 있었는가를 얘기하기로 마음먹었다 치더라도 그럴 만한 기회가 없었던 거죠."

마일즈 베넬이 말했다. 호리호리한 체구의 그 과학자는 흥분해서 말을 하는 도중에도 연신 곱슬거리는 시커먼 턱수염을 기다란 손가락으로 정신없이 빗어 내리고 있었다.

"그 사건은 덮어두기로 하고, 그것을 목격한 모든 민간인들을 세뇌시키기로 결정할 당시, 모든 목격자들로부터 목격한 사실을 보고 받을 만한 시간이 없었죠. 사실 여러분들을 진정 상태에서 결코 깨어나지 못하도록 할 계획이었죠. 당신들은 기억을 깨끗이 없애는 작업의 일부였던 약물 프로그램을 위해 곧장 이송되었지요. 제가 은폐 작업에 반대한 한 가지 이유가 바로 그겁니다. 난 당신들을 세뇌시킴으로써 우리에게 보고할 만한 충분한 시간도 주지 않는 것이……뭐랄까, 여러분에게 부당하고 잔인할 뿐만 아니라 중요한 의미를 가지고 있을지도 모르는 정보의 원천을 낭비하는 정말로 어리석은 짓이라고 느꼈죠."

진저는 좀 더 떨어진 곳에 그 비행체의 입구를 따라 이동식 계단 끝이 닿아 있는 열린 출입구 쪽을 바라보았다.

"만약에 우리가 지금 다시 안으로 들어가 본다면, 어쩌면 우리의 마지막 기억 차단벽이 무너질지도 몰라요."

"도움이 될지도 모르죠."

베넬이 찬성했다.

우주선을 다시 한 번 올려다보면서 잭이 말했다.

"당신들은 그것이 80번 주간 도로를 따라 거기로 내려오고 있었다는 것을 알고 있었나 보죠?"

"그래요. 그런데 그들은 왜 그 일을 그렇게 굳이 숨겨야 한다고 생각했죠?"

돔이 말했다.

"그리고 그 안에 타고 있던 생물체들도 있었겠죠."

잭이 말했다.

"맞아요. 그들은 지금 어디 있죠? 그들에게 무슨 일이 있었던 건가요?"

진저가 말했다.

알바라도 장군이 끼어들었다.

"마일즈가 말한 대로 여러분들은 그 대답을 들을 만한 자격이 충분히 있습니다. 하지만 우선 그보다 더 긴급한 일이 있소."

그가 돔에게로 돌아섰다.

"만일 당신이 물건들을 공중에 둥둥 떠다니게 만들고, 공기가 희박한 가운데서도 빛을 만들어 낼 수 있다면, 전자 보안 장치를 통과하는 데는 아무런 어려움도 없으리라 생각됩니다. 그리고 당신들이 안으로 들어올 수 있었다면, 당신은 다른 사람들을 안에 들어오지 못하도록 당신의 힘을 사용할 수 있어야 합니다. 당신은 할 수 있다고 생각하십니까? 우리가 열 준비가 될 때까지 송풍구와 더 작은 출입구 모두를 계속 열리지 못하게 해 주실 수 있겠습니까?"

돔은 분명 진저만큼이나 이런 질문들에 당황했다. 그가 말했다.

"글쎄요. 아마 할 수 있을지 없을지 저도 잘 모르겠군요."

베넬이 장군을 쳐다보았다.

"밥, 자네가 대령을 들어오지 못하게 한다면, 그건 도화선에 불을 당기는 격이지. 그는 자기 말고는 어느 누구도 비절런트를 통제할 수 없다고 알고 있잖은가. 만약 그가 안으로 들어올 수 없게 된다면……그에게는 무슨 마술처럼 보일 거야. 그는 틀림없이 우리 모두가 감염되었다고 확신할 걸세."

"감염되다니요?"

진저가 불안한 듯 물었다.

알바라도가 말했다.

"그 대령은 우리가, 그러니까 여러분과 나, 마일즈, 우리 모두가 어쨌건 외계인들에게 사로잡혀서 한 무리의 꼭두각시처럼 넘겨졌으니, 우리는 더 이상 인간이 아니라고 확신하고 있어요."

"제정신이 아니로군요."

잭이 말했다.

그러나 더욱 더 큰 불안감으로 진저가 말했다.

"물론 우리는 그렇지 않았다는 걸 알고 있긴 해요. 하지만 그런 일이 일어났다고 믿을 만한 이유라도 있나요?"

"처음에는 그랬어요. 아주 작은 이유였죠. 하지만 그런 일은 일어나지 않았어요. 그건 사실이 아닙니다. 게다가 우리는 이제서야 그것이 전혀 가능성이 없는 일이라는 걸 이해하게 되었죠. 그저 사사건건 훼방을 놓은……전형적으로 사악한 마음을 지닌 인간의 본성……제가 나중에 설명해 드리죠."

마일즈 베넬이 말했다.

진저는 즉시 설명을 해 달라고 요구할 참이었지만, 알바라도가 말했다.

"제발 질문은 참아 주십시오. 우린 시간이 그리 많지 않으니까요. 지금 당장 폴커크가 여러분의 친구들을 감금시키고서 여기로 돌아오고 있는 중일 겁니다."

"아니오. 그들은 우리보다 먼저 도망쳤어요. 그들은 벌써 가 버렸습니다."

돔이 말했다.

"대령을 절대로 과소 평가하시면 안 됩니다. 하지만 문제는…… 만일 돔이 그의 힘으로 출입구를 닫혀 있게 하고, 폴커크를 밖에서 들어오지 못하게 막고 있을 수만 있다면, 어쩌면 우린 이 모든 이야기를 널리 공개시킬 수 있는 방법을 찾을 시간을 가질 수 있을 겁니다. 왜냐하면 그가 여기로 들어오게 된다면……어떤 식으로든 유혈 사태가 있지 않을까 걱정스럽습니다."

알바라도가 말했다.

방 앞에서 뭔가 움직이는 소리가 진저의 주의를 끌었다. 그리고 그녀는 졸저와 말시, 브렌던과 나머지 모두가 커다란 문 안의 작은 문으로 들어오는 것을 보고는 당황해서 숨을 헐떡였다.

"너무 늦었어요. 너무 늦었어."

마일즈 베넬이 말했다.

선더 힐 저장소로 들어오는 입구에서 일곱 명의 목격자들과 파커 페인은 수송 차량에서 끌려내려 조그만 철문 앞의 눈밭에 세워졌다. 호너 중위의 기관총이 도주하거나 반항을 하지 못하도록 위협했다.

폴커크는 나머지 DERO 부대원들을 다시 셍크필드로 돌아오도록 지시했다. 그 부대원들은 거기서 표식도 없는 무덤에다 스테판 비카직을 묻고 다른 명령이 있을 때까지 대기하도록 되어 있었다. 그러나 폴커크로부터 어떠한 명령도 내려지지 않을 것이다. 왜냐하면 그는 명령을 내릴 수 있도록 살아 있지 못할테니까. 전체 중대를 희생시킬 필요는 없었다. 그와 다른 한 사람만이 그 죄수들을 다룰 수 있었으며 전체 저장소를 파괴시킬 수 있기 때문이었다. 그리고 명령 서열 2위인 것과 그의 어깨 위에 그런 책임이 떨어진 것은 호너 중위의 불행이었다.

입구 터널에서 폴커크는 비디오 카메라가 작동되지 않는 것을 보고 깜짝 놀랐다. 그러나 그때 그는 비절런트가 조작하는 새로운 비상 프로그램은, 출입을 허가하기 위해서 비디오를 통한 신분 증명을 필요로 하지 않는다는 사실을 깨달았다. 왜냐하면 그것은 오직 하나의 열쇠, 즉 폴커크의 왼손 손금과 다섯 손가락의 지문에만 반응하기 때문이었다. 그가 그의 손바닥을 안쪽 문 옆에 있는 유리판에 갖다 대자, 비절런트는 즉각 그를 들여 보냈다.

그와 호너는 여덟 명의 죄수들을 데리고 두 번째 층으로 내려가 중심부를 지나서 알바라도와 베넬이 기다리고 있는 동굴로 갔다. 폴커크가 뒤에 서서 그들이 거대한 나무 벽에 달린 사람 크기만한 문을 지나 줄지어 들어가는 모습을 지켜 보면서, 그는 그들 너머로 나머지 목격자들, 즉 돔과 진저, 잭을 보았다. 그리고 비록 그들이 어떻게 여기에 와 있는지는 몰라도, 그는 예상과는 달리 자신이 원하는 바로 그 곳에서 그들 전체를 다 얻었다는 생각으로 기뻐 어쩔 줄을 몰랐다.

그는 호너가 죄수들을 호위하게 남겨 두고, 자신은 엘리베이터로 급히 돌아갔다. 그는 중위가 혼자서 오염되었을지도 모르는 사람들과 같이 있기 때문은 아니지만, 다시는 불쌍한 호너를 신뢰하지 못할 것이다.

그는 자신의 기관단총을 언제든 쏠 수 있는 상태로 해서 들고서, 3층으로 내려가는 작은 엘리베이터를 탔다. 그는 누구든 그에게로 다가오면 죽여 버릴 작정이었다. 그리고 만일 많은 숫자가 한꺼번에 덤벼든다면, 그는 총을 자신에게 겨눌 것이다. 그는 자신이 변질되도록 놔두지는 않을 것이다. 유년기와 사춘기를 거치면서 그의 부모는 그를 그들 중의 하나로 변화시키려고 애썼다. 교회에서 소리치고 울부짖는 사람으로, 자기 학대자로, 입으로만 하느님을 두려워한다고 떠벌리는 사람으로……. 그는 자신의 부모들이 자신에게 강요했던 그런 변화들에 반항했다. 그리고 그는 지금도 변하지 않을 것이다. 그것들은 여러 가지로 모습을 바꾸면서 일생 동안 그를 따라다녔다. 그럼에도 그는 이제까지 그 자신의 주체성과 위엄이 완전한 상태인 채로 지내 왔는데, 하물며 그것들이 그에게 타격을 입히지는 못할 것이다.

선더 힐 저장소의 바닥층은 전체가 공급품과 군수품, 그리고 폭발물들을 저장하는 데 쓰이고 있었다. 직원들은 모두 2층에서 살았으며 역시 대부분이 거기서 일을 했다. 그러나 하루 중 어느 때라도 보통 몇 명의 작업자들과 경비가 3층과 맨밑층에서 근무중이기 마련이었다. 폴커크가 엘리베이터 밖으로 나와서 2층에서와 거의 같은 배열로 되어 있는 다른 방들과 통하는 중앙 동굴로 들어섰을 때, 그는 오늘 밤 지하층이 비어 있다는 사실이 기뻤다. 알바라도 장군이 폴커크의 명령에 복종해서 모든 사람들을 자신의 숙소로 보낸 것이었다.

알바라도는 아마 협조를 함으로써 자신과 그의 직원들 모두가 의심할 여지없이 인간이라는 것을 폴커크에게 확신시킬 수 있으리라 생각한 모양이었다. 그러나 폴커크는 그러한 술수에 속아넘어갈 만큼 호락호락하지가 않았다. 그의 부모 역시 보통 인간들이 가진 것처럼 그렇다. 미소와 수없이 달콤한 말들, 사랑과 애정의 맹세 같은 것들로, 인간의 행세를 할 수는 있었다. 그리고 그들은 당신이, 정말로 그들이 당신을 염려하고 있고 당신을 위해서 최상의 것을 해 주고 싶어한다고 생각하기 시작하는 바로 그때에 갑자기 그들이 실제로 어떤 사람들인지 본색을 드러낼 것이다. 그들은 가죽 끈이나 노인이 구멍을 뚫어 놓은 탁구채를 꺼내 들 것이며, 그 매질은 하느님의 이름으로 행해질 것이다. 렐런드 폴커크는 인간이라는 가면에 그렇게 쉽게 기만당하지는 않을 것이다. 왜냐하면 그는 어린 시절에 정상인의 가죽을 뒤집어 쓴 비인간적 존재를 찾아내는, 아니 사실은 예상하는 법을 일찍이 배웠기 때문이다.

주요 동굴을 지나 군수용품실을 막고 선 육중한 철제 송풍구로 건너간 폴커크는 불빛 사이의 어둠 속에서 상하 좌우를 신경질적으로 살펴보았다. 어린 시절 그가 받은 벌 가운데 하나는 창도 없는 석탄광에 오랫동안 갇혀 있는 것이었다.

폴커크가 문 옆에 있는 유리판에다 왼손을 갖다 대자 문이 드르륵 열렸다. 둑 모양처럼 쌓아 이어진 불빛들이 사용 가능한 탄약들과 박격포탄, 수류탄과 지뢰, 그리고 다른 파괴용 기구들이 담긴 고정된 크레이트와 드럼통, 선반들로 이십 피트 높이나 쌓여 있는 방의 길이 아래까지 연결되어 자동으로 깜박거렸다.

기다란 방끝에는 이십 피트 길이의 정사각형의 저장실이 있었는데, 그것 역시 손바닥 감식을 통한 신원 증명으로 열리게 되어 있었다. 그 안에 든 무기들은 사람의 목숨이 왔다갔다 할 만큼 너무나 중요한 것이어서 선더 힐에 있는 사람들 중 백 명 중의 단 여덟 사람만이 출입이 허용되어 있었으며, 그들 중 아무도 혼자서는 그 저장실을 열지 못하게 되어 있었다. 그 시스템은 접근이 허락되기에 앞서 일분 내에 여덟 명 중 세 사람의 손바닥을 유리판에 갖다 대야 열리게끔 되어 있었다. 그러나 이것도 비절런트에 의해 감시되게끔 되어 있었고, 폴커크에 의해서 고안된 그 컴퓨터의 새로운 프로그램은 그만이 유일하게 그 저장소의 전략 핵무기를 관리하게끔 되어 있었다. 그가 손바닥을 차가운 유리에 대자, 15초 후 여러 겹으로 된 철제 맥그루더 저장실 문이 전기 모터가 돌아가는 소리를 내며 서서히 열렸다.

저장실 문 오른편으로 스무 개의 등짐 핵무기가 벽 못에 걸린 채로 주요 뇌관과, 폭발 재료와 똑같이 생긴 꾸러미만을 애타게 기다리고 있었다. 뇌관들은 뒷벽에 죽 늘어선 서랍 속에 보관되어 있었다. 문 왼쪽으로 납으로 줄을 댄 캐비닛 속에 똑같이 생긴 두 개의 꾸러미가 최후의 대결전을 기다리며 놓여 있었다.

DERO 부대 훈련에는 테러리스트들이 미국 도시에 몰래 심어 놓을지도 모르는 다양한 핵 장치들을 익히는 것도 포함되어 있었다. 그래서 폴커크는 폭탄을 조립하고, 무기로 만들거나, 해체하고, 결국에는 그 디자인을 변환시키는 방법까지 잘 알고 있었다. 그는 캐비닛에서 성분들을 꺼내고 벽 못에 걸린 등짐용 폭탄 두 개를 내려서 작업을 하는 동안 문쪽을 신경질적으로 힐끔힐끔 바라보며 단 팔 분만에 두 개의 무기를 조립해 냈다. 그는 두 개의 뇌관에 타이머를 십오 분으로 맞추고 시계를 작동시킨 후에야 비로소 조금 편안한 숨을 내쉬었다.

그는 어깨에 기관단총을 매고 등짐 핵무기에 달린 가죽 끈에 팔을 각각 끼워 넣었다. 각각의 장치는 한 개당 무게가 육십구 파운드였다. 그는 두 개의 장치를 바닥에서 들어올리고는 휘청거리며 저장실 밖으로 나갔다. 이 세상의 종말을 예언하는 무게로 인해서 그의 등은 곱추처럼 굽었고 끙끙대는 소리가 절로 났다.

다른 사람이었다면 방대한 군수용품실을 지나 등짐을 지고 다시 가는 동안 두세 번쯤은 걸음을 멈췄어야 했을지도 모른다. 그렇지 않은 사람이라 할지라도 잠시 걸음을 멈춰서서 폭탄을 내려놓고 계속 가지 못하고 숨을 돌리면서 근육을 좀 풀어 줄 수밖에 없었을 것이다. 그러나 렐런드 폴커크는 그렇지 않았다. 지독한 무게가 그의 등을 뒤틀리게 만들고 어깨를 당겨서 팔이 욱신거리도록 만들었지만, 고통이 가중될수록 그는 점점 행복해졌다.

엘리베이터가 열려 있는 주 동굴에서 그는 바닥 중간에 등짐 핵무기 하나를 내려놓았다. 그는 단단한 바위 벽을 둘러보고 화강암 천장을 만족스럽게 올려다보았다. 바위 층에 행여 어떤 실수가 있다면 — 그리고 확실히 있었다 — 그 장소는 푹 꺼져서 그와 함께 위에 있는 모든 것이 내려앉을 것이다. 그러나 비록 강력한 그 석실이 폭발을 견뎌 낸다 하더라도, 2층에서 피난하고자 하는 이는 누구도 살아 남지 못할 것이다. 아무리 적응력이 엄청난 외계의 생명체라 할지라도 핵열에 증발되고 엉망진창으로 부서져 먼지 가루로 변해 버린 이후에 자신을 다시 추스리지는 못할 것이다.

핵의 고통.

그는 그것으로부터 살아 남지 못할 것이다. 그러나 그가 그것을 예측하고 참아 낼 수 있는 신경을 가졌다는 것을 증명하게 될 수 있을 것이다. 단 일 초도 안 되는 짧은 순간의 사려 분별을 잃게 하는 작은 고통뿐이리라. 실상 나쁘지는 않다. 사실 가죽 끈이나 아픔을 증대시키기 위해 구멍을 숭숭 뚫어 놓은 탁구채로 죽도록 격렬하게 맞는 것만큼 나쁘진 않다.

계속 두 번째 핵무기의 가죽 끈을 잡은 채로, 폴커크는 첫 번째 폭탄의 디지털 전자 시계의 숫자가 바뀌는 것을 내려다보며 미소를 지었다. 그것은 벌써 운명의 시간을 향해 시간을 세어 가고 있었다. 등짐 핵무기의 가장 좋은 점은 일단 무기화 되면 절대로 해체되지 않는다는 것이었다. 그는 누군가가 자신의 작업을 원점으로 되돌려 놓을 수도 있다는 걱정을 할 필요가 없었다.

그는 엘리베이터로 들어가 2층으로 올라갔다.

졸저는 말시를 안고서 잭 트위스트에게로 곧장 달려가 그 옆에 서서 버팀목 위에 안착되어 있는 비행선을 올려다보았다. 비록 기억 차단벽이 붕괴되고 몰려드는 기억들로 인해서 그녀가 그 광경에 대한 대비가 되어 있기는 했지만, 그 놀라운 진실이 처음 밝혀지자 군 수송 차량 안에서 그녀를 사로잡았던 것만큼이나 강렬한 경외감에 압도되었다. 그녀는 얼룩덜룩한 비행선의 동체를 만져 보려고 팔을 뻗었다. 그리고 그녀의 손가락 끝이 그을리고 벗겨진 그 금속에 닿자 한편으로는 공포심으로, 한편으로는 신기함으로, 한편으로는 기쁨에 차서 전신에 전율을 느꼈다.

엄마를 따라하는 건지, 아니면 자신의 충동에 따라 행동하는 건지 알 수 없지만, 말시 역시 앞으로 손을 뻗었다. 그녀는 실험해 보듯 조그만 손을 동체에 대고 누르면서 "그 달이야. 달."이라고 말했다.

"그래. 그래, 아가. 이게 바로 네가 내려오는 걸 본 그것이란다. 기억나니? 그건 달이 떨어지는 게 아니었단다. 그게 이거였어. 달처럼 하얗게 빛나고, 그 다음엔 붉은 색으로, 그리고 호박색으로 변하던 것 말야."

졸저가 즉시 말해 주었다.

아이는 마치 자신의 세월과 고난에 얼룩진 그 표면의 얇은 흔적들을 지워 버리려는 듯, 그래서 자신의 기억의 가리워진 표면을 깨끗이 지워 버리기라도 할 것처럼 조그만 손으로 그 기체의 옆면을 앞뒤로 문지르면서 나지막이 말했다.

"달이 떨어졌었어."

"아가, 그건 달이 아니란다. 비행선이야. 아주 특별한 비행선. 영화에서 본 것 같은 우주선이란다."

말시가 돌아서서 졸저를 바라보았다. 더 이상 초점을 잃거나 안으로 숨어 들어가 버리는 눈빛이 아니라 정말로 그녀를 쳐다보았다.

"커크 선장하고 스포크 씨처럼?"

졸저가 미소를 지으며 그녀를 더욱 힘껏 껴안았다.

"그래, 아가야. 커크 선장이나 스포크 씨처럼."

"루크 스카이워크처럼."

잭이 앞으로 몸을 수그려 아이의 눈에서 한 움큼되는 머리카락을 쓸어 올려 주며 말했다.

"루크."

말시가 말했다.

"그리고 한 솔로처럼."

잭이 말했다.

아이의 눈이 초점을 잃으면서 시야가 흐려졌다. 그녀는 자신이 방금 접한 이야기를 곰곰이 생각해 보려고 자기만의 은밀한 장소로 되돌아간 것이다.

잭이 졸저에게 미소를 지으며 말했다.

"괜찮아질 거예요. 시간이 좀 걸릴지도 모르겠지만, 아이의 모든 강박관념은 기억을 되찾기 위한 몸부림이었으니까 좋아질 겁니다. 이제 아이는 기억하기 시작했으니까, 더 이상 싸울 필요도 없겠죠."

평소처럼 졸저는 그가 존재한다는 것만으로도, 그의 침착한 품성에서 풍겨 나오는 향기만으로도 안심이 되었다.

"괜찮아질 거예요. 우리가 여기서 살아서 우리의 기억들을 원래 상태 그대로 완전히 가지고 나갈 수만 있다면."

"우린 그럴 겁니다. 어떻게든."

잭이 말했다.

돔이 파커를 보자, 따스한 감정이 몰려와 그의 마음을 벅차게 만들었다. 그는 그 땅딸막한 예술가를 포옹하면서 말했다.

"친구, 도대체 자네가 어떻게 여기까지 온 거지?"

"얘기하자면 기네."

파커가 말했다. 그의 얼굴과 눈에 어린 슬픔이 적어도 그 이야기의 일부는 침울한 것임을 어떤 말보다도 더 잘 말해 주고 있었다.

"난 자네를 이런 어려움 속에 이렇게 깊이 빠져들게 할 생각은 없었네."

돔이 말했다.

우주선을 올려다보며 파커가 말했다.

"난 무슨 일이 있어도 그걸 놓치긴 싫었다네."

"자네 턱수염은 어떻게 된 건가?"

"이런 종류의 무리에 끼려면, 면도쯤은 해 볼 만하지."

비행선을 몸짓으로 가리키면서 파커가 말했다.

어니는 우주선의 측면을 따라 움직이면서 만져 보았다.

페이는 브렌던과 함께 있었다. 그녀는 그가 염려되었기 때문이었다. 몇 달 전, 그는 신앙을 잃었었다. 아니면 그는 그것을 잃어버렸다고 생각했었는데, 그것은 그에게 좋지 않은 일이었다. 그리고 오늘 밤 그는 비카직 신부를 잃었다. 그것은 그로 하여금 눈빛을 공허하게 만들고 떨리게 만드는 충격이었다.

"페이, 정말 멋지죠. 그렇지 않아요?"

그가 비행선을 쳐다보면서 말했다.

"그래요. 난 결코 다른 세계에 관한 이야기에 나오는 사람이 아니었어요. 그게 무얼 의미하는 것인지에 관해서도 그다지 많이 생각해 보지 않았구요. 하지만 그것은 모든 것의 끝이자 뭔가 새로운 것의 시작이에요. 멋지고 새로운 일이죠."

그녀가 말했다.

"하지만 그건 하느님이 아니세요. 그리고 내 마음속에서 그러리라 바라던 것이 바로 그겁니다."

그가 말했다.

그녀는 그의 손을 잡았다.

"파커 씨가 당신에게 전해 준 비카직 신부님의 말씀을 기억하세요? 트럭에서 당신에게 말해 준 것 있잖아요. 비카직 신부님께서는 무슨 일이 일어났었는지, 그날 밤 내려온 것이 무엇인지 알고 계셨어요. 그리고 그분께는 그것이 그분의 신앙에 대한 재확인이었죠."

브렌던이 씁쓸하게 미소를 지었다.

"그분께는 모든 것이 그분 신앙에 대한 재확인이었습니다."

"그럼, 그것이 역시 당신에게도 재확인이 될 거예요. 당신에게 필요한 건 단지 시간 뿐이에요. 그것에 관해 생각해 볼 잠시의 시간이오. 그러면 당신은 비카직 신부님처럼 그걸 바라보게 될 거예요. 당신은 잘 모르고 있지만, 당신은 그분과 닮은 점이 매우 많거든요."

그녀가 그에게 말해 주었다.

그가 놀라서 그녀를 쳐다보았다.

"난 아닙니다. 당신이 그분을 몰라서 그러시는 거예요. 전 그 신부님의 반도 못 따라가요……. 그런 분의 반의 반도……."

페이는 미소를 지으며 그의 뺨을 귀여운 듯 꼬집었다.

"브렌던, 당신이 우리 모두에게 당신의 교구 신부님에 관한 얘기를 해 주었을 때, 당신이 그분을 얼마나 존경하는지 똑똑히 알 수 있었어요. 그리고 하루도 못 돼서 당신은 자신이 깨닫고 있는 것보다 더 많이 그를 좋아하고 있다는 것도 분명해졌어요. 당신은 젊어요, 브렌던. 당신은 아직도 배워야 할 게 많다구요. 하지만 당신이 비카직 신부님의 나이가 되면, 당신도 그분과 같은 사람, 그리고 그분과 같은 성직자가 되어 있을 거예요. 그리고 당신 인생의 매일 매일의 삶이 그분에게는 살아 있는 유언이 될 거예요."

실가닥 같은 희망이 그의 절망감을 대신해 주었다. 그는 입술을 떨고 있었으며, 목소리도 갈라졌다.

"정말……그렇게 생각하시나요?"

"난 알아요."

페이가 말했다.

그가 그녀에게 팔을 두르자 그녀도 그를 꼬옥 껴안았다.

네드와 샌디가 서로의 허리에 팔을 두르고 그 비행선을 올려다보며 서 있었다. 더 이상 어떤 말도 필요가 없었기에 그들은 어느 누구도 말을 하지 않았다. 적어도 그에게는 그럴 듯한 방법이었다.

그때 샌디가 정말 말해야 될 필요가 있는 뭔가를 이야기했다.

"네드, 만일 우리가 여기서 살아서 나간다면……전 의사에게 진찰을 받아 보고 싶어요. 당신은 출산 전문가 중에 아는 사람이 있죠? 전 이 세상에 아기를 낳을 수 있는 일이라면 무엇이든 해 보고 싶어요."

"하지만……당신은 언제나……당신은 절대로……."

샌디가 나지막하게 대답했다.

"전에는 결코 이 세상을 사랑한 적이 없었죠. 하지만 지금은……전 우리 인류가 모든 암흑의 정점에 있는 다른 세계로 가기 위해, 그리고 아마 이방인들을, 여기에 온 놀라운 외계인들을 만나기 위해 지구 밖으로 나갈 때 우리 중 일부가 거기에 있었으면 좋겠어요. 전 정말 멋진 엄마가 될 거예요, 네드."

"당신이 그러리라고 난 믿어요."

마일즈 베넬은 목격자들 가운데 나머지 사람들과 파커 페인이 그 방 안으로 줄지어 들어오는 모습을 보고는 돔 콜베이시스의 새로운 능력을 사용해서 폴커크를 선더 힐 바깥에서 꼼짝못하게 만들고자 하는 기대를 포기했다. 대신 그는 벨트 속에 감추어 놓은 357구경 매그넘에 의지할 수밖에 없었다. 그것은 헐렁한 흰색 실험실 가운 밑에 감춰진 채 그의 배를 단단히 짓누르고 있었다.

마일즈는 폴커크가 적어도 스무 명의 부하랑, 어쩌면 그 곱절이나 되는 수의 부하들을 데리고 올 것이라고 생각했다. 그는 대령과 호너, 그리고 여섯 명 정도의 군인들이 목격자들 가운데 나머지 사람들 뒤를 따라 그 방안으로 들어오리라 예상했었다. 그러나 정작 나타난 사람은 호너뿐이었다. 그는 기관단총을 차고서 언제든 바로 사용할 수 있도록 단단히 채비를 한 상태였다.

블록 부부와 사버 부부, 브렌던, 그리고 다른 사람들이 우주선까지 즉각, 그리고 아무런 저항없이 끌려오는 가운데, 호너가 말했다.

"알바라도 장군님, 베넬 박사님……폴커크 대령님은 조금 있다 뒤따라오실 겁니다."

"귀관은 어떻게 감히 자동 무기를 장전한 채로 여기 들어올 수 있는가?"

밥은 마일즈가 경탄할 만큼 태연하게 말했다.

"이런 빌어먹을! 이 사람아! 자넨 어쩌다가 손가락이라도 삐끗해서 방아쇠를 당겨 버리는 날에는 총알이 날아가 이 바위 벽들을 날려 버리고 우리 모두를 죽이게 되리라는 걸 알지 못하겠나? 자네까지 죽는다구!"

"제 손가락이 미끄러지는 일은 절대로 없습니다, 장군님."

호너는 실상 그것을 문제삼는 밥에게 도전하는 식으로 대꾸했다.

오히려 밥이 날카롭게 말했다.

"폴커크는 어디 있나?"

"대령님은 살펴보고 오실 게 있으시답니다. 장군님을 기다리게 해서 죄송하다고 하시더군요. 곧 오실 겁니다."

호너가 말했다.

"뭘 살펴본단 말인가?"

밥 알바라도가 물었다.

"대령님께선 매번 움직일 때마다 항상 제게 말씀해 주시진 않습니다, 장군님."

마일즈는 폴커크가 벌써 직원들을 처치하기 위해서 DERO 부대원들을 소집한 것이 아닐까 반신 반의했다. 그러나 그 일말의 가능성은 매초마다 듣기 싫은 총기가 덜그덕거리는 소리가 나지 않고서 지나감에 따라 확률이 거의 없어 보였다.

그는 중무장을 하고서 적에 대해 형세를 뒤집어 놓을 만한 기회를 찾고 있었다. 그러나 그는 호너에게 그런 식으로 보이고 싶지 않았다. 그래서 마일즈는 가장 자연스러운 행동은 목격자들과 이야기를 나누고 그들이 가지고 있는 여러 가지 질문들 가운데 몇 가지 의문 점에 대답해 주는 편이 좋겠다고 판단했다. 그는 그들 대부분이 CISG에 관한 이야기를 이미 들었다는 점을 알아냈다. 그래서 그는 재빨리 왜 최초에 그런 은폐 작업에 대한 명령이 떨어졌는지에 관해 나머지 사람들에게 그 위원회의 연구 결과들을 재빨리 요약해서 설명해 주었다.

마일즈의 설명으로는 그들 앞에 있는 그 비행선은 지구 밖으로부터 22,000마일의 거리에 은밀히 배치돼서 지구의 주위를 돌고 있는 방위 위성에 의해 처음 포착되었다고 했다. 그들은 그것이 달을 지나 다가오고 있는 것을 포착했던 것이다(방위 위성 부문에서는 훨씬 조야한 수준인 소련은 한참 후에서야 그 방문자들을 발견했으나 결코 그 정체를 정확하게 알아내지는 못했다).

처음에 관찰자들은 그 외계 비행체가 비행 궤도상 지구와 충돌하게 되어 있는 커다란 운석이나 작은 소혹성이리라 생각했다. 만일 그것이 부드럽고 구멍이 많은 물질이라면, 하강하는 도중에 타서 없어질지도 모른다. 그리고 설사 지구가 운이 없어서, 다가오는 파편이 좀더 단단한 재료로 되어 있다 하더라도, 그것 역시 수많은 양의 작고 비교적 무해한 운석으로 쪼개지게 될 것이었다. 그러나 만일 지구가 너무나 재수가 없다면, 게다가 행로를 잃고 떠돌아다니는 운석에 니켈 철의 성분 함유량이 많다면 방대한 파열 가능성이 배제될 것이고, 그것은 명백히 하나의 위협이었다. 물론 지구 표면의 칠십 퍼센트가 바다로 덮여 있기 때문에 그것은 십중팔구 바다로 떨어질 것이 분명했다. 그 여파로 항구가 황폐화될 만큼 해변 가까이에 떨어지지만 않는다면 물과의 충돌은 거의 피해를 주지 않을 것이다. 가장 최악의 가능성은 인구가 밀집된 지역 내의 지상에 떨어지는 경우였다.

"버스 크기만한 니켈과 철 덩어리가 시속 2천 마일의 속도로 맨허턴 심장부에 부딪힌다고 상상해 보십시오. 그 그림은 우리로 하여금 그것을 파괴시켜 버리거나 궤도에서 비켜 가도록 만들 조처를 강구하게 만들게 할 만큼 무서운 것이었습니다."

마일즈가 그들에게 말했다.

여섯 달도 채 지나지 않은 때에, 국가의 전략 방위 방패의 첫 번째 위성들이 비밀리에 궤도에 올려졌었다. 그것이 결국에는 만들어질 것이었으므로 그 시스템의 십 퍼센트도 채 구성되지 못한 상태였으며, 그들 생각으로는 자신들이 핵 전쟁을 방지하기 위해 그다지 많은 일을 할 수 없으리라 생각했다. 그러나 몇 명의 선견지명이 있는 설계가들 덕분에 모든 위성은 그 장비를 밖으로 향하게 하여 우주 쓰레기 가운데서 떨어지는 조각과 같은 그런 위협들에 대한 지구의 방어력을 배가시킬 수 있도록 만드는 높은 기동성을 부여받게 되었다. 최근의 이론에 의하면 충돌하는 혜성이나 소혹성이 공룡들을 멸종하게 만들었다는 설이 제기되었고, 신중한 전략가들은 전략 방위 방패가 소련제 미사일만 쳐부술 게 아니라 우주 자체의 숙명이 걸려 있는 미사일도 처치하는 데 사용해야 할지도 모른다는 판단을 내리기에 이르렀다. 그래서 그 운석이 지구 가까이로 점점 질주해 옴에 따라 그 위성 가운데 하나가 재포진되었고, 침입자에게 요격용 미사일을 발사할 계획이 마련되었던 것이다. 물론 그 발사물들은 핵무기가 아니긴 했지만, 그 탄두들은 결합시 파괴력을 보유한 채 지구 표면에 닿지 않을 만큼 크지 않다고 보장할 수 있는 조각들로 운석들을 부수기에 충분하다고 생각되었다.

"그리고 나서 침입자에 대한 공격 예정에 앞서 몇 시간 전에, 최종 사진에 대한 분석을 통해서 충격적이리만치 대칭적인 형태를 가졌다는 것을 알아냈죠. 그래서 그 위성 작전에 앞서, 분광 사진 해독 작업을 통해서 그것이 운석보다는 더 이상한 무엇일 거라는 확신을 갖기 시작했죠. 그러한 분석들은 운석에 대한 평균적인 모습과는 전혀 일치하지 않는다는 것을 알게 되었죠."

마일즈는 이야기를 하면서 목격자들 사이를 걸어다니다, 지금은 그 비행선의 옆면에 한 손을 얹은 채 열여덟 달이 지난 후에도 아직 그때의 경외감에 사로잡혀 있다는 것을 보여 주고 있었다.

"매 십 분마다 새로운 사진을 찍으라는 명령이 내려졌습니다. 그 다음 시간 사이에 가까워지는 모습이 점점 더 명확해졌고, 급기야는 그것이 비행선일지도 모른다는 가능성은 너무나 큰 것이어서 누구도 위험을 무릅쓰고 파괴 명령을 할 엄두를 내지 못할 지경이었죠. 우리는 소련 측에 그 물체에 관한 것이나 그것을 파괴하고자 하는 우리의 계획을 알리지 않았습니다. 그렇게 하면 우리의 방위 위성 성능에 관한 정보가 그들에게 새 나가게 되기 때문이었죠. 이제 우리는 그 비행선의 진행을 은폐하고 그것의 방문을 비밀로 지키기 위해서 국적 불명의 비행기와 전자 영상들을 떨어뜨려서 소련 측의 고공 레이더를 마구 교란시키기 시작했습니다. 처음에 우리는 그것이 지구 둘레의 궤도를 돌 것이라고 생각했지요. 하지만 그 책략의 맨마지막에 가서 우리는 그것이 통제된 형식이기는 하지만, 물리적인 힘을 갖고 있지 않은 운석 하나가 따라가는 바로 그 행로를 따라 곧장 오려고 한다는 것을 깨달았죠. 방위 컴퓨터들은 삼십구 분만 있으면 충돌 지점이 이곳 엘코 군이 되리라는 경고를 하더군요."

"80번 주간 고속 도로에 가까이 오기엔 안성맞춤인 시간이었군요. 그리고 폴커크와 그의 DERO 부대원들이 어디 있든간에 그들을 불러올 수 있을 만한 시간이었을 테구요."

어니 블록이 말했다.

"아이다 호였죠. 다행히도 그들은 상당히 가까운 아이다 호 남부에서 기동 훈련을 받고 있는 중이었어요. 어쩌면 여러분들의 관점에서 보면 불행한 일이었지만요."

마일즈가 말했다.

"물론, 베넬 박사, 그것은 바로 당신 자신의 견해라는 것도 잘 알고 있소."

그 말을 하면서 드디어 폴커크가 문에 나타났다.

마일즈 베넬은 복부에 감춰진 357구경 매그넘이 마치 대포처럼 커다랗게 느껴졌다. 그러면서도 갑자기 그것은 새총만큼 무기력하게 생각되었다.

처음으로 렐런드 폴커크를 보자마자, 진저는 신문에 난 사진이 그를 실물대로 정확하게 나타내지 못했다는 것을 알 수 있었다. 그는 〈센티널〉지에 나온 것보다 훨씬 잘생겼고 눈에 띄었으며, 그것도 놀라울 정도로 당당해 보였다. 그는 호너가 취했던 것과 같이 언제든 쏠 준비가 된 듯한 무시무시한 태도로 기관총을 들고 있진 않았으며, 그저 총을 무덤덤하게 한 손에 쥐고 있었다. 그러나 겉보기엔 방자해 보이는 그의 태도는 호너의 자세보다 더 위협적이었다. 진저는 겉으로는 무관심한 척하면서 그가 그들을 힐책해서 뭔가를 시도하려고 하고 있다는 느낌을 받았다. 폴커크가 사람들에게로 점점 가까이 다가오는 동안, 진저는 그에게서 거의 손으로 만져질 것 같은 증오와 광기가 일종의 악취 같은 분위기를 풍기고 있다고 생각했다.

베넬 박사가 "대령, 당신의 부하들은 모두 어디 있습니까?" 하고 물었다.

"부하들은 없소. 나와 호너 중위뿐이죠. 지금은 정말로 힘을 보여 줄 필요가 없으니까요. 난 우리가 이 상황을 이성적으로 토의할 시간을 갖는다면 모두를 만족시킬 만한 해결책에 도달할 수 있으리라고 확신하오."

폴커크는 차분하게 답했다.

진저는 대령이 그들을 조롱하고 있다는 느낌을 훨씬 더 강하게 받았다. 그는 비밀을 갖고서 자신이 알고 있는 특별한 정보에 대해 커다란 기쁨을 느낄 뿐 아니라 다른 사람들을 무시함으로써 특히 대단히 흐뭇해하는 어린아이 같은 태도였다. 그녀는 베넬 박사가 폴커크의 행동에 당황해 하고, 그에게 경계를 늦추지 않는 것처럼 보였다.

"토론을 계속해 보시죠. 아무쪼록 난 방해하지는 않겠소. 당신들은 틀림없이 베넬 박사가 대답해 주기를 바라는 수많은 질문들을 갖고 있을 테니까."

대령은 손목시계를 보면서 말했다.

샌디가 말했다.

"한 가지 질문이 있어요. 박사님, 그 비행선을 타고 왔던……사람들은 어디에 있죠?"

베넬이 대답했다.

"죽었어요. 여덟 명이 있었는데, 이곳에 도착하기 전에 모두 죽었죠."

진저의 가슴에 통한의 고통이 밀려왔다. 그리고 나머지 사람들의 표정을 통해서 그들도 똑같이 충격과 실망에 빠져 있는 모습을 역력히 알 수 있었다. 파커와 졸저는 마치 친구의 사망 소식을 접한 듯 심지어 가벼운 신음 소리까지 내었다.

"어떻게 죽었죠? 뭣 때문에요?"

네드가 물었다.

연신 폴커크 대령을 훔쳐 보면서 베넬이 대답했다.

"글쎄, 우선 여러분들께 그들에 대해서, 첫째 왜 그들이 여기 오게 되었는지 대강 알아 두셔야 합니다. 그들의 비행선에서 우리들이 쓰는 비디오 디스크 같은 뭔가에 기록된 그들의 종에 대한, 말하자면 자신들의 문화나 생물학, 심리학 등에 관한 특강이 실린 실질적인 백과 사전을 발견해 냈습니다. 우리는 그 장치에 대해 알아내는 데만 두 주가 걸렸고, 기계를 작동시키는 방법을 배우는 데 한 달이 걸렸죠. 하지만 일단 그것을 알고 나자, 우리는 그 기계가 여전히 작동된다는 것을 알게 되었죠. 여러분들께서 생각하시면 놀라시겠지만……글쎄, 그렇다고 해서 너무 비약은 하지 않는 게 좋으실 겁니다. 우리가 계속 그 디스크들 안에 실려 있는 자료들 가운데 귀중한 발견품들을 아직도 조사하고 있는 중이라고 말해 주는 정도로 해 두죠. 그것은 언어의 장벽에도 불구하고 훌륭할 정도로 시각적이어서 충분히 이해할 수 있는 것이었지요. 그것을 통해서 그들의 언어도 서서히 깨우치게 되긴 했지만요. 그 작업에 관련된 우리들 가운데 일부는 거의……이 비행선을 만든 사람들에 대해 형제애 같은 것을 느낄 지경이었답니다."

폴커크 대령이 찜찜한 표정으로, "형제애라고!"하며 비웃듯이 말했다.

베넬 박사가 그런 그를 쳐다보고는 계속 말을 이었다.

"우리가 지금 그것들에 대해 알고 있는 것을 얘기하자면 몇 주가 걸릴지도 모르겠군요. 일단 그들은 이 비행선이 소속 항에서 출발할 때, 자신들과는 다른 태양계의 다섯 가지 고등 종들을 찾아서 조사해 보려고 상상할 수조차 없을 만큼 오랜 옛날에 우주로 떠난 종들이라고 말해 두죠."

"다섯이라구요?"

진저가 놀라서 물었다.

"하지만 비록 은하계가 정말로 생명체로 꽉 차 있다 할지라도, 믿어지지가 않는군요. 그렇게 엄청나게 먼 거리를 여행해 왔고, 수도 없이 많은 장소들을 조사했다는 점을 생각해 보면 말예요."

베넬 박사는 고개를 끄덕였다.

"하지만 여러분도 아시다시피 그들이 이 별 저 별 사이를 여행할 수단을 만들어 낸 때로부터 분명히 그들은 다른 고등 동물들을 찾아 다니는 것이 자신들의 신성한 의무라고 판단한 것 같습니다. 사실 그건 그들에게는 일종의 종교가 되었던 것처럼 보입니다."

그는 고개를 내저으며 한숨을 지었다.

"우리가 이걸 이해한다고 확실히 말하기는 어렵습니다. 왜냐하면 그들의 대단히 훌륭한 비디오용 백과 사전에서도 철학적인 것을 묘사하는 것보다는 물리적인 것들을 더 잘 묘사하고 있기 때문이죠. 그러나 우리 생각으로는 그들이 자신들을 우주를 창조한 어떤 최고의 절대적인 힘의 하인으로 여기고 있는 것 같더군요."

"하느님 말씀인가요?"

브렌던이 끼어들었다.

"그들이 자신들을 하느님의 종복으로 여긴다는 말씀이신가요?"

"그런 식이지요. 하지만 그들은 어떤 종교적인 메시지도 전파하려 하지는 않았어요. 그들은 단지, 고등한 종들이 서로를 찾도록 도와줘서 우주라는 거대한 공간 전반에 걸쳐 고등체들이 서로 한데 묶이도록 하는 것이 자신들의 신성한 의무라 느낄 뿐이었지요."

베넬이 대답했다.

"한데로 묶는다구요."

폴커크는 불길한 느낌을 주는 이야기를 하고는 손목시계를 쳐다보았다.

알바라도 장군이 천천히 그의 오른편으로 움직이면서 대령의 시야 외곽으로 들어갔다. 그는 한 걸음 더 다가왔다.

진저는 자신이 완전히 이해가 가지 않는 폴커크와 베넬, 그리고 알바라도 사이의 표면에 나타나지 않는 적대감으로 인해서 점점 불안해져 갔다. 그녀는 돔에게 가까이 가서 한 손으로 그를 감싸 안았다.

"그리고 그들은 또 다른 선물을 가져왔죠. 그들은 너무나 고시대의 종이었기 때문에 우리가 영적인 주술이라고 생각하는 어떤 능력을 진화시켰죠. 병을 치유하는 능력이며, 염력과 기타 다른 것들을요. 그들은 그런 재능을 발전시켰을 뿐만 아니라……그런 능력을 갖고 있지 못한 다른 고등한 종들에게 똑같은 능력을 주입시키도록 배웠죠."

베넬이 대령을 향해 얼굴을 찌푸리면서 말했다.

"주입시켰다구요? 어떻게요?"

돔이 물었다.

베넬이 대답했다.

"우리가 다 알 수는 없죠. 하지만 그들은 이러한 능력들을 전수할 수 있었습니다. 그것은 분명히 당신에게 행해졌었고, 지금 당신은 그 힘을 다른 사람에게 전달할 능력을 갖고 있습니다."

"그 힘을 전달할 수 있다구요?"

잭은 놀라서 물었다.

"그럼 돔과 브렌던이 우리나……혹은 다른 사람들에게……그들이 가진 것을 줄 수 있단 말입니까?"

"전 이미 그걸 주었어요."

브렌던이 말했다.

"진저, 돔, 잭……당신들은 파커가 비카직 신부님으로부터 전해 들었다는 소식를 듣지 못하셨군요. 제가 시카고에서 병을 낫게 해 준 에미와 윈톤 그 두 사람은 지금 모두 그 힘을 갖고 있다고 하더군요."

폴커크가 침울하게 말했다.

"감염의 새로운 근원들이구먼."

"그러면 분명히 브렌던이 나를 고친 이후로 저 역시 조만간 그 힘을 갖게 되겠군요."

파커가 말했다.

"전 단지 치유를 통해서만 그것이 전해진다고는 생각하지 않지만, 그런 치유는 대단히 친밀한 접촉이었을 뿐이었어요. 당신이 치료하고 있는 사람의 조직을 짜 맞추면서 당신은 어쨌건 그들에게 그 힘을 전달하게 되는 것이죠."

브렌던이 말했다.

진저는 마음이 동요되었다. 이 소식은 어느 모로 보나 우주선의 존재만큼이나 온 세상을 떠들썩하게 만들 만한 것이었다.

"그럼……당신은 신이……그들이 우리가 하나의 종족으로서 새로운 수준으로 진화할 수 있도록 돕도록 보내졌다는 뜻인가요? 그러면 그런 진화는 벌써 진행중이지 않나요?"

베넬은 "그렇다고 볼 수 있죠."라고 대답했다.

손목시계를 다시 들여다보면서 렐런드 폴커크는 "미안하지만, 이런 가면 놀이는 점점 지루해져 가는 것 같군요."라고 말했다.

"가면 놀이라뇨? 대령, 당신은 지금 무슨 소릴 하고 있는 거죠? 당신은 우리가 뭔가 그런 헛소리 같은 데 홀린 걸로 믿는가 본데 어떻게 그런 정신나간 생각을 할 수 있죠?"

페이 블록이 물었다.

폴커크가 날카롭게 대꾸했다.

"이런 뻔한 거짓말로 날 속이려 들지 마시오. 당신들 모두는 아무것도 모르는 척하고 있죠. 사실 당신들은 모든 것을 알고 있지 않소. 당신들 가운데 어느 누구도 더 이상 인간이 아니오. 당신들은 모두……홀려 버렸소. 그리고 이렇게 순진한 척 가장해서 내가 당신들을 살려 두도록 확신시키려 들고 있는 것 아니오. 하지만 그렇게는 안 될걸. 너무 늦어 버렸소."

폴커크의 광기 어린 태도에 자극을 받은 채 진저는 베넬에게로 돌아섰다.

"감염되고 홀렸다니 대체 무슨 소리죠?"

베넬이 왼쪽으로 몇 발자국 걸음을 옮기면서 "일종의 실수죠."라고 대답했다.

진저는 그가, 대령의 관심을 멀리 다른 쪽 방향으로 끌어당겨서 폴커크의 시선으로부터 완전히 벗어날 수 있는 좋은 기회를 만들려고 애쓰고 있다는 걸 알아차렸다.

"실수죠."

베넬이 되풀이해서 말했다.

"아니면 차라리……인간이라는 종족의 전형적인 외계인 공포증, 말하자면 이방인들이나 우리와는 다른 자들에 대한 증오와 의심 같은 것의 실례라고 할까요. 처음에 제가 말했던 비디오 디스크 중 일부를 봤을 때, 우린 외계인들의 이러한 능력들을 다른 종들에게 전하려는 그들의 욕망에 대해서 처음 알고는, 우리가 보고 있는 것을 분명히 잘못 해석했다는 걸 알았죠. 처음에 우리는 외계인들이 그들의 의식을 숙주의 몸체에 집어 넣음으로써 그들이 변화시킨 것들을 점유하고 있다고 생각했죠. 저는 그것이 공포 소설이나 영화로 인해서 생긴, 이해가 갈 만한 과대 망상증이라고 짐작합니다. 우린 아마 우리의 책임으로 기생하는 종이 있다고 생각했던 것 같습니다. 그러나 그런 오해는 우리가 그들의 디스크들을 계속 보면서 더 미묘한 문제들을 풀려고 할 때, 금세 사라져 버렸죠. 이제는 우리가 잘못됐었다는 것을 알고 있습니다."

그때 폴커크가 말했다.

"나는 모르겠는데요. 난 당신들 모두가 전염되었다고 생각하오. 그리고 나서 당신들은 이러한 생물체들의 통제하에 있으면서 그 위험성을 너무 얕잡아 보고 있어요……. 아니면, 아니면 그 디스크들은 단순히 전도용에다, 사기요."

베넬이 말했다.

"아닙니다. 우선 난 이런 생물체들이 거짓말을 할 수 있다고 생각지 않소. 게다가 만일 그들이 그렇게 쉽게 우리들을 점거할 수 있다면, 그들은 전도를 할 필요가 없겠죠. 그리고 그들이 우리를 변화시키려고 한다고 분명히 우리한테 말해 주고 있는 이런 백과 사전을 우리에게 가져다주지도 않았을 겁니다."

진저는 브렌던 크로닌이 다른 누구보다 훨씬 더 열심히 그 토론에 이끌리고 있다는 점을 눈치챘다. 그리고 그때 그가 말했다.

"여기서 종교적인 비유가 썩 어울리지 않을지도 모릅니다만, 만약에 그들이 하느님의 종복으로서 우리에게 온 것이라고 느낀다면 말이죠, 또한 우리에게 이러한 기적적인 선물들을 물려 주려고 온 것이라면, 그때 당신은 아마도 그들이 천사라고 말할 지경이 될지도 모르죠. 특별한 은

총을 내려 주는 대천사라고 말해야 할 겁니다."

폴커크가 금속성 소리를 내며 웃었다.

"오, 그거 정말 재미있군요, 크로닌! 당신은 정말로 종교에서 말하는 천사가 내게 감명을 줄 수 있다고 생각하시오? 나를? 내가 비록 이제는 돌아가셔서 흙으로 썩어 버리신 내 부모들처럼 종교적 광신자라 할지라도, 난 이런 생물체들을 천사라고 받아들이지는 않겠소. 독 속에 우글거리는 버러지 같은 얼굴들을 한 천사들이라니."

브렌던이 베넬에게 물었다.

"벌레들이라고요? 저 사람이 지금 무슨 말을 하고 있는 겁니까?"

그 과학자가 대답했다.

"그들은 우리들과는 매우 달라요. 그래요, 우리랑 꽤 비슷한 양팔과 두 다리를 갖고는 있죠. 하지만 다섯 손가락이 아니라 여섯 손가락이었죠. 외모상 우리와의 공통 점은 그게 전부입니다. 처음에는 그들이 몹시 혐오스러워 보였어요. 사실 혐오스럽다고 하는 말도 완곡한 표현이죠. 하지만 곧……여러분들께서는 그들도 나름대로 어떤 아름다움을 지니고 있다는 것을 알게 될 겁니다."

폴커크가 비웃듯이 말했다.

"그들 나름대로의 아름다움이라고? 그들은 말 그대로 괴물들이었소. 다른 괴물들의 눈으로 보기에는 그들도 아름답게 보일런지 모르겠죠. 그러니까, 베넬, 당신들은 내가 지적한 점을 증명해 준 셈이오."

진저는 폴커크에게 화가 나서 그의 기관총에도 아랑곳하지 않고 그에게로 몇 발짝 움직이고 말았다. 그녀가 말했다.

"당신은 멍청한 바보로군요. 그들이 어떻게 생기든 그게 무슨 문제죠? 중요한 건 현재의 그들이에요. 그리고 분명히 그들은 확고한 문제 의식과 고귀한 목적을 지닌 생물체예요. 그들의 외모가 비록 우리와 다를지라도, 우리가 그들과 공통으로 갖고 있는 것들이 우리와 다른 점들보다 훨씬 더 소중한 거예요. 우리 아버지는 항상 말씀하셨었죠. 지능만큼이나 우리들과 동물들이 다른 점들은 용기와 사랑과 우정, 동정심과 공감이라구요. 당신은 그들이 수십 억 마일이나 떨어진 곳을 지나온 이 여행을 떠나는 데 얼마나 많은 용기를 필요로 했을지 알고나 계신가요? 그러니까 우리와 그들이 함께 가지고 있는 중대한 공통점은 바로 용기라구요. 그리고 사랑? 우정? 그들은 틀림없이 그런 것들도 갖고 있을 거예요. 그렇지 않다면 어떻게 그 별들에 있는 이들의 마음을 움직일 수 있는 문명을 건설할 수 있었겠어요? 당신은 사랑과 우정을 쌓아야 할 필요가 있겠군요. 동정심은요? 그들은 다른 고등한 종들을 진화의 사닥다리에 더 높이 올려 놓아야 할 임무를 지니고 있었던 거예요. 분명히 그것은 동정심을 필요로 하지요. 그리고 공감대는 또 어떻죠? 그것도 명확하지 않은가요? 그들은 우리의 두려움과 외로움, 우리가 의미도 없는 우주에서 표류하고 있는 것 같은 공포심 같은 것들에 역점을 두었어요. 그들은 너무나 많이 공감을 해서 자신들이 우리들을 만나 우리가 혼자가 아니라는 소식을 전해 준다는 단순한 희망에 이렇게 믿어지지 않을 만큼 불가사의한 여행을 한 거라구요."

갑자기 그녀는, 자신의 분노가 폴커크에게로 향한 것이라기보다는 인간이라는 종족을 자멸의 소용돌이로 이끄는 인간의 끔찍한 맹목성에 향한 것이라는 것을 알았다.

그녀는 대령에게 말했다.

"나를 보세요. 난 유태인이에요. 그리고 사람들 중에는 내가 그들과 다르고, 그들보다 훌륭하지도 않으며, 심지어는 위험하다라고까지 말하는 사람들도 있어요. 유태인이 이방인의 아기들의 피를 마신다는 이야기를, 그런 터무니없는 쓰레기 같은 말을 믿는 무지한 사람들도 있죠. 그렇지 않다는 모든 증거에도 불구하고 이 생물체들이 우리의 피를 마시러 온다는 당신의 고집과 역겨운 반(反)유태주의와 뭐가 다르죠? 제발 우리를 내버려두세요. 한도 끝도 없는 그런 증오심은 여기서 그만둬요. 이제 그만두자구요. 우리는 증오를 할 만한 여지가 없는 운명을 갖고 있다구요."

폴커크가 신랄하게 답변했다.

"브라보! 아주 훌륭한 연설이었소."

그렇게 말하는 순간에도 대령은 기관총을 들어 알바라도 장군에게 겨누며 말했다.

"장군, 총을 가지러 가지 마시오. 난 당신이 총을 갖고 있다는 걸 알고 있으니까. 난 총에 맞고 싶지는 않소. 나는 장렬한 불길 속에 죽고 싶으니까."

"불이라니?"

베넬이 말했다.

폴커크는 씩 웃으며 답했다.

"그렇소, 박사. 우리 모두를 전멸시키고 이 전염병으로부터 이 세계를 구하게 될 장렬한 불길!"

베넬이 말했다.

"세상에! 그래서 당신이 더 많은 숫자의 부하들을 데리고 오지 않은 거로군. 당신은 필요 이상으로 부하들을 희생시키고 싶지 않았던 모양이군."

그는 알바라도에게 돌아서며 말했다.

"밥, 저 미친 후레자식이 전술용 핵무기로 끝장을 내려고 하고 있다구."

진저는 알바라도의 얼굴이 일그러지며 잿빛으로 변하는 것을 보고는 자신이 이 소식을 듣고 느낀 것과 똑같은 감정을 장군도 느끼고 있다는 걸 알았다.

폴커크가 말했다.

"두 개의 핵 배낭이지. 하나는 저 문 바깥 오른쪽에 있고, 다른 하나는 아래층 주실(主室)에 있지."

그는 시간을 체크해 보았다.

"3분도 채 안 돼서 우리는 모두 수증기가 되어 있을 거요. 맹세하지만 당신들이 날 변화시킬 만한 눈곱만큼의 시간도 없을 거요. 우리들 가운데 하나가 당신들 중 하나로 변하는 데는 시간이 얼마나 걸리죠? 내 짐작으로는 적어도 3분은 더 걸릴 것이오."

마치 총이 생명력을 얻고 날아가듯 갑자기 폴커크의 손에 있던 기관단총이 그의 손가락을 부러뜨리고 손톱을 찢어 놓을 정도의 힘으로 그의 손아귀에서 비틀릴 듯 빠져 나갔다. 그와 동시에 호너 중위의 기관총도 똑같은 힘에 의해 돌연히 그의 손에서 날아가 버리자 그는 비명을 질렀다. 진저는 두 자루의 총이 공중에서 빙빙 돌다 철컥하는 소리를 내며 땅에 떨어지는 모습을 보았다. 한 자루는 어니 블록의 발치에, 다른 한 자루는 잭 트위스트의 옆에 떨어졌다. 두 사람은 환성을 지르며 총을 주워 들고 폴커크와 호너를 막았다.

진저가 돔에게로 돌아서서 신기한 듯이 물었다.

"당신인가요?"

그는 숨을 죽이며 말했다.

"그래요. 내 생각엔 나인가 봐요. 나……내가 나서야만 할 때까지는 내가 그걸 할 수 있다는 걸 몰랐어요. 브렌던이 사람들을 고치는 그런 식으로."

베넬 박사가 어리벙벙해져서 말했다.

"하지만 그게 중요한 게 아닙니다. 폴커크가 3분이라고 했어요."

폴커크가 피가 흐르는 한 손을 다른 손으로 감싸 쥐고 즐거운 듯 싱긋이 웃으며 말했다.

"2분이죠. 이젠 2분이오."

알바라도가 말했다.

"게다가 핵 배낭은 해체시킬 수가 없어요."

돔이 달리면서 소리쳤다.

"브렌던, 당신은 이 문 밖에 있는 것을 맡아요. 난 아래층에 있는 것을 맡을테니."

알바라도가 다시 말했다.

"그것들은 해체시킬 순 없어요!"

브렌던이 핵 장치 옆에 무릎을 꿇고 앉아서 시계가 가리키는 나머지 시간들을 보고는 잠시 움찔했다. 남은 시간은 1분 33초.

그는 무엇을 해야 할지 몰랐다. 그는 세 사람을 낫게 했으며, 공중에 후추병을 날아다니게 만들었고, 심지어는 무(無)의 상태에서 빛을 만들어 내기도 했었다. 그러나 그는 후추병이 어떻게 자신의 통제력에서 벗어났었는지, 얼마나 의자가 식당 바닥에서 날아올라 천장에 부딪쳐 부서졌던가를 기억해 냈다. 그리고 그는 만일 자신이 이 폭발물의 뇌관을 잘못 건드리기라도 하는 날엔 자신의 초인적인 능력을 모두 사용한다고 해도 구제받을 수 없다는 것을 잘 알고 있었다.

1분 26초.

나머지 사람들은 비행선이 안착되어 있는 동굴에서 나와 주위에 모여 있었다. 폴커크와 호너는 그들이 총을 가지려고 할 이유가 없는데도 불구하고 계속 감시를 받고 있었다. 그들은 그 폭탄의 효력을 굳게 믿고 있었다.

1분 11초.

"만일 제가 뇌관을 부수면……그걸 박살내 주세요. 그러면……."

브렌던이 알바라도에게 말했다.

장군이 말했다.

"안 되요. 일단 폭발물로 만들어진 상태에서 당신이 뇌관을 부수려고 한다면 뇌관이 자동적으로 폭탄을 폭파시켜 버릴 것이오."

1분 3초.

페이가 그의 옆에 무릎을 꿇고 앉았다.

"브렌던, 이 몹쓸 폭탄에서 뇌관을 똑바로 해 뽑아 봐요. 돔이 저자들의 손에서 총을 나꿔챈 것처럼 말예요."

브렌던은 뇌관의 시계에 나타난 숫자가 빠른 속도로 바뀌는 것을 노려보면서 폭탄의 나머지 부분에서 전체 장치를 쑥 뽑아 내는 광경을 상상하려고 애썼다.

아무 일도 일어나지 않았다.

44초.

엘리베이터가 느리게 움직이는 것을 저주하면서, 돔은 문이 열리자 진저를 바로 뒤에 따라오게 하고서 얼른 밖으로 뛰쳐나가 선더 힐 바닥 층의 주 동굴 한가운데에 놓여 있는 핵 배낭 쪽으로 급히 달려들었다. 심장이 두방망이질 치는 소리가 위장이 뒤틀리는 것보다 더 빠른 속도로 요동쳤다. 그는 폭탄 옆에 몸을 잔뜩 구부린 채로 디지털 시계를 보면서 "맙소사!" 하고 말했다.

50초.

진저가 저주스런 그 장치의 반대 편에 웅크린 채로 말했다.

"당신은 할 수 있어요. 당신은 그렇게 할 수 있도록 운명을 타고났다구요."

"자, 시작합니다."

"당신을 사랑해요."

그녀가 말했다.

"당신을 사랑하오."

그녀가 그 말에 놀란 것만큼이나, 그도 놀라면서 말했다.

42초.

그가 핵 장치 위로 손을 들어올렸고, 그는 즉시 손바닥에 고리 무늬가 나타나는 것을 느꼈다.

40초.

브렌던은 비지땀을 흘리기 시작했다.

39초.

그는 바짝 긴장한 채로 자기 내부에 있다고 믿는 마력을 작용시키려고 애썼다. 그러나 손바닥에 반점이 화끈거리고, 그에게 그 힘이 몰려오는 것을 느낄 수 있다는 사실에도 불구하고, 그는 이 급박한 임무에 집중을 할 수가 없었다. 그는 뭔가 잘못되었을까 계속 생각했다. 그리고 만일 일이 정말로 잘못된다면, 어느 면에서는 그에게 책임이 있는 셈이었다. 그는 생각을 하면 할수록 그의 내부에 있는 기적 같은 에너지를 조종하기가 힘이 들었다.

34초.

파커 페인은 구경하고 있는 두 명을 밀치고서 브렌던 옆에 무릎을 꿇고 앉았다.

"신부님 당신 감정을 상하게 하려고 하는 말은 아니지만, 당신들 예수회 소속의 수사들은 너무나 해박해서 뭐든 지적으로 해결하려는 경향이 있는 게 탈이오. 아마 이건 당신의 결단력을 필요로 하는 일일 거요. 아마 필요한 건 바보처럼 거칠고, 전력을 투구하고, 뭐든 시도해 보고, 머리도 좀 돌고, 예술가처럼 일에 맹렬하게 빠져 드는 열성이 필요할지도 몰라요."

그는 커다란 손을 뇌관으로 들이밀고는 "거기서 나와, 이 멍청아!" 하고 소리쳤다.

전선을 덥석 잡자, 뇌관이 폭탄 꾸러미 속의 적소에서 튀어나와 곧장 파커의 손에 잡혔다.

안도와 축하의 함성이 들렸지만, 브렌던은 "시계가 아직도 작동되고 있어요."라고 말했다.

11초.

"그렇기는 하지만, 더 이상 폭탄에 연결되어 있진 않을 겁니다."

파커가 싱긋이 웃으면서 말했다.

알바라도가 말했다.

"하지만 이 빌어먹을 놈의 뇌관 속엔 재래식 폭발물이 장전되어 있어요."

폭탄에서 뽑힌 뇌관이 돔의 손에 쥐어졌다. 그는 계속 작동하고 있는 시계를 보고서 핵 폭발의 기회는 더 이상 없어졌다 치더라도 시계가 멈춰야 한다는 걸 감지했다. 그래서 그는 그저 자신의 의지로 그것이 멈추길 간절히 원했고, 빛나는 시계의 숫자는 0 : 03에서 멈추었다.

0 : 03초.

마술사의 역할에 익숙지 못한 파커는 이 두 번째 위기에 공포를 느꼈다. 그의 힘이 메말라 버렸고, 그는 완전히 걸맞는 행동을 선택한 것이 틀림없었다. 듀크의 옛날 영화 가운데 한 편에 나오는 적수 존 웨인에게 돌격하듯 함성을 지르면서, 파커는 마치 반원을 그리며 수류탄을 던지듯 뇌관을 돌려서 동굴의 먼 벽쪽으로 던졌다. 그는 자신이 뇌관을 방의 맞은 편에 정확히 던질 수 없다는 것을 알고는 있었지만, 충분히 먼 거리를 맞힐 수 있었으면 하고 바랐다. 뇌관이 그의 손에서 떠나는 순간조차도 그는 이미 다른 사람들처럼 바닥에 몸을 엎드렸다.

폭발음이 머리 위에서 들릴 때, 돔은 진저와 키스를 나누는 중이었고, 두 사람은 놀라서 움찔했다. 그는 잠시 동안 브렌던이 나머지 장치를 해체시키지 못했다고 생각했으나, 다음 순간 곧 그것이 핵 폭발이었다면 천장이 자기들에게 무너져 내렸을 것이라는 걸 깨달았다.

그녀가 "뇌관이에요."라고 말했다.

"가서 누가 다쳤는지 살펴봅시다."

그가 말했다.

승강기는 기다시피 위로 올라갔다. 그들이 2층에 도착했을 때, 중심부의 방은 저장소에서 일하는 수십 명의 직원들로 꽉 차 있었다. 그들은 모두 총을 들고서 전투가 벌어진 듯한 소리에 즉각 대응하고 있었다.

진저의 손을 잡은 채로 돔은 군중들을 밀어 제치고서 브렌던에게 첫 번째 핵 배낭을 맡겨 놓은 장소로 향했다. 그는 페이와 샌디와 네드를 보았다. 그리고 브렌던은 다치지도 않았으며, 멀쩡히 살아 있었다. 졸저와 말시도.

파커가 그의 오른편에 나타나서 넓은 가슴으로 그와 진저를 힘차게 포옹했다.

"당신 두 사람이 날 봤어야 했는데. 만약에 나와 오디 머피 둘만 있었다면, 2차 세계 대전은 한 6개월 안에 끝났을 걸세."

진저가 말했다.

"왜 돔이 당신을 그렇게 존경하는지 이제야 알겠군요."

파커가 눈썹을 치켜 떴다.

"물론 그렇긴 하지만, 날 알게 되면 그 누구도 아마 사랑하게 되지 않을 수 없을걸요."

갑작스럽게 울려대는 경보음은, 모든 위험이 끝났다는 생각으로 돔을 기쁘게 만들어 주었다. 고개를 돌렸을 때, 그는 혼란스런 와중을 틈타 폴커크가 잭과 어니로부터 몸을 피해 선더 힐에서 일하는 직원 가운데 누군가로부터 연발 권총을 빼앗아 드는 것을 보았다. 모두가 그로부터 몸을 피했다.

잭이 소리쳤다.

"제발! 이젠 모든 게 끝났소, 대령. 모두 끝났단 말이오. 이 멍청한 자식 같으니!"

그러나 폴커크는 자기 혼자만의 전쟁을 다시 시작할 의향은 없는 듯했다. 그의 반투명한 잿빛 눈동자는 광기로 번쩍거렸다.

"그래. 모든 게 끝났어. 그리고 난 당신들처럼 변하진 않을 거야. 당신들은 날 항복시키진 못할 거라구."

누가 그에게 미처 닿기도 전에, 혹은 누구도 초능력으로 그의 손에서 권총을 뺏을 생각을 하기도 전에, 그는 연발 권총의 총구를 입 속에 집어넣고 방아쇠를 당겨 버렸다.

끔찍한 광경에 소리를 지르면서 진저는 쓰러지는 시체로부터 시선을 피했고 돔도 고개를 돌렸다. 정작 혐오감을 안겨 준 것은 그 일이 유혈 참사라는 점이 아니라, 마침내 인류가 불멸의 비밀을 손아귀에 갖게 되기까지 너무나 어리석고 무의미한 소모전을 했었다는 점이었다.

3

초월

선더 힐의 직원들이 동굴로 몰려들어서 전에는 한 번도 보지 못했던 그 비행선의 주위를 에워싸고 서성대고 있을 때, 진저와 돔을 비롯한 다른 목격자들은 마일즈 베넬을 따라 비행선 내부로 들어갔다.

비행선 내부는 뭔가 극적인 요소를 갖고 있지는 않았고, 그런 여행을 할 만한 비행선에 있으리라 예상되는 복잡하거나 강력한 기계들이 전혀 설비되어 있지 않은 채 비행선의 외부만큼이나 평범해 보였다. 마일즈 베넬은 그 비행선의 설계자들이 인류가 이해할 수 있는 수준을 넘어선 기계류에 대한 지식과, 심지어는 물리학까지도 초월하는 수준의 지식을 가졌다고 설명해 주었다. 내부는 기다란 하나의 방으로 되어 있었으며, 대부분이 회색에 단조롭기 그지없이 뚜렷한 특징이 없는 모습이었다. 7월 6일 밤에 그 비행선을 가득 채웠던 따스한 황금빛 광채는 브렌던의 꿈속에서나 기억될 수 있을 뿐 이제는 볼 수가 없었다. 단지 과학자들이 편의상 매달아 놓은 평범한 작업용 조명의 전선 하나만이 있을 뿐이었다.

진저는, 이런 단조로움 가운데서도 선실 안에 배어 있는 온기와 사람을 끄는 듯한 호소력과 마력이, 묘하게도 브룩클린의 보석상 뒤쪽에서 처음으로 경영하게 되었던 아버지의 개인 사무실을 생각나게 했다. 아버지는 늘 그 사무실을 사업 본사로 이용하셨었다. 밀실과도 같은 사무실 벽에는 달력 하나가 덩그러니 달려 있었으며, 가구들은 싸구려에다 낡아빠진 고물에 평범하고 심지어 볼썽사납기 이를 데가 없었다. 그러나 진저에게 있어서 그 곳은 마력을 지닌 근사한 방처럼 느껴졌었다. 그 곳에서 부친인 제이콥이 사무를 보는 일은 거의 없었지만, 아버지가 그녀에게 자주 들려주던 여러 가지 책들이 그 곳에 다 모여 있었기 때문이었다. 때때로 그 이야기는 미스터리일 때도 있었고, 산신령이나 마녀가 있는 환상의 세계나 다른 세계에 대한 이야기, 혹은 거미에 얽힌 무시무시한 이야기일 때도 있었다. 그리고 제이콥이 그런 이야기를 들려줄 때 그의 목소리는 이야기에 완전히 매혹되게 만드는 마력을 내뿜곤 했었다. 그때마다 칙칙한 잿빛의 좁은 사무실에 있다는 현실감은 희미해졌고, 몇 시간 동안 진저는 셜록 홈즈와 함께 수사에 관한 증거물들을 찾아 안개 속의 황야를 헤매기도 하고, 백 엔드의 언덕에서 난쟁이 요정 빌보 배긴스 씨와 축제를 벌이거나, 짐, 윌과 함께 브래드베리 씨의 재미있는 소설 속에서 멋진 카니발을 즐기며 그들과 함께 환호하고 있는 자신을 발견하곤 했었다. 제이콥의 사무실은 겉으로 보이는 것만이 전부가 아니었다. 그리고 지금 이 비행선이 제이콥의 사무실과 외견상 닮지 않았다 하더라도, 그것은 겉보기보다도 그 자체가 비슷한 느낌을 주었다. 그것은 칙칙해 보이는 외판 밑에 신기한 물건들과 커다란 수수께끼들을 감추고 있었다.

양쪽의 기다란 벽에는 일정한 간격을 두고 조각을 새긴 석영처럼 보이는 반투명하고, 우유 빛이 도는 파랑색 물질로 된 관처럼 보이는 네 개의 컨테이너가 놓여 있었다. 마일즈 베넬의 설명에 의하면 이 상자들은 여행객들이 거의 가사 상태로 기나긴 여정을 지나오는 동안 사용한 침대로, 50년을 지나올 때마다 지구상의 시간으로는 고작 1년밖에 나이를 먹지 않는다고 한다. 그들이 꿈을 꾸는 사이, 완전히 자동으로 조작되는 비행선은 지나가는 태양계의 수십 만 개의 혹성들에 생명체가 있는가를 확인하기 위해서 감지기와 탐사 장치기들을 설치하고서 광활한 우주를 계속 전진해 나갔다고 한다.

진저는 각각의 컨테이너 윗부분에는 돔과 브렌던의 손에 나타났던 고리 무늬와 정확히 크기가 똑같은 두 개의 도드라진 고리가 표시되어 있는 것을 놓치지 않고 보았다.

네드가 베넬에게 기억을 상기시키면서 말했다.

"당신은 그들이 여기에 도착했을 당시 이미 사망한 상태였다고 하셨죠. 하지만 아직 당신은 제 질문에 전혀 대답하지 않으셨습니다. 그들이 대체 무슨 이유로 사망한 거죠?"

"시간 때문이죠. 이 비행선과 모든 장치들이 하강과 80번 주간 도로에 안착하는 데 무리가 따르지 않도록 완벽하게 기능이 설계되어 있었다 하더라도, 탑승한 자들은 여기 도착하기도 전에 나이가 많이 들어서 사망한 것으로 봅니다."

베넬이 대답했다.

"하지만. 당신은 오십 년을 지날 때마다 일 년씩 노화가 진행됐다고 하셨잖습니까?"

페이가 물었다.

"그렇습니다. 그리고 우리가 그들로부터 알아낸 것에 의하면 그들은 우리들의 기준으로 보면 장수했다는 걸 알 수 있죠. 오백 년이 그들의 평균 수명이었던 것 같으니까요."

베넬이 말했다.

말시를 품에 안고 서 있던 잭 트위스트가 놀라면서 말했다.

"맙소사! 하지만 오십 년이 일 년에 해당된다면 그들은 무려 이만 오천 살이 될 때까지 여행을 하다 죽었단 말인가요!"

"더 긴 시간일 겁니다. 그들의 광범위한 지식과 기술에도 불구하도 그들은 초속 186,000마일의 광속을 능가하는 방법을 찾아내지 못했던 모양입니다. 사실 그들은 광속의 98퍼센트 정도, 말하자면 초속 182,000마일의 속도로 여행한 것 같습니다. 물론 빠른 속도라고는 할 수 있지만,

포함된 거리를 감안한다면 그리 빠른 속도는 아니죠. 우리의 이웃이라고 할 수 있는 은하계에서는 8만 광년의 직경을, 혹은 약 24만 조 마일의 거리를 말하죠. 그들은 삼차원의 은하 도표를 통해서 우리들에게 자신들의 고향의 위치를 지적해 주고자 했습니다. 우린 그들이 우리로부터 31만 광년이 넘게 떨어져 있는 은하계의 주변 지역에서 왔다고 믿고 있습니다. 그리고 그들이 바로 광속 이하의 속도로 여행을 했으므로, 그것은 결국 그들이 32만 년 전에 거주하는 행성에서 출발했다고 볼 수 있겠죠. 아무리 그들의 수명이 가사 상태에 의해 연장되었다 치더라도, 그들은 거의 이미 1만 년 전에 사망한 것이 틀림없을 겁니다."

베넬이 말했다.

진저는 이 고시대의 비행선에 처음 눈길을 돌렸을 때 느꼈던 전율처럼 다시 한 번 떨고 있는 자신을 발견했다. 그녀는 우유 빛이 도는 파랑색 컨테이너 상자의 거의 모든 부분을 만져 보았다. 그것은 인간의 이해력을 초월하는 공감과 감정 이입의 강력한 증거이자, 정신을 동요시키고 마음을 겸손하게 만드는 희생의 구현물처럼 보였다. 어딘지 모를 머나먼 곳에 살면서, 서로 살겠다고 버둥거리는 종족들을 도울 수 있으리라는 단 하나의 희망을 가지고 기꺼이 본향의 안락함을 버리고 여러 세계를 지나 그토록 먼 거리를 항해해 왔던 그들…….

베넬의 음성은 이야기를 하면서 점점 낮아지더니, 이제는 마치 교회에서 말하고 있는 것처럼 나지막해졌다.

"그들은 고향을 떠나서 이만오천 광년에 사망한 것으로 보입니다. 그들은 인류가 아직도 동굴에서 기거하고 농사의 기본을 막 배워 나가기 시작했을 때 이미 사망한 거죠. 이……불가사의한 여행객들이 사망했을 무렵, 우리 세계의 전체 인구는 현재 뉴욕 단 한 도시에 거주하는 사람들 수에도 못 미쳐 기껏해야 5백만 정도였을 겁니다. 우리가 미개함에서 벗어나 파멸의 위기에서 늘 흔들거려 위태롭기 그지없는 문명을 건설하기 위해서 등골이 빠지도록 일을 했던 지난 1만여 년 동안, 사망한 그 여덟 명의 탐험자들은 광대한 은하계 가장자리를 조금씩 뚫고 우리를 향해 꾸준히 다가오고 있었던 거죠."

진저는 브렌던이 자신이 한 손을 얹고 있는 관 위의 맞은 편 구석을 쓰다듬고 있는 것을 보았다. 그의 눈에 눈물이 반짝였다. 그녀는 그가 무슨 생각을 하고 있는지 알고 있었다. 성직자로서 그는 금욕과 검소에 대한 맹세를 했으며 신에게 바치는 재물로서 세속적인 삶의 수많은 즐거움을 포기하겠다고 거짓으로 맹세했었다. 그는 희생의 의미를 알고 있었지만, 그의 희생은 이들이 자신들의 동기라는 이름으로 기꺼이 포기한 것에 비할 만한 것은 아무것도 없었다.

파커가 말했다.

"하지만 거리가 그토록 멀고 성공 가능성도 희박했다면 지적 능력이 있는 다섯 개의 종족을 찾기 위해서 그들은 이러한 비행선들을 더 많이 보냈어야만 하지 않았을까요?"

"우리 생각으로는 그들이 일 년에 수백 내지 수천만 대의 비행선을 띄워 보냈으리라고 봅니다. 그리고 그것은 이 비행선이 항해하기 10만여 년 전부터 계속 그렇게 해 왔을 겁니다. 말했듯이 이건 그들의 종교와 인종적인 목적이 결합된 결과일 것입니다. 그들이 발견한 나머지 다섯 개의 종족들은 모두 자신들의 세계로부터 15,000광년 거리내에 거주했던 것 같습니다. 그리고 생각해 보세요. 비록 그들이 그 정도의 거리에서 지적 능력을 지닌 생물체를 발견했다손 치더라도, 발견한 뒤로 15,000년이 지나서야 그걸 알게 되었을 겁니다. 교섭 신호가 다시 본(本) 행성에 도착하려면 그만큼 오랜 시간이 걸릴 테니까요. 여러분께서는 이제 그들이 수행했던 임무의 심도와 규모를 파악하실 수 있으시겠습니까?"

"대부분의 비행선들은 출발해서는 다시는 돌아오지 않았던 것이 분명합니다. 그리고는 전혀 어떤 성과도 거두지 못했던 게 분명해요. 대다수의 비행선들은 승무원들이 사망할 때까지 운항을 계속하고 끝도 없이 무한한 공간을 향해 계속 나아갔을 겁니다."

어니가 말했다.

"바로 그렇습니다."

베넬이 대답했다.

"그리고 아직도 그들은 계속 항해하고 있을지도 모르죠."

돔이 말했다.

"그래요, 아직도 그들은 그러고 있을 겁니다."

베넬이 말했다.

"우리는 그들 중 나머지 사람들과는 절대로 직접 만날 수 없을지도 모르겠군요."

네드가 말했다.

"그들이 우리에게 가져다 준 지식과 기술을 모두 습득하려면 인류는 1백 년의 시간이 걸릴 겁니다. 1백 년이 더 걸릴지도 모르고……아니, 우리가 그와 똑같은 임무를 수행할 수 있는 정도까지 성숙되려면 최소한 1천 년 이상은 걸릴 테죠. 그때가 되면 비행선은 가사 상태의 인간 승무원들에 배치돼서 띄워질 겁니다. 그리고 가능하다면 우리는 승무원들이 항해하는 동안 전혀 늙지 않거나 노화의 진행 속도가 훨씬 느려지도록 그러한 과정을 진보시킬 방법을 찾게 될 겁니다. 우리 중 어느 누구도 그것이 이룩해서 일이 성사될 때까지 살아 있지 못할 테지만요. 그래도 전 마음속으로 그렇게 되리라고 믿습니다. 그리고…… 그로부터 삼만이천 년이 지난 후에 우리의 새까만 후손들이 바로 거기 있게 되겠죠. 이런 생물체들이 그들을 자리잡게 만들어 줬을지도 모른다는 전갈을 송신하면서 말예요."

그들은 어리벙벙해져서 입을 다문 채 서서 베넬이 상상하는 무한한 일들을 이해하려고 애쓰고 있었다.

진저는 가장 유쾌하면서도 설명할 수 없는 성격의 전율을 느꼈다.

브렌던이 말했다.

"그것은 신의 평가 기준이죠. 우린 지금……인간적인 것이라기보다는 신의 기준으로 말하고, 생각하고, 계획하고, 행동하고 있군요."

"어느 팀이 올해 월드 시리즈에서 우승할 것인가 하는 것보다 훨씬 덜 중요한 부류의 일 아니에요? 안 그래요?"

파커가 비아냥거리듯 말했다.

돔은 모두가 모여 있는 주위에 특별한 가사 상태의 사람들이 들어 있는 상자 위에 새겨져 있는 고리 무늬에 손을 얹었다.

"베넬 박사, 전 승무원들 가운데 여섯 명만 죽었으리라 봅니다. 7월의 그날 밤 완전히 사망했나 봅니다. 전 우리가 이 비행선에 들어온 때 일어났던 일을 회상해 내기 시작했어요. 게다가 이 상자 속에 아직도 살아 있는 무언가에 의해 우리가 이 두 개의 컨테이너에 불려온 것 같은 기분이 들어요. 거의 살아 있지는 않지만 아직 완전히 죽은 것도 아닌 상태에서요."

"맞아요. 실은 이 두 개의 상자에서 황금색 불빛이 나왔던 기억이 나요. 그리고 그 빛은 밝고 선명했을 뿐만 아니라 뭔가 잠재 의식적인 매력이 숨어 있는 것 같았어요. 전 다가가서 그 고리 위에 손을 올려 놓지 않을 수 없었죠. 그리고 제가 여기에 손을 올려 놓았을 때……전 웬지, 그러니까 그 뚜껑 밑에 자기 자신을 위해서가 아니라 뭔가 선물을 건네주려고 필사적으로 간신히 목숨을 연명하고 있었다는 걸 알 수 있었죠. 그리고 자신의 손을 직접 뭔가 끌리는 듯한 힘이 있는 고리의 안쪽 표면에 대고 밀어서……그가 이제까지 살아서 우리에게 주려고 가져 온 것을 제게 주었죠. 그리고는 마침내 죽어 버렸어요. 전 그때 정확히 제 마음이 어땠는지 모르겠어요. 제 추측으로는 그 힘을 어떻게 사용하는지 이해하고 배울 때까지는 시간이 좀 걸렸던 것 같아요. 하지만 제가 기회를 갖기 전에 우린 감금을 당했죠."

브렌던은 이제 뺨으로 흘러내리는 눈물을 훔치며 말했다.

"살아 있었단 말인가요."

베넬이 놀라움과 호기심에 차서 말했다.

"그럼, 여덟 구가 시체 상태였구……두 생물체도 결국은 흙으로 돌아갔고……그 밖의 두 구는 이미 심하게 부패된 상태였어요……. 일단 그들이 숨을 거두자마자 혼수 상태의 상자를 닫아 버린 것이 분명해요. 네 구는 상태가 훨씬 양호한 편이었고, 두 구는 거의 완벽하게 보존되어 있는 것처럼 보였어요. 하지만 우린 감히 상상도 못했는데…….”

“맞아요. 그저 간신히 살아 있는 상태이긴 했지만, 그 선물을 전하려고 계속 버티고 있었나 봐요. 물론 전 질문을 받고 비행선 안에서 제게 일어난 일에 대해서 말할 기회를 주리라 예상했죠. 하지만 정부는 사회로부터 접촉의 충격을 막는 데만 너무 급급해 하고, 또 미지의 세계에 대해서 너무나 두려워하고 있었죠. 제가 말할 만한 기회가 전혀 없었으니까요.”

돔이 좀더 정확하게 더 많은 사항들을 기억해 냈다.

“곧 우린 온 세상에 대고 말할 수 있게 될 겁니다.”

베넬이 말했다.

“그리고 세상을 변화시킬 겁니다.”

브렌던이 말했다.

진저는 트랭퀼러티 가족들과 파커, 베넬의 얼굴을 쳐다보면서, 남녀를 막론한 모든 이들 사이에 순식간에 존재하는 유대감과 좀 더 나은 세계로 향하는 진화의 사다리로 그들이 갑작스레 도약을 하면서 공유하게 된 믿을 수 없을 만치의 친밀감을 느낄 수 있었다. 이젠 더 이상 사람들은 서로에게 이방인들이 아닐 것이며, 지구상 어느 곳에서도 그러할 것이다. 이전의 모든 인간의 역사는 암흑 속에서 살아온 것이었지만, 이제 인류는 새로운 새벽을 여는 길목에 서 있는 것이었다. 그녀는 자신의 조그마한 두 손을 바라보았다. 한 외과 의사로서 손을 쳐다보면서, 그녀는 자신이 그렇게 오랜 기간 동안 생명을 구하리라는 기대로 부지런히 전념해 온 연구 작업들에 대해서 생각해 보았다. 이제 어쩌면 그 모든 훈련 과정은 아무런 의미가 없는 것이 되어 버릴지도 모른다. 그러나 그녀는 개의치 않았다. 그녀는 약품이나 수술이 전혀 필요치 않을 세계를 그리면서 벅찬 기쁨에 휩싸였다. 곧 그녀가 돔에게 청해서 자신이 그런 재능을 건네 받는다면, 그녀 자신의 손길만으로도 병을 치유할 수 있게 될 것이다. 더 중요한 것은 그저 그녀가 손을 대는 것 뿐만 아니라 다른 사람들에게도 스스로를 치료할 수 있는 능력을 전해 줄 수 있게 될 것이다. 인간의 수명은 하룻밤 새에 3백, 4백, 심지어는 5백 년까지 극적으로 연장될 수 있을 것이다. 사고사를 제외하고서 죽음의 유령은 저 멀리 지평선 아래로 사라져 버릴 것이다. 더 이상 애너와 제이콥과 같은 사람들은, 사랑하는 자식들 곁을 떠나지 않아도 될 것이다. 더 이상 어느 남편들도, 사랑하는 젊은 아내의 침상 곁에 앉아 애닯게 슬퍼하지 않아도 될 것이다. 더 이상의 재난 따위는 없으리라. 더 이상…….

〈끝〉

이방인 2

초판 발행일 / 2010년 11월 25일
재판 발행일 / 2013년 6월 5일
지은이 / 딘 R. 쿤츠, 정태원 옮김
편집 디자인 / 이지혜
펴낸이 / 김용성
펴낸곳 / 지성문화사
등록 / 제5-14호(1976.10.21.)
주소 / 서울 동대문구 신설동 117-8 예일 빌딩
전화 / 02) 2236-0654, 2233-5554
팩스 / 02) 2236-0655, 2238-4240

* 책값은 뒤표지에 있습니다.
* 잘못 만들어진 책은 바꾸어 드립니다.